文学成就我们的人生，

更成就我们的品格；

文学不能拯救世间，

但肯定能拯救我们自己。

2020.7.5.

梅洁选四十年

贾平凹题

梅洁 著

主 编 王 清
执行主编 王成伟

長江出版傳媒
湖北人民出版社

图书在版编目(CIP)数据

梅洁这四十年 / 梅洁著. —武汉：湖北人民出版社, 2021.8
ISBN 978-7-216-10247-6

Ⅰ. ①梅… Ⅱ. ①梅… Ⅲ. ①中国文学—当代文学—作品综合集 Ⅳ. ①I217.2

中国版本图书馆CIP数据核字(2021)第153271号

责任编辑：李月寒
封面题字：贾平凹
封面图片：聂鑫森
责任校对：范承勇
封面设计：刘舒扬
责任印制：王铁兵

出版发行:湖北人民出版社	地址:武汉市雄楚大道268号
印刷:十堰日报社印刷厂	邮编:430070
开本:787毫米×1092毫米 1/16	印张:27
字数:455千字	插页:7
版次:2021年8月第1版	印次:2021年8月第1次印刷
书号:ISBN 978-7-216-10247-6	定价:88.00元

本社网址：http://www.hbpp.com.cn
本社旗舰店：http://hbrmcbs.tmall.com
读者服务部电话：027-87679657
投诉举报电话：027-87679757

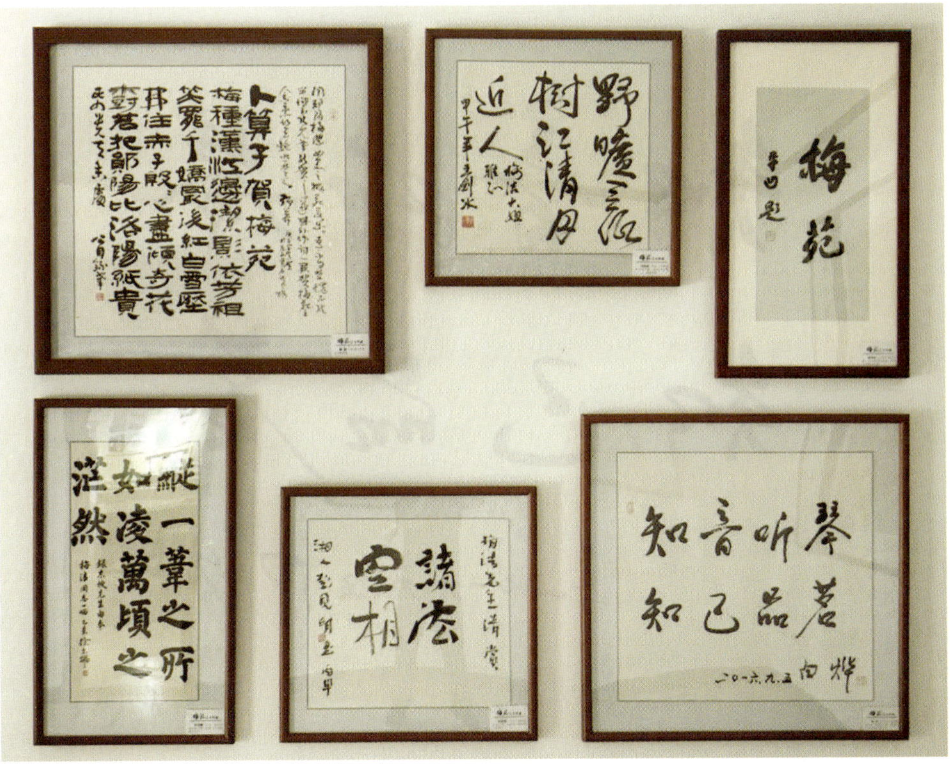

梅苑名家书画墙

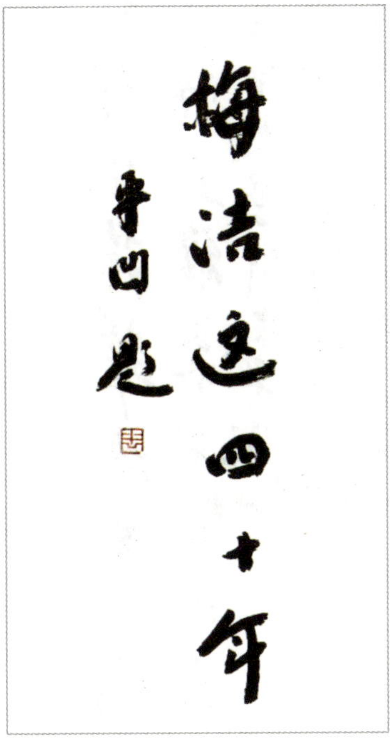

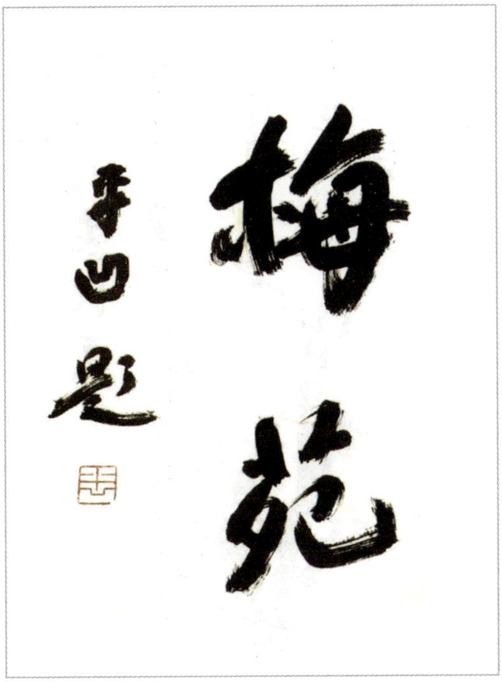

著名作家贾平凹书

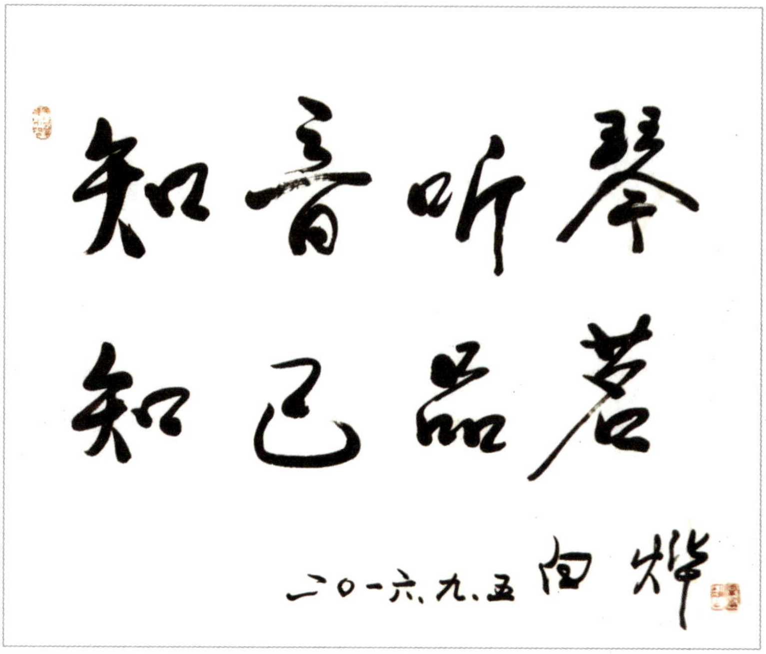

著名评论家白烨（北京）书

著名作家聂鑫森（湖南）书画

著名作家徐光耀（河北）书

著名作家彭见明（湖南）书

著名书画家赵崇星（北京）画

著名作家王祥夫（山西）画

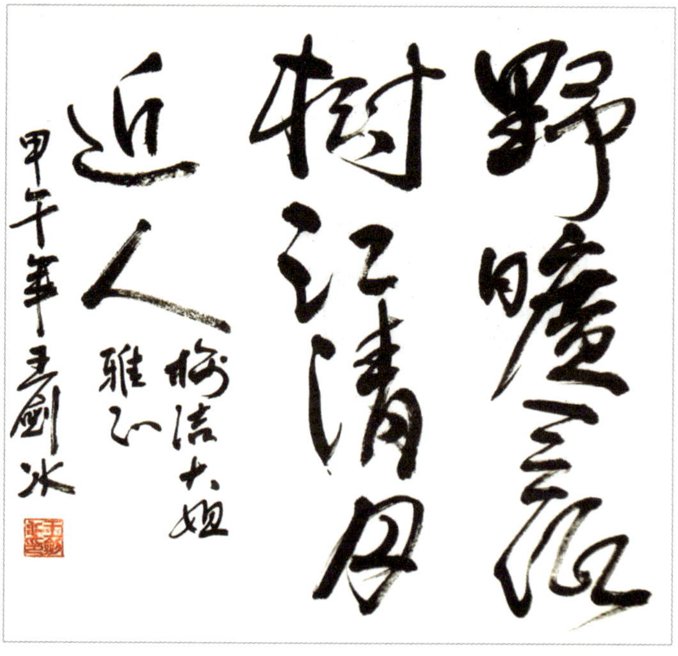

著名作家王剑冰（河南）书

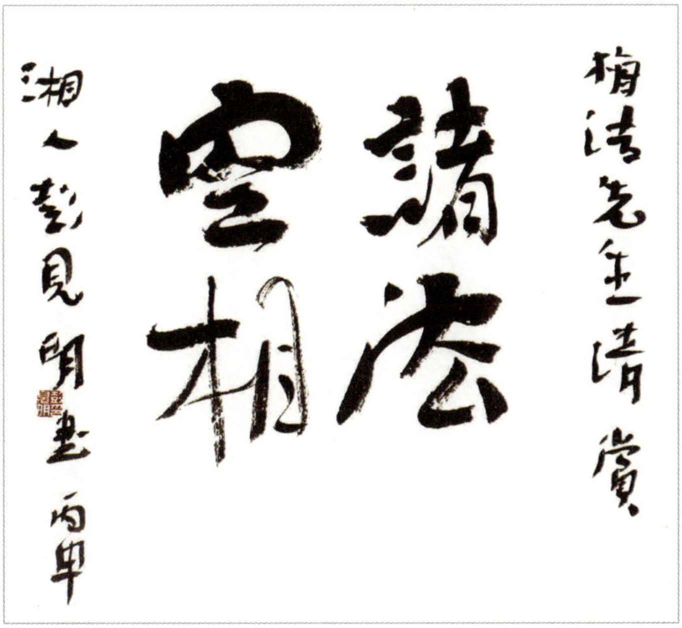

著名作家彭见明（湖南）书

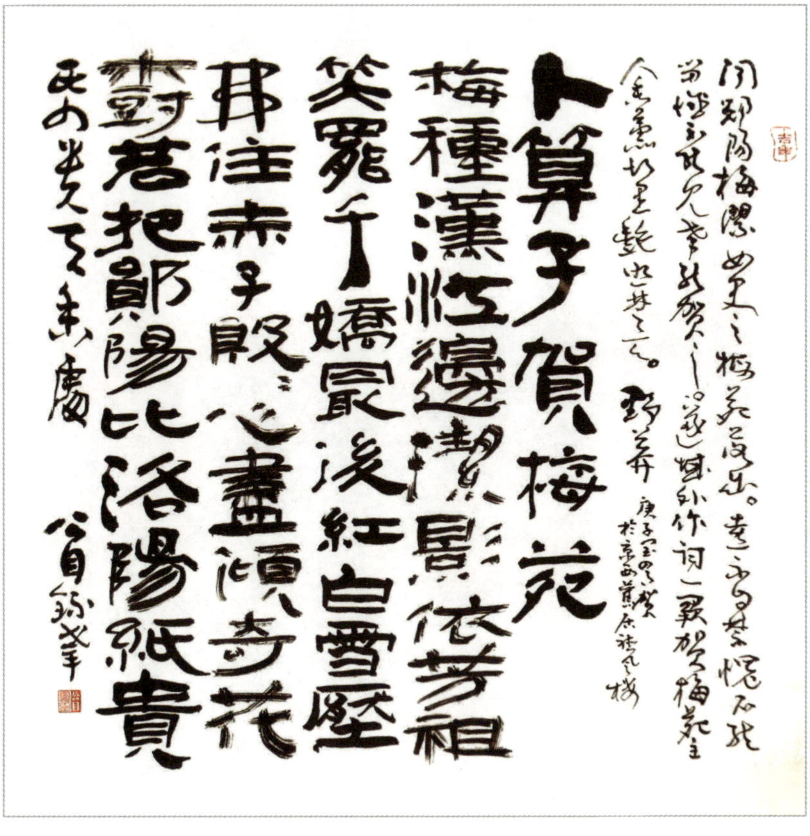

著名书法家公目（武汉）画

画家赵虹（十堰）画

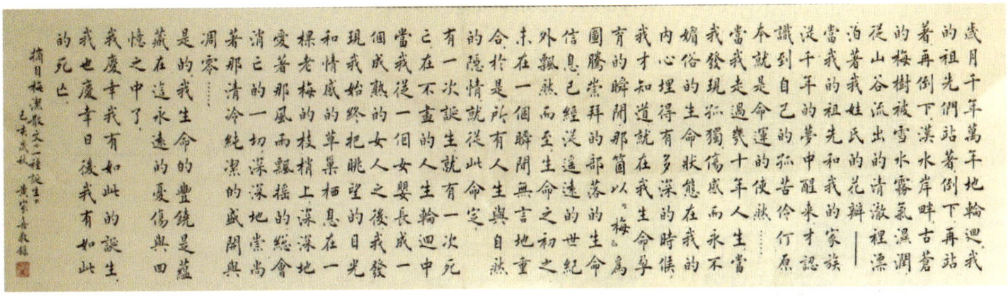

著名书法家黄家喜（十堰）书

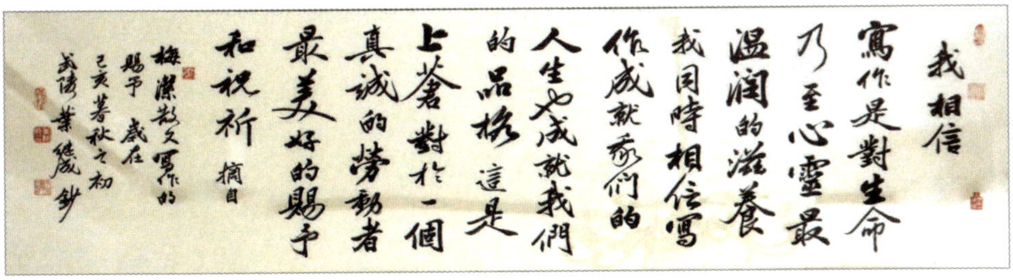

著名书法家叶继成（十堰）书

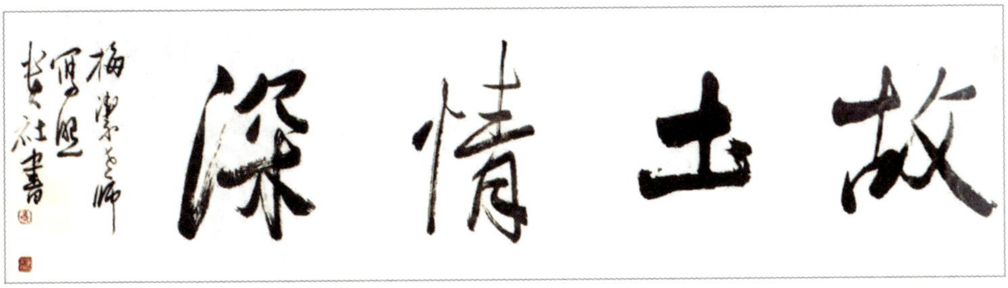

著名书法家贵景社（十堰）书

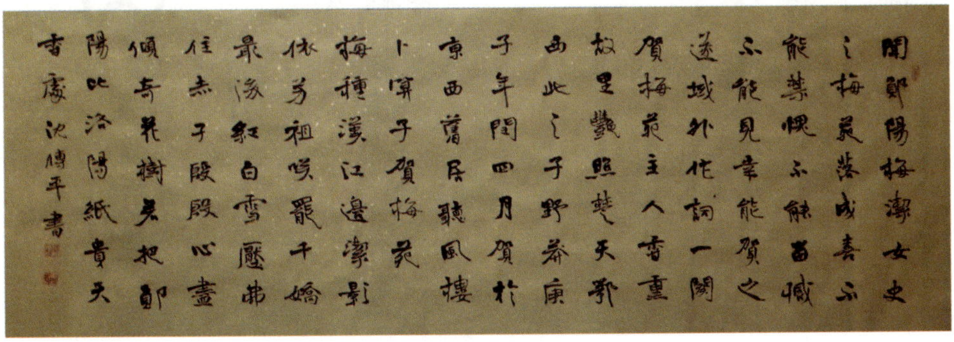

书法家沈传平（十堰）书

梅建华（襄阳）画

徐云（十堰）书

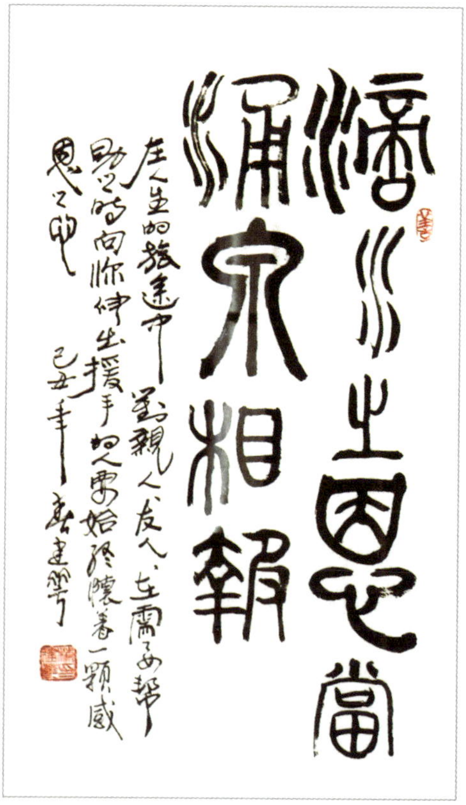

梅建华（襄阳）书

王国春（十堰）画

本书图片由张建波、周家山、王成伟等拍摄提供

编者语

著名作家梅洁的创作伴随着国家改革开放铿锵前行的坚定脚步，伴随着中华民族坚忍不拔的复兴历程。在她的作品里，读者清晰地看到了时代的印记。她历经 20 年创作的 140 余万字的“南水北调中线移民三部曲”，是献给为共和国勇敢担当、付出巨大牺牲的故乡和人民的一份历史性大礼。她的创作扎根在中国的大地上，展示了荆楚、燕赵两地的地域文化和南北方人民的生活图景，具有巨大的社会意义和时代意义。

1993 年《山苍苍，水茫茫》横空出世，头条刊发该文的《十月》杂志在市场上被购买一空，十堰所有机关、厂矿、学校、企事业单位，共十几万人阅读到了这篇文章。此后 20 年，她又创作出共百万余字的著作《大江北去》《汉水大移民》。无论从作家本身，还是文学研究角度来看，梅洁都是一个独特的存在。

除此之外，文学史还无法忘却：20 世纪末，梅洁在甘肃、青海、宁夏三省行走了 50 多天，穿越沙漠、戈壁、荒原，亲身感受西部地区的贫困和女童教育的缺失，创作了《创世纪情愫》和《西部的倾诉》，向社会发出振聋发聩的声音。她精神气质和思想境界里的人民性、底层性，让她拥有报告文学作家应具备的为时代立言和为人民代言的责任和担当。

梅洁一生经历许多苦难，然而她无惧艰辛、拼搏进取、逆风飞扬，本身就是不屈不挠的励志榜样。为了纪念梅洁 40 年贴近人民呕心沥血的文学创作，2020 年 7 月初，湖北省十堰市梅洁文学创作陈列馆（梅苑）建设落成并向公众免费开放，这在十堰市历史上尚属首次；同年 8 月底，梅洁传记电视纪录片《汉水女儿》在河北蔚县开机拍摄；10 月底，梅洁文学创作 40 周年全国大型研讨会在十堰市郧阳区举办，陈建功、贾平凹、李朝全、野莽、王家新等几十位中国著名作家、评论家与梅洁作品进行大范围的文学碰撞，评论文章和书画纪念作品纷至沓来，形成了 2020 年中国文坛一个引人注目的文化现象。本书的诞生，将从另一个视角展示梅洁的创作历程，为当代梅洁文学研究提供独特的思路和重要资料。632 篇文章的发表、33 部著作的出版、700 余万字的创作、40 年文学世界的披荆斩棘，显然不是梅洁文学创作的全部，更是一个令人期待的新起点。

《梅洁这四十年》一书，不只是梅洁个人文学创作 40 年历程的纪念文本，更是中国文学界和喜爱梅洁作品的广大读者的集体期待。

（代序）梅花绽放楚天碧

陈建功*

2020年的初冬，我来到湖北十堰。距我第一次来十堰，已有近十年了吧。上次到的是郧西，这次到了郧阳。上一次来访，是应十堰籍作家梅洁之邀，和这里的作家朋友们交流文学心得。陪同我们的梅洁似乎一路都在感动着。没等作为客人的我们感动，她自己就先感动了，在滔滔不绝抑或娓娓诉说时常常可以看得见她眼眶里闪现的泪光。当然，我们焉能不随之被感动——既为她家乡悠久的历史传承和淳朴的民风，也为她的乡亲们为北方人献出一条江水、承担无数苦难和牺牲以及开创美好生活的风貌与成就。我们感动着她为之感动的一切，也感动着她浓郁的乡情。

这次来到郧阳，看过了开放不久但已闻名世间的"梅苑"，参加以研究梅洁40年创作为主题的研讨活动，曾经感受过的，更为强烈了。这次研讨会传递了梅洁家乡人民为自己杰出的女儿而自豪的心声，也展示了十堰市委市政府特别是郧阳区领导对作家创作劳动的尊重。一个国家是不是强大，不是只靠GDP就能体现出来的。就文化建设的水准来说，看票房、看码洋固然重要，但看一个地方对精神创造者的敬畏与尊重更为重要，后者反映了一个地方领导者的境界与水准。

在中国作协工作期间，我曾陪同宴请日本作家大江健三郎。席间面对一些赞美，大江先生曾一脸肃穆地说：是的，我是日本第二个获得诺贝尔文学奖的作家，今后也还会有第三、第四个，但我想说，中国的鲁迅，日本至今也没有出过一位。讲这个故事是想说明，一个国家、一个民族的文化是不是

* 陈建功，著名作家，中国作协副主席。

有影响力，你得以伟大的作品本身赢得敬重，票房、码洋甚至诺贝尔奖，都不足以替代。而我们所做的，就是加入到呼唤这伟大的作品产生的民族合唱队，成为一个竭尽全力的歌者而已。

十堰是一座了不起的城市，有瑰丽的山水和古老的传统，也有骄人的汽车制造业，这次以一位作家及其作品为先导，开创文化建设的新篇章，是对十堰乃至全国文学事业的贡献。作为梅洁的同行，我不仅“与有荣焉”，而且更对十堰各级领导的战略眼光怀有由衷的敬意！

作家梅洁被十堰人民引为骄傲，是当之无愧的。首先她是中国当代作家中的“劳动模范”，她丰硕的创作成果及获得的巨大荣誉，是有目共睹的。迄今为止，她所出版的诗歌集、散文集和中长篇报告文学作品总计33部，有700余万字之巨，其中如《西部的倾诉》《山苍苍，水茫茫》《大江北去》等作品，获得了包括鲁迅文学奖在内的全国重要的文学奖项，赢得了广大读者的赞许，也奠定了她的文学地位。梅洁的作品不仅数量多，而且篇篇情感饱满。她笔下呈现的不竭激情、民瘼忧思以及对人民创造历史进程的生动描述，鼓舞了家乡人民，也极大地震撼了读者。梅洁的作品又展示了她博览群书、博闻强记的功底，这功底和她走遍山野踏勘寻访的实践相融汇，使她的作品有血有肉丰赡博大。

我和梅洁大姐相识多年，对梅洁作为一位作家的心路历程是有所了解的。我认为，梅洁的人生历程，本身就是一部自强不息的“教科书”。无论是少年梅洁因家庭出身而遭遇的欺凌，还是青年梅洁在极左思潮泛滥时期遭遇的坎坷，当然也包括她面对亲人离去而坠入悲痛欲绝的境地，她永远都是从苦难中汲取奋斗的力量。她圆满完成了学业，建立了幸福的家庭，把孩子抚养成人，自己也成了了不起的作家。梅洁大姐的经历，使我们不能不想起司马迁的名句：古者富贵而名磨灭，不可胜记，唯倜傥非常之人称焉。在中国庞大的作家队伍中，遭逢苦难而不屈于命运的作家很多，梅洁固然只是其中一个。但她所表现出来的单纯、乐观甚至某种脆弱的感情，都越发呈现她的真挚，又越发令我们敬佩。

今天大家一起来回顾梅洁的创作成就，褒扬她作为一个时代歌者为文学事业作出的贡献，我不能不由此生出感慨——梅花绽放楚天碧。

2020年10月31日于湖北郧阳

谁在为我的生命添彩

——2020庚子年记事

梅　洁

2020 年，对于人类而言，有着不可承受之重。而这一年发生的几个与我相关的文事，至今回想起来，总感到些许与“庚子之难”抗争的意绪。几样大综文事全部在 2020 庚子之年发生、完成，应该都是顽强地在做“庚子逆行”。所有的真诚与努力，最终完成了对一个创作生命最丰饶的总结，对其人生最完美的披锦添彩。

一

2020 年，梅苑落成之年，恰是我文学创作 40 周年。这种没有预期的巧合，给一个文学生命带来的惊喜用语言已无以表达。

这年 7 月 5 日，鄂西北山坳里的阳光格外灿烂，一个文学的盛典在这里举行。家乡的人们从四面八方赶来，他们说，他们赶来迎接我回家。

故乡以这样的方式接一个少小离家的人老来归乡，这将成为我灵魂深处一片怎样温暖的天空？

离别地理意义上的家园，乡愁笼罩了我的一生。

15 岁那年，我睁着一双惊恐的眼睛，离别了鄂西北故乡——那座铺满青石板路的郧阳古城，那片母肤般细腻温热的沙滩，那条撒满了金子的大江……

应该说，我的那次离别是一种“出逃”。我在《寻找家园》一文里曾经写道:“许多年过去，我都在想，倘若不是那次‘出逃’，我现在必定无疑已成为鄂西北山地里一个庄稼人的老妻，一个不懂得计划生育而生了四个、五个儿女的妇人。而又因为‘出逃’成功，乡愁就成为我生命时光里永远的隐秘。日后，在我大量的创作里都牵涉这一隐秘，它几乎凝聚了我对这个世界全部的爱情。没有离别，我绝对是另一种意义的艰难和平庸；而离别最终又使我成为一个怀着乡愁四处寻找家园的人。这是一个悖论，我在这个悖论中寻找自己并证实自己。”

那天，站在7月的蓝天下，凝望如诗如画的梅苑我感动不已：我一生的寻找在这里有了归宿，我漂泊的乡愁在这里留下了奇美的风景。故乡在怎样为她的女儿添彩?

作为自然之人，应该说我们从脱离母体之时起，已经成为某种意义上的流浪者。寻找家园、回归母土最终成为我们的永远牵念。这是人类精神的特质。正是这一特质，再铸了我们新的生命——所有精神意义的寻找，最终都会回到寻找者生命诞生的那片山地。

梅苑的前身是祖母的老屋。

老屋曾是祖母在20世纪二三十年代在郧阳府做女佣20年、告老还乡后的栖居地，至20世纪六七十年代我的父母弟妹又曾在这处老屋度过了20年苦难岁月，我的侄儿侄女就诞生在这座老屋内，而我的幼年（2岁至7岁半）也曾随母亲在这处老屋生活了近6年。老屋见证了梅氏几代人的勤劳和纯朴，苦难与奋斗。我对这座老屋始终充满怀念，几十年南方北方，每每返乡，必来这里看望老屋；在我的作品里，对老屋故事的书写，也是一篇接着一篇……

许多年里，在秦巴山东麓的这个山坳里，老屋如同白发苍苍、眼神沉默坚定的祖母那样，一直矗立在那里，眺望着归来的我。在过往的岁月里，回祖母老屋的路上，留下了我太多的记忆。祖母去世近七十年了，但她的老屋，却一直封存在我的情感深处，回荡着一种特别的气息。思念、依恋、伤心、温暖……仿佛总有一个声音，在呼唤我回老屋看看；仿佛总有一只手，牵拉着我走回乡下的这座老屋。每每回乡下的老屋，我都在努力辨认曾经的来路和去路，我都在回忆路上过往的岁月。回乡下的老屋，成为我心中最深重的情愫。

感恩故乡政府的温暖决策，他们决定把祖母的老屋改建成鄂西北一处文学之苑，不给产权，但可以存储我文学创作40年的履历，可以作为我和亲属回乡时的住处，也可以为故乡的文化旅游留一处独特风景……

2017 年 10 月，郧阳区委书记一道清澈目光里的期待、一腔充满文化情怀的畅谈，令我一直不能忘怀。两年后，故乡完成了一件文化盛事，成就了一处乡间文学园地，也为我留下了一份永远的怀念。我相信，这处掩映在秦巴山深处的文化景观，将不负山河不负历史。

无论此时还是彼时，对建设梅苑、关心梅苑、善待梅苑的人们，我一直心存深深的感激——

给梅苑种下 80 棵樱花树、30 棵桂花树的朋友；在梅苑义务捐种梅树、玉兰、木瓜、斑竹、茶花、绿橄榄、红豆杉的朋友；给梅苑捐赠艺术刻石的朋友；义务为梅苑花草树木浇水、剪枝，四季护理梅苑绿色生命的朋友；在梅苑值班，每周末志愿来梅苑为游客讲解，在梅苑读书、学习的朋友……

所有深爱梅苑的朋友，我会在梅苑等候你们的光临。

山高水长，梅苑永春。

二

难忘 7 月梅苑开放，著名作家贾平凹题写的书法作品“梅苑”已刻匾悬于门楣、装裱挂于大厅，梅苑蓬荜生辉。当初，十堰籍上海青年作家王成伟鼓足勇气向他的“莽叔”（十堰籍京城作家野莽）张口求助，祈请“莽叔”出面向贾平凹先生求字。野莽与平凹先生是至交，与我也有几十年深厚友谊，他慷慨答应。梅苑开放前夕，由深圳作家陈泽快递传书，梅苑终得平凹先生赐字，我欣喜无比，随后便拍照片向京城野莽报喜。

众所周知，得著名作家平凹先生题字多么不易。平凹分文不取为梅苑题字，乃梅苑荣幸。应该说平凹因文学成就产生了巨大影响、因字画艺术被众生喜爱而在世间独特存在，他的才情、神思都在他的文字、书画中，那字的朴、拙、稚、趣，横、撇、竖、捺，都饱含着他的生命信息，成为他的精神图景。

野莽这样评析：“‘梅苑’二字端庄正直，似是见过苑主，以字状人。且极其茁壮，风吹不倒，雷击不塌，全字如一得天地灵气日月精华的铁干……”

愿平凹对梅苑有这样的神视。

梅苑开放，参观的人络绎不绝，临别时无一不在“梅苑”匾额下欢笑留影；挂着平凹书法的梅苑，顿成秦巴山里一道魅力非凡的风景。

野莽与我同乡，我唤他为“莽弟”。莽弟诚意相助，贺词《卜算子·贺梅苑》

寄意深沉:“梅种汉江边,洁影依芳祖。笑罢千娇最后红,白雪压不住。 赤子殷殷心，尽倾奇花树。若把郧阳比洛阳，纸贵天香处。”

更为惊喜的是，野莽一首寄情词，竟飞越大江南北，一时间，书家、画家竞相挥毫蘸墨，书此一诗。或诗里画梅，或梅里藏诗，个个自成书画一品。江城武汉的大书法家公目，溪城书家“二沈”之一的传平，北京卧雪画梅、摄梅的崇星，天府之国的墨竹布衣，大同府鲁奖得主王祥夫，株洲市文化世家传人聂鑫森……作家、书家、画家们墨书野莽《卜算子·贺梅苑》,实乃是“野莽一词灿烂，诸家墨妆梅苑”。

我一直深深感念这位著作等身、编著超亿字的资深作家、编辑家、同一故乡的兄弟给予我的慷慨友情。

与此同时，天南海北的作家、书家、画家们的贺信、贺词、书画墨宝不时传来。

河北作协党组书记王凤来自千里外的贺信，鲁奖得主、湖北作协主席李修文长长的祝祈，北京十月文艺出版社总编辑韩敬群的古体贺诗，著名散文作家王剑冰的网络祝福传音，上海著名诗人徐芳、河北作家康志刚的微信长文，还有友人雪峰、陈茹代表故乡的激情演讲……

那天，无数天下人的真情，流淌在鄂西北寂静的山坳。

那天，梅苑开放的消息，在网络刷屏。

7 月，在秦巴山深处，一座文学艺术的殿堂——“梅苑”从此诞生。

三

2020 年 8 月 31 日,梅洁文学创作 40 周年纪录片在塞外张家口蔚县开机,这是我人生历程中具有纪念碑意义的事情。由此我会始终感念塞外那片土地对于一个创作生命的恩典！蔚县 80 余人参加了开机仪式。县委书记说:“蔚县人民特别欢迎蔚县的儿媳妇回家……”感念这位首次谋面的官员，竟朋友般知晓我的身世。“蔚县的儿媳妇”，多么亲切的呼唤，但天堂里的那个蔚州儿子已经走远……

之后，我随策划兼制片人王成伟、十堰电视台资深导演陈新、一级摄像师耿凯，我们四人一起，由蔚县出发，开始了山河万里的行走。我知道这些家乡的知性友人是要沿着我的出生地、求学地、重要作品采访地、重要文事发生地走一遍，他们渴望在纪录片中再现我的文学人生。

离别蔚县我们来到了塞外名城张家口，我在这座声光高远的城市生活、工作了 8 年。

摄制组像我《商道》一文里写到的那样，一直穿行在“数百条网状一般缠绕的老巷深处”，他们走过这些迷宫般的老巷之后，与我当年一样，“感觉这座城市是我们这个世界遗落在高原的一块璞玉”。

张家口昔日的文学朋友们欢天喜地迎接我们的到来，他们心怀喜悦地接受着摄制组的采访，而文化学者刘喜的一番话语让我们无比惊讶，他说：张家口这片土地走出了丁玲、汪曾祺、梅洁三位作家，这是张家口的骄傲，也是张家口对中国文学的贡献。

这番话很让我感动，他说的三个人均非张家口籍。1946 年丁玲从延安来到张家口，在涿鹿县一个小村庄温泉屯深入体验生活，两年后写出的《太阳照在桑干河上》呈现了她经历的那个时代；汪曾祺因划为“右派”从北京下放张家口劳动改造四年，他后来在数篇散文和小说中书写到那方高原地带。我呢？从 1970 年大学毕业分配至此到 2000 年举家迁离（1992 年调往河北省作协从事专业创作，但丈夫没调动，家仍在张家口），30 年的青春岁月都留在了塞外。无论是个体生命还是文学创作，这片寒凉的土地无疑已成为我生命的色彩。

摄制组一行一路奔波，不舍昼夜。

在张家口北部辽阔的内蒙古草原，迎着滚滚的羊群、马群，我们倾听在草原深处工作的青年唱蒙古长调。

在宁夏的西鄂尔多斯荒原，我们艰难地走过沙漠，到达古老苍茫的贺兰山脉，我们拜访了把一本边塞文学刊物《黄河文学》办得声名远播的主编郭文斌、闻玉霞，而郭文斌传播传统文化的矢志不渝深深地震撼了我们。

1998 年，我曾在甘肃、青海、宁夏采访，为了了解西部的教育与贫困，我在这片土地上走了近 50 天，最终创作了荣获鲁迅文学奖的作品《西部的倾诉》。摄制组企望纪录片再现我当年在西部艰难行走的情景，于是我们选择了宁夏。难忘在西鄂尔多斯荒原，摄像师耿凯在沙漠烈阳下，蹲着、跪着抢拍沙漠之舟骆驼艰辛跋涉的影像（全部拍摄任务结束后，我才得知受苦受累与我们走过万里山河的耿凯，心脏居然安着支架！）。

在北京，摄制组采访了熟悉我创作的评论家、作家和文学编辑：李炳银、李朝全、田珍颖、野莽、王家新、韩敬群、高伟……是他们经年不竭的关注、信任，陪伴梅洁走过 40 年的文学人生。

在石家庄，摄制组进入了我曾经的工作单位河北作协。诗人刘小放一首《梅洁出塞》的诗歌表达了他对一个同事多年的认可和尊重；我们赶往医院看望95岁的著名老作家徐光耀，先生拉着我的手，流泪。当年从塞外调往省城从事专业创作，没有徐先生的强力推动，梅洁也许不是今天的梅洁……感恩先生的命运相助，更感恩他把一生献给了文学世界，一部小说《小兵张嘎》成为几代人成长的精神陪伴。

走过了北方大地，我们来到我少女时的求学之地湖北襄阳。

15岁那年，我来到了命运救赎的第一站——襄阳太平店中学。初中毕业58年后，我随摄制组再一次走进了这所中学，我和当年的物理老师、化学老师、语文老师，还有亲爱的哥哥相会在沐浴着明媚阳光的滨江中学（20岁的哥哥当年刚分配到这所学校）。命运的救赎之恩仿佛始终没有离开这片校园——我们看到，当年被救赎的那个小女孩，作为学校走出去的“名人”，她的名字、照片、获鲁奖的事迹都被刻在了校园的大理石雕塑上，记写在学区的文化墙上。岁月可以带走一切，带不走的是时间给予命运的照耀。

襄阳的省级名校襄阳四中，当年冒着风险破格录取了档案里写着“政审不合格，不同意升学”的女学生，使她有机会在这里扎扎实实通过三年高中学习考上了大学，从而挽救了她的命运。而半个世纪后的2015年，这座城市的市民又把神圣的“汉水女神”称号推选给了已经老去的“那个女学生”。

怎样感恩这命运的轮回和恩典？

2015年10月，可敬可爱的襄阳市民欢欣鼓舞迎接摄制组的到来。“汉水女神”号游轮的顶层甲板上，近百人围绕着他们心中的“汉水女神”载歌载舞，他们把她高高举起，举在了肩头……

古老的襄阳和美丽的汉水，是我生命里永不褪色的缤纷。

纪录片外景拍摄月余，每天，我都是拖着一条因膝盖半月板磨损、脱落而疼痛的右腿，跟随着年轻的摄制组成员走过了南方北方的千山万水。感激年轻的制片人王成伟，不厌其烦、不辞重负地一路搀扶，没有他的牵拉，我寸步难行。是这真情的搀扶给了我力量，给了我走过万里山河的激情。我知道，是一直怀揣文学梦想的王成伟策划了这部纪录片，是青春度地蔚州慷慨资助了这部纪录片，再艰难我也要把这千里万里的长路走完。

四

2020年10月31日至11月2日，由河北作协主办、十堰电视台承办的“梅洁文学创作40年研讨会”在故乡郧阳召开。

中国作协副主席、著名作家陈建功与20多位全国知名作家、评论家、名刊主编来到了梅苑；我文学发端地河北蔚县和我少女求学地襄阳的朋友们也来到了梅苑。

朋友们从天南海北赶到我的故乡参加这样一个文学的盛会。

感谢世间尚存的真诚、温暖和善意。

令我惊喜不已的是，我生活工作了14年的河北蔚县专门请蔚县剪纸艺术大师为我制作了一幅十二层剪纸艺术肖像，这是第二故乡带给我的一个巨大惊喜。众所周知，蔚县剪纸艺术是中国独一无二的刀刻染色剪纸。这么珍贵的礼物从三千里外由蔚县三位领导人亲自送到梅洁文学创作40年研讨会上，怎样感恩这样金子般的深情？

我深知，所有的情谊都源于文学。是文学这一世间美好的事物，感动着我们共同的心灵。是对文学的虔敬和爱，让我们的真情汇聚在了美丽的汉水之滨！

是的，感谢世间依然存在的纯粹的文学、纯粹的心灵！作家朋友们不辞劳苦奔赴我的故乡，参加这样一个对文学生命进行探究、辨析的盛会，他们宝贵的指导意见和评论的全部真意，依然是一批纯粹生命对一个文学生命最美好的搀扶与慰藉。他们在为我的生命添彩！

人生的40年，漫长也短暂。

40年来，我在北方的土地上辗转迁徙，但无论何时何地，我都是把手中的笔视作农人手中的锄把。像农人那样宠辱不惊地耕耘，做一个真诚的劳动者，成为我平生的愿望。

40年锲而不舍地写作，我的生命质地开始嬗变，开始提升。

因为写作，我总在感念着生活的点点滴滴，无论是爱与恨，希望与失望，困境与挣脱，抑或是幸福与苦难，都让我沉浸，都让我流泪。在这无数遥远而贴近的感念与沉浸中，一颗原本麻木的心变得多感，一双原本愚钝的眼睛变得饱含深情。

因为写作，我开始不断审视人类和自身，包括生存、命运、历史、自然、现在、未来，包括哲学、宗教、艺术、人性……审视的过程是不断学习、积累的过程，是不断向真向善向美的过程，是精神不断受洗礼和被提升的过程，当所有的审视嬗变为信仰、道义、自律、宽容、同情，嬗变为谦逊、善良、理解、公正等诸多德性时，我还是过去的我么？

因为写作，我必须勤勉。写作是这个世界上纯粹而又艰难的劳动。它每天都必须是在创造，而所有的创造都是创造者以心灵、思想抑或血肉之躯孕育的果子。当我能够学会像农人忍受饥饿、暴晒、寒冷、大风、疲惫、旱涝灾害的打击那样忍受焦虑、脆弱、困惑、迷惘、慵懒对我的困扰和带来的煎熬，而日复一日地进行具有韧性的战斗，最终一丝不苟地将自己心灵和思想的话语填满稿纸的每一个格子，抑或敲进电脑时，我还是过去的我吗？

我相信，写作是对生命乃至心灵最温润的滋养；我同时相信，写作成就我们的人生，也成就我们的品格；写作拯救不了世间，但一定能拯救我们自己。

创作从急于表达、渴望宣泄到自觉不自觉地化作一种生命形式，这预示着人的精神成熟和皈依的完成。人生没有高地又尽是高地，艰难地跋涉不断带给我们“到达”的喜悦和兴奋。随之，我们会发现前面的路依然很长，山依然很高，没有终点，没有止境。因此，我们永远无法获得“到达目的地”的极乐，我们的快乐、惊喜、幸福仅仅是生命跋涉过程中对于位置的坚守和忠诚。

40 年一路走来，有无数的人在这条路上陪伴、搀扶、呵护着梅洁前行，哪怕是一个微笑、一句慰语、一个暗示，都成为我跋涉前行的力量，都成为战胜困境、摆脱绝望的福音。

40 年来，700 余万字、33 部著作、630 余篇作品的出版与发表，有多少报刊、出版社编辑在经年不断地为审阅、编发我的作品而受苦受累？

漫漫人生，冷暖世间，无数人在善待着、支持着、关注着梅洁。岁月易逝，恩义永在。

五

2020 庚子之年，一件又一件充满善意的文学人生故事，发生在我身边。现在我想特别提到一个人，那就是著名作家贾平凹。

我在前面写到，2020 年 7 月，故乡梅苑开放，在京城著名作家野莽的帮助下，梅苑迎来了贾平凹先生的书法题字“梅苑”，从而使秦巴山野里的梅苑大放光彩。

自此，对平凹先生的感激、答谢之心一直涌在心头。

2020 年 12 月 5 日，全国梅兰芳艺术研究会梅氏文化工作委员会在陕西商南召开年会，而商洛即是平凹的故乡，我立即想着要乘此时机拜望先生。随即约上海青年作家王成伟一同前往。

12 月 5 日下午 4 时，我提前离开商南，因为西安傍晚堵车严重，辗转到夜晚 9 点多才抵达西安。在车上窝了 5 个多小时的病腿，已疼痛难忍，无法落地。但一想到平凹先生第二天在书房等我们，什么疼痛已无所谓。

12 月 6 日，一个难以忘怀的冬日。我们在古城西安拜见了中国文坛“一马当先”的作家贾平凹，这是一个历史性的时刻。

这一天也恰是我的阳历生日。对于此，完全是突然的发现与巧合。因为我从不过生日，阳历生日更是忘得没影。恰是在准备赴贾府拜访时，突然发现这一天是我的“生日”，于是便喜出望外……

就是在这一天，我与王成伟怀着万分的喜悦和激动，拜望了我一直企望相见的文学大师贾平凹。多少时日，我们都在想着要感谢先生赐字“梅苑”的盛情，这一天终于能登门入府，见到了和蔼可亲、平易近人的贾平凹。

与贾平凹先生的交往要追溯到 1982 年。那年平凹先生出版第一部散文集《丑石》。初登文坛的我，阅读之后以崇拜之心给远在西安的平凹先生写了封信，先生即刻用毛笔竖行回了信。但此后几十年里，我们只是在一次颁奖会暨全国作代会上相遇，相遇时我也只是小心谨慎地与之合影，与先生并无近距离交流。所以，当站在单元门口给先生通电话时，我一直在紧张地心跳。

没想到，平凹先生不由分说，硬是从十几层楼寓的顶层下来接我们上到楼顶的书房。先生的纯朴、善意，以及早已在竹皮暖壶里为我们泡好的珍藏了 48 年的普洱茶，顿时平息了我紧张的心绪。与先生对饮一碗一碗的香茶，让我见到了一个至诚至善、可爱也纯朴的作家的真性情！

平凹先生的书房里堆满了无数古老得不知年月的雕刻艺术品，我想，是那满屋的神圣赋予了一位知名作家创作的力量和灵性，也同时赋予了他善待世间万物的平等心性和古道热肠！

在书房，先生挥毫蘸墨，愉快地先为我们写下一幅书法珍品《梅洁这四十年》，这是为王成伟编辑了数月、即将出版的有关我的一部图书题写的书名。之后，当他知道这一天是我的生日时，立即郑重地问我："你想要我写什么？"我即刻说了《金刚经》里释迦牟尼的教语"应无所住"，先生应道："好！应无所住。"随即挥毫落笔。在我已心花怒放时，先生稍一顿思又说："我再送你几个字！"话音刚落，"德寿　梅洁生日好"便落墨纸上。先生原本要写"梅洁生日快乐"，但空白处已写不下"快乐"两个字，先生仿佛自言自语也仿佛是在对我说："就写一个'好'字吧，梅洁生日好！"一个"好"字比"快乐"两字还快乐！落笔，我们和先生一起开怀大笑。

好一个平易、率真的文人！

与此同时，先生还为青年作家王成伟书写了"四十不惑"，为他将出版的散文集《陪你走山河万里》题写了书名。

天下谁不知平凹先生书法的珍贵？先生分文不取为我们写了一幅又一幅，这是怎样的幸运和福气？我在万般欢喜之余再次充满感激：这样一个誉满全国乃至世界的作家，在怎样为我的生命添彩？

平凹先生的夫人重病手术刚 20 天，他却不惜暂别亲人与我们进行了一个多小时的亲密交谈，谈秦楚古国风云，谈汉水丹水进京，谈满屋的佛雕古籍，谈当年的书信和今日遇见的缘分……

我一直在想，在贾府神奇的书房里，我收获的何止是一幅又一幅珍贵的书法作品？我收获的是人世间值得永远珍藏的一段时光！

作家王剑冰在读了刊发在《十月》杂志上我的《入襄阳记》之后，微信留言："一个人的生命，竟然有这么多色彩。竟然有这么多人，为她添加了色彩！"

感恩一路走来所有为我生命添彩的人！

山河不逝，友谊永在！

目录

上辑　梅香苍茫山水　梅洁文学作品选

下辑　共话天地人间　评论家、作家视野里的梅洁

梅香苍茫山水

上辑

梅洁文学作品选

一种诞生

许多年来，我为自己拥有“梅”的姓氏而感念着一种生命的高贵，我也冥冥中意识到我因拥有“梅”的姓氏而一生在悲悯着这个世界。

于是，许多年里，我总是企图诠释我的家族的生命状态和命运密码。我曾那么庄严、那么孤寂、那么久地想过。

有一天，我从一部图腾崇拜与姓氏关系研究的书中获悉了一种远古的信息。这信息使我看到了我祖先起源的日子——

古老的汉水岸畔，岩崖丛生，梅林古苍。一个英杰般的母亲统治着一个部落，那便是我茹毛饮血的祖先。在冰清玉洁的季节，在风雪迷漫之中，我的祖先们“咿呀”着在梅林的古苍中穿越、奔跑、捕获、坚守和做爱……

漫长的艰辛和苦难走过，他们无数次向上苍祈求着福佑。终于，他们把在料峭季节中给予他们生命惊讶和喜悦的暗香奉为部落的“福佑神”。从此，“梅”便成为我的祖先们的图腾。年年岁岁，一代又一代，他们从这高洁的花开花落中体验生存、忧伤、孤傲以及生命和爱。

犹如崇拜牲畜牛、马、羊、猪，崇拜颜色红、黄、蓝、白，崇拜其他植物杨、柳、松诸如此类的部落将图腾崇拜物定为部落人的姓氏一样，我的茹毛饮血的祖先们便以“梅”为姓了。从此，一种在高阔深远的冬季凛然怆然、不亢不卑、不媚不俗、孤独冷傲的自然生命景观，永远地成为梅氏部落人精神的象征。日后，部落人的气质、性格、经历、苦难便不言而喻地在这种象征中显现。

岁月千年、万年地轮回。我的祖先们站着、倒下，再站着、再倒下。汉水岸畔，古苍的梅树被雪水雾气湿润，从山谷流出的清澈里漂泊着我姓氏的花瓣——当我的祖先和我的家族从千年的梦中醒来，才认识到自己的孤苦伶仃原本就是命运的使然……

当我走过几十年人生，当我发现孤独、伤感而永不媚俗的生命状态在我的内心埋得有多深的时候，我才知道，就在我生命孕育的瞬间，那个以“梅”为图腾的部落的生命信息，已经从遥远的世纪外飘然而至，生命之初之末在一个瞬间无言地重合。于是，所有人生与自然的隐情，就从此命定。

有一次诞生，就有一次死亡。在不尽的人生轮回中，当我从一个女婴长成一个成熟的女人之后，我发现我始终把眺望的目光和情感的草巢栖息在一棵老梅的枝梢上，深深地爱着那风雨飘摇的、总会消亡的一切，深深地崇尚着那清冷纯洁的盛开与凋零……

是的，我生命的丰饶是蕴藏在这永远的忧伤与回忆之中了。

我庆幸我有如此的诞生。

我也庆幸日后我有如此的死亡。

《美文》杂志 1993 年第 8 期发表

梦想开始的地方

作为一个在张家口工作了22年的人，我把生命中最宝贵的年华留在了那片土地上；而作为一个写作者，《张家口日报》绝对是我文学的处女地——我相信，当年一首小诗在那张报纸上变为铅字的瞬间，一个文学的梦想便已穿越生命的时空，义无反顾地开始飞翔了。

一

1970年8月，我们这群天真而狂热、单纯而忧郁的青年学生，似一群迷途的羊羔被赶散在黄土高原和蒙古高原的交接地带，“咩咩”地呼唤着人世间的善良、真诚和温暖——塞外张家口一下子分来了1300多名大学生，之后又被分散到张家口各县农村。

从北京大学、北京农业大学、中央财经学院、天津大学、河北农业大学5所大学走来的11个懵懂的男女学生被分配到蔚县一个黄土围墙、黄土屋顶的小山村，小村的名字叫石垛。那时，每日伴随我们的是玉米、果林、毛驴、锄头、镰刀、牧鞭……我们每日赶着七八头毛驴来到被洪水冲决而形成的几丈深的断涧深壑里，毛驴在沟底无声息地啃草，我们把草帽往头底下一枕，十几个男女学生就那样齐排排、长条条地躺在草沟里望天望云，心事像天空缥缈的白云，不知归宿在哪儿。

当我们用辘轳从几丈深的水井里一次只绞上半桶水时，当我们赶着毛驴车从吉家庄公社（那时的乡镇都叫公社）粮库买回每人每月几十斤玉米面和二两食油时，当我们十几个男女学生轮流当炊事员在北方炕头大锅里烧玉米秸贴玉米面饼子时，当恒山六月的雪花棉絮般飘逸在我们纯真的惊诧和虚妄的激情里时，我们是那样虔诚无瑕、无欲无望地接受着北方小山村的再教育！

我是在北方那个破碎的不长树、也不长草的小山村石垛嫁给了我的北方男人。我的丈夫与我大学同班，我们在大学前四年里见面连话都不说，但在第五年我们相爱了。爱使我伴随他来到了贫远而寒凉的塞外。

1971 年 3 月，我们花三角钱从吉家庄公社领了一张结婚证后，就把两人各自的破被子抱到一个屋里了——石垛村的村干部为我们两人找了一户农民的一间空房子。没有祝福、没有仪式、没有家具，我们仅花几角钱买了一个装缝纫机的纸箱子装我们的破衣烂衫，我们就这样结合了！我坚信我嫁给这个北方学生一生会有依有靠、有指有望。

在蔚州老镇古老而有些破败的四合院里——遍布古城池的青砖灰瓦的四合院，有着旧日北京四合院的风格和气韵——在它西下房冰凉的土炕上，我生下了白皙洁净、体重达八斤三两的儿子，生下来就睁开双眼、骨碌骨碌转着眼睛看世界的儿子啊！两年九个月后，我又在另一处四合院东下房冰冷的土炕上生下了我的第二个儿子。生下来红光满面、体重七斤六两的儿子，生下三天才睁开双眼看世界的儿子啊！

从此，日复一日，我在蔚州古镇窄瘦的小巷里穿梭，买菜、买粮、买煤、担水、上班、送儿子上学；在漆黑的夜里，我背着或抱着儿子去医院给他们治病；在寒冷的冬天，我认识了北方的煤并学会了在铁炉子里把它们生着，炉子生着后，冰窖般的小屋便逐渐地暖和了起来；秋凉的时候，我跟着邻居的大妈、姐妹们学会了做腌菜：粗实的芹菜梗、硕大肥厚的青椒、鲜红的胡萝卜、嫩绿的黄芥菜、瓷实的圆白菜，我都能把它们切成很细的丝，然后放进蔚州人特制的黑亮黑亮的釉缸里腌起来，几缸腌菜够我们一家人吃整整一个冬天。后来，乡下的婆母来了，她认定我腌的菜比她腌的吃起来香。以至于在物资丰富的今天，我一想起蔚州酸香酸香的腌菜就口流馋水。

我始终怀念在张家口蔚州那段很清贫、很辛苦、很琐碎，也很女人的岁月。

怀念的何止这些呢？作为一个写作生命，我始终认定，蔚州那块土地是我文学的发端。在蔚州度过的漫长的日子，那块土地上的寒凉和艰辛，以及所有的愉快与愁苦，包括屈辱、隐忍、奋斗，包括高尚、卑劣、劳动、创造……最终都成为我文学永远的营养。

二

我在蔚县这块土地上度过了人生最宝贵的一段时期，从 1970 年 8 月大学毕业分配至蔚县，到 1984 年 3 月调往山城张家口，我在那里生活、工作了近 14 年；1992 年我又调离山城到河北省作家协会从事专业创作。无论怎么说，25 岁至 47 岁绝对是生命时光里的一段精华，我怎能忘记和亏欠这段时光呢？

应该说，我是在不断地写作与回眸中认识世界的，也是在不断地写作与回眸中，我人生的过程清晰了起来，我生命的青春色彩也清晰了起来，我对接纳我文学处女作的那张报纸的回忆清晰了起来……

20 世纪 80 年代，中国迎来了文艺全面复苏的时代，伤痕文学、反思文学以前所未有的力量震撼着亿万国人的心灵。已在非文艺部门做了 10 年经济工作的我，一颗曾经屈辱、压抑而渴望倾诉的心复活了！ 1980 年，以父亲苦难人生为原型的中篇小说《遭遇》先后被《人民文学》《长江文艺》《当代》退稿之后，我便开始了诗歌的写作。我断定没有强大的虚构能力会成为我写小说的大障。

我的丈夫 14 年间不在蔚州老镇上上班，他被分配在一个地直煤矿，每月只回来两三天看我和儿子，忙了就不回来。我把所有的思念和爱缝合在我和两个儿子相依的日子里。一只 15 瓦的低功率灯泡从窑洞房的穹顶垂挂下来，垂成一只橙黄色的小太阳，夜夜照亮睡熟的我的两个儿子，也照亮落在稿纸上的我的诗行。

一首小诗《金色的衣衫》诞生了。小诗短而清纯，仅有 30 行，却用了 12 个同样的词语“金色”——那实在是一个“金色”的梦想开始插翅了！实在是一个感恩、反思的生命开始萌芽了！

我把小诗装进信封，寄给了《张家口日报》。这是我文学之路上的第一次诗歌投稿。

今天，我已成为一个出版了 33 部书、发表了 700 余万字作品的作家，但我难以忘怀投寄这首 30 行小诗时的紧张和盼望。1981 年“六一”儿童节不久，我发现《金色的衣衫》在报纸文艺副刊发表了（那时每个单位都订有

《张家口日报》)！作为写作者，我有过无数次发表或出版作品的幸福和快乐，但我始终不能忘怀《金色的衣衫》发表后的震撼和惊喜——我高举着发表我作品的报纸，在一间20平方米的办公室里，欢呼着、蹦跳着、旋转着。同室工作的女孩友善地望着我，嬉笑着、羡慕着。

此后的年月，我的诗歌、散文、报告文学在《诗刊》、《星星》诗刊、《诗神》、《作家》、《散文》、《人民文学》、《十月》、《长城》、《长城文艺》等全国百余家报刊一篇接一篇地发表，我与我数百篇（部）作品的许多责编有着深深浅浅的交往，但我难以忘怀与我处女作责编的一段友谊。《金色的衣衫》的责编叫孙新民，这是作品发表两个月后我知道的一个姓名。

20世纪80年代的编辑作风实在是太好、太让人怀念。那时的投稿不用贴邮票，把信封的一角剪掉即可免费邮寄。各报刊编辑部每天收到邮局送来的稿件都是以麻袋计量的。要知道，一个麻袋的容量能盛近200斤玉米啊。编辑们每天一麻袋一麻袋地对自然来稿进行拆封阅读，采用不采用都一封封给作者回信。《金色的衣衫》发表后，我没等收到编辑部回信就又把信封剪角后再寄去了几首诗，孙新民在以麻袋计数的来稿中发现了我的诗，然后他给我来信了——

> 梅洁同志：
>
> 你的三次来稿都是我处理的，来信我也都看过了。不知你什么时候开始写诗的，也不知你原来在什么地方工作。初次接触你的诗就有一个较好的印象：你的诗构思好，节奏欢快、舒畅。你站在一个年轻的母亲的角度在写孩子的生活，很有特色。观察细腻，有时代感。希望你能挖掘新的题材，写出更好的作品来。

在指出二次投去诗稿的优缺点后，孙新民又写道——

> 请注意留底稿。来稿要尽量短些，要注意诗歌的感情，不要过多地悲叹，要明朗（与晦涩相对而言）、向上，鼓舞人心。

落款处是一个红色方块印章“《张家口日报》编辑部副刊科”，“孙新民”三个字签在了红色方块章的下端，时间是1981年8月6日。

在岁月走过了38年之后的今天，我从过往年月里保存的500余封全国各报刊编辑、作家来信中，找到了我处女作责编孙新民的这封来信以及他后来的几封书信。读着这些简朴的信函，就觉着有一缕暖流从岁月深处流淌而来；就看到清瘦的、俊朗的、戴着黑色边框眼镜的孙编辑站在不远处向我微笑；就开始深深怀念文学新质扑面而来的 20 世纪 80 年代。

三

前面说过，我始终怀念在蔚县那段很清贫、很辛苦、很琐碎，也很女人的岁月。

我把这岁月里的点点滴滴不断写成诗、写成散文。

比如，我写了许多关于儿子的诗:《妈妈的寄托》《啊，云朵》《深夜，我守护着儿子的梦》《孩子，如果妈妈爱你》……我写了许多在蔚州那块土地上的思念:《爱的履历》《南竹嫂》《在这块土地上》《童年旧事》《牛牛》《考场小记》《乡归》《腊月》……这些作品在 20 世纪 80 年代，多篇都获过省内外很高的奖项，比如《在这块土地上》获河北省首届文艺振兴奖，《童年旧事》获吉林省作协第二届“作家奖”。当年在塞外写就并发表的《童年旧事》《那一脉蓝色山梁》《爱的履历》《贺坪峡印象》等，迄今已被收入中国 240 余种文学选本和经典文库，数篇作品被收入大、中、小学语文教材和读本。

塞外那片寒凉的土地是放飞我文学梦想的驻地。1987 年，北岳文艺出版社出版了我的第一部散文集《爱的履历》，首印 8000 册一销而空，以至于我自己后来想买些书也难以购到。1989 年我去青海格尔木参加青冀两省散文研讨会时，才从西宁市新华书店买回仅剩的两本《爱的履历》。

今天，在我写这篇怀念文字时，我非常感恩的是在这部收有我 45 篇作品的处女著中，竟有 21 篇散文是发表在《张家口日报》上的。我至今都很惊讶，塞外山城的这张报纸曾给了我怎样的牵携和支撑？很多年里，我都把我的文学之路看作是生命对于大山的攀登，我曾在《女人的风景》一诗中写道:“最初上山的时候 / 女人看到山顶的岩石都在开花 / 女人被感动得泪水涟涟”……对于我这样的创作生命而言，谁能说山城那张报纸不是我艰难攀越中不断张望的“岩石都在开花”的峰脉呢?

至今，我都怀念那些在许多年里举着山野之花在山顶向我不断招手的报人：杜玉发、吴德源、杨兆祥、孙新民、李志强、杨炳海、张美华……

我怀念 1997 年《张家口晚报》(1993 年《张家口日报》改版为晚报)

以头版套彩、图文并茂发表了“梅洁散文研讨会”的报道文字（这是迄今为止对我散文创作的唯一一次研讨）。那时，我已调离山城6年，在省作协从事专业创作，但这张帮助我成长的报纸还是在继续帮助我。

我也很怀念2005年，素昧平生的晚报编辑张秀梅打来长途电话，告诉我张家口大清河要蓄水了。秀梅知道我曾在那里生活了几十年，她让我写篇文章，她说我听到这个消息肯定有感受。我从秀梅的电话里仿佛听到了那条曾经干涸、荒芜了半个多世纪的河的水声。怀着感恩与祝祈，我写下了《梦中的河流》……

怀念的何止这些呢？

对于在塞外度过了四分之一个世纪的一个创作生命而言，也许弥漫一生的都是那块土地上的四季悲喜，以及悲喜中悠远的伤感和温暖之情。

《张家口日报》2013年12月25日发表

童年旧事

在人生的路上，不知要遇到多少人，然而，最终能留下记忆的并不太多，能够常常眷念的就更少了。

这次回鄂西北老家，总想着找一找阿三。阿三是我小学高年级的同学。记得有一个学期，班主任分配阿三和我做同桌，老师说让我帮助阿三学习。阿三很用功，但学习一般。他很守纪律，上课总是把胳膊背在身后，胸脯挺得高高的，坐得十分端正，一节课也不动一动。

阿三有个毛病，年年冬天冻手。每当看到他肿得像馒头一样厚的手背、紫红的皮肤里流着黄色的冻疮水时，我就难过得很。有时不敢看，一看，心里就酸酸地疼，好像冻疮长在我的手背上似的。

“你怎么不戴手套？”上早读时，我问阿三。

“我妈没有空给我做，我们铺子里的生意很忙……”阿三用很低的声音回答。阿三说话的声音很好听，带着女孩子般的腼腆和温存。

知道这个情况后，我曾几次萌动着一个想法：“我给阿三织一双手套。”我们那时的十二三岁的女孩子，都会搞点很简陋粗糙的针织。找几根细一些的铁丝，在砖头上磨一磨针尖，或者捡一块随手可拾的竹片，做四根竹签，用碎碗碴把竹签刮得光光的，这便是毛衣针了。然后，从家里找一些穿破了后跟的长筒线袜套（我们那时，还不知道世界上有尼龙袜子！），把线袜套拆成线团，就可以织笔套、手套什么的。为了不妨碍写字，我们常常织那种没有手指、只有手掌的半截手套。那实在是一种很简陋很不好看的手套。但大家都戴这种手套，谁也不嫌难看了。

我想给阿三织一双这样的手套，有时想得很强烈。但却始终未敢。鬼晓得，我们那时都很小，十二三岁的孩子，却都有了强烈的“男女有别”的观念。这种观念使男女同学之间界线划得很清，彼此不敢大大方方地往来。

记得班里有个男生，威望很高，俨然是班里男同学中的“王”。“王”很有势力，大凡男生都听“王”的指挥。一下课，只要“王”号召一声干什么，便会有许多人前呼后拥地跟着去干；只要“王”说一声不跟谁玩了，就会“哗啦”地一大片人不跟这个同学说话了。“王”和他的“将领”们常常给不服从他们意志的男生和女生起外号，很难听、很伤人心的外号。下课或放学后，他们要么拉着“一、二”的拍子，合起伙来齐声喊某一个同学家长的名字（当然这个家长总是在政治上出了什么“问题”，名声已很不好）；要么就冲着一个男生喊某一个女生的名字，或冲着一个女生喊某一个男生的名字。这是最糟糕最伤心的事情，因为让他们这么一喊，大家就都知道某男生和某女生好了。让大家知道“好了”，是很见不得人的事情。

这样的恶作剧常常使我很害怕，害怕“王”和他的“将领”们。有时怕到了极点，以至恐惧到夜里常常做噩梦。好像从那时起，我就变成了一个谨小慎微的可怜虫。因此，我也暗暗仇恨“王”们一伙，下决心将来长大后，走得远远的，一辈子不再见他们！

阿三常和“王”们在一起玩，却从来没见他伤害过什么人。“王”们有时对阿三好，有时好像也很长时间不跟他说话，那一定是“王”们的世界发生了什么矛盾，我想。我总也没搞清阿三到底是不是“王”领导下的“公民”，可我真希望阿三不属于“王”们的世界。

在上小学五年级的时候，爸爸突然在一个早晨，被划成了“右派”。大字报、漫画还有划“×”的爸爸的名字在学校内外，满世界地贴着。爸爸的样子让人画得很丑，四肢很发达，头很小，有的还长着一条很长很粗的毛茸茸的尾巴……乍一看到这些，我差点晕了过去。学校离我家很近，“王”们常来看大字报、漫画。看完，走到我家门口时，总要合起伙来，扯起喉咙喊我父亲的名字。他们是喊给我听，喊完就跑。大概他们以为这是最痛快的事情，可我却难过死了。一听见“王”们的喊声，我就吓得发晕，本来是要开门出来的，一下子就吓得藏在门后，半天不敢动弹，生怕“王”们看见我。等他们扬长而去之后，我就每每哭着不敢上学，母亲劝我哄我，但到了学校门口，我还是不敢进去，总要躲在校门外什么犄角旮旯或树荫下，直到听见上课的预备铃声，才赶忙跑进教室。一上课，有老师在，“王”们就不敢喊我爸爸的名字了，我总是这样想。

那时，怕“王”们就像耗子怕猫！现在想起来，还心有余悸，也很伤心。

“我没喊过你爸爸的名字……”有一次，阿三轻轻地对我说。也不知是他见我受了侮辱常常一个人偷着哭，还是他感到这样欺负人不好，反正他向我这样表白了。记得听见阿三这句话后，我哭得很厉害，嗓子里像堵着一大团棉花，一个早自习都没上成。阿三那个早读也没有大声地背书，只是把书本来回地翻转着，样子也怪可怜。

其实，我心里也很清楚，阿三虽然和“王”们要好，但他的心眼善良，不愿欺负人。这是他那双明亮的、大大的单眼皮眼睛告诉我的。那双眼睛，望着你时很纯真，很友好，很平和，使你根本不用害怕他。记得那时，我只好望阿三的这双眼睛，而对其他男生，特别是“王”们，我根本不敢正视一次。

很长很长的岁月，阿三的这双眼睛始终留在我的心底，我甚至觉着，这双给过我同情的挺好看的眼睛一生也不会在我的心底熄灭……

阿三很会打球，是布球。就是用线绳把旧棉花套子紧紧缠成一个圆团，缠成西瓜大、碗大、皮球大，随自己的意。缠好后再在外面套一截旧线袜套，把破口处缝好，就是球了。那个年代的鄂西城小学里，学生们都是玩这种球，缠布球也几乎成风。阿三的布球缠得很圆，也很瓷实。阿三投球的命中率也相当高，几乎是百发百中。阿三在球队里是五号，五号意味着球打得最好，一般都是球队长。女生们爱玩球的极少，我们班只有两个，我是其中之一。

记得阿三在每每随便分队打布球时，总是要叫上我，算他一边的。那时，男女混合打球玩是常有的事。即便是下课后随便在场上投篮，阿三也时而把抢着的球扔给站在操场边的可怜巴巴的我。后来，我的篮球打得很不错，以至到了初中、高中、大学竟都任了校队队长或队员。那时我就常常想，会打篮球得多谢阿三。

然而，阿三这种善良、友好的举动在当时是需要勇气的，也是要冒风险的。因为这样做，注定是要遭到“王”们的嘲笑和讽刺的。

这样的不幸终于发生了。不知在哪一天，也不知是为了什么，“王”们突然冲着我喊起阿三的名字了，喊得很凶。他们使劲冲我一喊，我就觉得天一下子塌了，心一下碎了，眼一下子黑了，头一下子炸了……

有几次，我也看见他们冲着阿三喊我的名字。阿三一声不吭，紧紧地闭着双唇，脸涨得通红。看见阿三难堪的样子，我心里就很难过，觉得对不起他。

从那以后，我就再也不想给阿三织手套的事了；阿三打布球，我再也不敢去了；上早读，我们也不再悄悄说话了；我们谁也不再理谁，好像恼了！但到了冬天，再看见阿三肿得黑紫黑紫的像馒头一样厚的手背时，我就觉得我欠了阿三许多许多，永远都不能再给他了……

阿三的家在“王一茂酱菜铺”的对面。我不知他家开什么铺子，只记得每次到“王一茂酱菜铺”买辣酱时，我总要往阿三家的铺子里看。只见门口的台阶上下，摆着许多的竹筐、竹篓、竹篮子，还有女人们用的黄草纸，漆着黑漆的粗糙的柜台上，圆口玻璃瓶里装着滚了白砂糖的橘子瓣糖，也有包着玻璃纸、安着竹棍像拨浪鼓似的棒棒糖……其实，在别的铺子也能买辣酱的，但我总愿意跑得老远，去“王一茂酱菜铺”买。也说不清为什么，只是想，阿三从铺子里走出来就好了。其实，即使阿三真的从铺子里走出来，我也不会去和他说话的。

但我希望他走出来……

有一次，我又去买辣酱，阿三真的从铺子里走出来了，而且看见了我。知道阿三看见我后，我突然又感到害怕起来。这时，只见阿三沿着青石板铺就的小街，向我走来。

“他们也在这条街上住，不要让他们看见你，要不，又要喊你爸爸的名字了……”说完，他“咚咚”地跑了回去。我知道，他说的“他们”，是指“王”们。

望着阿三跑进了铺子，我又想哭。我突然觉着，我再也不会忘记阿三了，阿三将来长大了，一定是世界上最好的男人！

后来，考上中学后，我就不知阿三在哪里了。是考上了，还是没考上？考上了在哪个班？我都不懂得去打听。成年后，我常常为这件事后悔，做孩子的时候，怎么就不懂得珍惜友情？

中学念了半年以后，我就走得很远很远，到汉江下游去找我哥哥了，为求学，也为求生。从此，我就再没有看见阿三，但阿三那双明亮的、充满善意的眼睛却常常出现在我的眼前和梦中。

人生不知怎么就过得这样匆匆忙忙，这样不知不觉，似乎还没弄清是怎么回事就走过了许许多多的年月。二十多年后的一天，我回故乡探望母亲，第一个想找的就是阿三。

出乎意料，我竟然很顺利地找到了那时的“王”。“王”很热情地接待了我，“王”有一个很漂亮年轻的妻子。这个年龄、这个时代见到“王”，我好一番“百感交集”。说起儿时的旧事，我不禁潸然泪下，“王”也黯然神伤。

“不提过去了，我们那时都小，不懂事……你父亲死得很苦。”“王”说得很真诚，很凄楚。是呀，几十年的风风雨雨，我们都长大了。儿时的恩也好，怨也好，现在想起来，都是可爱的事情，都让人留恋，让人怀念……

“王”很快地帮我找到了阿三以及儿时的两个同学。当“王”领着阿三来见我的时候，我竟十分地慌乱起来，大脑的荧光屏上不时地闪现着阿三那双明亮的单眼皮眼睛。当听到他们说笑着走进门时，我企图努力辨认出阿三的声音，然而却办不到……

阿三最后一个进门，当我努力认出那就是阿三时，我的心突然一阵悲哀和失望——那不是我记忆中的阿三！那双明亮的单眼皮眼睛在哪儿？站在我面前的阿三，显得平静而淡漠，对于我的归来似乎是早已意料到的事情，并未显出多少惊喜和亲切。已经稍稍发胖的身躯和已经开始脱落的头发，使我的心痉挛般地抽动起来：岁月夺走了我儿时的阿三……

我突然感到很伤心，我们失去的太多了！人的一生有许多值得珍惜的东西，可当我们还没来得及去珍惜它时，一切都已成为过去，一切都不存在了……

阿三邀我去他家吃饭，“王”和儿时两位同学同去，我感到很高兴。我知道，这是阿三和“王”的心愿。很感谢我童年的朋友们为我安排这样美好的仪式。我们这些人，一生中相见的机会太少了，这样的聚会将成为最美好的忆念。

阿三的妻子，比阿三大，也不漂亮。妻子是县里的“三八红旗手”，劳动模范。而阿三现在在县政府为领导开车。望着蹲在地上默默地刮着鱼鳞的阿三和跑里跑外为我们张罗佳肴的阿三的贤惠的妻子，我感到很安慰，但却又一阵凄恻：儿时的阿三再也不会归来了，这就是人生……

“……六九年我在北京当兵，听说你在那里念大学，我去找过你，但没找着。”

吃饭的时候，阿三对我说。这是我意想不到的事情，望着阿三，我便有万千的感激，阿三终没有忘记我！

“我提议，为我们的童年干杯！”我站了起来。

阿三和“王”，还有童年的好友都高高举起了酒杯。

这一瞬，大家似乎都有许多话要说，但却谁也没说什么。我不知这一颗颗沉默的心里是否和我一样在想：人生最美好的莫过于友谊，友谊最深厚的眷恋莫过于童年的相知……我突觉鼻尖发酸，真想哭。

临走，阿三开小车送我上车站。

“很难过，我们都长大了……”真的没想到，临别时，阿三能讲出这样动情的话。然而，他的样子却很淡漠、很详静，甚至可以说毫无表情，只是眼望前方，静稳地打着方向盘。这种不动声色的样子使我很压抑，自找到阿三，我就总想和他说说小时候的事情，比如关于手套、布球或者“喊名字”的风波……然而，岁月里的阿三已长成一个沉静而冷凝的男子汉，成年的阿三不属于我的回忆，我想。实在是没想到，临别，阿三却说了这句令我一生再不会忘记他的话。

感谢我圆如明月清如水的乡梦，梦中，童年的阿三向我走来……

《作家》杂志1987年第7期发表，获第二届作家奖，入选20世纪《百年百篇经典散文》等26种选本，收入人教版中学语文教材、读本

福哥儿

我总也忘不了儿时的那株白蜡树，白蜡树是它的小名，它的学名叫女贞子树。多好听的名字，女贞子！有这样纯洁名字的树给了我怎样纯洁的记忆呢？大半生了，从鄂西北走到北京，从北京走到大漠塞外，走了怎样远的路啊？唯忘不掉乡下茅屋旁那株白蜡树。啊，我童年的树……

一

“笛——笛——”福哥儿在白蜡树下吹“叫叫”了。

“叫叫”是用翠绿翠绿的白蜡树叶卷做的。白蜡树叶很像我后来在北方随处可以看到的冬青树的叶子，而冬青树只是矮小的灌木树丛，白蜡树却可以遮天蔽日，可以独树成林。福哥儿常常用白蜡树叶做“叫叫”吹，我也喜欢。福哥儿的“叫叫”一响，我便抱着小妹出得门来。于是，我们便团坐在白蜡树下，吹“叫叫”了。我们使劲地鼓着腮，看谁吹得响……我们总这样坐在白蜡树下吹“叫叫”，葱郁的白蜡树下蓄满了夏日的荫凉，也蓄满了我童年的喜乐。

那是父亲在城里教书的时候，妈帮奶奶在乡下种张府给的那几亩水田，我要看小妹，便跟着妈了，哥哥和弟弟在城里跟着爸爸。

多寂寞啊，深深的山坳；多神秘啊，深深的山坳。两家人对山一喊，便能听得真真的，可要走呢，近者得一顿饭工夫，远者需半天呢！白天，大人们一上坡——鄂西人把“下地”叫作“上坡”——门子便都丢给孩子们了。山坳里是这般的静，这般的寂。我们只能抬头看着窄窄的天上飘着几片云，听白蜡树顶几只小鸟唧唧地啁叫。于是，福哥儿和我的“叫叫”便是山坳里最美的“乐”了。

孩儿家总是不甘寂寞的，我们总是变着法儿玩。

我们玩“做饭”：福哥儿找来一片瓦，用两块石头把瓦支起来，他说这就是锅了。然后，他便去田埂上采来荠菜、牛舌菜、茇茇菜之类，放在瓦片上，这便是我们的“饭”了。

我们玩“喂蚂蚁”：我们常常把抓来的苍蝇放在蚂蚁路过的地方，然后开始呼唤：“蚂蚁蚂蚁抬蚊来，大娃不来小娃来……”我们趴在地上，死死盯着来往的小蚂蚁，看着它们一个、二个、三个……走过来，围着苍蝇转圈，然后开始闻闻、嗅嗅，然后相互把触角碰碰，好像在说：“我们把它抬回去。”其中定有一个掉转头跑回去，好像是去给爸爸妈妈兄弟姐妹们报信。不一会儿，一队浩浩荡荡的蚂蚁队伍出发了。当它们齐心协力把大苍蝇抬回洞里时，福哥儿总是第一个从地上爬起来欢呼：“有饭吃了！蚂蚁有饭吃了……”这时，我们总是相互望着沾满了土的肚皮“吃吃”地笑。

我们玩“抬轿轿”：我们各自双手交叉，然后相互紧握着对方的两只手腕，小妹便可以坐在我们的腕子上。我们抬着小妹转圈圈，福哥儿一边转一边喊：“往婆子了！往婆子了……”鄂西人把嫁姑娘叫作“往婆子”。那时节，我们都不满八岁，常常是抬不动的，一不小心便将小妹摔了下来。小妹因常挨摔，左腚上瘀血化脓，母亲发现后带小妹去山那边找人割脓疮，竟流了一碗脓血。这已是后来的事了。

我们还玩“做爸爸妈妈”：福哥儿捏个小泥人，我摘来肥阔的柿树叶，用指甲把柿叶掐成小衣样儿，然后套在小泥人身上。福哥儿有时还把汗腥腥的小褂儿脱下给小泥人盖上，然后装模作样地说：“睡吧，爹爹到山上砍柴去了。”说完，他便扛着一只扁担（柴棍！）蹒跚着向白蜡树后面的山坡上走去。我用福哥儿的小褂儿把小泥人裹住，裹成一个大团团，然后抱在怀里，学“做妈妈”。我轻轻地、有节奏地拍着怀中的小泥人，一摇一晃地唱着小时候母亲哄我们时唱的歌：“啊啊，娃娃乖呀！抱上街呀，买个油馍揣回来呀！啊啊……”这大概是我最早的扮戏了。

白蜡树下我和福哥儿总这样扮戏，有时玩累了，我们便在树下蚂蚁草滩上睡去。一觉醒来，我们身上、脖子里爬上了许多蚂蚁。我们一直玩到大人们从地里回来，便各自回家。

有一次，母亲从地里回来，给我带回一柿叶像桑籽一样的野莓子。母亲坐在门槛上喂小妹吃奶，我偎在母亲膝边吃酸甜酸甜的野莓子。半天了，我才想起福哥儿，往树下一看，他双手托腮坐在那里，正呆呆地看我们呢！那时，我是怎样的心酸……

“福哥儿爸为啥子不要福哥儿妈了呢？”我问母亲。

“小孩子家不要问了，拿莓子给他，一块儿吃。”母亲说。

我跑过去，把柿叶里的野莓子倒给他一半，他用两只小手捧接着，然后大口地吃。野莓子汁把我们的脸蛋染得黑紫，我们互相看着，“吃吃”地笑……

后来，母亲告诉我说，福哥儿的爸已在武汉给他找了“新妈”。可福哥儿和奶奶依然住在乡下。我常想，福哥儿知道他有“新妈”了么？但我总也没问，母亲不让问。

福哥儿爷爷奶奶那辈是乡下大户人家。他们家族的成分不是地主就是富农。福哥儿爸从小在外边读书。1947 年郧阳解放时，他又和我父亲一块儿参加组建郧阳专署工作，我父亲在陕南公学当文化教员，福哥儿爸在专署财政科，后来大军南下时跟部队走了。福哥儿爸不爱福哥儿妈，因为人们说福哥儿妈和长工过着……这是许多年以后我才听说的。

我们在乡下只住了几年，后来，爸爸又接我们进城住了。从此，我有许多年再没有看见福哥儿，再没有看见童年那棵白蜡树。

二

我再看见福哥儿的时候，已是我离开乡下十年后的一个夏天，我到很远的地方找我哥哥念书。那年的暑期放三个月假，我只得又从很远的地方回鄂西北乡下找父亲母亲，这时我又看见了福哥儿。我们一时竟不敢相认。他长大了，瘦瘦的，高高的，两只眼睛晶亮晶亮，像两颗黑宝石镶在黝黑的脸庞上。母亲说，福哥儿的两只眼睛像他妈，福哥儿高而端正的鼻梁像他爸。

白蜡树下，我和福哥儿说着小时候的故事……

快开学了，哥哥来信叫我。我走的头一天，福哥儿来了。他坐在我家门槛上，呆呆地看着我，说：“姐，我真想跟你一起走，到武汉找我爸。我高小已毕业两年了……我想上中学。”

“你真该找你爸爸去的……”我说。

“可我爸爸来信说，叫我在乡下照看奶奶。再说，我也没有路费……”他低着头，哀哀的。蓦地，他又抬起头望着我说：“姐，你到了武汉，帮我找一下爸爸，叫他给我寄点路费，我一定要去的……”说着，他的眼内噙满了泪水。

我是一阵怎样的心酸、怎样的凄惶啊！福哥儿，我是去襄阳而不是去武汉，武汉在哪儿我也不知道。我想，那时福哥儿肯定和我一样，压根儿没弄清武汉和襄阳的地理概念。但就在那个瞬间，我多么希望我的家突然变得有许多许多的钱，帮助福哥儿去武汉找他爸爸。然而，我是怎样的难过！我仅有的 15 元报名费和路费还是父亲卖了两担山柴、母亲卖了一只猪崽才凑起来的。于是，我掉泪了。

“姐,这是我妈给我做的一双布凉鞋,很好看。听说新妈的女儿也长大了,姐帮我把这双布凉鞋带给那里的小妹……”福哥儿说着，打开一个白布包，包里放着福哥儿爸地址的信皮，另有一双崭新的布凉鞋。毛边白鞋底纳得密密的，鞋耳全用各色新布缝制，一层叠一层，尽是彩色花了，鞋鼻处还缀着一个红红的小绒球，委实好看。这便是母亲做的，我心想。然而，我知道他母亲已改嫁到很远的山里，又为山里的那个男人生了五个孩子！

“城里人不穿这个，你留着，这是母亲做的……”我对福哥儿说。

“那我没得啥子捎给爸爸了……”他无望地低下了头。

可怜的福哥儿，你要捎给爸爸什么呢？你爸爸又捎给你过什么呢？

后来，我再没回过鄂西北乡下，直到高中二年级我到武汉参加湖北省青少年运动会时，我真的去找福哥儿爸了，按福哥儿那年给我的信皮上的地址。后来的年代里我反复地想过一个问题，那就是：我惊讶少女时代的我，何以顽强地将福哥儿给我的那张揉皱了的粗纸信封从初中保存到了高中？！

武汉，那么大的城市！我有被淹没的感觉。何况，福哥儿爸还做着那么大的长江航运局的什么官！那我也要去找，为了福哥儿能念上书，为了福哥儿能到武汉。

记得那是黑夜了，我终于找到福哥儿爸爸家。不巧，他爸不在。保姆把我领进卧室，保姆没为我开灯，因为福哥儿的新妈已睡了。我咬了咬牙，壮了壮胆，便隔着蚊帐说了：“表婶，”过去母亲曾这样教我称呼，“我是福哥儿家乡的……福哥儿让我捎个信，他想来武汉念书，让表叔给他寄点路费……

或者，帮他找个临时工。”我终于把福哥儿的意思全说了。模糊中，我见蚊帐里的“表婶”翻了个身，说了声：“知道了！”于是，我便退了出来。

天呀，我竟有这般的勇气向一个躺着的、陌生的大人说了这般严肃的事情！她“知道了”，我释然了。当我独自走在武汉大街上时，我心中有说不尽的轻松和喜悦。我竟觉武汉的马路变宽了，路灯更亮了。我甚至是蹦着跳着走的——因为福哥儿能来武汉了！

三

我第三次见到福哥儿，是又过了五年之后。

白蜡树下，我和小妹说着小时候的事情。

“福哥儿最终也没去成武汉，他爸从没给他寄钱来……”小妹很伤心地说。

“这是为什么？我是真的告诉了他新妈的！”我惊极气极。

“妈是这样猜的……你不该告诉他新妈，你该告诉他爸才是。”小妹哀怨。

我好一阵苍茫黯然。这是怎么回事呢？但我终有所悟了，他新妈怎么会把这事告诉他爸呢？我真是傻呀！如果说生活在不断告诉我纯洁无知的心灵许多严酷的事情，那么，“福哥儿新妈不是福哥儿亲妈、新妈不会对福哥儿好”这件事，绝对是对我认识人间世情的一次新的惊醒。我很后悔自己曾经的无知。

福哥儿，我是将你辜负了！

“他现在怎样？”我问小妹。

“他奶奶早死了，是前几年死的，他现在一个人过。这年月，恐怕他爸也出事了。他挨了许多打……妈说，他已有些神经了。前天，队里分给他的稻谷，放在家里让人偷了……听说他病了。”

“这就去看他……”我起身就走。

小妹领着我顺着山坳往上走，不到半里地，便看见一间小茅棚，像一个乞讨的老妪，孤独无望地立在半山腰上。唯有一株幼小的白蜡树在风中摇着，默默地陪伴着茅屋的寂寞。

小妹说，那便是福哥儿的家了。我不禁一阵难言的战栗，这充其量不过是一间“看瓜棚”啊！茅屋顶上的山草已变成灰白色，矮矮的土板墙上留着许多圆圆的“鼠洞”，用玉米秸扎成的门大开着。一只小猪崽儿在灶前“哼哼”地拱着，小耗子贼溜溜地顺着墙根跑……我们进得屋来，只能站在棚脊处，别处是立不起身的。福哥儿蒙着又脏又烂的棉被躺在地铺上，没发现我们进来。

“福哥儿……”小妹轻轻地喊。

“福哥儿……”我轻轻地喊。

福哥儿从被里伸出头来，漠然地看着我们。我原以为他会惊喜的，然而却无。他很黑很瘦，头发又长又乱，眼角堆满眼屎，目光滞滞的。我又一阵战栗——他本该有的那双宝石般的眼睛啊！

“姐，听说你回来，没去看你，我病了……”他说，“姐，你走时，到武汉再找找我爸，让我爸帮我找点活儿……我想，武汉那边总有农场的。要不，我爸在航运局工作，在船上、码头上帮我找点活也行。告诉我爸，我什么苦都能吃……”他流着泪。

我默默地点头，无边的凄然、无边的悲凉啊！我只觉得我的心沉下去了！沉下去了……

福哥儿，你竟这般境遇、这般境遇啊！而你的母亲当初却给你起了一个怎样辉煌的名字？

我和小妹为福哥儿整理了家，喂了那只小猪崽，坐了一阵便走了。走过一段路后，我忽地转过身来，见福哥儿倚在门口，向我们笑着。啊，那含泪的、凄凉的笑我一世也不会忘了！

“小妹，他应该成家。有人照顾他就好了……”我说。

“姐，没人跟他，永辈子没人跟他的……”小妹说。

我长时间地默然，终于无语。

返北京时，我又到武汉去找福哥爸了。然而，满世界的大字报已糊满了我五年前曾去过的那所楼寓。那世人惶惶的岁月啊！我无从打听，无从打听呀……

四

时光流逝，人世沧桑，又十五年过去了。我这心灵的脆弱者，总也无法忘却乡下的旧事。感谢母亲给我带来了福哥儿的福音，说三十八岁的福哥儿终于结婚了，新嫁娘是一个未婚的女子，比福哥儿小十多岁。福哥儿这两年终于可以在外面做些临时工，挣了几千元钱，是不是他爸帮忙的，不知道。

于是，村里人和亲戚帮助福哥儿盖了两间瓦房……

夜深了，我出得门来，月儿镰似的，挂在中天；风微微的，像说着悄悄话。高高的月啊，想你能看见我故乡的那株白蜡树的；微微的风啊，想你能听见福哥儿在白蜡树下吹“叫叫”的，能听见福哥儿妻在白蜡树下唱着那支“做妈妈”的歌：“啊啊，娃娃乖呀！抱上街呀，买个油馍揣回来呀！啊啊……”

五

又过了七年——1991 年秋天，我回故乡采访。郧阳地委的车送我去中国著名哲人杨献珍的故乡安阳镇。车经过我童年待过的山坳，我让司机把车停下，我说什么也要去看看福哥儿，已二十二年没有见到他了。

顺着一座山梁的路走下山坳再上对面的山梁，就是福哥儿的家——福哥儿家族的人这么指引着。这是一间简易粗糙的干打垒土墙瓦房，但已比当年的“看瓜棚”不知强多少！然而，我万万没有想到，福哥儿竟依然乞丐般躺在后墙角的一摊稻草上，病得奄奄一息。环视土屋，门口一捆湿柴，树叶还泛着青绿，是亲戚刚刚帮他砍的；后墙的另一角有个大锅台，落满厚厚的尘土；水缸里无一滴水，米筒里无一粒米，只有一只破碗里有一点粗盐，盐里混着很多土粒；屋子中央的地面很高，且坑坑洼洼，好像当初盖完房从没有清理过屋内的堆土。除此之外，这座土屋空空荡荡……

福哥儿怎么会是这样？我惊呆了！

这时，福哥儿慢慢从草堆里坐起，然后拄着一根比他还高的长竹竿，踉踉跄跄地朝我走来。我迎过去，拉着他枯瘦如柴的双手，泪水同时从我们的心底汹涌着流出。福哥儿，都什么年代了，你为什么还是这个样子啊？福哥儿艰难地走出屋门，坐在门外的土坎上，很长的竹竿搂在怀里，只是无声地流泪。

福哥儿家族的人们围过来告诉我说，前几年，福哥儿在外面打工时，妻子跟别的男人跑了，福哥儿打工挣的三千元钱也让妻子骗走了。后来，妻子死活要与福哥儿离婚，法院判离了，两岁的儿子也判给了女方，福哥儿彻底崩溃了，从此便一病不起。这几年吃饭都是这家一碗那家一碗地给他送，有一顿没一顿的……

“姐，我快要死了……你到了武汉，找到我爸爸，让他回来看看我……他回来看看我，我就安心死了……”福哥儿说着，眼泪哗哗。

“福哥儿，你不会死的……你一定要挺住……这次我一定要找到你爸爸……”我也眼泪哗哗。

福哥儿说给了他爸爸的一个新地址，我想，这些年，他们父子有过书信。

留给福哥儿一些钱后，我走了。

返回塞外途中，我专程去了武汉。我终于在江岸码头附近的一座十三层的高楼里找到了福哥儿爸爸——在客厅与卧室之间的过道里有一张简陋的小床，小床上躺着一个干瘦的老人，他就是我从未找到过、又仿佛大半生都在找的人。客厅门口处，一位看上去比福哥儿爸年龄小一些的老年女性在洗着炊具，我认定她就是当年在蚊帐里翻着身说“知道了”的那位“表婶”！我感觉她望我的眼神很警惕，而如今的我望她的眼神同样也很警惕！

打过一声招呼之后，我便向过道里的老人径直走去。我向老人做了自我介绍，向他说了我父亲的名字，他听后便流泪了。我随之拿出我的身份证、工作证和名片。我说明着来意，老人边听边泪流满面。我们说话的声音尽量压低，因为洗着炊具的“表婶”就离我们不远。我希望老人能在他儿子最后的日子里回去看看，但老人无奈地说一个月前他做了疝气手术，回去是不可能的了……

从楼里出来，我说不尽的伤感！福哥儿，对于父亲，你是永远地空望了！就命运而言，你这一生都是一个孤苦无依的孩子，谁人能道尽你心中对父亲、对爱的苦望？

回到塞外，我给福哥儿寄去了一大包衣服：单的、棉的、薄的、厚的，一共十三件。我希望他能度过冬季，他只有四十六岁！

后来，弟弟来信说，福哥儿死了，就在那年冬天。他父亲终没有回来……

《参花》杂志 1984 年第 9 期发表，1992 年续写

母亲

一

母亲的家在鄂西北的山坳里。

母亲是在鄂西北山坳里长大的。

山坳里的毛针草高高的，母亲在毛针草里收割童年和秋天。外公挑着高高的毛针草去山坳外的镇子上卖，母亲便站在高高的山梁上，盼外公归来。盼外公归来买几尺头绳扎在她八岁的小辫上。

母亲拿着镰站在高高的山梁上，盼外公归来。

山梁很高，母亲很矮。

坳里的鸡打鸣了，坳顶的月淡淡的了。淡淡的月映着母亲梳小辫的影子，淡淡的月映着一个女孩子的童年。

山坳里的茅草屋是母亲割毛针草盖的，山坳里的人家都盖茅草屋。茅草屋新了，旧了，红了，淡了。母亲长大了。

阴天，人们不能到山坳里割毛针草，母亲便在茅草屋里剥桐籽，桐籽换回桐油，母亲在桐油灯下为外公缝补扯破的裤子。桐油灯的火苗红红黄黄，红红黄黄地摇着母亲打满补丁的土布衫，红红黄黄地摇着一个女孩子的梦。

山坳的花岗石青青的，青青的花岗石可以打石磨石碾。母亲随外公四乡里打石磨石碾了，母亲是石匠的女儿。四乡里的奶奶婆婆们指着母亲说："小囡子总摸弄石头，长大了往婆家就不会绣花了……"母亲望着奶奶婆婆们，心里很难过。但母亲什么也不说，仍随外公四乡里打石磨石碾。

山坳里的花岗石青青的，青青的花岗石刻着母亲扶凿把、钢钎的手，青青的花岗石刻着一个女孩子的岁月。

二

茅草屋的旁边有两棵白果树，白果树长得比茅草屋高多了，小喜鹊在白果树上垒巢了。

母亲出嫁了。

小花轿翻过了一个山坳又一个山坳，小花轿颤颤悠悠往城里抬。母亲在小花轿里颤颤悠悠地伤心。母亲舍不得山坳里的茅草屋，舍不得高高的毛针草，舍不得风里雨里打石磨石碾的外公。

母亲撩开轿帘看山里的小路，山里的小路一节节、一段段，母亲想着留在这一节节一段段上的早晨和黄昏，母亲哭了。

小花轿抬了四十里，吹手们嘹亮了四十里，母亲的眼泪抹了四十里。

山里的毛针草默默的，默默地送母亲上山、下山，下山、上山……

母亲出嫁时只有十三岁，十三岁的母亲做了城里一个女佣人的童养媳。女佣人的儿子在中学堂念书，女佣人的儿子大母亲五岁，女佣人在张家的府上做帮工，于是，母亲便和女佣人一起也到张家的府上当女佣人了。

中学堂离家很远，女佣人的儿子中午不能回家吃饭。于是，一日挨一日，母亲便拎着竹篮为女佣人的儿子送饭。母亲很可怜女佣人的儿子，女佣人的儿子六岁便失去了父亲，女佣人已做了十年的女佣人了。

中学堂的门口有棵金桂树，母亲站在金桂树下等英英俊俊的男学生，英英俊俊的男学生走来了，母亲把酸菜米饭递给男学生；男学生望着母亲笑，母亲低着头，脸都红到耳根了；男学生给母亲黑黑的发辫上插上小花了，母亲拎起竹篮头也不回地跑了。

母亲每天和婆婆一起去府上磨面、做饭、哄小少爷，母亲每天很幸福地想英英俊俊的男学生。

江边的月清清的，江里的水静静的，母亲的纺车嗡嗡的。一夜挨一夜，母亲和婆婆纺线纺到很晚，男学生读书读到很晚。

中学堂门口的金桂树开花了，母亲和男学生“圆房”了。母亲拢起披在肩后的长长的发辫，盘起乌黑乌黑的发髻了。男学生在母亲的发髻上插了朵紫色花，母亲第一次懂得男人的爱了，那年，母亲十七岁。

三

母亲给男学生绣了五双花袜底，做了五双新布鞋，男学生考上大江下游的大学了。

母亲送男学生向大江的岸畔走去，大江的岸畔留下母亲长长的心事。男学生背起包袱上船了，母亲的心掉到江底了。

乌篷船开了，母亲只能看见男学生站在船头的长衫了。男学生的长衫随江风高高地飘，母亲的秀发随江风高高地飘。母亲双手蒙住脸呜呜地哭了。

大江轻轻地呜咽着，大江流着母亲苦涩的牵挂。

中学堂门口的金桂树开花了，人们不叫母亲“二姐”了，人们叫她“三儿他妈”。“三儿”是母亲的第一个儿子，“三儿”是头顶上梳着小辫的我的哥。

母亲仍然去张家府上做工。

母亲一边用奶水奶自己的儿子，一边奶府上的小少爷。母亲要为父亲挣学费。母亲很想念大江下游的父亲，赚来的钱都邮到大江下游的大学堂了。

江边的月清清的，江里的水静静的，母亲的纺车嗡嗡的，“三儿”睡得甜甜的。母亲望着“三儿”笑，母亲盼丈夫早日回来看自己的儿子。

大学堂的女学生爱英英俊俊的父亲了，父亲也爱女学生了。父亲把唯一的金戒指送给了女学生。母亲不知道，母亲仍默默地奶自己的儿子，默默地奶小少爷，默默地寄钱到大学堂。

当父亲终于又回到母亲身边时，母亲已奶大了自己的儿子，奶大了府上的小少爷。当父亲把一切告诉母亲时，母亲只是泪流满面地说：“不怪你，只怨我没有文化。”

后来，父亲再也没有离开母亲。

中学堂门前的金桂树高高的，父亲到中学堂做教师了。母亲去中学堂揽教师们的衣服洗。

大江的水清清的，日夜响着母亲的棒杵声……

四

父亲离开过母亲，但母亲从没离开过父亲。

那年，中学堂门口的金桂树没有开花，父亲被“发配”了。当父亲被迫交出自己所有的证件和书以后，父亲就从此失去了人的尊严了。

许多人失去了人的尊严，许多人的女人改嫁了，母亲没有改嫁。母亲对父亲说：“我们回山坳里吧！”母亲想起深深的山坳，山坳里高高的毛针草，矮矮的茅草屋，山坳里曾经有过的月色和梦。

母亲知道，山坳里很贫穷，但山坳里的人很宽容、很厚道。宽容厚道的山坳会收留父亲和孩子们的。

于是，山坳里的茅草屋栖息了母亲和父亲二十年的辛酸，山坳里的毛针草母亲收割了二十个秋天。母亲帮山坳里所有的人家绱鞋，母亲的鞋绱得好。山坳里的人对母亲说：“叫你男人不要怕……”母亲望着山坳里的人，哭了。

母亲给山里出嫁的姑娘绣枕头、绣花鞋，山坳里很老很老的奶奶、婆婆们说：“二姐小时候总摸弄石头，到头来花也绣得蛮好！”母亲望着奶奶、婆婆们，笑了。

母亲给山场里的小饭店做饭，给小旅店洗被褥，挣来的钱供小妹上学；母亲起早贪黑地喂猪，把卖猪的钱寄给在大学里念书的我；冬天到了，母亲去山林子里扫树叶，母亲跪在山林子里，扫了一篓又一篓，冬日的太阳漠漠的，寂寂地照着苦苦的母亲。

母亲咬碎所有的艰难和痛苦，母亲对父亲说：“娃子们都还小，我们要活下去……”母亲支撑着父亲，母亲理解着父亲，母亲温暖着父亲。

那年，中学堂门口的金桂树开花了，红红的太阳照进山坳了，父亲回到中学堂了。父亲接母亲从山坳里归来，母亲看到那棵高高的金桂树，流泪了。

母亲想起她给男学生送饭的岁月；

母亲想起男学生在她的发辫上插枝金桂花的岁月；

母亲想起日日夜夜奶小少爷的岁月……

母亲扶着父亲的胳膊，哭了；母亲哀哀地望着父亲，笑了。

父亲抬头，笑笑地望望天，望望太阳。

五

心灵承受得了苦难承受不了幸福，父亲突然地死了；母亲承受得了所有的不幸承受不了失去父亲的不幸，一夜之间，母亲的头发全白了。

母亲在父亲爬满青藤的坟前哭过之后，便凄凄地走进了我兄弟的家。

母亲说，金桂树开花的时候来看我。然而，金桂树的花开了一年又一年，母亲终没有来。

母亲离不开兄弟家中失去了妈妈的三个孩子；母亲缝补着兄弟一家很艰难的日子；母亲过着兄弟一家一人一月只有七元伙食费的生活；母亲做老了的岁月和心啊！

夜夜梦见家乡的金桂树，夜夜梦见母亲在金桂树下望我。三千里南方北方，望老了母亲，也望老了我。

明年，金桂开花的时候，我一定回家看望母亲。

金桂树不老，母亲的爱不老。

《河北文学》1988年第5期发表，2019年已改刊名为《当代人》的杂志公众号在“新中国70年文学经典再现”栏目隆重推出全文

在这块土地上

雪　地

……见过北方的大雪吗？妈妈。

没有，您没有见过。我知道，您一辈子没出过远门，没离开过门前那株芭蕉树，而家乡偶飞的雪花又是一边下一边化了的。

妈妈，车子翻过一座山梁，我们便进入了太行余脉——一个白雪的天地。白色的山、白色的树、白色的雪野一直伸向无边的遥远。我不禁打了个冷战，心也似乎紧缩了——好一个冰冷的世界！

此刻，一直在我们前面行驶的那辆客车，竟像一只冻僵了的红色大甲虫，怎么也爬不快了。我们的车速也减到了最慢。恰是这极慢的车速使我有幸观赏北方闯入我眼帘的第一景象——白雪的世界！

妈妈，家乡是绿色的——绿色的山，绿色的水，连牧歌也是绿色的，连记忆也是绿色的。正是这绿色才使我惊愕于这银色的世界、惊愕于这漫山遍野银色的圣洁！

真真是奇观呀，妈妈！满山的树木全裹上了厚厚的雪装，看不出一点树的颜色了。真的，若不是阿之告诉我那是树，我简直不敢相信那就是树了！

每一棵树冠往日的婆娑纤柔全被今日的浑厚和丰满代替了，实在是看不出一点悠游的逸致了。就连高大而挺拔的树干也因雪水的蒸腾和凝固而被严严实实地裹成了银色！大概是由于风的缘故吧，每一条负载着积雪的旁枝都微微向南的方向倾斜着。远看，恰似一方肃穆、悲壮的女性的仪仗在默默地祈祷着什么，倾诉着什么。整个大山、雪野都在低吟着一支庄严的歌。哦，是什么不冻的灵魂，在枝儿上蹦过来跳过去的，使枝干上蓬蓬松松的白雪一缕一缕地挂了下来，飘飘摇摇、柔柔绵绵，像一团团白色的花、一条条缥缈的绢……哦，鸟儿，小小的鸟儿，严冬里顽强的精灵！我竟可以从这里追思一个美丽的童话世界了，妈妈……

“冷吗？”不是阿之这一声温存的问，我是断然忘我、忘情了的。阿之拉起我冻木了的双手，为我暖着、搓着、呵着……妈妈，我们乘坐的是一辆敞篷大卡车，车上人很多，怪不好意思的。

突然，在汽车的前方，白雪的路上，“嗒嗒”地驶过一辆载重的马车！由远而近，由小及大，渐渐地清晰了起来。那马，高昂着头颅，那毛像燃烧的火焰。在空旷的雪野，它大概第一次看见我们这缓缓爬行的大虫，于是，便前蹄腾空，咴咴地嘶叫。那声，高亢激越；那势，奔云腾雾……

在这一片冷色的世界，突然看见这燃烧的光明，我紧缩的心似乎也燃烧了；在这广漠而冰冷的大地里，突然看见这高昂的灵魂，我似乎也高昂了，妈妈。

然而，我却惊诧于赶车人那一身肥厚而臃肿的白装了——浑身上下的白，连眉毛、胡茬也全是白……一种不吉祥的念头和恻隐的同情一起油然而生——妈妈，您知道，在家乡，一身的白装是和严重的悲哀、不幸连在一起的。

“这么冷的天，这么大的年龄，够可怜的。”我对阿之说。阿之却笑了，笑得好鬼！好气人！笑了好一阵，他才说：“你注意他的眼睛……”我注意了，那眼睛是两道燃烧的光，咄咄逼人……

“你听一听他的吆喝……”我听见了，“驾——驾——”洪亮而高亢，震撼着我脆弱的心……

“你再看他的脚步……”我看见了，坚实而有力，重重地敲击着坚冰的胸膛……

“赶车人是壮年。那白眉、白须是哈气在眉须上凝成的霜……”阿之说。

“啊？！噢……”我又一次地惊愕，然而却终于释然了。

啊，北方，冰冷的土地；啊，北方，顽强的民族！

“他穿的是什么？”我问。

“羊皮袄。”阿之笑着。

“怎么没毛？”

“毛朝里。”

“毛朝里？”我更加疑惑。为什么要毛朝里呢？毛朝外多暖和，多好看！妈妈，我这无知的天真您不会笑话吧——在绿色的王国长大的我，似乎从有思维的那天起，我就以为皮袄应是毛朝外穿的！尽管您和爸爸、外婆们都没有穿过皮袄，也没有见过皮袄。我也不知道这概念是从哪里来的？

“皮板朝外、毛朝里暖和，北方人都这样穿。”阿之看出了我的心思，解释道。我笑了。

“那裤子呢？鞋呢？怎么都是白的？”我又问。

“那是皮裤，羊皮做的，但里外全无毛，皮板软软的……鞋是羊毛毡做的……”阿之说。

“能暖和吗？”

“暖和的。羊皮板不透风，比单穿棉裤暖和。这里的冬天风很硬，温度零下二三十度……北方的农民大都有一身这样的皮装，干活、出门是离不了的……”

阿之——北方土地上我第一个贴心的人，我第一个“关于北方的土地和人民”的启蒙者！

妈妈，以后，在这风雪的高原，沿路我又看见了许多这样穿着的人，赶着这样的马车，在白雪的天地里昂然地前行着。汽车每过一个土黄色的小村，总有一些穿得这样圆圆滚滚、白白乎乎的老人、孩子挎着粪筐站在村头，望着我们的车子，望着车子里的人，笑着。笑得很憨厚、笑得很善良。我也同样从车窗里望着他们，笑着。笑得也很善良，笑得也很激动……

“等安了家，也给你做件这样的皮袄。”阿之说。

“我不要，笨死了……”我想，我是断然穿不好那样的衣服的。

“吊个面，会好看的。”

“什么叫吊个面？”无论阿之怎样地解释，我也想象不出吊个面的皮袄是什么样子的。但我相信，那一定好看，一定暖和。

妈妈，北方就这样第一次闯进了我的心灵——白雪的土地、白雪的树木、穿着白雪般的皮衣在雪地里前行的高昂的灵魂……

乡 情

……妈妈，阿之邀我上他们家过中秋节。我真是又高兴又心慌了——我还没去过他家，一个未过门的媳妇。

中秋节前夕，阿之和我坐车来到他们村——一个土墙环绕、没有树木的很大的村子。北方有许多这样的村庄——土黄色的路、土黄色的房、土黄色的村堡围墙，围墙多已破败坍塌，所有的人家都住在围墙里面，不像老家人总是一家一户住在一片竹林旁，或安居在几棵大树下。

村庄是土色的，光秃秃的。然而，家是洁白的、亮堂的、喜气洋洋的！墙粉刷得雪白雪白，雕刻精细的窗棂足有半墙高，直通房檐。窗上安装着明光透亮的玻璃，糊着雪白雪白的窗纸，窗纸上贴着美极了的窗花……妈妈，您没见过窗花，那才美的呢！看到这样高大明亮的窗户，我便想起那属于家乡人的撑着三根短木棍的窗洞洞，在那个黑乎乎的窗洞洞里面，大白天，我还和妈妈碰鼻子呢！我又要笑了，妈妈。

紧挨窗台有一个很宽敞的睡觉的土台子，这里人叫炕。妈妈，我还是在小说里读到过“炕”呢，今日果真见到了。这睡觉的地方真大，有八九尺长、五六尺宽呢，一炕能睡好几个人。妈妈，这里人睡觉不像家乡人——脚对脚睡，而是头朝一个方向，一顺溜地并排睡。炕是土坯或砖砌成的，上面铺着苇席，崭新崭新的，虽没有家乡的竹凉席精致美观，但也是很大方光溜的，炕头摞着整整齐齐的被褥……

阿之家的人就是在这土炕上接待了我。他们执意让我上炕，我实在不懂，为什么非要我上睡觉的地方不可。妈妈，在家乡，卧室是绝对不接待客人的！我着急地用目光四处搜寻，看哪里有凳子，但整个屋里，没有一条凳子，我只得挨在炕沿边。可婆母不管三七二十一，硬是把我的两条腿都搁到炕上了，我就那样把两腿伸得直直，棍似的，上身和下身成九十度地坐着，受罪死了！可婆婆一家人却高兴了！他们都一一上了炕，就那么把两条腿交叉一盘，板板乎乎、轻轻松松、舒舒服服地围坐在炕上，问起我的家事了……

婆母竟能将小小的尖足盘着压到腚下，一坐半天不动！我真有些担心她那两条干瘦的腿、三寸长的足能不能经起这样的委屈和重压！还不麻木死了！但婆婆说，她可以这样整整坐一天，她说她是这样坐了一辈子的，还说这里的男人女人、大人小孩都是这样坐的……还是阿之懂我、知我，他从别人家借来一条小板凳，放到炕上，于是我在炕上坐着小板凳了。妈妈，您看多有意思！

阿之的二娘、三婶们来了。她们送来了一簸箕的毛豆角、煮玉米，还抱来了黑油油亮光光的大西瓜、金黄金黄的小秋果，满满地摆了一炕呢！妈妈，他们吃什么都是摆在这睡觉的炕上，连一天三顿饭也是在炕上吃——一个长方形的小木盘，漆得红亮红亮的，里面放着碗、筷、小碟、小盘、砂锅什么的，一家人围着小木盘，坐在炕上，吃得顶热乎、顶惬意呢！不像家乡人吃饭，端起饭碗可以满街跑、串家子地吃……

“吃，吃噢，尝个新鲜……”二娘说。

“没吃过吧？老远的……没你们那里的好。”三婶说。

婆婆呢，一个劲儿地给斟茶水。其实，我一点也不渴。可她们非让我喝不可，而且刚喝一口就又马上给斟满，没完没了地斟……后来，我才知道，这是阿之家乡人的礼节。妈妈，就像我们那里，去了客人非让人家吃一碗米酒荷包蛋一样的。茶，浓浓的，带着阿之家乡人浓浓的乡情。

村里的姑娘、媳妇来了许多。她们说着、笑着、挤着、指着，咬着耳朵讲悄悄话。孩子们挤不进来，偷偷捅破了窗纸……我知道，他们是来看我的，说我是新媳妇，很远很远地方来的新媳妇。妈妈，兴许我长这么大，第一次让这么多人看，心里真不受用，长得怪丑的……他们说些什么，我听不懂，只是坐在炕上那条小板凳上，低着头傻笑……

阿之在村里辈数很大。只听二娘、三婶不住地吆喝：

“二虎，过来，见过你嫂嫂……”

“小牛儿，来，见过婶婶……”

“二丑，过来，见过你二奶奶……”

“肉儿，来，见过二太奶奶……”

老天爷，辈数就这样在升高着。被叫的人有的是小孩，有的是高高大大的青年，有的还是四五十岁的壮年呢！真真的难为情死了！但他们都恭敬地、羞涩而扭捏地或者含糊不清地“嫂嫂”“婶婶”“二奶奶”“二太奶奶”地叫着。我一声儿也没回答，只是一个劲儿地傻笑……

天黑了，客人们散去了。公公抱进一大抱玉米秸，往炕下边一个洞口里一劲儿地塞。然后，他把玉米秸点着，炕底的火就“突突”地着了，火苗不时地窜出来舔着炕沿。我惊呆了！“腾”地一下跳到炕下，惊惶地问阿之：“这是干什么？”

“烧烧炕，睡觉暖和……”阿之说。

“那……被子，不会烧着被子？”我瞪大双眼，直直地望着眼前的一切。

“不会的。”阿之泰然地笑着。

妈妈，炕底呼呼地着火，炕上的被子烧不着，您若不亲眼看见，凭我怎么说，您也想象不出是怎么回事！

烧完玉米秸，公公又夹来几块煤放到炕里，说这样一夜就不会凉了。阿之说，这里的煤烧着后，用灰埋好，几天也不熄的。婆婆说，这里的媳妇回娘家，走时，埋几块煤，再搓点煤面子倒进炕里，十天半月回家来，炕也是温和的……

妈妈，多神奇的宝贝呀！倘若家乡能有这样了不起的黑石头，妈妈就不会到山上一捆又一捆地砍山柴了。

夜深了，月儿高高的。高高的月儿把亮亮的月光从白灵灵的窗格里射了进来。我躺在温温和和的土炕上，怎么也睡不着了。忽而想起家乡那个属于我的小竹床，那个撑着三条短木棍的窗洞洞，窗洞洞外面粉红粉红的木槿花，黑紫黑紫的酸咪咪……我哭了。是的，家乡太远了，我想妈妈。忽而又想起二娘、三婶抱来的毛豆角、煮玉米、大西瓜，想着那一阵阵“嫂嫂”“奶奶”“二奶奶”“二太奶奶”的嬉叫；想着那浓浓的茶、神奇的煤、热热的炕、炕洞里的火苗苗……我又笑了。

这就是我未来的家、未来的生活么？

妈妈，今晚我一定会有一个很甜的梦……

孩儿的梦

……妈妈，勃勃和毛毛长大了。他们和我童年一样，爱给爸爸妈妈讲自己的梦。他们的梦好听极了……他们还总爱问一些没边没沿的事。比如：星星为什么挂在天上掉不下来？为什么天天有白天和黑夜？北极人为什么冻不死？为什么不把地球凿个洞，那样离美国不是更近了吗？还有，鸟儿为什么会飞？狗儿为什么能闻出上千种味道？

最近，他们的发问愈发多了起来：什么叫“四个现代化”呀？“四个现代化”时他们多大了？大学毕业了没有？

妈妈，瞧，他们问得多么神奇，多么遥远！妈妈，您不是说神奇的幻想就是缤纷的梦么？

今天，毛毛一觉醒来，就又给我讲起了他的梦。他说他和铁臂阿童木一起找到了胡子先生的小狗贝洛，又和阿童木一起去北冰洋打垮了小红肠兵团……他还说，等他长大了坐飞船上月亮时，就不会再被大公妃的暴力兵团给打垮……他绷着小嘴，瞪着小眼睛，小拳头来回捶打，嘴里还不住地“咚——嘎——”地叫长声，逗得我“咯咯”地笑个不住。妈妈，毛毛是个很有思想很有勇气的孩子。

勃勃听见弟弟说梦，也从他的房间里跑过来，抢着讲他的梦。他说他梦见了许多许多的小野菊。红的、白的、黄的、蓝的，好看极了。他和同学们采了一把把小菊花，送给了他们的老师。但老师不让他们采，说小野菊会疼哭的……

勃勃的梦叫我好动情，我心里一热，爱怜地在他的额上亲了一口。妈妈，勃勃是个很富有感情的孩子。

您猜阿之说什么？他说：“毛毛的梦是科学家的幻想，勃勃的梦是文学家的情思……”孩儿们凝然，我却若有所悟。

“为什么？爸爸！”勃勃问。

“毛毛的梦冷静、勇敢，有科学家的气魄，你的梦多愁善感，有文学家的情感……”阿之拍拍勃勃的头，笑着说。

阿之向来不爱讲话，不易动感情。可他在孩子面前，血总是热的、情总是爱动的。不管他讲的有无道理，勃勃、毛毛都十分满意而又略带羞涩地笑了。

昨夜的梦是怎么回事呢？哦，我想起来了……昨天，是“六一”儿童节，孩子们举行了很隆重的庆祝大会。勃勃是腰鼓队的，毛毛是体操队的。为去开庆祝会，勃勃和毛毛操心得一夜未睡好。我呢，半夜还起来看天气，真怕下雨，孩子们开不成会了。星星还在眨眼，我已给勃勃和毛毛一人煮好了三个鸡蛋……阿之总责我“孩子气太重”。我想，今生怕是改不了的。童心使我认真，童心使我愿和孩子们厮混，愿和他们一起说梦……

妈妈，“六一”那天，当勃勃和毛毛们的队伍走过大街时，我和元元的妈妈、旭旭的奶奶都哭了。军军的爸爸笑我们，说：“唉，做母亲的、做母亲的……”其实，他还哽咽呢！

妈妈，您见过那样的场面，那是在我们的童年——飘扬的红旗、彩色的衣衫、咚咚的鼓声、美丽的花环、红领巾、队歌、阳光一样的笑脸……是呀，孩子们美好的童年唤醒了爸爸妈妈们心中多少消匿了的时光呀！

庆祝会整整开了三个小时，太阳晒得很。孩子们汗流满面。勃勃和毛毛们的老师为孩子们背着水壶、撑着阳伞，有的把外衣脱下来给孩子们顶在头上，有的把草帽让给孩子戴……唉，这些给孩子们彩色的梦的人们啊！

渴得很呀！明明买了根冰棍，让毛毛咬了一口，勃勃把自己水壶里的水让给同学们喝了……孩儿的心灵，实在是最纯净的了！

散会后，勃勃和毛毛一人带回一个彩色软塑铅笔盒和一本红色笔记本。那是他们得的奖品。勃勃、毛毛全评上了“优秀少先队员”。

勃勃铅笔盒上的图案是一地香雅的小野菊，开得正醉；毛毛铅笔盒上的图案是“铁臂阿童木”，神着呢！哥俩比了半天美……

于是，老师、同学、小野菊、飞船、贝洛、阿童木就这样在美丽的夜晚，悄悄化作了他们的梦。

妈妈，勃勃还在说他的梦，毛毛也还在说他的梦……

孩儿的梦，好听极了……

孩儿的梦给我纯真，给我诚挚；孩儿的梦使我向上，使我振奋；孩儿的梦不使我虚伪，孩儿的梦不使我堕落……

妈妈，祝愿不敢弄死一只小毛毛虫的勃勃长大了成为文学家，祝愿能把小玩具车全部拆散再装起来的毛毛长大了成为科学家。这块土地养育着他们，阳光赋予了他们彩色的梦，于是，他们的梦便插上了飞翔的翅膀……

为孩儿的梦祝福吧，妈妈！

《作家》杂志1984年第7期发表，获河北省首届文艺振兴奖，记三等功一次

泪雨霏霏干一杯

木格窗把外部世界切割得破破碎碎，我望不见整个蓝天。厚厚的夜包容我封闭我寂寞我冷静我。神秘的诡谲的寒凉的遥远的星们啊！

所有青青黄黄的脸色、红红白白的脸色在愿望什么？悄然什么？世故什么？

我身前身后空空荡荡……

感谢太行山里的小女子让我依在她的怀里哭尽我的悲苦和懊恼。

捧着那本集子，那些散文，那些爱与生命的感动，树叶在秋风中潇落。多少年了，渴望有缘走进人们的心里，渴望理解。理解那曾经淡漠曾经痛苦曾经爱过恨过的江湾啊！

从女儿般忧伤的江湾里走出来，我对世界一片同情；我也渴望世界有同情笼盖我包容我。这世界惨然怆然了多少年？我之所以喝多了酒就泪如泉涌，那是因为我的心在泪水里深深地腌渍过，那也是因为只有此刻我才能酣畅淋漓地流尽我的心事。

我之所以这般痴情于这个世界，那是因为我曾经深深地苦过。父亲母亲，兄弟姊妹，整个家族亲朋离散啊！所有的感情所有的良知都泪眼迷蒙泪眼迷蒙啊！所有的悲苦卵石般在江湾里挤压在江湾里沉默在江湾里生长成木篷船上世代的辛酸。谁能理解这般深刻的苦难？谁能理解这蓝了黄了深了浅了的江湾啊？

倘若不会喝酒我也就不那么一杯接一杯地喝了；倘若会喝酒，我也就不那么傻傻乎乎地一杯接一杯地喝了。江湾人哪一家年年月月不做十坛八坛米酒！江湾女子生孩子坐月子哪一个不喝一坛两坛米酒！没等长出乳牙，我就被母亲就用筷子沾用小勺喂那黄黄白白的琼浆。一年又一年，听江湾的风声和涛声长大，纵情于江湾苦了甜了、甜了苦了的时光。长大后我曾想，日后岁月里那么多酸甜苦辣那么多感情的淋淋漓漓是否就始于那襁褓里就开始的酸酸甜甜的吮汲呢？

我说不上会喝也说不上不会喝。我原以为喝酒就是为了让这世界上的男人女人们愉愉快快热热闹闹友友好好。能喝则喝，不能喝作罢。扭扭捏捏故作姿态当不是风格。真的，我不知中国的酒文化里有那么多惊天动地的卑劣与高尚；我更不知中国会喝酒的男人女人们为什么喝酒时总是小伎总是假做总是瞒天过海。我总想，干一杯是因为敬重因为崇尚因为情分里有才干一杯；因为肝胆相照因为共度春秋因为友情长久才干一杯。一杯豪爽的酒真诚的酒最是心意啊！酒中的品格酒中的苦愁酒中的寄望酒中的绵厚你知了晓了才最是朋友啊！

在大戈壁的腹地我就这样想着和一批高原灵魂闹闹哄哄地喝了；在那一次又一次象征华北散文崛起的会议上我就这样想着喝了。喝完就跪在床上伤心地流泪。我害怕辜负真待辜负期望，害怕主事人遭受冷落和尴尬，害怕这个那个受委屈。我不想我们欠人什么，我欠人什么。我只想得到我为人做了人不能报答我、也不必报答我的那种感觉，那种记忆里被歌咏被润泽被思念的感觉。就这样想着一次又一次去承担一种责任一种期待一种情分一种快乐。可谁能想到一张罗起来就每每成了另一码事……

其实，喝完嗓子就火烧般炙疼，喝完嗓子就嘶哑就说不出话——好多年好多年的慢性咽炎啊！喝完就那样贪心明澈地、肆无忌惮地哭啊！喝完就想世界上全部的伤心事，就想全部的真诚与欺骗，全部的善良与卑劣，全部的猝不及防与伤害啊！喝完就看见这样那样的面孔：黑的、黄的、老的、瘦的、真的、假的、狰狞的、丑恶的……或坦坦荡荡，或遮遮掩掩地在我的眼前游来荡去；喝完就透心透肺地想我深深浅浅粗粗细细的心事——或生或死，或光灿或熄灭，或上天无路或入地有门……

那位青年朋友说，人真正的潇洒只在一个局限里，在属于自己的那个狭缝里。走出局限走出自己的那个狭缝就必得入俗。为了潇洒必先入俗，大俗才能大雅，大恶才能大善……瞪大双眼望青年朋友智慧的眼睛，想这恩恩怨怨、你你我我、是是非非的世界，我思忖着这莫名中的奥妙。属于我潇洒自如的角落在哪儿？

倘若苛刻的文化心态将那么多的事情都打入隐私——悄悄地涂脂抹粉想漂亮一番又每每惶恐于人言；总想前行又总为自己暗暗留着那么多的退路；总在“溜须拍马”却又总饶舌别人“溜须拍马”；总在“会交际”“会来事儿”中练达却又假做斯文、假装不显山露水、假拘谨、假话假象；总因一种行为一种眼色一种苟营一种秘而不宣而不能大度不能调整内心；渴求欣赏渴求重视本是人性中最深刻的冲动，为了这至深本质的体现却又掩掩盖盖，诡诡秘秘，抑或是放任稍纵即逝的卑劣和敏感，因着各种利害冲突各种禁忌而宁愿“远交近避”……

一派死相。

一派死相能不“以小人之心度君子之腹”么？

一派死相能潇潇洒洒自由而自为地做人做事么？

恍惚中天心在冥冥中点化：真正的潇洒了你就成熟了，真正的潇洒了你就超脱了。一切流言蜚语，一切“第一”“最好”“最时髦”，一切“已经得到”和“渴望得到”就不能使你动摇使你愚蠢使你沮丧。你要有上帝意识。要准确地把握你自己，把握每一次机会，你就不会因保护功名荣誉而怯懦卑劣。说你“急于求成求名”你就因袭惰性而不寻找自己的位置了吗？打开每个人的内心，“潜意识”中谁不想“成功成名”？成功是自己的事，成名是他人的事。你要明白，你越是接近成功，支持你的人会越少。你该是个勇敢坚定的人，要在这个世界杀出一条适宜你自己的路来，不管前面有多少阻碍和陷阱。一切被褒被贬、被荣被毁、承认与不承认全是身外之物，真正体现你力量、人格和成就的是你自己的心境。你应该有勇气去实现自己，不再惧怕什么。即使有狼到了门前，你只觉着会得到一件好皮衣……其实，大家都不要挤，条条道路通归宿。那一片永恒的寂地对每一个人都很公正都很平等，什么都带不走。

我感谢天心在冥冥中的点化。感谢天心使我淡泊使我宁静使我心灵平安。

不再揣度某种暗示某种行为。世界不是必得通过某种暗示某种行为才能涌现。

万事都是相对的。

我相信总有阳光驱赶我心中的愁影纷纷。

我相信生活不全部是表里不成比例灵肉不成比例。

我将努力修善我的德行，努力做到原谅人性中所有的弱点——或出于同情，或出于鄙夷。努力战胜自我实现自我，但人格决不殉难。

对不起，朋友，我喝多了些。我喝多了不怪你，朋友，毕竟你期待过；也不怪你，朋友，毕竟你曾经希望过；更不怪你，朋友，毕竟你用哲人的心一眼看穿了我原本最属外强中干，最属不堪一击之类，最易受伤受辱受骗受挫……

泪雨霏霏干一杯，朋友！

《人民文学》1992 年第 2 期发表

贺坪峡印象

我从没有看到过这般可怕的昂扬——

当你战战兢兢来到它的脚下，仰望它耸天的巍峨时，你会清清楚楚地觉出自己小得如它脚下的一块卵石。天空像一块窄窄的铅板，严严实实盖在它两壁的顶上。那正在合拢的两壁就像巨鸟扑翼，仿佛要遮盖整个世界，把你像小鸡一样抓起来，悬挂在宇宙间。脚下一片深渊，无可攀扶，无可呼救……

这便是拔地而起的太行山里的贺坪峡。

我惊恐地走过它窄窄的峡谷，冷风呼呼地作响，浑身的汗毛一根根竖了起来，我只感到，这和地面成七十度倾斜角的两壁，兴许一个炸雷，它们就会惊天动地般坍塌下来。

黑暗的覆盖铺天遮地而来，我无可逃遁地将被埋葬，被吞没，被变作亿万年后的人化石！无援的绝境使我觉出百倍地需要天空，需要光明，需要拯救，需要大喊着冲出这个冷峻的世界……

这便是巍峨入云天的贺坪峡！

这便是无法用文字表达，只能用心去体察的贺坪峡！

突然，前面亮了起来，路宽了起来，一帘飞珠碎玉般的瀑布从七十米高处的断崖上飞泻而下。绿茸茸的苔藓、嫩青青的水荠草铺盖了刀削般的崖壁；壁脚，是一汪深深的绿潭……气温似乎突然从酷暑下降到了凉秋。我双手拢在胸前，想着一个阴森的龙的世界……

人们告诉我，这瀑布的源头，这七十米断崖的上面还住有人家呢！这时我的心立即被另一种惊奇所俘获，便不再迷恋这奇幻的崖壁、山瀑和碧潭了。我的心开始在人生的断崖上跋涉……

很难说清，这断崖上的人家、这盘顶上的生命是以怎样的神秘诱惑着我。在这荒古的远代（我认为是荒古的远代），在这不会有生活的角落（我以为这里是不会有生活的），他们怎样生活着呢？有人告诉我，断崖上面有三户人家，一个女人……一阵惊愕的瞠目之后，我下了这样的决心：一定要去看看这个神奇的女人，这个深山里的坤魂，问问她，怎样在这原始般的野地度过一个女人的岁月……

前面就是盘顶人家了。

地里的土很黑很黑，玉米林长得很高很高，草烟叶长得很绿很肥……一片远古的乐土！突然，林深处传来一声轻轻的犬吠，就一声！很遥远，很轻柔。山里的狗儿也是这般友好。右边，高高的崖壁的脚下，一带银练般的山溪，托着片片打旋的落叶，潺潺地、静静地流过，流着山里古老的童话，流着断崖上七十米落差的山瀑。

崖脚处，光光的青石板上，有女人在翻晒谷粟，灿灿的秋阳朗照，真真的画儿似的。崖壁上的黑山羊，静止得像黑石头，无声地啃着草稞子里的安逸。牧童儿坐在黑石头上，惊奇地瞭望着我们，瞭望着一个山外面的世界。

扛着木犁的男人从山道上抓着草稞子上来了，山道弯弯，留下了他们弯弯曲曲的日子……

盘顶人家石板的屋顶，石板的墙壁，石板支起的锅灶，石板垒起的炕面，石板围起的牛圈……盘顶人家用山石砌就自己的安福。

盘顶人家，共一个曾祖，姓路。三代八户，二十六口人，十一个女人（有几个女儿未出嫁）。人丁极兴旺了，谁说只有一个女人呢？

我的心豁然开朗。

嫁到这里的女人是山那边的晋地人。她们说，这里的土地养人，牛耕地种下的，牛驮着回来了，山路上的日子挺护人，比她们娘家那里好，就过来了。

嫁到这里的女人说，路家的曾祖在这里定居六十年了，曾祖逃荒到这里时，这山上还没有一棵成形的树。眼前，这坡上坡下，这山前山后，茂茂盛盛的林子是老祖宗留下来的富足呢。闹大饥荒那几年，凡路过这里的晋冀人，他们都管饭，都留宿，救活了好多好多的逃荒人。

嫁到这里的女人又说，她们哪里也没去过。她们要摘山柿子，要打毛栗子，要收山核桃，要种每人承包的两亩地，地里的庄稼很喜人。她们要给男人、孩子做衣服、做鞋，她们还要自己宰羊，给羊剥皮。有时忙起来，几家人要在一起吃饭，一顿要包十几斤肉的饺子……她们说，一忙就什么也不想了，不想城里，也不想娘家，不想山外边的事情。她们说，自己的日子自己过。

嫁到这里的女人还说，她们的男人很苦，要到很陡很陡的山下背庄稼。路大的兄弟就是背糜子上山时摔到崖底死了的，兄弟的媳妇改嫁到山外边去了，兄弟的两个孩子被路大的媳妇收养了，路大的媳妇心眼好，养起五个孩子了，还养着八十岁的婆婆呢！婆婆的婆婆也是路大的媳妇养老送终的。路大的媳妇是个四十岁的善善良良的女人。四十岁的女人很懂得山里的岁月，很懂得婆婆、丈夫和孩子。路大很有福气呢！

路家八十岁的奶奶很有福气，她有一大群孝孝顺顺的媳妇；

路家的男人们很有福气，他们个个都有朴朴实实的女人；

路家的孩儿们很有福气，他们都有善善良良的母亲……

从盘顶的悬崖上走下来，再看到贺坪峡时，便有了崇高的瞻仰，便有了喜气的顾盼，便有了自尊自信的勇气，便有了磅礴、浩然的灵性……

在贺坪峡的出口处，山里的另一家媳妇为我们浩浩荡荡的一群人煮了红豆稀粥——她知道我们下山时一定口渴，就煮了汤，我们并没有让她这样做。四十五人喝了人家五桶水的两大锅红豆稀粥后，回眸再看贺坪峡，便有了许多女儿的温柔、女儿的厚朴。

倏忽心里就想：这耸云拔雾的贺坪峡，便像太行山巍然峨然的媳妇们，便像太行山粗犷朴秀、自由而自为的媳妇们！

贺坪峡，你是太行山里有野性美、本色美的女人啊！

《人民日报》文学版1986年11月21日发表，获河北省第二届文艺振兴奖，记三等功一次，入选全国16种经典文本

通往格尔木之路

一个大西北美丽的召唤，一个关于散文现状与未来的话题，在那年8月向我涌来。于是，一个关于人与自然的审美意识，关于西部那条路的悲壮与美质，就伴随我走向柴达木。

穿过祁连山南麓的湟水河谷，翻越美丽的日月山，亘古沉寂的大漠——柴达木便以神奇的力量，震慑我的心魄……

一

日月山，一个千年的传说。

传说中，长安一个美丽的女儿向遥远的西部走去。因着回望故土时战栗的一瞥，将唐皇父亲馈赠的日月宝镜摔成了两半，于是，日山月山便始于这历史的佳话；于是，日亭月亭便世代女儿般耸立在中国西部高原。

日月山下，藏族人用信仰在日月山上堆起一垄石堆，石堆上插满盘树虬枝，无数经幡在盘树虬枝上迎日光漠风飘扬……

啊，玛尼堆，佛之坛场！

藏衣人虔诚的额抵在玛尼堆的青石上，藏衣人趴在地上长长地跪磕……

在这梵文构成的信仰里，藏衣人祈求什么？

站在这海拔 3200 米的中国西部高原，我寻觅历史上那一行纤弱而壮丽的足迹，寻觅那辛酸而大义的泪滴……

啊，前面就是倒淌河——唐公主千年流不断的眷念啊！

二

你是大海退去后的一滴眼泪。

你是一个永不干涸的依恋。

你是生命死去后的梦境。

啊，青海湖！

是什么样的爱与力量使你亿万年在这冷寂的高原涌一腔蓝色深情？

亿万年不被亵渎，亿万年清清白白，亿万年平平静静，亿万年默默守候……

你的清清澈澈，你的坦坦荡荡，你的超凡脱俗，本该属于浩浩蓝天，可你却亿万年躺在地上；你一腔深情厚意却亿万年被苦涩腌渍。

我该向你诉说什么，青海湖？

三

咆哮的黑马河，险峻的橡皮山，引我们向柴达木腹地走去。

啊，茶卡草原！

羊群，似蓝天下无忧无虑的白色风，向草原深处滚动；

牦牛，公狮般傲慢地前行；

牧人疏落的营帐，向天空扯一炷悠远的孤烟；

一只猎狗卧在营帐旁，吠营帐上空月牙上的风……

高原人，自古以来就牧一群羊、一群牦牛或一群马；

自古以来，就住流动的毡包，流动的营帐；

自古以来，就骑在精光的马背上，在这流动的草地里放牧野性的爱与温馨。

总看见穿佛衣袈裟的佛僧光一只膀子和牧人的孩子站在营帐旁，和牧人的妻子站在营帐旁，和牧人站在营帐旁……

营帐的炊烟摇曳着上升，营帐旁的小河窈窕着穿行。

太阳把静谧把古淡把惬意涂抹在无岸的草原。

茶卡草原，人和畜搂抱无垠的绿色，造就坦坦荡荡、平平静静、辛辛苦苦的民族。

四

《本草纲目》里就记载有“青盐”。

宋民就吃“青盐”，当代中国人就没离开过“青盐”。

秦汉时，就有人走向这片苦涩的盐泽，世纪的咸苦腌渍了生命，也孕育了生命。

105 平方公里的卤水、4.5 亿吨的储量，一铁铲下去就有白花花的结晶，一年就有上百万吨食盐运往中国东部和南部。这就是白茫茫的茶卡盐湖。

5800 平方公里、近 500 亿吨储量，够全世界人口吃 2000 年。用食盐修一条 3 米宽 1 米厚的公路，可以从地球修到月球。这是白茫茫的察尔汗盐湖。

还有柯柯盐湖，达布逊盐湖，大柴旦盐湖，昆特依盐湖……

啊，柴达木，你这盐的世界！

能冒 10 级大漠风在卤水中一人一天采 5 吨盐是柴达木人不朽的意志；

能在 60 度高温下，在西大陆炙灼的太阳下一人一年采千吨盐是柴达木人勇韧的风骨；

盐块砌就的房屋，卤水浸泡的皮肤，盐土掩埋的尸体都是柴达木人生命的内容。

不去香港地区，不去美国，却只身走向盐湖一干就 33 年的是广东籍柴达木人；

离开杨梅树摇曳荷花浓艳的时节走向盐湖的是浙江籍柴达木人；

从鸭绿江边的战场上走下来，把孩子女人装到大卡车里，自己端着冲锋枪横跨大戈壁的是河北籍柴达木人；

还有江苏籍柴达木人，山东籍柴达木人，河南籍柴达木人……

啊，柴达木！

你寸草不生，飞鸟不停，你以怎样的内涵吸引了无数壮美的人生？

我该怎样感知这方苦涩里的生与死、爱与恨、搏斗与受挫、生存与泯灭呢？

太阳站在昆仑山冰峰之巅，照耀这方白茫茫。

五

疏了密了的骆驼刺无岸无涯，裸露了覆盖了无岸无涯的昏黄。

红柳花似沉默地思索着，指向无垠的空漠，几节无名枝蔓，痉挛般生成直线和曲线，生成无尽的躁动和悸想。

生命前行，沙漠退却；沙漠前行，生命退却。吞噬与反吞噬在亿万年的无声息中泣泪泣血。

亿万年的沉寂，亿万年的荒旷，亿万年的痛苦碎裂成戈壁黑色的砾石。

啊，察汗乌苏，你这白色的河流！

你滋润了北岸几十里长的戈壁绿带，滋润了香日德那方被囚禁的生命，滋润了负罪的生命在这方荒旷中创造了世界小麦最高亩产纪录，滋润了乌兰山下那位全国100个交粮先进典型之一吴芳兰……

察汗乌苏，你用亘古的痴情滋润孤寞生命在这孤寞世界产生亘古的奇迹。

然而，你能复活大格勒一望无际的沉寂吗？

你能滋润这亘古的干涸、亘古的窒息、亘古被流放的寂地吗？

全世界的寂寞从这里升起，全世界的热浪从这里升起，白光从这里升起，死亡从这里升起。

残忍的荒旷幻化成美丽的海市蜃楼，如宫如殿，如梦如幻。

啊，大戈壁！

六

这里曾经是海，是单细胞、多细胞、两栖多细胞、猿、类人猿生存过的地方。

曾几何时，生命从亘古的死亡里退去，这里成为死亡之海，这里便不再是传说中美丽的草原。

沙漠拍浪般涌来，时而像无头的巨兽站起，撼人心魄地摇晃着；

沙丘像无数的坟冢，悲怨着旷古的哀愁。一只黄羊向戈壁深处逃遁，一只秃鹫在沙丘上空盘旋……

唯有骆驼是不死的。

在这绝了生望的大漠，唯有骆驼是生的象征，是勇气和雄悍的象征。倘若不见骆驼，在这死亡之海，即便看见一只苍蝇，那也是美与神圣的惊悸和感动。

柴达木人说，倘若有人阻止公驼向母驼求爱，公驼会将你在戈壁上碾死。骆驼是残忍的。

柴达木人说，骆驼每吃一棵骆驼蓬草，总要把驼峰里储藏的水吐一些出来饮到草根上。骆驼是懂感恩的。

柴达木人还说，骆驼可以十天半月不吃不喝，驮你在绝望的大漠中找到生存的希望：或一泓泉水，或一个湖泊，或一庇绿荫，或一个毡包……然后安详地死去。

骆驼，这死亡世界里最壮美、最震撼、最深刻、最富情感的精灵。

七

天空里飘着一缕青烟，前面就是格尔木。

格尔木，你这瀚海里的奇葩，你这戈壁里的神话，你这骆驼驮来的城市啊！

20世纪50年代，一个将军，一峰骆驼，一顶帐篷，连同将军的信念、骆驼的坚毅、帐篷的孤寞一起筑成一条震惊世界的公路。这条世界上海拔最高的公路通往遥远的日光城。

戈壁里原本没有路，祖国的版图中原本没有格尔木市。

曾几何时，将军、将军的战士、将军的两万五千峰骆驼，来到这河流汇集的地方，筑一条路。

当两万峰骆驼一年里全部在戈壁毙命；

当成群的乌鸦从骆驼的血泊中飞出；

当将军用泪水和汗水洗净黄昏的疲惫；

当将军日携夜枕的那块写着“慕生忠之墓”的木牌成为亘古的悲壮；

当大漠那枚浑圆的落日在将军的记忆里泊成血色的美丽；

当一个扎帐篷睡地窝子的部落在这里生息……

格尔木市诞生了！

青藏公路诞生了！

昆仑魂诞生了！

将军和将军的战士和将军的骆驼驮走了靠沙海蜃楼撒谎的历史，一部真正的拓荒史以撼人心魄的力量开始在这里叙写。

当我们到达的时候，这一切都已成为一个用沙漠雕塑的话题。一座寂寞的小楼，一把孤独的长椅，墙角，一个养狗的小洞……

“将军楼”和年轻美丽的格尔木站在一起，将军的信念和血与格尔木站在一起，将军拥有一个城市的名字。

已听到敦煌反弹琵琶的悠扬琴声；

已听到敦煌少妇飞腾的古歌；

掉转头，我向古丝绸之路走去。

中国西部，中国青海，中国格尔木！

我将用生命的全部来感悟你的亘古与傲岸，感悟你最深刻最震撼最悲壮最内涵的生存大体现……

《散文百家》杂志1990年第3期发表，《散文选刊》1990年第6期转载，获青海省作协“昆仑明珠杯”散文奖，入选人民文学出版社《中华百年游记精华》等十余种散文精选文本

旅　途

梦的兆示

……我推着一辆单车走在一条黄土路上。路，越来越陡，最终，几乎呈90度地竖了起来，我近似于拼命地往上爬，车和人好像一起挂在了崖壁上。我本能地感觉这是一片被山风切割过的山崖，坚硬、冷漠、残酷、孤独。它断然要和我的命运较量。我不敢向来路看。我知道身后是万丈深渊，我已感觉到渊底很冷的风在呼呼地叫啸，我预感命运最后的安排即将来临。这险崖绝壁断了我的来路，而身后的深渊将成为我永眠的葬地，我感到了绝望。

求生的本能使我惊惧万状。我仍拼命往上爬，抓住路旁每一根草。就在这千钧一发之际，有两个人——确切些说，是两个女人——在崖顶出现，她们先是抓住了我的单车，然后就又抓住了我的双手。她们相视一笑，连人带车把我拉了上来。我得救了。这时，我发现，崖顶是一片广漠平坦的草地，萋萋的绿草地上开满红色黄色的小花。那两个女子——确切些说，两个很年轻的、拢着整齐的短发、穿着海蓝色短裙白色上衣的女子——拉起手向草地深处跑去，一边跑，一边频频回首，朝我莞尔笑着。我拼命想辨认出她们是谁，但却最终未能认出。

我站在崖顶，许久许久望草地深处，望她们消失的方向……

这是一个梦。

许多梦不能忘却，尤其这个秋天的梦。从梦中醒来，我大汗淋漓，心有余悸，全身的骨头似散了架。梦中的绝望和拯救都让我心惊肉跳。我不知这莫名其妙的梦境暗示着什么，但我却每每暗自做着一种自我诠释：我人生的路将很艰难，很苦，很累，很险。然而，在我到达某种境界前的险恶中，含有一种拯救；在繁杂多舛的人生苦事中，会有人来帮助我挣脱。而同性的相助倒让我惊讶。生活似乎告诉过我：一个女人能得到一个女人的友情是十分不易的；而生活也同时告诉我：一个女人如果得到了一个女人的友情，心灵会在很高层次上获得自由和平安。

我是否该为梦中的兆示祝福些什么呢？

黄山不去

那年，一个人回鄂西北，登庐山，走苏杭，千山万水，一路的孤独和寂寞，心中尽生苍凉。尽管南国山清水秀，却总也“风光”不起来。九月庐山，花已败尽，没有如云的灿烂，难唤深深的喜悦，宽敞的柏油路直达山顶，满目人工雕饰的虚伪：“仙人洞”前，心灵踟蹰，仿佛听见历史的惊愕，仍回响在这一片狰狞之中。不知何时，天空飘起小雨，萧瑟深秋，顿生无边的怅然。好一场斑斑驳驳的历史沧桑！

“就你一个人？需要帮助么？”拿照相机的游客问。

“谢谢。我们好几个人呢，就在后边……”像提防扒手一样我提防了这位路途中不相识的异性。那位游客知趣地径自走了。一瞬间，我颇为我的机智而自豪，机智的谎言拒绝了封闭了生活中的善意抑或是恶意。

总是封闭内心，总是步步为营，总是筑着心灵高高的墙。只要这世上还有人想诋毁，还有人要嫉妒，还有人对文明、知识无感，还有不知所措，还有猝不及防，还有虚伪和欺骗，我就只能用这种机智封锁自己，把最珍贵也最弱的保护起来，让心灵平安。

西子湖畔，卖茶女求我买她的茶。她说她在做母亲，婴儿在哭着饿着等她归去。看她可怜兮兮，我仿佛听见饿了的小儿的哭声，就毅然买了她两斤装封在塑料袋里的茶叶。回到旅店，女服务员帮我一看，原来是两袋树叶！

“你们从外地来，不要从私人手里买茶叶，许多人都上当的！”女服务员善意地叮嘱我。忆想着卖茶女美丽而惆怅的脸，我惊讶这人生的假面。

富春江畔，有妇人卖金碧辉煌的马，金碧辉煌的鹰。那“咴咴”嘶叫着的奔腾，那桀骜凶悍的翱翔，好一阵震慑我的心魄。

“是木头雕刻的吗？”我上前打问。

“呜里哇啦……”那妇人说。

“哇啦”的什么我一个字也没听懂。浙江话不但变了音调也变了字音。可不知为什么，我从内心非常肯定地认为她是在说：“是，是木头雕刻的。还是楠木的呢！买一个吧，保你满意。带回去，放到你的书桌上，极好的摆设呢……”

于是，我欣喜异常地买了一匹金碧辉煌的马，装到了塑料袋里。谁想没等到到达举世闻名的“瑶林仙境”，我心中奔腾的精灵已经“毙命”，马头整个地断了下来。这时，我才发现，这金碧辉煌的什物原来是石膏制作的。怎么会呢？不是楠木的吗？自我沮丧、尴尬、懊悔，悄悄地藏在了来路和去路。

许多朋友说我聪明得出类拔萃，又有许多朋友说我超乎寻常的愚蠢。我心里明白，太多的单纯，太多的真诚，太简单地搭生活的积木，太深重地痴迷心灵的偶像，于是就有太多的失望，太多的痛苦，太多的乍然失重……

灵隐寺归来，我开始咳嗽、发烧。拥挤的西湖旅店，栖身我的无望。黄山未去，却已病倒在这小小的简陋与龌龊之中。默默的凄惶中，我突然后悔为什么在天下最辉煌的圣殿，我没去祈祷，没去祝福旅途平安？

服务员小姐帮我送水送药来：“黄山不要去了，你一个人，没人照顾，又生了病，上不去的。”杭州女子谦和的气度、美丽的声音给我送来一缕春风拂面的感动。

病在旅途，想所有的亲人，想一段一段过去的时光，一段一段的沧桑啊！这么多年，高高尚尚、委委屈屈地走着一节又一节艰难的路，所有的辛苦和跋涉都是为了心中不灭的企盼：写一首好诗，作一篇好散文，过一个淋漓的人生，交一个真诚的友人。唯如此，所有旅途的不幸与沧桑就能得到补偿，一切的辛苦、劳累和爱，都是我最初最终的选择，我不后悔。我努力生活，努力敬业，努力求得生命的本质。

常常独对命运，想这名誉、荣耀与等量的劳苦、嫉妒扭结成一体的世界，我不进则退，不生则灭，我当明白我自己。黄山不去，留一份向往在人间。有一份向往，就有一份等待，就有一份追求。长长旅途，尽管颇多苦难与坎坷，但只要有一份思念，思念未及的境界，会给积极的人生留下一份诱惑。洛阳去了，空留一份遗憾。未去洛阳，以为洛阳四月一地辉煌，几千里地跋涉去了，就只看到公园里那一块供欣赏的红红白白，亭亭玉立的“牡丹仙子”徒有太多的矫揉和造作，细细想来，向往总比失望好。人间留有值得向往和思念的东西，对于细致的心灵，永远会春意阑珊。

黄山不去不遗憾。

客居羊城

“艳好”——绝顶奇特而美丽的名字。

艳好是我大学同学仕水的妻子。我和儿子客居羊城时，这娇小而善良的女子就执意留我们母子住在了她们家里。艳好的妹妹休产假，母亲随妹妹从上海来，也住在艳好的家。我顿觉我和儿子的到来，会给这个家平添许多麻烦。然而，看得出，艳好很珍视我和仕水曾经同窗五年。

有一种奇妙的感觉——那是因为艳好一家人说着好几种“中国语言”。艳好的母亲和妹妹说地道的上海话，艳好和母亲、妹妹讲话时也说上海话，和仕水讲话则说流利的广东话，和 15 岁的儿子讲话时说标准的贵州话——儿子生在贵州，也是在贵州的大山里和父母度过了 14 年——一家人和我讲话时又都说着蹩脚的普通话。听着艳好一家人音乐般动听的语言，我和儿子不时地暗暗窃笑。小小的儿子后来在日记中写道：“妈妈同学的太太真不简单，一人会说中国的好几种语言。”

仕水钻进厨房，几乎一个下午没能出来，他忙里忙外地弄着非常复杂的“粤味晚餐”，招待我和儿子。艳好陪我在沙发上坐着，娓娓而动听地和我细说。愉快的晚餐后，仕水为我沏他家乡广东汕头的“工夫茶”，那一小盅茶足足闷了 20 分钟，好需要耐心。望着沉着、稳健、极富父亲与丈夫风度的仕水，我回忆着 20 年前耿直、纯朴、极富独立人格与独立思想而最终受挫的青年仕水……岁月让人失去许多，又让人获得许多。

在羊城迷丽的晚夜，艳好挽着我的胳膊沿着木棉树红艳的大道，深情地眷恋着往事。

在贵州“这山看那山，只有一线天”的深深的艰难与贫困里，纤柔真纯的上海姑娘艳好把真诚的爱给了我的同学仕水。当仕水穿着破烂不堪、还是大学一年级时学校补发的一件蓝布棉袄和艳好结婚时，艳好伤心的泪水打湿了贵南的深山老岭。

艳好在贵南的大山里做了14年很优秀的中学教师。后来,因侨眷的原因,仕水带着全家调回了广州。然而，艳好的心里仍然满满地装着她贵南大山里的学生，仍然迷恋她最初选择的职业。

“我这一生最大的寄托就是当一名好教师，我非常爱这个职业，这似乎是少女时代就决定了的。早晚，我还得回到教育战线上去，尽管那里贫困而辛苦。可是，我只要和孩子们在一起，我就觉着快乐、年轻。许多人不屑于这个职业，我不。你知道，广州人发了大财，可我觉着，世上有许多挚爱是拿钱买不到的……20年了，我对谁都没说过这样多的话，你是第一个。我很喜欢你，爱你。”艳好美丽而温存的声音似羊城二月的紫荆花，一瓣一瓣飘落在我的耳边，芬香沁满我的心。岁月和世俗没有磨损艳好纯洁如初的一颗心。

艳好挽着我的臂腕，水一样沉静透明，五羊城恍惚的夜色里，洋紫荆摇曳着深情的美丽。

在广州开往南宁的48小时的长途客车上，我总在想：无论人世间的事情多么难说，艳好总会像一股细细的清泉，在我的记忆里叮咚……

南方的风

是南方的风。是桂南十万大山里纯朴的风，是南线椰林里洋洋洒洒的风，是北部湾畔蔚蓝而希望的风，是漓江畔迷丽而旖旎的风……

南方的风送我一路安详，细致的心和细致的风景，都让我产生一路心灵的和平。

旅途中有许多种相逢和错过，任你怎样不肯将心从孤独和封闭中释放，但只要你肯接受一次结结实实的抚慰，你就会明白孤独的灵魂原本是深邃的爱的最意味深长的赠品。人容易得到很多朋友，但真朋友总是很少。而孤独和真诚，一旦获得朋友，往往是撼人心魄的。长长的旅途，让我醒悟人生，让我接受崇高的友情，让我不要亏待真诚。

无论岁月怎样老去，我也会记住壮族作家凌渡先生待我的细致入微，他品格中的真朴连同他赠送我的散文集《南方的风》一起漂漂亮亮地珍藏在我心底，就像他送我的那几枚红豆，在我疲惫的旅途，闪耀着一份喜悦和温馨。而《广西日报》的蓝阳春那双深陷的大眼睛里，分明一直在闪耀着友好和善意，那双眼睛总在告诉我：请把你的心安放在“我们是你的朋友，你也是我们的朋友”的感觉之中。

后来，我去了北部湾。当我惊喜地领略了南海的蓝幽幽和白茫茫之后，我开始感受平静的人生。我相信，无论人生多么匆忙，我都会在心的一角停泊北部湾纯情的蔚蓝色。

南海归来，凌渡先生负重如牛，他帮我背着扛着大大小小的衣箱和旅行袋，急急忙忙赶南宁开往桂林的火车。桂林站一下车，俭克兄便举着显赫的“接梅洁”的牌子，站在人头攒动的站口，他说他是接了蓝阳春先生的长途电话后来接我的。因为我们互不相识，他只得写了牌子，在站口招摇。他已为我和儿子安排好了食宿，买好了第二天游漓江、阳朔的船票。散文使我和俭克一见如故。在我下榻的地方，俭克与我深夜长谈。我仔细地读着这位壮族青年作家潇洒、深沉的外表，也同时读懂了他同样年轻、潇洒、深沉的内心。他对散文现状的思考与关注，他年轻的骚动不安的对文学的追求，都似桂林旖旎的山水，深深地秀丽着我，感染着我。我想，为了我们都在挚爱着的散文，为了我们都想让生命磅礴一次、充实一次，我们会永远记着——我们都已走在自己的路上了，成功与失败，幸福与苦难，都已不是很重要，重要的是我们都已选择了这条路的本身。

广西壮家的土地上，我一路顺风！

漓江的游船上，我惊喜地看窗外江岸上奇丽的风景一段段过去，那一刻翩翩地有些忘我，心是奢侈了。于是就想：生命中本该有许多惊喜和盼望，只要我留意。人生的痛苦与欢乐，有幸与不幸都在我的旅途上，长长的人生之路上，只要奋求，我便会有长长的孤独和寂寞，而幸福和欢乐，也只能包容在这孤独之中和孤独之后。

我相信，在我的旅途上，一定有许多喜欢我的朋友，也一定有不喜欢我的路人。我明白，这世间无法避免爱，也无法避免恨。只要我不想白白来世一次，我就随时准备接受这两种感情的挑战。许久了，总在想象那个日子，那个长长的午后和晚夜，我们终于轻松地坐下来，静静地面对一种真实。真诚地把心中的话像抽丝一样缓缓地不断地抽出来，然后绕成一个团，真诚地交给对方，于是，理解和幸福自那一刻降临。我相信，那就是缘分了，只是生命迟迟不能领悟。应该说，人生在世，在功名荣誉之外，有一种东西更值得珍惜和宝藏，更值得永远记着，不要失去。

有许多时刻，我珍视幸福，又有许多时刻，我珍视忧伤。忧伤地思念，忧伤地牵挂，忧伤地崇尚苦难，忧伤地去慰藉一个痛苦而又急需爱抚的灵魂。体味和享受幸福，仅是一种单纯的感觉，而体味和拥有忧伤，才是心灵最深刻的震颤。

我相信，我心寄旅途，就会有幸福和忧伤这两种感情相依相伴，两情相汇，我会变得相当富有，我会深刻地哭，深刻地笑，深刻地属于这个世界。唯如此，人生便不会亏待我，我也不会亏待我的散文，不会亏待我总在做着的文学的梦，不会亏待我苦之楚楚、累之楚楚的旅途，不会亏待我爱着的人和爱我的人。

《漓江》杂志 1991 年秋季号发表

千年有约的朋友

一

说到底，1991 年 7 月我第一次去泰山，多半不是为了去看风景，我实实在在是想去会一批散文女人。应该说新时期中国文坛出现的一个重要文化现象之一即是中国女性散文家的崛起，这一崛起使中国散文的天空更加星光灿烂。许多年以来，我都在认真倾听着由无数优秀的女性心灵发出的真诚的倾诉，我钦慕着她们笔下出现的一篇又一篇美丽的文字。然而，我们相知相逢的机缘迟迟不肯到来。

真的，倘若不是天津百花文艺出版社仁义厚道的范先生三次电话相邀，倘若不是他在电话里报出一大堆同时被邀请参加笔会的散文女人的名字——张洁、张抗抗、唐敏、苏叶、叶梦、筱敏……我说什么也不会丢下我正在考大学的儿子而去千里之外的泰山！儿子命运转折的关键时刻，他需要我的关照，我心理上也需要知道儿子的每时每刻。然而，“泰山之约”又使我难割难舍——灯下，我读着苏叶从南京寄来的信，我仿佛听到了一种近在咫尺的呼唤：“梅洁，我早就为你的文笔倾倒了！我一直在搜寻你的新作，那美丽而忧伤的文字！但愿我们能有机会见面。”

作为文学女人，我们生命中的大幸福莫过于我们的作品被人理解和欣赏。我和苏叶，早从相互的作品里读着、钦慕着、热爱着。泰山相见，怎能错过？千踌躇万犹豫之后，丈夫说：“你走吧，家里有我。你们这些女人，一生不见面，大约会死不瞑目的。”儿子说：“妈，你放心走吧！你考大学那会儿，要谁照顾？”千恩万谢了丈夫和儿子之后，我带着矛盾、歉疚、不安和恍惚离开了家。

1991 年 7 月，南方到处在发大水，全国的交通都遇到了麻烦。到天津后，费了几番周折也没买到去泰安的车票。幸亏遇到同去参加笔会的广州作协的杨羽仪、林贤治、筱敏相伴随行，才增强了信心——火车不通，广州同仁们乘飞机在天津降落，天津市内买不上票，我们四人乘三轮车一路颠簸来到天津西站，在火车已驱动车轮的千钧一发之际，连滚带爬地被列车员拽到了火车上。

到达泰山中天门宾馆已是深夜，提前两天在宾馆“守候诸君到来”的范先生告诉我们说：“张洁去美国刚回来，身体不好不能来；南京发大水，铁路被冲毁，苏叶和叶梦被困在南京，她们正在联系飞机；北京汪曾祺、林斤澜、邵燕祥、姜德民、柳萌一行八人，已在车站等了一天，张抗抗正出面和车站交涉；福建的唐敏可能来不了啦……”

同范先生在电话机旁守候到深夜。电话不断从北京、南京、天津等地打来，报告着作家们途中的信息。电话铃一响，守在机旁的人们便一惊一乍，迫不及待地想获悉对方的消息。那焦急的样子仿佛都在等待着千年有约的朋友！

凌晨 3 时，北京一行八人全部到达；7 时，苏叶、叶梦也顺利到达，范先生一夜未眠。

天亮，中天门宾馆走廊里，一股豪华而非凡的“风”呼呼地迎面而来，又飒飒地擦身而去。筱敏告诉我，那是张抗抗。抗抗浓妆艳丽，紧衣长裙，手腕、胸前挂着骨质和木质手链、项链。见我和筱敏，一个颔首，一个浅笑，便风一般飘逸而过。抗抗给我的印象是一股洒脱的“风”。第二天登岱顶，抗抗始终奇怪地把旅游鞋后帮踩在脚后跟底下，拄着拐杖登山，她和北京大学佘树森教授一路领先，最先到达南天门。站在南天门台阶上，抗抗举起白色的太阳帽，向山下的我们使劲摇晃。抬头遥望，抗抗像一面彩色的锦旗，在南天门“猎猎”地飘扬。

二

清晨，泰山的薄雾如一匹轻纱，弥漫着飘摇而来。苏叶拿着我的那篇《童年旧事》说：“我找个地方，好好看看。”然后匆匆走掉，很快消失在纱一样缥缈的晨雾里。苏叶说，回南京后她要努力说服南京电影制片厂她的头头，把《童年旧事》搬上银幕。同为散文女人，我深知苏叶作品的优秀以及她在读者心中的地位，而她却总是在表达着对我作品的欣赏。这种真意令我深深地感动。苏叶梳着很普通很一般的短发，几乎谈不上什么发式，衣服极简单且没有色彩，好像来回只穿一件浅粉色棉质秋衣，一条发白且旧的棉质布裤。苏叶对我说：“人家都说我是家庭妇女，也有人说我是乡下老妈！”内秀的苏叶在自嘲。

苏叶心脏不好，但在攀登泰山扇子崖时，苏叶却一路领先，她几乎是一路小跑着一个人走在最前面，撂下他人几十米、上百米远。山径、密林、陡壁、索链、石窟、崖缝……苏叶像一只女豹，轻捷而快速地穿越其中。第一个到达扇子崖顶峰的苏叶，突然一声大喊：“啊——嗬嗬——嗬——哎——”喊声从瀑布般流泻的绝壁上流泻下来，浸透我的心骨！苏叶孤独而自强，冷静而傲岸，独立的人格和不屑世俗的心态使她平静而自我，正像她信中写给我的：“我孤陋寡闻，人也有点‘怪’——唯有文学是我的呼吸，这已足够。”

随苏叶之后上到扇子崖顶的陆续有杨闻宇、我、张抗抗、余树森、邵燕祥、筱敏等十三人。十三人站在仅有十平方米的狭峰上，我只觉扇子崖真的似纸扇般扇动起来。倘若一阵风刮来，“纸扇”便会被风吹飞到天空，而我们便会卵石般坠入亿万年的惊骇与深渊之中。就在这时，一只蝴蝶飞落在一块石头上，苏叶和张抗抗居然在这方寸壁刃上追逐捕捉那只美丽的精灵。我一阵阵心惊肉跳，头晕目眩，我真害怕一个闪失，她们会掉下这万丈深渊。没承想，苏叶居然捉住了这只蝴蝶！回到中天门宾馆，苏叶又小心翼翼放飞了这个小生命。

孤寂而独处的苏叶，怜悯世上所有孤寂弱小的生命。

回南京后，苏叶给我寄来了她的散文集《总是难忘》，她在信中说：“……我在这六朝金粉之地，其实也常常寂寞，仿佛寂寞成了我的良伴，在最热闹的场合谁都不能越过它和我亲近。”

苏叶的寂寞是文学女人的寂寞，苏叶的孤独是文学女人的孤独。

三

攀登扇子崖的整个过程中，我没见到叶梦。直到崖顶我才知道，她压根没有上来，她陪汪曾祺、林斤澜二位前辈在山下散步。把“女红”做到极致、把儿子养得又白又胖的叶梦，硬是用奇特而“巫性”的思维把女人的生命意识写得惊心动魄，写得酣畅淋漓，写得充满一种神秘的美丽。

梳着一条蓬松柔软的发辫、额头高而挺阔、眼窝深而神秘的叶梦，穿一身黑色衣裙——黑上衣古端而时尚，黑色大摆裙低襟婆娑，越发强化了她“神秘而巫性的美丽”。我怀疑这个湖南女子有着壮家抑或是苗家的血统。在泰山的日子里，她一个额首、一个微笑、一个手势，都让你感受着生命逼人的自信。应该说，叶梦散文的全部魅力都来自她对女人生命奇异而独特的感悟和展现。据悉，1993 年，南方流行着“叶梦散文热”，五六家出版社约稿出版《叶梦散文集》。

四

七八年以前，我就着魔般地爱上了筱敏的诗。一首发表在《诗刊》上的诗《米色花》曾使我心旌摇荡。泰山笔会期间，我有幸和筱敏同宿一室。白天和黑夜，我们都厮守着，我们倾心地谈诗谈散文谈丈夫孩子和家。把诗写得轰轰烈烈的筱敏，性格深层依然是传统的温存和依恋。她依恋家，依恋丈夫，依恋孩子。性格中的相似相近使我们有说不尽的悄悄话。我们共同地为我们有一个温暖的家、有一个知我们懂我们的丈夫而感谢生活。筱敏生性中的不张不扬不媚不俗不追逐不羡慕，使她显得分外恬静，一身素花上衣和宽硕裙裤束着她的单薄和纤瘦，也束着她的清心和寡欲。

一年后的 7 月，筱敏得知我心境不好，便从广州写来了长信，她说:“……山长水远，不能再次促膝长谈，更不能助你。细想起来，人真是多么孤独！世事的龌龊，有时真令人绝望。在这个世界上，想做一个诚实、善良、正直的人，真不容易。梅洁，你其实是弱女子，但为了有尊严地做人，就只好咬紧牙关做英雄吧。我们没有别的道路可选择，这或许本身就是悲剧，我相信你会坚强起来。许多琐琐屑屑蝇营狗苟的事，在当时或许会令我们痛不欲生，可是退后到时间的深度中去看，都多么可笑，多么不值一提。因此，我们真不必与现实贴得太近，退到人类的大背景中去审视自己，我们就可以少一些琐屑的烦恼，多做一些有价值的事情……”

诗人的玄思、警俗和善良伴随她诗意的人生，越过千山万水，走来与我亲近，予我慰安。

五

文学女人，从她把生命许配给文学的那一天起，便拥有了人类精神中最痛苦和最幸福的两个部分。这其中就包括同行者的轻视、无视和敌视，也包括同行者的信赖、亲近和相知，前者和后者都无法避免，都是前世和后世的缘分。从某种意义上说，这也应该是文学女人的一种富有。

在我一生的精神旅程中，我渴望我们文学女人能像千年有约的朋友，走到一起，彼此吸引，彼此欣赏，彼此同行。漫漫的旅途上，要抵御心灵的严寒和风霜，应该说这是最好的办法之一。为此，1993 年 10 月，当范先生二度邀请我去泰山参加散文笔会时，我便不顾上海、杭州、无锡、常州的一路奔波，日夜兼程，赶赴泰山。因为我从范先生的电话里得知，我又将与一批散文女人王英琦、高红十、斯妤、素素、纪秀荣、宋安娜相逢。

《当代散文》杂志 1995 年第 2 期发表

寻找家园

一

我曾在我的一部书的扉页上写过一句话：“我始终认为，在人类的故园，河流永远是最母性最阴柔最祥静的风景。我精神中的‘河流情结’告诉我——无论我怎样漂泊，最终我总会找到家园。”

我相信我的生命里有一条河在天长地久地流淌……

在鄂西北我诞生的那座具有三千年古老文明的小城脚下，有一条大河——汉水。汉水被鲜明地标示在中国地图上，它是长江最大的一条支流。据证，它是中国目前唯一没有被污染的大江。21世纪初叶，南水北调中线工程就是引这条江的水解救中原、华北和北京的水危机。

汉水携带着遥远的神秘，千秋万代地向我诞生的小城飘逸而来，然后极女性地把小城团团围住，小城呈半岛状依偎在汉水的逶迤与润泽之中。

我在河边长大。

真、美、善与想象在河边长大。

“妈，大河从哪儿流来？它又流向哪去？”望着迎面飘来又远远飘去的江水，我问母亲。

我想，从那时起，一个纯情女孩就一直站在江边，忧伤地谛听来自河流的一种秘语——无论后来她离那条河有多么遥远……

小时候，我常和男孩子一起在夏天的大水过后，到沙滩上挖“浪柴”。“浪柴”是发大水时，从上游冲击下来的树枝、树根，它们的树皮已被咆哮的江水剥离殆尽，只剩下光腻的、长短粗细不一的内杆，被一堆一堆掩埋在淤积的沙滩里。

到河滩挖“浪柴”的记忆至今都是幸福而快乐的——尽管那是童年十分辛苦的一种劳作。只要你向河滩的隆起部位走去，几锄挖下去，你便会发现成堆的“浪柴”，一窝一窝的柴棍儿黑压压草虫般挤簇在一起。这时，你的惊喜不亚于发现了一室一窟的宝藏。你的收获少则几篓几筐，多则一船两船！小城里的男娃女娃扛着挖锄，拿着背篓、口袋向河滩走来，他们在十分纯情的童年里便开始享有如同淘金者一般的执着和惊喜。

黄昏，挖“浪柴”的孩子们在河滩上翻筋斗……

一个头发、耳朵、脸上都挂满了沙粒的女孩仰躺在沙滩上，她把脚丫翘得老高。脚趾上的沙粒在阳光下闪闪发光。她总爱一个人这样仰躺着，望着脚趾上闪闪发光的石英质沙粒出神。小女孩在想什么呢？她自己也不清楚。

河滩广阔而细腻，母肤一般；河水已恢复了往日的安详与宁静，夕阳的光辉辐射在河水上，河面像撒满了金子……

纤夫们“吭唷”着沿河滩匍匐而来，他们脚手撑地，身体蜷缩在阳光下，隆起的脊背在小女孩忧郁的目光中漆黑发亮，有血红色反光。有时，小女孩好奇地踩踏着纤夫们深深的大脚窝沿河行走，小脚丫复大脚丫，小女孩追随到很远……

许多年我都在想，一个女人日后与那条河的恋情以及她一生的艰辛与梦想，兴许从那时起，就藏在她脚趾上闪闪发光的沙粒上，抑或是河滩上“小脚丫复大脚丫”的寓言般的追随里了。

当然，童年很快乐的另一件事出现在五月。五月有一个盛大的祭典在江边举行，那是一个节日。节日里，我们胸前挂着母亲亲手缝制的好看的丝线香包，香包里装着清香的草艾，耳根涂抹着掺了雄黄药的酒液，然后牵拉着母亲的衣襟，到江边参加祭典。母亲说，江水下边有一个好人，他死了。祭奠死了的，修缮活着的……那时，我不懂母亲的话。

我们和母亲挤在人群里，而我们的目光总是很努力地在人头攒动、千舢竞渡的江面寻找我们的父亲——我们的父亲每年都是这个祭典节日里很活跃很光荣的一员——他总是很健美很生命地从几百米宽的江面第一个泅渡到江的对岸。

但我们的父亲最终没能从他生命的此岸泅渡到他生命的彼岸便猝然消失了。此后，在故乡的江边，我目睹了一种人类的苦难，目睹了生命的惊惧和毁灭，目睹了命运的猝然倒下，目睹了生离死别、家破人散。我用一颗孩童的心体验着破碎、孤独、死亡和"灭顶之灾"……

如果那条天长地久的大江没有浮载了又水葬了我的亲人，如果我的童年在那条江边没有把人生的全部模拟完毕，我不会走向文学；

如果我的目光总是充满惊惧，如果我的心灵永远被苦痛蹂躏，如果漫长的受难最终没有复生、复生之后没有突然地离去，我不会走向文学；

如果幸福和苦难没有轮回，如果天堂和地狱没有接纳灵魂的善恶之分，我也不会走向文学。

是的，江边曾经发生的和以后永远离别的都成为纠缠我一生一世的情结。如果说，文学创作之前我有什么准备，我是不是可以说，是上苍恩赐了一条远远向我流来又远远离我而去的大江，以及江边的站立和倒下，江边悲风徐徐的前行和故去……

二

不错，我是把哭泣和血液沉淀在文字之中了。在我走过的路上，这些文字像雨，润沃着我路边的土地。于是，路边的灿烂一个片断、一个片断。匍匐的草花或金黄或玉白或血红……我常常回过头来，很欣喜也很伤心地凝望这些并不起眼但却十分生机盎然的小生命，我总是被感动得泪水涔涔……

是的，我曾经在很长的年月里急于倾诉那些指涉我个人和家族凄清苦难的历史的回忆。这些回忆犹如毒蛇般咬噬着我的内心，而最终又以一派神性的光照，慷慨地赐予我天地间无与伦比的善美、崇高和隽永。博大的赐予使我内心变得清澈而滚热。一种极其纯粹的渴望表达和宣泄的冲动一再地使我不得安宁。于是，属于我的文字一篇接一篇地在北方南方的报刊上出现了。编辑们每每很欣喜地把这些文字编发在刊物的头条和报纸的显著位置上，他们称这些文字是"很动人的诗"和"很忧伤的散文"。此后，人们便开始注意到一个有着清纯、冷馨、诗意名字的女人连同她清纯、冷馨、诗意的文章。再后来，人们称她为"作家"。

长期以来，在公开场合，我总是羞于称自己“作家”的。这倒不是我不觉着这个称呼的神圣和光荣——我曾是那样如痴如醉地把这个词和我一生的梦想甚至我的生命联结在一起——恰恰是中国人习惯把这个词看得过于神圣，甚至看作一种至高无上的荣誉或是特权而不是职业——像工人、农民、公务员、学生、军人那样的职业——我才感到诚惶诚恐。我总在担心我的思想与才气、我的创作与劳动是否全部符合这个名分的真正质地。

创作从急于表达、渴望宣泄到自觉不自觉地化做一种生命形式，这预示着人的精神成熟和皈依的完成。人生没有高地、尽是高地，艰难地跋涉不断带给我们“到达”的喜悦和兴奋。随后，我们会发现前面的路依然很美，山依然很高，没有终点，没有止境。因此，我们永远无法获得“到达目的地”的极乐，我们的快乐、惊喜、幸福仅仅是生命跋涉过程中对于位置的坚守和忠诚。现在,“作家”“诗人”——前面还常常贯以“著名”——满世界都是。“时代没有了尺度，没有了矜持，没有了起码的严整性和庄重感。”（作家张炜语）文人表现出从未有过的虚荣和贪婪，他们像政客那样变得很市侩也很势利，他们贪婪名利地位，他们欺软怕硬，他们的手伸得很长，他们擅长沽名钓誉和贼喊捉贼，他们不负责任和不大光明起来比政客还有恃无恐，他们缺乏健全的人格和全新的人文精神……

创作需要拯救，文人需要精神安详。最好的办法之一是重新面对我们远离了的那片故乡的土地，故乡的那条河流或那条山径，那片闪烁着阳光的沙滩，那架在旷野里转动的水车，那片山腰间一层层延伸的稻地，稻地里扶着锄把、戴着斗笠的父亲和父亲的一声已经苍老的叮咛……

皈依我们的家园吧。唯有家园朴实的温慰会使我们安详宁静，最终将创作视同为自己的呼吸。

是心灵呼告的需要，似呼吸喂养着生命。除此之外，创作还能解释为什么呢？

三

人从哪里来？到哪里去？这是哲学永恒的命题。面对现代人生存信仰、精神追求的不断迷失，人越来越深刻地希望在心灵深处保留一片古老的绿荫。这时，故土便成为联结人生命和归宿的最好去处。作为自然之人，我们从脱离母体之时起，已经成为某种意义上的流浪者。寻找家园、寻找母亲最终会成为我们的永远牵念，成为我们万古不竭的精神主题。

浪漫派诗人诺瓦利斯说过：“哲学原就是怀着一种乡愁的冲动到处去寻找家园。”文学尤其如此。离别地理意义上的家园，乡愁会笼罩我们一生。这是人类的悲剧特质。但正是这一特质，再铸了我们新的生命——所有精神意义的寻找，最终都会回到寻找者生命诞生的那片山地。

15 岁那年，我张大一双惊恐的眼睛，离别了鄂西北故乡——那座铺满石板路的古城，那片母肤般细腻温热的沙滩，那条撒满了金子的大江——应该说我的那次离别是一种政治意义上的“出逃”。逃不掉，我很快就会被解除学籍……

许多年过去，我都在想，倘若不是那次“出逃”，我现在必定无疑已成为鄂西北山地里一个庄稼人的老妻，一个不懂得计划生育而生了四个、五个儿女的妇人。而又因为“出逃”成功，乡愁就成为我生命时光里永远的隐秘。日后，在我大量的创作里都牵涉这一隐秘，它几乎凝聚了我对这个世界全部的爱情。没有离别，我绝对是另一种意义的艰难和平庸；而离别最终又使我成为一个怀着乡愁四处寻找家园的人。这是一个悖论，我在这个悖论中寻找自己并证实自己。

当我最初拿起笔，小心翼翼地、一笔一画地书写乡愁时，我已大学毕业 10 年了。10 年里我都居住在塞外一座明代就已很有文化气息很繁荣而现代衰落了贫旧了的老镇上。我在老镇一所砖砌的窑洞里——窑洞一排就有上百间——守护喂养我的儿子，丈夫 10 年不在老镇上。后来，我就在砖砌的窑洞里和一间门顶挂着“财务室”牌子的屋子里，开始书写生命最初的颤音。隔壁办公室里，男人们在打扑克牌，争吵和摔牌的声音很响；同室工作的女孩不停地在织毛衣；我趴在办公桌上偷偷写文章……

我在我居住的窑洞和那间财务室里，断断续续写了 3 年，直到后来调离老镇到塞外大一些的城市，直到后来从事真正意义的文学编辑和文学创作。我体验着那块准高原地带漫长的干旱和寒冷，体验的气息把我和遥远的南方母土以及母土上或远或近的声音纠葛在一起，使我看见了生命从未预望过的山峰——我从山脚下起步，我看见山顶岩石都在开花，我被感动得泪水涔涔。山顶上有什么？山那边是什么？追问近似于斯芬克斯之谜，一直诱惑着我。

我就是这样在老镇上写下了我对这个世界最初的感恩。我常常含泪对自己讲述我的回忆。日复一日地讲述，使我进入不断失去又不断获取的生命意境。也许，从那时起，一个 35 岁的女人就开始了新的生命奋斗和日后她精神永远的找寻。

塞外几乎不经过秋季便寒冷了起来，繁树绿叶常常在一夜之间被突然冻僵。天亮，你会发现冻僵的树叶纷纷飘零。风裹着青色飘零，发出“嚓嚓”的碎裂的响声。黄沙大面积从北方的天空扑泻下来，拍打着糊白麻纸的窗棂。这时候，我感觉有一种伤感和疼痛离我很近。故乡那么遥远，而往事却飘然降临——

……父亲挑着一只木脚盆，脚盆里装着破旧的棉絮；一只土瓦缸，缸里一只铁锅一点点剩米……母亲牵拉着幼小的弟妹，一步一个含泪的回眸……亲人们无声地穿过那片草场，走下一大排石条台阶，走过那口老井、那条老巷、那座老城……我独自坐在草场北端的石坎上，伤心地望着渐渐远去的亲人。在我埋头哭泣的瞬间，他们消失了，消失在秦巴山东麓的山径上。

秦巴山东麓山径上蠕动的小黑点。飘零的树叶。卑微如草如蚁的人生……

我这样写着。塞外冬季的寒风尖啸着，扑打着我的窗棂，炉子的火熄灭了，我的儿子睡着了……我这样写着。啼血的回忆让伤逝的岁月和我的生命连结在一起。我已这样写了十五年。我在我十五年的文字里面看见我南方的故园，看见生命的劳作、屈辱、忍耐和不灭不泯，看见我和我的亲人们始终手拉着手，穿越天堂、地狱，最终走回我们的家园……

《长城》杂志1996年第6期发表,《散文选刊》1997年第6期选载

那一脉蓝色山梁

一

不知那一脉蓝色山梁有多高，不知那一脉蓝色山梁有多远。哀思如一缕淡淡的云，绕山梁忧忧地飘呀飘……

啊，母亲，母亲的山梁！

一丝丝夜风低诉着，一把把清泪滴落着，山顶的月碎了，凄凉如水。

含泪望母亲的山梁，山顶的月碎了……

扬一扬手吧，母亲！在你高高的山梁上，扬一扬手……

二

我总说四月是春天，我总说四月在故乡很温馨，我总记着四月在母亲的山那边有洋槐花飘淡淡的清香；我总想母亲在四月微笑地走进丝瓜架缠绕的、木槿花纷呈的、莲藕腊菜笼盖的季节；我总想母亲在四月站蓝色山梁远远望帆，望女儿从江那边归来。故乡四月的风吹拂母亲的浓发，在蓝色山梁高高地扬……

可母亲，你为什么在四月的温馨里突然地走了呢？你不该在四月就孤寞地颓然倒下啊！

家兄急电催我匆匆上路。三千里北方南方，太阳苍茫、月亮苍茫、心苍茫啊！抬头望车窗外蓝色天白色月，我高高祈祷：母亲，你等我啊！

三

仓皇四十八小时回到了故乡。母亲，你为什么不等我？

硕大的帆布篷在母亲的屋前搭着母亲的灵堂。母亲，你再睁开眼看看我！

乡亲们打开棺木说还没有“合口”，为的是等我们归来和母亲见最后一面。

狭小的粗糙的棺木挤紧了我的母亲。那苍灰的卷曲的花发，那高高的宽阔的额，那紧闭的坚毅的唇……

醒来，我的母亲！

那光明朗澈的眼睛在哪儿？那如春的光辉灿烂的笑在哪儿？那扬一扬手就有一片流向我们的暖色光在哪儿……

起来呀，我的母亲！这粗糙的、狭小的鬼地方何以能容你的宽厚、你的豪爽、你生生息息的劳苦？我母亲宏大的、无边的、细致的感情原本在滚滚流淌，何以凄凉的寂寞的被堵截在这里？坐起来！坐起来！！

坐起来！！！我的母亲！你说过了四月五月你到北方去。你起来，我们走。去北方，不去那鬼地方……

我号啕着摇撼着这漆黑的什物。

这漆黑的什物你凭什么只发出一阵阵阴冷的怪笑？

母亲嘴角有血……

四

淡淡的月从蓝色山梁那边悲哀地升起，远处高楼里如魂的灯光孤寞地灭了。我和小妹凄凄地相依守护着母亲的灵，悲苦的泪如注地浸冷了四月的夜。几十幅挽幛在四壁垂挂，诉说四月的伤心……

乡下的亲戚来了，乡下善良的农民来了。母亲随负荆的父亲在乡下度过了漫长的岁月；漫长的七千二百个日日夜夜，乡下人没有忘记母亲。

夜，很深重很深重，淡淡的月光从榆树的叶隙里寂寂地洒下。善良憨厚的乡下人曾经给予了父亲和母亲生的希望，如今，他们又从遥远的山那边赶来抚慰母亲的亡魂……

含泪向真朴善良的乡下人道一声珍重！

含泪向人类美好的感情道一声珍重！

这世上的至善还该有什么呢？

五

四月如泣的风在母亲的灵前流淌。

再给我说一支山那边的故事呀，母亲！山那边孔雀飞起的地方女孩子变得都很善良都有出息，山那边太阳花盛开的林子里有一条白色路，走过白色路就是太阳升起的地方……再给我说一支山那边的故事呀，母亲！

我真的考上了山那边人们景仰的中学啦，弟弟却没考上。你搂着悲伤的、可怜的弟弟在灶膛边哭了多久！然而，你却已不能为我拿出五元的报名费和每月七元的伙食费。父亲已没有工作，只靠每日到三十里地外的黑石山上挑炼铁的黑石头养活我们兄妹，父亲一次挑一百八十斤！我不知苦难的父亲何以从知识的讲坛上刚刚走下来就能承受这般的劳苦！我小小的心被父亲巨大的力量震撼着、鼓舞着。母亲，你却每日在哭。为父亲的屈辱父亲的苦难也为我们兄妹四人每天小雏鸡般碗里望着锅里，锅里望着碗里，你喂不饱我们，你的心被泪水腌渍着。

后来，山那边要搬迁一座即将被江水淹没的古城，你挖土方去了。母亲，你去了。

许多年过去总也忘不了母亲在深深的土壕里弓身挖土方的颤动的身躯，总也忘不了母亲那被汗碱一圈一圈满满腌渍了的蓝衣衫，总也忘不了昏昏的月下，母亲担着土筐扛着镢头从蓝色山梁恍恍地归来……

许多年许多年，许多年总也忘不了母亲从枕下拿出两元纸币让我去学校先交十天伙食费时的惆怅；总也忘不了母亲在十分拮据的日子里竟用昂贵的十四元钱买来已故赵爷爷的一条黑布大裆夹裤，黑布夹裤裹着母亲无望的泪水送我到江下边的哥哥那里念书。

“……天气快凉了，到了冬天把夹裤拆开缝成棉裤……到哥哥那里好好念书……”清冷的大江流淌着母亲清冷的泪水。

总也忘不了！总也忘不了！！

这世间最纯挚最宏大最无瑕的爱唯属母亲了！

何样的爱能比母亲的爱更至善更无私更永恒呢？

六

蓝色山梁寂寞地孤立寂寞地孤立，父亲的坟茔已爬满青藤爬满青藤！

傍着父亲的坟茔我们和乡亲们一起掩埋了母亲。一垄冷土和父亲的坟茔接为一体。

一铲铲黄土培在了母亲的坟上，一把把清泪落在了母亲的坟上。我突感心碎欲裂心碎欲裂！我何以变得如此残酷如此残酷！竟用这冰冷的黄土把母亲窒息在另一个世界！倘若母亲活着，我会为母亲的新屋添砖加瓦起椽架檩，那是何样的幸福，何样的慰藉？可现在，我却将一铲铲冷土拥在母亲身上，我在干什么？我恨不能扒开这地狱之门还我母亲的笑面，我怆然扑倒在母亲的墓碑上，蓝色山脉怆然旋转……

母亲活着时，尽管天涯海角尽管十年八年，女儿归来故乡偎母亲床边总可以再做一番女儿。此后呢？生之匆匆死之匆匆，苦之楚楚累之楚楚，我到何方再觅母亲膝下的这份浓福？

谁能再给我这劳顿的心以无边的抚慰？

七

回我的北方。回我几匹长风几抹沙梁的北方。

回眸再望母亲的山梁。母亲的山梁如愁苦如悲恸高高耸立。

华哥痛苦地说几十年都未能让母亲去和他住几日，明弟泪水涔涔地说失去了母亲他的家失去了支撑，失去了母亲才懂得了母亲理解了母亲，小妹攥一张汇款单悲恸号啕，她这月寄母亲的钱竟在掩埋了母亲之后才汇到，母亲在最后的日子没能享用小妹的这份情意。我忽也想到我的自私我的不懂事，我何以在父亲受难的年月让母亲南方北方地走了五年……

回眸再望如愁苦的母亲的山梁，我问我自己：为什么失去了才感到真正的存在？为什么失去了才感到追悔莫及？为什么失去了才知道应该珍视？这混沌人生心灵的慰藉究竟还应该有什么？

回眸再望母亲的山梁，深重地想：在我生命勃勃的年月，我将加倍珍视人世间的一切美好。珍视友谊珍视感情珍视尊重，我定以涌泉之心报人滴水之恩。需要我做的我生前都做好，倘若生前做不好生后何以补偿？这世上最不能欠下的是感情，我脆弱的女儿的心何以能欠下世间什么？

八

含泪望母亲的山梁，山顶的月碎了，凄凉如水。

扬一扬手吧，母亲。在你高高的山梁上，扬一扬手……

《散文》月刊 1989 年第 3 期发表，《散文选刊》1989 年第 11 期转载，收入《20 世纪中国女作家散文精品》《新中国 70 年文学丛书》等 12 种经典文本

谛听水声

许多时候，我都觉着我与河流有无法割舍的缘分。

我从三峡回来好些时了，可我一静下来，依然可以听到那条江的水声——阴柔的、安详的、生生不息的那条江的水声啊……

我是坐四等舱到巫山县城，再到奉节，再乘小驳船沿宁静深幽的大宁河游“小三峡”，而后又乘四等舱从奉节回宜昌的。来时去时都遇到了黄昏——用语言表达金碧辉煌的“长河落日”，一不小心，就会亵渎那份风景的——黄昏过后，便是长长的江河暗夜，我围着有汗腥味的毛毯，在十六个人一间的船舱里听那条江的水声，古老而美丽的水声，千年万年的水声，九曲十八折地从大峡谷中流来又一泻千里地流向大海的水声啊。水声有节奏地拍打着我们的船舷，像不知疲倦的催眠的母亲的手。两岸的山黑漆漆静悄悄，险峻得有些狰狞，江风挟裹着水腥味钻进舱来，凉飕飕水淋淋的。夜色里，山、天衔接的一线逶迤里，月光孤独而凄婉，唯有这“母亲的手”从容慈祥的拍抚，使我听清了寂夜里的水声，水声里包含的伟大的慈爱与长安……

“像母亲温柔闪亮的裸臂，我故乡的大河，轻轻地搂抱着飘摇的我故乡的小城。”我曾经是这样写汉水的。我是在汉水边诞生的，我是听汉水的涛声、水声、纤夫的号子声长大的，汉水是长江最大的一条支流。我曾无数次站在江岸，凭水而立，默默地看大江流向大海的风景，默默地倾听葬在水下的音乐，默默地理会浮出水面的灵魂。后来，我少女时便含泪沿河出走；后来几十年大漠塞外，我的爱就像故乡的河流，广阔而丰富。每每回到故乡的大河岸畔，我就能重温流逝在那里的苦难与幸福、命运与抗争，重温始终如一的亲情与友谊，重温作为一个真正的人的信心和勇气。

我真的不愿人云亦云地簇拥在甲板上寻找“神女峰”，我也万万没想到千古流传的“神女峰”居然离江岸如此遥远！远眺，一枚石针而已。与雄浑、博大、庄严的江崖陡壁相比，它细小得几乎可以忽略不计，许多人踮脚翘首都未能找见。然而有情人无情人却都站在甲板上“咿咿呀呀”，显得造作而平庸。“看见神女峰，泪湿襟”——有人写道。“神女峰”是真的被人工涂抹了。

古老的大河是有自己的神女的。

那年，我经三峡到达与大宁河接壤的古老的原始森林神农架，曾驱车直达圣女故乡“昭君村”。昭君村白墙黑瓦的民舍点点滴滴，星星般坠落在一面青山的半壁，炊烟在白墙黑瓦的屋顶或静悄悄地团卧，或袅袅地上升。我曾惊叹这寂寞孤远的山野，何以产生了亘古佳话？

一座藏传佛教建筑风格的“昭君祠”屹立在半山民舍之间，一座高达十米的王昭君汉白玉雕像临山而立。我曾围着雕像转了一圈又一圈，一圈又一圈地想这纤纤鄂西女子以何样的傲骨，蔑视、摒弃了皇宫深院的凄凉与小人的奸佞妄为，毅然选择了六千里外的大漠异邦，选择了命运。这幽深了美丽了两千年的佳话源于香溪、源于大河啊！

我告诉同我一样围着有汗腥味毛毯的一对青年男女：“到香溪去看真正的大河神女吧。”我还说，我是在香溪的吊楼里听香溪水听懂了一位鄂西女子的魂魄的。那男的望着我，纯净的眼神里潜藏着一份忧伤，他说：“我也是常听水声的，我是在江边听水声听懂屈原的《离骚》的……”那女的靠那男的肩头，不作声。半晌，她突然很认真地问我：“你在大宁河听懂了那些悬棺和栈道么？”

在风景绮丽的大宁河流域，有着迄今未能诠释的悬棺之谜和栈道之谜。大宁河畔，岩棺处处可见，从巫山龙门峡到荆州峡，全长一百五十余公里，能见到的棺穴有三百多个；宁河西岸的崖壁上，随时可见孔距约五尺的方形石孔，呈水平排列。导游小姐说，从龙门峡到巫溪宁厂古镇，共有六千八百孔。近年有人考察，除宁厂以下的一百多公里外，北上的各条支流都有类似的栈道孔，东接鄂西北竹溪，北连陕西镇平，西通城口县城，形成了长达数千里的古栈道网。

筑于这悬崖峭壁上如此规模宏大的工程始于何年？怎样施工？作于何

用？谁能诠释这古老的秘密？想着这些，我就仿佛听见先人们凿石的敲击声，听到一种命运的呻吟抑或是呐喊……抬头仰望临江悬崖上的棺穴，我不禁肃然起敬：他们活着时，在这大河之畔、崇山之中为生存而奋斗着；死了，他们希望灵魂依然在这凭江的岩顶，谛听涛声和水声，抑或是眺望儿孙们从这座山翻越那座山，从这条江走向那条江……在遗址的寂寞当中，死亡是离不开人们的思念的。

想到这些，我对那年轻女子说："他们的灵魂不忍离去，大约也是想凭江谛听水声吧？水声里有他们儿孙的命运……"

不知我的话触动了什么，那女子别过脸去，好一阵黯然。

是的，无论怎样，我无法忘却那悬崖、石孔、栈道和远古棺穴给予我的战栗。我想，既然我们踏着同一块祖先相传的土地，我们就总是与我们祖先那些崇高的努力相关，我们就该珍视人类今天为改变命运所做出的一切努力，我们祖先的奋斗和我们现在的奋斗是连在一起的……

围着有汗腥味的毛毯站在甲板上，我想了许多事情。午夜，船过三峡大坝工地，天上地下，一样月色星光。大坝工地上，挖掘机高亢的马达声不禁使我一阵肃然。马达的轰鸣声过去之后，江面依然呈现一种伟大的静谧。静谧中，我仿佛又一次听到一种人类命运的交响从江面深深悠悠地传来……

现在，三峡大坝已经截流，在此之前，我不断从央视看到长江沿岸的千年古城，奉节、巫山县城、白帝城、鬼城……在定向爆破中轰然坍塌，祖先们创造的千年文化随之葬入江底。我的心中倏忽升起阵阵莫名的失落与悲怆。转而又想，人类文明的进程无不是一代又一代人用发现、创造、否定、肯定、牺牲与奉献等重重叠叠的脚印踏出的一条长路，路上的困惑与迷惘、悲怆与眼泪、成功与失败、奋求与辉煌都是文明相系相携的链环，这链环最终搀扶着人类走向新的生存维系。

无论怎么想，但有一个情结总是挥之不去："高峡出平湖"之后，那些千年古栈道连同千年古城已经沉入江底，而那原本在崖顶的悬棺是否离我们更近？抑或已漂浮在水面？

再去三峡，我还能听到怎样的水声……

《山东文学》1996 年第 12 期发表，《海燕·都市美文》2003 年第 4 期再发表，获全国"长江颂"散文征文奖，入选山东省高中语文教材及高考语文模拟试题以及四种全国散文选本

我读《文化苦旅》

——致余秋雨先生

先生，我是在病床上仰卧着读完了您的《文化苦旅》的。这种仰卧看书的滋味并不轻松——因为手臂的酸疼，我不得不把书不时地撑起、放下，放下、撑起。做了一个虽小但却十分痛苦的手术，翻身已感到十分困难，为了避免伤口的剧疼，只好这么仰着。

临去医院手术时，我带上了您的《文化苦旅》，是您的这本大著拯救着我术后的痛苦。十几天来，我忘却疼痛地读着、圈着、画着……

不瞒您说，自从毅然放弃大学经济系专业和毕业后从事十余年经济工作的工龄而改做文学，十多年来，我没有认真地、一篇不漏地读过一部中国现代和当代散文著作——除了《冰心作品选》和您的《文化苦旅》外。因着冰心典雅、逸丽的散文风格的影响，也因着人生经历的苦难与波折，使我的散文创作始终在用自身情感绾着一个又一个人生的“结”，婉约、忧伤，自悯、悲弱……

一段时间来，我焦渴地寻找着一种突破，一种生命和文体的双重突破，许多朋友也在期待着这种突破。路在哪儿？

命运中每每孕育着许多禅机：只要你对某种事物虔诚地祝祈，你总会获得一种照耀，而这种照耀，往往会使你有一次新的诞生。中国社科院文学研究所学者、当代著名文学理论家楼肇明先生——因着对中国文学艺术的卓越贡献，他的名字和您一样被载入英国剑桥《世界名人录》——郑重地告诉我：“你一定要读《文化苦旅》，那是当代散文大师的文章。作为一个散文作家，你可以不学他的风格，但不可以不读这部书！”

后来，楼先生在几次来信中都反复提醒我。

因着楼先生的郑重，因着对中国文化智者的崇尚和信任，也因着创作急需的一种补救，我开始认真阅读《文化苦旅》了——我始终得感谢一个中国文化史学者、作家并兼有学院院长头衔的中国文人如此郑重地在他的这部散文经典上签名留言，然后又郑重地从遥远的上海挂号把书寄到了大漠塞外，寄给了一个素昧平生的散文作者——我的眼前光亮起来。一种尊重他人、尊重心灵的中国文人谦逊善意的人格伴随中国历史、文化的古风，徐徐向我吹来。

按照一般习惯，打开书必先浏览“目录”——《道士塔》《莫高窟》《柳侯祠》《都江堰》《江南小镇》《牌坊》《庙宇》《风雨天一阁》……我惊呆了！这难道是一部游记散文集？

中国当代文人已经把游记散文弄到了不忍卒读、俗不可耐的境地。许多年来，我都发誓不读游记散文，不写游记散文！瞧着那些把大自然勃勃生命和具有世界上最古老最神秘文化色彩的中国名胜古迹糟蹋得一塌糊涂的、标名“游记散文”的散文，我就不得不愤然地弃置一边。中国散文的悲哀和懦弱、平庸和浅薄在这里最是暴露无遗——那无非是一种最省气力最投机取巧的对《中国名胜词典》以及各地名胜古迹导游书的肢解和抄录，只不过是俗不可耐地有了一个“添头”“加尾”，便是一篇游记散文了。

我穿越过西部戈壁沙漠，到过莫高窟，见到过道士塔，上过武当山、庐山，下过西湖、洞庭，游过苏州园林，走过桂林山水……除了大东北和大西南之外，应该说，我去过中国的许多好地方。可在我的散文里，却没有留下一点脚迹，为什么？就是怕玷污，就是没有能力把握和穿越！只好做庸人般的“游山玩水”，大不了成为一种庸人向庸人的人生经历的炫耀。作为文人，我永远都在痛惜这种生命与时间的大浪费，可我又苦于无法将这种经历丰腴！于是，我的旅游兴趣越来越淡，我不愿只平庸地做一个看客，更怕在中国古老文化面前，就像“小猫戏刺猬”般难堪和无奈。

先生，您写了些什么？

我先读了《道士塔》和《莫高窟》，因为我到过那里。接着又挑选读了《庐山》《江南小镇》《三十年的重量》和《这里真安静》。

我被震撼了！

中国当代散文的大灵魂、大气派、大内涵、大境界拍浪般向我涌来！中国文化、历史、艺术的闸门向我轰然打开，冲决着我心灵已久的封存！我无数次在心灵深处大喊：这才是中国当代真正的大散文啊！

由于各种杂事、写作和疾病的干扰，阅读总被打断。但无论什么样的不宁，我心中总在惦记着：我要读完《文化苦旅》。这仿佛已成为我的一种心事。

没想到生命给予我读完这部大著的机会是这次小而痛苦的手术。我要在病床上躺 20 天！于是，我从自序开始读，一篇不落地从首篇读到了后记。在这部 24 万字的散文大著上，我打满了横道和圈点。曲曲弯弯的横道应该说是我情感的潮汐；圆圆正正的圈点应该是一种文化和心灵碰撞的浪花！小儿子劝我：“妈，这么好的书，不该在上面乱画！”我说：“这部书已属于我自己！”

先生，我无法用精辟的思想和文化史学家的理性来评判这部散文著作的价值高度、它将产生的影响以及它为中国当代散文提供的崭新的思考领域，但我可以也应该凭一个散文作家起码的敏感和直觉向人们说：《文化苦旅》是中国当代散文的一座山峰！山峰上盛开的鲜花、摇曳的绿树都是中国当代散文绚丽的魂魄！

无论我们怎样急迫，怎样渴慕，我们大多数人过去和现在乃至一个相当的时间内是无法攀缘这座山峰的！

先生，您以一个文化史学家和作家的多重身份，依着渊博的文学和史学功底、丰厚的文化感悟力和艺术表现力，居然借助人类文学的薄体——散文，洋洋洒洒地揭示着中国文化巨大的内涵。在博大精深的中国文化和古老、神秘的中国历史中，您竟以轻扬的散文做着最深刻最潇洒的穿越！读您的散文，总仿佛看见一个历史的哲人，沉思着跋涉在大自然的山水、江河、废墟、小镇、古殿、庙宇……之间，在哲人飘然走过的路上，无不留下对文化灵魂和人生秘谛的沉重思考。

我不能！我们许多人不能！恰恰在这里，我们暴露着我们散文灵魂的虚弱和脊梁的脆折！

先生，每每掩卷沉思，我就仿佛看到，大自然在我面前山重水复，历史在我耳畔或沉吟或呐喊，一个当代文人的影子就在这种山水、历史中徘徊着，交融着……一个接一个的文化灵魂或衣衫褴褛或漂泊荡涤，或悲或喜或愤或怨或爱或恨，浩浩荡荡向我走来。于是，中国文化的历史命运和中国文人的人格就在这种大跌宕大悲壮中构成。黄河文化的兴衰，江南文化的柔丽，中国文化人格和良知，以及中国文人艰难的心路历程，都在您的笔下，展现着一种大深邃大苍凉大沉重。

先生，中国散文的轻飘与浮躁太需要一种生命、历史、文化的呼唤了！我们曾经沉默过，而后，我们又缺乏自知之明地喧嚣着、炫耀着、自诩自美着。如今读了先生的散文，我感觉到了一种深刻的滑稽、悲哀和欠缺。

新时期以来，或者再往前一些，我们的散文被中国的小说“婆婆”们和报告文学“公公”们不屑着，中国的散文像“小儿媳妇”般（我们那里的人把童养媳叫作“小儿媳妇”）畏缩着、胆怯着、自薄着、躲闪着，经年累月地在让“婆婆”“公公”们挑剔着、轻蔑着、苛求着、责难着。作为一种文学载体，我们无足轻重着。

这难道仅仅怪“婆婆”“公公”们霸道吗？不！是我们自己轻薄了我们自己，平庸了我们自己。除了前面提到的那些俗不可耐的、不如读《名胜词典》更省力气的游记散文外，应该说，新时期以来人们关注到了一种现象——中国女性散文的崛起。当然，这不失为一种文化现象。女性用特有的心灵激情和对生命的细微而独特的体验和感受，加之女性本能地比男性更善于袒露这种激情、这种感受，使女性散文得到了一种良好的社会认可——新时期女性散文远比男性散文活跃得多！激扬得多！动人得多！真诚得多！

然而，如果我们还比较清醒，我们应该发现，我们女性散文只是反反复复地在吟哦着“儿女情长”；反反复复地“怀孩子”“生孩子”“爱家呀”“不爱家呀”；反反复复地“柴米油盐”“鸡零狗碎”；反反复复地“有病呻吟”“无病也呻吟”……

散文的大智慧大思考大魂魄在消匿着，失落着。

我们缺乏冷静而睿智地对中国文化历史和中国文人命运、人格的系统审视，我们没有这种强大的内心力量，我们不具备这种知识的渊博与丰厚。我们只能囿于个体生命和感情做一点小文章，发一些小感叹，甚至玩一点文字的玄虚。我们习惯于散文的“小摆设”“小位置”，我们不喜欢散文的鸿篇大著。

作为女性散文作家，我深感我们思考的轻弱和文体的脂粉气和玩弄性。

中华民族是一个具有古老文明的民族，对中国文学的正宗——散文的探索与创作，给予人类文化的贡献已日益显示出它的璀璨。当我们经历了无数痛苦的追求，经历了扼杀与再现的反复抗争之后，当我们一心愿望着勾斗、倾轧、妒忌、嚣躁复归为宁静的倾诉与冷峻的思考，我们应该不难看到，散文——这一文学的轻舟多么能够负载我们痛苦的心灵，多么愿意接纳我们风雨飘零的感情。

如果我们意识到散文——这一人类思想和情感最自由最洒脱的载体几乎是伴随着人类社会而诞生，并且决不会半途辞别人类情感而去；如果我们还意识到随着人类历史的进步和经济的发展，散文必将更本质更深刻地负载起人类丰富博大的心灵情感和精神思想，我们就会对先生《文化苦旅》的风采和智慧理解、接受得更为主动、更为冷静、更为睿智。

仰望中国散文的天空，应该说，还是星光灿烂！而先生的《文化苦旅》则是其中一条河系！这条河系里的每一颗星星都在散发着一种魅力非凡的光晕！这光晕照亮着散文的怯懦和平庸。如果我们愿意接受这种照亮，我们应该有一次散文心灵和思考角度的痛苦而愉悦的革新！

先生，今天是我住院第 12 天，这封信是从第 9 天开始写的，断断续续，零零碎碎。我盘算着这次住院（我活这么大第一次住医院）兴许是我文学创作上潜伏的一个禅机：当我出院以后，肉体生命和文学生命将同时获得一次新的诞生。

现在，窗外正飘着一场大雪，塞外仍是冬天。大雪纷纷扬扬，轻轻漫漫。这本是一场银色圣洁的覆盖，可我仿佛听到了一声春天的惊雷！在干旱、枯燥、单调、刻板的塞外高原，每年的第一声春雷都像是一声生命的呼唤，听到第一声春雷的人无不惊喜若狂地喊：“春天来了！要下雨了！”这发自内心的喜悦是对生命和春天的报捷！而此刻我躺在病床上，捧着《文化苦旅》，只觉着一声声春雷从遥远的天地间，滚滚沉沉辗压过来，生命的回味与震颤从心头滚滚沉沉地辗压过来……

先生，愿《文化苦旅》成为我散文“夜航船”上的一盏灯塔，在寂寞而困惑的“夜行”中，我想，我应该不再有愚蠢的迷失和浪费了！

《长城》杂志 1993 年第 4 期发表，《散文选刊》1994 年第 3 期转载

女人：爱就爱得傻一点

一看到这个题目，肯定就有人反对，甚至马上就气不打一处来。不过，我还是想请你安静下来，慢慢听我把话说完。

你是一个中国女人，一个中国普通的女人，你肯定会把获得爱并从而建立家庭视为你生命中最核心的部分，家庭的稳定与和谐会成为你一生甚至最终的奋斗目标。如果是这样，那我就想对你说，女人：爱就爱得傻一点。

应该说，我是一个“家庭至上”主义者，我对幸福的最高理解就是家庭的完整和美满。许多人认为我这一生最大的成功是创作了许多好作品，但我自己非常明白，我这一生最大的成功是用巨大的努力创造了一个幸福、完整的家。这里所说的“巨大”，包括漫长的艰辛、操劳、隐忍、受苦、贫困等，但我觉得最重要的一点是我有盼望、有爱，而且爱得有些傻。

大学快毕业时，我和我的同班同学相爱了，那时我就下定决心：我要和这个男人厮守一生，赴汤蹈火在所不辞。尽管那时就有好心的同学劝我说，他大男子主义很重，你们毕业后怎样一起生活？虽然我嘴上说得很古板，比如“嫁鸡随鸡、嫁狗随狗”，但我心里明白，我深深地爱他，我就能够承受。

二十世纪七十年代，我的两个儿子先后在塞北冰凉的土炕上出生，丈夫唯一接济我的是坐月子期间给我买了十斤鸡蛋，这也是我唯一的一点营养，那我也感激不尽。虽然后来听说和我一样的女大学生生孩子时丈夫给买了四十斤鸡蛋补身子，还有鸡鸭炖汤什么的，心里就有些伤感。但我一点也不生气，我只想着我们经济困难，两家的老人都需要我们帮助，他省着花钱是对的。

二十世纪八十年代中期我们夫妻才调到一个城市，此前漫长的十四年里我们都在两地工作，丈夫每月只能回家两三天。两个儿子的哺育、成长、学习都由我一人承担，家里柴米油盐酱醋水，我一脚不到都不行。我们居住的塞北老镇没有自来水，我必须每天到百米外的井房担两担水做饭、洗衣，每担水重七八十斤，我担了十三年。有一次在井房排队担水，从南方来看我的胞妹悄悄对我说：“姐，你出来担水，别老穿补丁衣服，你是大学生，让人家笑话。”我听后非常惊奇，接着一个哂笑，我对妹妹说：“穿补丁衣服又不露肉，谁笑话呀！”因为毕业后的好几年里，我都是穿补丁衣服上班也从未想过有人笑话。我们的经济非常拮据，那时大学生毕业一月只挣五十二元工资，我们结婚时一无所有，只是在我们劳动锻炼的乡政府（那时叫人民公社革委会）花三角钱领了一张结婚证，然后把两人都盖了十几年的棉被抱到一起就算结婚了，没有仪式没有人祝福更没有家具，唯一的一样“家具”是我们从镇百货商店花几角钱买来的一只装缝纫机的大纸箱。至于穿补丁衣服被人笑话，我真的一点意识都没有。

儿子小时闹病是常事，如果其中一个病了，我就把另一个锁到家里，抱起生病的儿子风里雨里往医院跑，我搂紧裹着我的破棉袄的儿子，常常在医院急诊室里一冻就是一个通宵，那时，我一点也没有想到要把儿子生病的事告诉丈夫，让丈夫帮我分担。记得一个傍晚，我匆匆背起发烧的小儿子上医院，深夜待我回来时，看见锁在家里的大儿子静悄悄地坐在小饭桌边，饭桌上摆放着一小碟腌菜、三双碗筷。原来，六岁的他已经在铁炉子上为一家人煮好了一锅小米稀饭，他很饿，但他一定要等妈妈和弟弟回来后一起吃。我心疼得说不出话，抱着他一边亲一边流泪。至今想起这一幕，我依然感动得泪水涔涔。

塞北老镇冬季漫长而寒冷，温度多在零下二三十度，四五个月没有青菜吃。于是，秋凉的时候，我就跟着邻居的大妈、姐妹们学会了腌菜。粗实的芹菜梗、肥厚的大青椒、鲜红的胡萝卜、嫩绿的雪里蕻、瓷实的圆白菜，我都能把它们切成很细的丝，然后把它们放进小镇人特制的釉缸里腌起来，几缸腌菜够我们一家人整整吃一个冬天。后来，婆母从乡下来了，她认定我腌的菜比她腌的吃起来香。以至在物质丰富的今天，我一想起我在小镇上腌制的那些酸香酸香的腌菜就口流馋水。

寒冷的冬天，我认识了北方的煤并学会了在铁炉子里把它们生着，炉子生着后，冰窖般寒冷的小屋便逐渐地暖和起来。冬天有煤烧，就是最大的安心。一天，丈夫让一位司机把两吨煤拉了回来，当司机把小山一样的一堆煤从卡车上翻倒在街门外时，我才知道丈夫并没有跟车回来。我即刻向邻居借来两只藤筐和一只扁担，一担一担把煤块从街路上往院内担，从中午十二点直担到夜里十二点。邻居的一个年轻媳妇看不下去，就帮我担，并埋怨我丈夫怎么买三四千斤煤不回来帮着运进家，我说他忙。我真心实意地认为他忙，我一点怨言也没有，相反，我为他给我和儿子买来了足够过冬的煤而快乐、而感激。

那些年，我和儿子最大的盼望就是等待他们的爸爸每月回来两天，只要他回来，我们家就像过年一样，平日里舍不得吃的饭菜都一股脑做给他吃。那时，物质供应非常匮乏，每人每月只有半斤肉票、二两糖票、三两食油、五斤白面，但只要他回来，我就顿顿给他做好吃的。他走了，我们就吃小米、玉米面、高粱米、土豆。在南方吃大米长大的我，从来没有觉着北方这些粗粮我不适应。后来，我的母亲来了，她和我一样疼她的这位北方姑爷，总是把好吃的留给那个在外边的男人。如果这个月丈夫没回来，我们就买回一条鱼或别的什么，把鱼做好，鱼头鱼尾我们吃，把中间那段最好的装进一只罐头瓶，然后我就怀揣这只罐头瓶，在老镇的风里雨里等丈夫单位的拖拉机进城。塞外的风尘很大，一刮起来便日月昏黑，常常因“守株待兔”般站在街心里等丈夫单位的拖拉机而弄得蓬头垢面，但我一点也不在乎。如果等不到拖拉机，我会非常伤心；如果能够等到，我就高兴得要命，因为我能把那只罐头里的鱼捎给丈夫了。

记得母亲曾对我说，你对你的丈夫，真是一个心眼地傻爱。当时我并未体味母亲的话，几十年过去，回想那些艰难、受苦而又内心充满幸福的日子，才发觉我爱得是有些傻。这傻说到底是一种痴心，是一种忘我，是一种无怨无悔。

我因为用自己的奶水哺喂儿子又要忙着上班，所以常常头发很脏很乱就走了，胸前衣服上有一圈一圈的奶晕就走了，裤子上有儿子的屎印、尿味就走了，但这一切，我无怨无悔；我盼望丈夫回来，我总想和他多说会儿话，但他是个不爱多说话的人，我无怨无悔；我曾患三年神经衰弱睡不着觉、进而患上三度胃下垂疾病，人瘦得不足九十斤，两只手瘦得像鸡爪子。许多年后我问丈夫知道不知道我患神经衰弱、患胃下垂，丈夫说不知道。我听后只浅浅一笑，心里有些难过，但我还是无怨无悔。丈夫没搂过儿子睡一夜觉、没洗过一次尿布，当我们最终调到一个城市、他真正回家来吃饭睡觉过日子时，我的大儿子已经十二岁、小儿子已经九岁半！我非常辛苦地养育了两个儿子并给予了他们最好的早期教育，他们有良好的品德、优异的学习成绩。当他们像两个大小伙子般站在他们的父亲面前时，我真的无怨无悔；我们真正在一起过日子时，两个儿子在家打闹时，我特别怕丈夫不习惯，总是叮嘱孩子："别闹，爸爸会生气的。"我做饭时丈夫帮我剥葱我都担心他烦这些琐事而让他走开，以至于到今天他仍不愿进厨房、不会做一顿像样的饭菜，但我无怨无悔……

了解我的文学的朋友都说我是一个好女人、好妻子、好母亲，更是一个好作家。但无论怎样，我还是看重前者。

许多年之后，当我回首往事时，也曾有过伤心。记得有一次我问丈夫："我怎么回忆不出年轻时你心疼我的一件事？"我强化了"一"字的语调，我知道那时我的心里才开始懂得了责怪、懂得了伤心。丈夫手拿遥控器、望着电视屏幕半晌没作声，但他最后说出的一句话又让我把刚刚懂得的"责怪""伤心"消泯得无影无踪，他说："年轻时不懂事……人总是慢慢长大，活到老学到老！"

其时，丈夫已经在生活中长大，当我的生命在岁月中逐渐老去，当我的身体越来越弱时，一个对生活非常精细、对家非常有责任感、对我知冷知热知疼知心的男人，一个完全可依可靠、并能与我分享欢乐也分担痛苦的男人，已经伴随在我的身边。有段歌词："人间情多真爱难说，有缘无缘小心错过。一时欢笑一时寂寞，一生相伴最难得"。如今，我获得了这难得的"一世相伴"，我没有错过，为此，我无限感恩生活。

仅此，许多朋友向我祝福："梅洁，你是女作家中最幸福的人！"又说，"这是你的造化，是你修来的福分。"一位北京某大报的女记者、我的朋友在听了我的一些"傻爱"故事后，连连给我打电话，说："梅姐呀，我听了你的故事现在就像变了一个人！过去，我总嫌他（指她的丈夫）懒，嫌他游手好闲，事业做不出成就也不好好帮我做家务，总跟他唠叨发火，总想教训他。现在我一点也不再埋怨，不再挑剔，家务活我快快乐乐地做，他感兴趣的事我就支持他，他有心烦事我们就一起谈心、给他开解。我现在发觉，其实他也很可爱……我现在真正感到，爱是一种奉献，爱就该无怨无悔，你的‘爱就爱得傻一点’真是做快乐夫妻、恩爱夫妻的秘诀呢！”

听了朋友的话，我非常高兴，非常感动。我愿意对所有企盼和丈夫“一世相伴”的女人说，无论世事怎样变化，无论生活变得怎样时尚，一个完整、美满的家对于我们女人，对于我们的孩子，对于这个世上男人女人的幸福都至关重要。我们女人无论多么坚强、多么有成就，我们的内心本质是脆弱的。我们需要男人的爱，需要家的呵护。那么我们就爱得傻一点，在奉献爱中争取爱、在呵护他人中获得呵护。换句话说，我们努力体贴生活，生活肯定也会体贴我们。

“种瓜得瓜，种豆得豆”，这是大自然的基本规律，生活也一样。但需要提醒的是，你坚守的土地本质上（请注意本质两字！）是能够种植瓜豆的土地，如果是一片盐碱滩，那你就大可不必费神费力。

《随笔》杂志2003年第3期发表,《读者》《作家文摘》等6家选本转载，收入2003年花城出版社年度散文精选

不是遗言的遗言

一

北墙上的那块蜡染布艺换成了你的黑白遗像，遗像下的橡木案几上——我和儿子跑了好几家家具城专门买的橡木案几——顿顿摆放着你喜欢吃的水果、素食，那也是我顿顿的饭菜；清晨和夜晚，铜质香炉里的三炷檀香紫烟袅袅，萦绕着我无边无望的思念。

每日从你遗像下走过，都看到你那道依然坚毅、依然睿智、依然深邃的目光在注视着我，不管我从东、从西、从南哪个方向望过去，你的目光都是如此专注地望着我。

亲爱的，你是有话要对我说么？

其实，我心里最悲痛的事之一是你生命最后的时刻未能对我说什么。

切开的气管开放着，你发不出声音；昆明到北京的列车上，你因呼吸衰竭痛苦得说不出一句话；我和儿子呼天抢地也未能给你找到氧气，那个劳什子“氧立得”根本救不了你的命，我们却把希望押在那上面；那根扭曲的输氧管蛇一样在咬噬你的生命，我们还对它怀抱全部的祈求。

其实，挪开那根管子，用手指轻轻堵住安插在你喉部的塑料管你就能说话，在昆明的医院里医生教给过我们，我们无数次这样做过。可在狂号奔驰的列车上，我们无依无靠，只能靠那根细细的管子，那根管子是汪洋大海正在吞没你也在吞没我们时唯一的一根稻草。救命的稻草。我们除却把那根管子紧张而痛苦、希望也绝望地插进你切开的气管外，一点也不敢造次。可那根管子最终没救了你的命却使我们失去了最后说话的机会。

至今，那根具有救命假象的管子，依然在我的梦里扭曲。

从昆明到湖南怀化，你坚持了十八个小时不能再坚持时，你肯定有话要对我和儿子说；你听到我乞求列车长为你找氧气但最终绝望地恸哭时，你肯定有话要对我和儿子说；当死神一步步逼近、你就要和我们诀别时，你肯定有话要对我们说……然而，你什么也没有说，你发不出声音，你被窒息的痛苦绞杀着。

你躺在我的怀里，我眼睁睁看着你无声无息地挣扎，我帮不了你，我痛不欲生；我清清楚楚地看见你把一直紧闭的双眼使劲睁开，又使劲瞪得很大，然后你停止了最后一次呼吸。

你睁着一双很大的眼睛走了！

我痛泣着请求列车上那位年轻的军医帮你把眼睛闭上……

我无数次听人们说过“死不瞑目”是要走的人不能甘心、不忍离去。在那个天上人间永世分离的时刻，我目睹了你的不忍、你的不甘心、你的“死不瞑目”……啊！亲爱的！我目睹了你的“死不瞑目”，至今想起来我都肝肠寸断、心碎欲裂啊！

你惨逝的场景是我永世的痛苦！

现在，我常常望着窗外流泪，我幻想当初你躺在我怀里时若能对我说点什么，哪怕是相互道一声“珍重”，那将是怎样的弥足珍贵！那将成为我今生怎样的宝藏？然而你最终说不出一句话。在生命弥留的瞬间我们有多少话要说啊！

你说不出话，你带着怎样的悲苦上路？

现在，你的遗像在北墙上挂着，凄凉而肃穆。望着你的遗像，那道坚毅的目光总是那样专注地尾随着我，你想对我说什么呢亲爱的？

常常站在你的遗像前，默默地站很久；常常望着你的遗像，默默地流泪，流很久……

二

你躺在我的怀里走了，我摩挲着你依然英俊、依然年轻的面庞，摩挲着你依然柔软、依然白皙的腹胸，这是我怎样熟悉的一个男人的身体啊！而你的身体渐渐地凉了下来……

我摩挲着你宽厚、结实的双手，这是怎样一双勤劳、可靠、有力的手啊！而你的手指慢慢地开始发硬……

T62 次列车悲号着翻山越岭，你停止呼吸后我们还要走十九个小时才能到家啊。

我不知人没有呼吸后灵魂何时脱离躯体，我只想着我抱着你、摩挲你，你就不会走，你就会跟着我和儿子一起回家。你停止呼吸的地方叫湖南怀化，湖南怀化离家还有五千里迢迢的长路。望车窗外层峦叠嶂的青山，山涧里时隐时现的草庐，我的心疼痛难忍。亲爱的，你无论如何不能在这里与我们分手，你要是独自在这里走了，这千山万水的陌路，你可怎样回家？

我抱着你，一个小时，两个小时，三个小时……我的体温无法再暖热你冰凉的身体，我的手无法再抚平你蜷起的手指，悲苦的泪水汹涌着，打湿了你的衣被。我的鼻子开始出血……

亲爱的，你在回家的路上走了！你把我的爱、我的依靠带走了！你把我一世骄傲的幸福带走了！你把那个用我们一生的辛苦共同创建的家带走了！那是如两只老鸟一样一根根衔草垒建的家，那是如燕子一样滴滴衔泥吐血垒建的家。我一直把我们的家看作上帝赐给我们的礼物，我一直把我们的家视作我们爱与婚姻乃至人生的最高成就。世人都在说我有一个幸福的家，世人都在羡慕我是一个幸福的女人。我感激着这样的祝福，我认同着这样的羡慕。

我深知我们两个都是那种极富“家庭天性”的人，在这个家里，我们共同孕育、抚养了两个优秀的儿子，我们的生命在他们的生命里延续；在这个家里，我们爱着、恼着、惦念着、操劳着把生命和岁月融在了一起。在我们经历了许多艰难、挫折和受苦之后，我们都已深解“相依为命”的全部含义。你这一生没有爱好、没有应酬、没有朋友，你喜好安静拒绝着任何热闹，你孤傲独立不屑任何交际，你不尚权不媚势不入流，你的正直使你最终成为一个孤独者。只有家才是你的唯一，你恋家、恋孩子、恋妻子超乎寻常。

可是亲爱的，我用尽了全力、流尽了眼泪也没能带你回了家呀！上苍一定要在半路收走你这孤傲而温慰的灵魂，我不明白他的大旨大义，我的心被悲苦淹没了！

作家周国平曾说，家不仅仅是一个场所，“家是一个活的有生命的东西”。他还说，“共同生活的时间愈长，这个家就愈成为一个生命的东西”。任何一个微小的伤害，都会有撕裂般的痛楚。疼痛的不是别的，“正是家这个活体”。亲爱的，现在不是什么小小的伤害，是凝聚了我们三十四年生命和岁月的一个生命活体被撕裂了，那疼痛是绝世的疼痛、那伤害是永不痊愈的伤害！那个交织着我们两人共同的经历、命运和无数回忆的家消失了，那个鲜活的、温暖的、触手可及的生命体刹那间虚空了！

我一生一世心疼的那个家因着你的离去已不复存在，没有什么能引渡我内心深处的痛苦。

望车窗外泣血的夕阳，我伤痛如斯……

三

其实，细想起来，你想对我说的话也说过一些，只是很含蓄，有时只是一种暗示。唯其含蓄，唯其是暗示，你总是有一句没一句，我知道你是怕说多了、说完整了我会伤心。我呢，自你手术后一直在悲苦中恐惧着“死亡”，忌讳你说有关离别的话，我也不说。我知道，我们相互的躲闪是在相互爱护。我们的爱很认真很沉重。

去年六月的一个晚上，也是你戒烟的第二天，我们相依着在那条路上散步，你说，一墨该会说很多话了吧。我说，她聪明过人，不仅会说很多话，还会准确地使用连词、介词呢。你说，可能她对我没有多少记忆……我说，怎么可能呢？你戒了烟能活八十岁、一百岁，你们家族的男人寿命长，你的父辈、祖父辈不都活了八十多岁吗？到你八十岁的时候，一墨没准正在哈佛、牛津念研究生呢！我牵着你的袖子，孩子般蹦跳着，说得很开心。但你却叹了口气说，好了，不说了，说了心烦……

一墨是第一个来到这个世界的、我们生命的第三代传人，那时她还不满两周岁，居住在北京，和她的父母、外公外婆在一起快乐地成长着，谈论她是我们最幸福的话题，怎么会心烦呢？我充满困惑但我没再问你。没想，第二天你就去做体检，结果出来的时候，灾难随即降临……原来，你对自己的病已经有所觉察，你对灾难已经有了预感。当灾难就要来临时，你想到了我们最小的一个亲人，想到了她对你的记忆。

人生悲凉，命运残酷，现在你走了，待一墨长大不可能对你有什么记忆，她还太小。但请你相信，如果我还会活很久，我会把你的故事讲给她听，她的父母会把你的故事讲给她听。我还会把昆明总医院那页皱皱巴巴的病历纸拿给她看，那页纸上有你写给她的话。你从昏迷中醒来，儿子告诉你说凌儿来电话，说一墨上幼儿园了，老师表扬她自己会吃饭了，不用人哄自己睡午觉了。你笑了，示意要写话。护士递了一页病情观察记录纸，我扶着你绵软颤抖的手，儿子在铁皮夹板上铺开那张纸，你在那张纸上写道：“墨墨真好！上幼儿园最操心的就是吃饭、睡觉两件事，这两样她争光了。”

我会长久地留着这页纸，如同我会留下你在生命最艰难的日子写下的那二十多页纸一样。我会在一墨长大成人后把那页纸交给她。凭她的聪慧善性、凭生命与生命之间最强大的亲情传递，一墨会感激她没有记忆的祖父在她人生之初留给她的奖励，她会在乎一个生命垂危的亲人在这个世界上写给她的唯一的话，她甚至会因着这遥远的奖励与祝福在人生之路上一路“争光”。

你还暗示过我什么呢？哦，好像那不是暗示，那就是你并不明说的遗言——

那是一个宁静的午后，我们两人并排躺在床上说话——你手术后的一年，我们两人总爱这样并排躺着说话。无论我坐在床边还是靠在桌旁，你总要把躺着的身子挪挪，然后拍着腾开的地方说：“你躺这儿，躺这儿我们说一会儿话。”你无助的依恋让我心疼也让我温暖，我总是按你的意思躺下去，亲昵地躺在你的身边。彼时和此时，我都觉着，我们并排躺着小声地说话，是我们生命中最惬意最幸福的时刻。

你走了以后的日子，我竟不敢面对那张床。我不敢面对，是因为那张床上留着我们太多的热爱与悲苦，是因为我永远失去了我们并排躺在那张床上静静说话的幸福时光。

我们的话题漫无边际……

就是在那个并排躺着说话的午后，你郑重地向我说了三层意思的话，你说：无论生前还是死后，你最无愧的是你这一生没有做一件辱没人格的事，没有说一句有辱人格的话，无论是恨你的人还是说你好的人，在对你人格的评价上，你相信会是一致的；第二，你说我们的两个儿子都是好孩子，他们都已长大成人，有很好的自立于社会的能力，有很好的做人品格，这方面你不牵挂；第三，你说你这一生对工作兢兢业业，去一个单位建设好一个单位，管理好一个单位，你是立得住足的。虽说你的太认真和原则性得罪了一些人，但没有人会说你是一个自私龌龊之人，是一个不公正不正派之人，你有这个自信。

你平静地在为自己的一生作总结。我知道，你的总结凭借着良心，有最真诚的力量。

末了你又说：“剩下的一件事是我最难过也是最对不起的，那就是如果我走了，没有人跟你做伴……”

记得没等你把话说完，我已难过得大哭起来。那一刻，我意识到你这是在交代我什么，意识到你这不是遗言的遗言，我伤心欲绝……

亲爱的，我知道你总是把独立正直的人格看得高于一切，你走了，你的人格与我们同在。现在，我和孩子们商定，我们将把这句话刻到你的墓碑上，这是亲人们对你最重要的缅怀，也是对你一生堂堂正正、磊磊落落做人的界定和认可。我们都知道，你这一生不怕别的，就怕被人指责“没有人格”，于是，你以超乎寻常的自律处处为你的人格作证。为此，你活得光明正大，也活得很苦很累。你从不仰仗，你鄙夷攀附，你凭借自己的人格、思想、实力走过人生。我们绝对相信，一个处处小心维护自己人格的人不会在道德、人性、人生规则上出界。在天堂的路上，你可以坦然而无愧地对上苍说，你是他纯粹的、没有邪念的儿子。

至于“没有人做伴”，你说到了我生命最深的痛处。你的离去是对我幸福最致命的打击，我至今无法安慰你也无法安慰我自己。我知道我走不出悲痛便没有快乐可言，但没有什么可以化解我内心深处的苦痛。真正的悲痛是化不作力量的，“化悲痛为力量”的教义对我没有意义。

于是，亲人、朋友们都在劝我说，那就等待时间吧。可我想，时间又能怎样？时间只能使悲痛埋藏得更深而不是消失。

亲爱的，在忆念你的时间里，悲苦的泪水将打湿所有的时间……

《都市美文》2005年第7期发表，《散文选刊》2005年第11期转载，2010年获全国亲情散文一等奖，收入《百年美文》《落日故人情》《中国最佳散文》《中国散文精选》《名家谈生死》等11种选本

丈夫留下的备忘簿

一

你桌子上的书还是那么整整齐齐地摆着，你衣柜里的衣服还是那么整整齐齐地挂着，你总是把穿过季的鞋擦得干干净净放在鞋盒里，你的一摞鞋盒还是那样整整齐齐地在壁柜里放着。你喜欢把一双双洗干净的袜子绾在一起，然后装进一个塑料袋，薄的厚的分开装，现在，那一袋一袋干净袜子也还在床头柜里静静地搁着。可这些东西，怎么突然间都没有主人了呢？日后，谁还能来光顾它们呢？它们将永世地放在那里，寂寞地等待它们的主人，然而，它们的主人却永远地不再归来……

我抚摸着你的一件件衣服，捋着你的一双双袜子，我分明触摸到了你的肌肤，触摸到了你伟岸的身躯，触摸到了你颀长的双腿、你爱出汗的脚……我感觉你依然英气的目光从高处俯瞰了下来，你温热的呼吸在你高耸挺拔的鼻翼里扇翕。可当我拭去泪水定睛看你时，你怎么又不见了呢？我环顾空空荡荡的屋宇，四处寻你。你站出来呀亲爱的！

四壁回响着你的声音，我却看不到你的身影。

我终于明白，你再也不会站在我面前了！

你再也不会在这座屋子里走来走去，我再也听不到你走路的踢踏声了，你走路原本是有轻微的踢踏声的。

我们的屋子还是那样干干净净，地板还是那样亮亮堂堂，书橱衣柜还是那样一尘不染。你生前总是喜欢把屋子收拾得干干净净，把东西摆放得整整齐齐，我也喜欢。你走后我曾不想再收拾什么，我收拾得再干净没有你分享，我的收拾有何意义？可我又想，我不收拾，邋里邋遢又怎么对得起你？

我总是感觉你什么时候会回来，回来时我用干干净净的屋子、干干净净的被子（被子上还有水的清香、有太阳的气味）迎接你。你生前我是这样待你，你也是这样待我的。

我总是梦幻般地在屋子里找你，一间一间地找，我总觉着找到了又觉着永远找不到，我总觉着听见了又什么也没听见。你总是这样痴痴地来看我，却又模模糊糊地飞逝而去。

我知道，我找不到你是你已经飞到了窗外。窗外是风是雨，是山是水，是月光是天宇，你在哪里呀亲爱的？

我知道我再也找不到你，悲苦的泪水，如雨……

二

亲爱的，我们现在的相处只能是灵魂对于灵魂的。

我不会离开我们共同用爱和生命创建的家，起码在我还能写作的时光里，我不会离开。在这座屋子里，我随时都可以找到你的存在，和你说话，和你交流。无论天堂人间多么遥远，只要回到这座屋子，我就回到了我们两人亲爱的世界。当然，当我有一天不再想写作的时候，当我一天天老去需要人照顾的时候，我会到北京找我们的孩子……当我最终离开这个世界的时候，我还去找你，我们还做夫妻，我们还会携手再造新的幸福家园。

是的，我很留恋这座屋子。在这座屋子里，你把生命化作了实实在在的责任，你把责任实实在在变作了行动，作为男人，你的可依可靠在这座屋子里无处不在。这屋子里每一样东西都留着你的呼吸、你的手迹，大至壁橱、书柜、沙发、电脑、冰箱、浴房、地板、睡床、电视机、餐桌椅……哪一样不是在你调查了三家五家专业市场之后，在你把质量和价格作了相互比较之后，在你把所需和我们的收入作了权衡之后，我们才把东西买回来的？（我们总是挑选那种质量和价格都属中等偏上一点的）；小至各色鞋油、各种修理电器家什的工具、各个门窗的钥匙、各种家庭常用药品以及购电磁卡、煤气卡，甚至各种衣袋、各类废电线、各色塑料绳胶带纸……你都让它们各就各位，从不乱放乱扔，你没有乱放乱扔东西的习惯。平日生活所需，哪怕多么细小，哪怕经久不用，只要稍一定神你就可以把它们找出来。

我曾无数次感慨，你对家的爱与责任是我一生的福气，你对生活精致的耐心是我活着的指望。

在你术后治疗的日子里，你肯定是预感到了陪伴我的时间不会太久，你在为我日后生活的便利作准备：你把一个软皮横格本切割成两半（你把它切割成两半肯定是为了让我携带方便），你用其中一半作了“通信备忘簿”，你在备忘簿里密密麻麻记满了各类服务机构和家电、家装维修电话：手机话费查询、有线电视、开锁公司、供暖公司、首都机场问询、民航订票、火车订票、省直四家定点医院总机，以及煤气、空调、防盗门、抽油烟机、灶具、冰箱、电话、热水器、饮水机、洗衣机、电脑、打印机的维修地址和联系电话，以及近几年我们新购家具的商城地址和联系人电话，以及小区物业、卫生所、派出所、居委会、小超市的电话，还有火警、盗警、医疗急救……我数了数共有 65 个！你把几年前，甚或十几年前一直堆放在抽屉里的各种说明书、保修卡、维修卡全部找了出来，一一进行登记。你登记了满满 10 页！你整理登记了好几天！

你做这些事时，我躲在另一间房子里流泪。你在化疗，你的身体很弱，我不知你为什么要做这件很繁杂的事情，你只是对我说：“以后我身体不好了，你遇到了难处，就找这个本子帮忙，都在上面了……”

你走后，我和孩子们翻看你这个 10 厘米 ×12 厘米大的、毛了边的、粘了胶带纸的备忘簿，无不流下伤心的眼泪。儿子感慨地说，换了我们，是做不到爸爸这样的。

现在，我无数次地想象你在做这些事时，怀着怎样珍爱和哀哭的心情，无数次流泪地想象啊！

亲爱的，前些时樱奇灶具打不了火，我是按你备忘簿上登记的电话联系上维修的；西姆橱柜的拉篮拉不动了，我也是按你备忘簿上登记的电话联系上维修的；两天前，我的佳能打印机坏了，我仍是按你备忘簿上提供的电话、地址联系上维修的。可当我抱着打印机走在路上时我却泪流满面，因着永世的伤心和感激啊！因着永世不再有的珍爱和细心啊！

现在，我天天随身带着你的这个本子，带着你的陪伴，也带着永无指望的思念……

三

亲爱的，生活平凡而琐碎，实际而庸常，你以你天性中的一丝不苟和严谨，规矩和整理了一个寻常家庭的殷实和安详。作为一个女人，我还奢求什么呢？你的安静和稳当给我生命以踏实，你事无巨细的操持使我享用着生活的体贴。我为和你这样有定力的男人一起生活而感恩着我们的婚姻，我为我拥有这样的婚姻而感恩着我的命运。

可你却突然走了！

你为什么在你如此严谨科学地治疗，坚信还能陪伴我三年五年十年时突然走了呢？

你为什么在我如此沉浸在依恋、沉浸在幸福、沉浸在可依可靠的情感里时突然走了呢？

你为什么在我们如此珍爱着生活、理解着生活、创建着生活的年代突然走了呢？

亲爱的，你在你这样的年龄离我而去（你再活 10 年 20 年也不老呀！），你让我以怎样的力量来承受生活突然的塌陷？

《散文》月刊 2006 年第 2 期发表，《读者》2006 年第 9 期转载，《散文·海外版》2006 年第 3 期转载

古街深处封存的忧伤与温暖

一

七年前的2006年2月，当我拿到了一张海淀区公安局颁发的居民身份证时，我便真正成为北京的新市民了。一时间，我的亲戚、朋友纷纷发短信祝贺，我感受着他们快乐的祝贺中对首都“北京人”的艳羡。

作为北京的“新市民”，对于亲朋好友们的艳羡我没有优越感，却有一丝淡淡的伤心。20世纪60年代，我曾在北京上了五年大学，大学毕业时，我们全部“四个面向”了——“面向边疆，面向农村，面向工矿，面向基层”，北京一个学生不留，我们连“留京”的梦都没有做过。我们潮水般退出了这个城市，我们走得很远很远，走得销声匿迹。

20世纪90年代伊始，当我在僻远寒凉的乡村、高原磨炼了二十年后，当我把生命最宝贵的年华留在了大漠的风里之后，我想回到一个风小一些、气候温暖一些的地方。那时，如果我勇敢地回望一眼北京，我想凭着我们的实力，我和我的大学同班、后来成了我的亲人的那个男人，是会成为北京的优秀建设者的。然而，我们依然没有回望北京的勇气。一丁点也没有。直到前些年，我挚爱了一生的那个男人走了，他化作了一缕白烟，在宇宙间消失得无影无踪时，北京才敞开胸怀，接纳了我。北京说我的两个儿子都在北京，我是可以随儿子迁进北京户口的。这个政策是当年攻读光通信博士的小儿子从网上发现的，这政策是北京市公安局在网上发布的，是对天下如我这样的母亲或父亲们制定的。小儿子如同发现新大陆一样兴奋，然后下载下来发到了我的电脑邮箱。

之后发生的事如同做梦：大约就是给大儿子户口所在地的派出所打了几个电话说明情况，派出所让我邮寄了几份有关材料，我就成为有北京户口的北京市民了。我至今都在感激派出所那位年轻的范姓女干警，仅仅是几个电话啊，仅仅是两个月时间啊！她就为我办妥了这件事。当她电话通知我必须来京照相办身份证时，我好长时间顿在那里，以为我听错了什么。很长时间我都处在梦一般的恍惚中：原本以为比登天还难的事，在派出所干警的帮助下，竟然如此顺利地办成了？！

可我已经老了。我的生命已经非常疲惫非常脆弱了。

如今七年过去了，来北京后，我除了独自蜗居在京西的住宅里外，便是一个人静静地在一些想去的地方走着……

二

静静地梦幻般地一个人走着。

这座泅渡了我们青春的城市让我怀想、让我依恋。

圆明园遗址去过了。我和我的大学同班在这片遗址上流泪牵手、最终决定了一生的相依相爱。

位于圆明园北面的母校去过了。我们是在那所高等学府度过了风雨交加的五年。

鼓楼大街、烟袋斜街去过了；花 60 元乘漂亮的黄包车、把前海后海的四合院看过了；把青年时代多次去过的颐和园、天坛、香山也默默地走过了……

然而，对于前门大街、前门大街左侧的大栅栏，这个八百年京都人文文化最荟萃、商业文化最发达、百年老店最集中、古建筑恢复最炫目、京城最繁华热闹的地方，我心仪了一次又一次，但就是一次又一次踟蹰，一次又一次怅惘，一次又一次欲踏进又缩步。

2008 年，前门大街改造成为步行街。我从电视里看到恢复或重建的古建筑满街巍然屹立，看到大栅栏街里辉煌着无数百年老店，看到消失了四十多年的“当当”车（有轨电车是在我从南方来北京上大学的那年给拆除了）又出现在前门大街，那一刻我内心充满欢欣，充满温暖——去前门大街、去大栅栏走一走！我下过几次决心。但几次跃跃欲试最终依然却步。

古老的大街封存了我怎样的温暖和伤心啊——

1969 年，北京的大学生们已经正在如潮水般退出这座城市，在圆明园遗址定了终身的我和我挚爱的大学同班，决定在离开这座城市前照一张合影，我们毅然选择了正阳门前的大北照相馆。那时乘公交车分段计费，一角、二角、五角……我们都是贫穷学生，花一角钱车费都很心疼。我们两人决定步行到前门大北照相馆。我们从西苑出发，一直走，但没等走过中关村，在中央民族学院门前我便脚趾起泡、寸步难行了。我们不得不乘车来到了前门。

大北照相馆为我们留下了青春，留下了挚爱。我和我的男人没有结婚照，也没等到银婚、金婚他就一个人走了，他的离世成为我一生的悲苦。唯有大北照相馆为我们学生时代留下的这张合影成为我永世的珍藏。

创建于 1921 年的大北照相馆，担负着为全国历次重大会议（全国人大会议、全国政协会议等）拍全体合影、为中央领导拍照片的重任。其实，我们当时并不知道它辉煌的历史，只是我的那个同班男生他知道前门有个很好的照相馆。他知道这个照相馆是因为他的舅舅在大栅栏里街一家旅馆上班。我见过他舅舅，舅舅姓炼，清瘦而干练，炼家在清末时出过举人。炼家舅舅 1949 年前就在大栅栏经营旅馆业，之后公私合营，之后他老家的妻子去世，之后他与小他二十多岁的、前北京警察局长的遗孀成婚。在大栅栏舅舅家，我数次见到新舅妈，她端庄美丽，落落大方，她对我说她很感谢舅舅对她的“收留”。

我们结婚后来大栅栏看过舅舅、舅妈，舅妈带我到瑞蚨祥绸布店买了一米凡尔丁布作为送给我的礼物，她让我拿回去做条裤子。凡尔丁是那个年代很时尚、很奢华的一种化纤布，也是我结婚前后收到的唯一的一件礼物。无论后来的岁月我有多少衣服、多少布料，我都难忘新舅妈送我的那块凡尔丁布。也是在那时，我知道了大栅栏里的百年老店瑞蚨祥。

20 世纪七八十年代，无论是我从塞北回湖北老家，还是到北京出差，我都是在炼家舅舅的旅馆下榻。那个年代，北京的旅馆不多，住宿也很严，没有单位的介绍信旅馆是不收的，舅舅的旅馆也一样。但毕竟与大栅栏熟了，买东西、就餐很方便。舅舅的旅馆临街，附近就有内联升鞋店，我在鞋店为我的母亲买过老北京布鞋；在街边大观楼影院看《野火春风斗古城》的电影，到宋庆龄题写招牌的新中国儿童用品商店为我的儿子买童衣、童鞋……

最难忘的是：每次在大栅栏住宿，我的丈夫总是在一家连一家的小吃店里寻找专卖“褡裢火烧”的店铺，5元钱一盘4个的褡裢火烧和一碗绿豆米粥足够我们解馋也解饥了。

丈夫对皮焦、肉嫩、味香的褡裢火烧的钟情，成为我做主妇后的年月一次又一次仿效自制的美食……

20世纪80年代末，炼家舅舅去世了，之后，我们就不再去大栅栏了。

21世纪伊始，我挚爱一生的那个男生也走了，他把我一生一世的幸福也带走了，唯一带不走的是漫长岁月里不死的记忆，这记忆包含着京城最繁华的闹市——前门、大栅栏为我们封存的忧伤和温暖。

三

2013年5月30日，在阔别了前门、大栅栏二十余年之后，我决定要去生命中不能忘却的那个闹市区走走，我不再迟疑了！

我和挚友韩小蕙约好，午后一点我在光明日报社看望她之后就去前门，就去大栅栏。见面后小蕙告诉我，从报社前面搭乘特一路公交车，一站即到前门大栅栏站。真是欣喜过望呀，真羡慕小蕙就在这样繁华的地方办报、当作家哪。

下车后，一眼看到对面的便宜坊。穿过鲜鱼口美食街，麻辣鸡块、酱猪蹄、北京卤煮、炒疙瘩、六百年焖炉的京城第一烤、王记锅贴、京城莜面发源地的永丰莜面、老北京酸梅汤、炸酱面、爆肚……满街的美食真是让人馋涎欲滴了。

终于，走到了前门西侧街头。在大栅栏入口，第一家店就是三希堂，坐落在店门口的“三希堂”铜像在阳光下灼灼闪光。

依然是入口处的“前门八大祥”之一的老字号谦祥益丝绸店，走进这家始建于清朝道光年间（公元1840年）的老店，只见店堂入口处的牌匾上写着：这里经营的丝绸面料、丝绸服装及工艺品上万种，高、中、低档一应俱全，既有深受我国人民和世界各国友人喜爱的各种真丝绫、罗、绸、缎、纱、绢、绉、纺等各大类品种，又有各少数民族同胞喜爱的各种专用绸缎，如各种裤缎、裤锦、金边绸、龙缎、织锦缎、软缎等。谦祥益是中国目前经营品种最全、规模最大的丝绸店。

紧邻谦祥益的是光绪二十三年（1897 年）创建的正兴德茶庄。挪步间，就看到了一直未能忘怀的瑞蚨祥。默默走进这家始创于清同治元年（1862 年）的老店，一阵酸楚与温暖倏忽便涌上心来：端庄美丽的新舅妈、深蓝色的凡尔丁布，顿时幻化成眼前的五彩缤纷。舅妈，你现在在哪儿？我在心底深深地呼唤着。

走出瑞蚨祥，街对面就是清咸丰八年（1858 年）创建的巍巍壮观的步瀛斋，往前走，就是百年的稻香村、东来顺、张一元茶庄了。走过观音街牌坊，大观楼就巍峨地立在眼前了。继续往前走，天津狗不理包子铺大栅栏分店门前，太监伺候皇太后吃包子的塑像惟妙惟肖。路南一侧是在海内外享有盛名的、开业于清康熙八年（1669 年）的同仁堂药店，电视剧《大宅门》的故事让我不由得多看了它几眼。

继续往前走……

炼家舅舅的旅馆应该早到了，舅舅，你能否告诉我，你的家现在在哪儿？我和你甥儿无数次落脚的旅店在哪儿？走过来走过去，再走过来再走过去，智能源宾馆、东升平宾馆、青云阁酒店、中联鑫华酒店、安馨源宾馆、红达悦宾馆、宾客来宾馆……仰望着眼前高高耸立的一座座古老建筑和鳞次栉比的老字号商店、酒店、旅馆，我在心底喊：炼家舅舅，哪家酒店、旅馆是你当年无数次接纳两个清贫学生的地方啊？

走着走着就走到了黄昏，走到煤市街，走过廊坊四条、六条，终于走进了门框胡同。

在这个狭窄、拥挤的小巷里，在一家挨一家的小吃店旁，我终于看到了经营褡裢火烧的同义轩饭庄。怀着感念的心我走进了这家饭庄。无论此饭庄是不是当年那个爱我的男学生数次带我吃美食的饭庄，只要有褡裢火烧就够我怀念了！

不知是离夜宵时间还早还是别的什么原因，这家饭庄此刻没有一人就餐，唯有经营饭庄的一中年妇女和年轻女孩安静地坐在餐桌旁。

在我落座的瞬间，我便看到墙壁的宣传栏里写着 1876 年顺义人氏姚春宣夫妻始创褡裢火烧的简介，这种色泽金黄、焦香四溢、鲜美可口的油煎食品，在经历了一百四十多年之后，依然是遍布京城的名小吃。

还如当年一样，我要了二两褡裢火烧、一碗温热的绿豆米粥、一小碟咸菜。

不一样的是我对面永远不会再坐着我挚爱的那个男人了。我一边品尝着这百年美食，一边泪流不止。中年女人见状递过餐巾纸，问："你是辣椒蘸多了么？"

从门框胡同出来已华灯初上，大栅栏旋即沉没在一个霓彩的海洋里。我匆匆走上前门大街，我要去拜谒我心心念念的大北照相馆。四十多年过去了，当年的建筑已不复存在，修缮一新的大北照相馆应该是今天的前门一景，那在原址上拔地而起的彩绘楼阁在夜色中分外辉煌耀眼。走近它，走近它！

默默抚摸它红艳的廊柱、华丽的门壁，我又一次泪流满面——这个为我们留住了青春和怀念的地方呀……

抬头望天，我多么希望天堂里那个高挑英气的男生，此刻也在凝望京华这片瑰美之地，凝望我们生命与爱情流连过的地方……

前门、大栅栏，这个中国最繁华、最喧闹的街市，安放了我一份久远而寂静的感情……

《黄河文学》2013 年第 9 期发表，《散文·海外版》2014 年第 1 期转载，收入 2014 年花城出版社年度散文精选

腊月的味道

腊八节一过，腊月的味道就一天天浓了。

小时候，我看到母亲一进腊月，就分外忙了起来，除了一双又一双、一件又一件地为我们赶做新鞋、新衣，就是想法儿做各种美食。比如，腊月初八为我们熬腊八粥，腊月二十三小年为我们打糍粑、酿米酒、烙灶饼，除夕为我们包饺子、炖排骨藕汤、做米粉蒸肉……无论生活多么清贫，到了腊月，我们总是能吃上几顿好饭好菜的。

小时候，我们没有丝毫享受零食的奢望，但在腊月，母亲总会为我们炒一些苞谷花儿和红薯丁儿之类的东西，那是童年最好的、也是唯一的零食了。总也忘不了在昏黄的桐油灯抑或玻璃罩子灯下，母亲为我们炒苞谷花儿和红薯丁儿的情景。苞谷里常常有许多“铁豆”，炒不出花儿来，那我们也吃得津津有味。

母亲就这样为我们做了一年又一年。

我这一生对厨房、对做饭烧菜总是乐不可支，应该是从小受母亲感染的吧。

婚后，我承接母亲的慈心温爱，母鸡揽小鸡般张开宽宽的翅膀，暖护着我的两个儿子、我的家。和母亲一样，一进入腊月，我就醉心给我的丈夫、儿子打糯米糍粑，累得大汗淋漓却快乐无比；我从南方老家带来酒曲子，一盆一盆地为我的家人酿香甜的米酒，米酒里煮两个荷包蛋是丈夫喜欢的早餐，也是年节里我们一家人的美食；我能一次擀两斤面的面条，切得细细的为全家人做豆角肉丝焖面、炸酱面、臊子面；我把葱花饼烙得外焦里软，我把土豆丝切得比绿豆芽还细；我学会了蒸又香又暄的包子，学会了一张一张地擀北方饺子皮；最令我开心的是我跟着邻居大妈、大婶学会了腌制冬菜：圆白菜、大白菜、芹菜、胡萝卜、雪里蕻、辣椒、白萝卜，经我腌制过后酸辣脆甜各味适中，成为过年油腻之后最开胃最受欢迎的一道下饭菜。

当年，在贫瘠的塞外，每到冬季，我就三缸四缸地腌制冬菜，因为漫长的 160 多天里，塞外是见不到任何新鲜蔬菜的，腌菜过冬是家家户户必做的冬事。邻居们都说我腌的菜好吃，他们说我的“手气好”。以至于一到冬季，邻居大娘总是让我去为她往缸里摁菜，以至于腌了一辈子菜的我的婆婆也不再下手，总是让我全程操作，她说我腌的菜香。

“手气”是什么呢？也许，这是一个生命密码，我无法解释这其中的秘籍。我只是觉着我这一辈子都是在用心过日子，因为我有围着我的亲人，我辛苦着并快乐着，我只想一心一意为他们创造生活。

后来，孩子们长大了，成家了。再后来，与我携手的丈夫也离世了，腊月寂寞了。我也许多年不再腌菜了。

今年的冬季，整整 75 天的日子我在小儿子家度过。因为他的岳母身体不好需要回老家休息，他 3 岁的小女儿需要人照看，我便走进了与儿孙快乐厮守的腊月。

与儿孙在一起的日子，回忆过往岁月里无数腊月里的温馨，我总是独自会心一笑。腊八节前一夜，我一直操心早早起床为儿孙熬粥的事，以致睡不实，不到六点就醒来，赶紧把泡好的江米、大黄米、红小豆、绿豆、大芸豆、栗子仁、莲子仁、樱桃干熬成一锅八宝冰糖粥，下午，又为他们用北京米醋泡了一大瓶“腊八蒜”。

我如此用心地做着腊月里的事，我想应该是万千烟逝之后的一种情之归依吧。

我的小孙女叫多多，我很感恩与其“共舞”的腊月，这些日子我虽然很累很辛苦，但却幸福着。和一个聪明可爱的小东西在一起，她让你一天说出比平日多一百倍的话，当我用极其温柔又假装童声的音调与她没完没了地对话时，内心便升腾起无比的温馨感和幸福感。

有一次她突然问我：“奶奶，你的妈妈在哪儿？”

我说：“在湖北呢。”

“在湖北哪儿呢？”

“在湖北的天堂呀！”

“你不是说爷爷在天堂吗？”

“是呀，他们都在天堂呀！”

“他们为什么都去天堂呀？”

“天堂里有幸福呀！他们不再痛苦、不再生病、不再烦恼……”

“我能看见他们吗？”

“能呀，但现在不能。不过他们能看见你，正保佑你健康成长呢……”

我不愿让一个如此稚嫩的幼儿去接受关于“死亡”的话题，我为在她紧紧追问下回答圆满而暗自高兴。

但有一天，她突然说：“奶奶，我不想让你去天堂。”说完眼内已盈满泪水。

我不知道我反复赞美的天堂，在这个小女孩儿心里究竟是什么含义。此刻，我一把搂过她，说：“奶奶现在不去天堂，奶奶陪多多长大……”说这些话时，我们相互拥着，且都已热泪盈眶。

此后，她又多次表达这样的心意。我常想，这个不足4岁的小女孩儿，小小心灵里藏着怎样的柔情和善感呢？她在怎样理解天堂的含义呢？

那天，多多又突然对我说：“奶奶，我想让我永远在你心里。”她说第一遍时，我没听清意思，我感觉有点绕口。我再问她时，她重复了这句话。而重复说时她白净、可爱的小脸上已淌满了泪水。我赶紧搂住她说：“会的会的，多多永远在奶奶心里！奶奶也永远在多多心里！”

她偎在我的怀里，继续说：“奶奶，我昨天做了一个梦。”我问：“你梦见什么了？”她说：“我梦见我和爸爸妈妈在一起，奶奶在很远很远的地方。奶奶，我不想让你去很远很远的地方。”我即刻说：“奶奶不去很远很远的地方，奶奶和多多永远在一起……”

说这些话时，我们相互拥着，都已泪流满面！泪流满面！！

我想，亲爱的多多大概把“天堂”想成“很远很远的地方”了。

半晌，多多抬起头来说，奶奶不哭、不哭。我说多多不哭了奶奶就不哭了。于是，我们两个抬起头对视，片刻后破涕而笑。之后，她又开始专心地粘贴她的立体纸贴画。

望着这个幼小的生命，我在想：这是我在世上的最爱了！这个多愁善感的小精灵，你是从哪里来到了我的身边呢……

几天前，她的重感冒传给了我，我非常难受，嗓子已变得嘶哑，说不出话来。她说，谁传给奶奶感冒呀？我说你呀。她说我喜欢奶奶我就传给奶奶……

这个腊月，我总在想：什么叫天伦之乐？这就是了。和孩子在一起，我们的心变得尤其纯洁天真起来。

不知谁家孩儿在屋外燃放的爆竹声断续地传过来，腊月的味道越来越浓了。我要好好地为孩子们做好每一顿饭菜，好好感受天伦之乐！

许多往事与忆念、艰辛与屈辱、苦难与幸福，我都写进文字中了。现在我老了，但我奋斗过实现过存在过，上苍会看到我的爱与奋斗，多多长大后会懂得我的爱与奋斗……

这是这个腊月里我能想到的最快乐的事情。

这也是这个腊月里我能感受到的最难忘的味道。

《人民日报》作品版 2014 年 1 月 15 日发表，分别收入人民日报出版社、漓江出版社年度散文精选文本

风中的芦苇

一

我无法说清我何以如此挚爱芦苇！

我一直想，我这一生，总会和芦苇不期而遇。在深秋白茫茫的芦苇荡里，和着盛开的芦花留下我的身影，哪怕从此我随风而去……我这样如痴如醉地想了许多年，想得有些莫名，有些怪异。我知道这是我生命中的一道信息，但我不知道它的由来。我生长在南方没有芦苇的汉水之滨。

许多年后的8月，朋友林兵、志敏相约我去南大港湿地，他们告诉我说，湿地里的芦苇浩浩荡荡。“湿地”之说是近两年的事情，它是大地最宝贵的一个器官，如人的肝、胃、肺叶、心脏什么的，它叫“地球之肾”。它的重要已是很明显的了，但我知道，此去南大港，我心醉神往的是芦苇。

地处渤海湾里的南大港，俗称大洼，属传说中林冲发配的荒凉之地沧州。千万年里，海水在这里涨了退了，汹涌了平静了，留下了茫茫无垠的盐碱滩，芦苇在盐碱滩、在沼泽泥泞的大洼开始了千万年地生长，寂寥而沉静。8月的芦苇是盐碱地绝妙的幻想，那绿色让人恍入梦境。于是我看到，满目的芦苇从地平线的天际处漫过来，是一种没有边际的逶迤。我知道，地平线之外是渤海。海风吹过来，湿地掀起了芦苇的大涛，这时，我离海还有一段路程，但我已经听到了属于海的呼啸，还有一种属于海的力量，有些雷霆万钧。稍刻，海风过去，80 平方公里涌起了芦苇绿色的涟漪，涟漪抚弄衣裙，仿佛是一种温柔的牵携，这时，我肯定还听到了生命拔节的声音和絮语。大自然成长的声音从芦苇荡里传出来，轻盈的唰唰声，唰唰唰唰……声音在风中荡漾，有一种启示般的感动。

很难想象，很难想象这一片盐碱地里有如此挡不住的生机。

在芦苇荡里，我遇见了华北。20 世纪 50 年代末，中国人都在忍受饥馑，于是，一群拓荒者走进了大洼，他们在这里开垦了几十万亩稻地，建造了一处北方粮仓——南大港农场。拓荒者中走着一个九岁的男孩，他随父母兄妹一起从遥远的川南走来，蜀道迢迢，几千里南方北方……

似这芦苇，岁岁枯荣；如这潮汐，月涨月退。四十多年走过，小男孩把失望与希望、困苦与挣脱、爱与孤独以及全部的生命都交给了大洼，小男孩一生没走出芦苇。回过头一想，这一切，最初和最终似乎都是与生俱来，都是为了不辜负父亲赐予的那个名字——华北。

此刻，华北和我们一起站在 8 月的芦苇荡里。

“大洼连续 7 年干旱。我来大洼 42 年了，第一次看到大洼干得滴水全无……”华北有些忧郁。

许多年里，中国人到处在填海造田、围湖垦地，原本 60 万亩铺天盖地的芦苇荡，只幸存下五分之一。后来，大洼发现了石油，于是大洼不允许再蓄水了。上游的河流也被截断了，大洼连年干旱。大洼的油田在贡献富庶的同时，也在丢失着千年万年的绿色和静美。“保护湿地”仅是大洼人近几年刚刚获得的信息，那是人类文明生存的智慧。为了幸存的芦苇，为了芦苇里千千万万迁徙的鸟儿，千千万万的鱼，以及千千万万在芦苇里栖息的蛙、蟾蜍、狐狸，大洼人开始从黄河给湿地买水，一年一千万方、两千万方地买。今年，没有钱买水，大洼干涸了。

干涸的大洼今年闹蝗灾，蝗虫飞来时，天空顿时一片昏黑，邪魔穿过一般。苇地里一平方米就有六千多头蝗虫，一脚踩下去，能踩死二百多头！蝗虫几天之内可把芦苇连叶带杆全部啃尽，大地顿时寸草不生。飞机开始撒药灭蝗。后来人们看到，无边无际的芦苇地里铺满了蝗虫的尸体！为了消灭彻底，大洼人如祖先那样，开始点火烧蝗。于是，十几万亩的芦苇荡燃起了冲天大火，几天几夜。百里外的沧州市民也看到了大洼人烧蝗的滚滚烟云。

蒙昧在接受大罚。

然而眼下，大火劫后的芦苇在依然干涸的大洼又生成了连天的葱郁。这让人想到上苍对苦难的赐予，命运不会就此倒伏。

想象亿万条魔虫“沙沙”啃咬之后的复生，想象冲天大火焚烧之后丝毫也不怯弱的生长，我倏忽感到，眼前的绿色已不是一种植物，每一棵芦苇都该是一种精神。生命的高贵与尊严是邪恶绝对娼淫不了的，万劫不死的精神是凌翔天空的大鸟！

深秋来大洼吧，那时芦苇就开花了，华北说。

二

是惦记着华北的邀请？是想象着芦苇开花的曼妙？还是想躲避城市阴霾的张狂？深秋，我和北京、石市的朋友相约，再次来到了南大港湿地。原本连天接地的葱绿已变成铺天盖地的金黄，悠远荒古的沉寂一泻千里。大洼从容不迫，深远宁静，有着上帝的容颜。神性温暖的黄色从天际涌来，刹那间收走了我从城市带来的无奈和疼痛。深秋的芦苇在风中摇曳着万般的柔韧，阳光从东边的天空瀑布般射下来，芦苇神秘如天：明明是风雨剥蚀，但却气象万千；明明是岁月枯去，但却风情万种；明明是青春不在，但却留一世忧郁的豪情。芦苇金色如针，开始缝合被城市阴霾划破的心殇。这时，我能够谛听到来自上苍的话语：与公义和谦卑同行。

这是一个隐喻生命意义的季节，没有什么比这季节里的金色更让人联想到生命的过程和意义。阳光从天空射下来，摩挲着芦苇洁白的花絮，风从西边吹过来，摇曳倾斜的芦花，芦荡顿如镀抹了金箔、银箔，原始的荒芜刹那间流光溢彩，光华似苍穹的一种天乐，神秘而瑰魅。我突然想到梵高，想到阿尔的太阳，和太阳下梵高灿烂、辉煌的向日葵。我快乐而震撼。风从西边吹过来，芦荡摇曳，目光所及的远处，芦花如万千森林之鸟，突然从苇海浮出，精灵般在苇尖上跳跃、欢腾；近旁，硕大的芦花如羽，如万千鸥鹭雁鹤栖立；细看，每一枝芦苇，都是一个独舞的白色精灵。

这是灵魂安谧自由的天地。

我和友人们欢呼雀跃着跳进芦花摇曳的海洋，借助太阳、光线、色彩、辽阔的风，簇拥着芦花盛开的辉煌。诚挚的朋友林兵举起相机，为我们留下了时间瑰美、曼妙的永恒，留下人与自然、心与梦想融合交汇的一道风景。

那人那景，那一大片、一大片澄明快乐的时光。

华北说，芦苇就要收割了，一季能收获两三千万斤。人们用芦苇造上好的纸，编织苇帘、苇席、苇制工艺品等等。散发着田野清香的苇帘走进城市时髦的酒店、茶楼、住宅；悬挂在墙壁上的苇帘，白天在浮华的城市质朴，夜晚在女人的灯下，白色的光芒闪烁，星辰般美丽。

盐碱地里无人关照的芦苇，鞠躬尽瘁了，也灿烂、美丽了最后的时光。

站在风中的芦苇里，我仰望云去云来的蓝天，突然生出一种虔敬。如同虔敬石头、河流、天体、艺术一样，我虔敬风中的芦苇。

三

很久了，我常常凝视林兵为我和我的朋友们拍下的照片，我的内心就有一种禁不住的快乐和感恩。苍穹冥冥，天地沉黄，芦花摇曳，秋色苍茫，一群通体透亮的“大孩童”与大自然同乐同喜。没有声色权贵的淫威，没有奴相卑琐的表情，我们的心境干干净净，我们的欢乐浩浩荡荡。这是一个梦中的世界。

我知道，我想退出某些人群，我想了很久。我的身体越来越弱，我的声音越来越小，世间的公平于我常被拦截、忽略，这是我命运的态势。但生活赐予我的福光已经显见，我已如这芦苇，在沧桑中成熟……

呵，我想告诉我的朋友，风中的芦苇是我精神的背景。

《散文》月刊2003年第5期发表,《中华散文》2005年第12期全文发表，《散文选刊》2006年第3期转载，分别收入花城、漓江等出版社年度散文精选

善待生命

我发现，在经历了人生太多的苦难之后，我们才会警觉除却人类自身和我们自己的苦难外，我们身边的另一类生命所遭际的苦难与不幸。它们面临的残酷境遇，恰恰是我们带给它们的。比之人类，它们的弱小、它们的无辜都使我产生深深的忧虑。

儿童的天性中是最喜爱小动物的，而儿童的天性又是最能毫无顾忌地戕害弱小生命的。这是儿童天性的悖论。我在这种悖论中长大……

蟋蟀“比尔”及其他

童年的夜晚，仿佛遍地响着蟋蟀的叫声，那此起彼伏，抑或是无休无止的声音使夜晚充满了诱惑。

在这些夏日的夜晚，我总是和弟弟、申子哥他们一起溜出家门，拿上手电筒，或顺着墙边或来到一片长满灰灰菜的地里逮蟋蟀，我们那时不叫它们蟋蟀，而是叫蛐蛐儿。白天，我们早已做好了各种不同大小的装蛐蛐儿的泥罐子。泥罐子做得精致而光滑，内里掏着一些拐弯抹角的洞，地道似的，我们企图让逮住的蛐蛐儿住进去有家的感觉。泥罐子上面我们做着泥盖，防止蛐蛐儿逃跑；泥盖上留着瞭望口，好观察它们在房子里的动静。

我们撬石搬土，在一些潮湿的地方寻找我们心中的“勇士”。这些“勇士”都是公蛐蛐儿，我们能认出公母，我们甚至能根据鸣叫声音大小来辨别它们的性别和年龄。我们常常能逮住一些被我们称为“王子”“公爵”的漂亮英俊的公蛐蛐儿，也能逮住一些叫“关公”“赵云”的英勇善战的公蛐蛐儿。我们不要母蛐蛐儿，因为母蛐蛐儿不会“战斗”，它们从不参与“男人们”的战争。我们有严格的规矩，谁逮住的蛐蛐儿算谁的，装进各自的泥罐儿，以待第二天“决斗”。泥罐儿可以互相赠送，但决不允许相互偷蛐蛐儿，谁偷立即不再跟谁玩。

有一次申子哥的弟弟偷了我弟弟的“赵云”，且不小心把“赵云”强健的腿弄掉了一只，我弟弟大哭起来。我弟弟的“赵云”彪悍英俊，它是漂亮的黑褐色的，脑袋上两只细长的触须就像大将赵云手中两支百战百胜的长枪，它还有两条强劲健美的后腿，决斗时两腿蹲得很长，很有力！它的两只尾须翘起，像扇起的两翼黑色披风！夜间，它鸣叫的声音也特别嘹亮，能从弟弟睡觉的屋子传到我睡觉的屋子，“姐，听见了吗？赵云……”弟弟在那间屋子里喊。“听见了——”我扯起嗓子愉快地回答。我和弟弟因有“赵云”而骄傲着。现在，“赵云”残废了，弟弟和我都哭得不吃饭。

申子哥执掌正义，揍了他弟弟一顿之后，随之将他的“关公”赔偿了我弟弟。他弟弟好几天被我们骂，我们也不理他。“关公”是我们仰慕敬畏已久的蛐蛐儿，它不仅有黑里透红的身体，而且十分勇敢顽强，每次决斗，它不是咬断对方的腿，就是把对方的触须给拔下来，弟弟的“勇敢者 1 号”和“勇敢者 2 号”都曾在“关公”阵前毙命。申子哥将红色“关公”赔给我们，那一刻，我们对申子哥也充满了敬畏。后来，申子哥成为我们“家属院”十几个孩子的“王”。

一开始，我是认不准公蛐蛐儿和母蛐蛐儿的。有一次，我把自己逮住的一只肥硕的大蛐蛐儿装进我的蛐蛐儿罐儿里，罐儿里有一只弟弟送我的蛐蛐儿，这只蛐蛐儿名叫“比尔”，弟弟给它起的名字——弟弟在看一本连环画，“比尔”可能是连环画里的什么人物。“比尔”在与申子哥他们的蛐蛐儿决斗时，表现得不英勇，总是退让、逃跑，于是弟弟把它送给了我。我想，我那只肥硕的大蛐蛐儿进去后，会三下五除二地把“比尔”打得落花流水的。没想到，相反的事情发生了：我的大蛐蛐儿和“比尔”非常友好，它们用长长的触须相互碰了碰，然后又很久地碰着不动，像是在紧紧地握手。过了一会儿，它们的身体开始接触，先是拥抱，不久，尾与尾便接在了一起。很久很久，它们都很安详、很平静。不像我在弟弟和申子哥的罐儿里看到的现象：来一个“不速之客”，立即“吱吱”地咬起来，直到缺胳膊断腿。其实，更多的时候，我是不喜欢看到这种场面的。我主要是觉着断了腿的蛐蛐儿，身体一定很疼。

我把罐儿捧给弟弟和申子哥看：“看呢，它们不打仗……”我豁着牙嘻嘻地笑着——我直到十一岁两只前门牙都没长出来，妈说是因为我总用舌头舔的原因。要按现在的说法可能是缺钙。

谁知弟弟和申子哥他们看完之后，相视着一笑——他们笑得很腼腆很难看的样子，然后说：“母的……”然后又说：“连呢……”我长大之后回忆这句话时，我想他们当时可能是说“恋呢”。说完，他们就不由分说地把我的那只大蛐蛐儿捉住，恶狠狠地分离了它们，并一扬手把它摔出老远，他们说：“不要母的……”我那只大蛐蛐儿肯定被摔死了。

第二天一早，我发现“比尔”也死了。它歪倒在罐儿里，腿脚僵直，很痛苦的样子。

我那一天也很难过，其实，也说不清为谁。为我那只母蛐蛐儿还是为“比尔”？还是为别的什么……

黄 儿

黄儿是舅奶奶家的一只母狗。我看到它时，它已很老了，没人记住它的年龄。它有点骨瘦如柴，肚子总是吸得扁扁的，脊梁的肋骨很突出；尾巴也不蓬松卷曲，总是有气无力地拖在身后，一点也不好看，像只可怜、孤独的老狼。我跟它开始有感情是在小妹生下之后，小妹拉粑粑后，只要母亲唤一声“黄儿，喔——”，它就迅速地跑来，把地上的粑粑舔得一干二净。然后走到门槛外边，一声不吭地坐在那里望着我们。有时它望我们望很久，有时，我发现它眼角有泪水流下来，很苍老的泪水。

“妈，黄儿在哭……”我对母亲说。

“它想它的孩子……”母亲说。

我们住的这山里，人烟很稀，好几里地才有一两户人家，没有人家就没有黄儿的同伴。黄儿这一生只有一次爱情，是山里那个卖货郎路过舅奶奶家时，他随身的那只雄健的公狗和黄儿相爱了。后来，黄儿就怀孕了，生了三只小狗娃。黄儿还在哺乳期时，舅爷爷就把三只毛茸茸的小狗娃偷走，换了几烟锅鸦片。黄儿失去了儿女，日夜狂吠不止。舅奶奶拿热毛巾给黄儿敷奶，它的奶因没有小狗娃吃奶水已肿胀得通红。“老剁头的，害死黄儿……”舅奶奶骂舅爷爷。“你狗都不如！你有本事屙啊……”舅爷爷是咒骂舅奶奶不会生养。黄儿终于痛苦不堪，疯狂地出走了，好几天没有回来。夜里，舅奶奶听见它在后山上狂吠，它在找它的孩子。七天后，它无望地回来了，瘦成一把骨头，再没“返醒”过来……“返醒”是鄂西北的土语，指“恢复”的意思。

母亲讲黄儿的故事时，很忧伤，这故事肯定是舅奶奶讲给母亲的。我不敢和舅奶奶说话，我感觉她很古怪、很陌生，她有时想和我们亲近，有时却又故意疏远着我们，带着一种敌意。

有一次，我抱着小妹到水塘那边的石坡上玩，回家时把小妹的一只小鞋弄丢了，正着急呢，黄儿叼着那只小鞋颠颠地回来了。放下小鞋，它依然一声不吭地蹲在门槛外边望我们，望很久。

有一次，母亲到城里看父亲和哥哥，交代我看好弟妹。当晚山里下起了大雨，雨水从山墙沟流进了屋里，我害怕极了，我让弟妹坐在床上别动，我蹲在木板凳上为弟妹煮了萝卜白米粥，因为我还没有锅台高。我不知放多少水，把萝卜粥煮得很稠。雨下个不停，下成了白雨。屋里的水也越来越深，我蹚着水把饭端到床上递给小弟，又盛一碗去喂小妹……我做这一切时，黄儿一直站在灶前的水里看着我。地老天荒我也不会忘记当时的一种心情：唯有一声不吭望着我的黄儿给我担挡恐惧的勇气。我给黄儿盛了一碗萝卜粥放在地上……

“吃饭了没有？姐儿……”临睡时，舅奶奶从只有三根木窗棂的土窗外问我，她的声音很粗很生硬，嗡嗡的。“吃了……”我战战兢兢地回答。我多么希望那一夜她和我们做伴、睡在一起，但她问完就从土窗外消失了。唯有黄儿蹲在灶膛前……

夜里，我被小妹的哭声和黄儿的“嗯嗯”声惊醒，爬起来就在床上摸小妹——那时，乡下没有电，我们只是点桐油灯。来不及点灯，我就在床上乱摸，摸不着。仔细一听，小妹是在床下哭，懵懂着忽地跳到床下的水里，又摸。原来小妹不知在什么时候已掉到床底下，把小妹从水里捞到床上时，我哭了起来。那一夜及天亮后盼望母亲归来的心情，成为我一生都再也没有过的一次刻骨铭记。

不久，爸爸要接我们进城住了。我们走时，黄儿默默地跟着我们走出了十几里地，山里不通汽车，四十多里山路我们只靠步行。一路，母亲反复劝黄儿:“黄儿，回去吧……”母亲说这话时像对一个姐妹。我想让黄儿和我们一起进城，但母亲不答应，说“黄儿是舅奶奶的”。翻过一个大山梁时，黄儿停下来不再走了。它“嗯嗯”着在山梁上转着圈,并用一只前爪刨着地。我不知黄儿要干什么，母亲说:“黄儿要在这里和我们告别了……”我再也忍不住了，蹲下身去抱着黄儿的脑袋，大哭。黄儿“嗯嗯”着，也在流泪。那泪，很苍老很凄楚。

和黄儿告别的山岭叫杨岭。

杨岭是一个五里长的大坡，我们顺坡往下走，黄儿一直在岭头蹲着，望我们。直到我们走到谷底，回头望黄儿，还看见黄儿蹲在岭头的黑色剪影。

一年后，听说舅奶奶死了。不久，黄儿也死了，在舅奶奶坟前……

前几年,去贵州台江。公路旁耸立着偌大的广告牌:花江狗肉,驰名天下。只见街头所有人家的玻璃橱窗里，全都摆放着被褪光了毛的乳狗。当我知道那是乳狗时，我在刹那间痛苦地闭上了眼睛。也是在那个刹那间，黄儿和它的儿女们穿越时间和空间，出现在我的眼前……

在贵州工作的同学要请我吃狗肉，我断然拒绝。我恨天下那些杀狗的刽子手，我也恨那些大吃海喝狗肉的人。我相信，人对动物的涂炭，必将得到报应!

水塘边的鸟窝

水塘在黑夜中沉寂，这使我怀念水塘边的那棵有鸟窝的老榆树。

我们和母亲来到乡下时，那棵树正长满了榆钱。榆钱泛着淡淡的绿色，钱串似的，压弯了枝头。后来，榆钱落了，榆叶变老，黑绿黑绿的。知了爬到了榆树上，知了的叫声很尖长，使山里的夏天更加闷热。夜里，塘里的青蛙“咕哇”“咕哇”地叫着，开始是一只，后来便此起彼伏。白天，我们看见一群一群的小蝌蚪，摆着黑黑的小尾巴、摇着黑黑的大脑袋，从塘的深处游到塘的浅处，从浅处游到深处。母亲说，蝌蚪是青蛙淘气的孩子。秋天来了，榆树的枝丫上有了鸟窝，鸟窝一天天大了起来，小筛箩一样，母亲指给我看那鸟窝。这是一个已经开始凉爽的傍晚，太阳红色的光辉已擦着山顶在慢慢消失，山顶有很美的晚霞，晚霞擦抹着母亲很美的脸，我发现母亲的脸上流淌着一种很厚的温暖。

山坳里的男孩子在塘边用竹筐捞青蛙，捞上的青蛙用藕叶包好了烧着吃。

他们还吃烧田鼠，也用藕叶包着。他们还常用石头砸疥蛤蟆，疥蛤蟆长得很大，背上长满令人恐惧的肉疙瘩。我非常害怕，母亲从小就不让我们看杀这杀那的，包括杀鸡。母亲希望我们长大了善良。致使我最终不敢看杀鸡，到老不敢弄死一只活鱼。买鱼时，总问："有死的吗？"小贩不理解，张几下嘴，不知怎样回答。小贩没有死鱼只有活鱼。

天气越来越凉，风也大了起来，在山坳里回旋时发着一种响声。我望着老树枝丫上的鸟窝，问母亲："好高啊，妈妈！风一吹，要掉下来吗？"

"不会的，鸟的窝垒得很结实。窝里有它们的孩子，它们不会让窝掉下来的。"母亲抚摸我的头，很大很深的眼睛里充满了爱怜。我和母亲一起望着蓝天下黑黑的一团，我们一起想象那高高的温柔，我们虔诚地为它们孤独的、风雨飘摇的幸福祝福。

最可恨的莫过于男孩子。一天，邻居家的男孩子爬到树上，用竹竿把鸟窝给捅了。当我看见那黑魅魅的一团从几丈高处往下掉时，我几乎晕了！我跑到老树下，看到的只是一团团摔散的用树枝、干草、羽毛和泥垒造的鸟窝以及几只血肉模糊的粉红色肉团。那是老鸟的孩子，还没有长羽！我的心被撕成了碎片！那一刻，我真想把男孩子推到树下的水塘里。母亲说："这孩子要遭报应的……"

此后，一个关于"窝"的战栗，包裹着我的魂魄，走过了很长很长的岁月。

我长大后又几次来过那个山坳，我到水塘边找那棵老榆树，老榆树已被人伐掉，只剩下一个很悲凉的树桩。乡下的树已很少，我已很难看到儿时那样的大鸟窝。塘里的青蛙还"咕哇""咕哇"地叫着，小蝌蚪还是一群一群在水塘边游逸着。我为这些青蛙和它们的孩子庆幸着，它们生活在离城里人较远的乡下，否则，它们早被送上了城里那些豪华酒店的餐桌。但我不知，它们还能幸存几年？

人类什么时候才能开始悲悯我们身边的另一类生命？这个世界原本是我们和它们共同创造……

磨坊里的蛇

蛇曾经是始祖黄帝部落的图腾，这个软体动物被画成一截很短的扭曲，附着在黄帝部落所有人的头上、胳膊上和身上，成为部落人的象征。由蛇图腾到龙图腾是经过了数千年的演变的。图腾即一个部落的崇拜物，它被确认为与部落有某种血缘关系，且被认为是部落的庇护神。我常常想，至今令人们看到即毛骨悚然的蛇究竟和原始人类发生过什么关系呢？他们何以将此供奉为一种不可侵犯的神圣？

在我儿时阅读的读物和我所处的生活世界中，蛇与人类却仿佛天生就处在一种不寻常的关系中。西方人在《圣经》中把蛇说成人类灾难的根源。当然，不仅仅是上古时期的希伯来人讨厌蛇，在世界各种文化中蛇都被当作邪恶和危险的化身。人们能理性地对待其他一切动物，就是不能把蛇当作简单的血肉之躯，它总是被视为具有某种特别的神秘和魔力的动物。

小时候，每每在五月的端午节，母亲都要在我们的耳根处涂抹上兑了雄黄药的酒液，说这一天出世的蛇很多，涂了这种酒液，就能防止蛇咬；家家户户在这一天都要在门脑上系一把艾草，说有艾草蛇就不敢进门。因为害怕蛇的袭击，各地的风俗中都有防备蛇的计谋：有的地方在房子的周围用石灰撒个圈，认为这样就可以将蛇拒之门外；有的认为在家里的墙壁上挂几瓣大蒜蛇就不敢进屋了；等等。总之，蛇始终处在人类的防范中。

小时候还听母亲说，蛇好与人比高，如果你没有它高，它就会扑过来咬你。这时你就往天上扔石子，让石子超过它，它就罢休。说有一次她回鄂西北乡下娘家时，路上碰见一条蛇，蛇倏地站了起来，只有尾巴梢支撑在地。蛇挺拔在那里，比母亲还高，它挡在路上，一动不动，挑衅地向母亲吐着蛇信子，母亲快吓晕了。这时，一个农人走过来，递给母亲一块石头，让母亲往高处扔石头，超过蛇。母亲做了，蛇便趴了下来，钻进路边的草丛中去了……蛇在很多时候被人类看作是邪恶智慧的妖物。

而在更多的时候，人类对蛇是怀着憎恶感的，见了必消灭之。比如，农人们有句俗语：“打蛇打七寸。”就是说见到蛇，要毫不犹豫地对准蛇头距蛇身七寸的地方狠狠地砸下去，或用镢头或用石头。大约“七寸”的地方是蛇的致命处，一两镢头便会要了蛇的命。

对蛇的神秘的恐惧是在民俗与教诲中日渐形成的。而对蛇的憎恶、认为它是一个坏家伙，那是在我更小的时候。大约七八岁时，我由于对蛇本能的憎恶，曾不顾一切地消灭了一条蛇。这样的消灭，使我一生背负了更大的恐怖。

我随母亲在乡下的时候，我总从一条破败的墙缝里偷看磨坊里的舅奶奶，因为我发现舅奶奶推磨时总是坐在磨道的什么地方自言自语。她微微仰着脸，眼神时而散乱时而凝滞地望着某一个地方，但我知道她什么也没看见，她只是自己对自己说着话。我曾好奇地对母亲说：“舅奶奶总在磨坊里一个人说话……”母亲好像说过“舅奶奶孤独，一生没生过孩子”这样的话。

我就是从墙缝偷看舅奶奶时，发现了一条青蛇的。那条青蛇不太大，有二尺多长吧。但很粗，肚子鼓鼓的。

我不知自己从什么年代起，对软体动物开始毛骨悚然。我一眼都不敢看电视里有关蛇和各类毛毛虫、肉虫的画面，甚至看见米里、菜里的肉虫我都吓得浑身发抖，尖叫不止。但我却不知我在七岁那个年龄为什么不惧怕蛇，甚至是一切软体动物。母亲在稻田里糊秧时，我随母亲下稻田一把一把地捉稻芯虫和稻螟虫，它们全蜷藏在最嫩的一片稻叶中间睡觉。我一个一个从稻叶中间把它们剥离出来，它们肥硕柔软的青色身体不是被我的小手一一捏死，就是一把一把被我埋在田埂上；收豌豆的季节，晒场上堆满了被大人们脱了荚的豌豆粒儿，我和一群小孩子以捉豌豆堆里的小肉虫子为乐。我们一把一把地捉，我们把那玫瑰红、樱花红以及乳白、麻黑等各色各类的肉虫向对方的头上、身上扔去，我们豁着牙“咯咯”地笑个不停……

那条青蛇顺着墙缝向舅奶奶的磨坊里爬时我看见了它，我捡起一根还带着青柳树叶的木棍子，使劲向青蛇抽去，我连连地抽。那时我还不懂“打蛇打七寸”，所以抽了半天蛇也没死，但它除了想逃窜外，一点儿也不向我反攻，致使我小小的年龄最终把它打死。

舅奶奶闻讯从磨坊里走出来时，蛇已经死了，它肚子的一个部位鼓得很大很粗。舅奶奶说：“不知是刚吃了老鼠还是有了身孕，蛇不招惹你时不要打它！小心报应……”说完，她狠狠盯了我一眼。至今我想起她那很深很冷的眼神我都依然战栗。

此后的年月里，我再也没有碰到过蛇，但蛇却不断在我的梦里与我纠缠——

我在湖里、塘里、河里、水渠里游泳，一群细长的青蛇、黑蛇在我身前身后竞游。我拼命地快游，想摆脱它们，但却万万不能。我心惊胆战，游得精疲力竭……

雷雨过后，我看见四条巨龙般的蛇盘旋、静止在东南西北的四面天空，我到处找地方藏身，但却从山崖上一块巨大的青石板上滑落下来……

一条马头状、青色巨蟒静卧在海岸边，海翻滚着幽深、黑色的浪，天空灰暗，四周无一人迹。突然，那蟒一个翻身便整个地翻进了海里。看清了这一切的我正要离开海岸，突然又听见一片青色藻类植物下面发出了它的声音，它说：“我是无处不在的……”又说：“我是捉摸不定和莫测的……”我听得很真，它说的是哲学语言。它要说明什么？我惊魂失魄，想立即逃离，但我却站在那里一动不敢动……

梦醒，我常常大汗淋漓，常常思忖良久：这莫非是我童年打杀那条无辜的青蛇应得的惩罚？

我许多次地想过，什么时候人类能够对蛇公平，仅仅只把它视为与其他动物一样的血肉之躯，不再神秘化它也不再伤害它，唯其时，我们的灵魂才得以安宁。

《十月》杂志2005年第5期发表，入选《百年中国性灵散文》《中国最美散文》《中国当代美文选粹》《百年经典散文》等精选文本

我与一位编辑的“三世缘”

一

长篇报告文学《山苍苍，水茫茫》发表于 1993 年第 2 期《十月》杂志头条。4 月 21 日，《十月》杂志社于北京远望楼宾馆会议厅组织在京的 40 余位著名作家、评论家、编辑和十几家报社的新闻记者共同就《山苍苍，水茫茫》的社会、文学诸方面的价值进行了讨论。专家们认为这部作品与《西路军女战士》《朝鲜战俘记》《沂蒙九章》有同等价值和悲壮美质。

就《山苍苍，水茫茫》这篇长篇报告本身来说，我的确是把它当作了一次很痛苦且怀着极大希望的孕育和分娩。十月怀胎的辛苦和一朝分娩的那种撕心裂骨的疼痛，只有做母亲的女人才有最深刻的体悟。我始终把她看作是从我身上掉下去的一个生命——虽然血肉模糊，但我却迫切地希望她发出一声嘹亮的啼哭！应该说这是对孕育最好的拥抱和慰藉！

基于对创作所投入的这种做女人做母亲的崇高的心愿和情感，就不难想象，我是怎样感激 1993 年那个春天的日子。在那个日子，我深度结识了《十月》副主编田珍颖女士。我一直尊敬地称她为田姐。

第一次见到田姐是 1992 年 9 月。当我怀揣着在一名刊搁置了 6 个月后退回的《山》稿来到《十月》，当我和田姐主述了鄂西北那块土地、那方人民之后，她就和我一起流泪了。田姐对我说："作家最担心的莫过于找不到理解自己作品的编辑。"事实上，这个世界，真诚的理解已越来越少，社会已传统地把人划作了三六九等，抑或是组成了这样那样的圈子。我们常常因不属于某一个世俗的层次，不属于这一个或那一个圈子而被冷落着，不屑着，轻视着。我们每每怀揣守护儿女般的心情守护着自己的作品，在风雪冷巷里茫然四顾，我们为找不到理解者而伤心、落泪。但我们高昂的内心却永远自尊自爱着，绝不糟践自己，更不糟践我们的作品。

后来，田姐告诉我，在接纳作品的那天晚上，她的父亲从香港来到大陆，参加全国人大、政协会议。就是在这样亲人短暂相聚的时刻，田姐向父亲陈述了鄂西北那块土地和人民……父女俩感慨之余，对那块苦难而神奇的土地充满了敬意和同情。此后的日子里，田姐便不断地给我写信、打电话，就作品本身进行反复地切磋和探寻，直至发表，直至召开作品讨论会。

鄂西北因为有了那条古老的汉江，我的故乡演绎了三千年的文明；也因为有了那条美丽的大江，我故乡的人民已经付出了沉重的代价，他们几十年地面临着艰难严峻的生存选择。1993 年 4 月 21 日，远望楼会议厅的中国文学心灵，解读着这种艰难生存，诠释着这种人类的牺牲与奉献。

我知道，走出那间屋子，外面的世界正热热闹闹。而我们仍然只能是回到我们自己的房间，选择我们书桌前的那一片宁静。对那片宁静的依恋和固守，使我们忘却着生存的欠缺和艰窘。因为我们毕竟可以在属于自己的那份宁静里，用自己的声音去哭、去爱、去倾诉、去咏唱人类的那一份苦难，那一份给予，那一份劳动与奉献！

二

此后不久，因着"中国文化热点透视"电视系列片，我找到了田姐，我们谈起了纯文学期刊的生存问题。田姐说："市场经济对我们编辑提出的要求十分苛刻。面对这种挑战，我们做编辑的更需要认真投入，我们必须拿出高质量高品位的作品，刊物才能有效地占领市场。过去那种稳坐钓鱼船等作者把好稿送上门的局面已经被打破。如何团结作者，把好作品吸引到自己的刊物上来，就需要我们编辑素质全方位的提高。"她说了三点体会："首先，我们要勇字当头，我们常常面对的是世界性的作家，我们要有勇气平等地去竞争；第二，我们对作者必须竭诚相待，热忱地去理解他们，帮助他们，发现他们；第三，就是提高和完善我们自身文学和人格的双重修养。”接着她又说：“我不会放弃我的这张办公桌。每当看到桌子上的稿件堆得高高的，我心里就有了底气，觉着还有这么多的人在和我们同行。市场经济带给我们的是机遇和挑战、成功与困难并存的局面。看到我们编辑部的困难，作家的困难，文学的困难，我觉得我们的选择是很悲壮的，用‘严肃’这个字眼已无法表达我们这些编辑们的心绪了。选择了，我们就走下去。我相信，每一个格子里都会记录下我们的人生和路程。”

田姐对职业崇高的责任感和献身，对作者的真诚相待，对作家精神劳动的尊崇以及对鄂西北那块土地和人民所倾注的深情，给我留下了极其深刻的印象，应该说，这印象属于整个《十月》！

以后的年月，我和田姐的相处便是心灵的。

北京这个城市太大，大得朋友们聚面一次没有一整天时间根本无法实现，为此，心里有了想说的话只好打电话。记得2010年一家出版社搜罗了全国的一些作者写“水”与“水利”的文章，出版了厚厚一本书，但没有收我的文章。我二十年如一日地关注着南水北调中线工程和几十万调水移民的命运，我写了几十万字的文章并出版了书籍，但编书者没注意我的存在。被忽略的感觉使我拨通了田姐的电话，有委屈、有快乐我总是在电话中向她诉说，对于“被忽略”田姐只说了一句话：“真正的好作品是忽略不了的，它存在于人类历史中。”

我们的通话进行了40分钟。

在一次又一次的通话中，一个优秀职业编辑的思想、襟怀以及对作者、作品的尊重深深地感动也震撼着我。她说：“作家把书写好了，把文章写好了，交给编辑才能发表、见众。编辑这个职业说好听了是桥、是舟，作者是要踏在这座桥上、作品是要乘上这艘船才能抵达对岸，对岸是什么？是亿万渴望精神慰藉的心灵，是民族文化的灿烂星空！还有一个比喻，当编辑就是当文学的背夫、挑夫，就是帮作家把作品背上山、挑上山、扛上山！不做这种责任担当，不把民族、民众的命运扛在肩上，当编辑干什么？”

又说：“稿子并不是光靠看，有时要闻其味，那是言外之音。我每每不是看稿子而是闻稿子。我深知，每一篇好作品都充盈了作家的呼吸，布满了他们的生命气息，编辑一定要闻得出来这呼吸、这气息才是称职。”

三

2000 年，著名文学期刊《当代》第 1 期发表了我的一篇万余字散文《寻找的陷阱》，当这里那里的朋友电话告知我、他们读到了这期刊物上我的文章时，我惊愕了，呆在那里努力地想：我没有把《寻找的陷阱》投给《当代》呀！他们怎么会发表这篇作品呢？他们是从哪里得到这篇文章的呢？

应该说，《寻找的陷阱》是我唯一一篇忆念“初恋”的文字，那是一次真正的“初恋”，刻骨铭心却又断肠云烟，万余文字里浸透着那个年代的真爱与疼痛，无奈与伤心。文章发表后被收入《新时期中国散文精选》等多种选本。记忆里这篇文章应是 1996 年写就，但却没记住完稿后投寄给了何刊。我在深深的惊愕之后便有了莫大的感恩，毕竟这篇文字洇满了心灵的苦楚与颤音，毕竟那是一个时代的不堪回首与伤心。

怀着感恩的心我进京找到了《当代》编辑部。我见到了副主编常振家，在此之前，我不认识常先生。感谢的话说完我即问：“你们从哪里得到我的这篇稿子？”常先生说，是前几年《十月》副主编田珍颖女士退休时推荐过来的。放在抽屉里很久了，有一天偶然翻出来，读后感觉很好，就签发了。

啊，是田珍颖，田姐！我都不记得我曾把如此重要（我认为重要）的文字托付给她，她却在离职时竟如此郑重地为其再找托付，这便是田姐的职业道德和良心了。

事后，我与田姐通电话，感谢她为《寻找的陷阱》“找了这么好的婆家”。田姐说：“1997 年退休时，手里存有一批作家的好稿子，除留给《十月》的之外，我都分别推荐给了各个刊物的编辑。每一篇稿子都是作家们的心血之作，都是感情寄托，我不能因退休而撒手不管。作家们把心血之作寄给我、寄给《十月》，那是对我、对《十月》的信任，我们不能辜负这种信任。这是起码的责任……”

这就是田姐、田珍颖！我们说人的秉性不仅是外在的一事一时，而是刻在她或他内心深处的一个精神高度，她（他）不会为何事何因降低这个高度，稍有改变，便有疼痛。因为这个高度刻在她（他）的心上。

2016 年 1 月 20 日，中国作协创研部在北京召开《梅洁作品典藏》（七部）座谈会，田姐对我作品研读后的发言感动全场，她从“人民性”和“深情”两个价值取向上，激情阐述了她的意见。她这样阐释我作品中的“人民性”——

她塑造了一个庞大的人民群体，这个群体极具草根性，是生活在社会最底层的纯粹的人民。他们几千年来，以自己的勤劳和勇敢，顽强地生活在这块土地上，他们和那块土地上的阳光、水共同生存，并代代相传。梅洁笔下的这个群体是动辄以“万”来计数的，如：丹江口市两次移民28万，郧阳两次移民18万，南水北调中线工程两次移民83万；连一个镇一个乡，也是成千上万的大迁徙；而湖北全省各类移民多达300余万人，成为世界被动移民最多的省份……而每一个数字后面，都是一个生命、一个命运、一个故事。梅洁将这“一个”“一个”连成了一个庞大的社会群体，正是从这个庞大中，他们显示出惊人的强大。正是这样一个庞大群体的强大性，成就了世界上最大的一项水利工程；也正是这样一个庞大的草根群体，跨越过难以言说的艰难，以半个多世纪的岁月历程，让汉水北上，润泽了北方亿万人民。

……我们说是“人民性”这三个字构成了梅洁创作的一个价值高度。

她这样阐释我作品的“深情”——

和作品的人民性一样，深情支撑了梅洁庞大作品的结构和丰富的内涵。

梅洁融汇在作品中的深情，是一种灵魂的出行。如同古日耳曼人能在深夜听到太阳向东运行的声音一样，梅洁怀有这样的灵性和情怀。

梅洁少小离乡，31年后，为寻找家园而重归故乡的梅洁，能够听得到故乡“葬在水下的音乐”；她把故乡的山梁说成是蓝色的，在那儿可以看到母亲扬一扬手；她也可以说父亲是“一匹白色的风”，能够穿越天堂和地狱，来到她身边帮助她前行；而她故乡的父老乡亲和大河，更可以与她展开心灵对话，使她的灵魂能够出行。

…………

田姐的发言震撼了全场，所有的人都被感动了。人们无比惊讶这样震撼心灵的言说居然没有文字稿！开初，人们以为她有文字稿，以为那种流畅的、抑扬适度的、极富文学吸引力的声音是在读发言稿，后来才发现，她根本没有这种东西！她甚至连事前准备的提纲都没有看一眼，她只是庄严地坐在那里，眼睛凝视着窗外，一字一句地从心灵底里发出自己的声音。我想，那一刻，田姐的深情，也“是一种灵魂的出行”。

四

与田姐相交相处，你总会觉着与一种人生智慧在相浸相融，在她平静、安详、包容、“一笑即浮云”的外表下，包藏着对苦难的巨大承受力和处处“善待他人”的初心。

就说 2016 年 1 月 20 日中国作协创研部召开的那个座谈会吧。我万万没有想到田姐是在丈夫逝世不足 70 天、心情极度悲苦、身体十分欠佳的情况下，毅然出席了会议，还作了震惊四座的发言，她的发言根据作协录音整理，全部字数竟有 3900 余字！

事后得知，田姐对丈夫的去世，几乎对外界封锁了消息。除其亲人和三两朋友外，她对所有人“屏蔽”了自己的悲痛。她说她接到作协创研部邀请她出席座谈会的电话和函件后，曾犹豫过，因为在丈夫离世的两个月里，她已谢绝了几次会议邀请。但她想到此次是梅洁作品的研讨会，是 23 年前她亲手责编并发表的《山苍苍，水茫茫》的研讨会，她就去了。没人知道她的悲苦，那是与她相守一生的亲人和同学（她与丈夫是大学同学）呀！也没人知道无数的劳苦已使她的腰疼痛得坐下难以站起，站起难以坐下。然而，她去了。

座谈会开过两个月之后，在京城乍暖还寒的三月，我去北京城南方庄看望田姐。那时，我依然不知田姐丈夫的去世。17 层楼下，我笑吟吟地问接我上楼的保姆：“田老师好吗？”保姆答：“好！”“王老师好吗？”我是问田姐温文尔雅的丈夫。保姆一阵支吾后，说：“身体不好，在住医院。”“什么病？”我惊讶地问。保姆半天不吱声，之后才说：“王老师去世了……”“你说什么？王老师去世了？什么时候？”“去年 11 月，好几个月了……田老师不让说，待会儿你见了田老师，别说是我告诉你的……”这位来自甘肃的女子后面还说了什么，我已浑然听不见了。

田姐呀田姐，这么大的事你居然没告诉梅洁！这么深的悲苦你独自承受，不让任何朋友知晓！你有那么多朋友、那么多爱你的作者，王老师有那么多学生，为什么不让人们知道呀田姐！？

“就只一个心念：不想惊动任何人，更不想麻烦别人。”田姐坐在我的对面，异常平静地说，“这世上任何的悲苦都只能独自承受，独自体验，任何人都替代不了。幸福也一样……”

3月的阳光从17层楼的窗户射进来，一片暖洋洋，阳光里的田姐显得分外安详。望着田姐，我就在想：这世间真正的智者，任何时候都不是向外索取的，她（他）呈现给世间的美好仅是其承受苦难（包括世间喧嚣的骚扰）的力量外现。任何高贵的内心都是安静的，从不奢求，更不张扬。

转眼，清明节到了，在此之前，田姐已和儿子一起在京西万佛华侨陵园安葬了丈夫的骨灰。11年前，我的丈夫已安息在这座陵园。为丈夫扫墓的那天，我收到了田姐发来的短信——

梅洁好！清明扫墓，又遇三位老友，其中有《十月》创始人王世敏之妻。我们都是选的类型墓，不是艺术墓，四家都选了横刻字的碑。扫墓相见，不胜感慨，之中有几位是我这样的年高者，大家笑约：待以后我们到地下要办万佛园阅览室和杂志。

清明无雨也成泪，你心情别太沉重。祭告你的亲人，这里不寂寞。我们将来会有一个友情醇厚的大家庭，你的亲人也是其中一员。

站在丈夫墓前，我笑望满山葱绿的万佛山，却已泪流满面。我把田姐的短信念给丈夫听。之后回复：“田姐，那时你办杂志，我还是你的作者……”

我常常在心底感恩：如果当年不遇到田珍颖这样的编辑，我的《山苍苍，水茫茫》怎能问世？没有《山苍苍，水茫茫》的问世，我何以有日后的《大江北去》《汉水大移民》“三部曲”？

我也常常独自思忖：我与田姐应是“三世缘”。倘若没有前世的相知，哪有今世的相遇？佛说，前世500年的修行才能换来今世的“回眸一望”，我们何止是“回眸一望”啊！而来世我们已有约定：万佛山下相聚。这不是“三世缘”又是什么？

人生乃是一个匆匆过场，能有这样的相遇相知便是福了。

《黄河文学》2017年第3、4期合刊发表

泥河湾

一

人类从哪儿来？最终到哪儿去？这是永远的斯芬克斯之谜。俄狄浦斯死了，所以，斯芬克斯永远活着。

……盘古过后，大地上的金石、草木、禽兽化成各种各样的神。神们互相争夺，闹得天昏地暗，直到洪水泡天，淹没了罪恶……洪水中来了五条龙，它们捧着一个大葫芦在海里漂流。一个叫昊天圣母的神打开了葫芦。葫芦里走出了一对兄妹伏羲和女娲，圣母让他们结婚，于是生出了各个创世的神……此后人类诞生了——汉民族史诗《黑暗传》这样讲述着古老的人类起源。

……上帝告诉诺亚："你要用歌斐木造一只方舟，你和你的家人要全部进入方舟，洁净的畜类你要带七公七母，天空的鸟你要带七公七母，你们要活着……我要降 40 昼夜大雨，淹没所有的活物，淹没罪恶。"过了 120 年，诺亚把方舟造成了，于是上帝灭世的洪水瀑布般倾泻下来，40 个昼夜后，世界成为一片汪洋。一年后，拯救人类的方舟停泊在了亚拉腊山上，诺亚和方舟的活物走了出来，创造一个全新的世界——《圣经》的"创世纪"里记载着这样一个迷人的传说。

大洪水的故事、诺亚方舟造人的故事在世界的各个角落被传诵着，说法多达 600 多种，知道这些故事的人据说多达 20 亿，占人类总数的三分之一。这是整个世界的记忆。于是，我们完全有可能相信大地上那个有关洪水的假说——海啸洗劫了田野、山谷，毁灭了一次文明。

大洪水的故事是人类诞生之谜还是人类文明的毁灭与重建之谜？几个世纪以来，世界的考古学家们络绎不绝地在亚拉腊群山寻找着诺亚方舟。

后来，他们在埃布拉遗址——苏美尔人王宫中发掘出了古老的苏美尔人、巴比伦人用楔形文字记述在黏土泥板上有关那次洪水的故事，泥板上的文字是人类最古老的文字，那是一部神秘的语言，没有人能识别它。直到 19 世纪末，英国年轻的考古学家乔治·史密斯才终于破译了这一丧失近三千年的语言的秘密。这样的泥板迄今在大英博物馆里藏有上千块，无数人类史前的信息在等待着去破译、去倾听。

史密斯之后的几十年里，世界各地的地质学家、考古学家、宗教学家们始终没有停止努力。于是，诺亚方舟最终得以在时间的消逝中绝处逢生，人们发现它时它已变成一艘巨大的“石头之舟”，停泊在今土耳其境内海拔 5000 多米的冰山上，成为揭开人类诞生之谜永恒的象征。

二

人类对亚拉腊冰峰上石化了的“方舟”存有深切的感激之情：不是祖先们历经万劫，将不会有我们这些后人。不论“这只方舟”是不是人们千年寻找的“那只方舟”。

找到了写有楔形文字的泥板，找到了亚拉腊山巅之上的方舟，人类寻找祖先的激情、脚步就会中止吗？恰恰相反，那个寻找的神话总是鼓舞着人们在这块大地上奔走不停。

上小学的时候，我们就知道 50 万年前的北京周口店人是我们的祖先，20 世纪六七十年代我们又听说 80 万年至 100 万年前的陕西蓝田人、约 170 万年前的云南元谋人是我们的祖先，再后来，又听说 110 万年前的湖北郧县人是我们的祖先，再再后来，又听说我们的祖先是从遥远的非洲迁徙而来——因为非洲埃塞俄比亚阿法尔地区、坦桑尼亚的奥杜韦峡谷、肯尼亚的库彼福勒地区都发现了 300 万年前人类的头骨化石，以及人类最早的工业年代的产品——打制石器……

我们到底乡关何处？

祖先的生命信息离我们到底还有多远？

哪里蕴藏着人类的第一把石斧？

诘问使那位著名的考古学家贾兰坡也面对踌躇：“谁也不是算命先生，能精确算出人类的历史到底有多久！”

也许，祖先们原本就处在永远的漂泊之中。

也许，儿孙们永远都在疲惫的旅途中。

因为漂泊，我们思念着故乡；因为总在旅途，我们才不断回眸那条具体而又模糊了的乡路……

后来，当有人把千年的“思念”和万年的“回眸”一起聚焦在东亚大陆板块上的一片“古湖”上时，人类便又有了新的“家园之说”。

三

现代人都知道中国北方有座古城大同。

大同有北魏王朝创建的宏伟无比的云冈石窟，大同的地底埋藏着无边的煤海，大同辽代的泥塑和明代的九龙壁都有说不尽的艺术秘密。但现代人绝不知道辽阔的北中国大同盆地曾是一片茫茫无涯的湖海，更不知晓我们千年寻觅的祖先居然在这片湖海岸边生活了数百万年……

这片湖海曾经漫及了今天属山西省大同地区的大同、怀仁、山阴、应县、朔县、浑源、阳高、广灵以及属河北省的阳原、蔚县的大部，面积达九千平方公里。我们可以想象海水滔天而来，而后波光粼粼的情景。

后来海水退走了。现代人已看不到海景，但却看到了海的文化。比如盆地里的蔚县人“叨古”时这样说：“在蔚县与阳原交界处，有一个村庄叫沙洼。这里曾是一片汪洋大海……”后面的故事便说唐僧取经路过这里如何掉进了海里，说八戒怎样一边哭一边用嘴拱海边的岩石，说八戒居然拱出了一道山沟，海水顺着山沟流走了，于是唐僧得救了。末了他们还会告诉你，到沙洼村到处可以拣到鱼的遗骨和海螺的化石；他们还这样说：“从前，蔚县是个大海，海中有匹神马……”接着就说这匹马怎样在夜深人静时出来糟害庄稼，说王母娘娘如何倒掉鞋中的土填平了海，人们如何捉住了海里的白神马，于是，这里的村庄就叫作了“白马神村”；他们还说“单疙瘩村”如何埋葬了美丽善良的龙女，说“单疙瘩”就是龙女的坟墓；说南海观音如何用两名金鱼女童镇压了作恶多端的海里的黑龙，最终填平了大海，说现在蔚县境内的“鱼甲山”就是两位金鱼女童的化身……

生活在盆地里的蔚县人、阳原人把关于“海”的故事编了几大本书。“这里曾经是一片大海。”说起他们脚下的土地时，他们总是这样开头。

大学毕业后，我曾在这片属于海的盆地里和盆地北边的阴山脚下工作、生活了近 30 年。那时，我不知海对于这块土地是历史还是向往。

后来我听说了盆地里有个泥河湾。

说泥河湾文化是人类祖先的文化；

说泥河湾河湖相沉积和欧洲维拉弗朗古沉积是一个时期；

说泥河湾是“中国的奥杜韦峡谷”；

说泥河湾地带是地球第四纪冰期时人类诞生和幸存的地区；

说泥河湾这里曾经有一片存在了几千万年的大海，说这片大海叫“大同湖”；

说“大同湖”孕育了地球最早的人类……

所有的“言说”都出自那些不畏艰难困苦找寻人类故乡的考古学家和地质学家，于是千年的传说富有了科学的生命。

我惊讶了，也激动了。

到泥河湾去看“海”、到泥河湾去探视人类的故乡，最终成为一种神旨般的牵念。

四

走在大同湖盆地的土地上时，已到了夏日的 8 月。

这是一个世纪的岁尾，也将有一个千年的临盆，这个时辰离我们祖先在泥河湾生活的年代已相隔了几百万年。这样的探视实在是太久违了。但人类总是怀着乡愁到处在寻找家园，这是一个情结，我们在这个情结的缠绕中，不停地出发作梦里的回程。于是，当现代人制作的车轮碾在曾经是海的土地上时，我就不停地从车窗里向外瞭望，我仿佛听见海的声音和祖先“咿呀”的声音，一起从遥远的山谷传来。

然而，车窗外的土地异常干涸，地面上游移着“嗞嗞”的白色气体，有一种干热使所有的庄稼窒息。8 月是北方粮食估产的季节，可眼前谷子没有拔节，玉米没有抽穗，黍子刚刚拱出地皮，只有一尺多高的葵花没有结饼……盆地里的人们说，他们遇到了百年不遇的大旱，说今年的庄稼至多收二成。说他们许多年份里都是靠天收。于是我想，那诞生生命的海呢？那碧波荡漾的大水呢？

海在这里停留了几千万年，海在这里孕育了生命，后来海退走了。在海边走过了几百万年的人们至今依然靠天收！依然艰难！依然贫穷！怎样破译海与文明的密码？怎样想象人类千古的蹒跚？

泥河湾是阳原盆地桑干河畔一个至今只有 90 多户人家的小山村。而以此命名的“泥河湾盆地”“泥河湾古湖”“泥河湾层”“泥河湾期”“泥河湾动植物群”“泥河湾文化遗存”已超越了这个普普通通的小山村而在世界范围内流传。

研究泥河湾倏忽已有 70 多年的历史。这是从一批西方人开始的。1921 年法国神父桑志华向传教士发出呼吁，号召人们搜集古生物化石标本，在阴山脚下的张家口传教的天主教牧师梵尚・文森特当即应允，并提供了泥河湾出产古生物化石的信息。

1924 年地质学家巴尔博走进了泥河湾，他惊讶地发现泥河湾广阔的河湖相沉积物散发着人类故乡的信息，无法遏止的激情使他第一个向人类发出了“泥河湾层”的地质呼声。此后的十几年里，桑志华、德日进、皮韦托、步日耶，这些科学家们先后走进了泥河湾，他们渴望找到证据来说明三四百万年前濒于灭绝的三趾马经常来喝泥河湾湖水的时候中国就有了人类。后来他们几乎是俯拾皆是地获得了大量的哺乳动物化石，他们从化石里发现了人工作用的痕迹。于是，他们相信泥河湾一带在地球第四纪时就有了直立行走的人类。

1948 年第 18 届国际地质学会开始建议把泥河湾地层与欧洲维拉弗朗期地层进行对比，从而作为华北第四纪初期标准地层之一。于是，“泥河湾层”便成为世界考古界的专用名词。1957 年，曾发现了北京周口店人的贾兰坡等中国考古专家开始向人们提示：到泥河湾的地层里去寻找比北京人更早的人类吧。

从 20 世纪 70 年代到 90 年代的近 20 年里，中国的盖培、卫奇、贾兰坡、汤英俊、尤玉柱、李毅、谢飞、孟浩、成胜泉等数十位考古、地质专家在古大同湖和泥河湾跋山涉水，走峡谷、钻山洞，不辞万苦地寻找着最早制造工具的人群。所有的寻找都充满了传奇，所有的收获都近乎神谕。科学在远古与现实的艰难穿梭中，向我们提供了一个通向人类之初的神秘的幽径——许家窑、小长梁、东谷坨、虎头梁、郝家台、青瓷窑、杨家沟……这些千百年来定居在桑干河两岸的默然而贫寂的小山村，作为旧石器文化遗址，突然一起开始不间断地向现代人讲述着第四纪人——我们远古祖先的故事，我们从这些故事里发见人类的起源和生命不竭的前行。

五

泥河湾村的玉米没有抽穗，叶子也被一场冰雹打得披头散发。我随成胜泉一行来到了泥河湾古文化遗址。

成胜泉说，在泥河湾遗址已发掘出上万件第四纪时期人类使用过的石器，数千件哺乳动物化石，以及针叶树种、阔叶树种和草本植物的孢粉带。当我凝望着眼前厚达百米、数百米的一层叠一层的灰黄、黄绿、灰白、灰蓝、棕红色的黏土、泥沙、砾石时，我就有一种震撼：人与大自然的故事居然在这里被挤压了几百万年！眼前的地层犹如一本千古文献，记录着远古祖先蹒跚的脚印。我们曾经为寻找人类的故乡在地球上走来走去，而故乡离我们居然如此天涯咫尺！

“你往西南那个台地看，那里叫大田洼，那个平台的高度就是数百万年前大同湖底的高度；你再往东南方向看，那边是石匣里峡谷，数万年前，大同湖从那里消失了……”成胜泉说。成胜泉在阳原盆地发掘了 20 年，奔走了数万里，吃了很多苦。我敬重他对人类故乡探视的执着与忠诚。

望着秋日茫茫的阳原盆地，我们分享着考古学家们穿越时间与空间看到的那片神秘的古湖风景——

1000 多万年前，喜马拉雅造山运动结束了地球上的准平原时期，巨峰大山从地球上隆起，山间断陷盆地——大同盆地在那个时期形成，盆地南边的恒山与北边的阴山也在那个时期隆起。然而，什么时候、什么原因使盆地形成了一片茫茫无涯的古海虽还未考证，但二三百万年以前，大同盆地是一片烟波浩渺的湖海已无可争议。湖海边的山地上生长着茂密的森林，雪松、云杉、古柏一望无际，阔叶的桦、柳、榆、栎随着气候变迁交替性地出现繁盛的景象；森林的间隙和辽阔的山地绿草如茵。这个时候，大同湖已经是个很热闹的世界了。湖边生活着 30 多种哺乳动物，其中有第三纪残留下来的长鼻三趾马和蹄兔；有第四纪的野牛、三门马、纳玛象、板齿犀；有鼢鼠、直隶狼、中国鬣狗；有泥河湾剑齿虎、野猪、转角羚羊……湖海里生活着泥河湾多刺鱼和鲤鱼，湖海的浅水域栖息着大量的丽蚌、蚬、螺等软体动物。气候虽逐渐由热变凉，但总体呈温暖型。直到夏商时代，大同盆地气候依然如同今天我国广东、海南地区。

那时，地球处在多事之秋，大同湖海的水域随地壳变化而变化着。有时，湖水占据了整个盆地，湖水把岸边的岩石溶蚀成无数洞穴，我们至今能在阳原、蔚县盆地四周的蟒山、熊耳山、凤凰山上看到这些远古的洞穴；有时湖水下降，湖水的含盐浓度增大，致使鱼类死亡，以至让我们今天发现了它们的化石。

大同湖一直在下沉着。大约一两百万年过去了，气候变得又冷了些，长鼻三趾马和蹄兔灭绝了，湖边有了新的来客——角枝瑰丽的肿骨鹿。

有一天，突然地动山摇，大同火山爆发了，灼热的岩浆从地球深处喷出，大同湖就像煮沸的开水，热浪滚滚，水气腾空而起，迷雾笼罩着湖面。这时，灾难降临了，湖边的生命纷纷逃遁，来不及逃遁的就只能化为齑粉。大同火山暴戾而桀骜，它爆发时岩浆滚滚，它停止爆发时，滚滚岩浆就在大同湖底凝固沉积，最终形成山丘露出水面。这就是今天我们能看到的著名的大同火山群。

在湖边生活的我们远古的祖先，是因为火山爆发还是其他不幸，让他们远离了这片湖海？抑或是他们原本就漂泊不定？致使现代人在湖边发掘了成千上万件石器却还没有发现他们的踪影。

又有许多年过去了，大概到了 10 万年前，大同火山熄灭了。于是，在现在的山西大同地区阳高县许家窑村和河北张家口地区阳原县侯家窑村走来了一群人。现在，考古学家把他们叫作“许家窑人”。我们的祖先漂泊了又回归了。许家窑人生活在“大同湖滨”，他们以打猎为主，他们的生活相当艰难困苦，他们不仅吃光猎获动物身上的肉，还砸碎骨头吃尽骨髓，这大约是“敲骨吸髓”这个词语的起源吧。他们之间还经常发生人吃人的事。或许就是这个缘故，呈现在考古学家面前的许家窑遗址除了数万件用来猎获动物的石球、石飞索外，没有一件完整的动物骨架、头骨或肢骨化石，所有的材料都是破碎的，包括许家窑人自身的材料也是破碎的。那个时期，世界弱肉强食。

许家窑人生活时期，大同湖边的草木是茂盛的，云杉、冷杉、落叶松郁郁葱葱，草原上奔跑着无数的羊与马群。许家窑人主要以猎马、猎羊维生，以至考古学家从许家窑遗址发掘出了马的上、下颌齿就有4300多枚！按每40颗牙为一个个体，这便是一个100多匹马的马群！实际上马匹数量要比这个大得多！

处于古湖盆地的阳原从古至今一直以繁殖性能良好的驴、骡、马著称，“阳原骡”“阳原驴”“阳原马”曾经驰名于世看来并非偶然。两汉以来，阳原一带便史称“桑干马邑”，皆为戍边、屯兵要地。西汉名将霍去病率5万骑兵西征匈奴就是从阳原这里出发；《明史·兵四》中记载，明太祖朱元璋在阳原设“官牧草场”，置马坊9个，牧马15000匹，马匹仅毛色就分25等、品种达360种；今天的阳原县仍有10个村庄叫马坊村，另有东西马圈村、东西白马营村、马圈堡村、草场沟村等，人类在这里留下了前行的脚印；即使到了20世纪70年代，阳原也因率先成了“万骡县”而由新华社向全国发表了消息。这一切仿佛都在说明：当年的许家窑人及其后裔是和许家窑马群、和森林草原相互维系着从远古走到了现代。

然而，现在森林消失了，这里已不再有美丽的草原……

考古学家从许家窑人的头骨和胸骨化石上发现他们得了一种“氟骨病”和“氟牙症”，他们经受着骨骼畸形、关节强直、腰腿疼痛、四肢变形、牙齿发黄脱落等疾症的折磨，不幸的是这个疾症竟延续了10万年！以致到20世纪七八十年代，阳原县氟中毒病依然覆盖300多个乡村，病区人口达19万多人。暴戾的大同火山把大量的氟元素带给了艰难的许家窑人，那时，许家窑人的平均寿命只有20岁！

许家窑人的不幸还有狂风暴雨，他们经常遭受暴雨袭击。数天的瓢泼大雨过后，湖水猛涨，淹没了他们辛辛苦苦积累的财产——石器和骨器，他们纷纷逃往别处谋生。湖水沉积物慢慢把许家窑人遗留下的家当覆盖了，他们失去了自己的家园。

以后，气候变得干冷了起来，大同湖地域变成了干旱、半干旱的荒漠草原，这时，沙漠速客鸵鸟出现了。而泥河湾古湖也开始了它生命的消亡时期。

大约在5万年前，“大同湖”完全消失了。“大同湖”消失时，桑干河贯穿了整个盆地……

站在泥河湾遗址，我就这样默默打开了地质学家为我们寻找到的一部有关“人类故乡”的大书。望着蜿蜒了数万年、如今已十分疲惫十分羸弱的桑干河，我默默阅读着人类漫长艰难的蹒跚和“故乡”的沧海桑田。

六

人类在地球这个星体上漂泊、迁徙、繁衍、生息了二三百万年，我们感谢上苍赐予了人类一个独一无二且得天独厚的家园。300万年对于人类自身，应该说是一个相当漫长的年限，但对于已有46亿年历史的地球来说，这实在又只是一个瞬间。也许我们无法想象46亿年是一个什么概念，300万年是怎样一个瞬间。那么，我们来看看地理学家和天文学家的宇宙计算尺吧——

他们把地球46亿年的演化史比做我们现在的一个昼夜，即24小时，于是他们计算出人类的出现则只是在24小时的最后半分钟！也就是说只是到了23时59分30秒，地球上才出现了最早的猿人。那是人类的蒙昧时代。而人类从蒙昧进入现代的数百万年，只是这一昼夜的四分之一秒！同样，我们常常感觉不到这四分之一秒。我们感觉不到我们正以每小时10.8万公里的速度随着地球围绕太阳高速运转，更无法感觉出我们正以每小时90万公里的速度随着太阳系围绕银河系中心高速狂奔。我们感觉不到这些时，我们就常常放大我们自身：我们为一时的成功沾沾自喜，也为一己的失败耿耿于怀；我们贪婪、自私、暴戾、愚昧，这是个体存在的缺陷。人类是带着缺陷往前走的……

某一天，当我们理解了人类诞生仅属于这四分之一秒时，我们才意识到我们在地球这个天体上不过是转瞬即逝，而作为我们每一个个体生命的几十年至多上百年又算得什么？转眼我们便会灰飞烟灭，瞬间我们便会沦为一屑尘埃。

然而，人类存在的意义在于：就整体而言，人类从未因渺小而放弃追求博大，从不为只属一个瞬间而放弃寻找永恒。于是，祖先和我们便历经万劫，创造着属于这个世界的文明。

泥河湾人蹒跚着走过来了，许家窑人蹒跚着走过来了，古湖盆地的人蹒跚着走过来了。所有的艰辛、苦难、创造与命运都留在了他们走过的路上。于是，经过盆地的路便有了古老的“商道”，便有了曾经辉煌的“皮都”，便有了属于那片土地自己的生存与文化……

现在，盆地的人依然种植着产量不高的谷子、黍子，依然遭受着干旱和风沙的侵袭，依然把“衣兜”说成“腰迷”，把“吹牛”说成“日贼粗”，把

“水凉了”说成“水巴乎了”，把“少量”说成“一圪升升”……千百年来，他们操着纯朴的泥河湾乡音，携带着同样纯朴的良心，劳作在祖先们最早栖息的土地上，有前行也有遁退，有成功也有伤悲……

作为一个迟到的“探乡人”，泥河湾的故事权当是我在历史的苍茫中，小心捡拾起的一枚祖先们曾经使用过的石器。

用石头的洪荒来平息我们日子的仓皇吧。

《十月》杂志2006年第6期发表,《散文选刊》2007年第3期选载

驿 站

一

我在古代通往北方边塞的一个驿站生活了几十年，尽管这个驿站如今已发展成为一个偌大的城市，尽管现代交通天上地下地铺设，而我却依然每每沉浸在驿站的荒凉中。

古代的驿路大多都开掘在崇山峻岭和沙漠戈壁之中，我宁愿把这古老的信路视为生命遥远的拓荒。而驿站是驿路上拓荒者疲惫了歇脚的地方，迷失了停留的空间，无奈了叹息的草房。拓荒者来了走了，驿站热闹了寂寞了，接纳了离去了，辉煌了湮灭了……

我生活过的那个驿站临近蒙古高原，于是我相信，最早统治蒙古高原的匈奴人光临过这个驿站，建立了辽王朝的契丹人和建立了金王朝的女真人光临过这个驿站，而在漫长的100年里始终从这个驿站来了走了、往返不断的当属那个“灭国四十”、铁蹄踏遍欧亚的马背部落，这个部落的马蹄声曾经响彻了世界。

然而，当这个部落最终走进城市，当他们把驿站最终改建成宫城玉殿，当他们年年金辔玉辇在都城、驿站间往返招摇时，他们离那片有苍狼、白鹿的美丽草原便越来越远了。

二

在那片高原住久了，我就喜欢起台湾歌手齐秦早年的一首歌《狼》。这支歌的歌词是："我是一匹来自北方的狼，走在无垠的旷野中，凄厉的北风吹过，漫漫的黄沙掠过。我只有咬着冷冷的牙，报以两声长啸，不为别的，只因那传说中美丽的草原。"歌声使人孤独也使人强悍，给人悲凉也给人温暖，而更多的是给予你咬碎一切苦难的力量。这支歌属于草原那匹凄美桀骜的苍狼，而那匹苍狼属于那个马蹄哒哒、马嘶咴咴的民族。

我们打开这个王朝刷印出的一个大帝国的皇室秘籍《元朝秘史》，一开头便这样写道："当初元朝的人祖，是天生一个苍色的狼与一个惨白色的鹿相配，同渡过腾吉思名字的水来，到于斡难名字的河源头、不儿罕名字的山前住着……"一个以苍狼、白鹿为祖先崇拜的民族诞生了。

他们就是蒙古人。

其实，在欧亚草原民族中，突厥人也是以狼为祖先。我们的驿站有人知道一个悲凉的传说，说突厥祖先苍狼射摩舍利，居住在一个叫"阿史德窟"的地方之西，有一位海神女每日傍晚化为一只白鹿引射摩舍利入海同居，天明后送其归回。他们如此生活了数十年。一日，射摩舍利的部落要举行大猎，海神女对射摩舍利说：明日狩猎时，有金角鹿从阿史德窟跃出，你若能射中它，便能与我长久往来，若不能射中，我们的情缘就此了结。次日会猎，果真有美丽的金角鹿从阿史德窟中跳跃而出，不幸的是没等射摩舍利搭箭，他的部下已将金角鹿团团围住、杀死，射摩舍利悲痛欲绝，杀死部下，仰天长啸，而后在夕阳的惨淡里踉跄而去，惨白的身影最终草叶般消失在天涯孤野……

这个悲凉的传说记录在唐代的一部典籍里。

那一年，我的几个大学同班怀着对那片草原的敬畏而走进了草原深处，我来到了离草原咫尺的驿站，我们在这里一住就是29年——住老了的岁月和青春啊。29年里，许多时候我们都在努力谛听那寥廓中的一声长啸，都在凝望那凄美中的一叶惨淡。我们崇拜着传说，传说慰藉着我们平淡无为的日子。

我的同学说，他们曾在遥远的漠北沙漠里发现过"鹿石"——雕刻着长角鹿图案的柱石，荒年般栽种在沙漠、草地、森林，这是一个民族对于母亲永远的崇拜与祭奠吧。

三

蒙古人曾经从我们那个驿站来来回回走过了 100 多年。我们那条驿路起初是契丹人建的，后来，蒙古人灭了契丹人建的辽国，灭了女真人建的金国，我们那条驿路就归蒙古人走了。

驿站对于蒙古人是行帐，是驻扎，他们把驿站叫“站赤”，在通往西域和京城大都府漫长的道路上，他们设置了无数的站赤。他们从驿站走出草原，最终又沿着驿站回归草原，这是历史的宿命。

古代史研究告诉我们，蒙古族的族源是东胡—鲜卑—室韦、鞑靼—蒙古。鲜卑是东胡的后裔，鲜卑的一个分支拓跋鲜卑曾建立了强大的北魏王朝。入主中原的鲜卑人中有一个“丑奴”部，后来改汉姓“狼”氏，“丑奴”是蒙古语“狼”的音译。“蒙古”最初只是操蒙古语诸部中一个部落的名字，唐代称其为“蒙兀室韦”。蒙兀室韦居住在大兴安岭的额尔古纳河上游，是“大室韦”的一个部落。在蒙兀室韦还居留在大兴安岭的森林中时，其中一些操蒙古语的部落已经西迁到蒙古草原，与当地操突厥语的部落杂居，这些部落后来称为“鞑靼”，即“塔塔儿”部，塔塔儿部曾发展成为蒙古草原一个强大的部落。公元 840 年以后，居住在额尔古纳河流域的蒙古部落陆续走出了大兴安岭，进入了蒙古草原，他们来到斡难河（今鄂伦河）上游不儿罕山（今蒙古肯特山）地区。他们的首领名叫孛儿帖·赤那（意为“苍狼”），其妻名为豁埃·马阑勒（意为“白鹿”）。

民族迁徙使蒙古部落最终成为蒙古高原强悍的主人。

早期的蒙古部落并没有什么值得炫耀的历史，只是到了成吉思汗六世祖开始，才逐渐强大起来。公元 1162 年诞生在斡难河畔的一个婴儿最终书写了一个帝国的历史。这个婴儿的名字叫铁木真。铁木真的名字是父亲为纪念战胜塔塔儿部而起的，因为塔塔儿部首领名叫铁木真兀格。铁木真 9 岁那年，父亲到一个部落为他定亲，途经塔塔儿部时被复仇的塔塔儿人毒死。12 世纪的蒙古高原，除辽、金王朝不断用兵征讨中国北方外，蒙古部落内部为争夺汗位、土地、人口而互相残杀，各部落之间更是战争不断。铁木真成长在这个动乱的年代。统一蒙古高原诸部，抗衡辽、金王朝成为历史的趋势。1206 年，当 44 岁的铁木真在斡难河畔召集贵族大会成立“大蒙古国”、上尊号为成吉思汗时，蒙古铁骑已成为一支攻无不克的力量。

12—14 世纪的亚洲历史，世界史称为蒙古时代。在漫长的冷兵器年代，成吉思汗及其子孙们率领的铁骑势如破竹，无可阻挡地横扫了几乎整个亚洲和东欧:阿富汗、乌兹别克斯坦、土库曼斯坦，直至印度河畔;高加索、乌克兰、巴格达、叙利亚，直至波斯湾。世界响彻着来自蒙古高原的马蹄声、弓箭声、兵器声。世界从那个眉宇很宽、鼻梁很扁、个子不高、脸庞很圆的蒙古人那里惊醒般地领悟了一个游牧部落伟大的骄傲、狂野与凶悍。

从某种意义上说，成吉思汗和他的儿孙们是通过艰难地、不断地修复驿站完成对这个世界的征服的。

建立驿站传讯系统是蒙古帝国一项重要的事业，成吉思汗和他的子孙窝阔台、察合台、拔都、拖雷等无一不参加或操办了修复驿站的艰险劳作。13 世纪上半叶，一条连接华北与西域的万里交通线一线贯通：由中原北上经漠北和林，再趋金山，折而南下至别十八里，然后沿阴山北麓至阿里，向西北直达欧洲，向西南进入波斯。往日“千里横东西”“猿猱鸿鹄不能过”的天山山道变得“四十八桥横雁行，胜游奇观真非常”，1220 年，全真道掌门人丘处机就是经此路用近两年的时间到达中亚阿富汗谒见成吉思汗的；同一时期，另一条经张掖、酒泉至玉门关直达西域的驿路也重新修复开通；13 世纪后半叶，一条位于疏勒河上的水驿也全线贯通，成为河西—疏勒河—罗布泊—塔里木盆地—昆仑山北缘，直达西域的一条重要干线，威尼斯商人马可·波罗家族就是沿这条驿路走向东方的。

元帝国在修筑、改善通往西域的道路的同时，也不断建设着大都（今北京）通往上都（今内蒙古正蓝旗）的驿路。如果说，通往西域的万里陆驿、水驿帮助蒙古帝国最终将疆土扩大到今天两个中国的面积的话，那么，大都至上都的驿路则最终帮助这个帝国走进了城市又回归了草原。

我从南方来，就在这一条驿路上的一个驿站、元时叫宣平驿的地方居住了 29 年。

四

蒙古帝国从忽必烈开始就已放弃了他们的草原故乡而走进了城市的宫殿，而这个原本在马背上和行帐里迁徙的民族无法从骨子里和城市融通，于是，他们开创了任何封建王朝都没有的“两都巡幸制”。所谓“两都巡幸”，就是这些一代又一代的蒙古皇帝，半年时间在大都金碧辉煌的宫殿里办公，另外半年返回他们的草原上都避暑，在大都与上都的千里长路上，他们做着岁岁“大游行”。每年三四月春暖花开之时，皇帝便高坐在由四头缅甸大象架起的金辇玉轿里，率领总管全国政务的中书省、负责全国军政的枢密院、掌管监察的御史台三大中央机构，以及后妃、太子和蒙古宗王，以及掌管皇族及蒙古各部诉讼公事的大宗正府、负责农田水利的大司农、统管释教僧徒的宣政使、掌供帝后领食的宣徽使，以及集贤院、翰林院、太常仪礼院、太史院、太医院，以及宗教领袖、名士硕儒和在国子监就学的生员等，浩浩荡荡 10 万余人开拔草原上都，至每年的八九月草原开始有凉意时，这 10 万余人的庞大队伍又浩浩荡荡返回京城大都。这一去一返，每年花在路上的时间近两个多月。

在这上百年的往返中，元帝国在燕山山脉和阴山山脉的崇山峻岭中开通了 4 条通往漠北的道路。而 4 条路最后都汇集到我们驿站北边的察汗淖尔（元时叫明安驿）方开始进入草原。四路中其中黑谷东路为皇帝每年北巡上都时的专用道路，称为“辇路”，全长 750 华里，这条路上建有 18 处行帐，蒙古人叫“捺钵”，专供车驾宿顿；而皇帝返回大都时却年年走西路，即所谓的“东出西还”。西路全长 1095 华里，我们那个驿站就设在西路上。西路在蒙古国时期就是驿道正路，1262 年，忽必烈继位 3 年，这条路即改为专门运输绸缎、皮货的商路，在这条路上建有 24 处驿站，因为皇帝每年要用这些驿站，所以它们也被称为“捺钵”。一代又一代的皇帝们，年年岁岁“东出西还”，走我们这条运输丝绸、皮货的商路，于是我常想，我们那个驿站最终在现代发展成为一座有百万人的城市不是没有历史缘由的。

在 10 万人马出发之前，供这队人马食荤所用的千百群牛羊骡马已提前出发，有一首元诗这样写道：

翠华慰民望，时暑将北巡。
牛羊及骡马，日过千百群。
庐岩周宿卫，万骑若屯云。
毡房贮窈窕，王食罗膻荤。
珍缨饰驼象，铃韵遥相闻。

从这首诗中，我们不难看到一个马背帝国南北大游行的壮观和威风。可他们万万没有想到，就在他们“宫车次第起昌平，烛炬千笼列火城”，“旗鼓弩刀叉仪仗，左右青龙白虎队”的浩荡与招摇中，丢失了都城，最终丢失了一个王朝。而这个帝国最早丢失的都城是建在我们驿站北边不远处的元中都。

五

我们北边是蒙古高原的最南端，蒙古高原延伸到这里便深深嵌入了阴山山脉，于是，这里便形成了落差 1800 米的劈仞千丈野狐岭，于是这里就成了历代兵家必争之地。就在这块必争之地上有一个古老的驿站，这个驿站最早是辽代皇帝到鸳鸯泺（今安固里淖尔）渔猎时用的，于是这个地方就最早出现在了辽史上。

后来女真人来了，他们建立了金代，金代在沿边设 38 州屯兵，这里就成了 38 个屯兵的州——抚州，再后来蒙古人在这里灭金 30 万人，金军“死者蔽野塞川”。从蒙古人占领这个地方起，这里升为隆兴府，后又提升为兴和路，路、府、州、县是元代行政管理机构，按人口计算，一路管理 10 万人口。由此看来，在地球还很荒凉的时候，我们北边那个曾为“捺钵”“驿站”的兴和路就相当有人烟了。这个兴和路就是现在离张家口不远的张北县，张北这个驿站当然就在我们这条驿路上了。

元帝国在我们这条驿路上浩浩荡荡走了 100 多年，其中走到元武宗的时候，他们在张北驿站堂而皇之地建起了一座都城，这就是元史上记载的元中都。忽必烈的孙子孛儿只斤·海山为什么要在有了大都、有了上都、有了和林宫城之后，突然要在张北的旺兀察都（蒙语白城子）建一座仿大都的皇城？是这里水草尤其丰美气候尤其宜人？是这位 14 世纪伊始（1307 年）继位的武宗皇帝心血来潮企图昭示一份帝业？还是在年年岁岁的南北“大游行”中这个“黄金贵族”进一步发展了骄淫奢侈？在所有的质疑中有一条是毋庸置疑的，那就是这些原本英猛的苍狼、白鹿的后裔们，已经越来越难以适应“居穹庐，无城壁栋宇，迁就水草无常”的草原生活了，他们越来越留恋“殿宇琉璃，金裹玉壁”的都城，越来越视百姓为尘埃草芥了。

为修建元中都，元武宗调遣了 18000 余名兵士，而从中原、云南、缅甸等地源源不断调来成千上万方圆木、汉白玉石要动用全国多少百姓呢？在没有现代交通只有简陋驿路的时代，百姓们运载如此之重之大之多的石木，千山万水到塞外要吃多少苦呢？在风雪嘶吼、零下 30 多度的漫长的冬天，劳工们如何抵御彻骨的寒冷呢？于是，在元中都兴建过程中，屡有切直之士犯颜直谏，为民请命。有中书省言：“今中都筑城，大都建寺，及为诸贵近营造私第，军民困敝，仓廪空虚”；又谏：“农事正殷，蝗蝝遍野，百姓艰食”，兵民“死于木食者甚多”。

直谏者尤以监察御史张养浩为甚，在“土木太盛”谏言里张养浩云：“累年山东、河南诸郡，蝗、旱洊臻，郊关之外，十室九空，民之扶老携幼就食他所者，络绎道路，其他父子、兄弟、夫妇至相鬻为食者，比比皆是。当此灾异之时朝廷宜减膳、彻乐、去几、缓刑，停一应不切之役。今创城中都，崇建南寺……或度辽伐木，或济江取材，蒙犯毒瘴，崩沦压溺而死者，无日无之；粮不实腹，衣不覆体，万目睊睊，无所控告……”

张养浩上疏之举最终使其获罪，随即罢官丢职，隐姓埋名于乡野。宦海沉浮 30 余年的张养浩后来写了大量归隐生活的散曲，寄寓对时政的不满，这使其成为元曲的重要作者。

一个在驿路上走来走去的王朝，走到张养浩上疏的境况，它离“寿终正寝”已经不太远了。

耗资 800 多万银锭建造的中都如同短命的武宗帝（只活了 31 岁，执政也只有 3 年零 7 个月）一样，在武宗病死之后 3 个月，就被继位的弟弟仁宗爱育黎拨力八达罢废。作为都城，元中都是短命的，但作为元帝国的“行宫”，它依然同这个帝国一起同生共死，直到那一把大火。

进入 14 世纪中叶，面对风起云涌的农民起义队伍，一个昔日以勇猛著称、令世界望而生畏的蒙古军队已不复存在；一个“骄奢淫逸”“以酒令为军令，肉阵为军阵，讴歌为凯歌”的元军，在起义军到来之时只剩下挨打的份。1358 年，一支飞越驿路到达漠北的农民起义军，一把大火烧尽了上都、中都的金宫玉阙，元帝国从此结束了百年的“两都大游行”。10 年后的 1368 年，明军攻陷大都，面对强大的明军，来自草原的蒙古人，不得不退出城市，沿驿路返回草原，重过游牧民逐水草而迁徙的生活。

六

现代人在北京发掘了大都遗址，在内蒙古正蓝旗发掘了上都遗址，唯独建在我们北边张北驿站上的中都被大漠的黄沙湮埋得无影无踪。历史记载中都的政事非常有限，现代研究历史的学者、考古专家对中都也很少问津，中都被历史遗忘了，被现代人忽略了。唯有张北驿站的人始终没有忘却，唯有白城子的人们世代在感受着那个游牧部落伤感的幽灵。

很长的时间里，白城子里住着一个百户人家的村落，这里的农民大多是驿站人的后裔。他们日出而作，日落而息。但就在他们歇息的夜晚，他们常常听见有马队纷沓而来，有刀剑戟弩格斗的金属声；在不让养鸡养畜的“割资本主义尾巴”的年代，他们依然在深夜听见狗吠鸡鸣；他们常常在夜间听见隐隐的哭声，或发现自己家的油灯可以沿着墙壁走动；有时在白天，他们发现白城子里有一对白天鹅；司机说，他们开着车经过白城子时，总是打不稳方向盘，有时莫名其妙地翻车……

在他们无法破译这些神秘和恐惧之后，他们把这一切解释为“白城子里住着神仙”。人是不能占据神仙居住的地方的，于是，忠厚朴实的农民们就一户一户迁出了白城子。到20世纪80年代，白城子已成为一个空空落落、再无一户人家居住的、方圆二三里的土囫囵，土囫囵长610米，宽555米，周遭围着残高约3米的夯土墙。

那时上苍还没有来得及告诉白城子人，这个和北京故宫差不多大小的土囫囵就是元中都的宫城，元中都就湮埋在他们的脚下。

后来，世代走着驿路的张北人开始修筑一条通往草原深处的现代公路，这条公路通过白城子，筑路的人在白城子挖出了许多汉白玉石条、磨盘大小的柱础石、雕刻着龙头的汉白玉螭首、遍地散落的青砖绿瓦、四口铸有“仲乐王造”款记的殿前防火大水缸、每个重达1市斤的宫门铜钉……当农人们把这些石条、础石、青砖、绿瓦搬回家砌院墙、垒房宅猪舍时，驿站的一个文化人开始警觉，这应该是一个皇城的遗址。于是，他向着无际的草原发出了一声呐喊：这是建在我们驿站上的那个元中都呀！

这个文化人的名字叫尹自先，是张北文化馆工作人员。

在尹自先北向草原、对那个沿驿站走进城市又沿驿站败回草原的王朝凝眸的时候，听到尹自先声音的中国考古专家们在20世纪最后两年陆续来到了白城子，他们在那里做小心翼翼的历史清理。此后，一个沉没了近650年的帝国的都城从沙海浮出……

20世纪末的一个8月，驿站的文学朋友秀云曾带我去过白城子，站在长116米、宽48米、高3米的中都宫城大殿的废墟上，秀云告诉我：中都遗址为宫城、皇城、外城三城相套，呈回字形，与当年的大都、上都相似。白城子是宫城城址。距宫城土墙外100米处是皇城，皇城城垣长910米、宽755米、周长3300米；外城距宫城850米，依稀可见的城垣长2310米、宽2555米，周长9730米。末了秀云又说：元武宗不惜劳民伤财建了这座巍峨壮观的城郭，但没等走进来就已毙命，而他的儿子们有幸走了进来却又因权力之争而互相残杀，最终次子图帖睦尔在中都宫城里毒死了兄长和世瑓。元庭里不断发生因权力争斗而父屠子、臣杀王、兄弟相残的事，这实在是成吉思汗这个英雄部落的悲剧。与其这样在都城里相残，当初何必走出草原？

我感慨我们驿站的先祖们目睹了一个帝国的兴衰，我更感慨先祖的后裔们终于如此警醒地解读着一个王朝的悖论。站在中都宫城大殿的废墟上，我仿佛也听到了白城子人曾经听到的哭声、刀剑声、马嘶声，听到了一截历史的鹤唳风声，听到了那个帝国最后一位逃亡塞外的皇帝妥懽贴睦尔悲怆的歌声：

以诸色珍宝建造的纯朴优美的我的大都
先可汗们夏营之所我的上都沙拉塔拉
…………
我哭也枉然
我好比遗落在银盘中的红牛犊

七

现在，我曾经居住的那个古代驿站已成为一座百万人的城市，而千年驿路上的无数驿站也都在岁月风尘中或发展成为现代人居住的城镇或陨灭无迹，唯有我们南边一百多里处的鸡鸣山驿站还以完全的本色苍然屹立。

这是中国一座规模最大、保存完好的古代驿城，这也是人类千年兵驿、邮驿和交通的活化石。它像一位白发千丈的老人，在塞外的风沙里，默默地守望着一个驿路文化千年的魅力。

鸡鸣驿，应该说最初只是蒙古人的几顶帐篷；后来，这里成为那个“两都大巡幸”王朝的10万余人宿营地；再后来，这里成为明王朝抵御外侵的古城堡。但作为千年驿站，鸡鸣驿始终行施着“万丁穿城过，单骑宿城忙”的责任和功能。

明代宣府镇（今张家口市宣化区）有16座驿站，而鸡鸣驿则是其中最大的。到清康熙年间，朝廷派九品驿丞主管这座驿站，驿站里有驿卒158人，守兵43人，驿马82匹，年支付饷银3200多两！

经元、明、清800年风雨沧桑，占地20多万平方米的鸡鸣驿最终以“城”的形态遗存世间，它固若金汤，它灿烂辉煌。走进深严壁垒的驿城之门，一城的古朴、悠远、浑厚、庄严扑面而来：城墙上密集的垛口，巍峨的指挥署、驿丞署，幽深狭窄的街道，鳞次栉比的商号、驿馆、马号、寺院、庙宇、戏楼，三进五进的老宅古院……

走进古驿城，你可以看到当年慈禧西逃时留给驿城内贺家大院人的赐字“鸿禧接福”；

你还可以听到一个王朝陨灭前隐隐的悲泣与叹息；

你可以想象千年单骑扬鞭策马飞奔而去的背影；

你也可以细细端详今日城内农人日出而耕、日落而息的日子……

鸡鸣驿，人类前行中的一个缩影。

从某种意义上说，人类是沿着驿站从古代走到了现代的，驿站上曾经密集着人类文明的信息，有精粹也有齑粉。就命运而言，驿站是出发，也是归路；就情感而言，驿站是朦朦胧胧远去的身影，也是扎扎实实眼下的脚印；驿站文化既苍凉也温暖，既喧嚣也宁静；历史在驿站上集合也在驿站上飞散，岁月在驿站上碾出了凸凹也在驿站上垒出了造型；驿站一无所有又吞古纳今。

我们那里的驿路因通往辽阔的草原，因从草原深处走出的一个部落在我们那条驿路上上演了一幕王朝的喜剧和悲剧，就尤其显得怆然而浩瀚。

《十月》杂志2010年第5期发表，入选长江文艺出版社《2010年中国随笔精选》

天下蔚州

一

京西 220 公里处的蔚县，在雍正六年（1728 年）以前，属山西省所辖，为山西省蔚州。民国之后化归直隶察哈尔省，1952 年化归河北。历史上商周时的代国、秦汉时的代郡均指蔚县。东魏时，原代郡所辖的怀荒、御夷第一次改称蔚州，北周宣帝（579 年）时在现在蔚县建蔚州。蔚州作为“城”存在，到民国二年（1913 年）已有 1400 多年。

地理意义上的蔚州属恒山山脉以北寒凉的塞外。由山西境内自西向东横贯而来的苍茫恒山走到蔚州时分了个小岔，蔚州就是嵌在这个山岔里东西长 160 华里、南北宽 40 华里的一带平川。

很长的历史时期中，匈奴人万马奔腾，他们铁骑滚滚从这一带平川飞驶而过；当“燕云十六州”被割让给契丹人之后，“十六州”之一的蔚州（那时蔚州辖四县）就归了同样是“铁骑滚滚的辽国”；再后来，又归了依然是“铁骑滚滚”的蒙古人；直到明清之后，这“一带平川”从东到西才逐渐形成了八大商业集镇，其中之一就有那个 2000 多年前的代国国都代王城。在长达 500 多年的明、清时期，八大集镇始终维持着繁华的古代商贸，而古代商贸的发展共同铸就了生活在这块土地上的汉人——或许有匈奴人、契丹人抑或是蒙古人的后裔——沉稳、冷静，勤奋、节俭，精明、强干，思想多于言语、喜怒不形于言表，独立孤傲的自我意识以及敬业、责任心强、吃苦、耐劳、意志力强和生存力强等作为人的优秀素质。故此，甚至有人说："天下十三省，能不过蔚县人。"我们从这些"说法"中应该可以领略到蔚县这一地域里人群的出色。

20 世纪 60 年代末、70 年代伊始，京、津、冀 1300 多名大学毕业生被分配到张家口，其中 70 多人分到了蔚县，我是 70 人中一员。而蔚县当年是张家口地区最贫困的县域。我在蔚县一待就是 14 年！我在那里与我的大学同班、一个极具蔚州人优秀素质的青年结婚、生子，14 年和以后的许多年里，蔚州无数"谜"一样的文化现象和人文景观都令我惊诧不已——

首先是遍布蔚州的古建筑，这些古建筑包括古塔、寺庙、古堡、戏楼和民宅。如果说那座建于辽代时期的 13 层古塔和一些寺庙我们在别的地方也可以找到的话，那么，那些古堡、戏楼和民宅就实在为中国一绝。在蔚州，无论高山还是平川，无论山地还是丘陵，有堡就有村，有村就有庙，有庙就有戏楼。蔚州历史上有八百古堡之说，这足以说明蔚州曾经是冷兵器时代战事频繁发生的边地。八百古堡最终成为八百村庄，20 世纪 50 年代初进行的文物普查发现，蔚县有 738 个村庄，村村建有古城堡，有 700 座古戏楼。这些古城堡、古戏楼全部为明清建筑。1984 年蔚县再次进行文物普查，发现保存完好的古戏楼仍有 300 余座。那座屹立在古代国遗址上的代王城戏楼是一座三面戏楼，就是说它的东面、北面、南面都可以唱戏、看戏，这座建筑极其精美，如同古代亭阁般的戏楼是蔚县古戏楼中最独特的一个。曾经为保护这座戏楼，人们用土泥糊住戏楼四壁，然后在上面写上革命口号，才使它免于被破坏、摧毁。蔚州还有诸多造型别致的穿心戏楼、排子戏楼、庭院戏楼，真是洋洋大观。戏楼在蔚州也被称为戏台、乐楼、歌台，这些青砖筒瓦、雕龙画凤、飞脊斗拱、彩绘纷呈的古代文化娱乐设施，星罗棋布般出现在蔚州，这不能不使人深思：这里究竟发生过什么？这里的人群在崇尚、敬畏着什么？它身后博大深邃的历史文化背景又是什么？

蔚州的民宅建筑也极其独特，明洪武年间建成的蔚州城为州城，这整整一城池的民居，全部仿老北京的四合院建成，这些四合院如今大部保存完好。当你穿行在一街一巷的灰墙黑瓦、古石老砖的院落中间时，你不能不产生这样的畅想：这会不会是当年被召到京城建元大都、故宫的三千蔚州男儿的遗传？在蔚州地域的西端，有一个与山西接壤的古镇暖泉镇，暖泉镇是蔚州八大商业集镇中最独特、最美丽的地方，它的独特、美丽在于它有南方水乡之韵：当你看到绕街的小河从人家的门前汩汩流过，当你聆听一街一河的杵衣声和村妇们此起彼伏的欢笑声时，你无法不生出“塞北江南”的快乐与喜悦。暖泉镇最令人惊异的是它无与伦比的古民宅古民居，镇里的西古堡村是蔚州八百古城堡中最耀眼的一个，它的城堡呈“瓮城”形。在瓮城内的民居民宅大都为明清古建筑，高大的木门楼、大青砖砌墙、无处不在的砖雕木刻……西古堡村至今保存完好的古代民居民宅院落有 180 多个，走进这些四进四出、甚至九院相连（当地人称为“九连环”院）的古民居古院落，你无法不产生如同走近山西祁县乔家大院一样的历史感和沧桑感，你无法不想去追问：是谁在这里建造了如此的气宇轩昂？他们背后庞大的财政支持如何而来？

我想说的第二个方面是蔚州的民间艺术。“大红灯笼高高挂”在这里的许多古镇有数百年的习俗，每逢春节，成千上万的各式灯笼把大街小巷挂成了一个灯的海洋，惹得京、津、张家口的城里人年年络绎不绝地赶来看灯；蔚州的剪纸艺术应该说是中国民间艺术一绝，由民间艺人手中上百把小巧玲珑的雕刀、刻刀（而不是其他地域剪纸用的剪刀）在白纸上雕刻出来的数以百万、千万计的花草、鱼虫、戏剧人物，用快乐饱满浓艳鲜活的大红大绿的色彩点染之后，便走向了世界。蔚州剪纸最富吸引力的是古代戏剧人物脸谱。蔚州人从王老赏始，世代相传，已将中国戏剧中的 2400 多个古代人物的脸谱刻成了剪纸，那脸谱上瀑布般流泻的黑胡须、白胡须根根细如发丝，蔚州人可以在这方寸白纸上，以阳刻法刻下近千刀！于是，那黑胡须、白胡须硬是有了飘拂感。现在，不仅在中国的旅游商店、机场、国际商贸活动场合无不出售、交换、展示着写有“中国剪纸”的蔚县剪纸，就是前些年北京大学百年校庆，也将校内的六大景点以蔚县剪纸的艺术样式向国内外朋友和全校师生赠送了 20 万套。

蔚县继王老赏之后，又出现了周永明、任玉德、仰继、陈月新，以及周永明之家族、子女（周河、周广等）和焦氏家族、卢海、李闽等一大批大师级人物和艺术新秀。蔚州剪纸人才济济，薪火相传，大师辈出。这是蔚州剪纸的大幸，也是中国民间文化的大幸。

我收藏了一些蔚县剪纸，一有闲暇，我就喜欢翻弄出这些艺术品陶醉一番，我常常想，这原本由大姑娘小媳妇们绣鞋上的纸“花样”，怎样在数百年里发展成为蔚州男女老少都能从事的且有了绝妙艺术造诣的民间艺术？我还想，由绣鞋的纸“花样”最后走上了遍及城乡人家的彩色“窗花”，蔚县人对生活有着怎样的审美追求呢？

还有“蔚县秧歌”，这是一个蔚县在明清时代发展、完善起来的地方剧种，这个剧种在20世纪50年代由中国文化巨匠郭沫若评价为“百花丛中一点红”。“秧歌”的发展也是一个谜。你想，一个没有水泽的塞北高寒地带，何以将南方的“秧歌”、将江西的弋阳腔（后发展为京腔）、将元代在民间广泛流行的道家音乐“道情”以及今天家喻户晓的“山西梆子”，水乳般交融成为自己数百年不衰的一个剧种，蔚县曾经经历着怎样的南北文化大流通？

我想说的第三个方面是关于蔚县的能工巧匠。前面说过，在张家口一带，几百年来都流传着一种说法，即“天下十三省，能不过蔚县人”，随着这一说法的另一种说法，叫“凡是鸡鸣狗叫的地方都有蔚县人”。还有人说，“蔚县人尿泡尿捏个狗头哨都能卖钱”。以往说这话的场合，人们都是带有嘲讽或戏谑的意味，但在商品经济发展的今天，我们完全应该将此理解为蔚县人顽强的生存能力。蔚县工匠艺人之多、门类之全、分工之细都是中国的许多县市无法企及的：木匠、石匠、铜匠、锡匠、银匠、画匠、麻绳匠、柳编匠、毡匠、靴匠、帽匠、笔匠、油匠、香匠、纸匠、席匠、饼匠，还有烧砂锅的匠、捏瓦盆的匠、剪窗花的匠、卷花炮的匠……当然，最多的还是毛毛匠。蔚县匠人常常是以一村一镇的集合性出现，如瓦盆窑的烧窑匠、辛庄的砖瓦匠、小贯头村的泥匠、纸店头村的纸匠，而南张庄家家户户是剪纸艺人……

蔚县人在古代就懂得了我们今天依然遵循的商业法则，那就是专业化分工和规模经营，蔚县匠人最反对“样样精通，样样稀松”，蔚县人的生命里深深地潜隐着“凡事追求极致”的生存要素。蔚县人历来是忙时为农，闲时为匠，当他们在土地上刨不出食来时，就身怀绝技走四方。他们曾数千人到京都参与建造皇宫，小贯头村的泥匠们盖起了一个张家口市；他们织的麻布数百年里都是朝廷贡品，北京前门的绳麻店全是蔚县人所开，纸店头村的白麻纸销到了大江南北；遍布蔚州大地的古民居、古戏楼、古庙宇都是蔚州工匠艺人自己的创造，他们甚至可以将盖好的戏楼仅拆去边墙、再整个移到指定的地方……

二

当然，最了不起的还是那些为张家口成为驰名中外的“皮都”做出了历史性贡献的“毛毛匠”。

我在《张库大道》一文中曾写道——

是张库商道的繁华，使寥廓草原兴起了偌大的城市乌兰巴托、恰克图、呼和浩特、包头和沿路无数的县、镇、旗、盟，其中，最大的受益之一是张家口成为驰名中外的“皮都”。从雍正年间（1728年）始，张家口的皮毛作坊已鳞次栉比，从事皮毛业的工人已数以万计。此时的张家口已开始由军事营堡向商业市镇过渡。这个时期的张家口，毛皮业的声誉已响彻海内外，由此出现了一个这样的现象：即全国各地的皮市价格，非经张家口定价而不进入交易市场。张家口的毛皮业在中国毛皮业发展史上的地位由此可见一斑。

在张家口从事毛皮行业的人员多半来自今天由张家口市辖的蔚县、阳原、宣化、怀安等地，而其中蔚县人是最为辉煌的成功者。在张家口近800家毛皮行业店铺中有一半以上为蔚县人所开，在3万多从事毛皮业的人员中，有近2万人是蔚县人！在很长的一个历史时期中，蔚县的“毛毛匠”几乎遍布中国，而中国最出色的毛皮商清一色为蔚县人。这曾是一个历史现象，也曾是一个商业奇迹。

当年，仅蔚县城内的毛皮商号就达百余家，从事毛皮行业的有5000余人，多达半个城。一批又一批技术精湛的毛皮匠人被张家口的大商号纷纷聘请去当了经理、案头（皮货裁剪技术人员）。在晋商风云天下的时候，蔚县的“皮小子”们以自己独特的毛皮手艺和顽强的意志一个个走向了人生的成功：蔚县下平油村田旺高开设的谦生义皮号，从咸丰、同治、光绪、宣统到民国一直经营了下来，蔚县的许多村镇都有谦生义的作坊，生产的羔皮百分之八十销往山东，当年，济南皮货商们非谦生义货不买；逯元昌皮号生产的鼠皮、红狐皮、白狐皮、沙狐皮、黄鼬皮等细皮货一直远销欧美；而德巨生皮号生产的皮袄、皮裤、坎肩等一直是抚顺、大连、库伦、恰克图以及新疆等地的抢手货；宣化、张家口的德兴斋、德兴玉、德寿隆等蒙靴业老字号为蔚县人李盐房所开，当年张家口、宣化有蒙靴业字号80余家，从业人员2000多人，多半为蔚县人，每年销往蒙古地的各式蒙靴20余万双。各旗王爷每年轮流去北京朝贡，路过宣化时都住李盐房家，一律免费吃住。

最显赫的要数王朴（当地口音念po）。蔚县城乡四处流传着一句俗语：“不吃不喝，赶不上王朴。”王朴是蔚县涌泉庄人，自小挑着扁担随父卖煤，常常躺在城门洞里睡觉。十三四岁时王朴就领着 10 岁的三弟到宣化府学皮毛手艺，弟弟学细皮行，王朴学老羊行，每天从老羊皮上铲肉渣、泡皮、揉皮，又臭又熏又累，吃尽苦头。后因不忍欺辱和人打了架而被老板开除，走投无路的王朴一狠心就用几张老羊皮和已学会的手艺在张家口自己租房干了起来。王朴的故事很长，王朴的发达不无传奇，我这里暂不细说。我们只需知道王朴后来开的德和隆皮货商号最终发展成为张家口、北京、天津最大的商号之一，在王朴四兄弟共同经营下，他们在天津拥有了 3 家合资企业和庞大的进出口贸易，他们和晋商一样，在天津开了银号。他们在北京大栅栏开了有名的德聚隆商号，经营皮革和进口百货，其四弟王槐成为名满京津的“王四爷”。王朴兄弟用在北京、天津、张家口、蔚县城开办皮货店、百货店、绸缎铺、面铺、鞋帽铺、盐坊、银号所得的钱，开始大量购置房地产：在蔚县老家涌泉庄、阎家寨、南留庄、北方城等村镇购买土地达 300 余亩，在张家口坝上大青沟购地 1000 多亩。王朴涌泉庄的庄园占地 60 多亩，有 14 个院落、220 多间房舍，在阎家寨有房 180 余间，在张家口、宣化有房 100 余间，在蔚县城有房产 40 余处、500 余间，另在北京、大同、呼和浩特、包头、大青沟的房产无计其数……

那年夏天，蔚县文联副主席田永翔陪同我走过了古代王城，走过了涌泉庄、北方城、宋家庄，走过了“江南水乡”般美丽的暖泉。一路我都在想，蔚县人普遍具备的钻研精神、精益求精精神、锲而不舍的创业精神，绝对是那些遍布蔚县城乡的工匠艺人精神的世代传承。蔚县人这种精神的形成与传承，绝对是遇上了一个经久不衰的商业竞争机制。没有竞争，他们何以求精？没有求精，他们何以生存？那么，他们遇上了什么样的竞争时代呢？

综上所述，蔚县的“古建筑之谜”“民间艺术之谜”“古老而现代的商业精神之谜”都曾让我困惑、追问了很长时间，终于有一天，我在瀚海般的阅读里，在十几年的行行复行行中，一切都豁然开朗。原来，这一切都与古老的张库商道有关。

三

张家口的国际商贸活动应追溯到明初。如果从明洪武年间开始移民的山西人到张家口计起，这块原为匈奴人、契丹人、女真人、蒙古人来了去了的马踏之地便成了汉人与北方多民族的融合之地，这段历史已达 600 余年。而作为商埠的张家口，如果从 1551 年（明嘉靖三十年）明廷批准在今张家口大境门外正沟、西沟与成吉思汗败北的子孙后裔们开办“以布帛易马”的边界“贡市”（后称“马市”），到 1929 年商贸停止，一条从张家口至库伦、一直延伸到恰克图（今蒙俄边界上的一个城市）的长达 4300 多华里的中俄贸易商道，整整运行了 378 年！如果说张家口是中国北方丝绸之路的“旱码头”，那蔚州绝对是搭在码头和航船上的一块坚实的跳板。

蔚州坐落在恒山余脉和燕山余脉的夹缝之中，层峦叠嶂的恒山、燕山，屏障般把蔚州乃至张家口地域千万年地挡在了寒冷的塞外。然而，大自然奇迹般地在蔚州南北的山脉中，留下了八大通口，古时叫关隘，这八大关隘在南边自西而东有石门峪、北口峪、九宫口峪、松枝口峪、金河口峪，在北边自东而西为鸳鸯口峪、榆林关、五岔口。所谓峪，即是恒山、燕山山脉中“蛛曲蚁穿”般的百里大峡谷。在没有路的年代，在有路而没有火车、汽车的年代，人类是从这些大峡谷中艰难地走进来又走出去的，最终走向了文明。由于这些“峪”的存在，蔚州自古成了军事上的锁钥重地，也成了张库商道上重要的商贸基地。

从南边穿越“千夫拔剑，露立星攒”的北口峪（历史上著名的飞狐峪），就到达保定的涞源；穿越悬崖如刀劈斧砍般的石门峪，就通往了山西的灵邱、太原；松枝口峪通往易县、保定；金河口峪通往涞水、高碑店。在北边过鸳鸯口经宣化到达张家口、库伦和恰克图；过榆林关往阳原东城到怀安、经大青沟直达内蒙古草原；过五岔口经阳原西城直达山西大同。

我们由此可以想见当年精明的晋商、饶舌的京商、沉稳的蔚商以及南来北往的其他中外商人们通过蔚州境内的八个大峡谷稳步走向张家口、走向库伦、走向恰克图，折转身，走向北京、天津、上海，一直走到武夷山的茶山、走向苏杭的绸缎和走向武汉、襄阳的码头时的情景。在数百年的走来走去中，走出了商道上蔚州古老的繁荣、古老的文化、古老的生命精粹，走出了蔚州大地上繁华的八大商业古镇，走出了驰名中外的百年“皮都”！

《散文百家》2017 年第 7 期发表，入选漓江出版社《2017 中国年度散文》

历史的祭坛

——踏访沙丘平台有感

一

我总在想，相对于浩瀚无极的宇宙，人的生命极其有限。有限的生命能够在时间的长河里经历一个“世纪之越”甚或是世纪与千年相叠相重的生命跨越，实在是一次有幸的人生之旅。在这一元复始、千年更迭的时刻，在我们携带着文明千年的辉煌与骄傲去迎接未来的希望和梦想时，我们怎能不为发生在我们这个四千年文明古国的历史变迁而感慨？我是怀着这种感慨来到了华北平原南部的沙丘平台的。

历史往往有惊人的相似之处，然而，于同一地点发生三起覆国亡君悲剧的实属罕见，可令人惊愕的是，这样的悲歌遗恨就在我的脚下，在一个几乎被人遗忘的、古曰“沙丘”的地方发生了。

于是，我视沙丘平台为历史设置的一个祭坛。

二

沙丘平台是历史上的专用名词，它的地理位置在今天华北平原南部的邢台市广宗县大平台村南。这个在今人看来平常如土丘的地方，原本是三千多年前（公元前 11 世纪）商代的一个皇家园林。两千六百年前，古黄河滚滚滔滔，不知已从广宗县境内穿越了多少个世纪、千年，大约在公元前六七百年时，古黄河因一次大的决口而改道，从此，黄河在广宗县内消失，留下了“百里沙带”。广宗县名起始于汉，中途起起落落、明明灭灭两千年，沿用至今。

我要说的沙丘平台成为中国历史上第一个皇家园林是发生在殷商后期。距今约三千一百年前的商纣王在广宗沙丘建园林时，这里绝不是我们现在看到的村庄伫立、田畴毗连的黄土带，那时，清澈如碧的黄河水从这里缓缓流过，两岸是一望无际的原始森林和草坪，鲜花盛开、兽鸟奔鸣。草肥林茂、气候温润的黄河流域是人类理想的家园，黄河文明因此在这里延续了数千年。公元前 13 世纪，已经存在了近四个世纪的商王朝在盘庚的带领下，将王都从奄城（今山东曲阜）迁到了“居天下之中”的北蒙（今河南安阳西）。因权力之争，曾频繁迁都的商王朝在此后的二百七十三年里、历任八代十二王，居然再未迁过都城。在这二百七十三年里，与北蒙邻近的邯郸、邢台均列为京畿之地，于是，辽阔无垠的中原大地乃至华北南平原便尽收商王眼底。

处于奴隶社会的商代，当王位传到公元前 11 世纪的商纣王时，这个历史上有名的淫乐暴君开始了野蛮与蒙昧的登峰造极——那就是他创造于广宗沙丘平台王苑内的游戏“酒池肉林”。《史记·殷本纪》载：“（纣王）益广沙丘苑台，多取野兽蜚鸟置其中。慢于鬼神。大聚乐戏于沙丘，以酒为池，悬肉为林，使男女倮相逐其间，为长夜之饮。”《中华全史演义》这样描述当时的情景：是时，纣王令先把宫殿房檐下用砖瓦砌成的排雨水的水沟（古代称天沟、池）里灌满酒，谓“酒池”；在宫苑内的树上距地比人略高的树杈上挂上熟肉，名曰“肉林”，再置一面大鼓。准备好后，纣王、妲己和宫中一班人等坐于酒池肉林之间，传令百名青年男女听鼓令而行：一通鼓响，男女把衣服迅速脱掉，赤裸裸面向他们站好，供其欢赏；二通鼓响，男女转身去摘挂在树上的肉，因肉比人高，需踮脚或跳起来去够，男女害臊，常人也目不忍睹，纣王借此开心取乐；三通鼓响，男女一起跑向酒池，模仿牛羊饮水，两脚叉立、两手撑地去饮水沟中的酒；四鼓通响，饮得似醉非醉的男女起身，追逐嬉戏；五通鼓响，凡被追上之女，须与其追上之男在众目睽睽之下进行交媾。此间荒诞情景可想而知，暴纣荒淫无耻可想而知。

其实，“酒池肉林”的淫乐之举并非纣王始创，早于他六百年的夏朝最后一个国君夏桀就以此取乐，最终使一个传了十七个国君、延续了四百多年的夏王朝彻底覆灭。纣王重蹈夏桀的覆辙，灭亡之日近矣。

纣王的淫乐与残暴是共生的。为了镇压奴隶和平民，他除了沿用已有的黥、劓、刖、宫、辟等五刑外，还增设了更为残酷的刑罚，如“肉醢”“肉脯”“炮烙刑”等。商王朝的忠臣梅伯就因劝谏纣王戒淫乐、废酷刑而遭“炮烙”,皮焦肉烂而死;纣王还将两位谏臣剁成“肉醢”“肉脯”让其他谏臣食之;即使纣王的亲叔父比干也因怒斥纣王不仁不义、荼毒残害国家忠良而遭破腹剜心之毒刑。

对待国家栋梁之臣如此，对待国之百姓更是视为蚊蝇。一次，一位厨师为其烹饪的熊掌稍硬了些，他便命身边的武士砍下厨师的双脚扔进了油锅；又一次，他看见一位老者因腿脚不方便在河边徘徊，便命其随从把老人双腿砍断，诳称要看老者腿骨里是否还有骨髓；还有一次，纣王在郊外游玩，看见一孕妇，为和侍从赌孕妇肚里怀的是男还是女而残忍地将孕妇剖腹取婴……

当一个暴君开始荒淫无度，屠其忠良、食其百姓时，标示一个国家、民族的大灾难已经降临，而此刻一个王朝也无疑已走向寿终正寝。当百万周军呐喊着包围而来时,暴君殷纣居然惧怕被俘后遭他自制的酷刑“炮烙”、剁“肉脯”、晒“肉干”而躲进鹿台的珠宝堆里点火自焚。

一个延续了六百多年的王朝从此湮灭了。从夏到商，整整一个千年，一个漫长的千年湮灭了多少人和事啊！而历史不能湮灭，暴君荒淫极欲的场所沙丘平台不能湮灭——虽然当时的琼台楼阁已经灰飞烟灭,但那“百里沙带”上的遗址废墟，却依然在向后人发出千古不灭的启音。

三

武灵遗恨满沙丘，赵氏英名于此休。
月去月来春寂寞，故宫雀鼠尚含羞。

这首《探雀宫月》是清朝王悃哀叹一代英主赵武灵王死于沙丘之乱而作的。

周灭商之后，延续了三百多年的西周王朝于公元前 770 年周平王迁都洛阳之后宣告灭亡，之后，中国进入了长达五百五十多年的诸侯争霸、逞雄四方的春秋战国时代。西周及五霸七雄纷争前后达八九百年，几乎又是一个千年，沙丘平台在这个千年里居然又一次成为一个王国的祭地！

记得小学高年级学历史时，就能很熟练地背诵齐、楚、燕、韩、赵、魏、秦七国的名字，而其中数赵国的故事、英雄常挂在嘴边，比如“东郭先生和狼”，神医扁鹊，骁勇赵简子等。在我们童年的记忆里，赵国是个很大很了不起的国家，不想成年后，我一直远离故土楚国而在赵国的地盘工作了近三十年之久。其实，赵国自古就有“招天下贤才，结四方豪杰”之传统。

古时的赵国，以邯郸为都，疆域曾辽阔到今日的山西、河北、内蒙古等地，曾为殷商园囿的沙丘平台自为赵国的名胜园林之地，他们不断在沙丘平台大兴土木，建造离宫、馆舍、花圃、驰道，使沙丘平台规模大若都会。

那位被后人称为一代贤主的赵武灵王赵雍实在称得上历史上最早懂得“革新为强国之大策”的明君，在他继位后的公元前 307 年，年轻的武灵王为改制军队便进行了第一次微服私访。他没有告诉任何大臣，也没有带任何护卫和随从，一个人，几乎走遍了赵国各地。在遥远的北国边境，为了解敌情，他亲自去站岗放哨，这使他亲眼看见了北方胡人的英勇善战。胡人的马队骑兵常常旋风般卷来，袭击赵国领土，抢劫粮食财物之后又风驰电掣般逃走，待赵军套好战车、披好铁甲、持好戈戟、排好阵势时，胡骑已消失得无影无踪。

这一切，赵武灵王看得清清楚楚，于是他发出了“循法之功，不足以高世；法古之学，不足以制今”的呐喊。他要废除笨拙的战车铁甲，建立强大的骑兵。然而，汉人的服饰不适合骑兵穿戴，宽袍大袖，袍子拖地盖脚，衣袖宽到膝盖，长得伸不出手来。把走路慢慢腾腾、一步一摇视为斯文、风度的汉人无论如何是无法学习骑马射箭的。要想学习骑射必须先从改革服装入手。然而谈何容易？有人说：服饰是千百年来祖辈传下来的样式，是根据古礼要求制作的。试想，我们穿胡服行礼、议事，上有辱祖制，下遭邻国耻笑，成何体统？为说服众臣，赵武灵王不惜身先士卒，和两位支持改革的大臣公然改穿窄袖紧身胡服上朝，在遭众臣反对时，赵武灵王再次专程去说服德高望重的朝廷元老、叔父公子成。终于，在公子成想通后的支持下，赵国服装改革成功。

从改革服装，到改革军制、抛弃战车、练习骑射，赵国很快建立起一支强大的骑兵。一年后，在异国惊呼“天兵天将来了”的仓皇中，赵军所向披靡，成为令中原各国刮目相看的强国，竟使强大的秦国也不敢小瞧。

就在赵武灵王踌躇满志、化装为使节潜入秦国打探军情地形、准备一举消灭秦国从而称霸六国之时，一场悲剧发生了——

一天，已经将王位传给小儿子公子何即赵惠文王而自称主父的赵武灵王，与赵惠文王一起来到沙丘平台的离宫议事，不想，本该继承王位而未成的赵武灵王长子公子章突然发兵讨伐惠文王，大军围攻沙丘平台。老臣公子成等闻讯率军日夜兼程从邯郸赶赴沙丘平台离宫，讨伐公子章，公子章兵败躲进赵武灵王的寝宫，最终被惠文王之兵搜出杀死。惠文王知其父藏匿公子章，便命公子成和大将李兑重兵围困沙丘离宫三月有余，赵武灵王誓死不出，在粮绝水断之下，不得不在宫檐和林中讨鼠捕鸟充饥，最终饿死于沙丘。

对于壮志未酬身先死的赵武灵王，司马迁曾写道："主父初以长子章为太子，后得吴娃，爱之，为不出者数岁，生子何，乃废太子章而立何为王。吴娃死，爱驰，怜故太子，欲两王之，犹豫未决，故乱起，以至父子俱死，为天下笑，岂不痛乎？"

脚踏平台，环顾四周广袤大地，我仿佛依然能够听见一代明君赵武灵王在生命的最后时刻发出的忏悔：不该偏妃夸乱朝纲，兄弟相残兮主之过；朝乱国难兮乏公正，难兮难兮不宗法。

遗憾的是一个两千三百多年前的诸侯国君主临死前的大彻大悟大忏悔，最终也未能成为历代封建专制者的千古大戒，朝廷权力之争最终使国陷灾难民被涂炭，真是"悲乎悲乎旷千古"！

四

沙丘平台第三次成为一个帝王的祭坛是发生在秦始皇统一六国之后。

公元前221年，秦军兵临齐国城下，已无力抵抗的齐王不得不出城投降秦军，至此，韩、赵、魏、楚、燕、齐全部被秦国攻破，归属秦国。中原诸侯从东周开始，经历了五百五十年的争夺，最后统一了。

统一了六国的秦嬴政始称皇帝，"皇帝"二字是取"三皇""五帝"各一字而成，秦王要把自己和"三皇""五帝"相提并论，之所以加个"始"字，他是狂想未来的社会永远是他的家天下：他是始皇，接下去是他儿子，儿子之后是孙子，那就是二世皇、三世皇……直到百世千世。不想，这个极富浪漫主义狂想的始皇帝未能走出封建专制主义的大限，即穷奢极欲的同时不忘记对人民的残暴，最终使他成为一个短命的皇帝，秦国也成为历史上最短命的帝国——只存在了十五年。

作为中国历史上的始皇帝，秦嬴政不乏功绩，他指令30多万兵众民夫数十年在寒冷的边塞野岭修筑长城抵御外敌;他兴水利、筑堰坝，两千年来，庇佑和濡养了“天府”之富乃至华夏之殷的都江堰——尽管 30 万人修长城、50 万人通灵渠，最终能活着回家的仅十有三四。除此，他统一货币，统一度量衡，统一文字，修筑道路，等等这些指令至今都可称得上是一个千百年处于割据的民族统一和强大起来的历史性纲领。

历朝历代的专制独裁者都逃不脱淫乐和暴戾对人性和生命的荼毒，秦始皇复加有余:仅因书生淳于越的朝谏不符帝意,他便下令将所有的《诗》《史》《书》及诸子百家的著作化为灰烬，据说，当时只有曲阜孔子家庙里由孔子后代收藏的著书数十部，因暗暗存放在夹墙里面，才得以保存。由焚书到坑儒，秦始皇开始对文化和文人的残酷绞杀，他指令在全国逮捕了 460 多个无辜的文化人，把他们全部捆绑到咸阳闹市示众，并打得皮开肉绽，致使太子扶苏都难以忍心目睹而力谏父亲不能如此诛儒，然而秦始皇不但不听，反而大怒，罚扶苏到寒冷荒凉的边塞监督蒙恬率领的修长城的 30 万大军，而 460 多位文化大儒最终被赶到一个山谷，被乱石黄土活埋。与此同时，秦始皇还命 70 万人修骊山坟墓、70 万人修阿房宫，由于工程过于浩大，到秦始皇死时仍然没有完工。秦始皇在关中、关外总计修建了宫廷 700 多处，仅距咸阳 200 里内就有宫廷 270 座！豪华的宫廷、圣殿给当时仅有 2000 万人口的中国百姓造成了深重的灾难，当时就有民谣:“阿房阿房亡始皇。”后来项羽灭秦时，一把大火燃阿房，竟然一直烧了三个月之久，足见阿房宫和周围的建筑物规模之宏大。烧掉的是暴君的享乐，也同时是百姓的血汗和千古的文化。没办法，这是几千年来中国政权更迭无法绕过的惨重代价。

十分荒诞的是这个不怕天、不怕地、不怕坑儒更不怕涂炭民众的暴君，年纪不大却十分怕死。他在位时曾不远千里万里五次东巡，不是到泰山封禅拜佛，就是到东海寻长生不老仙药。公元前 210 年，就在他第五次东巡派徐福率千名童男童女出海寻找仙药不得（实际上徐福根本寻不到仙药，已畏罪潜渡日本，日本至今有徐福庙、徐福街、徐福码头等），只好返咸阳。途经今山东德州时染病，好不容易来到邢台广宗沙丘宫，进驻不久即驾崩，是年秦始皇刚刚 50 岁。

临终前的秦始皇匆拟诏书，立太子扶苏为二世皇。不想，诏书被料理皇帝乘舆和印信、墨书的宦官赵高所篡改。

赵高先父因触犯刑律被处以宫刑，其母受株连入宫为奴。因与人私通生赵高，高也受宫刑服役于宫中。高生性狡黠刁滑，善伺人主之意，利用始皇“好谀”的弱点取得青睐，升为中车府令，即掌管皇帝车舆之事，并做了始皇小儿子胡亥的老师。他深恐博才、宽厚的扶苏一旦继承皇位自己失宠，即决心破坏扶苏继位。

始皇于沙丘宫驾崩后，他密不发丧，经过挑拨、威逼、利诱最终说服了20岁的胡亥，又使丞相李斯就范，同意毁掉了始皇留给扶苏的玺书，伪造了皇帝给李斯同意胡亥为太子的遗嘱和赐太子扶苏、将军蒙恬自裁的诏书，并派人昼夜兼程到边塞督促扶苏自裁。在“父让子死，子不得不死”的黑暗专制下，扶苏看罢诏书便悲愤地拔剑自刎。对诏书真伪存疑的蒙恬决不自裁，但最终还是被押回咸阳监狱处死。

在扶苏自裁后，赵高、李斯方秘密运皇尸离开沙丘，经河北井陉驰道返京城咸阳。这时，皇尸已开始腐坏发臭，为掩人耳目，他们就以始皇喜食鲍鱼为名令沿途官员献鲍鱼，运尸舆车和其他大小跟随车辆都装上鲍鱼，用鱼腥掩盖了尸臭。千古一帝的江山就这样断送在胆大妄为、心狠手毒的阴谋家赵高手中。

胡亥继位二世皇位后，并不得安宁，胡亥是秦始皇最小的儿子，他之上有几十位兄姊，他和赵高篡诏之事随时有暴露之险。为此，在阉臣贼子赵高的撮弄下，胡亥残忍地杀害了兄姊，并将朝廷内略持异议的大臣一个个杀掉。胡亥仅在位三年，陈胜、吴广率领的中国历史上的第一次农民起义便敲响了这个短命帝国的丧钟……

五

5月的华北南平原已收割完夏麦，刚刚翻犁的黄土地一望无际，夏日的阳光下，大平台村静静地伫立，田畴边稀疏的树木静静地伫立。站在沙丘平台的遗址废墟之上，旋身瞭望眼前的一览无余，你无法想象千古沧桑就在脚下，历史的咆哮、呻吟、杀伐、哭泣、怪异、诡秘抑或是惊涛骇浪就在脚下。俯拾遍地的纹砖绳瓦、秦陶汉砾，还有积层很厚且已碳化的不知是哪个千年、世纪的谷粟，你无法不感受时间辽远的苍茫和震撼。历史曾在这里停滞，又从这里继续；曾在这里葬送、诀别，又从这里生发、前行。看沙丘平台，是看历史一个千年又一个千年的弯弯曲曲、跌跌撞撞的脚印；感悟沙丘平台，是感悟中华文明千年的血泪和蹒跚的步履。

沙丘平台同时是历史缩写的一部大书，一个民族的光明与黑暗、文明与蒙昧、前行与羁绊抑或是现在与未来都依然密码般存储其中，对于它的全部解读，我们依然任重而道远。在又一个新千年到来之际，让我们站在吞古纳今的沙丘平台，告别伤痕累累，告别历史千年的涡旋，瞭望一个全新的、文明的大世界。

《散文百家》2001 年第 9 期发表

我的故园有一条河

一

在鄂西北我诞生的那座具有三千年古老文明的小城脚下，有一条大河——汉水。童年的记忆里，大人们从来不把汉水称为汉江，也不称汉水，他们总是叫它“大河”。汉水就这样亲近地、善良地、谦卑地偎依在故乡千年的土地上。

我在河边长大。

真与美、善与想象在河边长大。

“妈，大河从哪儿流来？它又流向哪儿去？”望着迎面飘来又远远飘去的江水我问母亲。

我想，从那时起，一个纯情女孩就一直站在江边，忧伤地谛听来自河流的一种秘语——无论后来她离那条河有多么遥远……

在会看地图的年龄时，我才发现“大河”被称作“汉水”并鲜明地标示在中国地图上，后来又知道它是长江九条支流中最长的一条支流。别的支流都赫然被称作江，如岷江、嘉陵江、金沙江、荆江等，唯它被默默地称作“汉水”。它是宇宙间孤单独特的一个，它的独一无二预示着它将有怎样的命运抑或使命呢？

十五岁时，我便永远地离开了故乡，也告别了永远无法告别的那一条古老的大河。此后的几十年里，我从南方到北方，从京城到大漠……故乡的大河居然如父亲母亲迷蒙的泪光，永远深深地灼痛着我的乡恋。

二

长达半个世纪的南水北调中线工程改变了汉水的命运。

工程就是引这条江的水解救中原、华北、北京和天津的水危机。

1991 年，我离别汉水已有三十一年，当我踏上故乡的土地，当我和江岸边一群男娃女娃围着一盆烧得很硬很旺的炭火——炭火吐着蛇信子一样蓝幽幽的火苗——听他们说汉水命运中的大坝，说那年小城被大水淹没的故事，然后流眼泪；然后我们一起走向江岸，凭水而立，默默地凝望大河流向大海的风景；然后默默地倾听葬在水下的音乐，默默地理会浮出水面的灵魂；然后我们相互望着，许久之后，我们拉起手，向身后那片山地走去……

就在那一年我终于弄明白，我的故乡因为有了那条古老的大河而诞生和演绎了三千年的文明；也因为有了那条美丽的大河，1958 年开建的、为北方人输水的 162 米高的水库已巍巍矗立在江中，诞生我的郧阳古城已经沉没在江下。48 万人民（为当时世界移民之最）已经永远地失去了故乡……失去故乡，是东方文化情感中的大磨难。深深的忧伤与战栗使我最终完成了《山苍苍，水茫茫》的长篇报告。当这篇报告落笔之时，我发现，对于汉水的虔诚与膜拜已成为我的宗教。

时光又走过了十几年。2005 年当我再度踏上故乡的土地时，我才得知南水北调中线工程，在停建、论证了十几年后已正式全面开工。矗立在汉水中的 162 米高的大坝将加高到 176.6 米，丹江口水库蓄水量将由 170 亿吨增加到 290 亿吨，成为水面达到 1050 平方公里的超级大水库，2014 年将每年向中原、华北、京、津输送 95 亿吨生命之水，2030 年后将每年向这一地区输送安全用水 130 亿至 140 亿吨。

汉水三千里迢迢进京，将为地表水已全部枯竭、地下水也已被 240 万眼机井即将抽干殆尽的北方大地带来一片生机。

处于严重水困境的北方，正望眼欲穿。

在调水源头的我的故乡鄂西北，三座千年古城和沿江上千多座村镇、百万亩良田已经水葬江底，34 万人民将再度失去祖祖辈辈生息的家园。乡亲们包一包城墙土、捡一块洗衣石，在亲人的墓前烧了纸叩了头之后，便默默地上路。在他们一步一回头地瞭望故乡的路上，有谁能知道这江边无数的站立和倒下，江边千年的前行和故去……

为此，我无数次默默地希冀：2014 年，当清澈的汉水给干涸的中原、华北和京津大地带来一片滋润时，当人们欣喜地端起从遥远的鄂西北流来的一杯幽蓝时，不要忘记为此而两度奉献了家园和土地的库区人民，不要忘记他们几代人在半个世纪里经受的磨难和牺牲。

或许那时，他们正在高高的山顶，围着一堆篝火，轻轻地哼着一支人类从蛮荒走出来时的歌——“举起火把，让我们走出山谷！”或许，他们正站在江岸，凭水而立，默默地凝望葬在水下的日子，然后望着北方的天空吟唱：“你本是天上的银汉啊，我的汉水……”。

我想，那歌声一定很哀怨，也很悲壮……

三

中线工程从汉江上著名的大型水利工程丹江口水库引汉水，在郑州以西穿过黄河，沿京广铁路西侧北上进京，输水总干渠全长 1277 公里（未含天津 156 公里干渠）。输水总干渠进入北京的终点是颐和园内的团城湖，全长 80 公里。

为保证水质安全，北京段全程采用全封闭管涵输水，封闭的管涵穿越永定河、拒马河、大石河等 32 道河床；穿越京石、五环、四环等 12 处公路；穿越京广线、丰台铁路编组等 11 处铁路；穿越五棵松地铁；穿越两处山丘。

汉水北上进京后，直接供水范围 3200 余平方公里，包括北京城区、通州全部以及房山、门头沟的山前平原和沙河镇地区。通过与当地水联合调度，供水范围可扩大到 5870 余平方公里，覆盖北京平原区面积的百分之九十。

2005 年 7 月，我从调水源头的湖北十堰、郧县、丹江口，河南淅川以及湖北钟祥、武汉、襄樊等七县市采访归来，长达一百多天的汉水之行使我一踏进炎夏的北京，便突觉有一种说不清的别样心绪涌上心来……

北京南水北调办的白咸勇先生告诉我，中线北京段西四环暗涵工程已全面开工，工程将穿越五棵松地铁站，在深达 20 米的地铁站下面、在四环路立交桥桩基中间进行。暗涵工程头顶车水马龙的西四环路和每天运送 10 余万人的一线地铁，还有盘旋叠立的立交桥和耸入云天的高楼大厦，施工难度世界罕见。全长近13公里的工程挖掘不能使用任何机械，只能靠几十个工人和武警战士每天三班倒地钻在几十米深的地下，小心翼翼地、一镐一铲地进行，一班8小时的进度只有半米。

某天，我在西四环桥旁边，突然发现有一块用蓝色塑料布围拢的栅栏，蓝色围布上别着硕大的白字红布标语“南水北调，精心施工”。我顿时在栅栏外站了下来，发现里面在施工。或者说，我是一眼看见了那条鲜亮醒目的标语才停了下来的。我停下来是因为情不自禁，我知道这下面在进行着什么。

然而，眼前是车轮滚滚、人流滔滔，每个人都在紧张地奔向自己的目的地。于是，我独自站在栅栏外呆想：在这个千万人的大都市里，有多少人知道在这个城市的地底下正在悄静而紧张地进行的工程？有多少人知道南水北调真正的含义？有多少人知道调水源头在哪里？又有多少人会感动不久就要喝上三千里迢迢北上的汉江水？

我在北京西四环暗涵工程施工处，独自站了许久，许久……

写到这里，我突然想把北京市水利局局长焦志忠告诉湖北记者的一段话写给我的故乡人，焦志忠说：“中线到达团成湖终点之前，设计了一段800米明渠，这是汉水进入北京80多公里后第一次露面。”他还说：“南水北调是伟大的世纪工程，多少人为之奋斗和奉献。我们设计一段明渠，就是要让北京市民能够看见，千里迢迢调到北京的水是什么样子，饮水思源，对广大青少年进行爱国主义教育。”

又说：“北京之所以不惜代价，用管涵引入汉江水，在北京建设一条80多公里的地下暗河，主要是出于保护水质考虑，使其免遭污染。湖北等地水源区的人民，为北京保护了这么一盆好水，我们不能辜负南方人民的一片心意！”

说真的，看到这段话时，我非常感动。我感激这一段充满人文情怀的工程设计，感激北京水务工作者和工程设计者赋予了冷漠的钢筋水泥以温暖的人性。

我想，待汉水进京时，不论北京有没有人去团成湖看水，我会是第一个到团成湖看水的人，我想我还会是看水人中第一个流泪的人……

那一天我独自来到了颐和园，因为我现在就想去那里看看团成湖，看看这个即将接纳千里汉水的“天上瑶池”。20世纪60年代，我在北京度过了五年的大学时光，因学校离颐和园、圆明园都很近，这里便成为我和我的同学、恋人常常涉足的地方。这么多年，我在心灵深处，一直默默心仪着那些曾经泅渡过我们青春和爱情的地方。

那天，当我望着远处丹墙翠瓦的佛香阁，看着眼前微波涟漪的昆明湖、团成湖时，我已泪流满面……

节选自长篇纪实文学《大江北去》，原书由北京十月文艺出版社于2007年出版

白发上津城

秦岭深处的上津，缄默在千山叠嶂的深邃里，也辉煌在千古历史的光影中。

小时候，就隐约听父亲说离我故乡郧阳府不远的湖北郧西有个“朝秦暮楚”的地方，可少小离家，光阴荏苒，岁月沧桑，再没问津。长大后才知人们已经把这个“古成语”作为对爱情不专一的贬义词了。

没去上津时，只知“朝秦暮楚”是个成语，去了上津，才发现这是一个秦楚千年相依的古地！这不，我们去上津的车子停在了秦人聚集的陕南古漫川，漫川镇的执政者们把我们领到一片开阔场地，那里并排矗立着二百多年前秦楚两地人各建的古戏楼。秦人的戏楼简约、雄宏，楚人的戏楼精巧、华丽。真有点像一对秦楚相好，在这里牵手百年。

苍莽秦岭，不仅是中国南北气候的分界线，也是秦楚两种不同文化的揖别地。

我们开始在漫川古镇穿街走巷。我问郧西朋友，为什么在陕西地界停车？朋友说，这里离上津只有十几分钟的路程。来上津参观的人，必领到漫川，去漫川参观的人也必领来上津，这已成两地惯例。

啊，秦楚不再战争！啊，鄂陕息息相依！

走进上津，才知上津这个有着一千八百多岁的古城是多么的老，老得白发千丈！老得只想让人跪地双手合十……走进上津，才知道蜗居在秦岭深处的楚塞秦关在中国历史上是怎样的举足轻重！如果从建安二十四年（公元219年）曹丕在这里建平阳县算起，一千八百多年里，上津曾十四次设县、六次设郡、两次设州，历史太垂顾汉江边这块弹丸之地了！

上津北枕秦岭，南临汉水，金钱河穿城飘逸而过。这里自古就是兵来将去、战马咴嘶的军事重镇，也同时是一个舟楫穿梭、商贾云集的商贸荣城。三国时，曹操部将就在此扼守中原关口，南宋年间，岳飞和金兀术部将在这里杀声震天，元初忽必烈把这里设为囤粮基地。六千里迢迢外的金元蒙古人，居然占领上津前后达八十年之久！还有后来的李自成、王聪儿……上津饱经战争创伤。

唐代杜牧有诗："长安回望绣成堆，山顶千门次第开，一骑红尘妃子笑，无人知是荔枝来。"上津人知道，当年给杨贵妃送荔枝的船就是在他们那里起岸，然后由骑士打马飞奔，送入长安宫的。也由此，唐玄宗派八品令官把守上津驿站。

上津人还说，长安是十三朝古都，历朝历代从江南选送美女进皇宫的船队，经长江、汉水数月的水上劳顿到达上津之后，已人困马乏，纷纷上岸休息，之后转陆路穿秦岭到达长安。而无数江南女子上岸后乘机逃入上津、郧西民间，千年的美女逃遁，使郧西一代一代女子都天生丽质。鄂西北自古至今都流传着一句谚语："要吃米到竹溪，要娶媳妇到郧西。"应该是对这一历史事件的注释。

上津古城长宽仅二三百米，周长也仅一千二百余米，不足诞生我的湖北郧阳府城的三分之一，但它东西南北四边城门上的鎏金大字"连郧""通汉""达楚""接秦"，已足以显示它通达四海的属性。

走在似乎有些固若金汤的城墙上面，凝望城下黑瓦土墙、飞檐斗角的老街，心中倏忽一颤：这是鄂西北最后一座古城了！千年的郧阳府城、铁打的均州古城都已在南水北调工程中沉没了。遍布中国大地成千上万的历史古城，不少也烟飞灰灭抑或只剩残墙断垣了，保护好上津古城吧，权当是为中国千年的文化留下一瞥最后的回眸……

上津又被称为"柳城"。漫步在上津这座杨柳、清江相依的古镇，无论是伫立老巷城阙，还是徜徉河畔长堤，只见遍布古城池的青枝柳叶如丝如缕，如烟如云，如少女长发曼妙，如山涧绿瀑涔涔。"青青堤上柳，飘忽自成春。"

这是清代著名诗人王霖对“上津柳”的描述。

作为千百年南来北往的古城、码头、驿站，“折柳赠别”“插柳寄情”，依依惜别的人们在上津折柳、插柳，送别亲朋，苍山无语柳知心。上津在演绎东方情感文化经典的千古岁月里，终成为“万千绿枝妖艳、一春白絮嫣然”的“柳城”（此为我写给上津的诗句）。

上津，沐浴在时光的千古柔情之中。

前些时，收到上津二十六岁的镇长陈林的电子信件，他在信中写道：“……还记得我吗？郧西县上津镇的那个小陈镇长，在你眼里或许我还是一个‘伢’。你们是我所见到的最好的作家，温文尔雅、学识广博，敬意油然而生。我必须得感谢你们来上津，这是上津人民的荣幸，更是我的荣幸……”他告诉我他又有了作家梦，说这梦是见到我们之后才有的。

我立即给“伢”回信：“……我和我们一行真的不能忘记上津，不能忘记很年轻的小陈镇长——请恕我不称呼你‘陈镇长’，我怕把你叫老了！我很惊讶古老得如白须仙翁般的上津，有你这样一位童颜稚子坐镇！也许正是这一老一小，才真正是上津的生命所在。”

《人民日报》2010年6月11日发表，入选2010年漓江出版社、人民日报出版社年度散文精选，入选湖北、福建、四川等11省高考语文试题和模拟试题

走过房陵

数年前，新华社十堰记者站站长袁正洪先生告诉我，他们要建一个“民俗文化网”，全力打造“房陵文化”，他郑重也激情地把他的故乡房县推介给了我。他说，房县民间的神农文化、西周诗经文化、帝王流放文化、汉水文化等多种文化，在民间世代相传，数千年的交汇，融合成了今天独特的房陵文化体系。房县广为流传的民歌、戏曲、故事、谚语，以及从古代《诗经》到当代诗歌，从“待尸歌”到汉民族创世长篇《黑暗传》，房县众多的民间歌手、民间乐人以及各类民间艺人、匠人构成了房陵民间文化非凡的魅力与独特的存在。

那时，“房陵文化”第一次走进我的视野。

此后，我知道故乡十堰的人们已开始在抢救性挖掘、整理、提炼、包装这一民间文化的精粹，我深知这一重大课题的论证和研究将对中华文化提供更为广阔的历史人文背景，我也深信对于这一文化内涵的追寻在今天这个时代的价值意义，厚重而大雅的房陵文化必将成为中华文化的一枝独秀。

数年过去，魅力非凡的房陵文化越来越清晰地展现在世人面前。

一

所谓“房陵”，即巴山山脉中的一片广阔的盆地，峰峦叠嶂的大巴山宛若房屋墙壁般围拢着这一片肥沃而神秘的土地。相传4000多年前尧的儿子丹朱被封为房邑侯来到这里，丹朱为儿子取名房陵，舜就封这里为房国，这是“房陵”来历的一种释义。春秋时期，房陵的周边与秦、巴、楚三大国和庸、麇、邓等小国相邻，这些国家的文化在这里融合，构成了房陵文化的多元与独特。

应该说，房陵文化中最基本的内涵是神农文化。神农氏在鄂西北这片古老的土地上“斫木以耜，揉木为耒”，开创了农耕文明，在神农架搭架采药开创了医药文明。20世纪70年代以前，3200平方公里的神农架有三分之二在房陵辖区内，始于房陵的农耕文明和草药文明对中华文明产生了根本性影响，数千年的农耕文明养育了地球上一个庞大的民族。而草药文明使中华民族从蛮荒中一步步强健地走到了今天。至今，在房县一些民间医生把祖传的草药医术传承得炉火纯青，也把草药文化传承得至善至美。

关于此，网上有人写道：“在房县，民间医生很多，乡乡有、村村有，而且每个村落往往都不止一个两个。就是不行医的一般的人，往往也懂得一些草药知识和医术。这里的民间医生大多并不以行医为生，他们行医不收钱，也不收礼，完完全全是为着治病救人。他们绝大多数没有行医执照，没有被国家认可的合法的医生身份，但是他们的医术非常高明，常常让现代的医院望其项背。”

也有学者认为：在房陵文化中，最具特色的是流放文化。房陵是我国年代最早、规模最大、历史最长久的流放地。历史上把房陵作为流放地的朝代最多，被流放到这里的人数最多，而且品级最高。自秦至宋1200年间，流放到这里的帝王就有14位，先后还有多位皇亲国戚和达官贵人被流放此地。在中国的历史上，河北的沧州、黑龙江的漠河、四川的巴州和黔州，以及新疆和海南等地，都是较为集中的流放地。但是，没有哪一处能够在上述几个方面与房陵相比。

自秦以来，房陵有数次大规模的流放活动。第一次是秦始皇亲政的时候，长信侯嫪毐趁秦始皇刚刚亲政，便起兵叛乱，后被处死，其眷属和党羽及门下食客、家童等4000多户、上万人口被流放到房陵；接着是吕不韦被免职在蜀郡忧惧自杀后，其眷属和党羽及门下食客、家童等1万多户、数万人被流放到房陵；西汉时期，刘邦的女婿张敖以及济川王、清河王、河间王等均被流放到房陵；唐朝庐陵王李显被贬谪在房陵长达14年之久，他在这里卧薪尝胆，最终东山再起，光复大唐江山。

时至今天，在房县野人谷镇（原名桥上乡）一座百丈悬崖前，人们多次告诉我，这是庐陵王李显当年“挂榜招贤”的地方，今天的人们依然称其为“挂榜岩”。在神农架寒凉的高山草地“大九湖”，人们说当年“薛刚反唐”就是在这里秘密操武练兵。当然，这仅是传说而已。

“纵观历史，被宫廷流放到房陵的帝王，被流放帝王带到房陵的宫廷文化，改变了房陵的社会形态和文化形态，提升了房陵在鄂西北地域中的政治地位和文化地位。在房陵这个独特的地域里，王与民的亲和、宫廷文化与民间文化的融合、流放文化与本土文化的整合，为中国的历史书写了独特的篇章。”这是我读到的对房陵流放文化最中肯的价值判断。

其实，作为文学写作者，我特别钟情的是房陵文化中的“诗经文化”。早在 2005 年我撰写《大江北去》一书时，已经十分动情地写到了《诗经》，其中有汉水文化对中华文化无与伦比的贡献。

我曾读到我作协的同事、诗人简明先生一首有关《诗经》的诗，他这样写道——

诗经
是一只鸟怀念一只鸟
是一条河穿越一条河
是一座山覆盖一座山

诗经
比古老的绘画更绘画
比伟大的史诗更史诗
比神圣的宗教更宗教

我非常感动简明先生把《诗经》诠释得如此美丽。我的感动又仿佛不仅仅是这些，因为在我内心的深处还以为：与其说简明读懂了美丽的《诗经》，不如说他读懂了美丽的汉水。

汉水文化对华夏文明的贡献在《诗经》里有着幸福的彰显，地老天荒，人类千年的爱依然美轮美奂。有人统计过，在中国第一部诗歌总集《诗经》中，记述古代先民在江河边繁衍生息、劳动生活的诗多达六七十首，而脍炙人口的爱情诗就有17首，其中有许多与汉水有关。

比如《周南·关雎》："关关雎鸠，在河之洲。窈窕淑女，君子好逑。参差荇菜，左右流之。窈窕淑女，寤寐求之。求之不得，寤寐思服。悠哉悠哉，辗转反侧。……"这是表达男子追求爱的相思之苦，这深情而淋漓的相爱永然是人类精神的大典。

还有"蒹葭苍苍，白露为霜。所谓伊人，在水一方。溯洄从之，道阻且长，溯游从之，宛在水中央。……"这首堪称千古情诗的珍品，诞生在汉水之滨。爱的飘忽不定，爱的扑朔迷离，爱的艰辛与含蓄，都在汉水之滨演绎成为人类梦境般的追寻。

再有《周南·汉广》："南有乔木，不可休思。汉有游女，不可求思。汉之广矣，不可泳思。江之永矣，不可方思！"这支汉江流域的情歌，是写一砍樵青年对一女子求之不得的心情，反复借汉水的宽、长和不可泳渡来比喻女子的可望而不可即。译出来就是："南方有棵高高的大树，却不可在树下休息；汉水边有位女子，难以表达对她的深情；汉水宽又广，难以游过去；汉水长又远，难以渡过去……"

还可以举一些。

由这些美丽的古代情诗，我们不难看出繁衍生息在汉水流域的儿女们深情的气韵。他们灵秀、聪颖，他们善良、多情，他们忧伤、善感……这就是汉水文化的质地。

近些年的一些汉水文化研究表明，最早采集、编著这部中华诗歌元典的人可能是尹吉甫。对这位2700多年前西周时代的军事家、政治家，我们知之甚少。但作为中华诗祖的《诗经》，一部文化元典，江河般世代流淌，使一个民族最终找到了千年精神的源头。

如今，在离湖北省十堰市西南80公里的房县青峰镇尹家山，旷古的荒芜掩隐着大师的一丘荒冢。在尹吉甫的封地里，一方断碑，几字镌刻……亘古的沉寂里，我们依然可以听到一代诗魂穿越千年的浩瀚，在向我们吟唱："江汉浮浮，武夫滔滔"，"江汉汤汤，武夫洸洸"……

《诗经》中称赞尹吉甫奉周宣王之命，率军北伐猃狁，南征荆蛮，驻守淮夷，辅佐"宣王中兴"；又诵"文武吉甫，万邦为宪"，"吉甫作诵，穆如清风"。

西周是中国历史上第一个注重文化和文学的朝代，当时周室有"采诗"制度和"献诗"制度，定期派人到民间采集诗歌，也即采风。朝中公卿士大夫定期为天子献诗，正是周室的这种文化制度，才使《诗经》得以产生。与西周王朝都城西安王畿接壤的房陵，民间有“好歌”的传统，于是就成了采诗人的理想之地。房县不仅是《诗经》的采集地，还是《诗经》相传最早的采录人尹吉甫的故乡。在房县的榔口乡、青峰镇等地至今还保留有尹吉甫的墓冢、墓碑和纪念供奉他的祠堂——宝堂寺。

应该说，“诗经文化”是房陵文化的血脉。产生于西周的“诗经文化”，发育成熟期整整500年。在尹吉甫之后300年，由孔子最终完成《诗经》的编选。华夏文明史上的第一部诗歌总集，最终成为中国文字文学的源头和基石。

2018年10月，中国第三届“诗经文化节”在房陵召开。我们驱车前往尹吉甫故里房陵青峰镇，在青峰大断裂带的万峰之巅，我有幸瞻仰了刚刚完成复建的宝堂寺。宝堂寺始建于明代正德十一年（1517年），清道光年间两次扩修。砖木结构的殿堂年久失修，只有后殿的两层石窟，遗存着千古诗魂的孑影。500年后的今天，房陵人为纪念先贤诗祖，共襄文化盛事，投资600万，千辛万苦，历时一年，在青山崖壁间重修宝堂寺。

走进寺院，我看到尹吉甫、孔子、屈原三尊石雕，三位古代文化巨人在这万山青峰中屹立，我倏忽就在心底轻轻一颤：中华民族，该怎样感恩这些千古圣人？怎样感恩他们为我们留下的文化遗产？

在宝堂寺停车场一侧，矗立着直径一米的铜铸圆盘“兮甲盘”，黑亮沉着的古铜器物连同盘中央铸刻的133字铭文，在青峰叠嶂的深山里，在蓝天白云的清朗下，发出悠远神秘之光——这是2500年前周朝太师尹吉甫掌政执法的器物。据史料考证，尹吉甫原姓兮，因在家中兄弟中排行老大，称为兮甲，号吉甫。后因官职为“尹”，“尹”即太师、宰相，后人随称尹吉甫。

兮甲盘中央铭刻着尹吉甫当年率军讨伐猃狁凯旋、封赏、制定贡赋制度诸事。兮甲盘极其珍贵，不仅是国宝级重要器物，也是尹吉甫身份的重要物证。兮甲盘曾流落海外百余年，后经美籍爱国人士购回，交于国家。

走近，慢慢走近。走近抚摸这千年圣物，一阵战栗袭上心来……

从诗祖故里返回，我们来到位于房县西河湖畔的“诗经文化广场”。站在这近7万平方米（相当于10个国际足球赛场）的广场上，旋身一望，“诗祖祭坛”“尹公塑像”“诗经碑林”“尹吉甫纪念馆”……当这些密集着中华古典文化精髓和元素的建筑物一起向我聚拢而来时，一种强烈的震撼，令我顿生一种朝圣之感。站在这片文化圣地上，我抬头向天一望，万里穹空中仿佛再次传来诗人穿越千年的吟唱：“江汉浮浮，武夫滔滔”“江汉汤汤，武夫洸洸”……

此刻，在万米广场的舞台上，上百人正且歌且舞，他们将房县民歌与《诗经》诗句糅合之后进行演唱：“关关雎鸠一双鞋，在河之洲送过来，窈窕淑女难为你，君子好逑大不该，年年难为姐做鞋。”“关关雎鸠往前走，在河之洲求配偶。窈窕淑女洗衣服，君子好逑往拢绣，姐儿见了低下头。”在这个“自古好歌”的神奇地域，在“厥声近秦，厥歌好楚”的古老房陵，在千年的文化流传中，人们已经把《诗经》首篇中的“关关雎鸠”当作民间表达爱情的流行语了。

据房陵民间文化挖掘者整理发现，房县民间会唱民歌的歌师多达5万余人，有3000多首、百万余字的诗经民歌。在这些民歌中，除却表达爱情的民歌之外，还有用《诗经》里的《蓼莪》来哀悼去世的父母：“蓼蓼者莪，匪莪伊蒿。哀哀父母，生我劬劳。……”还有化用《伐檀》的“东方发白兮，上山岗兮，砍砍伐檀兮，日暮而归兮。”这些民歌无不留有《诗经》的影子。

这些“影子”让研究者困惑了：究竟是2000多年前尹吉甫将《诗经》带入了房陵，还是当年《诗经》的采风者在房陵、在汉水之滨采得这些古老的民歌，经修改加工编入了《诗经》？我想，无论是前者还是后者，房陵都是在古老而美丽的诗经文化的润泽中走过了千年。这是房陵人的文化福祉。

写到这里，我深觉在房陵这片极具特殊意义的地域，文化的独特和神奇不是其他地域文化可以比拟的，美丽的诗经文化在世代浸润着这片土地。

近十几年来，房陵文化工作者紧紧围绕“打造特色文化品牌，彰显房陵文化魅力”这一工作主线，传承与保护并重，不断提升文化品位，使地方特色文化不仅成为地方的一张靓丽名片，也使地方文化成为中华文化、中华旅游文化最具魅力的品牌。这是当代房陵人的文化贡献。

二

野人谷位于房县境内，北接房县县城，南邻神农架林区。这里是武当山、神农架、长江三峡黄金旅游线上的重要连接点。自20世纪70年代这里数十位农民遭遇野人的报道之后，野人谷便成为世人眼中一片神秘的土地。而不曾料到的是，植被茂密、山高水险、峰峦叠嶂的野人谷竟每每成为我旅途中醉倒的驿站。

早在 1991 年 10 月，我在离别 31 年后踏上故乡的土地，在故乡文学朋友尚政民、海默、鄂青子的陪同下，我第一次走进神农架。那时，从郧县到神农架摇摇晃晃要走 9 个小时的土石公路。房县桥上乡（野人谷镇的前身）是我们的必经之地，也是我们休息、午餐的必选驿站。不想，第一次醉倒房陵就是因为桥上人家自酿的、无法抗拒的黄酒。我敢说，奶白色的、甜香无比的房陵黄酒没有任何人可以躲过它的第一次诱惑，三碗四碗豪饮之后，不醉便不是血肉之躯。就是这种世间独一无二的、据说来自宫廷秘方且传承了 1000 余年的奶白色糯米黄酒，让我第一次难忘房陵，难忘桥上人家。

其实，那时的桥上农家远不是今天的富庶之乡，居住在巴山深处的农民因气候的寒冷，他们种在海拔千米以上的玉米无法成熟，冬季来临之前，他们只得把没成熟的玉米摘下，连核带籽磨成苞米浆，放在木缸里发酵。日日复日日，年年复年年，桥上人就靠这又酸又馊的苞谷浆度日。当年，流传着这样的歌谣："房县桥上乡，家家有木缸，不装米和面，专装苞谷浆。"这就是为什么我后来在《山苍苍，水茫茫》和《大江北去》两书的写作中，对为改变这一饥饿现状奋斗不息的郧阳地区决策者和农业专家充满敬意。他们毕生的努力都是在研究试验提前玉米成熟期，从而给这里的乡民带来温饱。

1993 年 5 月，河北电视台拍摄我的《女人河》，到郧阳、汉江、神农架取外景，我和一行电视人第二次醉倒野人谷；1996 年 5 月，受神农架管理部门邀请，我和女作家冯秋子前往神农架参加国际旅游节活动，我第三次醉倒野人谷；2001 年 10 月，我随十几位中国知名报告文学作家和鲁迅文学奖获得者走进神农架，当我们走过刚刚开始开发的野人谷，当十几位作家夜宿挂在山岭半坡的农家乐酒店草屋，没有一人不与野人谷迷人的风景和同样迷人的黄酒一起醉倒；2007 年，长篇纪实文学《大江北去》刚刚出版，我携带飘着墨香的几本样书和我 35 岁、从未踏上母亲故乡的儿子，以及儿子的妻子女儿、儿子的岳父岳母，"浩浩荡荡"回到了十堰。当我带着亲人们走进神农架、途经房县时，我的文学朋友、房县文联主席姜照辉开车迎出来了 5 公里。在野人谷农家乐午餐时，房县县委、县政府的朋友们一起出来为我和我的亲人们接风，一碗又一碗的房陵黄酒让我和亲人们醉倒在金色灿烂的野人谷。不知深浅的儿子豪饮了八大碗奶白色黄酒后便不知了去向，当姜照辉找到他时，他已不省人事、四脚朝天地仰躺在了野人谷的路边，直到数小时后到达神农架，依然不省人事的儿子被人从车上背进了房间。

此次野人谷之醉后，我的儿子和他的妻子便迷上这远方醉人的醇香，一年又一年，凡是中秋和春节，他们都要购买十几箱房陵黄酒，除自家享用外，一箱又一箱地赠送亲戚和朋友，年年乐此不疲。

我又何尝不是把其当作玉液琼浆，送给北京我文学界尊贵的朋友？一年又一年，我都记不清有多少北京的文学朋友喝过来自房陵的千年琼酿！

我一直在想：一次次醉倒在野人谷，仅仅是因为酒么？恨不能让京城朋友遍尝房陵黄酒，仅仅是因为酒么？

20 世纪 90 年代初，我在《人民文学》杂志发表过一篇醉酒文章《泪雨霏霏干一杯》。我在文中写道：“干一杯是因为敬重因为崇尚因为情分里有着才干一杯；因为肝胆相照因为共度春秋因为友情长久才干一杯。一杯豪爽的酒真诚的酒最是心意啊！酒中的品格酒中的苦愁酒中的寄望酒中的绵厚你知了晓了才最是朋友啊！”

巴山深处的野人谷，我旅途中快乐也难忘的驿站，驿站里豪爽的酒、真诚的酒，还有酒中的寄望、酒中的绵厚，我真的知了晓了才不枉一场醉啊！

野人谷处在我国北亚热带向暖温带的过渡地区，北有秦岭屏障，南有巴山相隔，在第四纪冰川时期，受到山地冰川寒流的影响极为微弱，使野人谷成为第三纪植物的“避难所”之一，从而保存了丰富、古老、珍稀的森林植被。野人谷内有国家Ⅰ级、Ⅱ级保护动物和保护植物近百种，还有许多珍稀的白化动物，如白熊、白蛇等。

野人谷十里长峡，山雄水美，潭绿石奇，曲径通幽，有“人间仙境，世外桃源，野人故乡，植物王国”之称。峡谷内有珍珠坡、麒麟峰、龙字岩、苍鹰壁、野人窥谷、野人城堡、野人部落、三潭野浴、九龙攀岩、河马豪饮等多处景观。野人谷是阳春赏花、盛夏避暑、深秋写景、严冬咏雪的理想去处。

这是经历十几年艰苦的开发后，野人谷呈现给世间的国家 4A 级风景区。曾经饥饿、贫穷的桥上乡人在物质丰殷、生活富裕之后，他们开始了精神与文化的追寻。他们不辞辛苦地打造原本就神秘、原本就美丽的河流山川，使其更具文化的意义。然后，他们盛情地邀请外部世界的人去分享他们家园宜人的风光，然后让人们带走快乐，带走他们的友谊和他们如山野一样纯朴的心。

那年，“中国房县·走进野人谷文化旅游节”在野人谷镇盛情开幕，数百名山外面的文化人怀着对大自然的钟情、向往，怀着对野人谷神秘的憧憬走进了巴山深处的这片山野。

原生态的民情风物，靓丽的新农村建设，悠扬淳朴的诗经民歌，曼妙动人的舞蹈，挂在山顶的弯月，燃在山谷的篝火，天公造就的洞窟，风景旖旎的十里峡谷……

还有什么比野人谷带给生命的快乐、悸动更让人升起深深的感恩？

在野人谷，我看到了百里迢迢把房陵黄酒送到十堰《大江北去》首发仪式上的照辉，看到了在野人谷驿站总是迎来送往的房陵朋友，看到了那位长发飘飘的女子王玲……

已成为野人谷镇书记的王玲双眼含满了泪水。她一杯接一杯地用家乡黄酒与山外的客人敬酒碰杯，她自己也一杯接一杯地喝。朋友告诉我，在火炉般酷热的省城，王玲一身的衣服常常被汗水湿透，宾馆里用水搓一把汗腥味的衣服，晾到车上就奔向另一项工作的旅途……

原本多么幽深偏远的山野小镇，如今已成为湖北省旅游名镇；原本多么寂寥无名的桥上乡已更名为野人谷镇；原本多么贫苦的农民如今遍地种茶种烟种绞股蓝种高山地膜蔬菜繁育大鲵，人均收入翻 10 倍；野人谷、野人洞两个 4A 级景区闻名省内外，野人谷镇进入全省生态自然保护圈，被授予野人谷环境优美乡镇称号……

这一切，哪一样不浸透王玲奔跑的汗水、无奈的酒水和辛酸的泪水？哪一样能离开她留在深山峡谷七年的责任与深情？

三

房陵下店子村雕龙画凤的大理石牌坊在路边赫然凛立。

过石坊沿卵石甬道走进去，只见千米老街逶迤着深远的古老和沧桑，街两旁密集而屹的明清风格建筑，刹那间让人心回溯到遥远的历史深处。老街依山而建、傍水而居，200 余家、近千房陵人在这里守候古老的山水、古老的岁月、古老的传说……

下店子老街位于房陵军店镇，也称军店老街。乍听“军店”二字，我立马想到的是近代史，即贺龙、柳直荀们 20 世纪 30 年代在房县组织革命，因此而叫“军店”？一直陪我往老街深处走的房陵文化人余策星听后笑了，说：想短了，往长里想。我说我想不好。余策星说，与 1800 年前的人联系。东汉？我脱口而出。

余先生仰头，大笑：八九不离十了，往三国人物猜！

一听“军店”的名称与国人几乎家喻户晓的“三国人物”有联系，顿觉这老街老得白发千丈了……

原来，三国时期，诸葛亮带领十万步兵、五万骑兵攻取西川（今四川）时路经新城（房陵当时叫新城郡），步兵驻地叫军店，也即一直沿袭至今的下店子，骑兵驻地叫军马铺，即现在的上店子。

余策星说，由于诸葛亮带兵从这里走了一趟，踩出了一条通往四川、陕西的大路，此后，这条路就成了江西、浙江商人做生意的通道。江浙、福建的茶叶、瓷器、丝绸，安徽、苏杭、湖广的百货、苏绣、湘绣等，都用船经长江、汉水运至荆州或汉水老河口起岸，再用骡马、人夫千里迢迢运至军店，在军店稍息整理，便踏上“难于上青天”的蜀道了。

到了唐朝，武则天把儿子李显流放房陵长达 14 年之久，军店古镇就更是店连店、铺连铺，家家经商、户户摆摊了，川、陕、鄂、豫过往商贾在这里络绎不绝。随之，各地商业会馆：黄州会馆、山陕会馆、武昌会馆、江西会馆……在古街渐次林立。巴山深处的军店，常年人马川流不息，牛油灯笼、桐油灯笼彻夜点燃。挑夫、背夫、脖子上响着铃铛的骡马在军店走过了千年。由此，在巴山深处的茶马古道上，走出了房陵千年的历史，千年的文化。

漫步老街，只见修复的古代建筑接踵而至：显圣殿、武圣宫、藏经楼、真武阁、蛤蟆井、王公祠；古街两边修旧如旧的房屋错落有致，雕花红窗、亭台楼阁、大红灯笼，就连路灯也都做成了仿古的。站在街心远远望去，一街的青砖黛瓦，一街的飞檐画栋，一街的明清民居……

漫步军店老街，我在想，林立老街的仅是对远古遗存的追忆和修复吗？在军店流淌千年的文化与商业精神，在今天还有怎样的传承？

边走边想，不觉就来到了房陵黄酒民俗村——土城镇土城村。

车在村边停下，车门打开的刹那，扑鼻的酒香便从空气中弥漫而来。旋身望向青山四野，仿佛那酒香从山岭上、从树林里、从荷田里、从农家的炊烟里，拥挤着、滚动着飘拂而来。

走进土城村古色古香的民居，仿土墙、红砖门、青瓦顶、雕花窗，无不散发着民族建筑的迷人魅力。在宽敞明亮、古朴雅致的民居内，家家门前、厅堂都摆满十几个酿酒大缸，主人揭开缸盖，一杯杯、一碗碗从缸里舀酒，请游客品尝。香甜可口、甘醇馨郁的汁汁，顿时熏醉五脏六腑。

在村庄的中心广场上，一个直径足有八尺的白铁皮大笼屉，小山样堆积着蒸熟了的雪白糯米饭，我感觉足有几百斤。这原本是制作黄酒用的熟米，但因为今日是“诗经黄酒节”，香甜的糯米饭竟全部送给游客免费吃。我走到时，只见硕大的金属笼屉里，糯米饭已所剩无几。我拿起一把饭铲，铲了一坨米饭喂嘴里，遂问旁边的年轻村民：“今天蒸了几百斤？”他一摆头眼瞪着我，大声说：“几百斤？一千多斤呢！”

天呀！黄酒村在露天广场蒸一千多斤糯米饭，让天下游客在蓝天下拿铲子尽情豪吃？！而村里人家，家家门口摆张桌，桌子上摆坛黄酒、几只碗或几只杯，让进村游客端碗倒酒尽情豪饮……想象那情那景吧！谁看见了能不震撼？！谁经历了能不乐崩？！谁走进了能不在这青山绿野醉个天眩地晕？！

这难道不是那千年茶马古道人再次呈现的辉煌与豪情？

村支书耿吉奎介绍，全村现在有250多户从事黄酒生产经营，户均年增收可达8000元。全村黄酒产量超过800万斤，产值达7000万元。过去一家一户自销黄酒，存在许多困难，小打小闹难成气候。后来村里组织了黄酒销售专业合作社，在合作社帮助下，现在不少农户年销售收入超过10万元。黄酒产业已带动全村百余农户脱贫……

在“诗经黄酒节”开幕式上，我就了解到房县政府近几年借助黄酒产业，快速带动百姓脱贫致富。2015年以前，全县黄酒产值不到2亿元，2018年将突破15亿元。全县年销售收入20万元的黄酒专业大户已有500余家，几家规模加工企业年产都在5000吨以上。这个发展速度不是亲临土城黄酒村，还真难以置信。

黄酒是中国特产，在世界三大酿造酒（葡萄酒、啤酒、黄酒）中占有重要的一席。据统计，啤酒全球年产2亿吨，葡萄酒年产2600万吨，唯有中国黄酒年产仅175万吨，这与中国几千年的传承不匹配。眼下，“打造百亿黄酒产业，让房陵酒香飘向全国乃至世界”已成为房陵人向世人宣读的壮志雄心。

漫步酒香醉人的土城黄酒村，我觉着“百亿产值”不是房陵人醉酒后的狂言和浪漫，而是实实在在的奋斗目标。眼下，房陵黄酒、洑汁酒、糯米黄酒、农家自酿老米酒、月子酒，已经畅销全国及海外，备受饮者青睐。

早在2014年4月9日，原国家质检总局已批准，对“房县黄酒”实施地理标志产品保护。应当说，这是对房县黄酒质量、声誉乃至地理、人文因素全方位考核审定后的一种认可和保护。

据食品卫生部门检测，具有保健品质的房县黄酒不仅鲜甜可口，还富含18种氨基酸，每升酒中的必需氨基酸达3100毫克，还含有15种无机盐及微量元素，包括钙、镁、钾、磷、铁、铜、锌、硒等微量元素。

房县黄酒的独特酒香，有别于绍兴黄酒的“干或半干”，也有别于孝感黄酒的“浓甜”。它淡淡的醇香中有淡淡的甘甜，淡淡的甘甜中有淡淡的香酸。这种无法用文字表达的味道与全国各地黄酒味道大有不同。房县人无不骄傲地说：房陵黄酒味道之独特，天下无双。又说：房陵黄酒天下无仿。他们是说只有房陵甘泉水、房陵土壤长出的“雪糯米”、房陵传承千年的古法酿造，三者不可缺一才能酿造出房陵这样口味的黄酒。除此，任谁也是仿造不出来的。

是的，在我的故乡，县县区区，几乎家家户户酿黄酒，但唯有房陵黄酒独一味。

也许，有许多因素成就了房陵黄酒，但我看重的是历史赋予它的悠远神奇的文化底蕴——

据史料记载，早在西周时，房县民间已开始有酿制黄酒的技艺，当时用糯米酿造的“白茅”就是后来的房县黄酒。

周宣王时，楚王派房陵人尹吉甫作为使者向周宣王进贡，尹吉甫带了一坛房陵人自产的白茅（黄酒）献给周宣王，呈上殿开坛满殿飘香，周宣王尝了一口，大赞其美，遂封为“封疆御酒”，并委派人把房陵每年供送的“白茅”用大小不等的坛子分装，用白茅封疆土、奖诸侯。

《诗经·召南·野有死麕》中就有“白茅纯束，有女如玉”的诗句，白茅是房县黄酒最早的称谓，再后来，又有黄酒、皇酒、白马尿等。

公元684年，唐中宗之子李显，被其母武则天贬到房陵做庐陵王时，最喜欢饮用这种酒，被人称为“品酒郎君”。他曾作诗“此酒只应天上有，瑶池天宫量也无，他日龙驾回长安，每年送朕三万斛”。后来，庐陵王将其作为贡品年年献给武则天，故房县黄酒又称“皇酒”。

作为特殊的流放地域，西周至明18个朝代，共有23位帝王级人物与房陵黄酒结缘，此乃中国酒文化的一大奇观。

古老的房陵，源远流长的诗经文化、黄酒文化、茶马文化一起润泽着这片古老的土地。

《十月》杂志2019年第5期发表，收入2019年花城出版社年度散文精选

入襄阳记

社会学家说：教育是人类文明的传递，是寻找对人类文明的文化支援；文学家说：教育在于使人把每一天都看成黎明，把每一种成就都看成是人类超越自身的象征；政治家说：教育是对被教育者施以影响的有计划的活动；教育家说：教育是对人的道德、个性、智慧的完善和奠基……

在解读智哲们对教育的释义时，作为一个曾经接受过从小学到大学 17 年正规教育的个体生命，我便油然产生一种需求表达的冲动。我常常回味和体验着我从一个蒙昧无知的顽童，最终成长为一个懂得人类苦难和终极，懂得用公正、道德、人格和宽大胸襟来处理一些事情的文明人，无论从哪种意义上讲，都与我生命过程中的这 17 年，有着最直接最深刻的关联。尤其是我的中学湖北省襄阳四中，她是我命运的方舟，她曾经从险境的此岸摆渡我抵达希望的彼岸。无论岁月怎样老去，对于救助我成人的中学的感恩，对于襄阳那座城市的感恩，始终都似故乡那条宁静、母性的汉江，永远的润泽着我奋斗的人生。

一

1996 年，我在一篇短文《寻找家园》中这样写到父母去农村的图景：

……父亲挑着一只木脚盆，脚盆里装着破旧的棉絮；一只土瓦缸，缸里一只铁锅一点点剩米……母亲牵拉着幼小的弟妹，一步一个含泪的回眸……亲人们无声地穿过那片草场，走下一大排石条台阶，走过那口老井、那条老巷、那座老城……我独自坐在草场北端的石坎上，伤心地望着渐渐远去的亲人。在我埋头哭泣的瞬间，他们消失了，消失在秦巴山东麓的山径上。

秦巴山东麓山径上蠕动的小黑点。飘零的树叶。卑微如草如蚁的人生……

这幅家破人散的图景成为一个 15 岁女孩永远的伤心。

就在 15 岁的一个深夜，我坐在湖北郧阳古城北门坡的悬崖上，听着咆哮翻滚的江水，哭了很久，我想如想不开的大人们那样投江，一了百了。可我毕竟还小，我难舍远在秦巴山里的父母弟妹，也难舍远在襄阳且已每月为我寄来 7 元伙食费的哥哥。那时，我住初中二年级上学期，刚开学不久。

就在那个生死夜晚，我因想到了远在襄阳的哥哥而突然想到了“逃亡”……

一个没有课的下午，我趴在女生宿舍的铺板上给哥哥写信，我让哥哥救救我，让我离开郧阳，到襄阳去上学。我说我若走不了，学校可能很快要开除我的学籍；我还说，我若走不了就再也读不了书了，我若不能读书我就可能死去……写到这里，我多么希望哥哥至今保存着我的那封信，那是一个女孩子启开命运之书的第一页密码。我至今都为一个绝望的少女在人生眼看要窒息的时候能够突然想到只有 20 岁的哥哥，而远在襄阳的哥哥的帮助最终改变了她的人生而感到吃惊！

哥哥读着被泪水满满洇湿了的我的长信，也哭了。哥哥工作的学校是襄阳县一中，位于离襄阳市（2010 年改名前叫襄樊市）45 公里的太平店。太平店是汉江边一个古老的码头小镇，哥哥在这个码头中学工作刚几个月。哥哥毕业前就读的学校是郧阳师范，师范毕业时，国家允许师范生报考大学——当年，哥哥是因为家庭负担重，为帮助父母供弟妹上学而放弃考高中的。哥哥深知妹妹处境的险恶，他找到教务主任，请求让妹妹转到襄阳县一中来。

教务主任姓邹，他走路缓慢，说话节奏也缓慢，但他的眼神和面部却总是密布着一种严厉和冷峻。这是后来转学成功后，邹主任留给我的永远的印象，为此，我从未敢和他说过一句话。就是这位严厉冷峻的邹主任，在哥哥提出请求的第二天即答复，同意我转学。哥哥后来告诉我说，他接到答复前，度日如年；还说邹主任是父亲 1943 年在湖北监利教书时的学生，他有一个很好听的名字——邹诗信。

很快，哥哥将“同意转学”的函件挂号寄我。

我接到函件如同在漆黑恐怖的暗夜看到母亲掌来的一只油灯，也如同我在江水里挣扎、就要沉没时看到的一艘迅即赶来搭救我的舢板（这些天，我一直沉浸在长江监利段沉船的巨大灾难的悲苦中）。我高兴而又紧张，我不敢将这件事告诉任何人，更不能让班主任老师知道，但我又不知怎样办转学手续。紧张与焦虑中，我想到了一位老师，他叫陈保南，他是父亲大学时的同学，后来又是同事。我隐隐记得，父亲曾交代过我：“有过不去的难处时，去找陈伯伯……”

放午学后，在陈伯伯回家的路上，我撵上对他说：“陈老师，我爸妈走了……没人照顾我，我想到哥哥那里念书……哥哥已寄来了转学证明……”我对陈老师说了一个很圆满的理由。我那时最恐惧的是学校会不会卡我、我的班主任知道后会不会不让我走。陈老师接过函件，看完之后说：“你马上去找学生食堂管理员小杜，让他帮你办户口、粮食手续，我也对他说。学籍手续我来办……”

许多年我都不能忘记那位脸膛红红的、鼻头也红红的陈伯伯，不能忘记那位仅比我大 3 岁的、初中毕业留校当食堂管理员的、聪明机灵的小杜，当他们在极短的时间内把转学的一切手续交到我手时，我便觉着，我亲爱的哥哥、邹主任、陈伯伯、小杜，他们是我人生中永远的救命恩人了！

几天后，父亲接到我的信赶到城里来送我，我悄无声息地离开了学校。那是一个下着小雨的傍晚，我和父亲走过长长的石板街，到西河码头乘木船过汉江，我们准备在三门汽车站住一夜，第二天一早好乘长途汽车到襄阳。雨霏霏着，天色灰蒙蒙的，木船上除了艄公就我和父亲两人。我望着远远向我流来又远远离我而去的江水，望着穿一件灰粗布烂衣衫、一双破草鞋、坐在船帮上默默无语的父亲，想着我就要离开这条江水，离开可怜的父亲母亲和弟弟妹妹，便鼻尖一酸，泪如泉涌。我看见，父亲也在无声地流泪……

许多年我都在回忆：这是我生命中一次多么成功的逃亡！但又是我小小年纪中多么凄楚的离别！

晚上，父亲在三门汽车站旁边的一家小旅店里要了两碗开水，我们就着开水吃了母亲专门为我蒸的酸菜包。旅店住宿一夜一人只要 7 角钱，但我们没钱住。小旅店好像是我小学一位女同学的家长在主事，因为我在小旅店里看见我那位同学在忙着什么，我知道她没考上中学。她没有理我，我也没有理她。

夜里，雨还在下，父亲问我同学的母亲借了两只小板凳，我们就在小旅店的房檐底下坐着。风飕飕的，雨飘零着，鄂西北10月的阴雨天，凄凉也湿冷。就在这时，我同学的母亲端出一个木火盆，火盆里有两小截还没完全烧化的木炭，我感激地望着那位个子不高的、胖胖的阿姨，父亲一连声说：“多谢了！多谢了！”

我趴在父亲的膝上，父亲一边用小火钳拨拉着炭火灰一边对我说：“到襄阳哥哥那里后，要好好学习……”我答应着就在父亲的膝上睡着了。我做了个梦，梦见阿姨的那个炭火盆里有一截截飘着蓝火苗的木炭，真是一截截、红堂堂、暖烘烘、蓝荧荧的炭火啊！而端着火盆的人又好像不是阿姨，是我那个同学……

永远难忘在三门小旅店的房檐底下、趴在父亲膝上度过的我在故乡的最后一夜。

天亮，雨还在霏霏地下，父亲花 3 元 7 角钱为我买了到襄阳太平店的汽车票。车就要开时，父亲突然说：“姐儿，你还有 1 角钱么？我回去买船票没钱……”摆渡过江，船票只需 1 角。此刻，我才知道父亲已分文全无！

无论怎样艰难，我都会有新的开始！我揣着转学手续，就揣着一份挣脱枷锁、爬出地狱的好心情！我要展翅飞翔！我要大声歌唱！我要走向一个新世界！

“爸爸，再艰难我们都会走过去的。”这句话，本应是父亲说给我的，但我却清楚地记得，是我噙着泪水激动地说给了父亲。

车开出老远，父亲依然站在雨里，送我……

2015 年 6 月 4 日，我收到哥哥给我寄来的 14 封往年书信，哥哥是保存我书信最多的亲人。在这记录心酸与苦难的书信中，我看到两页脆黄、卷皱的信纸上，有我 1980 年 12 月 30 日写给哥哥的长达 46 句的“大白话诗”，题目叫《泪别》。这是一个并未开始文学创作的女人对人生第一次悲苦离别的恸哭，也是对父亲逝世一周年的伤心哀思。请允许我抄录那首 35 年前的《泪别》吧：

想起15岁那年，为找一条出路，爸爸送我去寻找哥哥，没想到这竟是与爸爸的永别。20年前的一天，竟像昨天一样记忆犹新。只望"天亮了"回家好好和爸爸叙叙游子思乡之情，可是这一天再也不会到来……

泪别古城到江边，父携我手上帆船。
一床棉絮几本书，爸爸送我赴襄樊。
艄公一篙舟离岸，青山绿水映孤帆。
仰望白云问大雁，今日离去几时还？
父攥我手默无语，儿望父面泪涟涟。
昨日还跃金戈马，今日沦落在深山。
昨日体坛似娇燕，今日苍老几多年？
黑发童颜瞬即逝，昨日模范今"囚犯"。
大江请你回答我，这些都是为哪般？

江畔茅屋借一宿，茶店老板赐方便。
炭火盆边烤家馍，千叮万嘱响耳边：
"爸爸今世难饮愧，儿行千里莫结怨"
"求学路上有风雨，逆水行舟别畏艰"
"寻得一条人生路，爸眠九泉也闭眼。"

我偎爸怀听衷言，头枕爸膝入梦眠。
梦我到了襄阳府，金榜题名中"状元"
梦我到了北京城，喜泪挂在"酒窝"边。

蒙蒙晨雾车笛鸣，月挂西天星眨眼。
爸爸叫醒我上车，三个柑橘塞手边。
"不要，拿回家中给弟妹，我知道，爸爸只剩一角渡船钱。"
柑橘塞在我手中，留得爸爸体温暖。
喇叭一声撕夜幕，别了，山城故乡十五年。
马达轰鸣山在转，远了，爸爸孤身江边站。
车窗探头拼命喊，"爸爸，天亮了再见！"

二

我到太平店襄阳县一中后，插班初二。班主任老师姓李，是个高高的个儿、圆圆的脸盘、肤色黝黑适中的青年男子。李老师有双眼仁很黑、眼睫毛很长的毛茸茸的圆眼睛。最令我感动的是这双毛茸茸的黑眼睛望人的目光是那样平静、持重、温和，我从这双眼睛里发现我不再受歧视并被关心的感觉。比如，我们班去蚕豆地里劳动时，去时来时李老师都陪着我走，我们都担着竹筐，竹筐里装着猪草。

我插班时，连简单的平面几何平行线定理都不知道，后来我的学习成绩直线上升，有种“突然开窍、一通百通”的感觉，各科成绩迅速跃居全班第一，作文比赛获全校“状元奖”；初三开学时，经全校各年级各班投票选举，我竟以最多票数当选为学生会主席；初中毕业考高中时，我竟奇迹般地考出了襄阳县第一、襄阳地区第三的好成绩！老师、同学们一片祝贺。这样的结果实在是我始料不及的。

…………

中考之后，在等待通知的日子里，我既没有去襄阳东津中学（哥哥一年前已调往此校）找哥哥，也不可能回鄂西北深山里找父母弟妹，我独自住在学校里，焦灼不安地准备迎接未知的命运。

一个蓝天如洗、骄阳如铂的午后，我在教室外的走廊里看书，带语文的刘世道老师踽踽走来。刘老师稍稍上了些年纪，他走路有些四平八稳，他说话也四平八稳，从不急慌。平日对人讲话时，他眼睑大多是垂着，不看人，只看地。刘老师的这种样子，使我觉着他内心有永远的不争与平静。我只见过刘老师一次异样的兴奋，那是我的作文《麦收的一天》获“状元奖”之后。他在全班讲解我的作文时，突然提问：“梅洁，你向全班同学讲讲什么叫‘天边出现了鱼肚白’？你怎么观察出‘鱼肚白’的？”我站了起来，想了想回答：“‘鱼肚白’就是鱼肚子的那种白，灰灰的，凉凉的……我早晨跑步时常看到‘鱼肚白’，麦收的那天早晨我也看见了‘鱼肚白’。”听完我的回答，他异常兴奋，向来下垂的眼睑突然睁了起来，望着我和全班同学说：“听到没有？灰灰的、凉凉的！她说天边有灰灰的、凉凉的鱼肚白……”他微微地笑着，眼睑始终睁着，然后就沿着课桌中间的走道，一边四平八稳地走着一边抑扬顿挫地朗读《麦收的一天》，朗读“鱼肚白”……

就是那个蓝天如洗、骄阳如铂的午后，刘老师走到我跟前时，我发现他的眼睑也是睁着的，他眼睛很亮地望着我——其实他的眼睛已有些混浊，只是我平时很少看到他这样亮地望我们——他说：“分数已出来了，你考了全襄阳地区第三名、襄阳县第一的好成绩……应该是能录取到四中的。”听声音他很有些激动，但他却很快又垂下了眼睑，说：“但……恐怕还有麻烦……”我惊喜而恐慌地望着刘老师，我无法掩饰我考出了这样的好成绩的惊喜——襄阳地区有多少个县多少个考生呀！那个“第三”“第一”是怎样辉煌的排位呀！但我瞬间就知道刘老师说的那个“麻烦”是什么……

其实，父亲的“政治问题”一时一刻也没走出过我的心灵，那是一种如“铅坠心扉”、如“病入膏肓”的无法挥去的沉重和无望。但我还是问了刘老师一句：“您说的是什么麻烦？”刘老师顿了许久才说：“政审鉴定……出了问题……”刘老师几乎是嗫嚅着说完了这句话的。没等刘老师落音，我的眼泪已夺眶而出。伤心、无望、焦虑和渴望搭救的心情，使我一边抹泪一边问刘老师：“我该怎么办呢？刘老师……”我知道我因品德好、学习好，尤其是作文好，是刘老师喜欢和器重的学生。此刻，我看见刘老师混浊的眼里也噙着泪水，他没有回答我的问话，他又能怎样回答我的问话？他只说了一句：“看看再说……你看书吧……”就背转身踽踽地走了。

我一生都不能忘记带语文的刘老师踽踽向我走来、而后又背转身踽踽离我而去的身影，那是一个走来悄悄问候我命运的“父亲”，一位苍宇间企图搭救我的悲悯的使者……

我知道刘老师不能救我，但我却永远难忘这比“救”还让我震撼的问候与悲悯。“全襄阳地区第三”和“有麻烦”这是我命运中一个最残酷的悖反，我常常在这种悖反中心灵流泪、流血，前途的未知和难卜使我看到的不是朝阳，也不是骄阳如铂，而只是“天边出现了鱼肚白”……

然而，一个月后，我居然接到了省重点中学襄樊四中的录取通知书，这是苍天的赐予呀！这突如其来的喜讯使我长久地沉醉在感恩世界的泪雨中。

高一刚开学，班主任兼数学老师周松生即找我谈话，他明确地告诉我，我本来是不能被录取的，因为成绩考得特别好，学校费了很大劲儿才录取的。又说，为我的录取与否，招生委员会十几个人坐下来讨论，最后大部分人还是只同意录取到襄阳县重点高中，即牛首中学，而不同意录取到襄樊四中。

因为襄樊四中是省重点高级中学。只是襄樊四中录取的老师力排众议、执意不放，最后才“破格”录到四中来的。周老师的谈话进一步印证了刘世道老师曾对我说过的话。

周老师最后还说了“出身不由己，道路可选择，重在表现”，要我在高中三年，“好好努力，各方面严格要求自己，做一个好学生，不辜负四中的期望”之类的话。我第一次听到了“破格”这个词，我没想到我是在如此震撼的状态中懂得了它的意义，我更没想到，日后的年月里，它居然多次作用于我的命运！

我这一生什么时候、什么人再对我说过如此“绝密”、如此信任、如此深契我命运的话呢？自此，感谢周老师（我始终认为他就是那位据理力争要录取我的老师）、感谢汉水边的襄阳四中成为我生命中最厚重的感情。几十年过去我都在想，倘若我的中学当年不录取我，我的人生一定是另一种意义的艰难和平庸；而我的中学录取了我——在扎扎实实接受了三年高中教育之后我考上了大学——这就使我成为今天能够理性地参与民族文化建设的知识分子。所以，我在数十年之后第一次踏进我的中学时，我对那里的老师和年轻的校友说：“如果我的学生时代有过辉煌时刻的话，那么，这个时刻是在襄樊四中。”

“出身不由己，道路可选择，重在表现”这句话，在又过了许多年之后我才知道是敬爱的周恩来总理说的。应该说，这句话救助了那个年代里无数没有出路的大人和孩子，它也天语般无可抗拒地支撑着勇敢走出来搭救我们于水火的良知者。周总理的这句话始终救赎我做一个好学生。高中三年，我除了朝气蓬勃地做好学生会文体部长的工作外，还获得了国家乒乓球等级运动员三级的证书，我以优异的短跑、跳远成绩被选拔赴武汉参加了湖北省青少年运动会，我为队长的校女子篮球队打遍襄樊无敌手，而我的学习成绩始终保持在全年级的前三名而从未落后过……

记得高中第一学年结束时，我的班主任老师周松生，在我成绩册的评语栏里写道：“该生正直、热情、积极、向上……”这是一个心灵受难的女孩获得的第一次也是最珍贵的奖励。记得看到这份评语时，我哭了。应该说，人生的梦想从这第一份奖励开始，便插上了飞翔的翅膀；我甚至深信，成绩册开头的那“八个字”的评价，成为我日后精神与心性的永远牵引。而“重在表现”已经成为我对绝望背负的最亢奋的反叛！

三

2000年5月20日，我打开设置在河北作协收发室的我个人信箱，收到了一封来自襄樊四中的信，对母校的来信我始终怀着一份温馨和敬畏的感情。我站在收发室里便迫不及待地阅读了此信——

梅洁：

我认为还是这样称呼好，毕竟我们之间还有一段师生之情。

1994年10月你来母校时，曾由蔡顺华主任（校办室主任——笔者注）转我你的《古河》大著，当时我拿起笔，想给你写封信，写别离情？但我没有见过你，没法写；但有一件你来四中上学时的情况，（想写给你）又觉不妥，因为这里面涉及我个人，不好写。信封写好了，又把它放下了。

最近，《襄樊四中报》上刊登了一些关于你的情况，看后又触动我给你写这封信的念头。读了整版（指《襄樊四中报》——笔者注）关于你的情况，很有感触。首先是：你这位离别四中已三十多年的校友，还时常想到母校并还不断帮助四中后来人，其精神可嘉。其次，通过现在的同学写的一些文章，了解了你近来的一些情况，我作为一名四中老教师，也感到光荣。总之，四中永远是你的母校，你永远也不会忘记这一段培育之恩；而四中有你这样一位学生，也总感到骄傲与光荣。

我给你写这封信的时候，还有一件需要告诉你的事，一件有关你来四中的真实情况，以便将来你老了写自传的时候不至断层。过去，四中写关于你的文章时，曾写到你受×××老师（关怀）如何如何到了四中，这不是真实。而真实情况，我是第一知情人。你入学那年，我是四中招生班子成员，而且襄阳县我具体负责。由于“左”倾错误的影响，你当时属不录取对象，但你又同时是襄阳县成绩最好的学生，我认为党的政策是家庭问题看本人，一个小小年龄的学生，本人不是很好吗？经过多次交涉，他们就是不给档案。我回校将你的情况专题向当时的书记凤仪同志汇报，凤仪书记同意了我的意见。双方僵持好久，最后不得不将档案给了我们。为此，他们当时还说过一些关于我个人有立场问题等。

现在，我为什么要说这些？一、你当时的情况我只跟徐明超老师说过（因他家在牛首，我们招生时是在牛首），他已作古；二、我现已74

岁了。古稀之年，人说不定哪个时候就去见了马克思，我见了马克思你这段情况就会是一个空白。这是我要给你写这封信的动机。

你工作很忙，写了这多，耽误了你的时间。

最后，我特别要申明一点，绝不是向你表白什么。当我写这段情况（简要）时，思考再三，我是一个将近 50 年党龄的党员，只要襟怀坦白，又有什么可考虑的？就这样写了。

祝你工作顺利！

程康

2000 年 5 月 13 日于襄樊四中

很难全面说清我读完这封信时的复杂心情，我迅即回到我的办公室又一字一句重看了这封迟到了 38 年的信！我独自在办公室呆坐了很久……

我是一个在许多方面都成熟很晚的人，唯独在政治苦难方面，我却有非常的警觉、非常的清醒，我就像一只被弹弓打伤的鸟儿，看见闲置的弹弓或压根没对准我的弹弓也会吓得心惊肉跳。我非常清楚我的命运多舛，人生的许多关口都充满了险情，许多“刀斧手”横刀立马，眦目凶凶，横挡在我的路上。如果我没有足够的勇气和能力企图通过这些关口，或者天宇间没有杀出一个又一个同情我、拯救我的人，我不知已经多少次毙命在命运的关口。所以，我这一生都在很认真、很深情地回忆和感恩我是怎样超越这些险象丛生的关口的。而超越成功，回忆和感念“超越的过程”便成为我生命时光里永远的隐秘。17 岁时被意外地录取到襄樊四中是这隐秘里最深刻的忆念（那年，襄阳县一中毕业的几百名初中学生被录取到四中的只有两个人，除我外还有一位男生），也是我一生企望找寻的秘密。

自那个“蓝天如洗、骄阳如铂”的午后，带语文的刘老师踽踽向我走来，告诉我令我难以置信的中考成绩和“出了麻烦”之后，我就知道我已深陷绝境，但襄樊四中又意外地录取了我，而且高一时的班主任周老师已经告诉我内里的隐情，所以，30 多年来，我一直以为这一“秘密”早已揭开，除了永远地感念我的中学、周老师和当年的校长之外，我早已没有关于“真相”的牵挂和追寻的意愿了。

程康老师的信使我在顷刻间又陷入遥远的迷惘和深刻的感激之中，程康是谁？高中三年，我怎么从来没有听到过这个老师的名字？更无法回忆有关他的蛛丝马迹！但我却一点也不怀疑一位 74 岁高龄的老人向我透露的真情，更不怀疑一个“人之师长”曾经和现在的铮铮人格。我按程老师提供的住宅电话与程老师接通了长途电话。这是一位操着襄阳口音的、吐词清晰、声音并不苍老的先生，听到是我的电话他很激动，除了再三表示不安外，他重复了信中已陈述的想对我说出“真相”的动因。末了他又补充说：“我只带了两届毕业生，其余全在做行政工作，所以你不认识我。我知道你已来四中上学，也放心了，不带你们班的课，也就没想去认识你。90 年代之后，你曾几次回学校来我都知道，想对你说些情况但却又始终觉着不妥……”又说，“你是河北作协的作家，我感到很亲切，因为我曾和河北的作家梁斌有很好的交情。梁斌曾任襄阳地委宣传部部长，我那时在宣传部负责青联工作，我们交往很多。梁斌的好几部著作出版后都亲自寄我。我从梁斌著作中发现作家老了都喜欢写自传，梁斌的自传里就写了在襄阳工作的那段经历……你是学生里很独特的一个，现在又是作家，否则也记不住你。我写这封信，只是希望你更清楚地了解你的经历和身世，这对你将来写自传有好处……”

感谢先生的拳拳之心，先生在事隔 38 年后寄予了我一份解惑命运的“大书”，我把此看作先生对一个 17 岁女孩解救的继续。我问到了凤仪书记，程老师说：“凤仪书记姓崔，参加革命后改名为凤仪，后来调国务院水产部工作，现已作古，当年就是他同意并支持我一定要录取你。知道情况的徐明超老师也已作古，所以我操心的是，我若再不告诉你真相，你对这一人生的转折关口会有迷误……因为这一关对你很重要。”

命运中所有的扼杀与救赎、泯灭与复活、混沌与廓清、困境与挣脱都值得纪念，我纪念 2000 年 5 月 13 日程康老师写给我的信并心存深深的感激。

一个月后，怀着万般的感恩，我专程抵达襄阳，当面拜认了程康老师……

2004 年 10 月，襄阳四中举办 50 年校庆，我再度回到母校，拜望程康老师。《襄阳晚报》头版刊登了我与程康老师握手相见的情景……

程康老师在信中说到我 20 世纪 90 年代数次回母校，他都知道，但他没有前来与我相认。我回母校是怎样的情景呢？

难忘 1996 年 6 月的那一次回校——

10 日晚，襄樊四中阶梯教室里灯火辉煌，母校安排我在这里与 200 多名“浩然文学社”年轻的校友会面。两年前的 1994 年 10 月，我在武汉参加完全国第六届书展签名售书活动后回到我的中学时，也举行过这样的会面——会面的仪式热烈也隆重：长途跋涉了 12 个小时归来的校长、党委书记水没喝、饭没吃就来到了阶梯教室，全校的闭路电视开始现场直播……面对数百双眼睛，面对在全国享有殊荣的“浩然文学社”——80年代中期，“浩然文学社”曾在全国中学生文学社团评比中排名全省第一、全国第十——我真诚地讲述着《文学与人生》。

我把事先从花店挑选定做好的四盆缤纷艳丽的鲜花献给时任校长李珍贵和党委书记苏超时，献给“浩然文学社”创办人蔡顺华。最后一盆，是献给我当年的班主任老师周松生。然而，扩音器连续地呼喊之后，热烈的掌声过去之后，周老师没有出现。校方是通知了周老师的，但周老师没有来。“他为什么不来呢？”疑惑和难过从我心头掠过。

我已离开我的中学31年了，30多年来，我的老师们已经历了许多沧桑和苦痛，有的已经故去，有的调离，有许多已经退休，能够见到的老师已经寥寥无几。我知道周老师华中师大毕业后已在我的母校执教数学37年且仍在教下去，我并且知道37年中他有34年在做班主任。平心说，几十年来，对于周老师的感恩和牵念成为我人生中的一件心事，我为不能报答他而常常心里不安。因为，我始终认为，学生手册首页上那“八个字”的评语，改变了我的人生。在大庭广众之下，讲出那一次人生的拯救，然后献给他一束花。我曾为我设计的报答方式而感到欣喜。可是，我的老师为什么不来呢？我感到阵阵不安……

从阶梯教室走出来，蔡老师领我来到木楼会议室——木搂已成为我的中学创建时期最后的纪念物了——在我赠送母校老师的散文集《一种诞生》一书上签名。晚10点50分，当我签完最后一本书时，一转身，看见周老师居然站在我的背后！他在木楼会议室的门口，孩童般真挚单纯地望着我笑，我不知他在那里站了多久。我只看到那笑定格在他的脸上，憨厚而灿烂。我快步走到他的面前，只听他说：“刚才我听到了阶梯教室里的扩音器喊我的名字，听到那么多的掌声……我站在外边没敢进去……我不适合那种场合……”周老师嗫嚅着，他居然像做错了什么的学生，很憨地不知所措着，腼腆与紧张已使他满面绯红。

听到周老师的解释，我不由心头一沉，几十年无以报答的不安此刻更加深重。我原以为选择了一种极好的报答方式，然而，他拒绝了。我知道，他拒绝的不是一个离别了他30多年的学生的感情，而是拒绝了炫耀、拒绝了张扬。他本能地以一个中国教育者的谦卑以及他对人格、道德的坚守，对名利的淡泊和拘谨，对个体生命的严肃和苛待，拒绝了一种世俗的喧嚣，甚至是虚妄的荣誉。这就是我的老师。他“不适合那种场合”,不适合鲜花、掌声,他习惯默默而执着地做着需要他做的一切,从青丝缕缕做到白发苍苍。在没有报答、没有怨悔,也没有惦念的时光里,他的心灵安详而宁静。我曾想,还有什么职业比教师职业更神圣、更深重、更圣洁呢?

而作为学生,我们更多的时候,惦念我们的父母,惦念第一个爱我们的人,惦念童年少年时代的朋友……在所有的惦念中,我们却每每忘却给予我们恩惠、教导我们成人的老师。我们往往记住他们的,是他们对我们的批评和斥责,我们把这些批评和斥责看作是对我们的伤害,我们为此而忌恨他们……还有什么比我们情感的这种偏执和丢失更让我们伤心的呢?望着周老师苍灰的花发和依然满面的绯红,依然满目的不安,我问我自己,我的虚荣是否更多地亏欠下了他呢?

在我阔别了30多年的中学,在那座已旧的木楼,在6月静静的深夜,当我重新将那盆象征感恩的花束郑重地递给周老师时,所有的尊崇、敬重、忆念和酸楚刹那间涌遍全身。我在心底哭了一声:“老师,我无以报答您,您让我永远不安了……”周老师却说:“老师无须报答,你谢了老师,老师就又不安了……”这是一次学生与老师最真实平易的对话。它因真实而成为人类情感的深重震撼;它又因平易而成为世间人际关系的经典。面对浑浑噩噩的世界,我常常想,人类最无价值可言而又最是价值无量的帮助和给予是否就存在于没被污染的师生之间呢?

感恩程康老师,感恩周松生老师,感恩襄阳四中,感恩襄阳县一中的邹诗信主任,感恩哥哥……感恩命运中一个又一个走来搭救我于水火的人。襄阳5年的救赎,成为我命运永远的感恩。

2005年3月至6月,为采写《大江北去》一书,我沿汉水走了100天。6月17日,我从武汉抵达襄阳。

兴许是为着命运的恩典,也是为着对汉水边的襄阳在中线调水中面临的生态困境的牵念,我又一次走进了这座古老而现代的城市。

当家兄带我刚刚在位于襄城荆州街的襄阳宾馆住下,我的母校襄阳四中的时任校长苏超时和校办室主任杨老师便来到了我的住处,他们执意让我移住真武大酒店,说襄阳宾馆内刚刚装修不久,对身体不好。我说真武大酒店房费太高,承受不了。苏校长说,你莫操心,一切学校给你安排。真武大酒店离学校近,你采访累了,可以到母校里面走走,花园一般,你可以放松放松。

几十年岁月都走过了，我的母校还像当年一样呵护着她的学生……

晚上，苏校长和杨老师顺荆州街向北，领我出襄阳古城北城门，600 多年的古城墙和城门，巍峨、沧桑得令人心颤。小北门码头的青石台阶依旧，江水依旧。想当年，我和我的同学们多少次穿过荆州街，走过古城门，走下青石板台阶，然后乘木船到达对岸樊城的六角门码头；然后，我们即把少年青春驰骋在樊城那个春、秋两季的运动会上……这浩浩的江水和古旧的码头、木船，曾泅渡了我们多少少年的追寻和梦想！

那时，人们过江已不再乘坐木船，汉江上已飞架起四座铁桥。望襄城、樊城两岸灯火辉煌，看眼前少年的码头苍苔屐痕，我内心真是百感交集。苏校长说：“这几天我不管你，你回归两天襄樊市民。晚上有空你就来小北门外独自走走，重新感受一下你记忆中的这个城市……”

感谢年轻的校长苏超时如此的善解人意。其实，生命中的许多意味深长，都蕴含在这别离后的回归和回归中悠远、伤感的追忆中了……

四

2015 年 2 月伊始，京城人已沉浸在春节前的眷念与匆忙中，购置年货与回乡过年已成为人们心中每日温暖的念头。就是在这样的日子里，我接到《襄阳日报》传媒人士魏遵明先生的电话。那时，我对魏先生的印象不深，他在电话那边一个字一个字地告知他名字是哪三个字和他的就职单位，而我真正记住并在意的只有两个字“襄阳”。

襄阳这座城市之于我，有“命运救赎”的意义。因此，对于襄阳人魏遵明的电话，我怀着敬意在听。

魏先生在电话中说，农历正月二十一襄阳有个穿天节民俗活动，邀请我回去参加。魏先生用了“回去”二字，我心中顿生温暖；他说“襄阳是你的第二故乡”，听此我非常感动，我感受到这座城市对我感情的认可和接纳。但对于穿天节活动的陌生和活动中襄阳人民要推选我为“汉水女神”，我着实不敢妄为，不能应允。

我请魏先生把活动方案传我，之后再议。

几天后的 2 月 11 日，我收到了“活动方案”。

我从这份“方案”中了解到穿天节源自襄阳古代一个美丽的传说：西周

时代，襄阳万山才子郑交甫在汉江邂逅汉水女神、相赠佩珠定情。从唐宋开始，每年正月二十一日襄阳人过穿天节，以寄情神秘美丽的汉水女神，这一习俗在襄阳沿袭了千年之久，汉、唐、宋的历史典籍里均有记载。宋的记载最为完善：这一天，襄阳城里的百姓相约从万山乘舟沿汉水而下，在江边聚会，在沙滩上捡拾汉江中游特有的带孔窍的小石头，用丝线穿起来，佩戴在头上和身上，以祈子求福和盼望美好爱情的到来。

节日充满浪漫与情趣，也是襄阳人追求美好爱情和幸福生活的精神寄寓。

当代襄阳人的穿天节活动，已成为襄阳特色文化的大型户外活动，是襄阳民众广泛参与、自娱自乐的迎春郊游、交友、祈福活动。襄阳人为古老的民俗赋予了新的文化内涵，他们旨在呼唤爱情、亲情、友情，旨在唤起市民对襄阳民风习俗的记忆，以增强人们对母亲河汉江的保护、对家园襄阳的热爱之情。

如此美好的节日活动和文化传承我怎能不去参与？我是一个看重民俗文化的写作者，我始终认为，民俗文化是养育我们生命的文化。人在民俗中孕育、诞生，之后便是在温暖持久的民俗文化的氤氲中长大成人，再之后，我们的灵魂会在民俗文化的祭奠中成为永恒的思念。

然而，对于“汉水女神”的称号我万不可担当。在我对传统文化的认知中，我始终认为大自然万物有灵，水有水神、河有河神、山有山神、树有树神……尤其是汉水，这样一条美丽的万古大江，孕育了一个伟大民族和千古文化的大江，如今，又 3000 里迢迢北上，解救北方几亿人生存与发展的用水危机，中国没有哪一条江有这样伟大的担当，这样的江河自有她真正的女神。我一个凡夫俗女，万万担不起这样的称谓。否则，是对真正“汉水女神”的不敬和亵渎。

我把内心真实的不安与纠结通过电话说给了魏遵明。我还建议：像黄河“洛神”一样，襄阳人可以把“汉水女神”雕成真正的塑像，可以画成巨幅油画、国画，可以做成各种旅游纪念品，就是不要推选现实生活中的什么人在节日里充当“汉水女神”。因为她真的很神圣，很奇妙，是千古追思，是万古神往。就如《诗经》里“她”在樵夫心里的那种存在一样：“南有乔木，不可休思。汉有游女，不可求思。汉之广矣，不可泳思。江之永矣，不可方思。”对于“汉水女神”，我加一句，襄阳儿女要“永作敬思”。

魏先生听完我的诉求立即回话：“梅老师说得很好，很对。不过，我们之前已举行了八届，这是第九届，从明年第十届我们可以考虑你的建议，今年已来不及了，我们已作了很长时间的准备，各种消息已见报。还望梅老师体谅，务必前往，以不辜负襄阳人民的信任和期望。”又说：“梅老师可以换个角度考虑，你的参与会让更多的人关注汉江生态，让更多的人为保护母亲河而行动，这不也是您多年的心愿吗？”魏遵明的话“软”里带“硬”，有“不可抗拒”“没有商量”之意。放下电话，我坐在书桌前，欣然与无奈一起涌上心来……

3 月 12 日，儿子开车送我上机场赴襄阳，我对儿子说了襄阳穿天节，说了“汉水女神”。末了，我说：“妈一直在诚惶诚恐，妈被一位魏先生给挟持了……”

儿子听后笑了，便说：“妈大可不必纠结。魏先生说得有道理，襄阳人的活动是善愿、善举，妈去了应是随缘。倘若真有汉水女神，她也不会怪罪妈的。”

望着至善至纯的儿子，我的心顿时有些许释然。

襄阳，这个具有 2800 年历史的古城，怎样品味她的历史文化魅力都不过分。

清澈而宁静的汉水使襄阳古城和樊城隔江而望，这座被今天的人们命名为国家级历史文化名城的古城，蕴涵着太多脍炙人口的历史和文化。

我在有限的阅读里获知：中国世人皆知的古代名著《三国演义》有一百二十回，其中三十回的故事都发生在襄阳；金庸的武侠小说《射雕英雄传》中的人物故事，比如郭靖、黄蓉等，大都是以襄阳为背景加以描述；我 2000 年在完成《商道》的写作时发现，中国金融业的创始人——那些在张家口、包头起家的山西豪富们（余秋雨先生称他们为中国银行业的乡下祖父），在樊城都曾有他们的巨额财产作为货物中转，仅山西乔家在福建武夷山的 5000 亩茶场的茶叶，每年都是千船万帆顺长江上行然后从汉口进入汉水，顺汉水而上最后至樊城码头起岸，然后开始千里旱路的驼队、马队运输。千百年来，襄阳俗有“南船北马”之称，在没有公路、铁路的古代，庞大的水路交通使襄阳、樊城成为南北物资交流最繁华的水埠。位于汉江口的武汉俗有“九省通衢”之称，而位于汉江中游的襄阳俗有“七省通衢”之称。

一方水土养一方人，这是千真万确的真理。稍微变换一下也可以这样说，什么样的水土养什么样的人。亿万年灵性圣洁的汉水，孕育了襄阳无数的天下奇才：那个被斩断了双足的献璞玉的卞和；那个坚决不做官却有着超人智慧、为诸葛亮之师并与诸葛亮结为儿女亲家的大名士庞德公（诸葛亮将其女许嫁庞德公之子）；那个东汉开国皇帝刘秀；那个才华横溢、与诸葛亮齐名的“凤雏”庞统；那个以《汉晋春秋》著称于世的东晋史学家习凿齿；那个恃才傲世、唐代“近诗”的奠基人杜审言；那个博学多才、胆略过人，诛杀了专权误国的武则天宠臣张易之、张宗昌，从而恢复大唐社稷的张柬之；那个杜审言之孙、唐代著名诗人杜甫；那个因一首《枫桥夜泊》而名扬天下的诗人张继；那个被鲁迅评价为“是一塌糊涂的泥塘里的光辉的锋芒”的唐代诗人、思想家皮日休；那个《全唐诗》收了他200多首、其中近30首都是写家乡襄阳，人称“孟襄阳”的山水诗人孟浩然；那个文章奇险、书法豪迈，与苏轼、蔡襄、黄庭坚并称为“宋四家”，人称“米襄阳”的宋代大书法家米芾……

还有那些在襄阳取得辉煌业绩的外籍天才：那个隐居襄阳隆中十几年、27岁随刘备出山最终成为千古名相的政治家、军事家的诸葛亮；那个寓居襄阳、人称“水镜先生”的司马徽；那个“建安七子”中文学成就最大、从17岁到32岁生命才智最辉煌的15年在襄阳度过的王粲；那个信徒百万人、译经百万字、在襄阳讲经著书15年的著名魏晋佛教大师释道安；那个“唐宋八大家”之一，从童年起，生命中最美好的时光也是在襄阳度过的欧阳修……

即使到了当代，襄阳籍的陈荒煤、张光年也是文坛翘楚人物。

我如数家珍般地列举出襄阳这块土地上的古今风流人物，我是想说，是美丽的汉水孕育、润泽了这些灿若星河的生命。对于汉水流域的人而言，汉江永远是他们的生命之母、智慧之母、幸福和吉祥之母。

我还知道：襄阳山川灵秀，风景优美，名胜众多，各类名胜古迹和旅游景点多达700余处。这里有风景幽静的诸葛躬耕隐居地古隆中；有依山傍水、国内保存最好的襄阳古城墙；有碧水荡漾的、世界上最宽的护城河；有遍布市内的寺、祠、古刹、会馆；有刘禹锡诗词中吟咏的“酒旗相望大堤头，堤下连樯堤上楼”的千年古堤……

命运中的襄阳5年，使我的目光一直没有离开这个古老而现代的城市。

而2015年3月抵达襄阳，更让我眼界一开：一个千古民俗，一个美丽的爱情传说竟如此幸福、温暖着这座城市！民俗以传说为由，已在这里演绎了千年。从襄阳汉水文化研究会的高军先生、梅笑雪女士那里获知，关于郑交甫邂逅汉水女神的传说最早可追索到西汉，西汉刘向《列仙传》中记载：“郑交甫常游汉江，见二女，皆丽服华装，佩两明珠，大如鸡卵。交甫见而悦之，不知其神人也。”

于是就下马前去与二女攀谈，仆人欲阻拦都不成。且行且谈中，多情郑公子竟壮胆向二女索其佩珠留念，二女随赠之。“交甫受而怀之，即趋而去。行数十步，视佩，空怀无佩。顾二女，忽然不见。”

在刘向的《列仙传》里面，汉水女神是两位飘忽不定、行踪隐秘，既温柔、宽容，又机智理性、刚柔相济的神女；而在东晋王嘉《拾遗记》里，汉水女神则是与周昭王相携同溺汉水的两名女子延娟、延娱。“此二人辩口丽辞，巧善歌笑，步尘上无迹，行日中无影。”二女死后化为神女。之所以为神，是因为二女无辜而死，深得荆楚人民的同情。

而祭祀汉水女神到了宋代，已成为民俗节日，蔚为壮观。这在宋人庄绰（曾任襄阳县尉，与米芾有交）的《鸡肋编》中可以领略：“襄阳正月二十一日谓之穿天节，云交甫解佩之日，郡中移会汉水之滨，倾城自万山泛彩舟而下。妇女于滩中求小白石有孔可穿者，以色丝贯悬插于首，以为得子之祥。”这里写下了“倾城”出动“泛彩舟”，而且妇女们都成了主角；玉佩太少，穿天石可以取代；得石可得子，得子能给女子带来好运，人人祈盼遇上好运。

这说明：在一千年前的宋朝，襄阳人已形成了有自己的仪式和独特的民俗节日穿天节。由此可见，汉水女神是中国最早、影响最为深远的江河女神之一。汉水女神不仅出现在《诗经》《楚辞》文化系统之中，也存在于春秋、战国以来诸多的祭祀文化典籍中。

致力于汉水文化研究的襄阳女子梅笑雪对我说：“汉水女神是对汉水流域女性平民化、典型化、概括化的结果。从汉水女神身上折射出来的是汉水流域平民女性的智慧、品行和做派。在汉水女神的身上，寄托着汉水两岸人民对高贵美丽、廉洁自持、机智理性、刚柔相济的女性美的一种向往。”

对笑雪女子的诠释，我充满敬意与认同。

穿天节在襄阳古代传承了千年，但在宋以后的典籍中再没找到记载，现代人更是对其一无所知，一个襄阳文化中的珍珠被丢失了数百年！

2006年初，一群汉水文化研究的志愿者，发现了襄阳史志中有关穿天节的记载，尤其对宋代庄绰《鸡肋编》记述的穿天节的盛况倍感兴趣。他们边研究边想：能否恢复襄阳古老的民俗？能否把古代民俗演绎成为现代人喜闻乐见的节日？古代穿天节中用汉江穿天石为载体，汉水女神为情趣点，踏青郊游为形式，这样的节日有过头、有由头，一定会受到民众的喜爱。

他们认定穿天节有着深厚的文化价值。它根植于中华民族优秀的传统文化，有利人们追求乐水乐山的高雅情趣；它根植于神秘美丽的楚文化，在汉江边寻求奇石，寄情神女，在美的追寻中祈求生活的幸福；它根植于襄阳土地，串联襄阳的名山、名水、名人、名诗，使襄阳人汲取汉水母亲的乳汁，更加热爱故乡。最终，一个千年的文化象征在他们心中形成共识：恢复襄阳穿天节，引导襄阳人过自己本土特有的传统节日，遂定名为“重拾襄阳穿天节”，并确定首届穿天节活动的主题为“感恩母亲河，关爱人间情”。

2006年的2月18日，农历正月二十一，在初春的暖阳下，在襄阳万山脚下、汉水之滨的解佩渚沙滩上，汉水文化研究的志愿者和400多名文化人、专家学者、新闻记者、小朋友等，情绪盎然地过了在襄阳历史上盛行了千年、中断了数百年、又重新捡拾回来的第一个快乐的穿天节。

襄阳人为第一次过这样有趣的本土节日无比的开心和兴奋。

2007年，第二届穿天节参加活动的人数多达3000余人。

从2008年第三届开始，穿天节由襄阳汉水文化研究会承办，活动主题也更加明确：“相约新襄阳，欢度穿天节”。活动得到社会各界的支持，参与的市民逾万。

…………

如今，八届穿天节过去了。一年又一年，襄阳人都在初春的日子里，过着自己特有的节日，他们祈福、感恩，郊游、交友，他们幸福着自己的幸福，快乐着自己的快乐。这是一个呼唤春天的节日，也是一个充满希望的节日。这是先人们留给襄阳的一份宝贵的文化遗产，襄阳“捡拾”了，是襄阳的福祉。

2015年农历正月二十一日，襄阳人迎来了第九个穿天节。

庆典仪式安排在公历3月14日，这是一个周末。

当“女神号”游艇载着我与襄阳女子一起泛舟江上，当载歌载舞的襄阳女子动人的歌声嘹亮在江面，当系着红丝绳的穿天石挂在我的颈项，当美丽的玫瑰花环戴在我的头上，当万名襄阳儿女面向汉水共同宣读保护母亲河的誓言“岘山青青汉水粼粼滋润万物养我生灵……”时，我生生看见襄阳古老民俗绽放出的时代光焰！我深深感觉襄阳人在庄严地过着自己浪漫也美丽的节日！我也同时觉着——

我是这节日里最最幸福的“女神”！

我曾无数次站在故乡的江边思忖：我在江边发生的和以后永远离别的都成为纠缠我一生一世的情结。我人生的许多时候，和故乡那条古老的大河——汉水，有着无法割舍的机缘。诞生与出走、幸福与苦难、险境与转机、扼杀与救赎……都在河边发生，最终揭示出一个生命的禅机——命运沿河。

2015年6月10日写于北京建西苑

《十月》杂志2016年第1期发表

为了润泽北方大地

南水北调中线工程，汉水流域 82 万移民，在长达 50 余年的岁月里，为了解救北方水困境，他们背井离乡，痛失家园。他们所经受的巨大磨难，北方受水区人不知道。北方人不知道自己所处的干渴处境，不知道水源区人民的牺牲与奉献，甚至不知道中线调水。即使知道，也不知调的是长江水还是汉江水。有人说，我们不屑知道，有没有水那是政府的事。再说，水管里哪天没有水呀……

有没有水，真的只是政府的事，与自己没有干系吗？十几万个家庭、几十万人在为此受苦为此奉献真的不屑知道吗？水管里的水从哪儿来的、还能维持多久真的不想知道吗？

一

中国是极度贫水国家，人均水资源量仅为 2000 立方米，是世界人均水量的四分之一，在世界排名第 120 位以后，被联合国列为世界 13 个贫水国家之一。

联合国审议人与水资源短缺标准为：人均水量在 2000 立方米以下就是缺水，人均水量不足 1000 立方米，即为重度缺水，人均等于或小于 500 立方米，为极度缺水。

以此标准，包括京、津、冀在内的北方多个省市，人均水资源全部不足1000立方米，已是严重缺水！

据全国水环境监测网对全国九大流域700多条河流水质监测评价，结果表明，在21.6万公里的河长中，不能饮用的四类、五类和劣五类水竟长达5.8万公里！

北方因缺水，年经济损失高达4700多亿元人民币！3亿多人用不上健康、卫生的饮用水！

没有水怎么办？打井超采地下水！从20世纪七八十年代开始打井，年年打，年年超采！眼下，240万眼机井已将华北地下水几近抽干，大地已被打成筛子眼！北京公主坟一带的地下水早已打到了基岩，打到基岩的概念就是地下水一万年都难以恢复。

全民打井的结果，最终使华北平原出现7万平方公里的漏斗区，成为世界漏斗区之最……

惊人的是，至2005年仅河北一省就出现5万平方公里的地下水开采漏斗区和地面沉降区！地面沉降最大已到2.2米！北京市区地面沉降已达1米还多，天津已沉降2.6米！

我们脚下的土地在沉陷！房屋在开裂！建筑物在倾斜倒坍！海水在倒灌！土壤在污染！庄稼在枯死！

二

北京，这座远离江河湖海的国际都市终因水资源的先天不足和人口、经济的巨大膨胀，遭遇了城市生存和发展的最大疾障。

应该说，从20世纪80年代开始，干旱一直横扫北京。在北京历史上作用非凡的泉水如今已全部销声匿迹，20世纪50年代以来兴修的大小85座水库，现在只剩官厅、密云水库两盆水，且官厅水库从20世纪90年代以来一直是污染严重不能饮用的四类、五类水。由于连续干旱和上游工农业及经济的发展，官厅、密云的来水已越来越少，全市入境水量锐减到4亿立方米。以永定河上游的官厅水库为例，20世纪50、60、70年代年平均来水量分别为19亿、13亿、8亿立方米，80年代每年来水只有2亿多立方米，90年代只剩1亿多立方米。

半个世纪以来，永定河上的官厅水库在向北京人提供了400亿吨生命之水后，它满目疮痍了，连年的干旱使它常常降到死库容以下，即使在20世纪80年代、90年代北京持续干旱，许多水库塘堰干得亮了底之后，水量已降到死库容的官厅水库还坚持着向北京供水。它戎马倥偬了近半个世纪以后终于躺倒了，因水量不足加之沿途的工业、生活的污染，1997年，它不得不停止向北京提供饮用水，有限流来的污染水只能为少数工业所用。

北京人偌大的一个水盆就这样说没就没了！

而这时的母亲河永定河呢！自官厅水库建成后，永定河上共修了3座大型水库，19座中型水库，28座小型水库，层层建坝，层层拦截，最终，北京的母亲河断流了，干涸了，一个生命之河死亡了！

20世纪80年代以来，北京一直水资源紧缺，为了满足城市用水，三家店以上永定河水几乎全部引入市区，使三家店以下70多公里的河道常年断流，河道两边土地沙化，近些年永定河沙石采盗猖獗，致使河道内沟壑遍布，河床裸露，每到冬春季节，西北风顺河而下，北京城顿时风沙弥漫。由于根本无水补给永定河，加上严重超采地下水，北京西部地区第四纪地下水已经全部疏干，永定河的生态系统已经受到严重破坏。昔日的“卢沟晓月”已经不再，饱经700多年风雨沧桑的卢沟桥，孤寂而衰败地架立在荒草萋萋、流沙滚滚的永定河床上。人们只是在想起那场战争时才偶尔想起它，唯独桥栏上500多尊石狮阅尽了人世沧桑……

2013年5月，北京水资源再度告急——人均水资源量降至仅有100立方米！这是个极为恐怖的数字——人均100立方米水量甚至比不上有些中东沙漠国家人均水量！而2000多万人口的北京依然在无忧无虑地消费水中欢乐着、享受着……

三

与北京一样，在汉水、长江水到来之前，天津水荒一年接一年，不舍昼夜！

在漫长的几十年中，天津不得不喝咸苦水，人们说，“天津人炒菜不着盐”。

泥沙滚滚的黄河，曾经断流了21年的黄河，仅为三类、四类水质的黄河，哺喂了流域内几亿人的黄河，曾5次千里迢迢北上，解困嗷嗷待哺的天津。

20世纪80年代，十几万义务劳动大军修筑的“引滦工程”，在22年里为天津人送来了168亿立方生命水之后，不堪重负的潘家口水库的水已降到死水位，一个原本 29 亿库容量的水库，年入库水量只有 1 亿立方米。

面临断水的天津又连连向中央呼救。于是，2000 年之后，国务院又连续 4 年做出“引黄济津”应急调水的决定。

与京津的干渴一样，人均水量仅有 270 立方米的燕赵大地饥渴难耐。

河北东部几百万人因喝深井抽上来的超标准高氟水而经受着氟骨病的折磨：黄牙、牙齿脱落、骨质疏松、驼背、腰腿变形而失去劳动能力。衡水、沧州地下水位已降至 300 米以上，机井打下去数百米也难抽上水。即使这样，嗓子干得冒烟的河北，为保卫首都，2008 年迄今，已从黄壁庄等 4 座水库向北京送水 16 亿吨……

然而，不知道北方干渴处境的人们却依然对水挥霍无度。几亿人寄居的中国北方、几千万人寄居的北京，却难以使用中水，用从几百米深的地层下抽出的宝贵饮用水冲厕所、洗车、浇草坪打高尔夫球、冻冰凝雪造人工滑雪场……一个高尔夫球场、一个滑雪场用的水是几百上千个家庭一年的用水量！

而人均 8000 立方米水量的美国、人均 8.8 万立方米水量的加拿大依然在百分之九十地回收中水，依然在发明“雾水收集法”……

四

一方面在对水挥霍无度，一方面国家在花巨资给北方调水。

南水北调中线工程 2014 年 10 月即实现汉水北上，北方将有 1 亿多人受益。北京每年将获得 12 亿吨补充水量，天津年均将获得 10 亿吨，河南年均获得 38 亿吨，年均获水量 35 亿吨的河北 90 多个县、80% 的平原地区都将受益于汉水。汉水 3000 里迢迢北上，将极大地缓解北方四省市水困境，沿线的环境、生态、人民生活等都将得到极大的改善。

在这个世界上罕见的引水工程背后，无数鲜活的生命为此而牺牲着、奋斗着。正如水源区一位移民工作者说的那样：南水北调中线工程是建设者的汗水，移民工作者的苦水，移民的泪水和烈士的血水共同铸就的一座无言的丰碑。

早在 1959 年 12 月 26 日，经过 10 万筑坝民工长达 10 年的奋战，汉江丹江口工程截流合龙。3000 里汉江在人们高呼“万岁”声中被拦腰截断了……

此后，汉水和丹水开始倒流……

48万库区移民（湖北十堰28万，河南淅川20万）开始了艰难的迁徙之路……

处在“大跃进”“文化大革命”那个时期，移民的方式也错综复杂，移民在简单、粗暴、无序中历经了太多的磨难，在人均只有几百元迁建费中他们含泪走向异乡，即使这少得可怜的费用也是统一使用，并不发给移民本人。移民有投亲靠友的，有举家迁往外县外省的，有后靠到本地荒山野岭的。

人们扶老携幼、一步一回头地含泪离开了故乡，他们号啕着、眼睁睁地看着倒流的江水吞没着自己的家园，他们祖祖辈辈赖以生存的汉水两岸的肥田沃地瞬间被水葬在江底，他们遮风避雨的房屋被拆除。

在那个年代，移民们被迫走上了异乡之路。由于生活的艰辛、劳作方式的不适应，思乡的移民开始成千上万地返迁，他们不顾一切地又回到了各自的故乡，哪怕是一路乞讨要饭。但他们在故乡已没有了一切：没有户口、没有房屋、没有土地，他们属于“黑人”。根据当时的政策，故乡的政府根本没办法收留他们。于是，他们撵了就跑，跑了又回来。他们成为一个庞大的游民群体。

他们在河边、库边、城边搭茅庵睡席片，库水上来了，他们就跑；库水下去了，他们就在江边消落的泥地上撒把种子，收多少算多少。在一些公路、码头、城区边，返迁移民的庵棚长达数公里。

丹江口库区，如同一位贫病潦倒的老人，在风雨中艰难前行……

五

从1990年长江委在库区进行了长达两个多月的实物指标调查并下了禁建令，至2008年10月国务院南水北调工程建设委员会宣布南水北调中线移民工程启动，在这18年中，工程一直处在“要上马”的时紧时松的喧嚷声中，库区百姓和政府就再也不敢建设、也不让建设了。2002年，南水北调中线工程再度启动，次年，国家正式下达停建令，规定172米水位线下一律不准再建任何项目，否则一律不予补偿。自此，库区经济、人民生活完全处于“冻结”状态。

一晃18年过去了，他们错过了中国改革开放后经济发展最辉煌的年代！

对于几十年来依然生活在艰难、贫困之中的库区移民，他们时时都在大声疾呼：要搬快搬，我们实在拖不起了！我们的房子都拖塌了！我们的媳妇都拖没了！

湖北丹江口市均县镇书记张兆华说：“1992 年，库区开始执行国家停止建设的‘禁建令’，均县镇发展停滞，镇上不建车站、村里不修公路，村民房屋变危房便租用帐篷度日以待搬迁。本以为等一等就要移民了，而这一等，就是十七八年。十几年来，我们镇几乎没有变化。市里一位领导前年过来视察时说，这里比十年前还破落。全国其他农村的‘村村通’工程在这里被取消了。建了也白建，还是要淹没，建了也不赔偿。洪家沟那几个村至今未通水泥路，一到雨天，泥泞不堪，孩子们上学要坐船到十几里外的村子。许多村民的土坯房不断出现裂缝。到 2008 年，眼见着有几户房墙裂缝大得能伸过手臂，风一刮就摇摇欲垮。但移民的命令还没有下，不得已，镇上给村里有危房的家庭发了救灾帐篷，有几户村民一家老少三代都挤住在帐篷里。帐篷冬冷夏热，许多家在帐篷里一挤就是好几年。”

湖北十堰一位 35 岁男性移民在网上这样感慨：“南水北调让我惆怅，这里将是一片汪洋。漫长的等待呀，不知让我们搬向何方？哪里将会是我们新的村庄，何时我才能找到我的新娘？暂时的住所呀，如今我像被逐出家门的小羊……”

我曾沿着汉水、丹水走了 3 个月，3 个月里，我仿佛总在听到一个焦灼的声音：南水北调，你到底什么时候上马？我们实在等不起了！

六

2008 年 10 月，国务院南水北调工程建设委员会第三次会议终于决定，南水北调中线移民工程正式启动，湖北丹江口水库 2013 年开始蓄水，2014 年汛期后往北方四省市送水。

消息传来，作为有 18 万移民的十堰和有 16 万移民的河南淅川，便开始了规模宏大的，远比三峡移民更为复杂、更为艰辛的一场大移民行动！

南水北调中线工程，是从湖北丹江口水库调汉水一路北上，解困河南、河北、北京、天津的水危机。蓄水量为 290 亿吨的汉江丹江口水库，原定 2010 年开始每年向中原、华北、京、津输送 95 亿吨生活、生产用水，后因种种原因，改为 2014 年开始向北方四省市送水，2030 年以后，每年将输送 130 亿至 140 亿吨水！丹江口水库将成为中国北方人最大的一口水井！一口生命之井！

湖北十堰，将成为中国的水都！

丹江口大坝加高至 176.6 米开始蓄水，3000 公里的库岸线，290 亿吨水，相当于 20 个十三陵水库、7 个密云水库的库容。1000 多平方公里的水面将淹没湖北十堰和河南淅川的数千公里公路、1000 多个码头、数百家企业、十几个集镇，损失非常惨重，这么多基础设施的恢复需要时间，困难可以想象。

而真正的困难是移民！20 世纪六七十年代，丹江口大坝建成蓄水，为当时世界之最的 48 万移民离别了家园；眼下，南水北送迫在眉睫，34 万移民又进行了感天动地的故园大迁徙。

中央领导说：中线调水成败的关键在移民。鄂豫两省领导说：中线调水移民是天大的事！

今天的移民与 20 世纪六七十年代的移民，处境已是天壤之别！

“一切为了移民，为了移民一切！必须把移民安置点建成社会主义新农村的典范”，这是水源区政府对移民安置的刚性指令。

举全省之力，完成移民的外迁、后靠，保证一江清水按时送北京，已成为鄂豫两省各级政府和人民强大的行为动力！

面对紧迫的调水倒计时，河南省委省政府提出“四年任务，两年完成”，这便要求南阳淅川县 16.2 万农村移民搬迁完成时间，由原计划的 2013 年年底提前到 2011 年 8 月底。全省上下按照这一决策，万众一心，众志成城，排除万难，历尽艰辛，在中原大地展开了一场波澜壮阔的移民大搬迁。

湖北省委省政府规划“四年任务，两年基本完成，三年彻底扫尾”，即“四二三计划”。

面对紧迫的“四二三计划”，时任湖北省委书记说：南水北调工程是党中央国务院交给我们的神圣政治任务，必须确保完成。完成好这个任务，是全国的大局，没有代价好讲，我们是共产党员，是一级政府的负责人，我们在岗在位，就必须承担这个政治责任，这是岗位职责所在、党纪政纪所在。也可以不干，不干就不要戴这个帽子，让出这个帽子才可以不背这个政治责任。

鄂豫吹响集结号！

百万名库区移民包保干部宣誓：“忍辱负重，在所不惜！一切为了移民！

为了移民一切！”

七

作为唯一有18万移民任务的移民大市湖北省十堰市和唯一有16万外迁移民的河南省淅川县，人们在2010年这个春节，都有一种莫名的心紧。心紧的原因就是大搬迁要开始了。除了数不清的工作要做、数不清的矛盾要化解之外，他们还要等待安置区房屋建设完工，而恰恰是建房过程中，移民对房屋质量的敏感和不满意使他们多次寻求政府帮助；他们心紧的还有一个原因是那个“时间节点”：34万移民要在两年或三年内搬迁完毕！这是一个什么速度啊！三峡大移民18年才外迁16万人，秭归也是一个县，10年才迁了3万人！中线移民34万只有几个月啊。如果把2009年一年的前期工作算上，也只有一年多时间，真是天大的工程、天大的任务、天大的艰难啊。

时任湖北十堰市委书记在大会上强调“移民是十堰市天字号工程”。他说：“移民工作做好了了不得，做不好不得了！”又说：“我们处在这个地区，赶上了为国家做贡献、为国家建功立业的时代，不能错过这个机会，不当功臣，便当罪人。”

他的讲话在库区各县市引起巨大反响，一个声音、一个意志、一个纪律，在各级移民干部心中轰鸣：“不当功臣，便当罪人！”

为了缓解北方水困境，丹江口库区34万移民开始了大迁徙——

不能忘记，

那位95岁被担架抬着上移民车的老爹爹告别的眼泪……

那位病重的大姐坚持到达几百公里外的新家后才安然闭上双眼……

那个出生6天的婴儿和刀口还没拆线的母亲一起迁徙……

把老家的一串钥匙埋进父亲的坟里而后含泪离去的儿女……

夜色里，舒家沟移民齐刷刷站在路边、含泪向故乡望去最后一眼……

几百人站在山梁上放声大哭，然后齐声大喊：洪家沟，再见了……

还有，

为了一江清水北送而给移民亡亲下跪的移民干部……

为了一江清水北送而倒下、累死的20多位年轻生命……

还有，

那些宁死也守在主人家废墟上的万只忠犬……

这是一场没有硝烟的战役，前面没有一个敌人，战胜的全是自己！

这是一场没有硝烟的战役，但却必须用意志、信念、责任和血肉之躯穿越的枪林弹雨！

鄂豫两省儿女蘸着汗水、噙着泪水，践行着“祖国在上，我把家乡献给你”“万众一心，一江清水送北方”的庄重承诺。

2011年8月25日，河南省农村移民历时211天，完成大规模搬迁193个批次，投入搬迁车辆3万台次，共转移移民财物30万吨，搬迁行程1700万公里，成功完成了16万人的大迁徙，做到了不伤、不亡、不漏、不掉一人，实现了河南省委省政府既定的“四年任务，两年完成”的目标。

在这场举世瞩目、艰苦卓绝的移民大搬迁中，两地经受住了严峻的考验，在人类移民史上留下了浓墨重彩的一笔。

2010年11月28日，是湖北移民史上值得纪念的日子。

全省完成丹江口市、郧县、郧西县、武当山特区4个县（市、区）、21个乡镇、163个村的移民外迁，十堰市共组织119批次、18023户、76652人迁往湖北省9个市，武汉、襄阳、荆门、荆州、天门、黄冈、潜江、仙桃和随州等9市所属的21个县81个乡镇、194个安置点全部安全接迁。十堰市先后出动搬迁车辆10333台次，累计行驶里程超过850万公里！做到了“车不掉漆、人不破皮、不伤亡不漏掉一人”，实现了平安、有序、和谐搬迁。

就在移民外迁落下帷幕之际，湖北十堰又开始了10万移民的内安、后靠工作，移民们在更高更远的山岗上创建家园。仅仅1年零9个月的生死鏖战，2012年9月，13个城集镇建设和10万人的农村移民内安全部竣工和搬迁。

至此，湖北18万移民，在“四年任务，两年基本完成，三年彻底扫尾”的号令下，全部如期顺利迁徙，这是中国乃至世界水利移民史上从未有过的奇迹！

滚滚北上的汉水不会忘记万众一心的峥嵘岁月，在长达1000多个日夜里，鄂豫两省各级政府官员、数百万移民干部和建设队伍、34万移民全部卷进了南水北调中线大移民这场没有硝烟的战役之中。无数的艰难、困苦，不尽的血汗与泪水，诠释了一个国家的意志、一个执政党的信心，一个以局部的牺牲赢取全局利益的大政只有在中国才会实施、才会成功！

2014 年 10 月，3000 里汉水就要北上，站在美丽汉水就要滋润的土地上，愿每一个受润的生命怀一颗感恩的心，庄严向南一鞠，然后说一声“谢谢”，然后倍加珍惜每一滴来之不易的生命之水！

由《汉水大移民》缩写，《人民日报》文学版 2014 年 12 月 3 日整版发表，2015 年获中国作协和《人民日报》共同颁发的“中国故事”文学奖，同年获首届孙犁文学奖（河北省最高文学奖），收入 2020 年河南文艺出版社出版的《时代长镜头——短篇报告文学佳作选》

迁徙的故乡

一

前些年在故乡湖北郧阳、丹江口、十堰等地采访时，已看到各级政府官员和父老乡亲们为送汉水进京而日夜奔忙着、焦灼着。他们最最焦灼的是移民！是啊，几十万移民要在三两年内迁徙完毕，谈何容易？

他们是一个个生命，是一家家人，不是羊，更不是一根根木头啊！

常常看到一些故乡领导和移民干部紧锁着眉头，向你说着话时脸望着天，不知是对你说话还是在喃喃自语。我想，他们是把沉重的心事托付给天啦！

常常听到汉江两岸的乡亲们说：要搬快搬吧，我们都等老了，房子都等得快塌了，媳妇都等没了……望着他们近乎乞求的眼神和风雨飘摇的土屋，我总是别过脸，望着远处的山，无以回应。

半个世纪了，这块土地上的人们从来没有安生过。今年调水呀，明年调水呀，一说就是十几年、几十年，一纸“停建令”下来，他们不能修路、不能建厂、不能盖房！他们在等待中贻误了发展，在等待中老去了生命！在等待中 48 万人已别离了故乡，沿江几千个村镇、古城都已沉没在了江底。

50 年了，故乡一直走在迁徙的路上……

2010年，老家终又开始二期移民了！消息从不同渠道传来，远在京城的我，和老家人一样振奋。

背井离乡——一个原本有着深重悲怆意绪的事，对于故乡来说，竟是一种解脱般的快事！是熬白了头发要一洗沧桑的快感！是前途未卜、翻过山就能明白的期盼！是漫长的没有结果的一个结果啊！

实在等不起了，我的故乡！真的开始上路啦，我迁徙的故乡！

二

5月5日，我和几位中国作家在湖北郧西。

在悬鼓山，接到故乡县委书记柳长毅发来的短信：“梅老师，你在哪儿？家乡已开始移民了，你什么时候回来看看？家乡的樱桃熟了，我们接你回家吃樱桃吧！”

看完短信心中好一阵温暖。我就想，有什么比故乡与游子的心更默契呢？

5月10日，我回到了湖北郧阳。5月的家乡，满山的樱桃坠弯了枝头。父亲母亲的坟茔旁，塔柏、香樟、紫荆、春兰长得葳蕤苍翠。跪下为苦难的父亲母亲叩头，含泪祝福亲人们从此安息。

起身环望满山的墓地坟茔，沉眠地下几十年的灵魂，也都从这座山、那座山迁到了这里。人间、地下，都在为了一江清水送北京而庄严的别离、迁徙！

金菊一见面就告诉我：“安阳已迁走两批移民了，这几天若不下雨，还会有一次千人大迁徙！县里领导分批带队，这次有我……”县委宣传部年轻的女部长还是那样爽朗，那样快言快语，一双大眼睛扑闪着，有平静，有庄重，有责任在肩、义不容辞的坚毅。

“移民不是泼出去的水，而是嫁出去的女，为了国家利益，移民牺牲了自己的利益。作为娘家人，我们有责任帮助他们，让他们迁出后尽快融入当地，安居乐业。郧阳永远是移民的家，欢迎你们常回家看看……”送别仪式上，县委书记柳长毅讲着话就落下了眼泪。

这个嘴硬、脸苦、心肠软的人啊……

就要出发了，县长胡玖明从车窗伸进一只手，拍着心肠软、眼窝浅的柳长毅说："你可莫哭，现在移民感情脆弱得很，你一哭大家就都哭起来了！"柳长毅双眼通红没作声，他在忍。

柳陂两万人已是第 4 次迁徙了！移民们脸难看、话难听、门难进。是呀，几十年、几代人在荒沙滩上创造了一片国家级无公害蔬菜基地，现在又要全部沉没了，柳陂的牺牲有多大？柳陂往后怎样再驾驭自己的命运？

移民局局长来了，长年在乡村移民中走呀走呀，他显得格外清瘦而黝黑。人们告诉我他的手机上存了 1000 多个移民的电话号码，他每天与移民通话的次数多达 120 次。

…………

县移民指挥部，设在移民局很旧的小院里。副总指挥长周吉礼的办公室门开着，人不在。

环视周吉礼简朴的办公室我在想：那个相貌英气、说话幽默、做事果决、极富判断力的周吉礼，两年前我认识了他。如今，政法委书记兼起了移民指挥部常务副总指挥的职务，看来，特殊时刻，县里在紧急调兵遣将。

正想呢，周吉礼进来了。"哎呀梅老师，你可回来啦。你知道我们咋盼你呢！"坐下后，周吉礼又说："真是忙昏了头，身体还不争气……"这时，我看到他左小臂上有隆起的一块肉包。他说他感冒不好，咳嗽不止，打了 18 天针也不痊愈。医生做结核试验，说他肺部深处有结核菌感染。我担心地说那你一定要注意休息啊。周吉礼说，移民的关键时刻，怎么休息？

是啊，移民的关键时刻，成千上万的乡亲每天都在等待着启程的号令，千里迢迢的迁徙长路，数万个家庭的安家落户……每天都要做重要决策的指挥部，"休息""保重""注意身体"的养生之词，对于周吉礼们已是奢侈了。

周吉礼很快说起了包保工作队。

包保！？这是今天这个时代、调水源头人民创造的一个崭新的词语，我开始竟没有听懂。周吉礼拿给我一张红纸，那纸上密密麻麻印着包保的内容，周吉礼说，他们印了一万份，包保队员人手一份。我粗略地看了一眼那张纸，那是个严密且严厉的责任体系——

面对压倒一切的"移民"工程，县主要领导包移民乡镇，县直单位包移民村，党员干部包移民户。66 个驻村工作专班、1200 多名党员干部组成 109 支工作小分队，迅速下到乡镇村庄和移民家里，落实责任。

我细读了"十包"责任制：包移民搬迁户的思想政治工作，包移民政策宣传，包移民身份和实物指标核查，包各类矛盾纠纷排查，包上访移民劝返稳定，包搬迁户协议签订，包督办移民搬迁户建房，包腾空并拆除旧房，包顺利搬迁，包善后处理相关工作，包一江清水上路！

我突感一阵沉重：在包保这个词汇后面，有着多少艰辛、汗水和生命律动？

周吉礼还告诉我，为了做通移民思想工作，他们曾组织全县开展“我回家乡帮移民”活动。全县1000多名公务人员回到家乡化解了5000多移民的心事……

啊，全县出动了！一个多大的战役呀！

周吉礼还说：全县已先后组织5500余名村组干部和移民代表到安置地进行对接考察，亲自参与并监督安置地房屋建设。同时，安置地也已有1000多人次来库区协调外迁前期准备工作。

一个千军万马齐上阵的“战场”啊！

等着吃水的北京人知道调水源头人在这样生死鏖战吗？

三

天在下着小雨。中午，我来到安阳龙门堂移民村。

村主任刘继武向我走来。当我和一双粗糙的、结实的中年男子的手相握的刹那，刘继武怆然的泪水夺眶而出。我的泪水也滚滚而出。这个坚强的男人，多少天、多少月、多少年他都在鼓励自己的村民：为了国家的工程，为了北方人能喝上汉江水，我们到别的地方重建家园吧，我们不哭。可他在我面前，却再也无法忍住。他用一双粗糙的大手胡乱地抹着脸上的泪水，然后指着村前广阔、肥沃的田地说：“今年地里没种一棵庄稼，去年都说搬呀搬呀，结果也没搬，地都撂荒了……”我顺着他手指的方向看去，往日的千亩稻田里长满了杂草，刘继武心疼这来之不易的土地。

安阳在半个世纪里因调水工程两次被水逼上山岭，这次要全部消失了！千年的汉水码头“小汉口”要全部消失了！一代哲人杨献珍的故乡最后要消失了！

“你去忙吧，搬家乱糟糟的。”我对刘继武说。

“好，那你忙。以后有机会到团风那边看看我们。”刘继武流着泪。

我不忍心再看这个流泪的男人，只好别过身去……

中午了，县里的包保单位开始给移民送饭。每家按人口计算：每人两碗方便面，两根火腿肠，一袋榨菜，一瓶矿泉水。移民们已经没有了锅碗，许多人家的房子已拆了。

看哪，坡上坡下，坎上坎下，大路小路上，都奔走着送饭的包保队员。他们挨家挨户地送，他们一盒盒、一根根、一包包地把饭送到移民手上。这也许是他们的包保内容之一吧。

送饭完毕，包保队员们或站在树下，或蹲在地上吃方便面……

午后，天开始下雨，好在 49 辆货车已装载完毕，盖好了苫布，编号列队，卧龙般静静地停在公路边，只等出发的命令。下午 4 时，一声令下，货车徐徐驱动，离开安阳，向广阔的江汉平原驶去。

雨越下越大，我来到安阳青龙村。

青龙村数百人已冒雨集结在青龙小学。小学校的教室里、走廊里、屋檐下都蹲着、坐着、站着一堆堆来自各村组的移民。他们从十里八里地外自己的山坳赶来，赶到这能上车的地方，等着上车的命令。

天气很冷，移民们大多穿得很单薄，很多人光脚穿着草鞋。如果按上级规定的出发时间——明天凌晨 4 点——他们还要在这里等十几个小时。那只有一个月的小移民刘心雨、只有两个月的小移民陈从园怎么受得了？那个 70 多岁的、坐在轮椅上的偏瘫老人怎么受得了？她大小便失禁啊！那个等待生产的孕妇怎么受得了！那个癫痫病人怎么受得了……

许多移民几天前房子都扒了、锅灶已拆了，他们已好几天没吃上热饭、没喝上热水了！

我多么希望指挥长现在就下命令，让移民上车、出发！否则，这样的雨夜他们怎么熬得过去？

我知道我这样的想法多么荒唐！

移民们在风里、雨里等待了多少天、多少夜啊！ 22 点零 5 分，常务副指挥长周吉礼终于“违规”下令：移民车队提前启程！

所谓“违规”，是上级明文规定，不允许移民车队夜间出行，否则出了事后果难负。

然而，周吉礼断然决定违规夜行。他是不忍心再看移民在风雨长夜里受罪呢，于是他下令了。但是他又怕因此连累柳长毅。他认为自己在郧县算不了什么，可郧县目前决不能没有柳长毅。

他走到柳长毅面前，低声说道：现在情况特殊，必须马上出发，否则要出大问题。从现在开始，我关机，你不要给我打电话、发短信。这里的一切我负责。如果今晚夜行出了事，我就跳崖，你上报我畏罪自杀就行了。说完毅然决然跳上指挥车，大臂一挥，让千人车队出发！

那一刻，郧阳的青山一定是静默的，它们在向一个为了人民安危而敢于担当的指挥官致敬！那一刻，天空落下的雨是悲壮的，它们在为一个如此大义的壮士挥泪！

那一刻，柳长毅的心里肯定是翻江倒海的，为周指挥长的凛然而震撼，为战友的患难之交而感动。多好的干部！多好的战友。柳长毅再次感到奋斗的意义。

他向指挥车上的周吉礼缓缓举起手臂，泪水混合着雨水冲过他的近视镜流进嘴里。

四

雨淅淅沥沥地下着。

我和故乡的朋友兴明、萍清迅即来到沿江大道，我们想在那里送送移民，最后看看他们。

秋夜的雨，在昏黄的路灯下扯着斜斜的银线，雨点打在伞布上发出“嘭嘭”的声音。

夜，静寂了。江风吹过来，凉飕飕的。街上没有一个行人。我们三人站在雨里等待。等待乡亲们从这里走过。

23点15分。一辆警车驶过。一辆指挥车驶过。一辆医务救护车驶过。啊，满载移民的大轿车驶过，一辆又一辆……25辆啊！

我使劲向车子招手，向父老乡亲们招手。

故乡的人们呀，你们就这样在这寂静的雨夜悄然地告别了故乡！

永远的告别呀！

我鼻尖发酸，泪水和着雨水，在脸上奔涌……

突然，手机铃响了，是金菊发来的：“梅老师，辛苦您了！我代表220户、946名移民向您致敬！我看到你深夜站立在风雨中的形象，我万分感动！保重，再会！”

啊，金菊在护送移民的汽车里看见了我！

又一声手机铃响，是护送移民到安置地的周吉礼发来的：

“梅洁大姐：我没能力、没条件为人民干大事，但无论干什么事我都要无愧人民，个人安危实在是太小的事！这次您回来太仓促了，没能陪您。希望下次回家时，时间备足点好吗？”

读着周吉礼的短信，我已泪流满面……

抬头仰望雨夜的天空，我双手合十，为我迁徙的故乡祈祷平安。

五

每次回故乡，总要和家乡的朋友们站在堵河口，远眺静躺在汉水中央的韩家洲，心中便每每升起一种莫名的惆怅和忧愁。

这座被汉水四面围拢的江中小岛，以其两千多年的历史，把古老和神秘一起编织成一帕面纱，雾霭袅袅地笼罩着这片千年的土地。然而，南水北调，将结束这里的一切，包括姓氏与生命的密码，包括千年的纤夫文化，包括古陶、箭镞，包括秦砖、汉瓦……

2009 年端午节前夕，我随故乡的几位朋友一起登上了韩家洲。

那天，大雨如注，江面雾霭蒙蒙。在村支书的引领下，我们登上去韩家洲的船，船在汉水的江面上，犹如一片飘零的树叶，摇摇晃晃。渡船行驶到堵河对面的河滩，从船上跳下来，我们便踏上了韩家洲的土地。

也就是那一次登临，我们发现了韩家洲人世代传唱的《汉江号子》，当洲上几位古稀老人为我们唱出那悠长、深沉、高亢的音符乐律时，我们仿佛走进了一个千年的沧桑、千年的劳苦、千年不衰的生命的创造与传承。

也就是那天，我了解到韩家洲上的 109 户家庭都姓韩，而且他们固执地认为他们是汉代韩信的直系后裔。虽然他们没有什么证据，但他们把家族在此地的居住史追溯到了汉代，不得不耐人寻味。他们还固执地认为，洲头那座庞大的、高出地面数米的圆土堆是韩母陵。

历史活在历史的典籍里，更活在世世代代生命的传承和记忆里。

同样是在那一天，我知道这千年小岛上世居的 480 多人，要因中线调水全部迁出，韩氏家族将全部迁往湖北随县——2009 年刚建立的、共和国最年轻的县市。

韩家洲在忧伤、愁苦。两千年的家园、两千年的文化、两千年的根脉啊！

离开韩家洲时，雨还在下。乘船过汉江，站在堵河口，回眸再望雨中的韩家洲，我突觉眼前那苍茫朦胧的古岛犹如一位白发千丈的母亲，静静屹立在江中，为她就要启程的儿女们祈祷平安、幸福。

2010 年 6 月 16 日，是韩家洲人在故乡度过的最后一个端午节，8 月桂花飘香的时候，他们就要远迁了。我和家兄千里迢迢，特地赶往韩家洲，我们想在那里重温童年的欢乐——汉水边长大的孩子谁没有童年在江边看龙船赛的记忆？

这时，只见清澈蓝绿的江面上锣鼓喧天、彩旗飘舞、龙船竞渡，沿袭了数千年的原生态龙舟赛在堵河与汉水交汇处、在六月的阳光与水光的交融里快乐举行。

此刻，呐喊声在水上振荡，生命的激情在江面飘拂。

蹲立在岸边、山头、树林、房顶、路边的成千上万的观众，头顶骄阳，欣赏着这场民间原始的赛事，分享着生命本真的快乐。

男人和小孩们已热得赤胸裸背，没牙的奶奶、婆婆们也眺望着江面笑得满面春风。

只有在此刻，所有的韩家洲人才忘却远迁的忧愁，把最后的欢乐沉浸于这片土地。

明年端午节还能划船吗？

站在汉江南岸的码头上，我久久遥望着对岸的韩家洲，遥望江上船上的汉子，回身再看身边韩氏人家的奶奶、婆婆们，一种莫名的忧伤和感激倏忽涌上心头……

到了随州，没有了这岛、这水、这龙舟，韩家洲人将怎样面对？没有了汉江号子，没有了传说和故事，没有了图腾般的盛会，韩家洲人精神里还会深藏怎样的记忆？

两个月后，韩家洲人开始搬迁。

时近中午，包保工作队员给移民们送去午餐，移民们迈着几近沉重的脚步踏上过江的船。他们手捧着饭菜，没有一个人开始吃，齐刷刷地抬头望着韩家洲，望着各自的土墙老屋，望着洲头上他们顶礼膜拜的韩母陵，望着岛上的一草一木……

少顷，二十多条装满移民物什的机船一齐开动马达，然后依次慢慢离岸，朝下游渡口开去。机船越行越快，马达轰鸣，破浪而去。江水掀起的波澜，轻轻拍打着韩家洲江岸的崖壁，仿佛是在安慰这片即将孤寂的岛屿。

随着一阵长长的汽笛声响起，岸边20余艘大型铁船满载着483名韩家洲移民，一字排开，浩浩荡荡地向汉江对岸驶去。

别了，我的故乡……

别了，千年的韩家洲!

韩家洲从此不再有人烟，江中小岛从此开始沉寂。唯有韩母陵在岛上永远高高地耸立，唯有那白发千丈的母亲在江水中作永远的守望。

两年前，韩氏家族已经开始着手编纂家谱，搬迁前，他们已经拿到了前60代的家谱。将来无论走到哪里，从韩家洲走出去的韩氏后人，都能够按照辈分找到亲人。

永远的韩家洲啊……

六

陡坡村尽头，一位老人，安静地半倚在自家破旧的土房子门口，沟壑般的皱纹见证着远去了的沧桑岁月。

门口的院子里放着一张床，还有一些盆盆罐罐。摇摇欲坠的房子里，一口锅孤零零地架在灶台上，一张长满霉斑的方桌在光线不足的角落里显得凄凉无比。

“老爷爷，你家的东西全部上车了吗?”有人上前问道。

老人只是摇头，一脸泪水，不予回答。

再三追问下，老人终于开口说话了。

“走了就回不来啦，回不来啦……”两行泪珠从老人苍老的脸上滚下来，他只是反复念叨着这一句话。

村支书说，老人名叫张富山，今年75岁，是一位孤寡老人。他自小在这里出生、成长，从来没有离开过陡坡村。如今，为了南水北调的国家大事，却要在古稀之年背井离乡，对故土难以割舍的痛苦折磨着这位老人。

饶祖铺村93岁高龄的董同秀也要迁徙了。

董同秀 12 岁进入饶祖铺，在之后 81 年的生涯中，她与这块土地生死相依。背井离乡的那一刻，老人眼眶里噙满了泪水，一直抚摸着她的红木棺材不肯离去。

家人劝她，棺材就不要搬走了，因为安置地天门市早就实行了火化，把寿木搬过去根本用不上，还不如卖成钱贴补生活。

可老人坚持要把她的棺材一同搬走。她唠叨着说，身子骨老了，这一去就永远回不了饶祖铺了，棺木都是用饶祖铺的木料做的，死了睡在老家的棺材里，才算真正的叶落归根，才算回到了饶祖铺老家……

最后，老人亲眼看着自己的棺材被抬上了搬迁运输车，这才抹一把眼泪，让儿子背着登上了远行的汽车……

古时有将军“抬棺决战”，留下多少“壮士一去不复返”的悲壮故事；今有我故乡的移民“抬棺远行”，蕴含着无尽的感伤、苍凉和悲情。

84 岁的张奶奶特意让儿子砍了一根竹子，用竹篾编成 3 间正屋和 1 间猪圈屋的框架，然后用白纸糊成房屋的样式。搬迁前一天的黄昏，白发苍苍的张母把一家 5 口人带到祖坟前，放上供品，点燃香烛，趴在坟头哀哀地痛哭：老头子啊，你晓不晓得，你的儿孙都要搬迁到很远很远的地方啊！清明节、寒衣节再也不能来给你上香磕头了，我也不能来看望你了……

张奶奶哭得肝肠寸断。

儿子赶紧上前扶住母亲，儿媳和两个孙子哭着点燃了“纸糊的房子”，一家人齐刷刷跪下，望着寒风中吱吱燃烧着的火苗，泪如决堤的江水……

“纸房子”很快烧完了，变成了一堆灰烬。突然，一阵风吹来，灰烬旋转着腾空而去……

坟前的人，望着渐飞渐远的灰烬，再一次泪落如雨。

儿子站起来，把全家人的钥匙一一收在手中，然后在坟墓上掏出一个泥洞把钥匙全部放了进去，小心翼翼地掩上泥土。

爹啊，我们要走了，土地也淹了，房子也拆了，剩下几把钥匙给爹留下做个纪念，这是爹爹辛辛苦苦创下的家业，还给爹了……

儿子一边埋着钥匙，一边揩着流不尽的眼泪。

爹爹，我们走了！

爷爷，我们走了！

老头子啊，你在那边等我啊……

儿子一捋袖子，擦干眼泪，站起身搀扶起母亲，带着一家 5 口走向停在村口的搬迁车队……

丹江口库区 34 万移民已经迁徙完毕，3000 里汉水就要进京了！仅以此文告慰我的故乡，也告慰我自己那颗无法告慰的心……

《黄河文学》2015 年第 5 期发表，《散文选刊》2015 年第 8 期转载，2017 年 9 月获首届孙犁散文奖（《散文选刊》主办），入选 2015 年辽宁人民出版社《中国最佳散文》

英国青年乔治来访

一

手机铃声响起，跑步接听，一中国青年（我多半能从电话里辨别是青年还是中老年）男性的声音响起：“梅老师，我叫奚海鑫。”我一般不注意陌生人姓名，我当时并没听清对方叫什么，知道这三个字怎么写，是以后才弄清的事情。

“我有一个英国朋友想见您，想听您说说南水北调的事情……”海鑫继续说。

听此，我顿时开始犹豫：自《大江北去》一书出版几年来，就不断有国内外人士找我访谈，有官方媒体也有民间组织，他们来了走了，走了来了，我从不记他们叫什么，也不问访谈结果。据说，他们有的回去一版一版发文章，有的以此书背景去申请国际援助项目……可我不知道，没人给我反馈。要不要答应这个访谈呢？正犹豫着，海鑫说：“我们是张忠民老师介绍的，他让我们找您……”

一听“张忠民”的名字，犹豫顿时释然，张忠民当时是中国河北民间组织“绿色知音”环保协会负责人，河北经贸大学新闻系青年教授，我们在一起做环保多年。于是，我愉快地答应海鑫，同意来访，并约定了时间。

上午 9 点 40 分，海鑫他们来了，开门见到的海鑫清瘦颀长，足有 1.8 米的样子，后面跟着进来的英国人年轻得令我吃惊！金色的头发、粉白的面孔让我觉着他还是个孩子。如同北京街头常常看到的外国人那样，他背上背着沉沉的行囊，但他手中多了一副摄像机三脚架。

我给“孩子们”切了西瓜，沏了家乡的绿茶，摆上了北京大虾酥和美国腰果。

英国青年有点感冒，不时用纸巾拭鼻涕。

访谈开始，海鑫做翻译。他介绍他的英国朋友叫 George，他说就叫他乔治吧，他的姓很不好翻。他说乔治在英国伦敦一所大学修满了经济学、新闻学两个学位，今年刚毕业，他来中国想了解一下南水北调的情况。接着又介绍他自己，他是东南大学大一学生，开学升大二。我说你英语说这么好！能做翻译！好多学生大学毕业了也做不了这些事情。海鑫说他高中时英语就学得好，这次暑假义务为乔治服务，正好再练练自己的能力。又说乔治是他姐姐的老板的弟弟的朋友的儿子，一长串的定语让我们忍不住笑了起来。乔治肯定听不懂，但他也跟着我们笑。

乔治问了许多问题，比如：

你诞生的那座城市叫什么名字？我用拼音给他写出了“湖北郧阳”，他问那座城市什么时候沉没的？为什么沉没？

他问丹江口大坝什么时候修建的？为什么要 10 万人修 10 年？为什么南水北调中线工程长达 50 年？

他问 20 世纪移民与这个世纪移民有哪些不同？与其他国家有什么不同？他问南水北调中线工程 20 世纪已移民 48 万人，这次又有多少移民要迁徙？

他问中线工程原定 2010 年给北京送水，为什么又推移到 2014 年？对北京有什么影响？

他问北京水资源量是多少？中线实现调水后，每年给北方送多少亿吨水？给北京多少？够不够北京用？

他问把汉江截断给北方送水，汉江自然生态受不受影响？

他问北方为什么不节水，如果节水不调水行不行？

他还问了许多。

看来，乔治是有备而来，他带着一本我的《大江北去》，他不懂中文，但他肯定从张忠民教授那里咨询了这部书的许多内容，他的问题实际而要害。他还备有一张填写着各类数字的表格。

我惊讶这个第一次来中国的英国青年，提出了许多资深记者都没有提出的问题。我惊喜乔治来访之前认真做了功课。类似乔治的提问，我也曾先后遭遇瑞典青年和美国《纽约时报》记者以及法国一家电影导演的穷追猛问。感谢《大江北去》长达两年的调查采访和写作，对乔治他们提出的问题有许多我能对答如流，但也有许多我也只能黯然失语。比如“为什么推迟 4 年调水？对北京有什么影响？”又比如“如果节水不调水行不行？为什么北京人不节水？”我是回答不好的。

最后，乔治让我描述一个预言：他说，如果不节水也不调水，10 年或 20 年后，北京这座 2000 多万人的千年古都将是一个什么境况？

我说乔治你在新疆的沙漠里（乔治到北京前去了新疆的沙漠）看到了楼兰遗址吗？ 3000 多年前的楼兰，也曾有环境学专家向国王建议对“砍树者”实行“罚马”“罚牦牛”，当国王将此建议晓谕臣民时，一切都已晚了，沙漠、狂风、干渴已开始疯狂地吞噬楼兰。楼兰人来不及种树了。我们完全可以想象，曾经“马蹄哒哒，驼铃声声，商贾使节络绎不绝”、处在古丝绸之路上的楼兰城的富裕和繁华；我们同样也可以想象，当沙暴卷来并湮埋这座城市时，无处逃生的楼兰人的惊恐与绝望。

一切繁荣倘不以坚固的生态平衡为基础，倘不以生命之本之根的水资源可持续利用为基础，那么繁荣是绝对靠不住的，一阵黄风就能刮走。

访谈一直进行到 13 点，乔治的情绪一直很亢奋，访谈结束时，我发现乔治的感冒好多了，几乎不拭鼻涕了。起初，他因不断拭鼻涕而要不断用茶桌上的抽纸巾曾向我表示歉意。我一挥手一笑，抹去了他的歉意。

我请海鑫、乔治在小区外一家烤鸭店吃烤鸭。乔治说他要请我。我说你几万里迢迢来中国了解中国水问题，你是贵客，我必须请你。

吃饭时，一盘用白醋、蒜泥、香油凉拌的酱肘子，让乔治欢喜异常，连说“好吃！好吃！”饭间，乔治告诉我：烤鸭是全世界他最爱吃的一种食品。他不会用筷子，鸭肉蘸酱、卷饼时，他总是夹不起来，我不得不一卷一卷为他做好这一切。乔治夸奖我：你肯定是一个细心的母亲。

乔治说在伦敦中国餐馆的菜最好吃。

还说他是第一次来中国，对北京印象很好，比来之前想象得好许多。我问他什么地方好，他说人好，热情。又说北京地铁好，又新又便宜。我问伦敦的地铁怎么了，乔治说，又老又旧又贵，乘车比北京贵两倍。

饭间，通过海鑫的翻译，我了解到乔治的更多：上一届奥运会在北京举办得很成功，下一届奥运会主办城市是伦敦，乔治和他的几位朋友自费来中国考察，期望能获取一些什么，以便届时能为自己的城市做些事情。他和朋友们先是在新疆进行沙漠马拉松运动，他们用 6 天时间在塔克拉玛干大沙漠里跑了 150 公里，之后来到了北京。

我听后惊叹万千！

在北京参观旅游其间，他听说北京是个十分缺水的城市，人均水资源量不及阿拉伯沙漠国家的一半，作为新闻专业毕业的学生，他就又开始考察北京水问题。为此，他曾到达河北保定、石家庄，沿中线调水工程做了 5 天的行走、访问。这期间，他们得到了张忠民教授的帮助。他说他喜欢北京，他担心这么大的北京没水怎么得了！

我听后感佩万千！

乔治当年高中毕业后没有急于考大学而是走向社会：他用一年时间去了新西兰、美国、南美、印度，而所花费用全是自理——他先在新西兰一所学校教小学生足球、橄榄球，挣了 10 个月的工资使他有资本走了其他几个国家。

乔治是 6 月 14 日到达中国，将于 7 月 31 日回国，我以文化差异造成的愚蠢问乔治：这么长时间中国行要花很多钱，父母要帮助你多少路费？乔治回答说不能让父母出钱，说他在英国贷了相当于 1 万元人民币的“学生贷款”，回国工作后还贷款。我问他 1 万元够不够中国行？他说已经超了，但比在英国已便宜很多。

海鑫告诉我，他陪乔治游颐和园时，乔治看到昆明湖上泛舟点点，人们欢声笑语，快乐异常。而乔治却忧心忡忡地问海鑫：“北京这么缺水，只够用几年，他们怎么一点也不犯愁呢？”

我听后望着单纯的乔治许久无语，之后笑了，之后我沉思万千！

怎么回答你呢，乔治？

二

2011 年 5 月 16 日，我随中国作家采风团赴中线调水源头采风，车经鄂豫两省边界时，国务院南水北调办宣传处的处长突然从前排座位上站起，然后转身望着我们全体大声说：“北京水务局已向外界公布，北京人均水资源量只剩 100 立方米了！”说着，他举起了手机，“我刚接到这条短信，就有 8 个要求采访的短信打进来。看吧,用不了多会儿,我这手机就会被打爆……”

他还在说什么我已不在意，我在异常沉重地想这“人均 100 立方水”。这是一个多么恐怖的数字!

6 年前的 2005 年我采写《大江北去》一书时，北京人均水资源量是 280 多立方米，仅仅 6 年，就锐减了半数以上！而国际标准是人均 1000 立方水就是发展极限，人均 500 立方水就是生存极限，而人均只有 100 立方水的北京还在着劲儿发展成为国际化中心城市，2000 万人还在无忧无虑地消费水中欢声笑语；人均 8000 立方水的美国、人均 8.8 万立方水的加拿大依然在百分之九十地回收中水，依然在发明“雾水收集法”，而几亿人寄居的中国北方、几千万人寄居的北京，却难以使用中水，用从几百米深的地层下抽出的宝贵的饮用水冲厕所、洗车、浇草坪打高尔夫球、冻冰凝雪造人工滑雪场……一个高尔夫球场、一个滑雪场用的水是几百个家庭一年的用水量!

10 多年前，国家水利部前部长就说，90 万眼机井已将华北地下水几近抽干，北京公主坟一带的地下水已打到了基岩，打到基岩的概念就是地下水一万年都难以恢复；

华北几百万人因喝深井抽上来的超标准高氟水而经受着氟骨病的折磨：黄牙、牙齿脱落、骨质疏松、驼背、腰腿变形而失去劳动能力；

华北沿海地区因超载地下水而地面在沉陷、房屋在倾斜、道路在开裂、海水在倒灌……

他们为什么不节水，为什么不发愁？怎么告诉你呢，乔治？

我想，也许他们是不知道，不知道他们干渴的处境。

他们不知道楼兰人逃遁时的恐慌与绝望，他们不知道他们正如一条鱼搁浅在沙滩，痛苦与挣扎即将来临，他们不知道只剩 100 立方水的概念是怎样的一种生存危机；

他们不知道在我的故乡、在中线调水源头，为了给北方解困水危机，正有几十万百姓在含泪告别家园，正有几百万人在为这告别与重建生死鏖战；

他们更不知道中线调水经历了50年，50年里我故乡的父老乡亲所经受的艰辛和磨难。

不知道90岁的老爹爹怎样被担架抬着开始了迁徙；

不知道我的乡亲们离别时把家门的钥匙埋进亲人的坟茔而后告别的伤痛；

甚至不知道调到北京的水是汉江水还是长江水？

不知道不能成为他们穷耗水资源的理由。乔治，你说得对。

为什么不让他们知道呢？乔治你问得好，可我却回答不好。

19年前我写《山苍苍，水茫茫》，6年前我写《大江北去》，现在我写《汉水大移民》，无论过去还是现在，我写书只是含着一个心愿：就是想让人们知道。

这个心愿很卑微。

我想知道了，就会明白这3000里北上的汉水里流淌着多少鲜活、悲壮的生命信息！

我想知道了，就会珍惜这来之不易的爱与奉献的水滴！

我想知道了，就会懂得被泪水、汗水、血水浸染的心！

乔治，我知道你想知道这一切，仅此——

谢谢你了亲爱的孩子……

《散文百家》杂志2013年第1期发表，入选2013年花城出版社年度散文精选

西部的倾诉（节选）

我走定西

1998年7月21日，我与中央教科所比较教育研究室副研究员蓝建女士，乘上75次西行列车离开北京前往甘肃，我们车票标示的终点是甘肃定西。

不知为什么，我总觉着甘肃定西和宁夏西海固的贫困带有恐怖性。这印象大约要追溯到10年前，1988年中国108家文学期刊发起的“中国潮”报告文学征文活动席卷全国，著名作家麦天枢的长篇报告文学《西部在移民》是这次征文活动获奖的头号种子选手，我的中篇《大血脉之忧思》也获了奖。在北京，前往颁奖晚会的大轿车上，我和麦先生同席而坐。

“你的《西部在移民》很恐怖……”我对麦说。

“你去看了更恐怖……”麦说。

我记得我们当时指的是西部的贫困。

麦先生当时报告的是中央断然决定每年拿出2个亿，用10余年时间将甘肃定西和宁夏西海固贫困到绝路上的70万农民迁移到甘肃的河西走廊和宁夏的引黄灌区，这就是世界瞩目的“三西工程”。记得当时我很羡慕麦先生能够到遥远的西部，而我可能一生都不能。尽管当时西部留给我的印象是——恐怖的贫困。

于是，我对10年后我能到定西感到激动。

一路，蓝建都在给我讲定西，讲定西地区的通渭，一个月前她刚刚到过通渭。这位在中央教科所工作了14年的比较教育学硕士近年来已经把研究的重点放在了发展中国家，放在了贫困的西部，放在了西部女性教育。

“女性并不愿意研究女性问题，更不愿意研究贫困地区问题。”蓝建说，“人们更愿意研究美国问题，日本问题，欧洲问题，甚至印度问题，就是不研究妇女问题，尤其是贫困地区的妇女问题。有些女性杂志也是这样，办的杂志全是些女明星、女模特，穿衣、化妆、保养、减肥，再不就是隐私艳遇之类。封面上也是这样那样的倩女，从不讨论女性素质、女性教育问题。这是一个误导。”作为一个有独立个性和思考的学者，我注意到了蓝建研究方向的价值所在。

7月22日上午，列车进入甘肃省甘谷县境内，甘谷一马平川，绿色的庄稼、果林，大片大片的大棚菜地，别具风格的“一坡水”民宅盖得很高，很昂扬。甘肃不是我想象中的荒漠。

“甘谷不错。”我对蓝建说。

“定西就不一样了，你要有思想准备。”蓝建说。

“我不怕吃苦，你放心。”

“这我相信。”

蓝建女士能够亲自送我到达西部，我内心真是踏实了许多——无论怎么说，10年前那个关于“贫困的恐怖”的阴影总在我心里浮泛。蓝建送我到达通渭后将返京赶宁波的一个会议。

列车晚点两个小时，于中午12点30分到达定西，在定西站下车的只有3个人，除了我和蓝建还有一位男性旅客。出了车站，定西便出现在我的面前。这和我在内蒙古高原看到的一些县镇差不太多，街市的房屋低矮、简陋，没有显眼的现代建筑，街面上摊贩很少，人很少，商业楼很少。几辆三轮车等在车站外面，大约是这里唯一的公共交通工具了。这里是定西地区行署所在地，但远没有内地中等城市的模样，这大约就是落寞贫远的定西了。

火车站对面，有一个极不起眼的小面馆，写着“兰新牛肉拉面馆”，蓝建领我走进了这家面馆，面馆实际上只是一个1米多宽、4米多长的长窄条铺面，里面只摆放了一张布满油渍垢迹的长条木板，权当饭桌了。吃饭的只有我和蓝建。我们一人要了一碗拉面，那碗口的直径足有15厘米长，2元一碗的牛肉面我们都只吃了一半。

我们在定西长途汽车站的木长条椅上足足等了 1 小时 40 分钟，才搭乘上开往通渭的公共汽车，车站里的人本来寥寥无几，不知怎么车要开时一下子涌进了许多人，大多是农民，大包小包的，车内突然拥挤了起来，以至把我和蓝建挤开了，我带了 1 个月的行李，我的大衣箱没处放，我的脚好像也没处放。挨着我坐的农民穿着补丁摞补丁的衣服，这种衣服在 20 世纪六七十年代是司空见惯的，我已经许多年没有见人穿这样的衣服了。另一个农民在不断地从一个塑料口袋里摸出一种劣质的烟末，然后摁进烟锅里抽，抽一两口就熄灭，于是他再重新摁烟末，再抽。抽完烟吃干馍，吃完干馍再抽烟，如是一路。那烟锅是自制的，很粗很笨拙，好像是根什么动物的骨头。

车开了,发出很燥烈的轰响声。大客车很破旧,像一条很破旧的麻布口袋。

我感到车内很冷，我想车外的气温最高超不过 20 度。我们从北京出发时最高气温 35 度。

一切都在告诉我：这是一块依然贫困、依然局限、依然寒凉的土地。

车窗外山连山峁连峁沟接沟，但许多地方呈大面积的梯田状。7 月的黄土高原，庄稼呈现出各种色彩：墨绿色的已经抽穗的荞麦、发黄的等待收割的小麦、宽硕的土豆秧开着粉白色的花、玉米正抽穗、胡麻已结籽……已经收割完庄稼的、一块块裸露的土地也已用犁耙整理得非常细碎。“三西工程”毕竟已经过去十几年了，改革开放也毕竟 20 年了，定西的农民不可能一年再吃十几亿斤国家调拨粮了，不可能再把麦种都生嚼着吃了，我想。

定西离通渭 70 公里，大客车摇摇晃晃走了近 3 个小时，下午 5 时 30 分我们才到达通渭。

通渭是甘肃省 41 个贫困县之一，1995 年通渭已经全县实现“普初”（小学五年级），2000 年将全部实现“普九”（初中毕业），这是省里确定的指标。许久以来，我对以完成什么指标、任务而出现的一些统计数字总是持怀疑态度，这已成为一种心理障碍。但我已经从蓝建和县教育局那里得知，通渭曾经出现过一种史无前例的现象，那就是“私人办学”。80 年代，通渭的私人学校多达 57 所，这实在是开了通渭教育史上的先河。私人学校曾为通渭普及初等义务教育立下了汗马功劳。这是一些什么样的私学呢？

县教育局教研室王成武老师说，80 年代初，土地承包到户后，农民对于土地勃发出了新的激情，人们开始了渴望富裕的劳动。随之而来的是劳动力的缺乏，于是大批的孩子便因成为家庭的劳力而失学了，尤其是女孩。她们必须留在家里照看弟妹、喂猪放羊、做各种家务，抑或是到地里干活。那时全县的入学率不足60%，女孩子一大半不上学。国家的《义务教育法》就要颁布了，这么多孩子不上学怎么办？1984年县里下了个文件，允许私人办学，以补充正规学校不足、方便农村孩子入学。县里唯一的报酬承诺是每招一个学生一个月补助1元。招收的学生也只许按公办学校收费，比如杂费每学期6元或10元。

于是，80多所私学出现了，后来巩固了57所。学生小至6岁，大至18岁。她们带着弟妹，或半天或午间或夜晚来到了“私学”，于是，全县的适龄孩子们大都能上学了。一批初中、高中抑或是小学毕业的回乡知青在自家的窑洞、炕头抑或是场院开始了对于贫困最初的启蒙。

90年代以后，私学开始减少，剩下19所，1995年减少到9所，1997年剩下6所，1998年我去时只剩下1所。

“为什么逐渐消失了呢？”我问王老师。

“通渭的私学是西部贫困地区普及义务教育的产物。它的消失有几种原因：首先，随着联产承包责任制的成功，农民生活水平也在逐年提高，私学条件差，质量也无保证，家长们更愿意把孩子送到正规学校；再就是县里对私学老师承诺的补助没有兑现，只好自生自灭了。湾来私学曾经是办得最好的，后来不办了，现在正经还在办着的是高嘴私学。”

1元钱都难以兑现，实在让人难以置信。

我们到高嘴、到湾来。

通渭地处黄土高原南部边缘地带，境内山峦起伏，岭梁交错，沟壑纵横，川台错落。虽有第四纪黄土披盖状被覆厚达30米至80米，但却是“万丈厚土、寸草不生”。植被几乎绝迹，水土流失极其严重。境内干旱缺水，灾害濒临。令人惊讶的是通渭地形几乎用尽了地貌学上形容险恶地形的全部汉语词汇，如岭、梁、山、峰、岘、墩、嘴、顶、尖、坡、坪、台、崖、埂、塄、沟、岔、湾、滩、坑。我的“康柏”586电脑储存了5000多汉字，几万个词组，但依然不认识另外两个表述通渭地形的字，这里只好免去了。真是山河破碎、满目疮痍。据不完全统计，全县以这些地形单字命名的村落居然达1462个！国际上有个词叫处境不利地区，我想通渭有过之而无不及。

我们先到义岗乡山河村高嘴社，通渭把自然村叫“社”。县城离义岗38公里。所谓“嘴”，即“梁”的末端突起部分，也称“峁”。梁就是我们在中国地图上看到的那些东西走向的、涂着暗红颜色的高山大岭，通渭境内有三条大梁，每条长达 90 多公里，沿着这三条“莽昆仑”般的大梁，就伴生出了这千沟万壑。

高嘴社的黄土地干燥板结得令人有些窒息。高嘴私学就建在高高的峁上，离私学老师路宗礼的家不远。那是个什么样的私学呢？

路宗礼，46 岁，1971 年在离高嘴社十里远的石关中学初中毕业，1972 年即在常河村小学当了民办老师，一当就是 21 年。1993 年路老师遭遇了天塌地陷般的大祸，20 岁的儿子在银川煤矿出事故被砸死，中年丧子的灾难使路老师几经绝望，痛苦不堪中他辞去了民办老师的工作。1994 年熬过大难的路老师内心依然感到空落寂寞，思念儿子也思念曾经任教了 20 多年的学校。但民办老师不是要走就走要来就来的，回常河村小学已不再可能。“大半生都是教娃娃们，后半生还是教娃娃吧。”路老师痛定思痛后决定自己办个学校。

路老师开始打土坯盖房，一个人 6 天打了 3000 块土坯；“高嘴”没有平地，路老师又开始白天黑夜地劈峁平场。两间小土房盖起来了，没有课桌凳，路老师又把儿子事故的 6000 元抚恤金拿出来买了木板，用土坯搭起了简易桌凳。当年即招了 30 个学生，学生每人带一根木椽就顶了学费。

这时，女儿劝父亲：“你当了 20 多年穷民办，滋味还没尝够？还自讨苦吃？”路老师流着泪说：“爹这一辈子除了教娃娃念书就不想干别的了……”女儿有女儿的道理。中国的民办老师、代课老师是收入微薄，他们的工资从六七十年代的每月 5 元、7 元到 80 年代的 12 元、20 元，到 90 年代的 40 元、80 元，真是不及城市孩子的一包旺旺雪饼钱、一盒“今天你喝了没有”的娃哈哈钱。可中国农村的教师队伍中，竟有许许多多这样的老师，达几十万！中国的教育大厦居然是靠着这些几十年如一日、默默无闻、无怨无悔奉献着的人们在支撑着的，真是想起来就让人流泪！

1995 年路老师又盖了两间小土房，一年后又盖了一间，因为学生在不断增多：1995 年增加到 52 名，1996 年有 76 名，1997 年有 84 名。这些学生来自两个行政村，最远的学生离学校 4 公里，但却没有一个学生辍学；高嘴社除了一个妈妈是哑巴的女孩没上学外，没有一个孩子失学。20 多年的民办老师生涯已使路老师在方圆几十里内取得了信任。

“我这里今年毕业的 6 名学生有 5 名考上了乡里的中学，我们这里还不让全部上中学。义岗学区 16 所正规小学，我的 5 个学生的成绩在全学区排第 5 名。”高老师坐在门槛上对我们说，“现在最大的困难是没有资金，娃娃们一学期只交 10 元学费，冬天加 15 元烤火费，生 5 个炉子，现在煤 220 元钱一吨。还有粉笔、墨水、备课本子……学生越来越多，分 5 个年级，我教不过来，又聘了两个老师，每人一个月也只给人家 80 元工资，我自己满打满算也只挣一个民办老师的钱。”路老师低着头，满脸沧桑，满目愁绪。

我看了路老师的 5 间小教室，大的不过七八平方米，小的五六平方米，土坯搭的长条木板是桌子，一排坐七八个孩子。小院里用土坯砌了个乒乓球台子，土坯当台网，台面抹的黄泥，连水泥也不是。我怀疑孩子们是否能有条件玩乒乓球这种游戏。

我们要走了，路老师站在“嘴”上送我们。路老师很高、很瘦、背有点弯。走了很远，回头望路老师，他仍伫在“嘴”上。路老师，你在守望什么呢？

我心里一阵酸楚……

去高嘴私学的第二天，我们来到李家店乡常坪村湾来社。县城离李家店乡 41 公里，湾来社离李家店还有 10 公里。通渭除了岭梁沟谷之外，便是全国尚属罕见的大面积滑坡地貌。在滑坡区，滑坡体沿着滑动面整体滑动，形成巨大的“泄山”“泄湾”“泄岔”。滑坡体离开原来的的滑坡壁 30 米至 60 米，滑坡体长度大于宽度 1 至 3 倍，向前延伸数公里。境内的滑坡主要形成于清康熙五十七年（1718 年）和民国九年（1920 年）的历次大地震，李家店乡就处在滑坡区，且滑坡还在继续进行。县教育局小冉驾驶的 212 吉普车已很陈旧，当他沿着这些滑坡体上的土路飞坎跳岔地猛开时，我真是吓得心惊胆战。

湾来私学的老师叫常世民。常老师 37 岁，1976 年初中毕业，1977 年念了一年高中辍学回家务农。1984 年全县开始“普及义务教育”大发动，常坪村学校校长找到常世民，说：“女娃娃们这么多没上学，你办个私学教女娃娃们识字吧。”常世民二话没说就办起了“私学”。

1984 年 11 月，常世民就在本村动员了 11 个女娃，小的 10 岁，大的 17 岁，都从来没念过书。常世民家里的一座土窑就临时做了教室，问村校借了一块小黑板，又借了几本旧课本，语文、算术什么的，自己又去代销点买了一盒粉笔，私学就这样办起来了。女娃娃们家务活多，洗了碗、喂了猪，冬天的太阳就爬上湾来坡了，女娃娃们便抱着弟弟、牵着妹妹来上学了。在常老师家暖暖的土炕上，她们瞪大眼睛望着 23 岁的常老师，像望着她们崇拜的哪位神祇！她们专心地用小指头在土炕上、手掌上一笔一画地写着字，因为她们中许多人家里还没同意给买铅笔、买本子。她们中有许多人曾经多么羡慕自己的哥哥或弟弟能够上学，她们却不能，因为她们是女孩。她们多少次偷偷抹眼泪啊！现在好了，现在有常老师教她们，什么钱都不要，家里的活也不误，还让带弟妹，这是世上多好的事啊！当她们第一次会写自己的名字时，她们就像发现了天堂！

春天到了，夏天来了，学生们的事情更多了，常老师就把上课的时间改在中午或晚上。1998 年夏天，我在湾来见到常老师时，他告诉我这 11 个女孩有的跟他学了 3 年，有的一直学了 5 年。

1985 年，又有 25 个孩子来常老师这里学习，自家的窑洞放不下了，常老师就把“私学”搬到村里一所废弃的窑洞里，窑洞的主人已在许多年前举家迁往新疆。我到湾来时，常老师领我看了这个窑洞，那是一个什么样的窑洞啊？一个如同我在内蒙古高原常见的那种土圐圙围绕的一个院落，院子里满是枯叶羊粪，一间不足 10 平方米的狭长条土窑，门檐已经塌陷，塌陷的土坯已堵住了半个窑门。

“这怎么教书啊？”我问常老师。

“前几年比这强些，这几年我又搬走了。”常老师笑着，笑得很憨厚。

走进土窑，常老师对我说，西墙上那块用墨汁抹黑的黄泥墙就是当年的黑板，黑板下边的墙角处用土坯垒起的像支锅灶那样的土台子，就是他当年的办公桌。常老师就是在这间土窑里教了 10 年书，教出了 154 个学生，其中 80 个是女孩。她们中最多的能识 2500 个字，最少的也能识 1500 个字。现在有 15 个女孩都到外地开裁缝铺了，还有许多在村里开，即使不开铺子的，结婚时也都问婆婆家要一台缝纫机，好给家里人做衣服。

“怎么，你还教缝纫？”我问常老师。

“有一年省长来看私学，见我办得好，回去就奖励了一台缝纫机。我妻子小学毕业，会缝纫，我教语文算术，我妻子就教学生们缝纫。”常老师依然笑着，笑得很憨厚。

“你很不容易。”我说。

“也没啥，帮女娃娃们扫扫盲，以后到城里做缝纫、当保姆能认个路，认个厕所，买个菜啥的，不误事。”常老师低着头说。

“你教这么长时间的书，哪里给报酬呢？”

“啥报酬也没有，县上原来说是一个学生一个月给 1 元钱，最后啥也没有。后来学生们给 1 元钱，有的给有的不给……”

“后来呢？”应该说，此刻我心里充满了疑惑，在我来西部之前，我已经在好几部有关西部教育研究的书里看到过湾来私学，看到过常世民，他是被当作一种典型、当作一种意义在说来说去，那典型很光彩，那意义很深远。但我却丝毫看不出常世民的生存现状，所以，见到他时我想问个仔细。

“后来……后来就是 1994 年甘肃省教科所评我‘女童教育先进个人’，省、地、县支持了 1500 元钱，让我盖了一间 20 平方米的房子，私学就从土窑搬出去了。不过，1994 年最后 15 个女娃学完也就没再招生，娃娃们现在一般都能按时到村小上学。现在在那间新房搞农技培训，从县里请技术员讲玉米地膜覆盖，已办了 3 期……”

说着话，我们已从旧土窑顺湾来坡上行来到常老师家。路上，我看到地里的玉米青着，正抽穗，玉米秆长得很矮、很瘦，有的叶已经枯萎。

“今年旱，没收成。麦子也只能收三成……”常老师说。

进到常老师的院子，院子里垒了许多正在晾晒的土坯，常老师说有 600 块。上面支持盖的那间房在院子的东侧。常老师说盖那间房他担水打了 1500 块土坯，担了 200 担水，担水要到 1000 米外的沟底里担苦水，担一担水来回用 40 分钟。

据说李店乡没水吃已经好几百年了，沟里、河里、地下全是苦水，几百年人们都是挖水窖存天上的雨水，这里村村户户吃窖水，天不下雨命危机，这里水比油金贵。

常老师家的房子也是我路过甘谷时看到的那种“一坡水”土墙瓦房，但已经远远没有甘谷的高大、昂扬、气魄了，整个通渭的“一坡水”住宅都没有甘谷的高大、昂扬、气魄。进屋坐定后，常老师拿出一本很稀拉的小本影集，他想给我看几幅照片，他说那几年县里、省里、北京、外国来了许多人，有好多照片。但翻开影集，除了一两张他的几个女学生抹着红脸蛋演完节目的合影外，什么也没有。常老师不好意思地笑笑说：“这个来那个来的，都让他们拿走了。”“你怎么不留几张呢？”我有些嗔怪并疑惑地望着常老师。“人家拿去有用，我没用……”常老师笑着。

这就是湾来私学，这就是常世民，这就是中国农村女童教育的老师。该做的都做了，该奉献的都奉献了。对于他人，他是一个材料中的典型，成果中的意义；而对于他自己，一无所有，一贫如洗：正房炕上躺着久病不起的年迈的父亲，下房土屋里，村里的郎中正为病重的母亲诊病，一个患精神病已经两年的弟弟，3 个上学的孩子……所有生活的重负只有他和妻子承担。

离开湾来，常老师爬坡送我们到达土路边，我忍不住就给常老师掏了

100 元钱：“拿着，没准母亲看病用得着。”常老师眼睛湿湿的，收下了。

我们走了，常老师站在黄土路边。站了很久。

黄土路上腾起浓烈呛人的黄土。

常老师，你站在黄土路上守望什么？

通渭县教育局副局长牛托稳说，通渭县 43 万人，有中小学生 8 万人。许多年来，全县上下出现了一种局面，那就是“学生苦学，老师苦教，家长苦攻，领导苦抓”。他说到了通渭一中，这是全县最大的一所中学，3000 多名学生绝大多数是从农村考来的，然而学校根本没有住宿条件，学生们投亲靠友地自己找地方住，大部分学生只能是在县城周围的农村租老百姓的房。能租什么样的房呢？有租牛棚的、租柴火房的、租废弃不用的土窑的，什么样的都有。为省钱总是五六个学生租一间，一条小土炕五六人滚在一起；大西北的冬天气温零下二三十度，小土房里没有煤火，没有电灯，学生们冻得抱不住心；学生们总是从家里背干馍、背咸菜，吃完后星期天再回家背，有的学生 30 里、50 里地赶回去了，家里也断粮，只好又饿着肚子回学校，通渭的学生中午在街上要饭的有的是。但是早晨 6 点你到学校去看，没有一个老师迟到，没有一个学生迟到，整整齐齐上早操、上自习、然后上课。这就是我们苦读的学生。

再说我们的老师，你在下面也看了。当今社会要说奉献精神，天底下要数我们贫困地区的老师够格了。谁能做到一年一年拿不到工资还照样稳稳踏踏一天班不误、一节课不误的？城市老师行吗？换任何一个工种的人行吗？我们有许多 30 多岁的年轻老师，是教学骨干，正吃力的时候，可他们没赶上分地，土地承包时他们不够岁数，找个妻子也没地。发不了工资，又没地，你说他们吃什么？他们怎么过？

还有我们的家长，真真是苦工。春天把地种上以后就开始外出打工，成千上万的人到陕西当“麦客”（帮助人家割麦子），到新疆摘棉花，到内蒙古收葵花，吃在地里睡在地里，吃苦受罪，为给娃娃们挣点学费……

有家报纸曾报道，有个农民到陕西当麦客，因为没钱买车票就背着干馍、镰刀白天黑夜沿着铁路走，想走到陕西。不想又饿又累晕倒在铁轨上，好险送了命，幸亏火车司机发现得早，好心的乘务员帮助把他送进了医院……

牛托稳局长的介绍使我想到：为什么在通渭县城和一些乡镇人家院门的木门脑上，都赫然雕刻着三个字“耕读第”！这实在是西北高原的一道悲情又悲壮的风景。通渭人在门脑上雕刻“耕读第”已有数百年的历史，这里原本是一个十分崇尚教育、崇尚文化的地域。通渭人热爱书画也实属罕见，无论城镇农村，多么贫寒的人家，堂厅里也都挂着书画作品，或两扇或四扇，工工整整。人们常常比着挂书画，你挂个省级的名家，我就挂个国家级的名家。无论是在高嘴社路宗礼老师家还是在湾来社常世民老师家，也无论是在义岗乡高庄村乱庄社学区刘校长家还是在县城真正意义的书画家张东明的家，我都发现了挂在各家正屋墙壁上或奇绝或飘逸的书画。在通渭，加入省书画协会以上的农民书画家竟有 40 多人，1993 年元月北京中国美术馆居然堂而皇之地举办了“通渭农民书画展”，同年 10 月文化部授予通渭“书画之乡”，而且贫困的通渭居然有一个有机构有编制有真正意义的 4 名专业书画家的“通渭书画院”！张东明就现任书画院院长。

另外在通渭，在塬面完全被切割、被风蚀得破破碎碎的岭梁峁嘴之上，建了三座堂皇的“李白庙”。在所有民间意义的节日里，贫困的农民们都要从几里、几十里外赶到“李白庙”进行神圣的朝拜和祈祷，他们把命运和心愿托付给这位千年不朽的大诗人！“李白庙”常年香火缭绕。古往今来，天上地下有那么多神祇，而通渭人心中的神祇是一位诗人！这是我在内地闻所未闻、见所未见的景观。

应该说,任何文化都不是孤立的,它一定有渊源。通渭文化的渊源是什么呢?

7 月 25 日上午我搭乘秦安开往兰州途经通渭的大客车返定西。客车开到通渭已走了数百公里，显得疲惫不堪，出城不到 5 公里因发动机水箱的水已漏完，不得不停车。司机双手沾满“哥俩好”胶水钻到车底下半个多小时上不来，人们没有一个有怨言。午时 1 点 30 分车过马营乡有人拦车说要捎猪娃，14 麻袋猪娃在车顶装好足足用去了 40 分钟，人们依然没有怨言，静静地坐在车上啃干馍、嚼炒豌豆、吃油炸荞麦圈，或抽烟、撒尿。我问身旁坐着的一个青年,一麻袋怎么能装下 4 头猪?“就这么大,”他用手比了一下,说，“放到盘里是条鱼。”他又望着窗外的麦地说，地里长得都是草，旱得一粒麦籽籽都没有，他还说猪娃拉到兰州也只卖二三元钱一条。他好像认定小猪娃是鱼。

下午 3 时到达定西，70 公里路走了 4 个小时。

“通渭的情况基本能代表定西。”定西地区教育处（这里叫处，不叫局）王侠处长这样开始了他的介绍。

定西地区下属 6 个县与 1 个区:临洮县、通渭县、陇西县、渭源县、岷县、漳县、安定区，7 地全部包括在甘肃陇中 18 个国家级贫困县之中，80 年代定西地区还包括生存条件最恶劣、但每年考的大学生最多的“状元县”会宁。整个定西地区靠天吃饭，十年九旱，粮食产量极低，丰年亩产100多斤，旱年颗粒不收。全区284万多人有203万人缺水或无水，县教育部门给50多个乡中心校配备一辆手扶拖拉机，专门拉水，每个学生上学时用酒瓶给老师带一瓶水。全区小学生33.17万人，入学率已达97.8%，其中女学生14万多人，入学率已达92.4%，比改革开放前提高了一倍还多。王侠说，最主要的是老师们能吃苦，全区2万多名中小学教师，其中2700多名民办老师，这支队伍不乱，教学秩序就不会乱。但王侠没有告诉我全区欠发教师工资数，不知是没有统计还是不便说。这是一个头脑清晰、办事稳妥有条理且内心朴实的人，我不为难他。但我听说，定西最多时半年就拖欠教师工资3500万！

如同其他的贫困地区一样，定西地区教育部门也在做着这样那样的项目，比如“贫三”项目、贫困地区义务教育工程项目、女童项目、培训校长教师等，但所有的项目都需要大量的资金和配套资金，仅省县的配套资金就需1.4亿，而定西地区一年的财政收入只有2.5亿，不及东部发达地区一个乡镇的收入。每年的财政支出紧抠着也要5.3亿，亏空一半还多，仅吃饭就需要国家补贴好几亿，补贴从哪儿来？这种情况怎么能不制约教育发展？不说危房和教学设备，全区现在仅课桌凳就缺3.2万多套，6万多学生因没有桌椅而站着上课。

定西，学生的苦学、老师的苦教已见一斑。而家长的苦工你会从定西劳动就业局副局长董荣华的叙述中看到中国西部农民的艰辛和苦难。

定西250万农民靠天吃饭，一方水土养活不了一方人。定西已经没有可能再获得较好一些的生存条件，植被已破坏殆尽，定西的电杆比树多。联合国有关组织已经考察过，干旱、荒漠区一平方公里只能承载7个人，这里80年代初一平方公里已承载六七十人，现在已接近130人，已超过生存极限近20倍！过去人们没饭吃“走西口”，现在没饭吃“走东口”。定西每年都有40多万人出外打工，遍布全国700多处。每年过了正月初三、初四，人们便背上干馍上路了，直到腊月根上才回来。他们中许多人都是讨吃要饭走到北京、走到广东、走到陕西的。他们白天在饭馆里吃剩饭，晚上沿路睡屋檐、钻草垛。所有的脏活、苦活、累活、没人干的活定西农民都干。每年仅劳动部门组织输出的人就有三四十万，1998年上半年已输出近37万。1997年夏天，兰州铁路局为拉定西到新疆摘棉花的农民，特请示铁道部调拨了4辆专列！真是“急惶惶，走四方，为生存，苦受光”。

定西农民外出打工更辛苦，他们须打“时间差”，往返费时费钱：陕西的麦子是6月收割，定西麦熟比陕西晚一个月。6月，上十万农民赶到陕西当麦客，下镰割满一把为一捆，割一捆挣1角钱，起早贪黑一天能割200捆左右，也就是说一天割10个小时能挣20多元，满打满算割一个月挣600元。陕西的麦割完就到了7月，再从陕西赶回来割自家的麦，割完就到了8月。新疆摘棉花的时间是8月下旬到10月中旬，匆匆赶到新疆摘棉花正是时候，新疆每年需要50万人摘棉花。摘一斤棉花挣4角钱，手快的摘两个月能挣1000元。大致就是这个账。一家人一年的吃穿、零用、买粮（许多农户粮不够吃）、供娃们上学就是这些了。

一年又一年，定西人在自己干旱灰黄的土地上折腾不出日子时，就这样背朝着故土走了，所有的辛酸与悲怆都留在了越走越远的路上。

有一天，我在翻阅一大堆资料时，发现了一个惊人的事实，即在中国历史，尤其是文学史上留下赫赫姓名的定西人物就有119人，文臣武将、开国元勋、学者史家、作家诗人，真是举不胜举。多的不说，仅举几个现代人依然熟知的人物：比如那位汉史上“挟天子以令诸侯”的董卓是定西临洮人，那位唐朝开国元勋李渊以及后来创建了盛唐时代的李氏家族也是定西临洮人，那位花16年心血编著和修撰了中国历史上不可多得的、一部完整的唐朝政治典章制度的史书《太宗政典》和前后长达403年的南北朝传体通史《南史》《北史》作者、唐初著名历史学家李延寿，祖籍也是定西陇西县……

我仿佛更注目文学史上的人物——

秦嘉、徐淑，通渭人，东汉著名夫妻诗人。秦、徐不仅拥有坚贞不渝的爱情——秦嘉年轻溘逝，徐淑守寡，兄弟逼嫁，徐淑毁容以守，旋因哀恸过分，也溘然长逝——同时留下的诗作堪称古今爱情诗之典范。他们的《赠妇诗》和《答夫书》有数十行、数百言之多，读后常使人荡气回肠、潸然泪下。唐代欧阳询等人编纂的《艺文类聚》收录了他们二人的诗作，今人的《全汉三国晋南北朝诗》收有他们的诗作，谢元量所编《中国妇女文学史》详细介绍了秦嘉、徐淑并收录了他们的作品，秦、徐夫妻二人在中国文学史上占有一席之地。

李公佐，陇西人，唐代著名传奇作家，进士，其浪漫主义作品均被收入《太平广记》；鲁迅校录的《唐宋传奇集》中，收入了他的4篇作品，其中《南柯太守传》和《谢小娥传》最为著名。鲁迅先生以为吴承恩后来在《西游记》中塑造的孙悟空形象是受李公佐的《古岳渎经》中的人物所影响和启迪。

李翱，陇西人，也说秦安人，不过秦安紧临定西的通渭。李翱是唐代颇有见地的政治家，也是唐代和韩愈齐名的散文家，文学理论家，著有传世的《李文公集》十八卷，收其诗文 100 余篇，并与韩愈合著《论语笔解》二卷。他的文章平正谨严，意态卓然，各体兼长。作为韩愈的学生，他的文章得韩文之妙而又独成一体，因此，欧阳修说："唐文之善，则曰韩（愈）李（翱）。"苏洵则独称李翱："惟李翱之文，其味黯然而长，其光油然而幽"。

李复言，陇西人，进士，与诗人白居易同榜，诗人、传奇小说作家，与元稹、白居易为挚友，在元稹、白居易的诗集中，有 14 首诗都写到和李复言的友情。被现代人一版再版的明代冯梦龙的《警世恒言》中就收有李复言的数篇传奇小说作品，比如《杜子春三入长安》等。

牛僧孺，陇西人，唐中后期著名政治家、文学家、诗人，与白居易、刘禹锡、杜牧交好，与韩愈、柳宗元友谊深厚，在《全唐诗》里收有他与白居易、刘禹锡唱和的诗多首，诗作一往情深，风格卓然。他还著有志怪小说集《玄怪录》10 卷，但多已散佚，《太平广记》中仍辑录有 31 篇。

李朝威，陇西人，著有世代传唱并妇孺皆晓且被今人搬上舞台、屏幕的传奇神话小说《柳毅传》，以柳毅传书为题材的绘画经久不衰，在今天的陇西县城的广场上，还高高耸立着《柳毅传》书中的故事人物——龙女牧羊的塑像。

该说"诗鬼"李贺了。李贺，字长吉，世人有说他是今河南宜阳西昌谷人，因为他的诗集名叫《昌谷集》，但更确切地说，他的故里在距今陇西县城西南 13 里的昌谷乡"昌谷里"，那里不仅有石碑载明此事，更重要的是李贺每每诗成总是署名"陇西李贺"；唐代文学家杜牧也曾写过《陇西李长吉诗集序》，应该说，他的《昌谷集》是以陇西的昌谷命名的。李贺自幼天资聪明，才智出众，诗才早熟，幼能赋诗。当时的文学泰斗韩愈、皇甫缇曾亲访其家，命其作诗，李贺椽笔立就，使二人大惊。但奇才李贺却命运多舛，只因其父名为晋肃，其"晋"字和"进士"的"进"字同音而不能参加进士的考试，实乃天下之荒诞。韩愈对此愤愤不平，特写《讳辨》一文，说："父名晋肃，子不得进士。若父名仁，子不得为人乎？"但世俗和偏见终使李贺被迫放弃考进士，最终做了一个职掌祭祀的九品小官，最后郁郁而死，只活了 27 岁。李贺短短的一生中创作了大量的杰出诗作，至今存诗 241 首，共四卷。其中一些脍炙人口的名句世代传诵，更为今人景仰，比如"黑云压城城欲摧"，比如"天若有情天亦老"。李贺因个人命运之不幸，心情哀愤孤激，故诗作意境多幽冷凄绝，如《苏小小墓》："幽兰露，如啼眼。无物结同心，烛花不堪剪。……西陵下，风吹雨。”他写得出“荒沟古水光如刀”，他想得出“忆君清泪如铅水”，这种奇峭不羁、清丽凄冷的风格使李贺有“诗鬼”之称。晚唐的杜牧、李商隐、温庭筠的诗，或在意境，或在手法，或在语言上，都明显受到李贺的影响。毛泽东绝对熟读并喜爱李贺的诗，他的“黑云压城城欲摧”就是借用李贺诗《雁门太守行》的首句“黑云压城城欲摧，甲光向日金鳞开”；他的“天若有情天亦老”是借用李贺诗《金铜仙人辞汉歌》中的句子；他的“一唱雄鸡天下白”是李贺诗《致酒行》中“雄鸡一唱天下白”的倒装……

即使到了清代，依然有博学望重、著作等身且名播海内的杨庆（陇西县城人）。1921年商务印书馆初版的《中国人名大辞典》即有杨庆大名，其一生著述多达18种172卷，其中《潜斋处理》（儒学性理学研究）、《大成通志》（孔门人物、典章、制度研究）、《佐同录》（文字学论述）、《古叶音》（古代音韵学研究），这4种巨著全部收入《四库全书》……

定西119位历史名人无法一一说到，但说到的这些还不够让我们惊骇的吗？这么多文韬武略、学富五车、才华盖世的人，群体性出现在定西，这绝非是一个孤立的文化现象。这些曾经在中国历史和中国文学史上显赫于世的皇族、命官、学者、诗人无论他们后来的足迹到达哪里，但定西绝对是他们生命的诞生地和出发地。无论后来他们的业绩如何发达，抑或是他们孤独地置身异乡，在他们回眸乡愁的瞬间，他们一定看到了他们生命或血脉的起点定西，那一定是一片郁郁葱葱的山河，一定是草肥水美、马壮鹿鸣的草地，一定是谷黍果花飘香的家园。否则，那等身的著述从哪里来？那惊神泣鬼的诗句从哪里来？那气吞山河的大气和底蕴从哪里来……

然而，这如此灿烂的、属于这一方土地的孕育，什么时候消失了呢？是什么使这里的文明——包括自然、包括人文，剥蚀得如此干净？

作为一个外乡人，遥望干燥、枯黄、萧寂的定西，心中除了惆怅、质疑还能有什么呢？

和政“花儿”

甘肃临夏回族自治州聚集了中国31个民族：汉、回、东乡、保安、藏、土、撒拉、裕固等，其中，东乡族、保安族在这里是唯一的分布区。和政县是临夏自治州七县之一，全县17万人口中近10万是回族和东乡族，我西行途中要去和政。

蓝建女士的电话从北京打到了临夏，临夏电大校长徐文兴曾在和政做了 14 年教师和教育局长，徐先生曾与蓝建女士到孟加拉国考察过女童教育。蓝建希望我只身前往临夏和政时能够得到徐先生的帮助。

和徐先生联系上的时候他正在兰州办事，当我乘坐公交车沿环城路摇摇晃晃 40 分钟找到徐先生下榻之地时，我感到那条偏僻的环城路相对于灿烂的兰州市区是一个暗角——无论是我在兰州大厦 17 层依窗凭眺兰州，还是我乘公交车穿越兰州，我无数次产生着一种感念：这是一座西部高原上如同阳光般灿烂的城市，无论你怎样想象它的魅力都不过分。在贫困的大西北，当你面对耸入云天的、令你眩晕的、洁白亮丽的、造型新颖的一座座高楼大厦时，你会觉着这座拔地而起的现代化城市是从地下“冒”出来的，你会从心底发出惊呼：这莫非是阿拉丁神灯的力量？

徐先生对和政的一番介绍消解了我对和政部分的陌生——天下的贫困是一致的，不论你是哪个民族。

和政位于黄河上游青藏高原和西北黄土高原的交汇处，那是祁连山皱褶带和秦岭皱褶带构成的一个盆地，海拔 2000 米至 4300 多米。境内有 4 条属黄河的二、三级支流，整个气候特征阴湿而寒冷。秦汉以前和政是羌戎集居地，汉以后，匈奴、羯人、氐人、后凉、鲜卑、吐浑以及吐蕃都先后统治过和政，自元以来，因征战、屯田、驻兵、经商、移民、迁徙、融合、同化等各种因素，和政逐渐成为以汉族、回族、东乡族为主的多民族杂居地。和政的回族有本民族语言也有文字，东乡族有自己的语言而没有文字。

和政属于甘肃省贫困县，人均耕地很少，亩产很低，农民人均收入只有 200 多元，地方工业先天不足，贫困直接制约着和政的教育。和政土地很少，许多人家一家人只有几分地，口粮都无法解决；1985 年全县只有 20 辆运输车，不及内地一个行政村。还有，1995 年和政也只有 6 万人能收听到广播……如此脆弱的经济，教育怎样发展？

“影响教育发展的主要因素是贫困。”徐先生说，“90 年代初，我们在做女童教育项目时做过一个调查，贫困引起女孩失学的占 44%，吊滩乡 448 名辍学儿童 197 名是因为家庭困难。和政生产力水平很低，许多地方至今还都是原始的耕作方式，即人扶木犁耕种。没有任何工业，人们感受不到没文化没技术的紧迫感，养几只鸡、猪、羊就行了……”

青藏高原和黄土高原的延绵逶迤，使和政境内高山起伏、沟壑纵横，有

70 多个自然村以“沟”为名。学生们上学走三里五里是常事，许多学生要走十几里；学校办学条件极差，到处都是土台子、土桌子，最保守的估计全县缺课桌凳 1400 双人套，也就是说有 2800 个学生没有桌凳，仍按最保守的估计，全县至今有 3000 多名失学儿童；全县 146 所各类学校中 144 所有危房，天上下多大雨，室内下多大雨，孩子们顶着塑料布上课。

8 月伊始，我到达和政时，老师们的工资只发到 4 月，其他各部门只发到 3 月。“政府还是优先老师的。”县文教局副局长卜莉萍对我说。卜是汉族，一个忠厚的中年女性，以后的日子，她都为我做翻译。

和政县文教局，一间不足 20 平方米的大房间，全局 22 人，除了一位正局长和一位秘书不在这个大房间办公外——那实在是工作需要——其他 20 人包括书记、副局长全挤在大房间里，大房间里只有 6 张办公桌和 1 台推滚式的、糊满了油墨的油印机，这就是文教局全部家当。

“6 张桌子怎么办公？”我问卜莉萍。

“谁着急谁先用。”卜莉萍说。我发现在那间大房子里，老师们坐的坐、站的站、蹲的蹲。

“你们拉家拽口的，不发工资怎么过？”我在那间大屋子里和老师们闲聊。

“借面……”老师们说。

“向谁借呀？”

“各想各的法……”

我感谢大屋子里的老师对我的信任，他们告诉了我借面、借钱的情况——

陈瑜，书记，借面 5 袋，250 斤，贷款 5000 元（我发现我和徐文兴到达和政时，他又问徐先生借了 1000 元）；

包子良，副局长，借麦子 200 斤，贷款借款已达 5 万元，主要是儿子在临夏电大念书，全部自费，一年要 3000 元。包子良说：“我一个月 460 元工资只够还利息，我这一辈子看来是还不起这 5 万元了。”

周进霞，工作人员，借面 3 袋，150 斤，借款 1 万元；

白象弼，工作人员，借面 20 袋，2500 斤，主要是种的庄稼受灾；

马进录，会计，借面 8 袋，400 斤，借款 8000 元；

张志虎，工作人员，借面 10 袋，500 斤，借款 7000 元；

何振涛，工作人员，借款 2 万元；

杨敬德，工作人员，借面 5 袋，250 斤，借款 2000 元；

王建军，司机，开一辆旧吉普车，借面 5 袋，250 斤，一个月 30 天出差，一天只有 3 元补助。

…………

一个全县主抓教育的领导机关已经困窘到如此地步，我们就不难想见和政 1100 多名公办老师和 360 多名民办、代课老师了。

“我们全靠教育费附加过日子，按上年农民人均纯收入的 1.3% 征收，除去军烈军属和受灾免征外，下达的任务也有 80 万，由各乡农财员负责征收。莫说农民穷得收不上，即使收上，也不够各乡学校修房建房用。城镇居民是一人一年收 5 元，和政城镇居民 5000 人，能收 2.5 万元，若能收起来也能解个急，可是，从来也没有收到过一分钱……”包子良，这位东乡族中年男子，看上去总是乐哈哈的，但他在向我说着一个沉重的话题，即中国农村教育经费的一个很大来源——农村教育费附加，但看来这是没有指望的。

城乡教育费附加究竟是怎么回事呢？

中国教育的分级管理、分灶吃饭的政策对于贫困的农村利弊何在？贫国大教育，倘若完全靠自己刨食什么时候才能改变贫困地区基础教育的现状呢？

“我们下乡从来没有补助，也没有差旅费，就搭农民的手扶拖拉机或三轮车。听农民唱‘花儿’，我们也唱……”在通往和政买家集乡的土路上，包子良和卜莉萍对我说。

“能给我唱支‘花儿’么？”我请求包子良和卜莉萍。

包子良望着我和卜莉萍，张着嘴乐呵呵地笑着，然后唱起了“花儿”——

麦子地里的红牡丹
惹坏了过路的少年
上去个高山望平川
红牡丹红得耀人眼

和政的季节比通渭晚，地里的麦子还半青半黄，还没到收割的时候，麦秆有些倒伏，麦穗也还饱满。

“今年还有些收成，上学的尕娃会多一些。”包子良望着庄稼地说，“青禾麦芒炸，穷人的娃娃说大话。”包子良张着嘴笑着，说了一句儿歌。

到买家集，我是想寻访 1995 年在北京参加过“世妇会”的青年回族女教师马桂香。

1981年马桂香高中毕业时，是买家集尕后庄村历史上第一个高中生，直到今天，300多户的尕后庄也只有两个初中生。马桂香的母亲张赛非也当年是一位流落的西路军战士的妻子，这位“本分的”“能干的”“劳动好的”南方青年在给张赛非也留下了两个儿子之后，于1949年底便离开了人世。今天，70多岁的张赛非也仍怀念着她和这位西路军战士的爱情。马桂香是张赛非也和第二个丈夫的孩子。很难说清一个没有文化的回族妇女为什么顶着贫困和世俗的讥讽、偏见，在尕后庄没有一个孩子念书、也没有一个识字的人的情况下，硬是让女儿马桂香念到了高中毕业。

“我的尕女念了书没人要时公家要哩！”张赛非也心里认定了这个理。在尕后庄、在买家集、在和政，女孩念书到小学毕业都很难找到婆家，让女儿念到初中、又念到高中这需要多大的勇气；马桂香生下8个月时父亲去世，张赛非也独自带着两儿两女生活，在挣10个工分才值2角钱的年代里，在“养鸡超过三只就要割资本主义尾巴”的年代里，张赛非也要供一儿一女上学，她要忍受多少艰难？

更惊人的是：为了使尕后庄的孩子们能上学，1984年，张赛非也又在自家的土窑里办起了小学校。锯开自家的木板当板凳，30多个男女儿童在膝盖上摊开书本，女儿马桂香就成了尕后庄历史上的第一个女教师了。女儿教孩子们学习识字、算数，张赛非也就每天为孩子们扫院扫“教室”、生炉子、缝补衣裳，母女俩硬是咬着牙把学校办了4年。直到1988年“国家看着办得好”，就把马桂香连同她的学生一起合并到公办小学。4年，马桂香母女为公办小学输送了139名学生。马桂香在公办小学当了6年民办老师后，于1994年又到临夏师范学习两年，之后又回到买家集回民小学当女教师、教女童班。

马桂香母女的行为在贫困的和政、在13个少数民族世居的临夏以至在甘肃、在西部，无疑都是一个奇迹。1995年，马桂香代表母亲，代表临夏、甘肃以及中国西部千百万贫困的女性来到北京参加第四次世界妇女大会，在“妇女与教育论坛”、在“女童教育论坛”，马桂香都发出了自己的声音。马桂香的发言使来自世界的白皮肤、黑皮肤、黄皮肤的女人们知道了，在中国西部有这样一个为教育而不畏艰难困苦的母亲，有这样一个顽强学习文化知识的女儿，还有那么多得不到教育而渴望帮助的孩子们……

我在买家集回民小学见到了这位32岁的女教师，她戴着一顶回族男女普遍戴的那种圆顶白帽，见我们来她高兴得不得了，不容分说，就从她单身宿舍前面的一小块地里刨土豆——老师们各自都种了一小块土豆——很快就在院子里的一个煤火炉子上为我们蒸熟了一大锅新土豆。当我们在回民小学的一棵杏树下，围着一张小木桌兴高采烈地吃马老师蒸的土豆时，我心里真是感慨万千：我想到我们的城市，每天有那么多人在请人吃或被人请吃，那动辄几百几千元一桌的“饭局”，那昏天黑地的海吃海喝，比起青藏高原上这除了土豆再没有任何饭食菜肴的午餐，我们除了奢侈还有什么清廉呢？我们除了庸陋还有什么德善呢？

“买家集有三四百孩子辍学，地太少，一家人一年的粮食不够一个人吃……”马桂香说。

我们在买家集随意串了几户人家，所有的人都在为他们赖以生存的、但又实在太少的土地而忧心——

马麦麦，一个 50 多岁的妇女，她说儿子媳妇加两个孙子一共只有 7 分地，她说这 7 分地是儿子当年分的，结婚时媳妇没带过来地，两个孙子更没地。孙子上一年级，书本费、学费、烤火费一共要 70 多元，上不起就不念了。儿子现在是上山采药、到外地打工、上甘南帮人砍木头，挣钱买面。（甘南还有木头？还能砍多久？在电线杆比树多的高原，听到有人砍木头，我心里就由不得吃紧、沉重。）

买福海，回民小学老师，56 岁，一生走了 5 个学校，当了 25 年民办、公办老师。6 个孩子，两个最小的女孩还在念书。家里现有 6 口人，平均每人 6 分地。“土地的矛盾大得很呀！”买福海说。

沙秀芳，11 岁，二年级时辍学，1997 年进了春蕾班，开学上四年级，姐姐沙秀英已辍学，两个弟弟小，没上学。全家只有父亲一人有 2 分地，父亲帮人看木头，母亲帮人割麦子。

马安巴斯，东乡族，38 岁，马安巴斯的房子快倒了，用两根弯弯扭扭的木头在房门口撑着，我们去时马安巴斯的一个女儿和一个儿子钻在房檐底下的鸡窝里玩耍，鸡窝真大，能钻进去两个孩子但没有养鸡。马安巴斯说，人吃的粮食都没有拿什么喂鸡？

马安巴斯家连这间快要倒的房基地算上，总共也不足 8 分地。年成好点能收 500 斤粮食，年成坏了就说不上。马安巴斯今年有病没能出去找活，家里连盐钱都没有。除了土炕上一床破烂不堪的棉絮、一口大锅和房门口半筐土豆外，黑乎乎的房子里一无所有。两个孩子都没上学。奇怪的是马安巴斯不知道自己的女儿几岁，八九岁吧，也许 10 岁吧。那么属什么总该知道吧？也不知道。问女孩，你今年几岁？女孩连连摇头什么也没说。但马安巴斯知道男孩今年 8 岁……

临走，我给马安巴斯留了 100 元钱，我希望开学时他送一个孩子去上学，剩下的买几斤盐。我知道这点钱对于贫困一文不值，我只是想满足我的同情心。

回和政县城的路上，包子良望着远远近近的田野，又唱起了“花儿”——

花儿本是心上的话
不唱是由不得自家
刀子拿来刀割下
唱花儿开心也是个活法

祁连山的雪化了

8 月 12 日晨 8 时，我和甘肃省教科所马金玲小姐搭乘兰州开往武威的长途汽车，13 时 40 分我们到达祁连山区的天祝藏族自治县华藏寺镇。一下车我们便遭际青藏高原彻骨的寒凉，站在街心我们冻得浑身哆嗦，不一会儿我就发现金玲脸发白、嘴唇发紫。如果天祝女童教育课题组的周发科主任再晚一点来接应我们，我们真有被冻僵的感觉……

天祝地处我国地形第一阶梯青藏高原向第二阶梯黄土高原的过渡地带，境内峰峦叠嶂，河谷纵横，海拔 4800 多米的祁连山、马牙雪山终年白雪皑皑。22 万藏、汉、土、回、满、蒙古等 28 个民族的人们生活在这片天寒地冷的雪域高原。

天祝是国家级贫困县。截至 1997 年底，全县财政赤字已累计 4000 多万。那么天祝是怎样在困难中发展教育呢？县教育局那个清瘦干练的周发科主任反复对我说，是“领导重视”。在内地、在西部，在整个中国，我们都经常可以听到“领导重视”和“领导不重视”的说法，以及由此而引发出的两种完全不同的事务结果。

周发科向我说到了他们县主管教育的藏族女县长马官保——这里顺带说一下天祝藏族的姓氏渊源。有以下几种情况构成了天祝藏族区别于其他地方藏族的汉化姓氏：一、历代统治阶级赐姓，如李、王、张等；二、以部落名称为姓，这一部分最为普遍，如朵仓部落的人姓朵，托巴部落的人姓托，依次类推，苏格部落姓苏，玛其部落姓马，嘉斗部落姓贾等；三、以部落名称演绎为汉姓的，如天祝的秦氏是莫科部落的人，“莫”为青色之意，故变译为“秦”，嘉让部落之“嘉让”表示天色，为黎明之意，因此这一部落的姓由“天”变译为“田”或“黎”；四、有的人家同汉族、回族打交道，蒙受别人对无姓之责难，随便给自己起个姓名，被后辈接受下来，也有的人取自己名字的第一个字为姓，如才昂姓“蔡”、索南姓“索”。至于他们从什么年代、什么原因开始让姓氏汉化我没问清。我在这里提出天祝姓氏汉化，主要是我文中不断出现的一些人都是汉氏姓名，请不要误解他们就是汉族。仅此而已。

马官保的祖氏大约是玛其部落的人了。

马官保是 1993 年当选为天祝县副县长的，一上任，她就接到西顶小学的一封信。拆开一看，里面有一幅教室危房的照片，歪斜的墙头，绽裂的墙壁，撕通的顶篷……还有一句撞疼她心扉的话：“没有别的请求，只是希望领导了解情况。”马官保当即决定要亲自去看一看。

第二天一早，马官保就叫上县教委副主任一同前往大红沟乡西顶小学。通往西顶的路铺着一层厚厚的积雪，无法通车，马官保就步行十几里走到了西顶。眼前的境况比照片上更让马官保心疼：墙斜屋漏的教室，吓嗒、吓嗒滴落着房顶渗透下来的雪水，水点、泥点不断砸在老师的讲台上、头顶上，砸在学生们的课桌上、脸上。即使这样，老师仍一丝不苟地在讲课，学生们仍一动不动地在听课。马官保见此，心头一热，差点掉下泪来。回去时西顶的老乡要用拖拉机送马官保，他们不忍心让女县长在泥里雪里再走十几里路，他们还宰了一只羊让女县长带上，马官保都一一谢绝了。回县当天，她立即找县长汇报，立即批给西顶小学修建费 7 万元。几个月后，当人们纷纷投工献料，在欢呼声中把马官保的爱与责任一同砌就成了一座崭新的西顶小学校时，天祝政府和女县长投进去的仅仅是 7 万元钱么？

1998 年 8 月我到达天祝时，周发科告诉我说，马官保上任时，全县 2000 多名教师只有 85 套住房，条件最好的县一中，90 多名教师也只有 12 套住房。许多老师租老百姓的房或用碎砖烂瓦垒间小房，住得破破烂烂。“就这样的生活条件，怎么要求老师们提高教育质量？”马官保感到再这样下去实在对不住辛辛苦苦教书育人的老师们。“不能安居哪来乐业啊！”马官保想。于是，她想方设法，四处筹资，县财政、银行、房改资金……马官保当年筹资 40 万元，先为城关小学和县一中老师解决住房困难。周发科说，现在全县老师的住房基本都得到了解决。

在天祝宁静寒凉的傍晚，马官保来到了我的住处。这是一位朴素祥静的藏族中年女干部，一坐定她对我说："来晚了，刚刚散会。县委、县政府刚刚作了一个死规定，18岁以前必须接受九年义务教育。2000年全县一定要实现'普九'……"

"我们对寄宿制学校2400名学生全部免去课本费。另外，每人每月补助10元伙食费，一年下来需要31万元；师范生每个学生每月补助26元，一年需要50多万元；全县2300多名老师，光人头工资一年近1500多万，300多所学校，规模小，分散，但又必须办。财政再困难，但这几项必须保证到位。但所有的学校财政也只能保工资，没有任何办公经费，全靠勤工俭学。县城里的小学发动学生捡瓶子、拾破烂，农村小学种粮种菜卖。牧区一年四季都需要烤火，没煤烧，全靠学生捡牛粪。芨芨滩牧区小学发动群众每户给学校养一只羊，不准死不准卖，每年一只羊剪五六斤羊毛，一斤羊毛卖4元，卖20多元交给学校，群众叫'捐圣羊'。芨芨滩有80多户人家，一年可捐近2000元。芨芨滩小学80多名学生，9名老师，一年有2000元办公经费能基本保证正常运转……明天，我和周主任陪你去抓喜秀龙乡，女童试验学校都在那里。"听着马官保的叙述，我感念着一个藏族女性如何把她的权责和爱心结合起来，支持着教育，体谅着依然艰难的天祝人民。

入夜，我和来自高寒山区的三沟台小学校长宋维山、高山草原抓喜秀龙乡南泥沟小学校长孙德贵、红圪达小学校长谢多来、永丰小学校长赵斌忠，天堂乡科拉九年制学校校长晁裕财，以及芨芨滩小学校长毛永世——他们在县里参加校长培训，全县156名校长都集中在县里进行培训，长达一个月的培训，校长们都是食宿自理——围坐在小小的房间里，聊他们的学校，聊他们的学生，聊他们艰难的勤工俭学。是的，他们很困难，他们出差无钱报销，他们上课没有仪器，他们还缺课桌凳、缺教室、缺图书，他们种青稞、种油菜籽、种草、种树、种耐寒白萝卜，卖的钱补助点办公费，为困难儿童垫付书本费。三沟台小学种的6000株白杨长大了，每年修剪的树枝够烧柴了；南泥沟小学131个孩子冬天去拾牛粪，拾来的牛粪帮助他们度过漫长的寒冷；芨芨滩户户一只圣羊够老师们一年买粉笔、墨水、备课笔记本子。但毛校长说，草场退化了，芨芨滩人养羊很少，82户只养了1600多只，平均每户只有20只，而4口人家养260只羊才能够养活一家人。他还说，羊毛市场也不好，原先8元一斤，现在4元一斤，也不好卖。芨芨滩人生活还很苦……

然而再苦，校长们、老师们、家长们都在设法让所有的孩子上学。发现有孩子不来上学了，老师们就到家里找，到山里找，到草原上找……

华藏寺镇浸融在祁连山寒凉的清晨里，如洗的蓝天像一只硕大的玉盘覆盖在四面围来的达日山、格宁山和马牙雪山上。街市上没有行人，唯有一小阵一小阵的冷风擦地而过。站在这“天上一角”凝眸四野，我感受着这“十善华锐地”的圆满和吉祥。不时，马官保、周发科走来，带我和马金玲到抓喜秀龙草原。

“抓喜秀龙”为藏语吉祥富饶的意思，系清顺治九年五世达赖喇嘛进京路过此地时命名的。这一片地处河西走廊东端咽喉乌鞘岭与祁连山东延马牙雪山之间的狭长地带。境内最高海拔4300多米，一条高原上美丽的河流——金强河从这里发源，一路潺潺，流向了黄河。

沿河而上，我们来到了抓喜秀龙乡南泥沟小学。

南泥沟小学的女教师谢玉香（藏名才让卓玛）不断地往炉子里添着牛粪，她怕我们冷。她说抓喜秀龙今天气温最低零下10度，最高只有3度。她说在抓喜秀龙一年四季都要穿棉袄。谢老师1977年从天祝师范毕业就来到了抓喜秀龙高原，她在南泥沟小学教二年级汉语、四年级藏语。南泥沟小学服务半径10公里，娃娃们5点就从家走，中午吃一顿干粮，学校供应点开水。她说娃娃们念书很苦，但大都能来念，有20个学前班娃娃，路途特别远的，家长骑马接送。但谢老师马上说到了桥喜文、桥喜武兄弟，她说桥家兄弟的父亲犯法被判了7年刑，母亲跑了。哥哥桥喜文13岁，去年念五年级时不念了，放羊让弟弟念。弟弟桥喜武10岁，念三年级，下学期可能要辍学。

“我是桥喜武的班主任，”谢老师说，“放假时学校要求预交今年秋天的学杂费30元，娃没有，我先垫上。娃说四五月份剪了羊毛还给老师，但娃们的羊毛今年也没有卖出去，还不了老师，娃们可能不敢来念了……”说着，周发科和谢老师就开始满村子地找桥家兄弟，几个啃着圆白菜根的孩子告诉我们，说他们到山里放羊去了。山遥远无尽，草滩遥远无尽，孩子们会在哪儿呢？谢老师说，近处的草滩是冬天的草场，夏天的草场都在50里、100里以外，娃们肯定已走得很远，既已走，就要走到入冬才能回来。她还说，娃们也不会有帐篷，夜里都是挤在羊群里、搂着羊肚子睡……

望着浑圆无边的草滩、草滩上浑圆无比的山塬、山塬后面耸入云天的马牙雪山，我们一片惆怅。万年不化的马牙雪山今年非常奇怪，百里银山化得片雪不留，灰白色的石灰质悬崖显得峻峻、狰狞，更加像缺钙而疏松的马牙。

“祁连山的雪今年也化了……”马官保忧郁地说。

“为什么？”我惆怅地问。

“不知道……可能是气候变暖吧。”马官保望着马牙雪山说。

说着，我们又开始在抓喜秀龙寻找李万芳、李万琴姐妹。谢老师说，万芳姐妹的父亲9年前就跑掉了，一直下落不明。去年突然出现，住了一夜，第二天把万芳、万琴的二姐带走了，二姐只有15岁，至今杳无音讯。大姐前些年16岁时自己跑出去嫁人了，母亲带着姐妹俩和奶奶过，奶奶老了，母亲有心脏病，腿也疼。万芳已经失学了，万琴上小学一年级……

我们在双岔村问了十几个大人和孩子，一个小时后，我们才在金强河边找到了正在割草的万芳、万琴和她们的母亲。13岁的万芳眉宇间、眼神里已经布满了生活的幽怨与愁绪，9岁的万琴依然是个可怜兮兮的小女孩，42岁的母亲高桂英看上去足有60岁。

“他嫌我只生女娃不生男娃就跑了，”高桂英说，“万琴没满月他就跑了，9年都不知去向、也不管家……房子快塌了，雨大一点就泡塌了……娃们上学靠卖点油菜籽，家里没有一只羊，只养一头牛耕地……开学要借钱了，也没人敢借给我们……”高桂英割着草嗫嚅着。

“我资助她们姐妹上学吧。”我轻声对马官保、周发科说。

“那我们替孩子和她们的妈妈谢谢你了。”马官保、周发科说。

再有十多天就要开学了，我给万芳姐妹留下100元，送她们随身用的两只圆珠笔、两个采访本。我对她们说，要常给我写信、寄成绩单……

下午，在祁连山自然保护区中段，在巍峨的石门峡崇山峻岭，我看到玛尼经轮在石门河上缓缓转动，五彩经幡在如洗的蓝天下飘拂，马官保的歌声从帐篷中传来——

太阳和月亮是一个妈妈的女儿
她们的妈妈叫光明
…………
无极的雪域啊
无极的唐古拉草原老调
…………
我双手合十
祈愿众生吉祥

听着马官保的歌声，我一直泪流满面，也说不清因为什么……

关于困境

“……贫困，除却经济范畴的指义而外，还应该包含精神内质，那就是创造力和意志力的缺乏。”甘肃省教科所所长、年轻的教学论博士张铁道对我说，“什么叫教育？对于国家而言，是通过教育的孕育使民族获得发展的能量；对个体而言，那就是人对命运及其发展过程的关注。作为一个教育者，我们的教育目的是在改变他人命运的同时，也在丰富着自身的命运……”

张博士眺望着窗外阳光般的城市，然后回过头来向我讲述他在澳大利亚留学时的房东：“那位坚强的老人启示了我。老人在 30 岁时失去了丈夫，她有两个儿子，二儿子是个残废，靠着国家的资助她为二儿子成了家，她自己也靠国家的救济金生活。可她每星期都要拿出两天时间到医院去义务服务，帮助那些需要她帮助的人，如拿药、擦洗、喂饭水等。有一次，我对老人说，你可以不必这样做。老人回答，每个人都有他自己生活的权利……老人的回答使我悟出了人生的道理：你在帮助别人时同时也在帮助自己。我常常想，我们的教育究竟为受教育者提供了多少这样的精神内质？”

甘肃省教育大厦伟屹在黄河岸畔，黄河就在窗外滔滔东去。置身在位于 17 层的张博士办公的房间，我仿佛依然能够听见那不绝的孕育生命的水声……

实际上，1997 年 10 月张博士在面对他的导师李秉德教授、李定仁教授完成他的长达 8 万字的博士论文答辩时，已经就发展中国家课程设置的弊端，以及普及什么样的教育才能更有效地为个人和社会服务，提出了质疑。

张博士认为：第二次世界大战后，亚洲发展中国家相继赢得了独立，他们出于谋求经济发展的迫切需要和愿望，普遍实行了统一的西方学校教育模式，即“英才”选拔模式。为此，发展中国家的课程始终没有走出以实现工业化、城市化为目的，以发展智育为中心的西方学术课程窠臼，严重脱离本国以农村人口为主体、农村发展为主要导向的教育需求和办学条件，在很大程度上导致了学生缺乏学习兴趣、学业成绩低下、大批学生留级辍学。中国 1950 年至 1965 年，15 年间中小学辍学生数为 1.1 亿，平均年流失量为 732 万；1966 年至 1976 年，10 年流失中小学生 1.38 亿，年平均流失 944 万；1977 年至 1988 年，10 年流失中小学生 9400 万，年平均流失 820 多万，这期间中国迎来了改革开放的新时期；1990 年至 1995 年，5 年流失中小学生 2363 万，年均流失 470 多万，这期间中国在“世界全民教育大会”上已向国际社会承诺：2000 年基本实现全民义务教育；到 1997 年中国失辍学儿童仍高达 600 余万……

大量的学生流失造成严重的教育浪费。张博士说，片面的学术课程对于亚洲发展中国家来说，只是帮助少数“英才”通过考试脱离贫困的农村现实，而大部分升学无望的“不合格”学生则落得身心俱损的结果，许多学习者没有通过学校教育获得为改变农村贫困面貌所必需的知识技能、态度和价值观念，难以适应农村的社会现实生活。

张博士说，关于发展中国家不顾本国实际照搬欧洲以培养英才为目的的学校教育模式所付出的代价，早在 20 世纪 70 年代就已引起国际学者的关注。比如法国学者保罗·朗格让就曾这样说过——

> ……这些国家中的大多数人口仍然生活在农业地区。那些乡下人经常发现，他们所学到的东西不仅在地理上与他们地区相隔甚远，而且在社会、文化和心理水平上也与他们的生活格格不入。因此，教育与生活的联系被割裂，这不仅导改了文化体验的贫困，而且也诱使人们离开农业地区。事实上，学校教育在大多数情况下，都是鼓励人们抛弃乡村，加入都市人口队伍。

还有一位欧洲学者保罗·哈里森，在对亚洲、非洲进行了长达 5 年的实地考察后，完成了轰动世界的《第三世界贫困的内幕》一书。哈里森惊奇地发现，“政治的独立并没有给非洲和亚洲带来文化的独立。教育形式与内容仍然因袭欧洲的传统，学校只注重讲授空洞的理论和遥不可及的事实，却不涉及当地村庄农民的实际生活”。

哈里森每到一处都看到，“整个学校教育都在培养学生参加考试竞争，尽管 65%~95% 的学生都无望升学，但大部分国家的课程却不去帮助他们为生活做准备”。于是哈里森将毕业证书比喻为“摆脱农村体力劳动和贫困压抑的‘一张有去无回的单程车票’”。哈里森谴责，教育实际上已经成为诱使青年远离他们的亲人，鄙视体力劳动，抛弃需要他们贡献聪明才智的农村，成为与社会格格不入的寄生虫和梁上君子。

我想，无论张博士也好，无论郎格让、哈里森也好，他们都是对的。但是反过来想，如果发展中国家不用“英才选拔”模式、即通过考试来淘汰和择选人才还有什么更好的方法呢？就此问题我曾请教过北京师大教育系学者史静寰博士，她很无奈地说，没有更好的办法，现在唯有“高考”这块领地还相对是块净土，存在着很大程度上的公平竞争，如果“高考”体制被打破，后果不堪设想。我们曾经打破过，但最终是一场闹剧中的悲剧。

张博士的同事马金玲小姐，1987 年西北师大教育系毕业，十几年来一直在甘肃省教科所从事贫困地区基础教育研究，在她陪同我去甘肃天祝藏族自治县时，这个把头发修剪得如英俊男儿郎的女子对我说：在长期的调查研究中已经发现现行的课程无法给学生提供高质量的教育，与当地生产、生活结合太少，学完回到地里完全是另一码事。这些年国家提倡素质教育，课程也增加了乡土教材，但效果不好。很长时间上一次乡土教材课，为的是上面检查好说说而已。农村的孩子还是想学正规课，想升学，这是个矛盾，已成为死结，很难解开。马金玲说到了天祝县炭窑沟小学，她说学校周围搞了大片洋芋地膜覆盖，长势很好，周围很多群众去参观，是块教学生实用技术的实验地。后来校长调走了，也不知现在怎么样。谁都知道教学针对性不强，可一味地有针对性，高考怎么办？家长学生都要求升学。这是中国教育的一大困境。如何挣脱这一困境？

马金玲说完，目光一片茫然。

应该说这不是马金玲一人的茫然，这是中国教育的茫然。当一种教育模式历史性地被固化，当由固化而形成的教育观念已如此深入人心，当现代化在中国的城市与贫困的农村相距如此遥远，我们设身处地为贫困的家长和学生们想想，他们何错之有？

所以，当我在“苦甲天下”的甘肃定西，人们告诉我，生存环境极其恶劣的甘肃会宁县每年居然有五六百名学生考上大学，会宁因此而成为甘肃著名的“状元县”；当人们告诉我说北京电子一条街有 247 名会宁大学生、北京部级机关也有 50 名会宁学生，而会宁山河依旧破碎，会宁像被吸干了乳汁、输尽了血液而倒在路旁的母亲时，我无言以对；当天祝藏族女县长马官保告诉我，他们县的学生范建春 1996 年史无前例地考上北京大学计算机系，全县开庆祝大会嘉奖学校、老师、学生，1998 年他们县的张永生以 621 分的成绩、名列武威地区第一被清华大学录取，武威行署要在全地区召开庆祝嘉奖大会时，我不能不和他们一起由衷地高兴。故乡如慈祥的母亲，并不在意儿子们学成是否归来，依然敲锣打鼓送他们上路。

此刻，谁能把此视为教育的困境？

然而，谁又能说得清这不是困境？

仅仅是“楼兰人来不及种树了”吗

一位始终在关怀、忧虑人类生存的作家，曾站在被沙漠湮埋的楼兰古城遗址上，心情非常沉重。当他从出土文物中得知3000多年前的楼兰，也曾有环境学专家向国王建议对“砍树者”实行“罚马”“罚牝牛”的惩罚，当国王将此建议晓谕臣民时，一切都已晚了，沙漠、狂风、干渴已开始疯狂地吞噬楼兰。楼兰人来不及种树了。我们完全可以想象，曾经“马蹄哒哒，驼铃声声，商贾使节络绎不绝”、处在古丝绸之路上的楼兰城的富裕和繁华；我们同样也可以想象，当沙暴卷来并湮埋这座城市时，无处逃生的楼兰人的惊恐与绝望。

于是这位作家站在位于塔里木盆地南缘的楼兰遗址，面对强大的塔克拉玛干大沙漠告诉人们：一切繁荣倘不以坚固的生态平衡为基础、丰富的自然资源为依托，那么繁荣就是靠不住的，一阵黄风就能刮走。

楼兰被湮埋了。和楼兰同时兴起在古代“丝绸之路”上的尼雅、卡拉当格、安迪尔、古皮山等繁华城镇也都先后湮没在近代的沙漠之中。这是世界旧大陆的悲剧。

当我穿行在辽阔的西鄂尔多斯荒原，当我行走在沟壑纵横、山塬破碎的甘肃定西和宁夏西海固，当我站定在漫漫无际的腾格里沙漠之中时，我总在想，仅仅是楼兰人来不及种树了吗？世界旧大陆的悲剧就不再发生了吗？

我在宁夏采访时，随处可以看到和听到贫苦的农民和他们的孩子生钱的唯一办法是挖甘草，即使我在同心县韦州镇，很优秀的老师在赞扬某某女童能艰苦读书是因为该女童能吃苦挖甘草，赞扬该父母能供女孩念书也是要领我参观满屋子的甘草。人们居然不知道这一代又一代的挖甘草已经把宁夏整个的生存环境给毁得面目全非……

历史上的宁夏不是今天这样被沙漠和秃岭紧紧包围着的，这里自古就有“天下黄河富宁夏”之说，“黄河两岸，沃野千里”。唐人韦蟾在《送卢潘尚书之灵武》（灵武为今宁夏灵武县）诗中写道：“贺兰山下果园成，塞北江南旧有名。水木万家朱户暗，弓刀千队铁衣鸣。”说的就是宁夏粮果飘香耕耘忙的景象。《山海经》说六盘山上“其木多棕”。棕是亚热带植物，大量生长在六盘山上，足见六盘山和它脚下的西海固气候多么温暖湿润。然而今天的宁夏已是“一年一场风，从春刮到冬”，春天的风可以将禾苗吹死、掩埋，夏天的风可以将庄稼“青干”在地里，秋天的风常使成熟的农作物纷纷落粒。曾经青山葱茏的六盘山下的西海固如今万山秃尽，每年水土流失数万平方公里，每年损失一亿多吨肥沃土壤，成为黄河中上游水土流失最严重的地区之一；宁夏土地沙化面积已达 1.7 万平方公里，地处西鄂尔多斯荒漠区的盐池县因滥挖甘草而使土地沙化面积已达 700 多万亩，占县内沙区面积的百分之八十六！

甘草，又称“药王”，属国家保护植物。在宁夏这样的干旱荒漠区，保护甘草更是保护草原的重要手段之一，然而宁夏却在疯狂地挖甘草。作家徐刚曾在《疯狂的宁夏草原》一文中披露：最早的“疯狂”始于 1984 年，4 个县 70 多万亩草场全部被破坏。1985 年中宁县药材公司在完成下达收购 10 万斤甘草的任务之后，又超收 70 万斤。草原管理部门向药材收购部门打官司，要求交纳草原建设费，然而官司输了。官司都输了，以后还能管什么？于是人们又一次疯狂地涌进了草原，不挖白不挖。1987 年，宁夏自区至县，又下达了收购 350 万斤甘草的任务指标。1993 年，数千人、上百辆手扶拖拉机浩浩荡荡开进了盐池县草原，埋锅烧饭、安营扎寨地挖起了甘草。70 位农民跑到银川上访，问“草挖光了羊吃什么”。于是自治区政府下文“禁止采挖甘草”，然而疯狂的采挖者们依然挖了 4 个月，把所有有甘草的草原全部翻了个底朝天。

1949 年宁夏有甘草资源 1400 万亩，那时年收购量为 75 万公斤，1993 年宁夏甘草资源减少了一半，只剩下 700 多万亩，但当年收购任务居然为 572 万公斤！有人收就有人挖！是什么人在年年下达如此之高的收购甘草的指标呢？从 80 年代至今，宁夏仅挖甘草一项直接和间接损坏的草原达八九百万亩！每年因挖甘草损失的牧草达 5000 万公斤，断掉 5 万只羊的粮草！

现在，宁夏甘草已经不多了，人们须到 50 里外、100 里外去挖，挖不到就三五人合伙，拿上被褥、镢头、麻袋和锅碗瓢盆，开上手扶拖拉机到内蒙古、新疆去挖……

然而，1998 年 9 月，我在宁夏采访时，无论在农村还是在城市，无论是书报资料还是电视节目，都依然在说：“宁夏有三宝，枸杞发菜和甘草。”

《汉书·地理志》云：天水、陇西“山多林木，民以板为室屋”。今甘肃天水、陇西、定西等地域囊括了甘肃中部 18 个贫困县。“民以板为室屋”的甘肃中东部地带什么时候变成“万丈厚土、寸草不生”的呢?

甘肃中部地区从东汉中期到1949年前的2000多年间，多次爆发大规模战乱，战祸绵延先后达60多年，给当地经济和自然环境造成重大破坏。《定西县志》记载:“清代以前，森林极盛。乾隆以后，东南二区砍伐殆尽，西北两区犹多大树，地方建筑实利赖焉。咸丰以后，西区一带仅存毛林供居民燃料。光绪初年左宗棠提倡种树，东自会宁，北至榆皋，西至临洮，道旁杨柳浓荫蔽日，名左公柳。光绪二十一年，建筑营房砍伐殆尽。”

由于自然生态被破坏，这一地区旱灾发生的频率越来越高，从清朝267年中的17年一旱，到1892年至1946年4年一旱，1952年始，变为1.4年一旱。“人相食”这一自然界最残酷的现象，许多年来我们这一代人只是作为一种理念而不敢实信。然而这一现象在甘肃中东部许多县志上都有赫然记录:1528年，靖远大饥，会宁大旱;陇西大旱人相食;环县大旱人相食;秦州各县大旱人相食。1548年，靖远大饥，饿殍盈野。1628年，靖远、会宁、兰州、庄浪大旱;定西、通渭大饥;环县旱，大饥，人相食……1635年，临洮夏旱，饿死甚众;会宁飞蝗蔽野。1865年，靖远大饥;皋兰冬大饥，饿殍载道……1930年，定西大旱，灾民3万……

1960年，定西、通渭、会宁一带大旱，赤地千里，老百姓挖草根、剥树皮而食。……

笔者在甘肃采访时，甘肃“两西指挥部”调研室张振江先生说到1982年的大旱:1982年一年没有下雨，粮食绝收，人畜饮水极度困难。政府动员数千人往灾区送水，送水车队经过时，天上飞的鸟，地上跑的牛、羊、猪、狗等大牲畜都疯狂地跑过来和人抢水。定西地区120万人全部靠汽车拉水度命，国家补助拉水费近600万元。张先生说，以定西为代表的甘肃中部18个干旱县600万人近400万人没水吃。“吃粮靠返销，生活靠救济，生产靠贷款”在这一地区持续多年，仅定西地区从1973年至1982年吃国家返销粮14亿公斤。“吃的救济粮，穿的黄军装”就是那些年中部地区的真实写照。

“始于1982年的‘两西工程’是中国共产党的一大德政。没有‘两西工程’就没有今天的甘肃。”张振江说。这位1968年甘肃农大水利系毕业的知识分子，几十年来，为甘肃水利发展和“两西工程”建设付出了巨大的努力，做了大量的调查研究。“甘肃中部的干旱，主要是生态环境遭到了根本的破坏……”张振江说道。为了落实中央的重大战略部署，1984年甘肃省委抽调了1000多名专家、领导和干部对中部地区生态环境做了一次规模空前的调查研究。调查结果触目惊心——

定西县：植被破坏呈持续性、全面性、群众性。破坏的方式主要铲草皮、挖草根。全县铲草皮、挖草根的面积达 70 余万亩，占全县三荒面积的百分之四十；全县草场超载放牧达 2.5 倍以上，天然林木已荡然无存，新栽林木也已毁掉百分之五十四……大量的生态破坏，造成了极为严重的恶果。全县每年水土流失 180 万吨，每亩达 3 吨多，由此造成全县土地支离破碎，沟壑纵横，土壤瘠薄，耕地严重缺肥；自然灾害频繁发生，1950 年至 1983 年 34 年中，大小旱灾 23 年，平均 1.4 年一次，除此以外，冰雹、霜冻也频频发生。1963 年至 1983 年 21 年间，定西一县吃国家返销粮近 1.3 亿斤。

永靖县：史载，永靖灌木丛生、牧草茂盛、牛羊成群。明清以后移民开荒，人口剧增，林草面积已逐年减少。1950 年以后，永靖县人口失控，所有的负载都压在了土地之上，大面积开荒使永靖陷入“越穷越垦、越垦越穷”的恶性循环。首先是乱砍滥伐，使森林破坏殆尽：据小原村群众回忆，40 年代，那里只有 9 户人家 47 人，200 多亩地，山草长 30 多厘米高，到处有次生林。后来，人口猛增，扩大开荒，把毛刺林连根挖出当柴烧，1958 年吃食堂，次生林全部挖光。到 1983 年小原村人口已增加到 117 人，于是，森林覆盖率仅剩 3.9%；林木砍完之后，永靖农民开始挖树根铲草皮。全县干旱区农户近 1.5 万户，全年共需要燃料 8000 多万公斤，其中做饭需要 5000 多万公斤，煨炕需要 3000 多万公斤。这其中 44% 的燃料是烧秸秆和畜粪，其余则全靠铲草皮、挖树根。再就是全县超载过牧，把秸秆饲料和仅有的草场全算上，只够一半的牲畜牧用，超载达 50% 以上，迫使草场严重退化。环境的急剧恶化使永靖县水土流失面积达 78.55%，80 年代初，人均口粮只有 150 斤，不够半年吃，人均收入只有十几元，吃盐都不够。

会宁县：1949 年以前，全县荒山植被达 60% 以上，近 50 年会宁的人口几乎翻了两番，1998 年会宁人口为 57 万。50 年代会宁每年调出粮食 1000 多万公斤，60 年代会宁依然可以每年调出粮食八九百万公斤。从 70 年代开始，会宁非但没有余粮外调，每年还要调进粮食少则 3000 万、多则 6000 万公斤。会宁从一个余粮县变为一个严重缺粮县，致命的原因是人口的增加使会宁的山河遭到严重的破坏。如同定西、永靖和其他县一样，七八十年代以来，会宁每天破坏植被 3000 至 6000 亩！如果按半年烧草根、半年烧秸秆，会宁一年破坏的植被也达 100 万亩！

…………

现在，我们再来看青海。青海是黄河、长江发源地，黄河是青海境内的第一大河，过境干流长 1960 公里。青海的湟水河、大通河等 90 条河流汇入黄河，占黄河水量近一半，所以说青海是母亲河的最大输液者。然而，80 年代以来，大量淘金者涌入河湟谷地，使这里的人口增加了 10 倍。加之生育失控、草原过度放牧，今日的青海南部鼠类猖獗，毒草、杂草丛生，荒漠化面积迅速扩展。据国家环保局卫星图片显示，荒漠化速率已由七八十年代年均 3.9% 增加到 90 年代年均 20%，加快了近 5 倍。

生态恶化使青海自 1992 年以来几乎年年发生旱情，受灾面积数百万亩，黄河的干流之一湟水流域每年因水土流失丢掉耕地上万亩。1997 年黄河上游水量降至历史最低点，致使上游的两大水库龙羊峡、李家峡水库蓄水量减少了近 25 亿立方米，成为建库以来蓄水最少的一年。

1998 年 8 月我在青海采访时得知，那个周长为 360 公里、世界上最大的咸水湖泊青海湖，从 70 年代以来每年水位下降 13 厘米，致使一些地方如今已露出了沙丘、形成了半岛。10 年前，我到达过青海湖。那时，望着湛蓝湛蓝的湖水，我把它比作大海退却时遗落的一滴伤心的泪水，抑或是地球在山崩地裂地自我嬗变时留下的一份蓝色忆念。那时，我很诗意很浪漫。10 年后我又一次站在青海湖边，望着一天天一年年减少的湖水，我就想，当这滴泪水彻底干涸时，当这份忆念彻底泯灭时，地球将怎样抖动它的愤怒呢？那一刻，我很忧郁也很恐惧。

当我即将结束西部的采访时，我来到了腾格里沙漠南缘的沙坡头。当我独自站立在这无边无涯的瀚海里面，当我向波涛般凝固的黄色走去时，我居然不是恐惧，我体验的是博大、是敬畏。科学告诉我们，沙漠是在人类到达地球之前的几千万年，已经完成了它的铺张的，所以当人类出现时它已非常傲岸。但那时的沙漠还是有自知之明的，它仿佛对人类说：我们相依相存吧。那时的人类对它是敬畏的、不敢轻易触怒的，因为它是“天赐”的。“腾格里”是蒙语，意即“天上掉下来的”。可是后来人类狂妄了，得意忘形了，在这个桀骜不驯的大物面前不小心翼翼了，于是这个大物肆虐了。我不是在这里讲童话，因为依然是科学告诉我们，地球原本留给我们的原始沙漠是很少的，现在地球沙漠的百分之八十七是人类后来的活动造成的。

沙坡头是腾格里大沙漠南端紧逼黄河的连绵沙山，东西长十几公里，在黄河北岸堆积成高达百米的沙坝，这里曾经流沙纵横，平均每 10 个小时出现一次沙暴，沙暴一来，地毁人亡。沙坡头一带年降雨量只有 200 毫米，蒸发量却为 3000 毫米，是降雨量的 15 倍！沙漠每年以 8 米至 9 米的速度向黄河方向推移。我想，如果沙坡头不出现一个治沙林场，不走来一批献身于治沙事业的专家和工人，黄河在这里早已成为地下河！那条抻长的京兰铁路不知已被湮埋过多少次！

1957 年沙坡头建立了固沙林场。走来了专家，走来了工人农民。他们在茫茫沙海里安营扎寨，开始与人类的暴戾搏斗。他们创造了 1 米 ×1.5 米隐蔽式草方格沙障以固定流沙，那些草方格的草用的是麦秸或稻草秸。然后，他们又抢墒在草方格里播进草或灌木。30 年不懈的努力，30 年生与死、成功与失败的搏斗，终于在沿铁路两侧连绵不断的沙山上布下了一张绿色巨网，这张网宽近千米、长近 70 公里，形成纵横几万亩的固沙林带。昔日吞村毁舍、席卷大地的黄沙被绿色巨网牢牢捕获，再也未能逞凶。绿色巨网曾经历了百年不遇的大沙暴的袭击，但安然无恙。

在沙坡头沙漠边沿高高地耸立着一座碑，那上面记载着 1994 年联合国命名沙坡头固沙组织为世界 500 家最佳治沙单位的表彰内容。仰望那座沙漠中的丰碑，我感受着一种悲怆和震撼：这是人类对命运抗争的纪念！

回眸南望依然喘息着、挣扎着穿越沙漠的黄河，我就想，我们的“生存教育”应该添加的内容，我们的老师应领孩子们常来沙坡头看看。告诉孩子们我们生存环境的危机与艰难，不能再砍树、铲草皮、挖树根了！告诉他们沙暴曾经湮埋了一个楼兰、尼雅……可沙暴只仅仅湮没楼兰、尼雅么？让他们回去告诉他们的父母；让他们长大了，告诉自己的孩子……

《报告文学》2000 年第 7 期发表，2000 年获全国第二届鲁迅文学奖，2002 年获全国首届徐迟报告文学奖，2009 年获中国改革开放 30 年报告文学奖，入选中国报告文学优秀作品排行榜，入选《中国当代文学年鉴》《新中国 70 年文学丛书》等 10 余种经典选本

女人的风景

她在那块石头上坐了很久
直到把一个女人的风景
看得摇摇晃晃

最初上山的时候
女人发现岩石正在开花
于是女人感动得泪水涟涟

当女人在山顶坐下
向世界回眸一笑——
那笑很潇洒很有魅力
女人方才发现
她坐在一个不能长树
　　也不会开花的风口
身前身后空空荡荡
唯有几匹风和一片铅色天空

我想告诉那个女人——
那个有好丈夫好儿子的好女人
风口很凉，那块石头很凉
我们回家吧

《女子文学》1992年第8期发表，2015年收入诗歌集《苍茫时节》

月 儿

——谨以此诗献给阿桂和她的儿子

一

当月儿来看望你的时候
你醒来了，我亲爱的孩子
你已经三天没有看见月儿了
你已经三十天没有看见太阳了
医生说你患了白血病
爸爸晕倒了
妈妈心碎了
你住医院了

今天是十五，月儿很圆
你终于睁开月儿般圆圆的眼睛
圆圆的眼睛看见妈妈了

二

你是输了一千毫升血以后醒来的
你是输了六胶袋氧气以后醒来的

你看见爸爸头上的血，哭了
爸爸说，他的个儿太高
头是门框碰破的
你说长大了要把门框盖得高高的
不再让矮矮的门框碰着高高的爸爸

亲爱的孩子
爸爸的头是他第三次晕倒时跌破的
爸爸已给你输了一千毫升血
爸爸不让妈妈输
说妈妈身体不好

我的孩子呀
你的血色素只剩下两克了
你已经昏迷三天了
你还需要很多很多的血
妈妈的血一定要给你
妈妈的血是 O 型的

只要能换回你一次的生
妈妈宁愿一千次地去抽血
只要能换回你一次的生
妈妈宁愿一千次地去死

三

爸爸给你买来小木枪了
妈妈给你搓好纸做的子弹了
你拿起枪对准亮亮的灯泡
你无声地、但甜甜地笑了

然而，你的胳膊垂了下来

小木枪掉到床下了
我的孩子呀
你已经没有举起一支小木枪的力量了

你说不叫爸爸妈妈哭
说买的枪不好玩
还说等病好以后
再去削你的那把木头枪
啊，我亲爱的孩子
世界倘若能宽恕后悔的话
妈妈现在就去祈祷一千次
但这后悔是永远不能宽恕的呀

你向爸爸要过枪
爸爸没有一次记起给你买
爸爸是设计制造枪支的
爸爸的心里只装着大人们使用的枪

后来，你找来一块木板
让妈妈帮你画个枪
你说画好了你自己刻
然而，妈妈没有给你画
妈妈能画一百座水库拦洪大坝的图
却没能给你画一把简单的枪
妈妈的心里只装着水
爸爸妈妈是知识和事业的贪婪者
爸爸妈妈却是时间的吝啬鬼

啊，我亲爱的孩子
爸爸妈妈没能留给你千分之一的时间
如今，爸爸妈妈承受着一千倍的痛苦

四

夜深了，月儿很高
你说弟弟一人在家睡会害怕的
你说好长时间没有看见弟弟了
你问现在谁送弟弟上幼儿园
你说你很想念邻居大毛哥哥
说大毛哥哥会给你讲“蟋蟀的故事”
你还说耽误了许多许多功课
病好以后，怕撵不上同学们了

啊，我的孩子
你月儿般明净的心灵
溶进了月儿般纯真的情谊——
每天，你最后一个离家
脖子上挂着晶亮的钥匙
晶亮的钥匙映着红红的太阳
你领着弟弟向红红的太阳那边走去
那边有“向阳幼儿园”
那边有“向阳小学”

晚上，你最早一个回家
你踩着砖头开高高的门锁
高高的树上蝉儿不叫了
心疼地望着矮矮的你
你替妈妈烧好做饭的水
然后，趴在地上问你的蝈蝈饿了没有
你说你大了
应该帮妈妈干活

你爱弟弟，你说你是哥哥

一只蜜橘掰两半
你要小半，给弟弟大半
五块巧克力
你要两块，给弟弟三块
你说你大了
应该懂事

你说叫弟弟明天来
给你带本“铁臂阿童木”
然后，你疲倦地闭上了眼睛
疲倦的眼睛不再看妈妈了
妈妈紧紧搂着你
妈妈的心里难过得很

啊，我亲爱的孩子
倘若追补的爱能够抚慰你病痛的生命
妈妈将用千倍的爱去换回你永恒的康愈

五

夜很静，蟋蟀在叫
月儿圆圆的，照着你苍白的脸
梦中，你大声地喊着“奶奶”
两只小手紧紧搂住了妈妈的脖子

是呀，你说你想奶奶
你是奶奶带大的——
那年，月儿圆了的时候
你来到了尚未安定的世界
当亮亮的月儿圆了六次的时候
爸爸要去“援藏”了
妈妈要去进修外语了

于是，奶奶把你带走了
带到很远很远的渭河平原
你是奶奶喂大的
你是吃渭河平原的米粉长大的
后来，奶奶病重了
外婆又把你接到鲁东去
你是在海边拾贝壳长大的

你说不要把你的病告诉奶奶和外婆
你说奶奶和外婆知道了会哭的

啊，你睡着了，还在喊“奶奶”
兴许你还缠着奶奶给你讲月儿的秘密
啊，你睡着了，还在喊“外婆”
兴许你还缠着外婆给你讲
大海那边的故事

六

你淘过奶奶
也淘过外婆
但没有淘过妈妈
当你第一声叫妈妈的时候
你已经到了上学的年龄
当你第一声叫妈妈的时候
妈妈的眼泪流进了你的脖颈
妈妈在你幼小的心灵里
只是一个遥远的概念
没有形象，没有爱和记忆

你只问过妈妈一个问题
你问“四个现代化”是什么意思

你问二十世纪时你多大了
大学毕业了没有
能不能驾上飞船到月亮上去
这一切，妈妈好像回答过你
但又没来得及把一切给你讲清

啊，我亲爱的孩子
倘若童真的理想能换回你的生命的长青
妈妈将一千次地向你讲月儿上面的事情

七

月儿疲倦了，含着泪回去了
妈妈也很疲倦，昏昏沉沉地睡去
妈妈已经三天三夜没有睡了
妈妈已经三十天没有睡实了
妈妈做了一个梦
梦见太阳了
人们说做梦是看不见太阳的
可妈妈看见了
人们说梦见太阳会有最吉利的事
妈妈最吉利的事是什么呢？
哦，兴许我孩子的病明天会好的
我的孩子呀
你知道妈妈是念了大书的
妈妈说过，信迷信是最最荒唐的
可妈妈今天却相信梦——
梦里看见了红红的太阳
红红的太阳是属于我孩子的
明天，我孩子的病会好的
明天，月儿还很圆
明天，是你第十个生日

啊，夜深了，月儿圆圆的
圆圆的月儿还能给我一个太阳的梦么
…………

《诗刊》1992年第8期发表

一墙红绸布

我一直惦念着那一墙红绸布
那一墙用碳素笔签了姓名
写了话语的红绸布
那用图钉钉在会议室一面墙上
覆盖了整整一面白墙壁的红绸布
有一次在梦中那块红绸布惊醒了我
不知怎么它就飘飞在了天上
被一块彩云牵携
在湛蓝的天空嫣然飞舞……

此后　有许多次我坐在书房的椅子上
不开灯　心在暗夜里踌躇——
那块在天上飘飞的红绸布去了哪里？
那梦中的情境在诠释生命
怎样的兆头？

依然有许多次躺在床上

不开灯　睁大眼睛
想象一种告别的朴素——
那块红绸布搭在我的墓碑上
我与它作三分钟默默的握手
然后
与它作千古一瞬的拥抱和托付
然后
像徐志摩写的那样
我悄悄地来悄悄地走

那块红绸布
是出版报纸的兄弟创意的
他说　姐姐的书出版作首发
大江北去了　故乡人
要把姐姐的情意留住
于是　他以生命原本的品性与豪气
购置了这块墙宽墙长的红绸布
于是　所有参加仪式的人
都在这块一墙大的红绸布上庄严签名
于是　一墙红绸布留下了满满一墙
南方北方深情的祝福

写书的姐姐属于那种肝肠寸断的女人
但她从那一墙红绸布上看到了温暖的乡愁
姐姐写书时失去了世上最亲的亲人
姐姐原本已经非常羸弱　非常劳苦
但 2555 天过去
姐姐又奇迹般完成了她写移民的第三部书
血气方刚的做报纸的弟弟　在一个清晨
“哗”一声在一面墙上
又扯起了七年前的那块红绸布
他让讨论“移民三部曲”的人们

见缝插针　再一次在红绸布上签名留言
于是　一墙红绸布
姓名叠姓名　祝福叠祝福

写书的姐姐还属于那种心地纤细
爱哭也爱笑的女人
她明白　做报纸的弟弟
不是突发奇想　不是心血来潮
更不是想做给谁看
那是弟弟与生俱来的善良与真朴
写书的姐姐还明白　做报纸的弟弟
只是想让人们知道
姐姐少小离乡
但却几十年如一日在眷恋那条江水
几十年如一日在书写那片故土
几十年如一日以疼痛的心
为这片土地这条江水歌哭
这片土地这条江水不会
把姐姐的疼痛和爱忽略
更不会让姐姐回到故乡还感受孤独……

于是　我有许多次在暗夜里
静静地流泪
我在想人世间有许多温暖
都不及弟弟心事缜密的佑抚
朋友间有许多美好的往来
都不及弟弟一腔真情淳厚

现在我还是想说
我是一个幸福的女人
有人曾说我的大苦大难
我的肝肠寸断都是因为

我把这句话说得过早　过透
可是现在我还是要说这句话
因为我有温暖着我的一墙红绸布
有涌动着无数朋友的呼吸
存储着弟弟胸膛温度的
一块红绸布

红绸布如天
照耀着一个女人秋晚的路
红绸布如地
托举着一个姐姐渐行渐弱的脚步……

2015 年 1 月 30 日作于北京，谨以此诗献给《十堰日报》《十堰晚报》总编、社长李东晖及他的同事们

我四十岁的时候

很长很长的年月
我都不懂得我是一个女人
不懂得照镜子
不懂得雪花膏
不懂得漂漂亮亮干干净净让男人喜欢

以至于我一笑有两个深深的酒窝
都不觉得很好看很可爱
以至于我儿子八岁了
我去买雪花膏都很害羞很难为情
以至于领着儿子去看望我的男人
都不觉得月亮很圆很圆

头发很脏很乱就上班去了
衣服上有我儿子的尿味就上班去了
胸前有一圈一圈奶晕就上班去了

袖肘破了不补就上班去了
匆匆忙忙地属于我的儿子
粗粗糙糙地属于我的男人
很长很长的年月
我都不懂得温温柔柔的爱
不懂得男孩子的眼睛
不懂得男孩子的感情
不懂得东湖边很浪漫很浪漫的黄昏

以至于那个爱了我三年的医学院的学生
责怪我“不主动”我都不知是指什么
以至于那个文静的闽南娃大学毕业时
对着我大哭我都不知是为什么
以至于后来和那个北方男孩子结婚时
都不知女人除了生孩子做母亲
还应该有什么
我的傻傻乎乎的美丽的青春啊

快四十岁的时候我懂得了
懂得了照镜子
懂得了奥琪系列
懂得了头发和服装
懂得了我是一个女人

懂得了的时候
我男人说我是个很讨人喜欢的女人
我就很幸福
我男人说我不漂亮但很有魅力
我就很幸福
我男人说岁月越老越离不开我
我就很幸福

我是我男人的雨露

懂得了的时候
我就总想和我男人在一起说话
说得越多越幸福
我就总想拥着我男人
拥得越久越幸福
我就总想厮守着我的男人想往世界
想得越远越幸福
我男人是我的阳光

懂得了的时候
我是一个四十岁的女人了呀

四十岁的女人是最深沉的女人
四十岁的女人是最成熟的女人
四十岁的女人是最热烈的女人
四十岁的女人是最懂得爱的女人
四十岁的女人是男人感情的世界

不要不懂得疼我
不要不理解我的心事
不要伤害我的感情
不要去爱别的女人呀
我的男人

难得这风里雨里心灵的相知
难得这纷乱的人生精神的依傍
难得这晚秋的爱这样两相依依呀
我的男人

我纤纤的心皓皓地

走在你的岁月
悲也是歌喜也是歌呀
我的男人

《诗刊》1987年第9期发表

徐芳访谈：好散文在时间的深处，在生命的疼处

徐芳：您是散文大家，同时也创作了大量重大题材的报告文学作品。对于“散文”这一形态本身较为模糊的文学样式的界定，学界各家历来均持异见，虽然已有不少大家的高论言说，但是中国散文理论的体系建构依然处于尚未体系化、理性化、范式化的阶段。鉴于当下存在的情状，考虑到将散文梳理成为全方位、理论化的文本样式存在的难度和问题，您所认识的散文，是否将报告文学、杂文以及各类文学小品容纳其中？另外，在散文的实际发展中又是否存在某些缺失与忽视？

梅洁：正如你所说，中国散文理论的体系建构依然处于尚未体系化、理性化、范式化的阶段。

我以为真正把散文这一文体体系化、理性化、范式化是很难的。我甚至想，哪天若真把这人类最易接受、最易表达、受众最多的文学样式“三化”起来，散文也就死了！

在我39年的创作历程中，我起初写诗，1992年《诗刊》发表我最后一首诗后，我几乎不再写诗了。其时，写诗的同时我一直在写散文。关于“创作了大量重大题材的报告文学作品”，是褒奖我了，因为比较而言，我的“量”很少。应该说，我至今认为我不是一个纯粹意义上的报告文学作家，我一直倾心于散文的写作。我还固执地认为诗与散文的写作是我生命的另一种形式。

然而，我要说，是报告文学给了我无上的荣誉，是这一最具诚实品格的文学样式，成就了我写作的光荣和生命的质地。

鲁奖获奖作品《西部的倾诉》，应该说是以散文化的表达和散点透视式的结构，企望从历史、文化、教育、经济、人口、环境等多侧面揭示一个人类生存的怪圈，那就是中国西部贫困带来的教育缺失，教育缺失、尤其是女性教育的缺失导致的野蛮与蒙昧，从而使生存环境遭到根本性的破坏，而环境的被破坏使这里，以及很多情况相似的发展中国家更加贫困。这是一个生存陷阱，我或许报告了这个“陷阱”。

1998 年，我曾在中国西部走了数万里。从贵州到甘肃、从甘肃到青海、从青海再到宁夏，50 多天里，我一直在沉寂辽阔的西部高原行走。我已经明白，我行走的理由不再是为了满足文人的浪漫，我是在探寻与我写作命题有关的人文与自然的实证。我数次穿越沙漠、戈壁、高地，我反复翻越海拔 3000 多米的青藏高原，我看到了雅丹地貌可怕的破碎和大面积剥蚀，我的内心充满了惊惧与怜悯；我在风沙弥漫的毛乌素沙漠和腾格里沙漠里行走，我体验着人类艰难的企盼和生存……没有这样艰难的实地行走，我不会产生这部作品。

与此同时，我用 20 年的时间，关注着中国一个重大水利工程——南水北调中线工程背后的庞大的移民群体。汉水、丹水两岸 80 余万移民都是我的父老乡亲，在长达半个多世纪的调水过程中，在调水源头我的故乡发生了太多太多的故事，悲壮的沉没，迁徙的眼泪，重建的血汗，无数的焦虑与困惑……2005 年，我沿汉江、丹水走了 100 多天，之后又转身沿京、津、冀极度干涸的北方又走了 100 多天。最终我把对中国水环境的深重忧患、对养育了我生命的汉江的忧患、对中国移民之命运和生存的忧患，都记写在 45 万字的《大江北去》一书里了。

从 20 世纪 90 年代伊始，我用 20 多年时间，以 140 余万字的篇幅，完成了对一个迄今世界最大引水工程背后人的命运、人的牺牲与奉献的书写，即“南水北调中线移民三部曲”。

我的报告文学写作仅此而已。

我对一些朋友说，那是我的大散文，或者说，那是我对于散文创作的一种更广阔的深入和更深度的创作补充。

我说这些是想说：把报告文学、杂文、随笔、书信都归为散文的范畴，我觉得是一种文体势能所趋，只有散文这种文体能收留、包容这些心灵和思想的寄语。我认为它们之间的融合和差异，写作者都会有自己的把控。报告文学叙事的辽阔厚重，散文对人类心灵的慰藉，杂文对世相人心的讽喻与抵砺等，一个相对成熟的写作者，自应有恰适的掂量。

问题在于：现实中人们每每降低、忽略散文创作的审美品质。常见的是：事无巨细地把生活的琐琐碎碎很轻率、很不严肃地交付给散文；习惯于散文的小位置、小摆设；对人生、人性以及人的生存思考在散文中显得清浅而单纯。我们有意无意地在散文创作中放弃或减弱对人类终极价值的深切关怀，放弃对人性负面以及民族、文化、历史的注视。即使偶尔注视了，但一想到散文文体本身——我们已非常习惯并主观地将散文对生活的切入点限定在不承担大文化背景的层面——我们思索的深度立即受阻，批判的锋芒有意收敛。女人们在散文里常常是倾诉一己的悲欢，男人们在散文里常常是一味地插科打诨，于是，社会的大关怀在散文里大踏步后退了。

徐芳：关于散文创作有句话叫“形散神不散”，这倾向在相当长一段时间内，曾经主导了散文艺术的创新性探索与散文审美的创造力，那是否亦会同步带来散文审美层次与创作的模式化？

梅洁：“形散神不散”作为一种创作理论抑或是方法论，仿佛在 20 世纪 80 年代有过一段讨论和争议，对五六十年代一些散文的模式化写作给予了很多辨析和冲击，对后来中国散文浩浩荡荡的发展，给予了文体的松绑和创作主旨与精神的解放。

我的文学创作始于 1981 年，赶上了一个思想解放的历史新时期，也曾听闻了这场“形散神不散”的讨论。但对这场讨论我并未十分在意。我大学是学经济的，毕业从事经济工作十多年后突然改门换道，选择文学，应该说那是在不谙文学为何物的状态下开始的一种文学冲动，对于文学理论更是无知也无感的。“形散神不散”的作品是什么样子？批评“散形神不散”那就是倡导“形散神也散”么？那样的作品又是什么样子？

也许是不在意这些理论的束缚，我就洋洋洒洒写我自己的。应该说，当年我的写作几乎全是受情感的主宰，是受当下情绪所形成的那个“场”的主宰。于是在形式上是不拘一格的，是总在变化的。写某篇作品时我是在伤心地恸哭，那我就声泪俱下地写，有时可以在词语后面连打三个惊叹号，比如《那一脉蓝色山梁》；写另一篇作品时我的心在极度地疼痛，那我就痛彻心扉地写，比如《我的丈夫走在那片青山绿水间》《不是遗言的遗言》；而写遥远而忧伤的忆念，我就情深意长、娓娓道来地写，让“泪水盈眶”但不让它流出来，比如《童年旧事》《福哥儿》；又有些作品，是要用很强的诗意贯通，需要简约抽象，那就奔放吧，辽阔吧，铺排吧，一咏三叹吧，意象层叠吧，甚至长句不打标点吧，比如《爱的履历》《通往格尔木之路》《泪雨霏霏干一杯》……

因为余秋雨先生《文化苦旅》的深刻影响，我后来还写了不少历史文化散文，比如《商道》《泥河湾》《驿站》《谁创造了白瓷文明》《晋商与北方丝绸之路》《入襄阳记》《历史的祭坛》《天下蔚州》，等等，大都在北京《十月》杂志发表。雷达先生生前曾对这些散文有过评价，他说：“……重要的是，她不是外来的行走者，观摩者，这里的每一处遗存都与她的经历血肉交凝；她的文字，不以炫示渊博的知识见长，而以丰盈的情感充塞其间；她的风格，也不是那种冷峻的科学理性，而是以诗性的浓醇动人。因而，不像某些徒有其表的大散文那样空泛，它的苍茫的历史感，悠远的命运感，执着的对民族精神之根的追思，全都源自生命内在的激情。”

我想，一个对散文创作认真负责的写作者，真正给予作品生命的应是永远的真诚与激情，在真诚与激情的写作中，还需要去考虑“神散”还是“神聚”？一篇真正有慰藉心灵品质的散文，“神”能“散”到哪里去？而一味浅薄地图解时代的散文，“神”越“聚”越伪饰、越假作、越遮蔽真性灵。每一个时代的作品都有那个时代的烙印，那烙印是烙在作家心上的，是无法摆脱的，自由心灵的写作只能是自由的外部环境所赋予。20 世纪五六十年代散文的单一模式是那个时代赋予的。应该说，改革开放以来，多元文化的涌进，文化语境的敞开，使中国散文的创作呈现出前所未有的繁荣，散文作品的灿烂、绚丽，应该说已冲垮了单一“模式化”的束缚，散文的审美层次已大踏步更新。所以，“形散神不散”的争议，已经没有太多意义，它不再会成为文学写作者的“心障”和“文障”。

徐芳：所谓女性散文，就是把女性自己对生命个体、文学创作的理解和梦想投注到字里行间，尝试着将其对生命、生活和社会的思考纳入到一种对于现实生活的观照之中？那是否可以说，这是更为直接地表达个体心性，是一种敞开自我的写作，这样的散文作品，更清晰地映现了自己的身影、体验、记忆与感情，比如您写亡夫的一组作品竟如同“涕泪”？

梅洁：20世纪8年代，随着伤痕文学的崛起，散文的伤痕写作也悄然出现。许多写作者在抚摸历史的伤痛时，不经意间触及了人类情感的共通处。或者换句话说，写作者在抚摸自身心灵的痛处时，不经意间触及了历史的伤心处。中国女性散文在这个时期呈现出很明显的角色特征。由于长期的社会角色体认和传统规范的压抑，使女性意识和自我价值开始觉醒的一批散文作家，开始了群体性的自我诉说。她们从散文中找到了表达自己、寄托心灵的深刻方式，她们率真而淋漓，她们“真诚的自我表白强烈冲击着旧散文消弥个体的伪质，而呈现出女性真纯的美丽”（蔡江珍《梅洁散文论》）。

无论女性面临怎样的伦理窘迫和精神痛楚，她们对自身处境与情感的深切体味，在以散文写作深入心灵困境的同时，也在深深眺望和探求着同时代人的精神出路。

应该说，我一直很深地裹挟在女性情感散文写作的涡流之中，从20世纪80年代至今，《爱的履历》《这一片女儿的情绪》《因为说起三毛》《女人：爱就爱得傻一点》《我是一个幸福的女人》等，都是在体认“这个不尽和谐、不尽完美的男女世界，自知女性的处境、女人的生命意味，而依然要做‘有追求，有事业，有爱，有良好的品格’的女人”的诉说。

十多年前，我挚爱一生的丈夫惨逝在昆明至北京的列车上，之后我写下的《我的丈夫走在那片青山绿水间》《泪水之花》《不是遗言的遗言》等，那是一片绝望、疼痛的“涕泪”和“泣血”。丈夫惨逝的场景是我永世的痛苦，他睁着一双大大的眼睛“上路了”，在那个天上人间永世分离的时刻，我目睹了亲人的“死不瞑目”，至今想起来我都肝肠寸断、心碎欲裂！

“我一生一世心疼的那个家因着你（指丈夫）的离去已不复存在，没有什么能引渡我内心深处的痛苦。望车窗外泣血的夕阳，我伤疼如斯……”我这样写着。

“你的离去是对我幸福最致命的打击，我至今无法安慰你也无法安慰我自己。我知道我走不出悲痛便没有快乐可言，但没有什么可以化解我内心深处的苦痛。真正的悲痛是化不作力量的，‘化悲痛为力量’的教义对我没有意义。”我这样写着。

“亲爱的，在忆念你的时间里，悲苦的泪水将打湿所有的时间……”我这样写着。

我始终认为，女性散文这种敞开心灵、表达对生活对情感对命运的悲恸、淋漓的写作，是对中国散文的一种审美贡献。

十几年前我说过一句话，“好散文在时间的深处，在心灵的痛处”，我至今对此深信不疑。

徐芳：您为什么写作？是因为对艺术的追索，或是说人生的升华？是想以个人和群体融合，个人和人类融合，个人和宇宙融合来感悟世界的奥秘、人生的真谛，并构建与之同构的审美感情世界？

梅洁：我之所以断然放弃了大学学习5年的经济专业，放弃大学毕业后从事了十多年的经济工作而改做文学，那实在是我的心灵想发出一种声音。这声音一定要穿越肉体、穿越时空、穿越苦难、穿越空谷与山脉而不管不顾地发出来，那必定是命中注定了。

如你所问，我也常常问自己：是什么让我开始了写作并让我持续地进行着这寂寞的劳作？许多年里，我视写作为心灵的寄托。写作是这世上唯一能永远不厌其烦地听我诉说情感的朋友，能心疼地看我流泪的朋友，也能真心地为我高兴的朋友。我活着，就朋友般与这些文字朝夕相伴；我死了，文字就权当作我对这个世界的一份依恋。我相信爱我的人和我爱的人会因着这份依恋而感念着一颗善心。我就这样虔敬着我的写作。

卡夫卡曾说：“握笔著述，是一种祈祷。”我想，对艺术怀有宗教般的虔诚之心，总能成就我们一二吧。应该说，是在我近40年的悄然写作中，文学伟大的诱惑携带着我的心灵之光在默默前行。

我是一个职业写作者，许多年来，我都把手中的笔视作农人手中的锄把。像农人那样宠辱不惊地耕耘，做一个真诚的劳动者，成为我平生的愿望。然而，随着写作时间的延伸，我发现：写作是一种滋润和营养，它使我们的生命质量变得越来越坚实。这是我始料不及的。

因为写作，我总在感念着生活的点点滴滴，无论是爱与恨、希望与失望、困境与挣脱、幸福与苦难都让我沉浸，都让我流泪。在这无数遥远而贴近的感念与沉浸中，一颗原本麻木的心变得多感，一双原本愚钝的眼睛变得深情。这个时候，我想我应该不全然是过去的我了。

因为写作，我开始不断审视人类和自身，包括生存、命运、历史、自然、现在、未来，包括哲学、宗教、艺术、人性……审视的过程是不断学习、积累的过程，是不断向真向善向美的过程，是精神不断受洗礼和被提升的过程，当所有的审视嬗变为信仰、自律、宽容，嬗变为谦逊、善良、公正等诸多德性时，我想我的生命应该是有了更丰富的内容。

因为写作，我们一天天增长着对社会道义、责任的担当，对底层人命运的关注和悲悯，对心灵与精神追索的力量……

当写作如此地融合在我们人生的过程中时，我想，它即使救不了这个世界，但它肯定能救我们自己。

2019 年 1 月 22 日于北京

下辑 共话天地人间

评论家、作家视野里的梅洁

故乡：梅洁的精神家园

——《古河》序言

雷　达*

我真正认真地看梅洁的作品，还是从大型报告文学《山苍苍，水茫茫》而起的，此文确实令人惊讶，它不像多以理性见长的报告文学，而是满溢悲壮，一往情深，滔滔乎若大江巨澜，一发而不可收止，七八万字的长卷，竟如一首无休止符的长歌。我当时想，报告文学也可以这样写吗？一个作家的激情可以维持这么长的时间不见衰竭，该有多么深厚的孕蓄？这样的报告文学，可否称之为叙事诗式的报告文学呢？我的确被它打动了，进而产生想多了解一些梅洁之为人为文的愿望。

---

* 雷达（1943年—2018年3月31日），原名雷达学，甘肃天水人。曾任中国作家协会创作研究部主任、研究员，中国小说学会会长，中国作家协会理论批评委员会副主任。多届茅盾文学奖、鲁迅文学奖评委。兼任兰州大学文学院中国现当代文学专业博士生导师。

曾获第四届鲁迅文学奖“优秀理论评论奖”、中国作家出版集团“优秀作家贡献奖”、中国文联文艺评论奖、中国当代文学优秀科研奖、上海文学奖、中华文学选刊奖等奖项。出版《民族灵魂的重铸》、《重建文学的审美精神》（上下卷）、《蜕变与新潮》、《思潮与文体——20世纪末小说观察》、《当前文学症候分析》、《重新发现文学》等论文集15部；出版《雷达散文》《缩略时代》《皋兰夜语》等散文集多部。主编《中国现当代文学通史》《中国新文学大系·长篇小说卷》《现代中国文学精品文库》等。

的确，很少有人像梅洁这样刻骨铭心地，忧思满怀地，深情无限地眷恋自己的乡土，她对故乡鄂西北倾注的感情，非泛泛的乡愁乡思者可比，这简直就是她的生命根系和精神家园。梅洁曾在故乡度过一段屈辱的童年，黯淡的岁月，她也曾诅咒过这块土地，发誓永不回来。然而，几十年后，当她学会了超越一己的幽怨，重新面对这片苦难而光荣的土地时，她的精神升华了，心胸开阔了，她又一次找到了自己的"家"。这是一个双向寻找的过程，故乡在寻找失散的游子，游子在寻找生命的根蒂。于是，在《山苍苍，水茫茫》里，我们读到了殷红的鲜血，慷慨的奉献，坚韧的努力，伟大的创业，读到了鄂西北人民用生命谱写的革命和建设的壮歌。任何人都能从这里体验到净化和崇高，获得一种切实的而非空洞的历史感。但这一切都不是靠罗列事实、堆积材料取得的，它通过洋溢着丰沛感情和深刻思索的创作主体折射出来；没有活跃的作者主体，就无法掀起如此的感染力。由此，我们清楚地感到，作家是从鄂西北、神农架、汉江流域走出来的一个女人，大山和古河哺育和滋润了她，她的心才永远地有了"岸"，有了"根"，她的如潮的激情正是来源于此啊。

收在这部《山苍苍，水茫茫》里的作品，当然并不全是描绘作家故乡的，除了《山苍苍，水茫茫》《走进神农架》等写鄂西北的作品占据相当分量外，另有《西部的倾诉》《伤残世界》《呼啸的山脉》《神圣的呼唤》等多部长、中、短篇报告文学。这些作品，大多获得过奖励或被广泛转载过，在读者中产生过一定影响。作家特别热衷于探究古老土地的历史奥秘，悉心领悟汉江文化的神韵，对于生态环境、地质科学、人民安危以及与之相关的人事格外敏感，作家的一颗爱心，由身边亲人推及故乡父老，由故乡推及民族，再由民族推及对人类命运和人的终极价值的关怀。据我所知，梅洁的创作起于写诗，写诗之不满足，又转攻散文，但无论她的诗还是散文，大多以抒发一己的感遇为主，囿于个人心路上的奋争和苦楚，情调偏于忧伤，这当然自有其审美价值；可是，应该看到，一些气质优雅、才情非凡的女性作家之所以终究难成大器，与她们终其一生只靠内向地挖掘自我写作，不善于扩大自我有关。梅洁的不满足于自我抒发，在写诗、写散文的同时转向报告文学，就很值得注意。这既是有效的扩大自我、丰富自我的方式，又是强化文学的社会功能，直接干预生活的勇敢之举。她很能吃苦，为了读懂读透生活这部大书，长途奔波，深入采访，饥渴劳累她都不在乎。没有发自内心地对生活和文学的挚爱，是很难做到这一点的。因此，我很尊重她的劳动。

写诗和写散文的训练，使梅洁的报告文学具有浓厚的主观化、诗化的色彩，属于以情采和抒发取胜者。事实上，她的报告文学又都可以当作很有艺术魅力的散文去读。这既是她的优势，也未尝不是某种局限，情感无节制，或许会阻碍思考的深度。我还想补充的是，每个作家的创作，都不可能不是他的人生际遇和情感历程的外化。出生于江南、禀赋了汉江灵秀之气的梅洁，却在塞外坝上的旷野度过几十个春秋，两种地域、两种文化的冲撞和激荡，造就了她特有的文风和观察生活的视角，这些只能到她的作品里去发现。

1994年5月4日于北京安外

长江文艺出版社1994年版梅洁报告文学集《古河》序

一位正直的有情怀的作家

李朝全*

20年前，我受漓江出版社之邀，参加选编《2000年度中国最佳报告文学》一书。我采用的是最笨的办法，就是将该年度发表在主要报刊、特别是文学报刊上的报告文学作品尽量都阅读一遍。这时，我在《报告文学》杂志上惊喜地读到了梅洁的报告文学《西部的倾诉》。彼时，我还不了解梅洁其人其作。这篇作品深刻地反映了中国西部女性的生存现状及西部女童的教育状况：她们闭塞、贫穷、缺少教育，但她们仍然不停地生育；教育的落后导致人口素质的低下，而人口素质低下、教育贫困又在代代相传，这也就导致了贫困的传代。作品揭示出了西部女性生存现状令人触目惊心的现实。从这篇作品中我感受到作者梅洁的一颗正直正义正道之心，感受到了她对笔下人物的深情和大爱。读后我深受震撼。我向选本的另外两位主编、著名作家张锲和周明先生鼎力推荐此文。他们读后亦深表赞许。于是，在征得梅洁的同意授权后，我们便将《西部的倾诉》选编进了《2000年度中国最佳报告文学》选本中，

* 李朝全，福建仙游人，毕业于北京大学。中国作协创作研究部副主任、研究员，中国作协报告文学委员会委员、青年工作委员会委员，中国报告文学学会副会长。入选文化名家暨“四个一批”人才。著有理论专著《文艺创作与国家形象》《非虚构文学论》《重估中国当代文学价值》，纪实文学《最好的时代》《国家书房》《梦想照亮生活》《世纪知交：巴金与冰心》等。多次任茅盾文学奖、鲁迅文学奖等评委。曾获全国“五个一工程”奖、庄重文文学奖、中国人口文化奖、全国优秀科普作品奖、中华优秀出版物奖“抗震救灾特别奖”、冰心儿童图书奖等。

并且置于全书之首。第二年，这篇作品荣获鲁迅文学奖，而张锲正是报告文学评委会的主任。

就此我认识了梅洁。后来她申报了一个中国作协重点扶持项目长篇报告文学《大江北去》。在创作过程中，正好遇上了她痛失爱夫，伤心欲绝，头痛欲裂，精神几近崩溃。经历了50多天炼狱般的生活，她终于在亲友的鼓励下，以顽强的毅力从悲伤中走出来，克服重重困难完成了作品。我专门为《大江北去》写了一篇评论《梅洁：写书写得那么苦》，刊发在《中国文化报》上。后来，这部作品参评鲁迅文学奖，获提名进入终评。评委们都对梅洁和这部作品印象深刻。

梅洁给我感受最深的就是多愁善感，情感非常充沛。这样性格的人最适合写作，充沛的情感需要用文学来倾诉出来。巴金说："我只是一个普通的人，我写作不是我有才华，而是我有感情。对我的祖国和同胞，我有无限的爱，我用作品表达我的感情。"梅洁也正是这样的。她的作品首先写到了故乡疼痛的历史和过去。她的"移民三部曲"——《山苍苍，水茫茫》《大江北去》《汉水大移民》都是书写家乡的痛点。她的出生地湖北郧阳也是她的精神的原乡，在建设丹江口水库和南水北调中线工程过程中，家乡人民付出了巨大的代价，做出了巨大的牺牲：调水源头湖北郧县、丹江口市和河南淅川等地人民在长达50年的调水工程中，百万亩良田及3座古城被淹没，70万移民背井离乡以后的种种磨难与生存困境——悲壮的沉没，迁徙的眼泪，重建的血汗……借助作家深情而凝重的文字一一得到了鲜活的再现。梅洁写出了家乡百姓曾经遭遇的那些疼痛的、不堪回首的日子。她是汉江女儿，她写家乡这片地域曾经的苦难和痛苦，源自于她的切身感受，蘸着痛和苦、泪和血。

其次，梅洁注重书写西部女性的穷困和生存的痛点。为此，她一个人到西部走访了50多天，沉浸在"苦甲天下"的宁夏的西海固，切身感受西部的穷困，深切体会西部女童的教育窘境。她把自己的感同身受融入到了西部大地，从而创作出了打动读者、震撼人心的获奖作品《西部的倾诉》《创世纪情愫》。

梅洁的精神气质在骨子里具备人民性。她有一个博大的胸怀，拥有博大的爱心，"对这片土地和人民"怀着不可言说的情和爱。她把自己的这份博爱投向了广袤的大地。作为一个懂得感恩的人，她以一位汉江儿女对家乡、对故土、对乡亲的感恩反哺之情，写下了"移民三部曲"。她曾工作和生活在塞外张家口市蔚县，在比较贫困落后的地区坚守了好多年，对第二故乡蔚县亦情有独钟，倾情抒写。她无论是写汉水，写十堰郧阳大地，还是写蔚县，都可谓是对家乡的反哺。

梅洁始终怀着一颗感恩的心在写作。她的散文亦独树一帜，有鲜明的辨识度。无论是报告文学，还是散文，她笔下的作品皆为“有情之物”，都能看到作品背后鲜活真实的作者，看到她对笔下人和事浓得化不开的情义。

为了北去的一江清水

——评梅洁长篇报告文学《汉水大移民》

李炳银*

2011年5月，从北京水务部门传来消息，北京人均水资源只剩下100立方米，这个数字是国际人均1000立方米发展指标极限的十分之一；是生存指标极限500立方米的五分之一。北京的用水已经告急。北京缺水，天津缺水，华北缺水，没有了水，发展和生存都会面临严峻的考验，火烧眉毛，刻不容缓。华北的水资源已经露底，有河皆枯，地下水几近抽干，北京公主坟一带地下水已经抽到基岩，抽到基岩的概念即地下水一万年都难以恢复。所以，“近渴”难解，“远虑”更无法排除。

毛泽东在1952年时的“南方水多，北方水少，如有可能，借点水来也是可以的吧”的浪漫构想，最终以南水北调工程为名开始实施建设已达半个多世纪。2014年10月，从湖北丹江口引汉江水北上的“中国水之梦”将成为现实，北京的水危机将会有所缓解。

---

* 李炳银，著名评论家，中国作协创研部研究员，中国报告文学学会常务副会长，全国报告文学理论研究会会长，全国优秀报告文学奖、鲁迅文学奖、解放军文学奖等文学评奖委员，出版、编著的学术著作有《当代报告文学流变论》《中国报告文学的世纪景观》《中国新时期优秀报告文学大系》等百余部。

然而，在汉水北上这样一个世界最大的引水工程即将为北方亿万人送水时，人们固然可以为如此浩大的调水工程建设完成感到自豪和高兴，但似乎没有太多的理由为之过度欢呼。读读梅洁的长篇报告文学《汉水大移民》吧！为了从汉江丹江口调水，早在20世纪50年代即开始修建大型水坝，2005年又决定将大坝增高到176.6米，形成库容290亿吨的大型水库。为此，汉水、丹水两岸的人民失去了百万亩良田沃地、3座千年古城、几十座集镇、近千个村庄、数万间房屋和设施，仅湖北十堰市前后就有47万移民被迫背井离乡。在长达50年的调水过程中，几十万移民伴随着水坝蓄水的高度变化曾一搬再搬，前后竟有4次之多。老话讲“金窝银窝不如自己的草窝”，“一搬三年穷”，人们怎样奈何这样的一搬再搬的处境？

所以，在南水北调工程的背后，事实上有一部令人感动、惆怅、无奈和痛苦的移民史。吃水不忘掘井人。在北方人们用上南来的汉江水的时候，首先应当虔诚地向那些为调水付出了巨大牺牲和劳动的人们给予真诚的感谢，并从此真正切实地珍惜每一滴宝贵的水。

每一次大规模的移民，都是一件非常复杂而艰难的沉重负载。“汉水大移民”亦然。所以，在2009年大规模移民工作再次开始时，湖北省省长说，要“打人民战争，扑上去！”十堰市委书记在“战前动员”时说：“不要存在任何侥幸心理！从现在行动起来，打主动仗，我们没有退路！”梅洁的长篇报告文学《汉水大移民》，是一部真实考察和访问记录汉水大移民的作品。作者以一个在汉江边生长的人的情感和目光见证了一部中国水利移民史，作者前后用20年时间满怀深情地追踪并记录了历次移民的搬迁和告别，对于移民舍家为国、承受精神煎熬和生活磨难等情形，她叙述起来历历在目，读来令人心头震颤。为了调水，千年的郧阳、均州古城沉没了，很多古老的文化遗迹一同沉入水下；在告别祖坟、家园的过程中，移民们几代人的命运被改变了，他们不得不告别世代的生活环境和生产方式，曾经在城市经商的人们需要进行农业耕种，原本从事蔬菜、果树种植的也要开始粮食生产；对于故乡千年文化和风俗习惯的割断和对新生活环境的陌生，让移民对搬迁充满深深的担忧和恐惧。对远乡的种种未知和搬迁补偿过程中的某些不合理、房屋质量的瑕疵、时间的紧迫，实在是任务艰巨，矛盾重重。无论是移民还是移民工作者都承受了巨大的伤痛，经历了太多的艰难困苦。然而，面对诸多的无奈，湖北人民懂得顾全大局，他们知道北方缺水，知道“北京人渴”。梅洁的作品，点点滴滴，详勘细缕，对大移民工程作了相当真实客观的反映和表现。对移民的遭遇，怀有深切的悲悯同情，对移民干部在处理移民问题过程中的真情努力，读后让人震撼和动容。

所以，《汉水大移民》是对现实社会重大事件的出色报告，更是一次在移民事件中作家思想、情感和立场的突出用心和生动表达，为中国近千万水利移民留下了一部真实感人的文学记录。

文学在面对某一事件的时候，与工作报告和工程记录是有很大区别的。梅洁的《汉水大移民》，尽管需要对这次移民事件给予整体的回顾，但在涉及移民个体命运的内容时，作家却总是从最实际具体的人和事来展开叙述，更多地对移民对象的心态、情感和行动进行观察描绘。这样，移民对象就不再是简单的政策落实、数字统计、措施实施等一些文献记录，实际上就转换成了某一家人、某一群人的生活生存环境及人生命运变更的真实描述。作品描写到移民所经历的所有精神情感和生活行动方面的矛盾、彷徨、无奈和痛苦，书写了他们告别的艰难和出走的惆怅情形，动情的文字和悲伤的场面常常使人不安。但搬迁是大势所趋，是国家利益的需要，服从是唯一的选择。而且，国家政府也在不断地总结过去移民过程中的失误教训，依据国力的提升，为移民不断提高补偿标准并解决搬迁后的生存生活问题。

看《汉水大移民》，移民的命运自然令人十分关注，很多移民干部忠于职守的思想作风，忍辱负重的行动努力，他们在与移民接触过程中大量耐心的解说，超负荷的忘我的工作态度，经历的委屈，遭受的不公等情形，也使人由衷的敬佩和感动（县委书记柳长毅被移民长时间围困，移民干部为移民喂猪、挑水，等等）。可以说，每一次艰难的说服，每一项移民工作的推进，都是从省到县市，再到乡镇村庄的移民干部汗水甚至血泪作用的结果。正是因为这一切，《汉水大移民》几乎类似一部真实的、充满了激烈复杂矛盾故事情节的小说，起伏跌宕，情景变换不断，其情节的丰富曲折蹊跷和人物形象性格行动的复杂个性多样，足以同很多虚构的小说媲美。但是，梅洁的作品是真实的报告文学式的事实描述，她在用真实的文学报告着社会重大事件和人物命运的同时，采用了非常精彩的文学表达，成为开在“南水北调”这棵大树上的一朵独特多姿的文学花朵！

或许，对于故乡土地的沉没和人民的流离有一种本真的惋惜，作为一位女性作家天生的深情细腻、哀怨悠长的文字表达特性，使梅洁的《汉水大移民》明显地区别于其他一些着眼南水北调工程建设和开发利用内容的报告文学作品。梅洁的作品，深情凝重，血肉丰盈，透骨穿心，思虑绵长。作者始终将眼光放在对移民生活改变和命运反复的内容上面，放在数以万计的肩负国家责任、从事艰难的移民工作的各级移民干部的身上，所以，作品内容呈现的都是很有血肉情感的人的活动及故事。而恰恰是如此的视角和生动形象的叙述描绘，使得《汉水大移民》具备了很强的事件本身之外的很多精神情感和人性文化，乃至地理风俗的独特表现价值；再有很见功力的散文化语言文字伴随，就更有一种历史记录和文学形象表达的艺术感染力量。

《光明日报》2013 年 6 月 23 日发表

生命的追问
——读梅洁散文

李建周*

为什么不绝望呢？在阅读梅洁的散文时，铁凝情不自禁发出过这样的追问。这一追问包含着对梅洁生命历程的感受和理解，也有几分铁凝自我追问的成分。其实对于严肃探求生命意义的作家来说，这一问题是创作过程中无法绕过的。它既关涉文学作品的基本精神特质，也关涉读者的阅读期待。甚至可以说，时代精神建构的秘密就隐藏于这样的文学生产过程之中。

铁凝的问题源于奥地利精神医学专家弗兰克，也和二战之后人们对存在意义的认知息息相关。自己家人全部死于纳粹集中营的弗兰克，认为人类存在的特征是自我超越，而不是自我实现，人更重要的是“追求意义”而不是“追求自己”，生命的价值应当到世界中去寻找和证明。尽管每个人都受生物、心理或社会条件的制约，但是却依然有个人选择的自由。弗兰克的观念和存在主义哲学有着内在的同构性。在进行精神治疗时，弗兰克常常会把终极问

---

* 李建周，河北师范大学文学院教授、博士生导师，河北省作家协会特约研究员，中国新文学学会理事。主要从事当代文学研究。在《文艺争鸣》《南方文坛》《小说评论》《诗刊》等刊物发表学术论文 70 余篇。出版学术专著《先锋小说的兴起》《流动的先锋性》等。曾获《诗选刊》年度诗歌评论奖、孙犁文学奖、河北省社科优秀成果奖等。

题抛给那些沉浸在痛苦中的人们，从而让人在精神绝境中重新组织个人生命的意义和价值。这个意义重组的过程也是个人自我发现和重建的过程。

那些构筑生命价值和意义的理由，也是文学创作试图发现和面对的。和弗兰克一样，梅洁的散文创作源发于生命根部，是作家自我精神生长的方式，有很明显的自我治疗和精神重构的作用。在集体主义和理想主义渐行渐远的原子化社会中，这种个人精神建构显得尤为重要。

创痛经验的文字转化对于书写者来说是一件极为艰苦的工作，需要有一种强大的精神力量支撑。对于梅洁来说，这种精神力量并非是抽象的形而上观念，而是一种基于人性的朴素的血缘深情。彼此的感知和扶持，是满怀善意的人们在苦难中最后的慰藉。《关于父亲》中父亲的苦难和坚强是一代人的缩影。父亲从小失去父母关爱甚至被亲戚残忍折磨，可他一直对亲情充满温暖的期待。七年的放牛生涯使他面对苦难时更为坚韧。没有鞋穿被扎得鲜血淋漓的双脚后来跑出了万米马拉松赛的辉煌。在被打成“右派”的艰难日子里，仍然时时不忘内心的体育梦想。父亲悲怆却坚韧的生命历程，在梅洁的散文中具有巨大的召唤力量和精神统摄性。无论是《关于母亲》《那一脉蓝色山梁》中的母亲，还是《再渡那弯江水》中的哥哥、《遥远的鄂西》中的妹妹，尽管性格各异却都有一种直面苦难召唤生命价值的勇气和力量。

正是在这样的情感能量场中，梅洁构筑了一幅幅自传式的文学风景。少女时代就告别父亲、长别母亲，大学毕业只身到塞外生活，人到中年毅然转向文学创作。其间遭遇家庭的不幸和人情的冷漠。悲苦的生存经验和无数令人感动的瞬间连缀起来，就是作家的一份心灵履历。

由血缘关系向外延伸，梅洁建构了自我与他人的良性互动关系。虽然历经坎坷，但是梅洁笔下很少出现在生命困苦面前的沉沦者。无论境遇如何，作家始终关注的是生命中那些美好的瞬间。质朴无华又感人至深的《童年旧事》，见证了少男少女之间纯净无邪的依恋。梅洁对小学同桌阿三冻坏的手的惦念，阿三对孤立无援的梅洁的关爱，恰是一股时代悲剧大潮中的暖流。虽然没有织成的手套成为对阿三一生的歉疚，但是相互温暖却是人间最为珍贵的情感。《玩泥巴手枪的男人》对少年申子哥的追寻同样如此。虽然并非初恋，但是两人一生一世的相互挂念弥足珍贵。最初的纯真与感动，经历过岁月的风沙之后更显得真醇和动人。这种人性的美好在岁月中蔓延，就有了面对苦命福哥儿（《福哥儿》）的深切哀怜。这些作品中，梅洁用人性最初的美好对世俗世界进行了有效升华。

诚然，这里有一个写作的“现在”和事件的“过去”之间的关系问题。追忆式的写作，在时间的对比中让人首先体验到的就是情感。这种情感体验在自我建构中的作用是不能被忽视的。正是有了这种真切的情感体验，梅洁在处理当下的世事纷扰时，会保持一种时间的距离感，因而更加珍惜那些超越世俗之上的同道者的情谊。《人这一辈子》中踌躇满志的副主编一生都在为自己的理想奋斗，可是他的拼命和辛苦一直都无法获得理想的结果。绝大多数人的生命历程不过如此，可是有了人与人之间的相互搀扶，就会减少一些委屈与窝囊，增加一些尊重与理解。在《写给徐迟》《因为说起三毛》《一个人的告别》等作品中，尽管读者感知到时间深处的心灵痛处，但都被作家编织进受难共同体对命运的抗争中，因为有了彼此的理解，才有了在苦难面前抗争的勇气。

对于梅洁来说，个体精神的建构与承受痛苦的态度相关。当她无法忍住眼泪的时候，就将自己的痛苦转化为创造文字的力量。那在文字中不断生长的生命，连接了一个更为广阔的精神世界。带有自传色彩的生命历程与生命体验，也超越了一己的悲欢，具有了一代人精神标记的意义。

面对痛苦和荒谬时的自我选择，在现代知识谱系中往往呈现为一种西西弗斯式的生存境遇，是诸神远去时人在世界的无望的抗争。梅洁并没有将自己的散文导向生命哲学的追问，而是对世俗情感价值和生存状态的呈现和描述。它并没有将人生际遇推演到荒谬的处境，而是在传统的伦理关系中寻找自我、完善自我。梅洁始终是一位“家庭至上”主义者，她对幸福的最高理解就是家庭的完整和美满。正因为如此，尽管在《这一片女儿的情结》等作品中可以看到作家内心的痛苦与孤独，但她最终却在传统人伦关系中找到了个体存在的精神空间。

在现代主义视野中，或许梅洁选择的表现方式显得有些平淡。但时过境迁再回首，面对当下境况重新反思我们的精神建构过程，就会发现那些浸透着个体生命体验的作品，虽然一度被文学史研究有意无意忽视，但是却牵连着一个更为久远的世情文学传统。这在今天显得尤为重要，当我们的自我无法和他者构成对话关系的时候，也就意味着生命的萎缩和无法把握。在这个意义上，梅洁散文中的精神建构方式恰恰是精神缩减时代的解毒剂。

感谢命运

蓝　夫*

我属于在文学边上浮游晃动偶尔闪烁一下的那种人，从不敢妄称作家，故与省内外的文学界名士多不相熟。梅洁当属例外，我称她“梅大姐”。这样称有年龄上的原因，更多的则是出于对她为人为文的敬重。

梅洁好年轻。她属于那种心理年龄、精神状态小于自然年龄的那种文化女性，包括她的散文，文字总是葆有一种年轻的高贵、典雅、真爱和忧伤。

不停顿地追求，不停顿地超越，对生活自始至终充满信心充满激情，人就永远不会老。人不可避免地要面对死亡，但是，人却能够超越衰老。真正意义上的奋斗人生，会把艰难跋涉的人生高地自觉地抻向生命尽头，而非在一片晚秋薄暮中随风飘逝，这样的人一生都是青春。

这是梅洁给我和我的朋友们留下的鲜明的感性印象。但是，要说更深一层地认识梅洁，身临其境地体悟她的人生选择，她异乎常人的艰难的心路历程，她对真文学宗教般虔诚的顽强固守，对人类精神迷失与文学真谛的杜鹃啼血般的呼唤和追索……还是1996年夏天，更确切地说，是在通往梅洁家居的张家口市的途中。当时我就想，塞北阳光照彻的“梅洁现象”，让人感到一种震撼。一个女性文学生命穿越过漫长的苦难与孤寂的时光隧道，其柔韧、顽强和刚烈，真可以称得上是一部当代中国文学的传奇。每一个喜欢梅

* 蓝夫，河北石家庄人，中国作家协会会员。当代作家，评论家。

洁文字的人，在这样特定的情境中读梅洁的人生，都会生出这样一种感动。

列车由北京向西转北，哐当着蜿蜒在崇山峻岭之中，整整一个下午没有尽头，只有连绵起伏的大山从遥远的塞北重重叠叠地压迫着铺展过来。长长的隧道一个接一个（共有64个），火车穿行其间，就像一条被斩成几截的长蛇。蒸汽机车时代，在这条堪称中国最险峻的铁路上，火车该是一条喘着粗气、吐着白沫筋疲力尽的老龙吧？它把旅人拉向大漠遥远的荒凉。

梅洁就是循着这条险路，35岁时开始穿越层层壁障冲向中国文坛的，难怪她有那么多的委屈和泪水，她要比常人付出成倍的抗压抗震抗阻的心血和汗水，不流眼泪未必是豪杰，一次次宣泄心中的痛苦和艰难，让苦涩的心泪冲淡心灵的伤血，用衣袖擦干泪渍，咬咬牙挺起身来面对苍天，梅洁当是文学的真女子，也是文学的真勇士。

有人说性格即命运，我说选择也是命运。关键是命运要操在自己手上。梅洁没有做命运的奴隶。

命运是不可知的一种神秘的力量，破译命运密码只有神能做到。可惜人世间并没有先知先觉的神灵。

命运给人的机会并不是均等的，就像有人生于王侯之家有人生于贫民之家一样。对于生活的强者，命运赋予他（她）的人生曲线多是一条极不均衡的像高山峻岭一样的突兀和逶迤。给你残酷给你磨难，让你在残酷和磨难的挤压碰撞中捕捉机运的灵光。在痛苦的磨难中选择人生，这是命运考验强者人生惯用的伎俩，也是“厚爱”。只是领悟和享受这份残酷的赐予，不是在选择的过程中（寻常所谓能够自觉地享受选择过程的痛苦是一种幸福之类的话，我认为是一种不切实际的雅酸性的自命不凡），而是在拼杀出一条血路之后无限感慨地深情回眸。

梅洁的自况体散文集《一种诞生》清晰地勾勒出属于她的那条命运曲线。从地理角度具象来看，那是一弯硕大的新月，又像一柄镶着“血钻”的长长的弯弓，那血钻就是悬在鄂西北和冀西北两地的太阳。不是抬着王嫱出塞的轿夫的足印，或颠簸着这位绝代丽人的勒勒车的辙痕，而是一根扁担一双草鞋负载着的逃亡……

王嫱出塞泪沾襟，但青城尚有高敞的皇幄，草原至尊的护佑。昭君望乡，秋水里流动的亦是泛着高贵气息的乡愁。最终落栖塞外的梅洁，却是一介孤弱，望乡无路，只有泪水空流。她尚无昭君的福祉。

张家口坝上的土地一如当年青城的荒漠一样苍凉，20 世纪 60 年代尚有野狼成群，啸撕柴门……

一排排沙暴扑打的窑洞有梅洁一孔。十几年牛郎织女，两个儿子在这里生养。时代的命运似乎注定了她只有“匆匆忙忙地属于我的儿子，粗粗糙糙地属于我的男人”。高原漠风的粗粝几乎将她打磨成一个地道的家庭妇女，这种日子怎么会生长文学？

这种生活环境怎么会向中国文学的天空推出一颗耀眼的新星？

文学竟是这样怪异，贫困闭塞的西北高原几年杀出了路遥、贾平凹、陈忠实等一彪陕军。如果说那是一片“攥把泥土也风流”的文学沃壤还尚可解释的话，那么塞北坝上呢？有人说这里是草原文化与中原文化的交接地带，同样可以生长文学的大树，但滋养文学生长的文化积淀在哪里？散发着古文化气韵的历史遗迹基本荡然无存，唯有浩天的漠风和茫茫的黄沙在狂荡不羁地怒吼。

许多人惊讶，梅洁把不可能变成了可能，梅洁在酿造一种神奇，一种“梅洁现象”。

神奇缘于梅洁文学的天赋资质。神奇缘于鄂西北与塞北的苦难嫁接，这是一条诞生真文学的蕴藏丰富的矿脉。这份文学福祉会让梅洁享用一生。

神奇缘于命运残酷挤压下文学潜意识的觉醒，以至不可扼制地冲击和喷发。梅洁应感谢命运。

神奇更缘于奋斗，像“复仇女神”一样“张牙舞爪”地拼搏奋斗。

1981 年，梅洁在同事们打扑克牌的争吵声中，趴在办公桌上吟出她的第一声啼唤。150 行的长诗刊发在省报副刊头条位置，从此决然选择了文学人生。大学经济专业、毕业后搞经济工作十余年，梅洁竟一甩头丢弃了自己的专业。倘若为了建设个人的“物质文明”，她不会选择文学的“苦难”。自古以来，中国的真文人总与贫困缔结姻缘，这似乎已是规律。她渴望生活，而非过日子。对于智者和强者来说，平平庸庸过日子无疑是莫大的苦难和煎熬。文学的曦光照亮了生动鲜活的自我，她渴望画圆自己童年即已闪烁的那个关于文学的美丽的梦想。

在梅洁的作品和小传中，经常出现一只美丽的黄鹂在婉转歌唱，她栖枝于梅家屋前的白蜡树上。梅洁出生时，小巧玲珑的尖喙欢快地唱个不停，接生的张妈说，梅家小囡长大后一定也会唱歌。梅洁一直将此作为冥冥之中命运的一种“暗示”，只是不曾料到，承接这种暗示竟是如此苦痛和遥远。

1979 年，中国迎来了文学的春天。长跪在故园父亲的坟前，“啼血的回忆让伤逝的岁月和我的生命连结在一起”，“我体验着那块准高原地带漫长的干旱和寒冷，体验的气息把我和遥远的南方母土以及母土上或远或近的声音纠葛在一起，使我看见了生命从未预望过的山峰……”（梅洁《寻找家园》）梅洁的心底开始不可阻扼地澎湃起文学歌吟的旋律。歌吟最初的涌流，本该是冰心式的典雅与温婉，却平添了浓郁的凄婉、感伤与离愁，生活母体给梅洁之诗与散文弦定的音调、音质、音色，暗合了一个南国女子纤秀倩弱的本真。但以此界定梅洁文字的风格（有关梅洁的评论文字多向这方面倾斜）结论是否有些片面且终极定论尚早？

梅洁先后使用“四柄板斧”挥洒文坛。诗歌、散文、报告文学、电视文学，均置足很深。拥四栖作家于一身，在中国当代作家中不多。把梅洁十余年间写作的文字分类归纳，的确已是长满青翠的峰头——

梅洁处女诗作发表后，此后几十行几百行的诗作不断在《诗神》《诗刊》和《星星》诗刊等全国各类报刊发表。其代表诗作《我四十岁的时候》在《诗刊》刊出，即在中国诗界引起反响，被鲁迅文学院作为名作解析，诗集《苍茫时节》和她的一首首新诗，受到读者和诗界的广泛注目。

1982 年，梅洁开始拓入散文领域。她的多篇散文佳作《爱的履历》《童年旧事》《贺坪峡印象》《泪雨霏霏干一杯》《忆念的山口》等反复被收入近 40 种书卷和辞库，至今已出版《爱的履历》《女儿的情结》《一种诞生》等多部散文集，现在天津百花文艺出版社又推出她的最新选本《并非永生的渴望》。她已拥有一批钟情于她文字的读者，她的散文集和多篇散文成为读者收藏和剪贴的珍品。

与散文创作相骈行，梅洁又楔入艰苦的报告文学领域。80 年代后期至 90 年代中期，她排炮般的中长篇作品《呼啸的山脉》《大血脉之忧思》《神圣的呼唤》《伤残世界》《走进神农架》《橄榄色的世界》等，一篇接一篇地出现在《人民日报》《人民文学》《十月》《长城》等报刊头条位置。8 万字的长卷《山苍苍、水茫茫》在《十月》刊出后，梅洁的家乡鄂西北出现了一股经久不息的“梅洁热”。

1993 年 4 月，《十月》杂志在京召开作品讨论会，40 余位文艺评论家认为，这部作品与《西路军女战士》《朝鲜战俘记》《沂蒙九章》等重要作品有着同等价值的悲壮美质。至今梅洁已有《大血脉之忧思》《古河》两部报告文学集出版。

1993年梅洁开始涉猎电视文学。《母亲的山梁》《女人河》两部电视散文搬上屏幕后即获好评。《女人河》在上海首届全国电视散文大奖赛中获大奖。1997年她将推出她的另一部新作。她想把自己的抒情散文佳作联结为一个系列，推向电视屏幕。

十余年的写作时间不能算长，至今梅洁已在全国获各类文学奖项近30余种。

梅洁并不讳言,文学就是自己的生命。凡此文学生命无一不是文学的“苦囚”。在中国当代文坛，“苦囚”的代表人物当属路遥、陈忠实、周克芹等，梅洁也应归列到这个群体。为感受生活、捕捉生活，她长年累月脚步匆匆，足迹踏遍大江南北，她曾穿越西部戈壁到达昆仑山口；她曾品味广州深圳后又扎进桂南十万大山；她曾在中越边境踏访后又登上北部湾的国际货轮……文字相随在如此广阔的地理空间，几乎都标上了一枚枚“梅洁标志”。

沉重的忧患似乎已经成为中国报告文学的一种特征。每部在文坛引起震动的报告文学作品，恐怕没有一位作者不经历“死过一回”的痛苦和折磨。若从经济角度出发，我想谁都不会再作第二次尝试。梅洁写了七八部难度、强度都很大的中篇之后，便开始向《山苍苍，水茫茫》这部长卷冲刺，而且附以“鄂西北论”这样一个难度很高的理性副题。爬山已属不易，她又为自己的双腿挂上了重铅。她把自己强行推向险境，然后用自己的意志品质、文学潜能进行残酷的较量。她说，她每每写完最后一个字，便头晕脑旋，眼前一片漆黑，什么都看不见，手颤抖得连筷子都拿不住。长时间高强度的挤压，心脏功能严重受损，极度的疲劳使她卧床月余。当她颤抖着发飘的腿重新沐浴在阳光下的时候，却又情不自禁地开始酝酿该作姊妹篇……

梅洁一定还会“死一回”，之后还会有下一次。

不能否认一个文学生命的功利性驱动。但是，小功利与大功利有本质的区别。小功利的概念界定最清楚不过，任何一个个体生命都无从幸免。大功利的实质内涵是什么？它的准确界定是什么？这种思索曾经长时间困扰过我。有一点我清楚，任何一个真正严肃的作家，都是大功利主义者。在当代作家中，路遥、陈忠实、梁晓声、张炜、张承志等人或许表现得更明显一些。后来，在我为另一位文学苦囚、杂文作家储瑞耕作《渺小向崇高的攀缘》一文的时候，我倾注了一个多月的定向思考。我的结论是，文学的大功利就是责任，以及由此迸发出的使命感。解释文学的大功利现象，路遥等人当是很典型的一群。我把他们纳入那个特定的时代来研究分析。因为离开时代的人生选择和文学选择，是根本不会存在的。他们出生的年代均是传统中国临近崩溃的那段岁月，闪烁着理想、抱负、事业光芒的始点，都是在共和国成立后那个特殊年代形成的。而人生的始点一旦形成，便很难改变，它对人生的走向往往起着决定性的作用。我对这一代人的心路历程作如下剖析诠释：

"对于严肃的人生来说，世上的担子世上的诱惑，也许没有比责任感和使命感更重更强的了。生命会出现这样一种景观：一个原本可以平静安逸的灵魂，注定要匍匐在这种精神强光的照耀下，沿着由渺小向崇高攀缘的人生苦旅，无休无止地向前跋涉。路遥等人让人体悟到了这种感受，他们似乎不是把责任感和使命感作为一副担子放在肩上，而是把它奉为自己的精神世界的一位至尊主宰，放在灵台之上虔诚地膜拜为'神明'。一副担子，累了尚可搁置一旁稍歇，圣徒之于信仰，却是须臾不能放弃和怠慢的。"

对于梅洁，我尚不敢说她是"推向极限的"的"圣徒"，但从她最近几年的作品，尤其是报告文学创作中是能很清楚地看到那个特殊时代深刻的影子的。雷达先生在为《古河》作的序言中这样概括梅洁的文学创作之路：

"几十年后，当她学会了超越一己的幽怨，重新面对这片苦难而光荣的土地时，她的精神升华了，心胸开阔了，她又一次找到了自己的'家'。……于是，在《山苍苍，水茫茫》里，我们读到了殷红的鲜血，慷慨的奉献，坚韧的努力，伟大的创业，读到了鄂西北人民用生命谱写的革命和建设的壮歌。任何人都能从这里体验到净化和崇高，获得一种切实的而非空洞的历史感。……它通过洋溢着丰沛感情和深刻思索的创作主体折射出来；没有活跃的作者主体，就无法掀起如此的感染力。""据我所知，梅洁的创作起于写诗……但无论她的诗还是散文，大多以抒发一己的感遇为主，囿于个人心路上的奋争和苦楚，情调偏于忧伤，这当然自有其审美价值；可是，应该看到，一些气质优雅、才情非凡的女性作家之所以难成大器，与她们终其一生只靠内向地挖掘自我写作，不善于扩大自我有关。梅洁的不满足于自我抒发，在写诗、写散文的同时转向报告文学，就很值得注意。这既是有效的扩大自我、丰富自我的方式，又是强化文学的社会功能，直接干预生活的勇敢之举。……"

雷达先生虽然没有点破，但向人们展示得已经非常清楚：梅洁的创作由浅及深、由单调趋向广阔的变化，实在与文学的责任与使命有密不可分的关联。同样，她的作品风格由凄美缠绵融入悲壮阳刚的转变（包括她近期的散文作品），当然与北国的地域气息的浸融不无关系，但归根结底，还是受到了这种文学大功利观的影响。

真的是很悲壮。现在中国当代文坛的天空并不晴朗。难得还有一些像梁晓声、张承志、张炜、梅洁等这样的作家作严肃的文学精神的顽强固守，作人类终极精神的执着追索，尽管有一些观点趋于偏激，但是，孤独固守的不屈不挠，甚或给人以堂吉诃德手拿长矛与风轮大战的感觉，确乎让人的心灵感动。这样悲壮的美质，让人仿佛看到，在物欲汹涌的大海里，尚有一股张扬精神纯净的流脉在涌动激荡。尽管涌动激荡得有茫茫不到岸的盲目和迷离。进一步荡开去想，人类这一地球上的悲情部落，若任其由高度发达的物质和急速膨胀物欲贪婪，像射线一样放纵自己的欲望，只能加快走向毁灭。没有任何其他一种力量可以拯救人类，人类太牛气了，太“强大”了，这个星球上已没有与之相抗衡并抑制它的力量了。人类只有自救。自救靠什么？那种想依赖物质的富有把人类推向理想之国的设计，最后的结果必是一场噩梦。现在，整个人类缺乏的主要不是物质，而是一种精神，一种令人类反省错讹进而健康振作再求发展的精神。这种寻找精神家园的大人类意识，人类是太缺乏了。人类的命运在呼唤这种精神的出现，人类的命运在呼唤寻找葆有这种精神的智者群体。

我不是有意识地把中国文坛的这群固守者拉向这个博大深邃的命题。两者相去距离还非常遥远。但他们不同程度地、自觉地抗拒诸如“文化工业”所带来的精神迷失，并痛苦地呼唤精神之魂的回归，这种强烈个体意识的意义却是非凡的。

梅洁在她最近发表的一篇创作谈里写道：“我想，作为真正意义的创作生命，是否应该把散文创作的责任和使命理解为：在我们的作品中，尽可能地提供给读者一双精神的目光，提供一种心灵的慰藉。

“什么时候，我们在散文里不再仅仅是倾诉，不再是闲适的插科打诨，而是拓展一种深远的人道情怀和人类忧患意识，让散文更本质更深刻地肩负起人类丰富博大的精神和思想。也许当这种自觉群体性地到来时，我们的创作将会变得更加睿智、更加神圣。而我们的散文将会在更高的层面上成为人类‘精神的亲爱’。”

与过去相比，梅洁的面孔变得庄严而又神圣。在她身上增添了文学智者、文学思考者和文学前行者浓重的气息。我想，不仅是我，许多文学评论家、作家和读者，都渴望看到一个经过艰难“蜕变”后面孔变得更加清朗年轻的梅洁。

最后我要说的是，不论梅洁的蜕变结果如何，倘若我要以路遥等文学“苦囚”的心路历程为载体，仍以“渺小向崇高攀缘”为题写一部报告文学长卷的话，我会把梅洁作为其中之一加以详细解析。

1996 年 12 月 24 日凌晨

百花文艺出版社《梅洁散文集》跋

宏大叙事的文学追求

田珍颖*

梅洁的“中国南水北调中线移民三部曲”的出版，引出诸多文学话题。现仅就两方面试说如下。

第一方面，作品的人民性。近几十年里，“人民性”在文学界起落不定，但无论其如何冷热变化，梅洁始终坚守着“写人民”和“为人民而写”的原则，并让它成为自己的写作价值。正是这个原则，成就了这“三部曲”，也成就了梅洁。在《山苍苍，水茫茫》《大江北去》和《汉水大移民》这“三部曲”中，梅洁作品中“人民性”的文学表现简述如下。

（1）她塑造了一个庞大的人民群体，这个群体极具草根性，是生活在社会最底层的纯粹的人民。他们几千年来，以自己的勤劳和勇敢，顽强地生活在这块土地上，他们和那块土地上的阳光、水共同生存，并代代相传。梅洁笔下的这个群体是动辄以“万”来计数的，如：丹江口市两次移民 28 万，郧阳两次移民 18 万，南水北调中线工程两次移民 83 万；连一个镇一个乡，也是成千上万的大迁徙；而湖北全省各类移民多达 300 余万人，成为世界被动移民最多的省份……而每一个数字后面，都是一个生命、一个命运、一个故事。梅洁将这“一个”“一个”连成了一个庞大的社会群体，正是从这个庞大中，他们显示出惊人的强大。正是这样一个庞大群体的强大性，成就了

* 田珍颖，资深评论家，《十月》杂志原副主编。

世界上最大的一项水利工程；也正是这样一个庞大的草根群体，跨越过难以言说的艰难，以半个多世纪的岁月历程，让汉水北上，润泽了北方亿万人民。

这个草根群体，以他们的庞大和强大，让梅洁在百万余字的记述中，得到了支撑。

（2）梅洁“人民性”的表现，还在于她直面现实，勇敢地书写了在社会剧烈变革中，这个庞大群体的生存状态。写他们的不适应到适应及在这两者过渡中的苦难、挣扎和奋斗。梅洁在作品中，不断把这些人物放在风口浪尖上，他们确实经历了人间最大的苦难，也做出了人间最大的贡献，苦难与贡献是与这些人融为一体的。我们说是“人民性”这三个字构成了梅洁创作的一个价值高度。

一个有良知的作家，是不能规避人民苦难的真实状态的。梅洁流着泪写初期移民的苦难；写移民以乞讨回乡的千里大返迁，写他们返迁后，衣食无着，在深山野林里，在江边、路边、城边、码头边的茅棚里，过着长达 20 年的艰难生活。

当新移民政策到来时，梅洁迅速地感受到了父老乡亲的内心变化。他们从不适应到适应，从不接受到接受，他们成车成队地开始了第二期大搬迁。到达陌生的地方，他们看到楼房就相信未来的生活是好的，他们每个人有了一点五亩的土地，就觉得这个土地上能够生长财富。这是一种非常坚硬的精神，梅洁是能感受她故乡的坚韧的。所以在书写过程中，饱含了她的深情和对这个群体的认识和分析，从而也让我们看到了这个群体的坚韧和强大。

（3）梅洁以重笔写出她的父老乡亲的大义，这就是百万移民取自于中华民族的道德观。当这种道德观上升为一个群体的社会行动时，就演变为推动社会前进的革命性。百万人汇成的大义，成为推动这项水利工程的精神力量。

梅洁正是深知迁徙的父老乡亲的内心世界，才获得了这个认识，从而表现出百万移民巨大的社会价值。

他们面临的是一次人类少有的大迁徙，仅湖北二期 18 万移民往返车程即达 845 万公里，其艰巨性之大，其建设性之难，都应载入人类文明的史册。这些终年劳碌在祖先留下的土地上的农民，他们一旦懂得了迁徙的大趋势和必需性，就慨然地说：祖国在上，我把家乡献给你！他们站在故乡的河边、山岗，几百人的哭声感天动地，然后，他们走进移民远迁的车队；他们含着眼泪，把家中的钥匙埋在父亲的坟前，叩头告别，举家离去；刚生下一个月、两个月甚至六天的孩子都走在了迁徙的路上；白发苍苍的老人，到了新居，就去找另一条河流，他们相信所有的水脉都通向故乡；而当成千上万亩橘园、养鱼网箱沉入江底时，他们哭过喊过之后，又默默地开始新的谋生；他们流着泪说：我们知道北方人渴，我们可以搬迁……

这是怎样的大善大爱？这是怎样的顾全大局？梅洁将这种升华为革命性的道德观，写得异常悲壮，使她笔下的人民，彰显出一种凛然大气，又以此形成了全书的风格。

第二方面，梅洁以自己的深情，为“三部曲”建立了另一个巨大的支撑。和作品的人民性一样，深情支撑了梅洁庞大作品的结构和丰富的内涵。

梅洁融汇在作品中的深情，是一种灵魂的出行。如同古日耳曼人能在深夜听到太阳向东运行的声音一样，梅洁怀有这样的灵性和情怀。

梅洁少小离乡，31年后，为寻找家园而重归故乡的梅洁，能够听到故乡“葬在水下的音乐”；她把故乡的山梁说成是蓝色的，在那儿可以看到母亲扬一扬手；她也可以说父亲是“一匹白色的风”，能够穿越天堂和地狱，来到她身边帮助她前行；而她故乡的父老乡亲和大河，更可以与她展开心灵对话，使她的灵魂能够出行。

值得重视的是，梅洁的深情在“三部曲”中，依写作的时间顺序，经历和完成了一个梯次渐近的过程。

我们读梅洁，她前期的故乡就是一条温暖的大河，是母亲发髻上的一朵紫色花，是她提着竹篮洗衣服的故乡。31年后她回故乡，她已经被北方的风沙所历练了，回到故乡寻找家园的梅洁已经能够扛起一个大悲哀，书写自己的故乡。在《山苍苍，水茫茫》这部作品完成的时候，梅洁心里的故乡和她幼年的认识是不一样的。她认为自己的故乡是天火淬煅而成，它充满了真实和艰难，同时它充满灵性和哲学的光芒。哲学的光芒照耀了故乡、照耀了大河，也照耀了梅洁自己。

《山苍茫，水茫茫》发表15年后，梅洁开始她第二部作品《大江北去》的写作。她先沿汉水、丹江走了100天；再去华北、中原、北京、天津走了100天。在前一个行程中，她看到故乡的父老乡亲怎样从山谷中走出来，艰难却刚强地创造着新的生活；而后一个行走，则是北方极度缺水的危机给她的震撼。汉水要来拯救这个危机。于是，她站在故乡的江边无限感慨地说：“你本是天上的银汉啊，我的汉水！”这是梅洁在行走中视野扩大的感慨，也是她此间思考量加大的体验。于是，她以大视野、大感慨写着《大江北去》，写着汉水的神性及博大，她慷慨地把对故乡大河的深厚感情，献给北方的父老乡亲，她以汉水般博爱的胸怀，目送“我的汉水”流向北方，润泽那里的人民和土地。

5 年后，梅洁开始第三部作品《汉水大移民》的写作，在这部作品里，我们发现，梅洁用笔多有刚韧之处，她的情感也变得激越并多有节奏铿锵的段落及章节。

她在书中常使用这样的词语:“万人大对接”“生死鏖战”“决绝一搏”“骤起雄风”“背水一战”,等等。这不是形式的变化,而是汉水移民工程之大之重,给了梅洁“打一场战役”的震撼，她心潮起伏中常有激战的节奏，这是客观的移民工程对她的推动,使她把这场旷世未有的人民的大迁徙,当作一场“没有硝烟”的战役来书写。她敏锐地发现这场战役“没有敌人”，但却必须用“意志、信念、责任和血肉之躯穿越枪林弹雨”。于是，一场关于生产关系转换中与生产力之间相砥砺、相调节的大命题，出现在梅洁的笔下，催她思考，让她从过去的悲悯中，生出大笔墨的豪迈之气。

这时，梅洁完成了她的情感升华，作品的日渐醇厚和富有力度，标志着梅洁创作的又一个高度。

总之，当梅洁为她的“南水北调中线移民三部曲”画上句号时，她为那些做出大贡献大牺牲的父老乡亲，竖起了一道丰碑，也为她的创作竖起了一道丰碑。这碑耸立于云天，也载录于历史。

2016 年 1 月 20 日在北京《梅洁文学作品典藏》研讨会上的发言
《光明日报》201 年 5 月 16 日发表

梅苑寄意

野　莽*

假若在两千六百年前，我和梅洁是生于彼此相望的两个邻邦，老子说“邻国相望，鸡犬之声相闻，民至老死不相往来”，两邦之间没有今日的国际文学笔会，我就没有机会到此一游，并且写下这篇文字。我的祖先居住的庸国亡于春秋，她的祖先居住的麇国也不会幸存于战国，我写《庸国》五卷求证史书方志，《尚书・牧誓》有载：武王伐纣，庸首会焉，庸国率领西土七国会师牧野，其中的微国即是西周时麇国的祖先，这一仗打赢了。下次庸国起兵伐楚，麇国和蜀国也是它的盟军，这一仗打输了，以致国灭。我就曾想，庸既不存，麇就不仅是唇亡齿寒，恐怕会打落门牙往肚里吞，果不其然，庸亡于公元前 611 年。《史记・楚世家》对此仅以“是年灭庸”四字敷衍，对麇国则一字皆无，想必也顺便灭于是年，或稍后时。

今天我要说的不是这个，我要说的是庸、麇两国沦为楚地之后，我们的故乡楚西北一带，其实是一片蛮荒。距今六百年前，明成化十二年，朝廷唯

* 野莽，自由作家，毕业于武汉大学。20 世纪 80 年代开始发表作品，迄今已出版长篇小说《纸厦》等 12 部、中短篇小说集《公元 1985 年的“逃跑事件”》等 24 部、散文随笔集《记得》等 7 部、学术著作《诗说新语》等 5 部、外文版小说集《开电梯的女人》等 3 部，以及系列方志小说《庸国》、长篇传记《刘道玉传》，共计创作作品 70 余部，1000 多万字。部分作品翻译成英、法、日、俄等多种语言。20 世纪末开始，将现当代 200 多位作家的优秀作品推介到海外，主编中、英、双语大型图书 1000 多部，2 亿多字。

恐聚于荆襄平原的百万流民谋反，遣右都御史原杰坐着马车来到我们这里，创建了郧阳府，荆襄流离失所者始有寄身之地。环顾楚国文人辈出的州府，如出了屈原的宜昌，出了孟浩然和皮日休的襄阳，出了公安派三袁和竟陵派钟惺、谭元春的荆州，我们的郧阳府直至明万历二年，才走来一位会搞文学创作的巡抚王世贞。听好了，是走来，而非走出和走去。

嗣后从明到清，再到民国，同为楚地的黄冈，又出了诗人闻一多、小说家废名、批评家胡风、作家和翻译家叶君健，然而我们的郧阳，依然只出苞谷和龙须草。蔡文姬和李清照断不会走进车马不通的大山，王世贞已随他的“一捧雪”化为东逝之水，在屈子跌足奔嚎的汉江边，若说是两千年后诗能还魂，梅洁的出现，正如荒山上的一枝寒梅，我称她是古麋之地第一位有社会责任和大规模写作的女作家，是经过一番比较和思量的。

她的家族，她的老宅亲邻，她的祖籍小镇的管理者们，感念她四十年的艰辛努力而为她建了一座梅苑，苑中种梅，梅间造馆，收藏与展览梅苑主人的成长纪录、平生著述、墨迹珍照、文朋字画，经数年筹备，落成大典定在庚子年的仲夏。主持人王成伟是旅居上海的郧籍青年作家，未曾谋面即以莽叔呼我，盛邀观礼。他又极爱贾平凹的笔墨，知我与其有交，托我转请平凹题写“梅苑”，镌于匾石。此时我离京还乡伴父，因疫情困在竹溪已一百八十日，归心似箭，遂与梅洁相约今秋天高气爽再来，届时尚可入苑多看一些细节。

回京三日，平凹字已写好，辗转托我们共同的朋友、深圳青年作家陈泽寄给梅洁胞弟。梅洁拍片发我看了，“梅苑”二字端庄正直，似是见过苑主，以字状人。且极其茁壮，风吹不倒，雷击不塌，全字如一得天地灵气日月精华的铁干，看来看去，本想看些短处出来，却不料看出一个长处，是那“梅”中之“母”最紧要的一笔，横折钩看似略长了分毫。但再一看，又恰似健壮的母亲以粗长的弯臂，搂紧襁褓之子，七匹狼来了也叼不走的。梅洁得字甚喜，嘱我代她谢过平凹。当夜我又乘兴在灯下写了小词一阕，以填补不能亲临祝贺之憾：

卜算子·贺梅苑

闻郧阳梅洁女史之梅苑落成，喜不能禁，愧不能留，憾不能见，幸能贺之。遂作词一阕，贺梅苑主人香熏故里，艳照楚天。鄂西北之子野莽庚子年闰四月贺于京西旧居听风楼。

梅种汉江边，洁影依芳祖。笑罢千娇最后红，白雪压不住。　赤子殷殷心，尽倾奇花树。若把郧阳比洛阳，纸贵天香处。

几年前我随老友聂夫子学词，时而露怯，本想查一查谱，如梁启超大弟梁启勋的《词学》等著，但书却放在城南竹影居，遂将词稿贴在我的朋友圈中，一是恭请方家斧正，二是我的字也难看，寄望书画界的朋友代为书写。我有洁癖，粉红蛆和五毛犬类气味难闻，长揖谢绝，或请自退，留者皆君子也，七步芳草，不乏异技奇才者流。果真是甫一公示，武汉的甘绍群君毛遂替荐，称他有朋友名公目先生是省书协机关分会的副会长，书法了得，且是写意画家，字里有画，画中含诗，潇洒飘逸是我所喜的墨风。绍群是我 41 年前的银行同事，才子美男，任了省行的副行长，仍不拿群众针线，其言我信，遂请他代请公目先生书之。

公目先生是省城书家，梅苑择址郧阳，市城和县城也不可缺。竹溪沈传平，县美术馆馆长兼书协主席，人说不分伯仲，这话说的是他和他的胞兄沈传根。我家一面极好的白墙，成了他兄弟二人的比武场，你一幅行书过来，他一幅草书过去，高朋入室，必先赏二沈，而后落座饮茶。

十堰墨竹布衣，本名李超，曾任职于文化局、广电局、报社等部门，他二十来岁时，与我同是家乡一个通陕小镇的画家。我和墨竹布衣三十年不见，去岁忽然收到他的通知，说他闲暇时为我刻了一枚名章，画了一幅风雨之竹，试问寄到北京某处？得信时我正好回了老家，竟乘车六百里亲取二物，又乘车六百里带回家中。见面他劝我把画画儿的事捡起来，原话是：“记得你画猪有一绝，尾巴打一个卷儿，往上一指，象征着奔向共产主义……”他所谓的“捡”，是竹溪黑话，意思为重操旧业，将画肥猪的事业进行到底。我仓皇摇头，说不行了，明年庚子鼠年，只怕画猪成鼠。回家我细看他赠我的两件宝贝，发现那枚章子刻得略次于齐白石，而那幅竹，也胜过苏东坡和郑板桥，笑笑居士文与可用朱砂画的瘦竹也不会博得我更多的欢喜。它在风中摇曳，雨中闪亮，有微凉的水丝斜飞在我的汗脸上，爽我，快我，知我。

崇星与我同居京城，二楼相邻，皇城不许喂鸡，许养犬却不许叫，故无二声相闻，倒能三不知儿地打几盘没有裁判的乒乓球，互有胜负。我从京西听风楼，迁城南竹影居，每到腊月，院前屋后六副对联都归他写，最长的贴在一丈八尺高的葡萄架上，暗洒金粉的红纸他都包了，我只管自编对文。我的母亲在时，他为我的母亲画青松白鹤，我的母亲走后，他为我的父亲画东海南山。他的身份多如其名，北京周报记者，西班牙语翻译，借调国务院新闻办不知是记是翻，迄今我也不问国事，只记着依然是好朋友。还有合唱团成员，登山爱好者，摄影师，回家好像还是火头军……但他一颗红心都在梅上，写梅，画梅，三九天卧雪摄梅，取其梅姿，得其梅魂，我请他也写一幅我的梅苑词吧。

越一日，朋友们的字接踵而至，竹溪山城，十堰车城，武汉江城，北京皇城，眼见得从中央到地方都覆盖了，目前就只差村委会和街道办事处。书家寄字来，落笔称拙书，谦然请批评，不评失礼乎？当然得评几句，不然对不起人。我本外行，但也不笨，发明以看人的办法看字，美丑居然还能认得。而今我就来评一评吧。山城竹溪沈传平的字，娟秀，清丽，横竖如枝，斜撇如杈，点点如梅，每一笔都长在该长之处，如在朗朗疏竹与涓涓小溪间，十岁的小梅树在二月的早春风中花枝轻颤。想那书家所居，山清水秀，温雨柔风，为一方水土所养，人便温和，字便乖巧。规矩自守，不革命，不造反，不越雷池，妄称大师的狂言诈语装疯卖癫，打死他也做不来的。

车城十堰墨竹布衣的字寄自成都，数年前他移居天府之国，喝龙嘴大茶壶的茶，摆龙门阵，看变脸，听裸人唱川江号子，再磨墨铺纸，笔底便有了竹溪的清纯，汉水的风流，川江的雄浑和豪情。数了数词中的五个“梅”字，第一个坚劲，第二个从容，第三个柔媚，第四个刚烈，第五个盘枝错节，神采飞扬，总之是满篇的灵动，一纸的飘逸。

再看江城武汉公目的字，因是画家，布局最好，结构也极佳，创造性地将一百二十个字分为两区，七十字的小序以纤秀小草，五十字的正词以泼墨大椽，形体兼隶书与魏碑，时有变形夸张，如“笑罢千娇最后红”中那一个“千”字，一竖写得极粗，极长，笔画极少，而意味极深，调皮，俏皮，让人真就要笑起来。纵观全局，既野性狂放，又磊落光明，如一帘骤雨飞瀑，半川怪石倒挂，让人先看一眼，后再一眼眼看。

崇星的字稍迟落成，侯门似海，出入不易，写字也不易呀，笔下势必如长安街上节日的华灯，庄严，华贵，不可参差乱了辈分，不可错杂越了位置，每一划都已在前世排好座次，允许灯穗儿在和风中作些微的摆动，却万不能够擅动灯基。明知应效欧柳，颜体最正，心又偏喜张旭怀素，无奈改写小篆，这次却宜用草体，心有重荷，念及身在京城，若不能胜过省城、市城与县城，安能服众，为难了我的哥。踌躇间蓦然想起，他本是多才多艺的身，能画倾国倾城的貌，于是换笔，先画红梅，再写墨词，在黑的枝，红的花，白的雪中，嵌入我的卜算子，秀美，鲜妍，拍片发来，技压三城。

梅苑主持吾侄成伟如获至宝，因是梅苑，他从我的朋友圈里发现了画梅的朋友，遂大胆请王祥夫画梅一幅，聂鑫森再画梅一幅。两人原都是写小说的圣手，随笔又写得一等的好，斋号一称珊瑚堂，一称无暇居，北南对峙，梅花也画出两种态度。聂生 30 年送我丹青如一日迄今已不计其数，今为梅苑画梅，且赋诗曰:“十堰有梅苑，华帷夏日开。梅香洁且雅，袅袅文中来。”

祥夫半月前办完画展，托人寄我展罢闭馆的四幅条屏，又为我的长篇小说新作画母子双猫，与平凹写的“儿子”联袂为封面图。平凹送我的字和画也够多了，如马头，如竹影居，如“相期在千年事，要须读万卷书”，但在我的眼里，正如民谚所说“夹到人家碗里的肉是最肥的”，全都没有我请他给梅苑写的这个“梅”好。这个“梅”，沉重，结实，健壮，雄伟，当年气吞六国的秦风，庶几便是这样的吧。

替我为梅苑写字作画的朋友们，我也替梅苑主人敬举一觞。

2020 年 6 月 24 日匆于北京听风楼

梅洁散文述评

王剑冰*

20 世纪 80 年代到 90 年代这一段时间，中国的女性散文，可以说是花红柳绿，每一个地域都散发着芳香。但是进入了新的世纪之后，这种芳香渐渐淡去。不知是气候的原因，还是自身的原因。

而梅洁却显出了一种长久的坚韧性，她在那里依然挺拔着、开放着。这是值得关注的文学现象。我指的是她这一年龄段的女作家。当然她的身后又有了一批新的旺盛的新蕾。那么，她或许就是这散园中俊逸的老枝了。现在，梅洁新出的厚重的七卷本的作品集摆在那里，那是梅洁以心血精华诞出的骨肉。这骨肉晶莹饱满，充满活力。

---

* 王剑冰，河南省作家协会副主席，河南省散文学会会长，享受国务院特殊津贴专家。出版著作《绝版的周庄》《普者黑的灵魂》等 32 部。其中《散文时代》等五部为理论著作，《卡格博雪峰》为长篇小说。其散文《绝版的周庄》入选上海高中语文课本，被刻碑于周庄，其本人被周庄授予荣誉镇民称号；《吉安读水》被刻碑于江西吉安白鹭洲；《天河》被刻碑于湖北郧西天河广场，其被授予荣誉市民称号；《洞头望海楼》被刻碑于浙江洞头景区；《瓦》《古藤》《荒漠中的苇》等 30 余篇散文被选入各种试卷及课外阅读教材。曾获全国首届及第三届冰心散文奖、全国首届郭沫若散文随笔奖、中国文联理论奖等各种奖项。

一

梅洁说，我总在想，是什么让我开始了写作并持续地让我进行着这寂寞的劳作？是亲情！是这世上永不能假作、永不能伪善、永不泯灭的亲情，而写作是这世上唯一能永远不厌其烦地听我诉说情感的朋友，能心疼地看我流泪的朋友，也能真心地为我高兴的朋友。亲情的写作成为我心灵永远的担当。只要我活着，我就朋友般与这些文字朝夕相伴。我死了，就权当作我对这个世界的一份依恋。我相信爱我的人和我爱的人会因着这份依恋而感念着一颗善心。

作为女性散文家，梅洁始终在女性的性别意识上做文章，她曾经写过不少关于爱情家庭方面的散文。梅洁的生活底蕴来自那个塞北边陲的小城，可以说她所有的爱恋与怀想、梦幻与希望、孤独与坚守，都深深打上了这个小城的印痕。我们在她的《梦想开始的地方》，看到了梅洁和爱人最初的结合，也就是从那个时候，奠定了他们一生相爱的深情：1971 年 3 月，她和丈夫花三角钱从劳动锻炼的吉家庄公社领了一张结婚证，两人就把各自的破被子抱到一个屋里了。那是石垛村的村干部为两人找的农民的一间空房。没有祝福、没有仪式、没有家具，几角钱买的一个纸箱子装着破衣烂衫，从而成就一个小小的家庭。虽然再没有比此更为简朴的婚仪，却让这个未来的女作家十分坚信，嫁给这个人一生会“有依有靠、有指有望”。然而，实际生活中的“有依有靠、有指有望”，却只是变成了一种精神的票证。她的《女人：爱就爱得傻一点》中，就谈到了她和丈夫 13 年漫长的分居境况，那个时候，她“傻傻地”做着一个女人该做的一切。从 1970 年大学毕业分配至蔚县，到 1984 年调往张家口，她在这块土地上度过了人生最宝贵的一个时期。而她的丈夫分配在一个地直煤矿，13 年间每月只回来两三天，若遇到忙时还回不来。一切感觉都是自然的，自己一个人带着两个孩子含辛茹苦，她没有抱怨，只有奉献。日复一日，年复一年地在老镇的古巷里穿梭，买菜、买粮、买煤、担水、洗衣、上班、送儿子上学、接儿子回家。孩子闹病是常事，如果其中一个病了，就把另一个锁到家里，抱起生病的往医院赶。“那些年，我和儿子最大的盼望就是等待他们的爸爸每月回来两天，只要他回来，我们家就像过年一样，平日里舍不得吃的饭菜都一股脑做给他吃。那时，物质供应非常匮乏，每人每月只有半斤肉票、二两糖票、三两食油、五斤白面，但只要他回来，我就顿顿给他做好吃的。他走了，我们就吃小米、玉米面、高粱米、土豆。”如果这个月丈夫没回来，她会想着法子送上自己的关爱，比如把鱼做好，留下鱼头鱼尾，把中间最好的鱼块装入一只罐头瓶，在老镇的街口等丈夫单位的拖拉机进城，给丈夫捎过去。梅洁说塞北的风很硬，刀子似的刺人脸目。多少年，那种很清贫、很辛苦、很琐碎，也很女人的日子，让梅洁过得滋润而满足。那全是一个女人全身心的爱火点燃。“我自己非常明白，我这一生最大的成功是用巨大的努力创造了一个幸福、完整的家。这里所说的‘巨大’，包括长的艰辛、操劳、隐忍、受苦、贫困等，但我觉得最重要的一点是我有盼望、有爱，而且爱得有些傻。”这完全地表明作为一个女人对爱情的投入和执着，对爱情的奉献和痴迷。她的《在这块土地上》，写了跟随未婚夫去婆家的感受，这种感受以雪地、乡情还有孩儿的梦三个片段来表现，写出了一个南方女子对北方最初的新奇。把一个未婚媳妇面对少见的白雪、土炕和亲人的热情以及自己的内心展现出来，展现得细腻中含有亲近，亲近中带有热望。较之梅洁以前的作品，这篇作品悄然变得生活、写实。

还有一些坦露梅洁心绪的散文，完全没有将自己和丈夫的结局摆个明白，正是这种不明白，才使得她后来的心绪产生了溃败。当然她那个时候一直在做梦，梦见自己越来越弱，梦见自己胆囊区疼痛，梦见自己在吐血。那一段时间神经似出了故障，感觉到生命在跟她开着什么玩笑，所以她会有一些突发奇想。这种奇想反映在《飘落的安详里》，就想成了倘若自己真的离开这个世界，是没有多少牵挂了。作为母亲，很幸福地孕育了两个宝贝儿子，并养大了他们，而且在一日三餐、缝缝补补、洗洗涮涮的生活中给予他们无时不在的关爱和心灵交流，使得他们变得聪颖、自强和独立。更加让自己安心的是他们都已先后考上了大学，并且有好女孩爱着他们。他们已经拥有了迎接风霜雨雪的能力，可以展翅寻找属于他们的一片天空了。她写道：“我不会因为他们太小再有那种‘前娘后母’受虐待的担忧了。作为女人，我深深地爱过也深深地被爱，当然，如果我死了，我亲爱的丈夫会很痛苦的，因为我们毕竟深深地相互爱着，因为我们无数次幸福地想象过晚年的相伴相依。”这篇写于 1994 年的散文，虽然是在某种安详中剖露了一种情怀，却是有些絮絮叨叨，说的多少有些过了。而这种“过”，又何尝不是一种涌自心底的真爱呢？从写这篇文章的时间也可看出，丈夫在那个时候身体是健康的，不健康的是自己。后来却是丈夫先离开了她，她自己倒没有发生她所想象的情况。

从这些散文中，让人看到梅洁的情感脉络和生活境遇，那是相夫教子的幸福时光，那时光成为她生命的一个支撑。梅洁大致在自己35岁之后开始写作，写出《爱的履历》的时候，差不多40岁的年纪。《爱的履历》写于1985年，充满诗意的笔调，见出她内心世界的温热与活泛，可谓神思妙想、情采飞扬。自她将其变成了自己的代表作之后，一发不可收，文学的热情和温度一直保持到现在。如此说来，在三十六七岁之前，梅洁一直为家庭和孩子在尽心。40岁之后则是为文学而努力。前一个阶段，她把两个孩子调养得很好，悉心地照料和教育，儿子都有了出息，打好了以后奋斗的基础。后一个阶段，她找到了一个释放心灵的载体，她为之欣慰并受用一生。这么说来，她的一生倒是分出了两段好时光，都是让她舒心的，满意的，满足的。

梅洁在爱人去世后的那些散文，是她的感情的高峰，也是她女性文学的高峰。那些情和怨，那些感和叹，那些伤和悲，全都化作了一滴滴滚烫的泪水，这些泪水滴落下去，就是感情丰沛的文字。这些文字絮絮叨叨，泣泣诉诉，一刻不停地倾倒，全是发自心底的“痛”。梅洁的性格是直率的，甚至是豪放的，但是又有脆弱的敏感的一面。她的脆弱和敏感，恰恰是文学所需要的。在《我的丈夫走在那片青山绿水间》和《不是遗言的遗言》这两篇文章中，我们看到了梅洁的一腔无助的惨痛。跟随带病的丈夫去昆明开会，以为治疗起到了效果，不再担心，却没有想到一下飞机就出现了情况，更没有想到丈夫会死在回程的列车上，死在她的怀里。在《不是遗言的遗言》中，她写出了那种如泣如诉的心声：“T62次列车悲号着翻山越岭，你停止呼吸后我们还要走十九个小时才能到家啊。我不知人没有呼吸后灵魂何时脱离躯体，我只想着我抱着你、摩挲你，你就不会走，你就会跟着我和儿子一起回家。你停止呼吸的地方叫湖南怀化，湖南怀化离家还有五千里迢迢的长路。望车窗外层峦叠嶂的青山，山涧里时隐时现的草庐，我的心疼痛难忍。亲爱的，你无论如何不能在这里与我们分手，你要是独自在这里走了，这千山万水的陌路，你可怎样回家？”这种生活的惨痛，使得她有了这篇让人感痛的散文。

梅洁原本对生活充满了热情，甚至是充满了激情，她对一切都感兴趣，包括她所经历或正在经历的一切。然而若一个人对生活的热情突然熄灭，那所有的激情与文学之火也就熄灭了。在丈夫去世之后的那段时光，她不能调整自己，不能安排自己，不能左右自己。她的神情漠然，对一切毫无感觉、毫无兴致，完全进入了一个十分绝望的状态。她的文学之舟就此搁浅，搁浅在一片滔天的茫然之中。很久很久，她不知道她的生命是否还能够穿透这片茫然。直到有一天，她的魂灵被亲人领入一个神秘的地方，她才恍惚看到彼岸。

这或许是上天对她生命的一次救赎，或许是文学之神对她的一次呼唤，使她在痛苦的孤独中抬起头来。眼前亮了的时候，她知道精神所依的只有文字了，文字在孤独的远方等待着。那就远行吧，咀嚼着泪水，吞咽着痛苦，一步步再跋涉出生命的乐章。

俯身拾起文字的时候，梅洁又找回了自己。她开始在文字里取暖，在文字里涤荡，在文字里流淌，她让文字重新掀起生命的波澜，她把所有泪眼蒙眬的感念揉成一篇篇泣泪泣血的文字，把所有的激荡化作一条“大江北去”。《我的丈夫走在那片青山绿水间》《不是遗言的遗言》《泪水之花》《谛听门外的脚步声》《古街深处封存的忧伤与温暖》等感情深深的散文，尤其是踏雪寻梅般完成的长篇报告文学《大江北去》，终于为她的孤影独怜隔离出一道春水霞光。这些作品也都获得了广泛的认可和好评。她开口了：“文学写作是一种背负，在我们卸下这份沉重之前，让我们再作一次‘挺住’，然后开始新的出发和抵达。写作不一定能拯救世界，但它肯定能拯救我们自己。”成为一个全新的她之后，她做出的第一个选择，是奔赴了《大江北去》的采访写作之路，她的采访是顺利的，写作是顺利的，她感觉冥冥之中谁在帮她。自此后她再次焕发了青春，一直到现在，70 高龄的她仍不减当年 30 多岁的情怀，30 多岁的创作热望。

我曾经在一篇评价女性作家的文章《生活历程与情感体验》中写道：“新时代女性散文，首先注意了女性深层生命的自我开掘。她们以自身的个性追求、人格力量、精神寄托，投入到社会、人生、文化的探求与反思中去，力摒忸怩作态和脂粉气，端端庄庄、潇潇洒洒地亮相，大爱大恨，大喜大恸，让读者本以为是要看到一个作家，而惊喜地发现了一个人。”梅洁就是这样的一个人，一个自然、率真的人。这是一个作家独有的经历，或者说“财富”，正是有了这种刻骨铭心的经历，刻骨铭心的爱情，才使梅洁有了这种刻骨铭心的文字，也成就梅洁作为女性散文作家代表的一个重要特色。

二

接下来应该谈谈梅洁的另一类散文了，那就是她的文化散文。文化散文在 20 世纪 80 年代末开始让人耳目一新。人类愈走向现代的文明阶段，内心世界中的感情因素就愈丰富，对于社会、人生、历史、民族、命运等的关注与思考也愈深涵。因而读者需要从文学作品中找到某些切合点，找到某些共同点，以从中领悟些东西，学习些东西。这种要求是社会进步的结果，也是文化发展的结果。这使得很多具有一定知识水平、理论修养和文学功力的人纷纷提起笔来，以创作这样的散文为快事。由于其能够裹挟个人的内心情感，所以他们的创作比写一篇论文要舒心爽气。我们从大学教授、理论研究者中不难看出这样的一个群体。这在当时确实是一件好事情，它打乱了散文旧有的格局，散文的园地开始生长奇异的巨型的花木。同时我们看到，长期浸润于女性情感散文的梅洁，也横枪跃马地出现在这样的一支新军中，显现出她的修为与能力的另一面。

梅洁寻求拓展一种深远的人道情怀和忧患意识，让散文更本质更深刻地肩负起人类丰富博大的精神思想。“也许，当这种自觉群体性地到来时，我们的创作将会变得更加睿智，更加神圣。而我们的散文将会在更高的层面上成为人类‘精神的亲爱’。”她走出书斋，把脚步迈入了深广的历史和文化当中，她对本土社会与生活的亲近，使她有了一种深情的目光和温软的觉悟，从中发现来自民间的恒久和柔韧的力量，以及一个古老民族长久不泯的精髓。由此她写出了《驿站》《历史的祭坛》《商道》《入襄阳记》《泥河湾》《永远的民俗》《紫金之魂》《美丽艺术的民间》《天下蔚州》等一系列散文。读这些散文，明显地感到“文”的功能增强了，“理”的容量变大了。能感到那种洋洋洒洒、浑浑厚厚的气势，绵绵长长、弥弥漫漫的情怀。自然也能够感受出梅洁是受了余秋雨等学者散文的影响。她毫不避讳这种影响，为此她还专门写了对余秋雨散文认识的文章《我读〈文化苦旅〉》。我对此有同感，余秋雨是一个智者，他写东西知道从何处下笔。面对大量的史料和素材，他能很好地取舍，抽取为己所用的精华，横向或者纵向去比较，去分析，去论证。这样就有了一个很强的空间感和极好的概括力。读之能够让思想千里驰骋，让心潮万里奔涌。

而梅洁对于文化散文的认识也是深切而熟稔的，她认真地实施了自己的行动，在她的这些作品中，依然留存着她生命与文化思考的大气象。

我们知道，梅洁曾经在张家口这个高原的街市走过无数岁月，走得多了，她开始思索它是怎样地从历史的深处走来，走得沧桑而且辉煌。思索得久了，她有了感觉，竟感觉出这座城市是这个世界遗落在高原的一块璞玉。于是她开始了更加深入地寻访人物，查找资料，实地勘察。最终落在一个点上，那就是这座高原之城的诞生与发展、繁荣与消落，包括那些老巷深处的一个个秘密，居然与一条“路”须臾不可分离。这条路成就了中国北方最大的国际商埠，一个延续了300年的陆上丝绸之路的货物集散地。这就有了《商道》。在这篇长达两万余字的散文中，作家展现了古老的运输，古老的街巷，古老的建筑，古老的手工作坊，古老的民间艺术还有代代相传的商业精神。其中一部分，详尽地写出了这里的人们在数千里的张库商道上，靠“沙漠之舟”骆驼和木轮牛车来完成货货交换，实现财富积累的艰辛与坚毅。让我们看到张库古道的厚重历史以及在这历史中连绵飘展的文化旌旗。

她在初春三月的河北内丘踏访时，偶然间得知内丘居然是隋唐时代的瓷都，内丘城关方圆120平方公里的土地上，遍布着长达300余年的隋唐邢窑遗址。作家驻足了，她难以言说当时获得这一信息时的惊异和惊喜。于是她深入地了解并且写出了《谁创造了白瓷文明》，详尽地展示了最早创造了中国陶瓷极致白瓷文明的邢窑与定窑的历史与渊源。

她走进了那片曾经经历过沧海桑田巨变的泥河湾，在她的眼中是不可思议的一片塌陷下去的海浪，一片曾经热闹的生命存在的原乡。她在阅读，在记录，在思索，将自然文化、历史文化融为一体，解说着这个世界为之瞩目的地方。她终于发出了自己的感慨：“泥河湾人蹒跚着走过来了，许家窑人蹒跚着走过来了，古湖盆地的人蹒跚着走过来了。所有的艰辛、苦难、创造与命运都留在了他们走过的路上。于是，经过盆地的路便有了古老的‘商道’，便有了曾经辉煌的‘皮都’，便有了属于那片土地自己的生存与文化……”她从历史与人文色彩浓厚的驿站中找到了一个视角，顺着那视角看去，她能看到很远。她在《驿站》中阐发着这个视角：“从某种意义上说，人类是沿着驿站从古代走到了现代的，驿站上曾经密集着人类文明的信息，有精粹也有齑粉。就命运而言，驿站是出发，也是归路；就情感而言，驿站是朦朦胧胧远去的身影，也是扎扎实实眼下的脚印；驿站文化既苍凉也温暖，既喧嚣也宁静；历史在驿站上集合也在驿站上飞散，岁月在驿站上碾出了凹凸也在驿站上垒出了造型；驿站一无所有又吞古纳今。”

她站立在沙丘平台的遗址废墟之上，瞭望眼前的一派辽远，思想的波澜即刻翻腾不已：“你无法想象千古沧桑就在脚下，历史的咆哮、呻吟、杀伐、哭泣、怪异、诡秘抑或是惊涛骇浪就在脚下。俯拾遍地的纹砖绳瓦、秦陶汉砾，还有积层很厚且已碳化的不知是哪个千年、世纪的谷粟，你无法不感受时间辽远的苍茫和震撼。历史曾在这里停滞，又从这里继续；曾在这里葬送、诀别，又从这里生发、前行。”这就是《历史的祭坛》。

她还将目光投注在民俗中，她认为这是有生命的东西，而且是带有着紧密度、温热度的与民族血脉紧密相连的东西。她要跟有生命的东西对话。在仔细研究了内丘年画后，她写出了《永远的民俗》："内丘年画的诸神信仰表达着中国民间信仰的大气象，无论怎样，我们的先民和我们自己都不曾也无法躲开它的影响。象征着吉祥、威力和正义的神明，寄托着俗世人对于幸福、吉祥的渴望，它携带着规范和秩序，也赐予着慰藉和恩福，我们的祖先们在'万物有灵'的世界走过了千年。谁能说我们可以完全割裂传统再千年地走下去？"

梅洁曾经说过，"我只是在我一个人的行走中，以我轻弱的内心感悟人类文明与愚昧、前行与羁绊，抑或是现在与未来。我相信，每一次的感悟都会有生命新的皈依。我还深信，这一切依然密码般存储在这片大地之中，对于它的全部解读，我们依然任重而道远"。以此看出，梅洁对于这类散文的写作是自觉的，审慎的，也是成功的尝试。所以即使因有话可说而使得文字不得不拉长，也总是很好地把握了这一特点。铺排的文字，翔实的展现，辽阔的抒情，深沉的述说，坚实的理性，都使她的文字立了起来。无论是叙述历史还是描写现实，都是将人或物放在文化的大背景下进行精神的折光，显现出思想的深厚内涵。

三

梅洁在心里，必是把文学当成一种神灵来尊敬的。她从不敢随意地轻薄它，更不要说亵渎它。她的文字是带有着她的心跳的、体温的。那种冷漠度、干涩度在她这里是很难体察到的。20 世纪 80 年代，中国迎来了文艺全面复苏的时代。一颗曾经屈辱、压抑而渴望倾诉的心复活了，她惊奇地发现，她的心底还潜藏着一个天生的文学精灵。她拿起了笔，开始了文学之路的探讨。"我把所有的思念和爱缝合在我和两个儿子相依的日子里。一只 15 瓦的低功率灯泡从窑洞房的穹顶垂挂下来，垂成一只橙黄色的小太阳，夜夜照亮睡熟的我的两个儿子，也照亮落在稿纸上的我的诗行。"我们从她的《梦想开始的地方》一文中知道，她开始是想写小说的，但是最初写好的中篇三处碰钉子，就转向了诗歌。诗歌对于语言是有好处的，她最初的文字里就显现出了诗歌的历练。当然，她写于 1987 年的《童年旧事》，也同样显现出描写人物、叙述故事的才华。只是她后来不再坚持小说，而从诗歌又转向了散文和报告文学。她是在不断地写作与回眸中认识世界也认识自己的，在前期不短的一个时间里，梅洁在散文中找到了某种关怀。她一天也不省着自己，她要把对文学的热情，用在她的热爱之中。即使是不写作的时候，她也会读书，会思考。所以你看她的作品，总能感受出一气呵成、一泻千里的气势。那是平时积累的结果，思索的结果，咀嚼的结果。总之，一个人无论在哪一方面做出了成绩，都是一种成功。

我们已经看出，在梅洁的散文创作生涯中，她一直在学习与实践中求变求新，不断地调整方向。我们看《爱的履历》，它分了几个层次，写出了爱情经历中的几个阶段，每一个阶段都有那种欲说还休的隐秘的内心世界，这种内心世界，虽不是直接剖露，却让人浮想联翩。这或许就是女性的一种特点，也是这篇作品的成功之处。这类作品的创作手法，在后来的写作当中还有运用，但是这并不是她唯一的做法。

梅洁惯用散文诗样的快乐流淌的句式，也惯用诗样的一咏三叹层层叠叠的意象，将自己的情感火山喷发样的倾泻。比如她的名篇《通往格尔木之路》："是什么样的爱与力量使你亿万年在这冷寂的高原涌一腔蓝色深情？亿万年不被亵渎，亿万年清清白白，亿万年平平静静，亿万年默默守候……"她是一个真正的诗人。一个文人首先应该是一个诗人，要有诗人的气质，诗人的目光，诗人的胸怀，诗人的表达。在梅洁早期的作品中这样的文字尤为明显。还是《通往格尔木之路》，在第七小节里，作者直接采用了竖排的句式，似乎不这样不能抒发那种浩荡的情怀：

当两万峰骆驼一年里全部在戈壁毙命；
当成群的乌鸦从骆驼的血泊中飞出；
当将军用泪水和汗水洗净黄昏的疲惫；
当将军日携夜枕的那块写着"慕生忠之墓"的木牌成为亘古的悲壮；
当大漠那枚浑圆的落日在将军的记忆里泊成血色的美丽；
当一个扎帐篷睡地窝子的部落在这里生息……
格尔木市诞生了！
青藏公路诞生了！
昆仑魂诞生了！

作品是辽阔的，奔放的，热情的，宣泄的，像一阵野风在西部的高天上奋扬。这是她的另一种展现，这种展现使她的风格显现出了多样性。那么，一个人如果始终展现一种风格是否也是一种风格呢？回答应该是肯定的，但是梅洁没有局限于此，她在散文的道路上不断地前行，前行中不断地吸纳与借鉴。这从她的一些通信、评说、自述中能够看到，她是虚心的、虔诚的、热情的，也是敏捷的、透彻的、豁朗的。她把手中的笔视作农人的锄犁，把自己的书斋取名为“锄月斋”，或就有这种寓意。所以她不断地迎日望月，翻检打磨，躬耕细作，在散文百花园中，显现出她的勤勉用功，她的精巧细致。因此也就看出即使是她再写与感怀有关的，与文化有关的，也同先前有了很大的不同。

比如游记，不断地行走中，她必然地涉及这一体裁。游记不好写，既游又要记，既要显出游的趣味、游的思索，也要体现出记的精妙、记的品质。这类散文与文化散文有相同的特点，但要求更精粹。梅洁笔下的游记是不少的，《贺坪峡印象》《天坑寨子：神秘存在构筑的现代娱乐》《温汤人家》《谛听水声》，等等。我们能看出她自己的追求，那就是结合她以前写作的特点，情理并用，侧重好读，在有限的篇幅里写出地理的人文历史，写出游走的所思所感，还要给读者赏阅的趣味。我喜欢《贺坪峡印象》，我至今都认为其应属于当代游记经典中的一篇。大山深处的贺坪峡，十分艰苦的贺坪峡，很难走到的贺坪峡，却生活着 26 个人，实际上维系着大山深处命运的却是 11 个女人。梅洁的笔调着力地用在了那些女人身上，从对听闻的好奇，到想见的好奇，到问答的好奇，激情澎湃地展现出一个女人对一群女人的喜欢、欣赏和崇敬之情。将这群女人写活了，贺坪峡也就活泛起来，那是生命的活泛，太行山的活泛。所以她也就将整个贺坪峡看作了女人的峡。还有《白发上津城》，也是游记散文中较有代表性的一篇。这篇作品写出了一座古城的视觉美感，以及由此带来的警醒般的呼喊：“走在似乎有些固若金汤的城墙上面，凝望城下黑瓦土墙、飞檐斗角的老街，心中倏忽一颤：这是鄂西北最后一座古城了！千年的郧阳府城、铁打的均州古城都已在南水北调工程中沉没了。遍布中国大地成千上万的历史古城，不少也烟飞灰灭抑或只剩残墙断垣了，保护好上津古城吧，权当是为中国千年的文化留下一瞥最后的回眸……”这样就呈现出历史、文化以及现实多层次的东西，使得文字既有了意味又显得沉实。

梅洁看重每一次写作。她不轻易出笔，出笔必生花。这是有难度的，想象不到的难度。因为每个作家都会经历这种难度，跨越这种难度又是十分不容易的。而我们读梅洁的文字，总觉得在她那里容易起来。却不知她也曾是十分的纠结，十分的畏葸。每一次写作，都有过怀疑自己的能力。但她最终战胜了自己的怀疑，为读者送上了满意的答卷。

四

20 世纪 90 年代中期，我曾经写过一篇《散文时代的进入与拓展》的评论，在这篇评论第六节“女性作家的阵营”中，有一段是专门论述梅洁的文字。现在看来仍能表达我的意思：梅洁是散文界一个思想的舞者，她走入散文仅是十余年时间，而她的成熟与成功，已远远超越了时间本身，她的一束束的、一个阶段一个阶段的作品，总能让你觉出她的思考、她的自奋，她的自觉的革命。她好像进行铁人三项赛一样，每一个阶段都努力超前。我们从《那条路》《我故乡的大河》到《爱的履历》，都能看出不同于前期创作的光点，这些作品已经能够使她在散文界站稳脚跟了，而她的又一个时期的散文《通往格尔木之路》《远祭》《泪雨霏霏干一杯》《我读〈文化苦旅〉》表明了作家的另一个层次。梅洁不属于那种把自己认命在儿女情长中的女性作家，她自我寻求的是那种擦掉脂粉气的大方自然，生命骑士般的潇洒豪放。她是一位走出闺阁的行者，站在大西北雄浑的大地上雄浑地呐喊、歌唱，跑到南疆的烈士陵园里怀想、自省，在人生的酒海里浸泡、过滤，在艺术的殿堂里冷静睿智地思索、借鉴。我们说梅洁不可能摆脱女性自身，散文中会有女性的细腻、善感、柔弱的一面，但却不属于娇柔弱质，她的散文始终给人以热烈、豪放的激情，感奋、精深的启迪，给人以向往和力量。一个散文作家，能够让散文更本质更深刻地负载起人类丰富博大的心灵情感和精神，则称得上是前卫作家，梅洁正是散文战线上的一个勇者。“纵观路的尽头是大海，我也有纵身大海的勇气和慷慨。”

她是一个不轻易服输的女人，对生活，对文学。她的总是飞扬的神思让她总是青春不老。她活在文字里，活在想象里，活在热爱里。一个人没有热情，没有热爱，也就没有了生命的热度，当然，也没有了文字的热度。所以梅洁对什么都有那种好奇，那种关心，那种沉迷。也正因为这一点，才透出她女性的敏感，敏锐，敏捷。透出她女性的细腻，细致，细心。她说，因为写作，她总在感念着生活的点点滴滴，无论是爱与恨、希望与失望、困境与挣脱、友谊与背叛，抑或是温暖与痛楚、幸福与苦难……这些都让她沉浸，都让她流泪。在这无数遥远而贴近的感念与沉浸中，一颗原本麻木的心变得多感，一双原本愚钝的目光变得深情。

个人的生命能量与文学能量或许是不相等的。照应本文开篇所言，想起我在一篇论散文创作的文章中，曾排出一个长长的女性散文列队。而值得研究的是，这中间的一些人不久就走入了秋季和冬季。这样的季节虽有收获，更多的却是落叶。20 世纪末至今，很多曾经走红的女性散文作家偃旗息鼓了，她们似乎也曾挣扎过，但收效不大，很快就被新的潮流所淹没。游击式的活动已经无关文学大势的痛痒。梅洁则是女性作家的超常规写作者，她还在高举大旗冲锋陷阵。许多的场合都能见到她的身影，诸多的报刊常见她的收获。她说："因为写作，我必须勤勉。写作是这个世界上纯粹而又艰难的劳动。它每天都必须是在创造，而所有的创造都是创造者以心灵、思想抑或血肉之躯孕育的果子。"

梅洁是大漠中一汪涌动的泉，自小就是这样，对着境遇较劲，怀着热望奔跑，顶着困难挣扎，流着泪水歌唱。她把一个柔弱的女人做硬朗了，把一个多舛的命运掰直溜了。她最终笑在了年华里，笑在了文字中。

2018 年元旦完稿于形散庐

《长城文论》丛刊 2018 年第 3 期发表

一个女人和一条江

——于中国作协《大江北去》研讨会发言

李晓虹*

梅洁是汉水忧郁的女儿。

小时候，在汉江边，听着纤夫们的“嗨哟”声，看着他们脚手撑地的沉重动作，她的心中便有了一种血红色的反光，小脚丫踩着纤夫的大脚窝，一直追随到很远。也许这最初的印象成为她生命的寓言。

稍大一些的时候，在农历的五月，胸前挂着母亲亲手做的丝线香包，去江边看盛大的祭典。母亲说，“江水下边有一个好人，他死了。……”那时候，她不懂这些话，但后来，她可能是在用一生去理解那个好人，理解老百姓把他当作好人、年年隆重祭奠的理由，理解着他的伤痛：“长太息以掩涕兮，哀民生之多艰。”

15 岁时，梅洁被迫逃离故乡，离开了养育她的这条江和那个给她留下伤痛、留下忧愁、留下牵挂的地方。从郧阳到襄阳，从襄阳到北京，从北京到塞外大漠，在她越走越远的路上，汉江和故乡，便成了她带着温暖和感伤的乡梦，成了她思索人生的起点，成了她才情飞扬的摇篮，也成了她命运沉

* 李晓虹，中国社会科学院研究员，中国社科院文学博士，散文评论家，韩国釜山大学客座教授。

重的背负。她不再回头，但是，“乡愁”成为她前行中“再也无法拆迁的房屋”，她“因离别而失去故乡，又因离别而永远拥有了故乡”。她写了《我的故乡有条河》《那一脉蓝色山梁》《童年旧事》《关于父亲》《关于母亲》《福哥儿》《扼杀与救赎》《一只苹果的忧伤》等一批美丽忧伤的怀乡散文，她从个人的命运出发体会人性的被压抑，被忽视，甚至被践踏，一再地表现着普通人身上那些人性的光亮。

经过了少年的忧伤，梅洁更加珍视生命。对于人生的苦难有了更多的同情。当决定创作反映南水北调工程的作品时，她的心里充满这种情怀：在大工程中关注普通人的命运。

当长篇报告文学《大江北去》画上句号时，梅洁的眼里充满泪水，她恳求：“当清澈的汉水给干渴的中原、华北和京津大地带来一片滋润时，当人们欣喜地端起从遥远的鄂西北流来的一杯幽蓝时，不要忘记为此而两度奉献了家园和土地的库区人民，不要忘记他们几代人在半个世纪里经受的磨难和牺牲。”

梅洁知道，南水北调工程是为解救北中国对水的渴求，是中华民族的一个大业。这中间必然会有人奉献，有人牺牲。写这样一个大的工程，按照常规的套路应当是一种宏大叙事，是工程建设中那些“惊天地，泣鬼神”的“好人好事”，是那些大决策，大方针。是一些人的牺牲换来的更多人的受益，是工程开始时敲锣打鼓的奠基和工程结束之后庆功的礼炮和嘉奖有功者的盛宴和狂欢……但是，梅洁却一反常规，她走到这些事件的背后，她更想告诉人们的是，这究竟是怎样的一种牺牲？怎样的一种奉献？怎样的历史和怎样的命运？

在南水北调中线工程的调水源头，梅洁的故乡，那个有着3000多年历史、楚文化的发源地之一的郧阳古城已经沉入江底，一起沉没的还有其他两个千年古城，以及沿江上千个古老的村镇院落，故乡的沉没让一个游子几十年魂牵梦萦。更让她寝食难安的是那些移民的命运。

从20世纪50年代以来的半个多世纪里，为向北方调水，丹江口水库大坝两次加高，先后80余万人为此背井离乡。80万啊，每一个人都有一生，每一个家庭都有代代相传的香火和喜怒哀乐及无尽的生活内容。然而，他们祖祖辈辈生活的富饶的土地被淹没了，他们的生活被彻底改变了。特别是在1958年至1978年第一次移民中近50万人眼睁睁地看着江水吞没自己的家园，看着60多万亩肥田沃地瞬间被水葬江底。他们遮风避雨的房屋被拆除，人均只有一二百元的移民经费多数也拿不到手。他们被动而无助地接受着这一切，他们没有话语权，只能承受、承受，再承受……

在背井离乡的路上，他们心里流着泪，流着血。他们带一块河边洗衣的石头，包一包家乡城墙的老土，一步一回头地告别了故乡。他们中的许多人又因忍受不了迁徙后的苦难，不顾一切地逃回家乡。没有户口，没有房屋，没有土地，甚至没有水喝，没有路走，孩子没有学上。只能在河边、岸边、搭茅庵睡席片，撒一点种子，半年收粮，半年乞讨……在荒山野岭、沼泽苇里度过了几十年刀耕火种的日子。

世界上有多少人离开了家，离开了故土，就再也不回头，为什么他们拼死也要回来，哪怕贫病交加，哪怕刀耕火种……这一切，难道只用“故土难离”这样的文字可以简单解释吗？有谁真正走进这些拼死也要回乡的移民的心中，在这沉默迁徙的背后搞清楚真正的原因？

也许是这深重的历史问询，也许是一个女人与一条江无法割舍的恋情，梅洁毅然走进了汉江，走进了库区，走进了千万移民的心中，于是，她听到了他们血泪交融的历史。她的心被深深灼伤，“怎一个‘痛’字了得？”

数月的走访，梅洁收集了 11 个纸箱的采访资料、笔记、光盘、录音，这些文字在她眼前不再冰冷，而成为一个个移民沧桑的脸和他们无处诉说的命运。

在写作过程中，梅洁经历了人生最大的不幸，丈夫因病去世，使她几近绝望，处在崩溃的边缘。她曾经无数次地感激生活，因为有这样一个可以相伴终生的亲人。可是，他却在梅洁最需要的时候独自离开了。梅洁无法承受，她想要放弃一切，巨大的悲苦使她曾十次、百次地想到从这个世界上消失。

但是，在梅洁的精神深处有一种声音，让她不能放弃。她必须把这条江的故事和江边那些人的命运写出来。她不能让江水把甘甜送到北方的时候，那些为此失去一切的人永远地被忘记，被忽略。她觉得有一种责任，一种呼唤，也是一种救赎。她终于从个人的悲伤绝望里走了出来，开始了艰难的写作。长达两年的艰苦劳作，她终于有了这一次不同寻常的完成，完成了一个女人与一条江宿命般的皈依。

家乡的人们站在汉江边，争相传阅《大江北去》这本厚重的书，因为书中有他们半个世纪的泪水和艰辛……

干渴的北方人也读到了这本书，他们的心开始沉重起来，知道在清澈甘甜的水中，有汉江边无数人民的巨大牺牲，知道了每一滴生命之水是多么来之不易……

我更希望决策者读到这本书，理解书中的重要内容：每一个生命都那么美好，有无限的可能性，所有决策的前提是：珍惜并且保护好每一个人仅有一次的人生。

《中华读书报》2008 年 4 月 30 日发表

作家的命运和担当

——梅洁文学创作40周年研讨会的致辞

刘建东*

这是我第二次来到作家梅洁的故乡，但今天意义不同，我们将一起见证和庆贺梅洁创作40年的节日。此次研讨既是对一个作家创作40年的一个总结，也是表达对一个作家40年来执着于文学事业的敬意。

河北省作协对这次研讨会高度重视，党组为此专门开会进行研究部署，党组书记王凤多次作出指示，要求我们精心谋划，把会议办好。本来今天王凤书记应该亲自到场致辞，但因为工作原因未能成行，故委托我表达祝贺。我谨代表河北省作协、王凤书记，向梅洁老师表达真诚的祝贺，向她创作40年的成就表达真诚的祝贺，向她为河北文学、为中国文学做出的贡献表达真诚的感谢！感谢各位专家老师参加本次研讨会，感谢所有为本次研讨会顺利召开提供帮助的个人和单位。

梅洁是我省优秀作家的代表。她的一生伴随着共和国铿锵前行的坚定脚

* 刘建东，1989年毕业于兰州大学中文系。中国作协全委会委员，河北省作协副主席。1995年起在《人民文学》《收获》等刊发表小说。著有长篇小说《全家福》《一座塔》,小说集《黑眼睛》《丹麦奶糖》等，作品多次入选中国小说学会年度小说排行榜。曾获人民文学奖、十月文学奖、《小说月报》百花奖、首届曹雪芹华语文学大奖、孙犁文学奖、河北省文艺振兴奖等奖项。

步，她的创作陪伴着中华民族坚忍不拔的复兴历程。在她的作品里，我们看到了时代的印记；在她的身上，我们看到作家的使命和担当。作为作家的梅洁，是值得尊重、令人景仰的。她和她的创作始终扎根在祖国这片美丽丰饶却又饱经沧桑的大地之中，因而充满了爱与感怀、痛和慈悲。她把在燕赵、荆楚大地的经历和国家的巨大变化联系在一起，把南水北调工程和南北方人民生活的巨大变化联系在一起，她的作品来自人民的火热生活，发自她对人民炽热的情感，因而感人至深、催人泪下。

熟悉梅洁的人都知道，汉水是她进行文学创作无法离开的活水和源泉，她的创作，从一开始就打上了深深的汉水烙印。1993 年，她创作的 8 万字的《山苍苍，水茫茫》一经发表，立即引发了文学圈和社会各界的广泛关注。自此之后，随着南水北调中线工程的建设，梅洁开始了长达近 30 年，围绕汉水移民命运处境以及南水北调进程的写作。2007 年，她发表了 40 余万字的《大江北去》；2012 年，她创作了 90 万字的《汉水大移民》，至此，梅洁在 20 年间，先后完成了三部、总计 145 万字有关南水北调中线工程移民的长篇纪实文学，成为以文学方式撰写中国水利移民牺牲与奉献的第一人，这三部作品也被评论界誉为“南水北调中线移民三部曲”。在这样的成绩背后，我们很难想象，一位柔弱的作家是如何花费将近 30 年的时间，从成百上千次的采访中，从几百万字上千斤的书稿里，在几万公里的奔走中，创作出这样一曲赞歌。我们更难想象的是，只是单纯记录这一件事又需要何等的勇气和决心。

铁凝主席曾评价梅洁的文章说：“在她的文字里，你听得见湍急而豁亮的流水，也听得见没有遮拦的风声，还有，一个知识女性对坎坷命运的凛然迎接与感恩。”1998 年，梅洁在创作移民三部曲的同时，又独身一人前往大西北的甘肃、青海、宁夏三省区的贫困地区，了解当地环境贫困、女性贫困、教育贫困的现状，并且站在女性角度对当地女性生存困境进行思考，先后出版发表了《创世纪情愫》《西部的倾诉》两部报告文学作品，引发了社会各界的广泛关注。这两篇作品还先后获得了全国“五个一工程”奖和鲁迅文学奖。

今天，我们重温梅洁的作品，不仅是对她个人文学创作和精神品质的研讨和学习，也是对一个时代的回望与总结。在《山苍苍，水茫茫》发表引起巨大轰动之后，梅洁老师曾说：“我起初不敢想象，一篇作品能在老百姓心中占有如此高的地位，后来我明白了，因为你的作品、你的书和他们命运相连。”我想，梅洁用她的作品告诉了我们这样一个真理，那就是“人民的需要才是文艺真正的价值，一切轰动当时、传之后世的文艺作品，反映的都是时代的要求和人民的心声”。文艺工作者只有时时刻刻与人民同列、与时代同步，倾听人民的呼声、反映时代的变化，才能真正写得出传世的佳作，才能真正称得上是人民的艺术家。也许，这就是包括千千万万读者为“南水北调中线移民三部曲”所震撼的原因。在这部作品里，我们感受了水源地人民在长达半个世纪里为工程所做出的巨大牺牲，感受了他们在精神、情感上所经受的伤痛，感受了他们顾全大局、以国家利益为重的奉献精神，与此同时，我们也感受到了作者在移民三部曲中深刻的思考与直视，感受到了作者对历史的审视和追思，感受到了她对人民、对土地、对国家深沉的爱。

梅洁因为真实记录和描述南水北调和汉江移民工程，而被郧阳人民亲切地唤作“汉水的女儿”。我想我们真的很难再去用一个更加恰当的词语来形容她与这条大江、与这片土地的关系。梅洁在湖北出生，在河北成长，然后奔波在两地，用她的笔触，把她生命中的最为重要的两片土地紧紧联系起来，把这两片土地上半个世纪的沧海桑田刻进历史。在全国文艺工作座谈会上，习近平总书记强调“反映时代是文艺工作者的使命。广大文艺工作者要把握时代脉搏，承担时代使命，聆听时代声音，勇于回答时代课题”。梅洁就是这样一位作家，30 多年前，从她决定要记录这条人工运河和它所连接的两片土地的时候，她已然将这种责任担负在肩，毅然走上了这条道路。现在，她的创作进入了第 40 个年头。但我想，这个 40 周年研讨会并不仅仅是一种总结，也是另外一种开始。梅洁老师一直保持着创作精神和旺盛的创作力，我相信，她会给我们带来更多的惊喜。

2020 年 10 月 31 日于湖北郧阳

她就是那个梅

刘向东*

梅洁大姐创作40年，我读了40年，作为同事，我们一起走过30年。我是梅洁大姐创作的见证人。我是梅洁大姐创作的见证者，是粉丝，也是吹鼓手。回想一下，记得我就梅洁大姐的创作写过3篇文章。一篇是《梅洁散文印象》，为梅洁散文研讨会写的，发表在1997年的《文艺报》上，我借助冰心先生的话说："散文却可以写得铿锵得像诗，雄壮得像军歌，生动曲折得像小说，泼辣尖利得像戏剧的对话。而且当作者'神来'之顷，不但他笔下所挥写的形象会光华四射，作者自己的风格也跃然纸上了。"我知道冰心先生是在谈论理想中的散文，又觉得，她的话似乎是在专门针对梅洁的散文。

后来我就报告文学《创世纪情愫》也写过一篇。

《梅洁文学作品典藏》问世后，我又写过一篇《梅洁本色是诗人》，发表在《长城文论》上，这篇文章看似是借助诗歌卷《苍茫时节》写的，其实我

* 刘向东，一级作家，1961年5月5日出生于河北省兴隆县。现任《诗选刊》主编、河北省作家协会副主席、中国诗歌学会驻会副会长，河北省优秀专家。著有诗文集《母亲的灯》《落叶飞鸟》《诗与思》《读诗记》以及英文版《刘向东短诗选》、塞尔维亚文版《刘向东的诗》和日文版诗集《推敲沉默》等28部。作品入选《中华人民共和国50年文学精华》《中国新诗百年百首》等200多个选本，另有部分作品被译介到英、美、俄、德、法、波兰、捷克等国。曾获河北文艺振兴奖、孙犁文学奖、冰心散文奖等奖项。

是想说，梅洁就是诗人，我把她的所有文字都读成诗，那是她的生命之诗！

同样看重梅洁写作中诗性的，是时任河北省作协主席的铁凝大姐。她在1996年，曾经给梅洁的散文集《并非永生的渴望》写过一篇序言，序言中引用了梅洁的诗《女人的风景》：

她在那块石头上坐了很久
直到把一个女人的风景
看得摇摇晃晃

最初上山的时候
女人发现岩石正在开花
于是女人感动得泪水涟涟

当女人在山顶坐下
向世界回眸一笑——
那笑很潇洒很有魅力
女人方才发现
她坐在一个不能长树
也不能开花的风口
身前身后空空荡荡
唯有几匹风和一片铅色的天空

我想告诉那个女人——
那个有好丈夫好儿子的好女人
风口很凉，那块石头很凉
我们回家吧

铁凝主席说："这本是一首自说自话的诗，结尾处'我们回家吧'却又把单数第一人称换作了复数。一个女性的力量仿佛不够，而异性的亲爱又永远无法到达她精神的最后领地，于是梅洁在诗中又创造了一个自己，她让两个同性结伴，让她们搀扶彼此的心灵，也似乎只有她们能够真正彼此相知——我们回家吧。似诗中这样的意识与心境，梅洁在散文中也每每有所表达……"

我对梅洁的诗意人生、诗意书写，以及她文中诗意的细节呈现和个人化历史想象力的生成有过专门阐述，今天就不再重复了。

今天到了梅苑，看了梅洁文学成就展，忽然发现在我主持《文论报》的时候，还写过一篇短文，我说梅洁一生的路，就是寻找回家的路，能够安放她灵魂的房子，只有一座。看来我说的没错，这座房子，就是梅苑了。

那今天我就简要说说她的诗歌精神原乡，她的诗人情怀，她的爱。

从取材的角度看，梅洁大姐最早的写作，虽然是在河北张家口，事实上是在回望故乡，这是我很早就注意到的。现在一路看过来，我们今天驻足的这片土地，是梅洁精神的原产地，汉水，是其创作的真正的活水源头，她的精神原乡。她的写作再次证明，文学也是有出生地的，作家是要追问自己的精神来源的。尽管梅洁大姐除了写她的出生地，还写过很多地方，很多人物，很多事物，有时回首家乡是故乡，却又常把他乡作郧阳。她坚韧甚至有些偏执的抒写，隐含着对故乡和生命的爱恋；她也有伤怀，让我们看见一个天生激扬饱满有时又不得不带有几分忧郁的灵魂。在可以省略身份、可以省略祖籍和故乡的今天，在我们身心日渐凋落的时候，在我们不知道把身体安放在何处更为稳妥的时候，梅洁大姐说，我们回家吧。她回到出生地，给我们引路，给我们设立路标。我们专程从河北赶到湖北，来感谢、祝福梅洁大姐，也是来感谢并祝福这秦巴山水。

我还要特别赞美梅洁大姐的诗人情怀，她对生命和文学的敬畏之心，她的菩萨心肠。

在消费文化崛起，让文学从过去那种政治化的文学，过渡到私人化的文学的时候，在不少作家热衷于言说身体和欲望经验，或为一时一利而写，缺少敬畏之心、缺少心肠的时候，在真正的生存经验、爱和心灵苦难，已经难以引起更多作家注意的时候，梅洁大姐 40 年坚守她的理想，从来没有让她的写作从生活和精神领域退场，从来没有丧失见证历史和面向心灵发声的自觉。她的写作，是配得上这个时代的有格局的写作，是这个时代的强音。就文本而言，她真实，诚实，深情，更见性情，对当代人生存经验的解析，精细、繁复而又深刻。文学虽然整体处于社会边缘，但梅洁这样的作家，依然保持着独立的状态，依然是“在”和“有”的象征。存在缺席之时，她还在场；别人失语之时，她还发声。是她告诉我们，都说水向东流，水往低处流，偏偏大江北去，往高处走，在俗常的生活之外还有另外一种生活，在近乎凝固的精神之外还有另外一种精神的可能。

梅洁的写作，或者说她的存在本身，就是了解这个时代不可或缺的精神证据。

2018 年 10 月也是这个时候，梅洁大姐回家，我们陪她去茅箭采风，一起在巴山里吃“妈妈饭”。在秦巴植物园里的梅林，我写过一首《她就是那个梅》，今天到梅苑，我把《她就是那个梅》稍加修改，借此敬献给梅洁大姐和她的老家——

秦巴植物园里的梅林啊
是你把她从路上唤回来
她，就是那个梅

无论离开这里多么久远
她的心啊留在这儿
别处没有她的诗心

她是在回家的路上
看出一个女人的风景
并创造出一个新的自己

而今我到梅苑看她
见她还是那个梅
别处没有她的灵魂

就在今天，就在此刻
我听见她用泪水跟这土地和她的亲人说：
你爱我一次，我爱你一生！

2020 年 11 月 1 日于梅洁文学创作 40 周年研讨会发言

故乡情怀·社会责任·文学力量

——梅洁“南水北调中线移民三部曲”的美学品格

龚举善 龚道臻*

长篇系列报告文学作品“南水北调中线移民三部曲”(《山苍苍,水茫茫》《大江北去》和《汉水大移民》,以下简称“三部曲”),是湖北省郧阳籍作家梅洁历时20余年的呕心沥血之作。“三部曲”首次全景性、立体式、文学化地记录了南水北调中线工程台前幕后的众多故事,讲述了湖北、河南等地前后50余年、83万移民的巨大奉献和牺牲。作品不满足于对事件作客观、真实的“报告”,而是在字里行间浸透着浓烈的故乡情怀、崇高的社会责任和超拔的文学力量。

一、浓烈的故乡情怀

中外文学史上很多优秀作家都与生于斯长于斯的故乡有着千丝万缕的联系,故乡甚至在某种程度上成了他们作品的特定意象符号。一如约克纳帕塔法县之于福克纳,马孔多小镇之于马尔克斯,鲁镇之于鲁迅,商州之于贾平

* 龚举善,中南民族大学文学与新闻传播学院教授、博士生导师,主要从事文艺理论研究;龚道臻,中南民族大学文学与新闻传播学院文艺学博士研究生。

凹，高密东北乡之于莫言，郧阳汉水对于梅洁而言，就是她艺术灵感的源泉，报告文学创作的出发点和根据地。正是在这种意义上，她被誉为“汉水女儿”。

（一）故园之恋：郧山汉水总关情

故园似水，亲人有泪，乡恋如血，故乡情怀始终伴随着梅洁行走、成长和写作的全过程。出生并初长于郧山汉水的梅洁，故乡的山水、亲人和乡邻无不给她留下鲜活而纯洁的记忆。尽管这块土地也曾给她稚嫩的心灵留下过屈辱和艰辛，但她却始终以一颗感恩之心，对曾经滋养过她的故园抱有一种宗教般的虔敬之恋。当她以文学的方式与世界对话的时候，她总是用女儿般温柔的情丝编织着对于郧山汉水的深深眷恋。特别是在梅洁创作的成熟期，无论她行走到哪里，就把郧山汉水背负到哪里。在《关于“南水北调中线移民三部曲”》的自序中，梅洁坦言：1991 年，“我在少女长发离别故土 31 年后重返故乡湖北十堰，31 年的离别使我失去了故乡；但 31 年的离别，又以常人无法体验的情感使我重新认知并回归了故乡。就是在这种深刻的情感体验和文化反观的震惊与认知中，我（于 1993 年）完成了第一部反映南水北调中线移民的纪实文学《山苍苍，水茫茫》”。2005 年，梅洁再度回到鄂西北，沿汉水、丹江考察百余天，赴京津冀调研百余天，用 14 个月时间创作了长达 40 余万字的长篇报告文学《大江北去》。2010 年底，梅洁又一次重回故乡，两年后出版了近 90 万字的《汉水大移民》。由此，在前后 20 年的时间里，梅洁相继完成了 3 部、共 145 万字的有关南水北调中线移民的长篇系列报告文学——“南水北调中线移民三部曲”。

福克纳多次提及他的创作与故乡的关系——“打从写《沙多里斯》开始，我发现我家乡的那块邮票般小小的地方倒也值得一写，只怕我一辈子也写它不完，我只要化实为虚，就可以放手充分发挥我那点小小的才华。这块地虽然打开的是别人的财源，我自己至少可以创造一个自己的天地吧。”其实，此话也能很好地诠释梅洁对故乡初恋般的情感。在梅洁眼中，故园，特别是其中的武当山和汉江，永远充盈着诗情画意般的天灵地秀。

位于层峦叠嶂的秦岭山脉和高大巍峨的大巴山脉东部主峰大神农架之间的武当山，本已收尽天下奇秀，恰又有奔涌万年的汉水，浩浩荡荡于神山北麓，奇山秀水，大刚大柔，刚柔相济，实为苍天造化之圣地。我们说，天下山岳美不胜收者甚多，但如武当山这样的“七十二峰朝大顶”山势，即一峰接天独立、诸峰团团环绕，如拱如揖，且落差又突降 100 多米的“山岳崇拜景观”，唯武当独具。登武当山天柱峰，800里崇山峻岭，千山万壑，云来云去；登武当山天柱峰，顿如入九天太虚幻境，有老子大音忽从天宇入心："大道无形，生育天地；大道无情，运行日月……"只有到武当，你方可体悟道教文化的"山岳崇拜"和"天人合一"之精髓、之大境。

汉江，堪称中国的多瑙河，千百年来，她以那玛瑙般的幽蓝的江水，以飘逸、俊秀、潇洒、宁静的状态，以不亢不卑的文静和庄重，养育了大江两岸亘古的长安。端详汉江，她以舒缓温柔的古典抒情风格，让你感受一种深刻而崇高的愉悦，让你心灵深处产生一种美好圣洁的情感。

正是这种纯洁而执着的故园之恋，奠定了"三部曲"文学地理学意义上的生命原色和叙事情调。

（二）乡亲之爱：文学书写的精神还乡

童年时代的"创伤经验"造就了梅洁敏感、多思、善良的品性。作为少小离家的游子来说，"文学成了对故乡记忆的修复与重建，成了艺术的精神还乡形式"。从梅洁的"三部曲"中，我们充分领略到同情、关爱、理解、仁慈以及对于生活的无限热爱。或许，正是因为这片让她受尽苦难的热土，反常性地锻就了她那浓郁的人文情怀。从郧阳到襄阳，再到塞外的河北蔚县，梅洁都在用女性作家所特有的大悲大悯端详着那片她曾经生活过的土地以及后来依旧生活在这片土地上的父老乡亲。梅洁相信，"人在童年、少年的经历最终会铸就成一个人生命的底色和质地；我更坚信，人在童年、少年走过的故乡才是他流浪的人生中永远的故乡。仅此，我对上苍赋予我的诞生充满感激，因为她使我15岁之后的离别最终成为我一生的找寻，她让我对故乡的牵念始终与我流浪的精神伴随，她更让博大的幸福与苦难在我生命中不断轮回"。

无论是对故乡的牵念，还是对故乡人民的个性化生存或社会性奉献的书写，梅洁都有一种自觉而强烈的执念——将其告知社会。在《汉水大移民》的"引言"中，梅洁这样表达自己的心愿："20年前我写《山苍苍，水茫茫》，6年前我写《大江北去》，现在我写《汉水大移民》，无论过去还是现在，我写书只是含着一个心愿：就是想让人们知道。"基于此，梅洁反复行走在故乡的山川大地上，将南水北调工程中数十万乡亲"舍小家顾大家""建设新家园，走向新生活"的豪迈与壮丽带入了神圣的文学殿堂，让世人从她的作品中感知"这3000里北上的汉水里流淌着多少鲜活、悲壮的生命信息"！

这是她作为作家对故乡最好的情感回报，也是对故乡建设与发展的最大贡献。当得知移民工作顺利完成的时候，梅洁禁不住感叹——“大移民结束了！半个世纪里，湖北 47.5 万中线移民的磨难结束了！数十万移民干部的艰苦鏖战结束了！从此，我的父老乡亲不再迁徙了！从此，我的故乡可以安居乐业了！”

就这样，梅洁一遍又一遍如杜鹃泣血般地歌颂着鄂西北这片热土以及生于斯长于斯的父老乡亲，赞扬调水沿线人民在重建家园时所表现出的无私无畏。正是这种博大的乡亲之爱，使其写作具备了更加深邃的寻根意识和史诗品格，并且以此为故乡人民筑就了一座不朽的精神丰碑。

（三）乡愁之思：故乡与自我的双向选择

“从郧阳到襄阳，从襄阳到北京，从北京到塞外大漠，在我越走越远的路上，‘乡愁’便成为我前行中再也无法拆迁的房屋。我因离别而失去了故乡，我又因离别而永远拥有了故乡。”在梅洁包括诗歌、散文和报告文学的创作谱系中，“故乡”是其刻骨铭心、永不倦怠的精神追忆。

王德威认为，“一个艺术家的乡愁可能来自远离故土，也可能来自他觉得他已经失去与土地灵犀相通的那点感应”。对于梅洁而言，乡愁的唤起一方面是因为她少女时代不得不远离故土而漂泊异乡，更源于她对故乡和汉水的那种宗教般的虔诚膜拜——“就在那一年我终于弄明白，我的故乡因为有了那条古老的大河而诞生和延续了 3000 年的文明；也因为有了那条美丽的大河，那里的人民将要永远地失去故乡……深深的忧伤与战栗使我最终完成了《山苍苍，水茫茫》的长篇报告。当这篇文章落笔之时，我发现，对于汉水的虔诚与膜拜已成为我的宗教。”在《汉水大移民》的“后记”中，梅洁认识到，“一个宏大的水利工程，一个援救北中国水危机的重大水务事件，一个十几万、几十万人为之奋斗、流泪、流血的日子，不能在沧海桑田中被湮埋，不能在历史长河中被消弭”；“也许是为了这太多的不能忘却的纪念，我和汉水之滨的一群儿女相约，进行顽强地书写；也许是为此，我们把真情和使命一并交付给了这不容亵渎的文字”。

进一步说，书写故乡也是一个作家成长与成熟最为直接和便捷的途径。就此而言，故乡成就了梅洁，梅洁彰显了故乡。梅洁的“郧阳书写”本身就是以自身的生命体验来“讲好中国故事”的经典范例。正是在梅洁的虔心报告中，生活在郧阳这片古老土地上的乡亲以及那些为了解救北方水危机而远走异乡的众多移民也必将被历史所铭记，“三部曲”也必将会成为此后历史学家、社会学家研究汉江水利史、移民史的一份鲜活档案。有如海德格尔在阐释古典浪漫派诗歌的先驱荷尔德林时所说，“诗人的天职就是还乡，还乡使故土成为亲近本源之处”。

实际上，对于故乡的乡愁之思，某种意义上说也是众多成名作家无法绕行的“宿命”。梅洁坦陈，“我选择了中华大地上有着特殊存在的故乡，故乡在此意义上也选择了我。这是我们相互的宿命”。从《山苍苍,水茫茫》到《大江北去》再到《汉水大移民》，每一次写作，对梅洁来说都是一次通往精神家园的朝圣之旅，她都在追寻着那个始终令她魂牵梦萦的神圣故乡。著名评论家雷达说得好，“很少有人像梅洁这样刻骨铭心地，忧思满怀地，深情无限地眷恋自己的乡土，她对故乡鄂西北倾注的感情，非泛泛的乡愁乡思者可比，这简直就是她的生命根系和精神家园”。不仅如此，“梅洁对故乡有一颗特别感恩的心，纵观她的创作，我们可以发现她一直在写家乡、写乡愁。她虽少小离乡，但天涯、岁月里的梅洁，对于故乡一直在做着精神的寻找和皈依”。据此可见，“感恩”已经成为梅洁乡愁之思的动力因素。

二、崇高的社会责任

梅洁百余万字“三部曲”的辛勤写作与震撼登场，不仅源自作者纯洁的故乡情怀和感恩动力，而且源自以丹江库区为中心的 83 万移民滚烫的社会生活以及建基其上的历史责任。这种因急切的建设需要与滚烫的现实生活所催生的社会责任，主要包括三方面的价值内涵：关注现实的历史使命感、超越自我的社会责任感、为移民树碑立传的道义担当感。

（一）关注现实的历史使命感

在过去长达 40 年的创作生涯中，梅洁的书写几乎都与火热的现实生活紧密关联着，“三部曲”自然不会例外。作品紧紧围绕丹江口水利工程、黄龙滩水电站、襄渝铁路、二汽建设以及南水北调中线工程等现实建设场景展开，用一个个鲜活的事例，生动感人地诠释了广大建设者和前后数十万移民无私的奉献与牺牲精神。这既是大时代的要求，更是报告文学的文体使命。诚如有学者所言，“报告文学的写作既要站在高位，瞩望国是大政，为历史留存民族前行的宏大全景，也要紧贴大地，将镜头对准生活中的大多数，反映普通人平凡而感人的生活。不仅要有宏大叙写，更要富有生活质感，并且能联通大时代的个人生活故事的讲述”。梅洁的“三部曲”正是作家切合南水北调中线工程这一总体性、长期性国家战略，从不同时段、不同角度进行的宏大非虚构性文学开掘。不过，作者的“报告”并非仅仅停留在对宏大事件的宏观扫描上，而是以一个个具体鲜活的“移民故事”来述说着这场“没有硝烟的人民战争”，用生动可感的书写颂扬了广大建设者和普通奉献者平凡而伟大的献身精神。

难能可贵的是，梅洁对自己的书写对象以及由此而来的文学叙事的意义有着清醒的理性认知。在她看来，“人类社会存在的本质，决定了理解和相互理解，包括对于世界，对于历史、文化和人的理解，而理解的传导应该是对意义信息的有效释义。这便是我为什么要把当今人类面临的水困境尽可能多地进行着量化或非量化的叙述。我知道，我在企望寻求一种叙事的‘微言大义’，我更企望在这种寻求中把我后面要叙述的鄂西北人与汉水、汉水与丹江口水库、丹江口水库与南水北调之间发生的事情，赋予一种意义的光辉”。这种源自现实忧患的问题意识，是梅洁报告文学写作的重要特征。“三部曲”围绕南水北调中线移民工程所进行的深度历史追问、命运观照、决策考问、事件梳理、人文反思以及资源、生存、生态等诸多问题的探究，都不同程度地印证了作者对现实生活的深度介入诉求。

文本叙事的政论色彩是“三部曲”深度介入社会现实的一个重要表征。作品以南水北调中线工程这一国家战略为叙事背景，以中线水源区人民“舍小家、为大家”的牺牲奉献精神为情感基调，用极富激情的笔触书写了这一工程在国家水资源开发利用方面的重要意义，使作品拥有了宏阔的视野和敏锐的思想穿透力，表现出梅洁作为一名报告文学作家的强烈的责任意识。正是这种源自关注现实的理性认知，促成梅洁的写作并不简单满足于对生活原生态的感性重述，而是因应国家战略而对普通劳动者和广大移民干群可歌可泣的杰出奉献和英勇牺牲做出理性的选择和激情式赞颂，因而体现出强烈而深沉的历史使命感。

（二）超越自我的社会责任感

梅洁的创作经历了由诗歌到散文，再由散文到报告文学的“递进之旅”。这种“递进”，体现了作者社会责任感的日趋自觉和不断强化。捷克著名报告文学家基希早就说过，报告文学是一种“危险的文学样式”，因为它不仅需要独特的非虚构文学表达能力，而且特别需要超常的临场勇气和非凡的写作智慧。报告文学作家只有以强烈的社会责任感去深入社会、走进生活，以敏锐的眼光去捕捉关乎国计民生的重点、热点、难点问题，既做歌颂正能量的时代歌手，又做批判现实问题的斗士，才能吟唱出勇立潮头的大风长歌。毫无疑问，梅洁已经做到了这一点。在面对必然付出更加艰辛的劳动乃至个人健康和家庭幸福等重大代价面前，没有退缩，毫不犹豫，走进生活，直面现实，抵近基层，贴近民众，在长达 20 年、纵横 5 省市的对于南水北调中线工程的全方位考察中，以浸透着心血和泪水的责任意识和写作毅力，为这个改革开放的大时代交出了《山苍苍，水茫茫》《大江北去》《汉水大移民》三部厚重答卷！面对梅洁由诗歌、散文向报告文学的转轨，雷达感佩不已："这既是有效的扩大自我、丰富自我的方式，又是强化文学的社会功能，直接干预生活的勇敢之举。她很能吃苦，为了读懂读透生活这部大书，长途奔波，深入采访，饥渴劳累她都不在乎。没有发自内心地对生活和文学的挚爱，是很难做到这一点的。因此，我很尊重她的劳动。"

作家作品能否成为"正典"或文学经典而进入文学史，"答案常常在于陌生性（strangeness），这是一种无法同化的原创性，或是一种我们完全认同而不再视为异端的原创性"。正是报告文学这种与生俱来的"陌生性"和"一种无法同化的原创性"，让"三部曲"成为深深烙有梅洁个人、乡亲建设群体以及伟大时代这三重印记的"原创性"文学正典。尽管这三部作品在题材上有相当程度上的相关性和延续性，但无论是在主题开掘还是在叙事策略、语言风格上，作家都在不断追求并实现着自我超越与革新，并因此使梅洁成为当代文学史上与黄宗英、陈祖芬齐名的优秀女性报告文学作家。譬如，修订版的《汉水大移民》不论在题材开掘还是写作艺术上，都称得上是同类题材中的上乘之作。与梅洁个人此前作品相比，《汉水大移民》比《山苍苍，水茫茫》的视野更为宽广，叙事风格上比《大江北去》更具史诗品质，堪称名副其实的自我超越之作。需要说明的是，在写作《汉水大移民》的日子里，作者因腰肌严重劳损、腰肌膜发炎而卧床难起，连鞋袜也穿不上，随后又将右胸肋骨神经拉伤，多重痛苦最终连一日两餐饭都难以维系，但为了兑现对故乡人民的心灵承诺，作者以超乎常人的顽强毅力跪着完成了写作。这种舍我其谁的社会责任感和坚韧意志力，值得当代作家尤其是青年作家学习。

（三）为移民树碑立传的道义担当感

“在中国，由于一种稳定的人一地关系（people-placerelationship）在很大程度上被认为是正常的生活方式以及社会稳定的基础，因此人口迁移被看作是不稳定、异常的甚至是病态的”。换言之，因为人们对于故土怀有难以割舍的深厚感情，历史上的历次源于社会动荡或自然灾害的被迫迁徙，对迁移者来说都是内心深处的一道不愿被触及的伤痛。梅洁的“三部曲”勇敢正视湖北、河南等前后50多年、83万之众的移民群体，艺术地报告并热忱讴歌了他们顾全大局、无私奉献的精神，理解地同情其血浓于水的故土情结，这种为广大移民树碑立传的道义担当，尤其难能可贵。作者认识到，“广大移民积极响应党和国家的号召，舍小家、顾大家，为国家、搬新家。刚挂果的果树说砍就砍了，新修的房屋说拆就拆了。不少群众经历了三次移民，看着即将被淹没的家园，他们抹去眼泪，毅然抛家舍业、离土别乡，不讲‘价钱’，不言回报，彰显了荆楚儿女的大义与大爱。这种以国家利益为最高利益、以民族利益为最高道义的思想境界，这种顾全大局、无私奉献的爱国主义精神，不仅震撼着人们的心灵，而且也激励着人们的斗志，我们永远不会忘记”。

“一个优秀的作家，总是会把感应时代、关注现实、讴歌伟大、书写崇高当成自己的神圣责任，并且在自己的创作中，义无反顾地担当起这样的责任。”就像时任湖北省移民局党组副书记对梅洁说的：“你最熟悉这里的历史和移民，迁走的、留下的都是你的父老乡亲，你不写谁还能为他们写？”是的，面对故乡人民的奉献与牺牲，面对“那里的干部带领人民历经几十年艰苦卓绝的劳动和创造、奋求和抗争”，这位“汉江女儿”放下一切杂务，披挂上阵，挥毫泼墨，一如椽巨笔为这片古老土地上的伟大创造树碑立传，显示了一位公共知识分子大写的责任与担当。

三、超拔的文学力量

在长达40年的创作历程中，梅洁热爱诗歌创作，精于散文书写，但可以肯定的是，给她本人履历、故土乡亲和新时期文学带来巨大荣耀的，还是她的报告文学“三部曲”。

“三部曲”立足于对南水北调中线工程这一国家战略的完整再现和深度挖掘，深情而艺术地报告了库区人民的巨大奉献和牺牲，表现出超拔的文学力量。概而言之，这种文学力量主要体现为三个基本层面：一是知识储备，二是精神高度，三是艺术魅力。

（一）丰富深厚的知识储备

梅洁受过严格而系统的学校教育，并且在社会这所大熔炉里饱经历练，拥有深厚的哲学、美学、社会学、历史学、文化人类学、语言学、文艺学的知识累积，这使得她的文学写作具有丰富深厚的知识储备。这些知识储备，保证了梅洁观察视野的宏阔性、知识结构的完整性、理性思考的高位性和艺术表达的完备性。通过“三部曲”，我们不难看出，作者勇于面对现实题材，善于驾驭宏大题材，精于剖析社会问题，巧于应对复杂问题，将历史文献、报纸新闻、人物访谈、回忆录、日记、序跋、摄影图片这些“副文本”元素运用自如，使作品具有厚重的生活感、历史感和哲理性，并且据此拥有了丰厚的历史文献价值。

譬如，作品用较大的篇幅讲述了道教圣地武当山，“‘72 峰’‘36 岩’‘24 涧’并不意味着武当山只有这么多峰、岩和涧溪，它寄托着古人希望借这些数字祈求天地交泰、天人合一、风调雨顺、国泰民安的愿望，表达了先哲们希望‘太和’即宇宙万物普遍和谐的理想”。又譬如，作者不惜笔墨对孔子和屈原的沧浪之游、唐太宗之子李泰贬谪郧阳并葬于马檀山、距今 100 万年的梅铺猿人化石、郧县南猿头骨化石、青龙山龙蛋混生化石群、青龙泉文化遗址、龙城遗址、淅川春秋古墓葬群等进行了知识考古式的书写，将这些看似驳杂的文化碎片凝聚成了一个有机的文化整体，使作品具有很强的知识性。

丰富深厚的知识储备，不仅使“三部曲”具有很强的趣味性、可读性，而且使作品拥有了文化性和历史感。在梅洁的笔下，汉水是和人交织、叠加在一起的。“汉江，在她从嶓冢山流向长江的亿万年里，以其柔美的躯体写就了一个‘人’字左边的一撇，这一撇长达 3000 里；当她在离嶓冢山 900 余里处的丹江口水库分出一支流向北方、流进人类古老的都城北京、天津时，她将又写成这个‘人’字右边的那一捺，这一捺也近 3000 里。那时，我们在太阳系遨游的宇航员，即可拍下一丝绿绸银缎般的汉水在地球上写就的一个最大，也是最美丽的象形文字——‘人’！”正是因为作家深丰的知识储备以及蕴含其中的人文精神，使得“三部曲”呈现了历史与现实、自然和人文的相互交融，并由此极大地扩充了作品的文化内涵和文学能量。

（二）心系人民的精神高度

梅洁无疑是一位勤于观察、善于思考、富有思想深度和精神高度的作家。承前所述，“三部曲”始终将广大移民干群的奉献和奋斗精神作为主轴，所有的题材、人物、细节、结构与具体的表现手法都向这一主轴靠拢，表现出鲜明的建设立场、敏锐的问题意识和诚挚的民本情怀。她多次强调：“我是一个看重‘价值意义’的劳动者，对于意义的追寻和理解总是困扰着我。我所要写的和所要做的对于社会、自然、历史、他人究竟有什么意义？我不断诘问自己的同时就有了一种担心，那就是如果没有某种程度对于我现在的写作意义的解释和阐发，我就无法和我的读者沟通，我们之间的交流纽带就随之中断。”

作为一个始终心系人民、情牵故乡的作家，梅洁的报告文学创作始终贯穿着她对故乡、对人民、对生活的深沉之爱与悲悯之情。在她看来，“我必须要保证我文字的全部真实，不能有任何的虚妄，我必须对历史负责，对那一个庞大的生命群体负责，对那片神圣的土地和河流负责，对自己的心灵和情感负责。任何的粗制滥造、偷巧、浮躁，都会前功尽弃”。当然，尽管梅洁的写作始终延续着对于家园沦陷的忧思、对故乡人民遭受的苦难和牺牲的悲悯，但她的苦难叙事不是祥林嫂式的诉苦，而是将其置于广阔的历史背景中去进行历史、文化和人性的多重审视，去探求奉献与牺牲背后的收获与希望，为可以预期的美好生活振臂欢呼，从而给人以积极向上、大义凛然的丈夫气和豪迈感。在《汉水大移民》中，作者热情展望——“汉江生态保护带、汉江生态产业带，将使已有国家级卫生城市、国家级文明城市、国家级生态环保城市光环的十堰，成为中国最适宜人居的山水绿色之城，成为一江清水永远北送最有希望的地域”，而这，恰恰“是在经历了无数苦难和牺牲奉献之后，十堰人民对幸福的再造”！

透过梅洁的“三部曲”，不难发现，将“人”放在很重要的位置、表达对“人”的深切关怀是梅洁“三部曲”的深度追求。作者以强烈的悲悯情怀塑造了感人至深的移民群像，把人性的书写融入国家战略的宏大叙事之中，作品因此闪烁着光彩夺目的人性光辉。从《山苍苍，水茫茫》对过往移民工作的深度反思，到《大江北去》对第一代移民重建家园的豪迈情怀的热切书写，再到《汉水大移民》对移民工作的全景式“过程描述”，作者始终将自己的写作激情倾注在故乡移民身上，用一个女作家特有的母性柔情述说着一个个感人至深的“移民故事”，提升着那些“建设者”们坚韧的精气神。从这种意义上说，梅洁又不仅仅是“汉江女儿”，而且是一位实至名归的“人民作家”。

（三）独具匠心的艺术魅力

可以肯定，梅洁的报告文学得益于她的诗歌和散文创作经验，她那独具匠心的艺术追求，无疑提升了“三部曲”的文学品位。“说到底，文学真正的生命力，最终在于张扬一种美的、诗意的力量，与此同时，透视出文学家的灵感、灵魂和智慧，以及他积极地参与美的创造的自觉意识。”梅洁的故乡情怀和社会责任使之义无反顾地选择了报告文学这种文学创作中的“重体力劳动”，并以自己的热情和智慧巧妙地化解了这种矛盾，从而使火热的故乡场景与她内在的艺术追求之间达成了高度默契。清醒的文体意识和文学追求，促成梅洁的报告文学很好地实现了语言生动、叙事细密、手法多样、气韵沉雄、意境壮观、风格悲壮、气质高雅的艺术境界，充分体现了报告文学这种“人民文学”的筋骨、温度和力量！

首先是沉雄悲壮的风格特色。细读“三部曲”我们发现，梅洁常常在滚烫的现实和优美的言说之间备受煎熬，这种既定的生活现实与未定的艺术表现之间的天然矛盾，又从一定意义上成就了“三部曲”沉雄悲壮的风格特色，展现出可谓抒情而不矫情，奇丽而不绮靡，高雅而不媚俗，深沉自成高格，既给人以怦然心动的震撼，又具有弥久难忘的余味的特点。这种风格特色，与作品选取的宏大建设题材、故乡人民的奉献与牺牲、作家个人深沉的悲悯意识以及作品的史诗构架密不可分。

其次是独特的结构形式。分头观察，作品的结构方式随物赋形，富于变化。如《山苍苍，水茫茫》，作者通过复式三迭式结构实现了报告文本的形式创新；同时，全文分上、下两篇，上篇“上岸”，下篇“青山”，前者主要描写鄂西北人民“如歌如泣”的巨大奉献，后者报告库区重建者“如碑如铭”的豪迈伟业，可谓上下比照，前后对应。《大江北去》全书共 5 卷，前有“引言”，尾附“后记”，具有结构上的完形感；叙事风格上，更是将叙述、描写、抒情、议论有机结合起来，并且尽可能地调动了比喻、拟人、借代、排比、反复等多种修辞方式，增强了作品语言的艺术表现力。《汉水大移民》采取了以纵为主、以横为辅、纵横交错的复式结构，全书主体部分一共 8 章，前设引言，后有后记，结构完整，“几乎类似一部真实的、充满了激烈复杂矛盾故事情节的小说，起伏跌宕，情景变换不断，其情节的丰富曲折和人物形象性格的复杂多样，足以同很多虚构小说相媲美”。

再次是跨文体的美学追求。小说、诗歌、散文等跨文体语言和格式的综合运用，使得“三部曲”具有文体样式上的复合特征。因其早年从事诗歌、散文写作的经验，梅洁的“三部曲”既具诗歌的意境，又有散文的洒脱，同时不乏新闻的时效性、政论的思辨力和小说的情节美，可谓同时兼备新闻的简明、散文的灵动、诗歌的意趣和小说的厚实，有力地证明了报告文学这种边缘文体的复合特征和美学优势。在《汉水大移民》中，小说手法的运用，特别是戏剧性冲突场面的营构、生动细节的描写、多元人称的切换以及精巧叙事方式的安排等，无不凸显出该作的创造品质。

总而言之，梅洁的“三部曲”业已充分表明，她是一位有情感深度、思想高度和艺术力度的作家。她所取得的报告文学成就，足以抚慰作者本人伤痕累累的身心，足以滋润数十万移民干部群众的心田，足以撼动千千万万读者的灵魂，由此，足以奠定梅洁及其报告文学创作在中国当代文学，特别是在中国当代报告文学史上不可替代的地位！

《东吴学术》2021 年第 5 期发表

直面现实的真情书写

何子英*

作家梅洁是一位文学的多面手，她的创作体裁门类丰富，囊括散文、诗歌、报告文学等各种类别，其中以散文和报告文学成就最为突出。她的散文既有个人化的抒情散文如《爱的履历》和《泪水之花》，也有历史文化大散文《驿站》《商道》等。而报告文学《西部的倾诉》《大江北去》《汉水大移民》等体现了她个人文学创作的最高成就。纵观其文学创作，有几个突出的特点和美学特征。

一、对文学的真诚与执着

梅洁的写作，体现了一个作家对文学的真诚、执着与耐心。我在阅读中发现，梅洁文学写作的一个显著特点是充满了像科学家一样的实证精神和探索精神，体现了对事实的尊重。在报告文学和历史文化类的散文创作中，她不辞劳苦地对书写对象进行实地采访、踏勘，获得第一手资料，所以她的作

* 何子英，1987 年毕业于武汉大学中文系，同年分配至长江文艺杂志社，历任总编室主任、副主编、常务副主编、主编。现任湖北省作家协会副主席、期刊委员会主任，长江文艺杂志社主编，湖北省期刊协会常务理事。曾获第二届湖北省期刊优秀编辑奖、第六届湖北文学奖优秀编辑奖。2019 年获中国期刊协会颁发的从事出版工作 30 周年荣誉证书。2020 年 4 月获第四届湖北出版政府奖。

品真实感、现场感很强，能够引起读者共情，增强了作品的感染力。1998年她不畏艰险，行走50多天，创作了《西部的倾诉》，她亲赴西部定西贫困地区，走访乡村教师关注贫困地区教师生存状况以及女性受教育情况。2005年沿着汉江采访南水北调移民100天。所以她的许多文章尤其是报告文学，可以说是用脚步丈量出来的凝聚着她辛勤汗水和心血的文字。

二、取材丰富，兼具社会广度和历史厚度

梅洁的散文中有大量的社会学、经济学、地理学和人文方面的知识，显示了她良好的文化修养和知识底蕴。这是她与一般女性散文家不太一样的地方。《驿站》追溯到元代和蒙古族历史，题材有写古代边塞驿站的，还有写古代瓷器瓷窑的，这些都需要对历史资料的收集、考证、梳理，不仅要做大量的案头工作，还要有作家的在场感，否则就是资料堆砌。所以她的这些历史文化散文摆脱了那种曾经流行的文化大散文惯常的叙事腔调，不是凌空蹈虚，高高在上的，而是脚踏实地，有对历史的探询和场景的还原，还渗透着创作主体的思索和精神关照。

三、深切的社会关怀和责任担当

她的几部重要作品《西部的倾诉》、“移民三部曲”，都是关注特定地区的特殊人群，特别是贫困人口和困难群体。关注底层百姓生活，体现了作家的责任意识、社会关怀意识，她的写作体现了鲜明的人民立场。她的作品里不仅有大量第一手的采访，对环境、人物和细节的描绘，还有大量的资料，有很多的数据非常翔实，文章思路开阔，视野宏大，鲜活丰满。

梅洁是自觉走出书斋的作家，她积极关注社会民生，她的创作有种生命的激情奔涌，打破了女性性别化与个人化写作的局限，具有大气开阔的艺术视野。她的“移民三部曲”《山苍苍，水茫茫》《大江北去》《汉水大移民》，历时20年，多达140多万字，可谓史诗级的报告文学。作品不仅倾注了她对家乡的爱和对生活在这片土地上的乡亲的关怀，还有一种执着的文学精神在里面，有一种为家乡、为父老乡亲立传的情怀，她要为家乡树立一块文学的丰碑。这种赤子情怀，尤其令人感动和钦佩。

《西部的倾诉》中她敢于直面现实，直面西部社会经济以及教育发展不平衡的现实，对偏僻的乡村教师和底层女性的命运充满了关怀，有浓郁的忧

患意识，体现了一个作家和知识分子的责任担当。其中对几个民办教师的采写，像路老师、常老师等，他们在极度贫困的生活困境下依然坚持教书育人，坚守职业理想，这些人物和细节都十分感人。还有对西部女性命运的深切关注和忧思，对失学女童、乡村女教师的生存现状的反映，触目惊心，充满悲悯情怀。这样的作品不仅仅具有文学价值，同样具有社会学价值。

四、情感充沛，诗情浓郁，细节感人

《西部的倾诉》中所描绘的西部恶劣的自然环境，乡村教师的日常工作和生活细节，女性和女童的极度贫困，一个个活生生的人和事例，都十分令人震撼。她为读者打开了一扇了解西部的窗口，酷烈而真实。《汉水大移民》中梅洁深入采访了大量的库区干部和移民，目睹了移民背井离乡的艰难生活，描写了丹江口库区百姓几十年间为等待搬迁，而错过了一个又一个建设家乡的机会，他们为大家舍小家的悲壮，他们对故土的留恋，以及对新生活的向往。

这些文本都坚实饱满，具有很强的感染力、震撼力。

五、美学特征：端正大气，刚柔相济

梅洁的写作路数很正，有一种凛然正气。她的作品视野开阔，纵横捭阖，既有历史纵深度，又有对现实民生的广泛关注，叙写生动、扎实。

梅洁的散文作品，既具大气宏阔之美，又有婉转细腻之情，刚柔相济，感性与理性交融。

梅洁的报告文学，兼顾了文学性与新闻性的统一，她的作品有较强的文学性，既不回避现实问题，也不止于简单直白的抨击或赞颂，而是以事实说话，以真情动人，以生动丰富的细节感染读者，启迪思考。

报告文学在20世纪八九十年代曾经引领潮流，当年徐迟的《哥德巴赫猜想》等作品已经成为经典。进入21世纪，个人化叙事替代了宏大叙事，虚构写作大行其道，报告文学逐渐式微。但是近年来，报告文学有复苏的趋势，因为时代和语境发生了变化，特别是改革开放是40年取得的伟大成就，当下时代脱贫攻坚等历史性巨变，涌现出很多值得讴歌的书写对象，我们依然需要那些呼应时代，鼓舞人心，体现人的精神价值和凝聚民族精神的文学作品，报告文学具备这种文艺轻骑兵的先发优势。

新的时代，我们期待着读到梅洁先生焕发着时代光芒的新的作品。

爱与叹息：梅洁作品的家园情结

王志新*

一

作家一生的写作都离不开童年和故乡。梅洁的故乡坐落在秦岭与大巴山之间，一条汉水蜿蜒穿行。在这青山绿水之间，梅洁的写作被赋予了两种气质，一种似山的厚重，一种似水的灵动。

梅洁的故乡地处中国气候带南北交界处，只要翻过秦岭就到了干冷的北方。她的故乡被中原大地少有的海拔 3000 米的大山呵护着，北方凛冽的寒流被挡在山的另一面。养活人的水土有山的呵护，雨的滋养。人类自己的世界却没有什么能呵护她，人类的命运由自己自主，也由自己背负。

童年的梅洁心中种下了苦难，灵秀的山水也无法化解梅洁童年的阴影，这片阴影的冷酷与寒意也造就了梅洁精神的高度和胸怀的博大。

---

* 王志新，笔名洛齐，1982 年出生于河北承德，2003 年毕业于河北师范大学汉语言文学专业。曾在某文学杂志从事编辑工作十余年，现供职于河北省作家协会。鲁迅文学院第二十七届高研班学员，中国文化对外翻译与传播研究中心当代文学海外译介提名委员会专家委员，在《文艺报》《莽原》《长城》《河北日报》等报刊发表文学作品十余万字，曾获河北省宣传文化系统“四个一批”人才称号、“河北省优秀期刊编辑”称号。

梅洁笔下的世界从鄂西北温润的山谷延伸到塞外广袤的黄沙之地，她的文字始终跟随着自己的足迹。她的文字的重量与她用双脚丈量的长度息息相关。南方温和绵柔的气候让梅洁的内心永远那么柔软。北方却不同，清冷空旷的天地让梅洁的视野放宽到人类广袤的大地和深邃的历史。北方，在梅洁的笔下是“几匹长风，几抹黄土”，南方，在梅洁的笔下是“那条撒满了金子的大江，那片母肤般细腻温热的沙滩”。行走在南方与北方的梅洁，用人生的长度不断充实，不断凝练着她文字中的两种气质——厚重与灵动。

二

梅洁说：“我是把悲伤和欣喜沉淀在文字之中，在我走过的路上，这些文字像雨，润沃着我路边的土地。匍匐的花草或金黄或玉白或血红。”梅洁的文字像匍匐的花草或金黄或玉白或血红，呈现着多姿多彩的样式，但顺着娇艳的花瓣往深处探究，你会发现它们都离不开土壤的滋养和雨水的浇灌，这片土壤是梅洁走在南方与北方之间的路，那份雨水是梅洁深藏心中绵延不绝的情感力量。

《毛诗序》言，“情动于中而形于言”，可以说情是文的出发点，文由情生。抒情散文以情为内核，因情生辉，因此说文心即情。情可细腻，可深沉，可饱满，但重要的是真切。真情才能触动人心，使作品拥有温暖、抚慰心灵的力量。

梅洁的作品流露出浓浓的真情，注入了很深的情感力度，情感的波涛此起彼伏。在她的作品里，她将情感和忧思交融，于深深的忧虑中彰显爱的深沉。梅洁的情感是由小我升华到大我的大爱情怀，她的情感抒发是直抒胸臆式的，一腔热情毫无保留地挥洒在字里行间。

梅洁说：“这世上最不能欠下是感情。”她把深情留给她走过的每一片土地，也把真情留着身边路过每一个人。

三

梅洁说：“我始终认为，在人类的故园，河流永远是最母性最阴柔的风景，我精神中的‘河流情结’告诉我——无论我怎样漂泊，最终我总会找到家园。”少年走出故园的梅洁心中一直眷恋着故土。这种眷恋不仅是时光的回忆和精神的依恋，也是一种追求，对精神家园的一种不懈的寻觅。

在梅洁寻觅家园的路上，塞北的张家口，古城郧阳，南水北调一带长河周边的土地，生活在土地上的人民都与她的家园精神高度契合。她的文字不仅依恋着土地和人民，还有横亘在上面的永恒的历史。

透过梅洁的作品，我们看到的不只是那片土地，那些人，那些事，更有那段远去的岁月及和这段岁月紧密连接的深远的历史。梅洁的历史观建立在故土之上，建立在精神的家园之上。

梅洁有一部历史文化散文集《穿越历史的文明》，这部书收录了她走访全国各地所采写的具有文化寻根意义的散文。驿站、商道、古城、遗址，这些因远离当代生活而被忽略的历史遗迹在梅洁笔下焕发新的光辉，古老文明遗产的价值获得新的注视。她笔下的历史是现代的回眸也是浸润着伤感的探究。

梅洁在她的一篇散文《古树·家园》中书写家乡一棵古树的命运。老家的白蜡树倒了，村子也衰落了。神农架的铁坚杉被人们像神一样供奉，却差点毁于人们的虔诚。因南水北调而移植的古树园是移民区人民的壮举，更是他们对故土深深的眷恋。古树的命运是人的命运的缩影，她深情地感叹：古树是“家园的象征，是岁月的符号，是人类精神的所在”。在梅洁的眼中，只要故土不灭，历史就会长存，精神的家园也永在。

2020 年 11 月 1 日于梅洁文学创作 40 周年研讨会发言

塞北红梅分外香

——记著名作家梅洁

康志刚[*]

我知道梅洁老师的大名是20世纪80年代中期，但一直无缘谋面。那时的梅老师在张家口市文联工作，任《长城文艺》主编。那是塞外很有名气的一本文学刊物。得知她又进行创作又编刊物，就觉得梅老师非常了不起。在那个年代，我们河北习惯以地域来命名作家群，譬如保定作家群、唐山作家群，还有承德作家群，而每一个作家群都有一两名代表人物。张家口属于塞外作家群，代表人物就是梅洁老师，还有写小说的老作家宫克一。

第一次见到梅老师，应该是1992年秋天的一个上午，当时我还在《河北文学》编辑部工作。一天，一位陌生女士背只漂亮的黑色皮包来到编辑部，说要借用一下电话。每天来编辑部的人不少，当然来访者大多与文学有关。但这位女士身上那独有的气质引起了我的注意。她烫着时尚的卷发，衣着得体大方，肤色白皙，面庞丰满秀丽；说话时嗓音清脆爽朗，且动作干练优雅。看她气质高洁不同凡俗，我猜测，莫非是哪位女作家大驾光临？我知道那天

---

* 康志刚，中国作协会员，石家庄作协副主席，在《人民文学》《中国作家》等杂志媒体发表200余万字，出版有小说集《香椿树》《稗草飘香》和长篇小说《天天都有大太阳》，曾获河北省“五个一工程”奖、第二届河北孙犁文学奖、第三届宁夏朔方文学奖等诸多奖项。

省作协文学院开会。这时有熟人和她打招呼，叫她“梅洁”。啊，原来是梅洁老师！只是，梅老师身上的那种儒雅清丽，让我无法与塞北那贫瘠荒凉的大地连在一起。

后来，我得知梅老师是湖北人，自小在汉水边上长大，从中国农业大学毕业后分配到张家口工作。那个时期，梅老师已用她特有的生花妙笔，写出了报告文学《山苍苍，水茫茫》，全景式地反映了鄂西北人民为南水北调建设而做出的巨大牺牲与奉献。这部大气磅礴的作品在《十月》杂志头条位置发表后，被多种选刊转载，在全国引起极大反响，并获得《十月》文学奖。只可惜，那时我只是在一些文学会议上和她匆匆一见，并没有过多联系。直到几年后因为一篇稿子，我和梅老师开始交往并且对她有了更深入的了解。

说这件事，得先说说同样是湖北籍的著名作家野莽先生。我是通过湖南著名作家聂鑫森先生和野莽相识的，自此结下了深厚友谊。20 世纪 80 年代初，我就在当时发行逾百万份的《小说月报》上，读到了野莽先生的成名作《那车好炭》，我被这篇小说深深吸引与震撼。不愧是屈子故里，楚地多才俊呀！只是，我没想到为河北争得了诸多荣誉的梅洁老师，也是湖北人！怪不得她的作品在河北女作家中独树一帜，原来是绵长灵动的汉水赋予了她的艺术灵性与丰富的想象力。

梅老师写那篇文章时，已是我们河北作协专业作家。那是一篇记述野莽先生人生与文学的长篇散文，标题为《谁让他看到了那本词典》。知道我和野莽先生相识，梅老师特意把稿子给我。能得到梅老师的信任与支持，对我来说自然喜不自禁。拜读梅老师的作品永远是一种享受。同样，这篇散文深刻而又细腻感人，可以说是一篇精彩的励志故事，后来在我们《当代人》（前身为《河北文学》）杂志隆重推出。透过文字，我还看到了梅洁老师对待朋友的那份仗义与真诚。

又是因缘际会，2015 年暑期，省作协安排我到北戴河中国作家疗养院度假，让我高兴的是，在这里和梅老师不期而遇。这年来北戴河度假的还有我们河北作家尧山壁、窦卫华两位老师，他们都是令我敬重的文学前辈。一天晚饭后我们出来遛弯，在大门口，遇到了京城的小说名家邓友梅先生。他见到梅老师第一句话就说：“梅洁，你那篇报告文学《大江北去》我看了，写得真好啊！”由此可见梅老师的作品影响有多大。我暗自为我们河北有这么优秀的报告文学作家而自豪！

那些日子，在大海边伴着阵阵海涛声，我和梅老师聊天，聊各自的创作和家庭。梅老师爱憎分明，对当前文坛的一些不正之风深恶痛绝。她对我的创作也非常关心，勉励有加，这让我心里暖融融的，觉得她更像一位和蔼可亲的大姐。此后，我便叫她“梅大姐”。她非常乐意我这么叫她。

因为有多篇散文被收入中小学语文课本，我爱人又是教师，她也是梅老师的仰慕者。这次能见到梅老师，对她来说也是一大惊喜。她告诉梅老师，她给学生们诵读《楼兰的忧郁》这篇课文时，自己先被深深感动了，对学生的触动也很大。梅老师听后脸上露出灿烂的笑容——作为一名作家，自己的作品能引起读者的共鸣和喜爱，那是何等的欣慰啊！

梅老师性格开朗健谈，身上自有一种亲和力。她和我们谈起她帅气能干的儿子，还有乖巧聪明的小孙女时，脸上流露出的慈爱神色，也将我们深深感染。很难想象，这么温婉善良的梅老师，内心却有着超乎常人的坚韧与勇敢。她为了创作以南水北调这一重大工程为内容的报告文学《大江北去》，孤身一人，沿着江汉、丹江走了 100 多天，深入库区几十个村镇采访，光采访资料就装了满满 11 个纸箱。这不仅体现了她对文学的挚爱，更有对故土难以割舍的感情。有人说，她是人离开了湖北，心却在追寻汉水。这话说得极是！就是这部耗费了她大量精力与体力的长篇报告文学，2013 年入围第六届鲁迅文学奖，2017 年《大江北去》再版本再获北京市政府第八届文学艺术奖（在此之前，梅老师写西部的作品《西部的倾诉》已荣获鲁迅文学奖）。

那些天，我们参观了许多地方。但有一个细节让我至今无法忘记。当我们参观北戴河一座农业生态园时，我发现梅老师对那些奇花异草并不大感兴趣。而当我们走到一座丝瓜架下，望着从上面垂下来的一根根一米、两米长的丝瓜，梅老师禁不住童心大发。她拉着我和爱人合影，又让我给她拍照，她也不厌其烦地给我们拍了一张又一张，脸上洋溢出的真纯的笑，现在想起来还清晰如昨；梅老师为什么对那些碧如翡翠般的丝瓜那么感兴趣呢？是因为它们不同于那些名贵花木的朴实与实用，还是让她感受到了一种收获的喜悦？是呀，只有劳动与付出，才会拥有累累硕果！让我暗自窃喜的是，在整个生态园中，这一大架丝瓜也是我最喜欢的。这是一种连接大地的生命之美，更是生活的另一种呈现。也许，这种审美是作家们所共有的吧！

我自小就喜爱梅花，不只是喜欢梅花的美丽，更钦佩她不畏严寒、傲视风雪的品格。梅洁老师的作品，也让我从中品出了梅花的风骨与韵味：她的报告文学大都是重大题材，站位高，视野宽阔，写得雄浑大气，毫无矫揉造作之气，能引发人心灵的震颤，这在中国当代女作家中实属难得；而她的文笔又清新婉丽、灵动优美，字里行间弥漫着馥郁扑鼻的清香。真是文如其名，文如其人，我觉得梅老师就像是塞外的一枝红梅，一枝傲雪独秀的红梅！

我这人平时比较懒惰，再加上这些年生活琐事较多，虽说一直想写写梅老师，却迟迟没有动笔。这次王成伟先生来河北拍摄梅老师的纪录片，诚约我写一篇有关梅老师的文章。虽说有命题作文的意思，但也正合我意——懒惰之人总是要有人催马扬鞭。但话又说回来，这也许不是一件坏事，什么东西都需沉淀，只有沉到心底最深处的那份感情，才最真最纯！

今年梅老师好事连连，春天在她的家乡湖北郧阳，当地政府修缮了梅老师故居，名曰“梅苑”。好一个“梅苑”！光听名字，就能让人感受到她的暗香四溢！我高兴中国文学又增添了一处新地标！主办方还约我写几句祝贺的话，现抄录于此，权作这篇印象记的结尾：

……湖北故乡的青山秀水赋予了她作品的细腻隽永和轻灵婉丽，而她工作和生活的辽阔塞北大地，又让她的每一个文字凝重大气，具有一种生命的穿透力。正是集南北山川大地之精华与灵气于一身，让她创作出了《山苍苍，水茫茫》《大江北去》《汉水大移民》等轰动中国文坛的传世经典。梅洁老师是以屈原为代表的荆楚文化的优秀传承者，她始终不忘一名作家的使命与担当，心系民众，情牵家乡，“为天地立心，为生民立命”。这种可贵的家国情怀，使得梅老师的每一篇作品都情深而文挚。梅洁老师是我们河北作家的自豪与骄傲！她是闪耀在燕赵大地的一颗光芒耀目的文学之星，也是中国当代文坛的一颗璀璨夺目的文曲星！我想，梅洁老师的名字，正是她文品及人品的诠释与写照——梅洁，梅洁，文似红梅绽放，人如梅花圣洁……

《河北日报》2020 年 9 月 25 日发表

梅洁在塞外的文学之履

曹 森*

孟冬时节，曾在塞外工作生活了22年的梅洁迎来了她难忘的文学圣会——“梅洁文学创作40周年”纪念活动。

从她文学之梦的起始地蔚县出发，经张家口、北京、青海、湖北等地的纪录片拍摄；在祖籍湖北郧阳召开的作品研讨会等，吸引了媒体滚雪球般的传播。以中国作协副主席陈建功为主的众多国内专家学者认为，她的“南水北调中线移民三部曲”恢宏壮阔、慷慨悲壮，展示了鄂西北人民的深明大义和牺牲精神。此外，梅洁还以先天的细腻性情，独到的体味生活认知生活的能力，水滴石穿、颇具征服力的悲情之笔，将荆楚文化和燕赵文化的神韵熔于一炉，形成具有浓重时代感和使命感的文学气象。

这里，笔者仅从她文学之梦开启的地方，塞外蔚州以及张家口的创作经历着笔，窥见一个文学生命的发轫之履。

---

* 曹森，河北省蔚县人，中国作家协会会员，中国煤矿作协理事，河北作协及中国散文学会会员。作品以散文、报告文学为主，著有散文集《瘦石集》《情撼蔚州》，中、长篇小说《临界》《病房》等。作品入选数十种文集，有的入选中、高等教辅读物，多次获奖；曾获“首届全国煤炭系统‘德艺双馨’文艺工作者”等殊荣。现系《散文选刊》《散文百家》《海外文摘·文学版》及中国文化艺术研究院签约作家。

世代的寻常成为她笔下的经典

北方的大雪，婆家的火炕，蔚州陈旧的木格窗，以及窗棂上糊的白麻纸，白麻纸上艳丽灵动的窗花，在一代又一代蔚州人眼里都是再平常不过的事物。春秋轮渡中的这些事物、这些符号、这些平淡的日子，标记着这一方土地的人们无论怎样贫穷或艰难，他们都会慨然面对、都会积极地愉悦地活着，这是一种世代的习以为常的人生，这种人生很纯洁很厚实。梅洁面对了这一切，除却新鲜到惊叹的地步，还把这种自然的质感上升到诗意，上升到几近华美的浪漫，上升到对灵魂的叩问。“每一条负载着积雪的傍枝都微微向南的方向倾斜着。远看，恰似一方肃穆、悲壮的女性的仪仗在默默地祈祷着什么，倾诉着什么。整个大山、雪野都在低吟着一支庄严的歌。”（《在这块土地上》）这是多么壮美和沉重的景致，这肃穆的、悲壮的白色为什么是女性的仪仗和祈祷，为什么都在微微地向着南方？这种生命与自然，生存与命运，表征与心灵的陈述，使原本无知的冬雪活络起来、舞动起来，成为作者深情的寄托。

一切文学艺术的形式都离不开创作者们自身的人生轨迹与情愫表达，从汉水边来到塞外的梅洁更是个中佼佼，她把自己所承受的命运不公在一个特定的节点上喷发出来，把心灵的冬窗在所有的平凡的事件里都融入春风与热泪，让读者与她的文字一起咀嚼一起体味一个女孩、一个弱女子所经历过的历史严寒和在这严寒中如何坚韧如何顽强地一步步跋涉到生命的春天。

> “冷吗？”不是阿之这一声温存的问，我是断然忘我、忘情了的。阿之拉起我冻木了的双手，为我暖着、搓着、呵着……
>
> ……公公抱进一大抱玉米秸，往炕下边一个洞口里一劲儿地塞。然后，他把玉米秸点着，炕底的火就“突突”地着了，火苗不时地窜出来舔着炕沿。我惊呆了！“腾”地一下跳到炕下，惊惶地问阿之：“这是干什么？”
>
> “烧烧炕，睡觉暖和……”阿之说。
>
> “那……被子，不会烧着被子？”我瞪大双眼，直直地望着眼前的一切。（《在这块土地上》）

从白雪皑皑的寒冬降临蔚州时的一咏三叹，到金黄色的秋天涌来满屋子的喜气，梅洁用激情洋溢的语言描写着婆家温暖的塞外风情，把蔚州的风物、乡民的淳朴一股脑地泼洒在纸面，成为对这一方土地永久而鲜活的记载。

在时间的深处审视世俗的定位

梅洁在一次接受采访时曾说过，“好散文在时间的深处，生命的疼处”。梅洁在塞外工作生活了22年，从“北方那个破碎的不长树也不长草的小山村”的深井里，拧着两三丈绳索的辘轳，以瘦弱的肩膀挑起沉重的日子，以漫长的艰辛丰富着思想的内涵，决定着未来的人生。她书写蔚州的大部分文字，是到张家口文联《长城文艺》杂志社之后，可以说，那是她“山顶上的岩石也在开花”的岁月——蔚州的文学之梦刚刚发端，张垣的如椽之笔便岁岁华章。“如果我们爱，就要忠诚和坚守”，这是一种有着淑女信仰、文人操守的情怀。北傍泥河湾，蔚州很古老；南依太行山，蔚州很坚强！晋商到这里落脚，东行进京，北上蒙俄，蔚州便成了旧时“茶马古道”的集散地；这里的800村堡蜿蜒盘踞成长城脚下的防御奇观，筑成燕山之北又一道京城屏障；这里的人们以睿智友善谦卑的处世之道和坚忍不拔的生存品质，耕作着养命的五谷和花环一般的日子，形成冀西北独特的地域文化。

笔者在拜读梅洁书写蔚州书写塞外的作品时，曾在笔记中写下过许多“顺口溜”以便记忆。如“最初的香甜至今留恋 / 大山里为汉江女端上莜面 / 京城的西贝馆遍布九州 / 小雪的辣子面是永久的恩典”，这是在读她《最初的营养》时的留言。又如，看了她的《商道》、她的《天下蔚州》之后又写道：“我从大山、从草原带回诗行 / 任由一脸盈泪的光芒 / 为什么键盘里都是美酒？/ 那是绵厚的情意在心底流淌。”再如：“是谁让Y县人这般谦谨？ / 骨子里却满是自信飞腾 / 祖辈的血液使我不畏强悍 / 黄土的文化教我厚道做人。”

“Y县人”这一首因由读了梅洁刚到张家口时写过的一篇《我们是Y县人》而成，如果勤劳节俭厚道坚韧与人为善等都是中华民族的传统美德，蔚州人便具备了这诸多优良的品德。但蔚州人的憨厚是真诚的睿智，蔚州人的友善是谦卑恭敬的礼让，蔚州人的活泛灵动谦让甚至以退为进亦是有口皆碑。蔚州的土地虽不肥沃，但却养育了无数仁人志士，如西汉楚相冯唐，元代工部尚书王敏，大清廉吏魏象枢，抗战时期的狼牙山五壮士马宝玉，蝉联两届残奥会男子乒乓球冠军的独臂英雄赵帅等。梅洁将诸多蔚州人的这些良好的品质具化在“毛毛”“贝贝”两个小主人公身上，最初的起因却是表述了一座城市对来自边远的“Y 县人”存在的一种地域偏见，这种偏见是如何让她和她的孩子们感到不可思议甚至据理力争。她把蔚州作为“Y 县人”的内在依托，把城市与乡村的文化差异通过这种“偏见”检视给读者，以母子及友人叙事声音的综合解读，以两代人生活、生长在 Y 县的切身感受，以毛毛、贝贝两个优秀儿子品学兼优的 Y 县典例，让存有偏见的人们重新审视自己。蔚州人既有“徽商”忍辱负重的吃苦精神以及兴宗耀祖的抱负，又有“晋商”的诚信敬业、勤奋刻苦、自强不息的品质。这就是为什么梅洁在日后的作品里，对蔚州人赞誉有加的原因。

生命的疼处闪烁着人性的光芒

梅洁对好散文好作品的认知和写作体验，从“蔚州作品”窥见一斑。她的“处女作”《金色的衣衫》，可以说是盈满了一个苦难女子的眼泪，这眼泪里有悲戚也有喜悦，悲的是自己的童年所跟踪的是“一袋黑色档案”，喜的是她的孩子们现在“都穿起金色的衣衫 / 有了金色的童年”。一首短诗，用了 12 个“金色”，以如此重复加重的语气，把历史与春天的密码逐一解开，通过孩子们穿上“金色衣衫”的微观场景，全时空地呈现给一个“感恩、反思的生命”，一个插上金色的双翅的“梦想”。

这一时段的作品，多数都是从倾诉个体与时代的悲欢开始，逐步寻找属于自己与和音者们的精神空间。“感谢我圆如明月清如水的乡梦，梦中，童年的阿三向我走来……”（《童年的阿三》）；“我执意要到很远的地方找哥哥，找属于我的一片亮色，找属于我的歌，我走了。然而，我做梦也没有想到，和苦难的父亲，这便是永别……”（《我寻找属于我心灵的歌》）这种对历史余音的回忆，使生命活力与向往在绽放的诗意中显得格外优美，尽管满含着忧伤。

她在对往事的回眸中叩问着自己的内心，重新定位着人生的价值取向。她并非要脱离平凡的柴米油盐，但一定不甘无趣的生活。其实她的精神原乡里，早已编织好了彼岸的花环：“写作不一定能够拯救世界，但肯定能够拯救我们自己！”这是她怀揣的梅家女儿之梦，是她文学生命的格局与胸怀。

梅洁是用心用情地做了一回蔚州的儿媳妇。她的爱人曾经是蔚州规模最大的国有矿的副矿长，在蔚州 14 年的相夫教子生涯，某种意义上说，也使她成为煤炭系统一位最美的矿嫂。若干年后，笔者的纪实文学《乌龙出山》

首发，邀请梅洁来参加活动。会上，她满含着热泪把祭悼亡夫的新作《我的丈夫走在那片青山绿水间》《不是遗言的遗言》等篇文章散发给煤矿的作者们。会下，她挽着老书记袁蔚的手，怀揣着时任矿党委书记、矿长史福玉为其颁发的“荣誉矿工”证书，与矿区的作者们一起畅谈如何成就“写作的光荣和生命的质地”。

因梅洁的文学贡献，京西蔚州及山城张家口的热土得到更多读者的了解和青睐。她结识了一位优秀的蔚州男人，她生下了两位更加优秀的男儿，她把江南女子的柔情深深地撒在了她的第二故乡。她虽然一步步走向更加广阔的书写领地，但她留给塞外的文学财富对得起这片古老的土地。她的文学嗅觉和辛勤劳作，把许久沉默的散落的珍珠逐一串起，成为她宏大文学宝库里最精彩的一束项链。她对夫家的付出与回报，她锐利的目光、如清泉般汩汩流淌的才华，她灵动的无处不闪耀着光芒的思想与文字，对得起蔚州贡米的滋养，对得起婆家火炕的温暖，对得起九朝古城的文学挚友艺术人才们对她的景仰与敬重。

可以说，梅洁把中国女人最优秀的品格和才华，如婉约与纯净，勤谨与体贴，高洁与内敛，博学与精智几乎集结一身，这才有了充足的底气去实现她要实现的梦想。这种饱受磨难自我教化励志成金的人性之光，成为她对生活与文学驾轻就熟的基础。在《长城文艺》编辑部，她以最短的时间实现了三个惊人的跨越：从普通编辑到部主任，从编辑部主任到主编；刊物发行从不足千份猛增到 50 万份；从事业余创作不到 10 年，步入中国作家协会殿堂，成为中国当代令人瞩目的女作家。

《襄阳晚报》200 年 12 月 4 日发表
《张家口日报》2020 年 12 月 12 日发表

大姐，大姐

——写在梅洁文学创作40年之际

兰善清*

春华秋实，驰骋文坛40个年头了，笔墨芳华依然明月当空。

梅洁，梅姐，您的爱真、爱善、爱美、爱纯粹、爱故乡的深情总是慈惠我们这些被您文章吸引的读者，我们因您有福了。有您的不离不弃、欢声笑语，我们知道了什么叫情怀；有您温软的手，我们知道什么叫拉扯；有您宽宽的肩头，我们知道什么是依傍；有您的每一次归来，我们知道了什么是节日；有您的诲导和暖心，心帆被鼓起，我们便总在长大，又总是长不大，总是不想长大。何必长大呢，有您这个姐姐看管我们就好，我们只顾捡石子、逮蜻蜓、放纸鸢，向山雀飞过的前方快乐地奔去……

天地不负郧阳，才把您造化给郧阳做女儿，父老乡亲才有了您那滚热的文字眷顾，才有您那慈悲的心肠相守。这里曾有您一把辛酸泪，而命运给您以痛您则报之以歌，您的女儿情、寸草心把故乡带给了四面八方。人们说嫁出去的女儿泼出去的水，娘家便是异乡，而您何曾区别过婆家娘家？嫁得天

---

* 兰善清，湖北十堰人，中国作协会员，出版有散文集《笔照心海》《我写故我在》《万古一地》，报告文学集《浴火重生》《创业之路》《郧阳雄风起长岭》。曾在《中国作家》《长江文艺》《人民日报》《光明日报》《解放日报》等报纸杂志发表作品。

远地隔，一度把故乡“鄂西北”忽记为“鄂西”，掉了那么一个边角，但生养的故乡总是高举在头顶，搂在您怀抱。乡情的藤蔓时不时会从字里行间爬出，也许您不经意，我们嗅一下就已然亲切。如您《遥远的鄂西》，情不自禁就跑出了只有故乡郧阳才烂熟的方言词“好甘无事”（有事没事的意思）、“背静”（僻静的意思）、“妨人”（对人有尅）等，不是骨子里、基因里的怀土，咋会有这些乡语的生根？正如作家野莽先生所说，迄今为止，梅洁是唯一一个大面积书写故乡郧阳的人，她几乎把最具分量的史笔圣心都放在了对故乡的大写中。是的，野莽先生说的是。您巴心巴肝为故乡述说，您不吝心血为故乡礼赞，故乡郧阳透过您回忆的滤镜，消失的一切变得无比清晰。温暖而诗意的书写，完成了现实又深远的抵达，故乡借助您的语气声调开口讲述自己的故事，格外有底气。您笔下的文学版图从北到南，由东到西，阔达宽长，而原点总是要溯源到郧阳的一水一城，“浪柴”与河滩、码头与江流、背篓与镢头、艾草与牛舌菜、白蜡树与小秋果、万古郧天与闪烁着哲学光芒的陨石……

一物一世界，一字一菩提！

千万里漠北朔风，您最懂乡愁也最能化乡愁于纸笔，纸笔下的乡愁是一片又一片云锦，纸笔下的乡愁可以裁衣，可以装点时空，可以带给思念的人们最大福分。由此我们读懂了您乡愁里的大山为什么是蓝色的了（《那一脉蓝色的山梁》），原来夜风低诉，山顶月碎，哀思如云，父母的英灵长眠，那一脉山梁安能不蔚然苍然，幽蓝怆天！也读懂了您乡愁里的汉水为什么总是女儿般的（《女人河》）温情秀逸，洋溢着童真，原来那是您少女时代的圣河，是独属一个仰躺在沙滩上，头发、耳朵、脸上都挂满了沙粒的女孩守望的童话之河，清凌凌的河水轻轻搂抱着飘摇的故乡小城，夜夜枕着故乡大河上的涛声，夜夜枕着外婆的外婆讲述的那个古老而忧伤的故事，这样的河不是如水的女人河又是什么？我们还读懂了您提到故乡古城消失时特意使用的一个词“水葬”（《我生命中的一条河》），这个词一般用在古老的人类丧葬习俗里，而用在记述一座城的整体沦陷江底这是第一次。当您的“梅粉”，我们这些喜欢谈论修辞的人，被您这个词的使用所带来的悲壮、沉雄，瞬间震撼得五体投地时，才恍然意识到真正的修辞是什么了，原来真正的修辞是大情怀，是言他人所不能言的一种情怀格局导致的语言格局，这修辞也只有您对故园那座城爱得深沉才会不由自主地呈现出来。一个词点亮的是莫大的乡愁，一个“水葬”成了一座古城殒身的不朽镜头，成了古城三千丈独有的伤逝。

拥有精神原乡是您的修行，成为您的故乡人则是我们的幸运。

您领我们重温了永不再有的“曾家铺子”那五分钱一碗的米酒，甘醇如醴；再次品尝了留在一代人记忆里的“王一茂酱菜铺”的辣酱美味，涎水直滴；再走那一条条隐匿到时光深处的青石板小街，足迹历历；再见到从故事里走出来的童年“阿三”，欢声笑语……

乡愁是岁月煲出来的，煲出来的乡愁再氤氲着岁月，盛衰可依，行为踪迹，言犹在耳，事犹在身。从怀旧到乡愁，也许就一步之遥，这一步之遥隔着一道霓虹，隔着天外又重天，怀旧化作乡愁，故乡郧阳的往事便都被赋予了清洁，赋予了激情，赋予了纯净与童心，普普通通的乡土便漾起了寓言般的晕眩，放射出磁性的光芒。

我们站在故乡读您的乡愁，我们就在共同的乡愁里；我们跟着您咂摸乡愁，就更深地认知了故土；我们收藏您的乡愁，心灵的圣殿上便不断上演乡情诗剧，津津乐道，喋喋不休；宁静地注视您的乡愁，便发现了您那横溢着的感恩的心和撇去了浮漠的爱，都是岁月老酒。生命时光中的乡愁几乎凝聚了您对这个世界全部的爱，文学充当了您与您所处的世界最有灵犀的对话青鸟。我们就站在您人生出发的地方，我们多么幸运的拥有了、读懂了您的第一目的地，寻常巷陌，烟火人家，芳草如茵，田园馥馥。

纤笔一支，精兵三千。

故乡历史性的崛起，都有您杭育的力气。

我们看在眼里，更是记在心里。

郧阳曾是革命老区、少数民族地区、边远山区、国家级贫困地区、丹江口库区，其中“边、穷、库”是这里相当长时期里的经济社会现实。因为地处鄂豫陕边陲，又因为库区淹没了良田沃地，所以才沦为贫困地区。改革开放的 40 年，郧阳奋力挣脱“穷”的羁绊，紧跟时代步伐过上了历史性的好日子。您是在故乡迈开这大步的时候就置身其中的好儿女，代乡亲倾诉，将新老问题秉笔直书，家喻户晓的《山苍苍、水茫茫》便是您写给乡亲的“圣经”。人们读了便知道了如何正视问题，怎样面对困难，看到了前行的路，知道了怎样奋发有为。

郧阳被热搜，有了古今方志都替代不了的形象指认。

我曾把这部经典放在那时期的扶贫文学中读，尤其是与李存葆、王光明的《沂蒙九章》并读，感到了共同的魅力，数万字江河，全是血的潮动，全是真实的结。不能不被文字间的琴键张弛调动得心潮澎湃，不能不失控在错金镂彩的宏丽场面中久久出不来，读这大篇说是听到了时代的黄钟大吕一点也不为谬。

千山万壑，金色一朵一朵又一朵。

作为游子，您写了《山苍苍，水茫茫》已经可以让世人对故乡高看一眼了，不再对故乡置一字，故乡也会永世念您千好万好。可是，您总觉得这里还有使命，还有吁求需要心血回应，这里有花尚未成蜜，还需要您亿万次的金色飞翔。

南水要北调，大江要北去，“坝上第一县”的郧县，首当其冲地再次沦陷，原本只有 6 平方公里的县城，接下来会是什么样子？原本又边又穷又被库水再淹会是什么样子？山河改变又将是怎样的新篇？于是，《大江北去》的创作担当便在肩上了。在您为《大江北去》进行采访的日子里，目睹您与时任郧县县长的柳长毅彻夜长谈、促膝交心、推心置腹的一幕幕，感到了您对故园深长的关切，恨不能笔力万钧，揽世间无边幸运于所有乡亲。

汪洋铺天盖地，郧阳人乐园再失，再失之后却是一个更大乐园的复归，现在分分钟就到来了，您在《大江北去》中心心念念的故园新生从传奇到写实。逶迤的江岸绿树成荫，公园环抱着家园，大道伴随着游步道，鸟语追逐着四季花香，郧阳幻然西子湖畔。看得出您是多么的欢欣，您亲自乘坐十堰到郧阳的城际公交，您带着家人和亲友，带着京城的贵宾，徜徉这“大江北去”之后郧阳一步跨千年的神异，您给他们讲这里人们在做好京津冀的守井人同时又用心铸就旖旎新家园的传奇，您给他们讲这条汉江以它的清纯对北方干涸的超度，您给他们讲这江岸堆满枝头的樱桃、挤满大棚的草莓、一片一片成林挂果的橄榄、别墅化的崭新村落、坦荡如砥的大街、大街拱卫着的海市蜃楼……

您是写移民的大家，您最会讲移民故事，会讲是因为能深入。

郧阳城牛头岭，20 世纪六七十年代返迁移民蜷宿之暗角，破纸箱、牛毛毡片和碎砖头瓦块垒就的苟且之所，几无保障地保障了一户一户移民安然度过雷雨酷暑、大雪灌顶。他们在此捡生活、讨生活、生活着，您走到他们所谓的“家”里，倾听他们，抚慰他们，记录他们，代言他们。您的《山苍苍，水茫茫》关于移民的篇章，触动了无数人的泪点，是与您这样贴近移民的即时性书写大有关系。

为父老乡亲立心，为旷世的南水北调立言，为国担当，为大时代竭忠尽智。

2009 年丹江口库区最后一次大移民又把您召回到了波涛翻滚的移民现

场。您一如既往的贴近移民，又倾听那些移民工作者心声，关注了移除区又关注安置区，您真诚悉心地感受每一细节，每一氛围，每一具体情形……

那天，我陪您到安阳移民动迁现场采访。

清晨，送移民的几十辆大巴排了近一里路那么长，动迁的移民房屋已在前一天全部推倒，移民一群一群聚集到一所空落的校园。抱着孩子的女人，提着包袱的老太婆，吸着旱烟的老头，嚷嚷不休的年轻人，跑来跑去的村干部……大雨袭来，我和您接过移民工作队员送来的伞，走到老老少少移民中。我一边向他们介绍您这位移民的亲人，写移民的大作家，一边拿出笔记本速记您与他们的交流，不失时机地用文字保留好此刻的移民的情绪，一举一动、一言一语。那时没有现在的多功能手机，动态的分秒多半流失。移民早已从传说中知晓您，知道您写了一个时期又一个时期的移民，您是移民最认可的良心作家。今天来到他们面前，他们见到了真人，当然很是激动，但不知道咋说话，家常话也不会说了。腼腆，讷讷，躲闪。此刻您早已收起了作家采访的意图，就只是移民中一个情感女人，您很自然地问寒问暖，摸摸孩子的脸，扒拉掉他们身上的雨滴，扯扯那个女人褶皱的衣衫，用您的相机给他们留影，还与他们合影……他们感激于您的和蔼，感激于您的亲切，感激于您不追问他们此刻的心中所思所想。

这天午夜，当车队经过县城西岭时，昏昧的路灯下，雨丝成线，我在车上远远看到您打着雨伞，站在路边，不停地挥手，直到车队过了汉江桥……

此后您一次又一次投身移民动迁现场，还亲自送移民到新安置地。您的一次次“在场”除了要践行用眼睛记录这次惊心动魄的历史大事件的使命之外，还有您对故乡亲人再度远迁葆有的持久感情。您珍惜这历史性的每时每刻。您的“移民三部曲”最后一部《汉水大移民》也就直接诞生于您的“在场”，诞生在眼里，诞生在您的相送和别离中。南水北调是世上最浪漫的想象，梦想得以成真，得力于库区80余万移民的付出，这付出成为史诗得力于您的传世心血。

光阴的洪水荡涤不了移民不朽的故事，因为有您一折一折心情，一个一个句读；时光之箭射落岁月的枯枝败叶，一年年新绿如初；不究天地缘由，唯愿现在心、过去心、未来心悠然自处，不被辜负。

山高水长，风暖雨软，时值您创作40周年这个年份，望断南飞雁，游子归去来。

您回来了，“老家”新筑了！

有过短暂栖身的北山岗“刺架岭”这土屋是您唯一旧时记忆的底片，多少难忘的背影总还在那里晃，多少生活的活页并没被风吹走，留在那干打垒的墙角里。挡过风挡过雨的鸿茅、土墙是物质也是精神，您日里梦里张望，历久弥新。唯此为念，父老乡亲巴巴地动着心思，不胜其根的情眷，就在“刺架岭”下那个“原乡”为您搭建一个念旧的怀想之所，这就有理由连根带藤把您扯回来。正如故乡郧阳的书记所言：父老乡亲为您留个念想，您为父老乡亲留个文化高地！现今规制大成，一片花丛，二层阁楼，三面青山，四望长云……

欢喜入住，满是归根的心怡。

作为一个地标，称之为“梅洁文学创作陈列馆”。您带来了您40年的日积夜淀，还有您秉笔走四方的步履和成就的收藏，显然这是故乡一个文学芳境。您特意又冠以“梅苑”之名，殷切地表达您对这个“家”以及这个“家”负载的梅文化恒久的怀恋和高擎，借此诠释着“一种诞生”持续葆有的生命状态和命运密码。毕竟这儿有一段难忘岁月，有亲人日晒雨淋的气息，有特殊年代划过的印痕。天若有情，重新回来的家，应该逝川可渡，往事昭昭：夤夜里，想必这块曾为梅氏土地上的第一主人的“奶奶”，即您那位在城里为人佣工的奶奶会踮着小脚、拄着拐杖踅入您的梦里，为您念叨她人生的传记，诸如她何年何月获得好心雇主交予她的这块土地，又于何年何月建得几间茅屋，为后人遮风挡雨；父母会在一天星斗下来到您的书案边，知道女儿做了作家，喜极而泣，与您一起点开当年从城里来到农村的那段岁月视频……

泪水曾打湿的山岗，苦难曾腌渍的土壤，钟磬回响，回响！

记得作家巴乌斯托夫斯基么，您不就是他《一篮枞果》中那个森林里的小女孩达格妮？应该说您的“刺架岭”贴近达格妮的大森林，一篮又一篮枞果，这里有您的累累创作和亲人们从前的生活，这里更有您未来的芳馨——幽静的森林、清脆的鸟鸣、薄雾的黎明、流唱的溪声、颤动的露音、松软的草丛、挥鞭的牧童、云朵样的羊群……

还有花香绿荫陪伴你——梅花、樱花、橄榄、木瓜、修竹、茶花、罗汉松……

所有的美好圣洁里，走着一个你。

2020年11月23日草就

2020年12月20日再酌

超越生死的尊严

——梅洁印象

杨秀云*

收到梅洁寄来的散文集《泪水之花》，距我们在崇礼见面仅隔半月。窗外，新绿满枝，桃花正艳，一派欣欣向荣……我的心情却沉沉的。书的封面是乳白色的，右上角有三滴红色眼泪，一滴比一滴大，书里记录着她挚爱的丈夫病逝的过程……这样的内容，对她来说，多么残酷！事隔10年，尽管她已从苦难中走出来，但是，碰触这个话题，依然沉重。

认识梅洁已有30年，当时，她担任《长城文艺》主编，我在乡下教书，是一个不谙世事的女孩。我的劣作经编辑苦心扶持在《长城文艺》上发表，《长城文艺》成就了我的文字，所以，我称梅洁为老师，最合适。

我们近距离接触是梅洁去张北采访沉没于历史烟云中的张库大道，我当时在县委宣传部工作，陪同她活动。她已是著名作家，依然梳着标志性的日式少女发型，穿着玫瑰红小花纱衫，蓬蓬袖，很好看。人也活泼，善谈，随和。就餐时，会站起来很热情地与前来敬酒的人握手打招呼，不管对方是领导还是一般干部。那些天，也领略了她对创作的热情，她孜孜以求地采访，后来，

---

* 杨秀云，张家口市记者协会副主席，《河北日报》前副总编辑，曾发表《九月菊》《大山深处》等多篇中短篇小说及散文，出版散文小说选《风过是旧年》。

坐着简朴的吉普车深入内蒙古荒漠地带，风尘仆仆，很辛苦。一个晚上，她用带着南方味儿的普通话描述创作感受：“在创作中，那种沉溺不可自拔的折磨就是地狱，当作品完成时那种愉悦又是天堂……有时候，写作时的快感是天堂，而作品完成后身心俱疲一下子瘫在病床上，又是地狱……就这样，地狱、天堂，天堂、地狱……这就是写作者的状态！”说这些话时，她伸出右臂，上下比画，真诚而激情四溢。她每天晚上给丈夫打电话，当时没有手机，每天打电话并不容易。她正在采写《西部的倾诉》，从西部刚回来，她说，在西部每晚都要给老崇（她丈夫）打电话。她告诉我，她有一个体贴的好丈夫，有两个懂事的儿子，一些功成名就、魅力四射的女作家都羡慕她的家庭。从她的叙述中，我懂了，人啊，这一生，不管有多风光，其实终结的快乐很简单，那就是有一个幸福的家庭。这样的家庭，梅洁有。一天，她指着餐桌上面“八楞瓜”说，这种瓜她丈夫特爱吃，市里没有卖的。当时张北的“八楞瓜”来源于内蒙古。她走时，我买了两个“八楞瓜”带给她的丈夫……

她回去不久，就给我寄来所写的散文文集，书中刊登了好多照片，有她自己的，也有她英俊儒雅的丈夫和一对可爱的儿子……书中选登的散文《爱的履历》记述的就是她和丈夫相识、相爱的过程，里边写道：“到我们这个年龄，心中的爱竟像屋前那株葳蕤的松——苍郁、伟丽、深深地绿了。……感念他独爱的警守，我愿死在他爱的腌渍之中……蓦然看见他宽容的神采，似 10 月明丽的阳光；蓦然看见他相知的神目，海子样滴着月色。于是我黄昏般萎落的心蓦然交给蓝色的天，灿灿地晴朗……”写《爱的履历》时她 40 岁，如果没有炽热的爱，何能写出如此动情的文字？

此后一别，再没有见面，也没有联系。听说她的丈夫病故，我愣住了，想起她说过的关于她丈夫的一切……也想起她复述的一位女作家对人生的无奈：“上帝不让人全啊！”

后来，读了她的作品《我的丈夫走在那片青山绿水间》，文中写到，病危的丈夫从昏迷中醒来，因气管切开不能说话，艰难地用笔写出“梅洁需要休息”“一起回家”……回家，成为最迫切的愿望。然而，愿望落空了，顽强的生命终止在呼啸的列车上。梅洁悲痛欲绝，呼天抢地：“南方北方五千里迢迢，我不知道我的丈夫是否能找到回家的路……”在另一篇散文中，她细细回味丈夫生前的一幕幕，也把血的伤口一次次撕开，让读者喘不过气来。她丈夫在术后治疗的日子里，精心做了一个通讯备忘簿，记录了 65 个各类服务机构和维修摊点的电话……他在为自己走后做准备，他要给梅洁留下日后生活的一些便利。丈夫去世后，家里的灶具坏了、橱柜的拉环坏了、打印机坏了，梅洁都是按着备忘簿上的电话联系维修的，她抱着打印机去维修的路上，步步艰难，泪流满面……她写道：“我总是梦幻般地在屋子里找你，一间一间地找，我总觉着找到了又觉着永远找不到……”

情何以堪？生何以重？读了这样的文字谁又能无动于衷？

今年3月上旬，听说作家采风团来崇礼，里面有她，我想去看看。但行前一直犹豫，不敢面对她的痛苦，不知年近七旬的她是怎样的状况。十多年后再相见，竟是如此的心情。

一大早赶了过去，见面在餐厅，她马上认出了我，很惊喜，人也不显老态，依然是日式少女发型。我有些释然，但不知说什么好，怕碰触她的伤口。就餐时，我说起她“天堂、地狱”的创作体验，她马上接过话头，依然用了手势，像当年一样，充满激情。她忽然说起，丈夫不看她的作品，有一次，硬让他看了一篇她的文章，丈夫看后像不认识她一样，惊奇地说：“原来你写得这么好？”

她笑谈她的孙女，谈近期发表的作品，间或泪花潸然。我明白，她挺了过来。当痛苦能够说出来时，已是一种冰释，一种超越。

她热情地对待每一件事，每参观一处，都很认真地站在前面听讲解员解说、记录，也不时与同行者留影。在雪场，像小孩子一样高兴。后来，我们来到阔大敞亮的大厅，在一张木桌前面对面坐下聊起来。阳光透过玻璃窗照进来，格外温暖。很快说起她的丈夫，这是个绕不开的话题。她幽幽地说：“他走了已10年了啊！”她说起他的正直、智慧和非凡的工作能力，敬佩之情溢于言表，很少有人这样评价自己的丈夫。她说起他的病，说起病中忽然有一天对她说：“我最放心不下你……”她哭起来，我也泪湿。转目窗外，澄澈的蓝天舒爽，云影悠悠，阳光下白得耀眼的雪道依然热闹，有人飞驰而下，赢得一片欢呼声……生活永远在继续，一些美好的人和事却在消失，留下更多的无奈，忘却谈何容易？有些人，有些情，注定一生一世！

丈夫去世后，她卧病半年，但最终走出心灵的绝境。是文学写作拯救了她，是信仰拯救了她，是人间真情拯救了她。在痛不欲生的日子里，得到好多好多亲人友人同仁的扶持，这也是她能够挺过来的原因。

《泪水之花》一书中写到，文学批评家阎纲的爱女被癌症夺去年轻的生命，白发人送黑发人的他，以一颗同样悲苦的心安慰鼓励梅洁：“写吧，在书写中安妥自己的灵魂。”此书的封面上印有作家周国平致梅洁的话：“人生中有的遭遇是没有安慰，也没有补偿的，只能全盘接受。我为接受找到的唯一理由是，人生在总体上就是悲剧。因此不必追求细节的悲惨了。”

一支洞穿世事又无尽缠绵的歌在脑际回旋——

人间情多真爱难说，
心里能有几分把握。
来来往往你你我我，
谁又知道最后结果……

宏大的爱支撑着坚强的精神，花甲之年的梅洁没有毁于痛苦，而是承载着不幸、带着泪痕上路，继续踏上创作苦旅。她超越了苦难，也超越了生死，生命的大限在她的笔下化为一种尊严，这种尊严比任何苦难更有力量！她像自己的名字一样，千里冰封中，寒梅傲雪绽放，送给人间一抹春色、万点生机。近10年来，她完成了《一只苹果的忧伤》《大江北去》《泪水之花》等10多部作品，获第二届鲁迅文学奖、徐迟报告文学奖、冰心散文优秀奖、全国第八届“五个一工程”奖等50余种奖项。多篇作品被收入中学语文读本及大学文学教材。长达40余万字的巨著《大江北去》样书出来后，她提笔在扉页上写下一行字：谨以此书捎给我天堂里的丈夫！然后带上儿子到京西墓园，为丈夫捎（烧）去了此书。

车上，她和我谈了“缘分”，这也是她近70年的人生历练。她说，一定要珍惜缘，珍惜就要付出，就要感恩。她用文字对去世的丈夫说：“我为和你这样有定力的男人一起生活而感恩着我们的婚姻，我为我拥有这样的婚姻而感恩着我的命运。”她的感恩令人心疼而感动。在时间的长河里，一些东西沉落了，但是，思念不会沉落，真情永远定格。

梅洁老师在短信中对我说：愿你从书中读出我的幸福和苦难。

从她的书中，我读出了超越幸福超越苦难的坚持，读出了生命的信仰和尊严，也读出珍惜情缘的叮嘱——

人间情多真爱难说，
有缘无缘小心错过。
一时欢笑一时寂寞，
一生相伴最难得！

《张家口日报》2014年4月17日发表

她改变了这里改变了我

张美华*

如果说汉朝时的湖北美女王昭君影响了当年的胡地——今日的内蒙古，今天的湖北十堰籍女作家梅洁，则影响了她的婆家所在地——河北张家口，影响了张家口的文化生态，也影响了张家口的一代女性，一代青年。影响了他们的三观，也影响了他们的人生走向，我就是受她影响较大的一个。

20 世纪 80 年代是文学的时代，文学的春天。1984 年，梅洁已发表了她的成名作《这是一方神奇的土地》和《贺坪峡印象》，成为新时期散文创作的新秀，并从蔚县经贸委调到张家口市《长城文艺》做编辑。我呢，其时在张家口下属张北县的一所中学教语文。为了充实县里的文学创作力量，我被从张北一中调到了县文化馆创作组，专门从事文学写作。专职写作，却写不出作品，加之当时生活坎坷，婚姻频频亮起红灯。苦闷之际，我便给刚刚认识不久的梅洁老师写信，倾吐自己的那点小情绪。梅洁老师亲笔回信，很长很长的信，有 8 页稿纸之长。她和我谈文学，谈生活，谈创作和生活的关系，鼓励我在文学创作的道路上坚持走下去。她的来信于我如暗夜明灯，让我眼前一片光明。我按她说的去做，经过一段时间的努力，1986 年 4 月，我在《工

* 张美华，毕业于河北师范大学中文系，河北省作协会员，历任《张家口日报》编辑，特稿部、文教专刊部主任。著有散文集《飞去的云》，报告文学集《天马刚刚起飞》，家教类专著《好孩子从妈妈的好耐心开始》《做个温暖的母亲》等。

人日报》发表了散文《重逢》，不久又发表了散文《飞去的云》。这两篇散文都被《散文选刊》选用了。是她的鼓励让我在创作之路上有了一个质的飞跃，而梅洁老师则把写给我的这封信，稍加润色，成就了书信体形式的散文《那一片女儿情绪》，发表于《作家》杂志。文中她亲切地称为我美子，此后我用此名做过笔名，也被亲友做过爱称。张家口的作者普遍认为我的散文风格受梅老师影响最大。我知道梅老师影响我的不仅是她的作品，她的人格，她的意志，她对待作者的热情态度、无私帮助以及认真敬业的编辑作风都给我留下了很深的印象并深深地影响了我，可以说是梅老师的鼓励和感召，让我成长为一个写作者和职业编辑。

她在《长城文艺》做编辑时，不仅是为我一个人，还为许多作者写过许多信，引领他们走向文学的殿堂。如果说张家口这个小城市是一颗被掩埋的明珠，这些大大小小的作家便是挖掘明珠的掘宝人，而梅洁老师则是挖掘这些人才的功臣。从这个角度讲，张家口文坛今日的知名度里有梅洁老师的功劳，这是毋庸置疑的。她的婆家所在的蔚县现在不仅是一个文化大县，也是张家地区拥有作家最多的一个县。蔚县的老虎头煤矿是她丈夫担任过副矿长的一个地方，更是她播种了文学种子的地方。蔚县煤矿的曹森，是梅老师的弟子和兄弟，现在是全国和煤炭系统颇有知名度的一个作家，谈起梅老师满是感激和钦佩。在梅老师拍摄纪录片《汉水女儿》时，他冒雨赶到现场为梅老师朗诵他写的诗歌《梦想从这里起航》。结尾处他深情地写道："如果暖泉的魁星楼还有记载，你该是从婆家走出去的文曲星象；如果铁城的玉皇阁还有神灵，梅家的女儿一定会告慰那蓝色的山脉巍峨的脊梁。因为，你已经是蔚州学子的榜样。"他的诗歌也是众多张家口作者的心声。可以毫不夸张地说：梅洁是张家口地区文化生态改良的人文科学家，是传递文学火种的普罗米修斯。

这么多年，我和梅老师的关系，是师生也是姐妹，多年来彼此都在互相关注着。虽然联系不多，但心中都有对方。我们俩共同使用这句话来形容我们之间的友谊：一万年不勾结，几时勾结还是朋友。

1987 年的冬天，我从北京鲁迅文学院进修回来，去看梅洁老师，她留我吃饭。她用有一米长的大擀面杖，在很大的面板上擀面条，给我做焖面吃。她边擀边和我说话。她嘴上谈笑风生，手下的面饼擀得又薄又圆。面条切得细细的，长长的。那是我第一次知道面条还可以这样做，这样吃，也使我最早明白了一个道理：女作家首先要做个称职的好女人。只有认真地对待生活，投入生活，体味生活，感悟生活，理解生活，才能很好地去表现生活。

在我所了解和认识的作家中，梅洁老师是非常具有社会责任感的一个，当然我认识的作家有限。她也写儿女情长，而且较一般女作者写得更加缠绵悱恻，如她早期的作品《童年旧事》《爱的履历》等；但她更多的作品是关注社会问题，关心底层人民的酸甜苦辣。从她早期写基层税务工作者的《大血脉之忧思》，写基层警察的《橄榄色的世界》，到后来的《西部的倾诉》《大江北去》等，不难看出她这种一以贯之的社会责任感。正是这种高度和高尚的社会责任感和文学追求奠定了她在当代文学史上的地位。

我是极钦佩她的，这种钦佩从认识她到现在近40年了，这种钦佩在岁月中业已变成了崇拜。我钦佩她的勤奋和毅力，她的写作不像大部分作家是宅在书斋里创作或是查阅相关资料敷衍成文，她的写作如记者一样首先深入到实地去采访。写《西部的倾诉》，她穿越了沙漠戈壁；写移民三部曲，她走过了家乡的汉水和丹江。如果说她年轻时候能够做到这样，我仅仅是佩服的话，现在则是惊叹和心疼。许多像她这个年纪的人考虑的是养生和养老，而她想得却是用文字去承担更多的社会责任。而且这种责任感又裹挟着只争朝夕的紧迫感。那年她深爱的丈夫走了之后，她写下了《我的丈夫走在青山绿水间》，其中的哀痛和悲伤让我担心她会就此搁笔，没想到她又一次凤凰涅槃了。她那时和我说过想去坝上，一个村庄一个村庄地走走，了解一下坝上人的生活和坝上文化。我答应陪她一起去，我是坝上人，却对坝上文化鲜有了解，想趁机向大姐学习，也陪她散散心，让她尽快从丧夫之痛中走出来。后来她告诉我说：我老了，走不动了，哪里也不去了，在家里好好读点书呀。我以为这位铁打的大姐终于也老了，该歇歇了。哪曾想，不久她就再一次整装出发，踏上了故乡的土地，来到了她命运中永远的汉江。她沿着汉江、丹江，整整走了100天。她的足迹遍及库区几十个村镇，每天工作十几个小时，白天采访，晚上阅读资料，整理笔记。随后，她又赴河南淅川，湖北武汉、钟祥、襄阳，以及河北、天津、北京等地采访。终于为故乡写了名垂史册的《大江北去》，为这个世界呈现出故乡人民在长达50年岁月中的巨大牺牲和奉献。

她的创作成就无须我来罗列，她的家乡已为她建立了名为梅苑的梅洁文学馆，以记载这位汉江女儿的丰功伟绩。她为家乡树碑立传，家乡也为她树碑立传，而我作为她的学生和挚友只想深有感触地对她说一句心里话：我知道你的文学丰碑是靠一个字一个字码出来的，是由你无数的汗水和泪水浇筑而成的。我也码过一些字，知道码字的艰辛，唯此我十分百分地敬重您！

我本是个懒人，不幸或说有幸上了文学的船，想写怕累，不写又彻底扔不下。每每偷懒时，梅洁老师就像一支鞭在那里悬着，让我的懒惰没有一点理直气壮的坦然。这么多年，我被她影响着感召着，想偷懒又不敢懒地磕磕绊绊前行着。虽在创作上没什么建树，但心灵一直被文学滋润着。就凭这一点，我也永远感激着我的老师，我亲爱的大姐——梅洁。

附录：梅洁文学创作40年主要文事备考

梅洁文学创作 40 年，在全国各类报刊发表了 650 余篇作品，在全国多家出版社出版了 33 部著作，达 700 余万字。多篇作品被收入《中国百年百篇经典散文》《中华百年游记精华》《百年美文》《中国文学年鉴》和《新中国 70 年文学丛书》（散文卷、报告文学卷）等 230 余种经典文本。其中，《童年旧事》《跋涉者》《谛听水声》《楼兰的忧郁》《白发上津城》《山苍苍，水茫茫》等多篇作品被收入大、中、小学教材和读本。

下面，按年代简述部分重要文事以作备考。

20 世纪 70 年代

1970 年，梅洁由北京农业大学（现中国农业大学）经济系五年本科毕业，分配至塞外张家口。整个 70 年代的 10 年里，梅洁对文学无梦也无想。

20 世纪 80 年代

1980 年，创作中篇小说《遭遇》，投稿 3 家文学大刊，无中。

1981 年，发表诗歌《金色的衣衫》，此后连续写诗至 1992 年。其中，1983 年创作、1984 年发表于《星星》诗刊第 9 期的 200 行诗歌《弯弯的石径》

（书写中国知识分子命运），获得文坛广泛关注。

1984 年，7000 字散文《在这块土地上》发表于吉林省作协刊物《作家》杂志第 9 期；次年该作品获河北省首届文艺振兴奖（河北省最高文学奖），记三等功一次。

1985 年 5 月，在《人民日报》作品版整版发表 7500 字报告文学《呼啸的山脉》（反映知识分子命运），引起强烈反响。

1985 年 12 月，张家口地区文联为梅洁召开第一次散文创作研讨会。（见图 1、图 2）

图 1　河北作家、评论家龚富忠（右一）、韦野（右二）、尧山壁（右四）、颖川（左二）、江帆（左一）冒着大雪到塞外参加研讨会时的留影

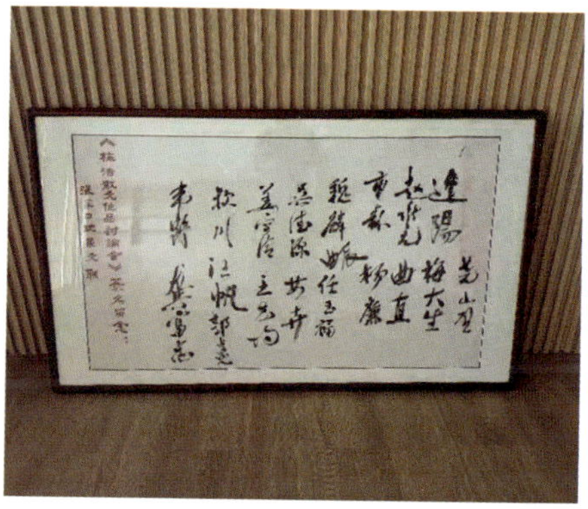

图 2　河北省作家、评论家等与会人员在白绢布上签名留念

1987 年 7 月 3 日，在《人民日报》作品版整版发表 8000 字报告文学《神圣的呼唤》（反映中国生态环境的灾难性困境），引起社会广泛关注。

1987 年，在《诗刊》第 9 期发表的诗歌《我四十岁的时候》，被诗刊社副主编刘湛秋作为鲁迅文学院文学课解析作品，诗界反响强烈。

1987 年，5000 字散文《童年旧事》发表于吉林作协《作家》杂志第 7 期，同年该文获吉林省作协颁发的第二届作家奖，随后，长春电影制片厂约写《童年旧事》电影剧本，后因故搁置。

1987 年，发表于《人民日报》作品版的散文《贺坪峡印象》获河北省第二届文艺振兴奖，记三等功一次。

1987 年，第一部散文集《爱的履历》由北岳文艺出版社出版，首印

8000册。（见图3）

1988年，中篇报告文学《大血脉之忧思》（反思中国经济、税政改革）在大型文学刊物《长城》第2期发表，同年12月，该文获全国108家文学刊物共同发起的《中国潮》报告文学征文二等奖。次年，获河北省第三届文艺振兴奖，记三等功一次。

1989年，报告文学集《大血脉之忧思》在百花文艺出版社出版，首印1万册。

图3 《爱的履历》第一版书影

20世纪90年代

1990年3月，被批准成为中国作协会员。

1992年7月，由工作、生活了22年的塞外张家口调往河北省文联，进行专业文学创作。

1992年，《诗刊》发表诗歌《月儿》之后，基本不再写诗。

1993年，在百花文艺出版社出版散文集《女儿的情结》。

1993年，《十月》杂志头条发表8万字的报告文学《山苍苍，水茫茫》，这是中国第一部反映中国水利移民艰难处境和牺牲奉献的作品，为“南水北调中线移民三部曲”之第一部。同年，该文获“505杯”全国报告文学奖、河北省第五届文艺振兴奖，记三等功一次。（见图4）

1993年4月，《十月》杂志社在京召开《山苍苍，水茫茫》专题研讨会，雷达、白烨、徐光耀、曾镇南等40余位专家参会研讨。人民日报、新华社、光明日报等16家媒体报道：“《山苍苍，水茫茫》爆响京城”。

1995年，《山苍苍，水茫茫》获第五届十月文学奖。

1995年，获文学创作一级职称。

1995年，沈阳出版社出版“中国当代作家自况体散文丛书”，收入《一种诞生》。

图4 梅洁与《十月》杂志副主编、《山苍苍，水茫茫》责编田珍颖在颁奖会上

1996 年，受聘中国散文学会常务理事。

1996 年，受聘中国报告文学学会理事。

1997 年，河北作协举办梅洁散文研讨会。（见图 5、图 6）

图 5　部分与会专家合影，从右至左分别为王文计，刘小放，曾镇南，梅洁，刘向东，窦卫华

图 6　2020 年，梅洁携《汉水女儿》摄制组再访刘小放，当一行四人在梅洁工作的河北作协门前站定，只听一声“梅洁回家了”的欢声大喊，啊是诗人刘小放！在河北文学馆，刘小放一腔激情、“口占小诗”《出塞》赠梅洁：“汉水女儿最多情，梅洁出塞傲寒风。大江北去三千里，月下梅苑花仰崇。”

1997 年，河北作协与文联分设，当选为河北省作代协主席团委员。

1997 年，在百花文艺出版社出版散文集《并非永生的渴望》；同年，该文集获河北省第七届文艺振兴奖，记三等功一次。

1998 年，独自在中国西部三省区甘肃、青海、宁夏采访，关注中国西部的贫困问题，关注人的贫困、环境的贫困、教育的贫困，尤其是女性教育（女童）的贫困。走过沙漠，翻越青藏高原，进入“苦甲天下”的宁夏西海固，历经艰难困苦，时间长达近 50 天。

1999 年，河北教育出版社出版有关中国西部的 30 万字纪实文学作品《创世纪情愫》。（见图 7、图 8）

图 7 《创世纪情愫》第一版书影

图 8 1998 年梅洁在西部采访时与孩子们在一起的留影

21 世纪初十年

2000 年，在长江文艺出版社主办刊物《报告文学》杂志发表近 5 万字的中篇报告文学作品《西部的倾诉》。次年，《西部的倾诉》获全国第二届鲁迅文学奖。（见图 9）

2001年，《创世纪情愫》获全国第八届"五个一工程"奖。

2001年，随中国作家代表团出访俄罗斯。

2001年，在北京出席全国第六届作家代表大会。

2002年，被河北环保志愿者协会与香港环保志愿者协会授予"地球的女儿"称号。

图9 获奖后梅洁与河北作协送上的祝贺花篮的合影

2002年，获评国务院享受特殊津贴专家。

2002年，《西部的倾诉》获全国首届徐迟报告文学奖。

2002年，在海天出版社出版文化随笔集《生存的悖论》。

2002年，在河北少儿出版社出版散文集《河边的寓言》。

2003年，随作家代表团访问台湾，同行作家有陈建功、阿来、刘庆邦、赵玫等。（见图10）

图10 梅洁与著名作家陈建功（左二）、刘庆帮（左三）、阿来（右一）在台湾高雄港

2005年，沿汉水采访南水北调移民100天，转身又到水危机的北方京、

津、冀采访 100 天。

2006 年，在河北教育出版社出版散文集《一只苹果的忧伤》。

2006 年，《一只苹果的忧伤》获第三届中国女性文学奖。

2006 年，完成 40 余万字长篇纪实文学《大江北去》，成为“中国南水北调中线移民三部曲”之第二部。（见图 11~ 图 13）

2006 年，在北京出席全国第七届作家代表大会。

图 11 《大江北去》第一版书影

图 12 《大江北去》首发式，中国作协副主席陈建功、十月文艺出版社副总编韩敬群与十堰相关领导留影

图 13 《大江北去》首发式上，梅洁为读者签名

2007年，在十月文艺出版社出版《大江北去》，首印3万册，两个月后，加印3000册。

2007年，受《十堰晚报》社之邀坐客晚报“名人堂”，从此开启与家乡的“密切岁月”。（见图14）

图14　出席《十堰晚报》活动留影

2007年，被故乡评为“感动十堰十大人物”，被政府授予“十堰市荣誉市民”称号。

2008年1月，中国作协在京召开《大江北去》研讨会。

2008年，《大江北去》获河北作协“十佳作品”奖。

2008年，《大江北去》获第三届徐迟报告文学优秀作品奖。

2009年，《西部的倾诉》获中国改革开放30年优秀报告文学奖。

21世纪第二个十年

2010年，在金城出版社出版散文集《泪水之花》。

2011年，完成90万字长篇纪实文学《汉水大移民》，次年在湖北人民出版社出版《汉水大移民》（上、下两部），成为“南水北调中线移民三部曲”

图 15　2014 年《汉水大移民》荣获第五届徐迟报告文学优秀作品奖，梅洁颁奖典礼留影

图 16　梅洁出席全国第八届作家代表大会留影

之第三部。（见图 15）

2011 年，在北京出席全国第八届作家代表大会。（见图 16）

2012 年，在浙江文艺出版社出版文化散文集《穿越历史的文明》。

2013 年，《大江北去》入围鲁迅文学奖前 20 部提名。

2013 年，《汉水大移民》压缩版（39 万字）获湖北省第九届“五个一工程”奖。

2014 年，在十月文艺出版社再版《大江北去》，首印 1.5 万册。

2014 年，《人民日报》整版发表 8000 字报告文学《为了润泽北方大地》；次年，该文获中国作协和人民日报社共同颁发的“中国故事”奖，以及河北省首届孙犁文学奖。

2015 年，在台海出版社出版《西部的倾诉》。

2015 年，湖北十堰市档案馆三次进京，征集梅洁文学档案。梅洁无偿捐赠手稿、出版著作、各类获奖证书、发表作品杂志、采访笔记、家书、与社会往来书信、个人视频光盘等共 1700 余件。另捐赠家庭老照片、采风记录、社会活动等照片 1000 余幅。

2015 年，经湖北襄阳人民投票评选，获得“汉水女神”称号。（见图 17）

2015 年，在湖北人民出版社出版《梅洁文学作品典藏》（七册）。（见图 18）

图 17　2020 年 9 月，梅洁随纪录片《汉水女儿》摄制组抵达襄阳后，上百位襄阳市民在“汉水女神”号游轮顶层甲板上，围着梅洁载歌载舞，把他们推选的“女神”梅洁高高举上肩头

图 18　七部集《梅洁文学作品典藏》书影

2016 年，十堰市委宣传部召开《梅洁文学作品典藏》研讨会。

2016 年，中国作协在京召开《梅洁文学作品典藏》研讨会。

2017 年，在大象出版社出版散文集《寻找家园》。

2017 年，再版《大江北去》获北京市政府第八届文学艺术奖。

2017 年，散文《迁徙的故乡》（发表于《黄河文学》2015 年第 5 期）获《散文选刊》举办的全国首届孙犁散文奖（全国只评 10 名获奖者，同时获奖的作家有阿来、雷达、宁肯、祝勇等）。

2017 年，报告文学《走过东线》（发表于《中国作家》2017 年第 6 期）获“古镇杯”中国报告文学奖。

2017 年，花山文艺出版社出版“鲁迅文学奖河北获奖作家书系”，《泥河湾》入选。

2018 年，十堰市档案馆编写的 30 万字综合性图书《阅读梅洁》在长江文艺出版社出版。

2018 年，河北作协在《长城·文论丛刊》设置专栏，发布 7 万余字的《梅洁研究》。该刊组织 6 位国内资深评论家和大学教授封秋昌、王剑冰、范川凤、王超、田珍颖、刘向东，从不同侧面对梅洁文学创作发表研究评论文章。

2019 年，上海《解放日报》网站《上观》刊载徐芳访谈梅洁的文章《好散文在时间的深处，在生命的痛处》，新华网客户端转发 5000 余字的访谈，读者浏览量达 105 万。《中国作家网》《黄河文学》《当代人》《十堰日报》等全国十几家网站和文学报刊进行转载。

2019 年 8 月，由孟繁华主编、作家出版社出版的《新中国 70 年文学丛书》“散文卷”收入梅洁散文《那一脉蓝色山梁》。

2019 年 8 月，由孟繁华主编、作家出版社出版的《新中国 70 年文学丛书》“报告文学卷”收入梅洁报告文学《西部的倾诉》。

2019 年 9 月，由李朝全主编、北京十月文艺出版社出版的《中华人民共和国成立 70 周年优秀文学作品精选》“报告文学卷”收入梅洁报告文学《西部的倾诉》。

2019 年 9 月，由王必胜主编、北京十月文艺出版社出版的《中华人民共和国成立 70 周年优秀文学作品精选》“散文卷”收入梅洁散文《不是遗言的遗言》。

2020 年 1 月，散文《走进太清宫》入选长江文艺出版社出版的《2019 年中国精短美文精选》。

2020 年 1 月，散文《房陵与诗经》入选花城出版社出版的《2019 中国散文年选》。

2020 年 7 月 5 日，湖北郧阳区政府为由梅洁祖屋改建的“梅洁文学创作陈列馆”（梅苑）举办了隆重的开放仪式。（见图 19~23）中国著名作家贾平凹亲笔题写“梅苑”，著名作家野莽、王家新、韩敬群、李修文、王祥

图 19 梅洁在梅苑开放仪式致辞

图 20 梅苑揭牌留影（组图）

图 21 在梅苑与蔚县亲友合影

图 22 梅苑访谈

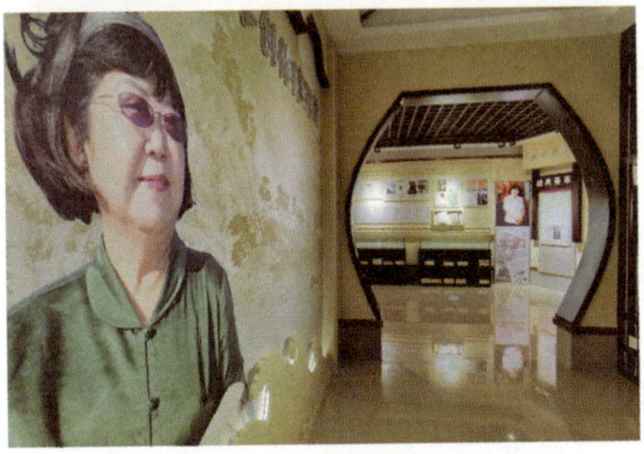

图 23　梅苑内外景（组图）

夫、聂鑫森、王剑冰、徐芳、康志刚等纷纷发来贺信、贺辞、贺诗、贺语。梅洁的工作单位河北作协党组书记王凤女士代表河北作协发来了热情洋溢的贺信。全国许多知名书画家为梅苑捐赠书画作品。

2020 年 8 月 31 日，由河北蔚县人民政府支持、湖北十堰电视台摄制、王成伟策划的纪录片《汉水女儿》开机。开机仪式“梦想开始的地方”在河北蔚县博物馆举行。（见图 24、图 25）该纪录片以梅洁的出生地郧阳、读中学的城市襄阳、读大学的城市北京、文学生涯发端地河北蔚县和张家口、获全国鲁奖作品的写作地宁夏（甘肃、青海略）、撰写“南水北调中线移民三部曲”的十堰为拍摄主要取景地，呈现了梅洁人生和创作之履。（见图 26~32）

图 24　开机仪式“梦想开始的地方”背景图

图 25　纪录片开机仪式上，蔚县县委书记梁昆手持梅洁 1987 年出版的第一部散文集《爱的履历》与梅洁合影

图 26　2020 年 8 月，梅洁的家人们在京城设宴庆祝梅洁文学创作 40 周年（组图）

图27　初中毕业58年后，梅洁在哥哥梅建华（左二）的陪同下首次回到母校——襄阳太平店中学，见到当年的物理老师陈康（左一）、语文老师李玉秀（左四）、化学老师王兆龙（左五）

图28　与摄制组在襄阳四中重访恩师周松生老师

图29　摄制组在蔚县民宅拍摄

图30　摄制组进京采访著名诗人王家新（左一）、著名小说家野莽（左三），三位十堰同乡第一次喜逢京城

图 31　摄制组在塞外张家口拍摄

图 32　摄制组一行探访青山移民村

2020 年 10 月 31 日至 11 月 2 日，由河北作协主办、湖北十堰电视台承办的“梅洁文学创作 40 周年研讨会”在十堰郧阳区举行，全国 20 余位著名作家、评论家、编辑家出席。近 300 位文学爱好者抵达现场、近 5000 位关注者通过网络参与了对谈。（见图 33~37）

图 33　与会专家合影

图 34　研讨会会场实景图

图 35　研讨会上，五位中国文学名家对谈

图 36　研讨会上，梅洁与读者互动

图 37　研讨会上，梅笑雪代表梅氏文化专业研究会念贺信并赠画

2020 年 12 月 6 日，梅洁携王成伟到西安看望著名作家贾平凹，感谢贾平凹为梅苑题字（见图 38）。贾平凹又郑重为《梅洁这四十年》题写书名，恰逢梅洁生日，贾平凹又赠字“梅洁生日好”。自此，由《十堰日报》社长王清任主编、王成伟任执行主编的《梅洁这四十年》书稿杀青，书稿由湖北人民出版社于 2021 年出版。至此，文学馆、纪录片、研讨会与纪念专著一起构成庆祝作家梅洁文学创作四十周年的“四大献礼”。

图 38　梅洁与贾平凹对饮普洱茶

代后记：四十不惑

王成伟*

《梅洁这四十年》是一部不寻常的书。

这部书与其说是一部对梅洁40年文学创作的精品文选，倒不如说是在不寻常的庚子之年，无数人为一位优秀女作家为中国文学贡献的温暖之情的真实记录。在编辑完这部宏纤毕贯的作品之时，我的内心也充满了不寻常的意绪，想借书写本书编后记之机，说说庚子之年于梅洁、于梅苑、于我是多么的不寻常……

2020年12月6日，为了感恩著名作家贾平凹先生为梅洁文学馆友情题写"梅苑"二字，我和梅洁专程奔赴西安登门致谢。听说那天恰是梅洁生日，平凹先生兴致大发，立即提笔赠字"德寿　梅洁生日好"以表庆贺。又问我们还要什么字，我说，可以帮我们写"梅洁这四十年"吗，这是今年特别为梅老师文学创作40年策划出版的纪念新书。先生听此又欣然挥笔而就。随即又为40岁的我写了"四十不惑"，还为我即将出版的散文集《陪你走山河万里》题写了书名。没想到一字万金的大文豪如此平易近人！无数的惊喜和感恩之后，现在，我将此珍贵的"四十不惑"作为《梅洁这四十年》后记的篇名，以作永远的纪念。（见图39）

喜获平凹先生题写的"梅苑"，得益于京城十堰籍著名作家野莽老师。因为一见如故"臭味相投"，初识我们便以叔侄相称了。2020年6月10日，

* 王成伟，湖北十堰人，现居上海。作家、品牌策划人、活动导演。曾在全国报纸杂志发表多篇作品，《给母亲送束花》等文曾入选中学试卷和各种选刊。策划多场文化活动，摄制浙江城市宣传片《在世界的中心呼唤你》等。

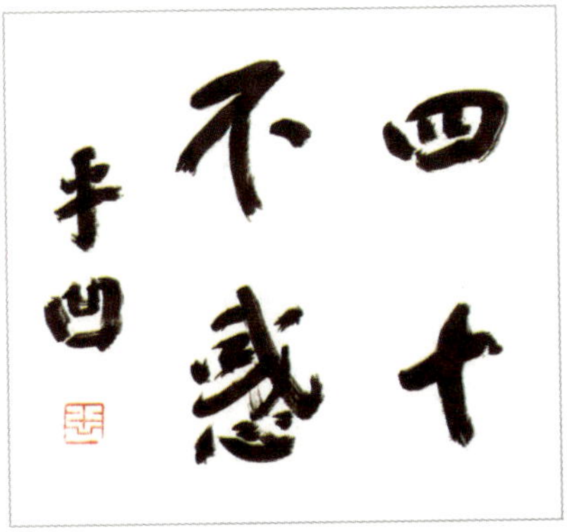

图 39　著名作家贾平凹先生为笔者题写“四十不惑”

我主编的公众号“三槐堂上海书简”开始在全国独家网络连载野莽新鲜出炉的长篇小说《儿子》，书名“儿子”两字便是由贾平凹先生题写。前一天，在竹溪半年专心创作长篇小说的野莽老师返京路经十堰，正好与回十堰筹办梅苑开放仪式的我欢喜相逢。在一家古风浓郁的酒店，我选了间叫作“高山流水”的包厢，邀请了梅老师和家乡文艺界新闻界朋友欢聚一堂，那是我和野莽第一次“叔侄会面”。晚上回了家，和莽叔在微信上修改完《儿子》首章已是深夜子时，我贸然问：莽叔，能托您请平凹先生写“梅苑”两个字吗？还没来得及忐忑，野莽老师已经不假思索地答应了。又说，不好说需要多久，你们需要点耐心等待，也许半年，也许一季。我才开始忐忑起来。然而，莽叔“食言”了，因为平凹先生接到电话，不到 3 天的时间就写好了，托深圳青年作家陈泽把墨宝寄到十堰，才用了一周时间，刚刚好赶上了梅苑的开放仪式。这样的文坛友情实令人惊喜不已。

当时任郧阳区文联主席的书法家景贵社和郧阳区作协主席李兴艳，亲自联络把关做好了红木匾额，当朴拙童趣的“梅苑”二字熠熠生辉地高挂在梅洁文学馆的大门上，一个文学大师的书法连同他淳厚的友情便成为秦巴山里魅力非凡的风景。

每次在梅苑看见这俩字，我仿佛看见平凹先生说着陕西方言、带着谦和微笑地缓步走来，如同 12 月 6 日探访结束时，他把我和梅洁老师送下电梯，送出小区大门，送上车，隔着几十米的马路还在高高扬手挥别。

《梅洁这四十年》一书中收录了梅洁自选的 40 篇代表作品，还收录了十多篇评论家、编辑家、作家、学者的研究文章，同时还收录了许多珍贵的书画作品及纪实图片。

也许有人会问，内容这么庞杂，这究竟是部什么书？开篇即说了，这是一部不寻常的书！这些皆为庚子之年不能忘却的纪念，皆是对一个作家呕心沥血 40 年创作生涯的总结和纪念——

难忘 2020 年 7 月 5 日的上午，骄阳炽烈，鲜花芳菲，历经万般艰辛和千层波折的梅苑还是在万众殷殷期待中隆隆开启独属于文学的暗香之门。

我一直在感动，家乡郧阳的一个英明的文化决策，使十堰历史上首次诞生了一位文学家的纪念馆，让家乡的苍茫山河在一处幽静的山坳里巍巍生长出一处精神高地，让一位在大江、塞外、沙漠、荒原和都市行走人间40载的创作生命，让她书里的几十万移民、福哥儿、阿三、鹏远老师、玩泥巴手枪的申子哥，让她故园里的白蜡树、木槿花、石榴花，让她独属于父亲的那“一匹白色风”，让她母亲“发髻上的紫色花”……从此获得了完美归宿。

梅苑开放之日，除贾平凹先生的书法题名之外，河北省作协党组书记王凤、湖北省作协主席李修文以及野莽、王家新、聂鑫森、王祥夫、王剑冰、彭见明、徐芳等几十位中国文坛名宿的贺信、贺词、贺诗和书画作品纷至沓来，我们也永久珍藏于梅苑，以永远纪念庚子难忘年月，纪念梅苑迎来的世间至善至暖，这善暖之光将永远照耀鄂西北山川大地。

难忘2020年10月31日至11月2日，一场大型文学研讨会在郧阳盛情召开。这次研讨会，中国作家协会副主席、著名作家陈建功，中国作协创研部副主任、著名评论家李朝全等来自北京、河北、湖北、河南、湖南、青海、上海以及广东等地的20余位作家、评论家、编辑、记者汇聚车城。十堰文学历史的天空上，首次迎来如此众多的文化名家。熠熠星光不只吸引了近300位文学爱好者现场参与，全国各地还有5000余位关注者通过网络直播侧耳聆视名家们的珠玑哲声，让这片土地又一次绽放出璀璨激情的文学之花。他们的到来，再次证明“梅洁大姐40年坚守她的理想，从来没有让她的写作从生活和精神领域退场，从来没有丧失见证历史和面向心灵发声的自觉。她的写作，是配得上这个时代的有格局的写作，是这个时代的强音”（著名诗人刘向东之语）。

庚子之年，同样难忘的是作为制片人的我，因缘际会居然遇到十堰电视台十多年前的昔日同仁，我与资深导演陈新和一流摄像师耿凯组建摄制团队，拍摄《汉水女儿》纪录片。在梅洁老师的引领下，我们几个故人结伴而行，沿着梅洁“文学发轫之地”“重要作品诞生之地”“求学和命运救赎之地”“生命诞生之地”，一路走过了河北、北京、宁夏和湖北诸地，千万里的行走拍摄，只为用脚步向世间呈现一个圣洁而向高向美的文学生命。

难忘2020年8月31日，我们四人不远千里，来到梅洁大学毕业后生活的第一个地方——塞外张家口蔚县，在这里举办了梅洁文学创作40年纪录片开机仪式。在梅洁“梦想开始”的这片土地上，我们感受了一系列的震撼和惊艳。

我们看到了梅洁当年居住的小院，她在这小院里的土炕上生下了两个儿子；看到了她当年冬季腌制酸菜的大缸；看到了她深夜为孩子缝制衣服也当书桌的缝纫机……一个汉水女儿远嫁塞外的苦寒，一个写作者在艰困的生活现实中以文字为生命之魂、携诗意行走天涯的不屈，让我在开机仪式的致辞发言时情不能自禁当场落泪。

我们还到达了当年梅洁老师大学毕业后生活的蔚县石躲村。围满村子的土墙迷宫一样百转千回，斑驳的纹理诉说着这个500岁北方村庄的前世今世，也镌刻着梅洁那一代知识分子的不凡经历。还有蔚县惊艳世界的剪纸文化，古镇暖泉的铁树银花，遍布蔚县的古堡寺庙，陡峭峰仞的恒山大峡谷，玉皇阁上的蔚县秧歌，西河大鼓声声入魂的唱腔……使我们真切地触摸到，塞北蔚县这些奇美惊人的自然与艺术，是怎样滋养了一个作家与众不同的文学生命。

在此后的万里行程中，我们走过了塞外。张家口学者刘喜先生对着我们的镜头讲述："张家口的历史上，走出了三位大作家，丁玲、汪曾祺、梅洁，这是张家口这片文学沃土的骄傲……" 这句评论让我们感慨，梅洁老师在学者心里有如此非凡的高度，这让我们为家乡走出这么一位作家而自豪。（见图40）

图40　资深学者刘喜接受纪录片采访

难忘在河北石家庄一家医院里，我们有幸探访了95岁的泰斗级作家、小说《小兵张嘎》的作者徐光耀先生。他躺在病床上，缓缓地对我们说："梅洁是一个很活跃很难得的女作家，作品很杰出，很优秀。而且她一直非常非常努力，造就自己，培养自己，训练自己，所以进步很快，是一般人所做不到的。" 像是一位父亲在骄傲他的女儿，也像一位故人在述说他的挚友。（见

图 41）

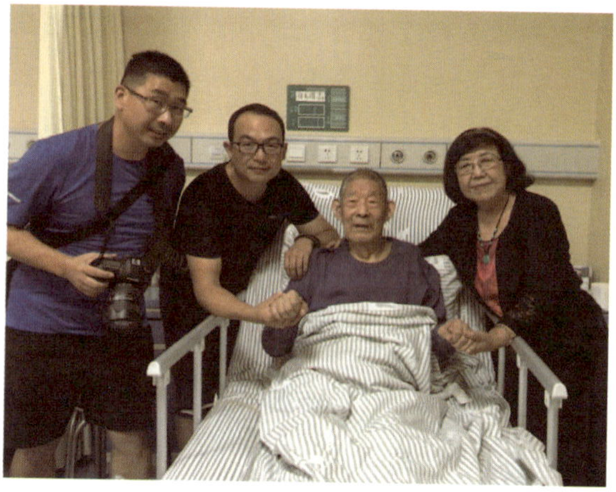

图 41　95 岁的著名作家、《小兵张嘎》之父徐光耀躺在病床接受摄制组探望、合影

我们更难忘在中国农业大学、在北京圆明园遗址、在繁华的前门大栅栏古街，梅洁为我们讲述的她的青春和岁月，她的忧伤与奋斗；我们在中国作协的办公室里、在十月文艺出版社的会客厅、在《中国作家》杂志编辑部、在评论家诗人作家们的住宅里，在偌大的首都北京，我们亲耳聆听来自中国文坛的李炳银、李朝全、田珍颖、韩敬群、高伟、野莽、王家新等名家对梅洁这个创作生命给予的高度评价。这些都使我更深地明白，一个有使命、有担当的作家，一个一直坚守良心创作的作家，是怎样淬炼长成的。（见图 42、图 43）

图 42　著名评论家李炳银在其北京的书房里受访时评论："梅洁女士的文学创作是一棵生长在社会生活厚土上的大树，根深叶茂、果实丰硕，读者和社会喜欢她不是偶然的，是她的花香果实吸引了大家的眼光，是她实至名归的结果。"

图 43　2020 年 8 月，十月文艺出版韩敬群总编对着《汉水女儿》摄制镜头说："血亲作家，就是血脉相连，像一家人一样。梅老师和两个'十月'的关系，我们可以用血亲作家这个词来概括……我们《十月》杂志、十月文艺出版社要向梅老师致敬！"

也许最难忘的是，我们一致决定要奔赴1998年梅洁走过的宁夏。我们要去亲自体验她当年采访甘肃、贵州、青海和宁夏的心境，要去感受她是如何穿越沙漠、戈壁、荒原，在几乎没人讲汉语的少数民族地区采访，战胜诸多艰难困苦的。那一年，她独自跋涉50多天撰写的《西部的倾诉》一书向社会发出振聋发聩的声音，并获得全国第二届鲁迅文学奖、首届全国徐迟报告文学奖。我们精心选择了宁夏作为西部代表省份来拍摄。（见图44）

图44 《黄河文学》荣誉主编、宁夏作协主席郭文斌（左三）在宁夏银川向《汉水女儿》摄像师耿凯（左一）、导演陈新（左二）、作家梅洁（左四）、制片人王成伟（左五）赠其著作《醒来》

为了拍摄需要，我们踏过贺兰山，穿越西鄂尔多斯荒原沙漠，探寻西夏王陵。右膝半月板已磨损脱落、疼痛不已的梅洁，每天步行1万多步，甚至超过2万步，而医生曾再三嘱咐她一天不得超过1000步……回到北京，梅洁躺在床上数天翻不了身，最终在12月中旬做了膝盖置换手术。

几十天一路走下来，我们亲眼看到了一个作家写作的坚韧和生命的坚韧是怎样融汇在一起，从而成就了文学史上浓墨重彩的一笔。

2020年的金秋十月，梅洁刚刚从远赴西部的舟车劳顿中缓过劲来，我们又会聚到湖北襄阳，走进她15岁时逃难般到达的救赎之地——襄阳太平店中学。毕业58年后的这所初中，从年轻的校长到年幼的孩子们，没人见过梅洁，数代师生只在校园的大理石名人墙上牢记了自己的母校走出的这一位大作家。当天，恰遇学校举行演讲比赛，校长特别邀请梅洁即兴演讲。聆听完梅洁的人生故事，台下一直惊呼的孩子们潮水般涌了过来，抢着与这位祖母级的学姐握手、拥抱、合影、赠画……文学的强大力量一旦展现竟是这般令人动容。

在当年冒着“政审不合格，不同意升学”的风险坚持录取梅洁的襄阳四中，我们看到了这所湖北名校之所以成为名校的办学风范和非凡胸襟，也感受了当年给予梅洁八字评语——“正直、热情、积极、向上”，从而引领了梅洁一生的老教师周松生的德高望重。在紧握的双手和花束的芳香中，他们的师生情谊令摄像机后的我们久久为之感动。

在襄阳“汉水女神”号游轮顶层甲板上，数百市民听闻梅洁随纪录片摄制组来此拍摄，自发赶来围着梅洁载歌载舞，他们把几年前投票选举的“汉水女神”梅洁高高举起，举在肩头……这条实景视频我随手截取了30秒发布，2个月的时间，居然有10万余人点赞、祝福。这是成人世界的力量，它让文学真实地穿越了地域和时间的限制，温暖着世间无数善良的人们。

山河万里的跋涉留下了无数难忘的镜头，我们选了又选，在《梅洁这四十年》一书中留下部分照片，也是为了这庚子之年不能忘却的纪念。

…………

在编辑此书的几十个日日夜夜里，我常常想，我出生的那一年恰巧也是梅洁老师的创作元年；40年后，一位生理年龄40岁的写作者，参与了另一位40岁的文学生命的新书编写。不知道命运发挥了怎样卓越的想象力，生活给予了怎样奇特的巧思，才天意般剪裁了如此令人惊喜的故事人生！

如同贾平凹先生题写的“四十不惑”，在2020年这一个非凡的时间节点上，我们如此清晰深切地感动在文学的艺苑里，感动在生命清澈而动人的美丽里，真正的“四十不惑”啊！

在我40岁时，我有幸结识了同乡的散文和纪实文学家梅洁、小说家野莽、诗人王家新，又由他们引领，走进了一个文豪汇聚的世界，回归了我梦牵魂萦的文学天地，我文学的梦想重新开始在这个天地里畅游，我由此特别欣慰我的“四十不惑”之年。

作为在上海从事十多年文化策划工作的年轻一代，作为一位虔诚的文学创作者，我在不惑之年，全程策划执行了梅苑开放仪式、梅洁文学创作40年研讨会、梅洁文学创作40年纪录片《汉水女儿》。为此，我为自己能够为我尊敬的故乡作家、为我信仰的文学事业贡献一份心力智慧而感到无比欣慰；感念着作家梅洁的信任，我还为自己能够担任《梅洁这四十年》的执行主编而感念不已。参与这部书可以说是我不惑之年的一份庄重留念。

在这里，我们必须要郑重感谢十堰市对文化事业创新发展的强力支持、对梅洁文学创作一贯的真情厚待；我们还要特别鸣谢十堰日报社对本书出版的全力投入。

同时，我们还要感谢十堰市郧阳区委、区政府隆重建设梅洁文学馆（梅苑），感谢河北蔚县县委、县政府对梅洁文学创作四十年纪录片《汉水女儿》的倾心支持，感谢河北省作家协会和十堰电视台对梅洁文学创作研讨会的鼎力帮助！即便若干年后再翻阅此书时，我们也无法忘怀2020年诸多朋友对文学事业、对梅苑的支持。

最后，我们终归要感谢梅苑这座文学的方舟，感谢梅洁这位以生命写作的作家，她用精彩的40年文学生涯，让世间熙熙攘攘的人们汇聚于此，用文学无形的魅力创造了一个山野里的梦幻之苑。

记得在梅洁文学创作研讨会舞台两侧，挂了梅洁的金句，其中一句是："文学不能拯救世间，但肯定拯救我们自己。"未来，或许此刻，梅洁老师和我们的读者朋友都已发现：文学不仅可以拯救自己，也一直在改变世间。是的，这个世间，在梅洁文学创作满40周年的2020年，已经在发生着改变。

四十，我们不惑。

2021年1月20日于上海浦东